UNTERDRÜCKT. ENTFESSELT. WIEDERGEBOREN.

# WHEN WOMEN WERE DRAGONS

KELLY BARNHILL

Ins Deutsche übertragen
von Isabelle Gore

Die deutsche Ausgabe von WHEN WOMEN WERE DRAGONS
wird herausgegeben von der Cross Cult Entertainment GmbH & Co. Publishing KG | CROSS CULT;
Verlagsleitung: Andreas Mergenthaler und Luciana Bawidamann;
Teinacher Straße 72, 71634 Ludwigsburg.
Übersetzung: Isabelle Gore; Programmleitung Romane/Sachbücher: Markus Rohde;
Lektorat: Karen Eifler; Korrektorat: André Piotrowski; Satz: Rowan Rüster; Cover-Illustration:
Charlotte Day; Original Cover Design: Emily Mahon; Coverdesign Anpassung & Layout:
Kerstin Jans; Lizenzmanagement: Ruijing Qiu; Herstellung: Hannah Düser; Vertriebsleitung:
Peter Sowade; Marketing: Cécile Béran; Druck: CPI Books GmbH, Leck.
Printed in the EU.

Titel der Originalausgabe:
WHEN WOMAN WERE DRAGONS
First published by Doubleday, a division of Penguin Random House LLC, New York.



Dieses Werk wurde vermittelt durch die Literarische Agentur
Thomas Schlück GmbH, 30161 Hannover.

ISBN Paperback-Ausgabe: 978-3-98666-648-4
ISBN limitierte Hardcoverausgabe: 978-3-98666-647-7
E-Book ISBN: 978-3-98666-649-1
Oktober 2024

WWW.CROSS-CULT.DE

*Für Christine Blasey Ford,*
*deren Zeugenaussage den Anstoß*
*für diese Erzählung gegeben hat.*

*Und für meine Kinder –*
*allesamt Drachen und Drachinnen.*

Der Drache weilt im Hügelgrab,
weise und stolz seiner Schätze.

– Angelsächsisches Sprichwort

Grausam sahen sie aus, schrecklich geformt und mit großen Köpfen, langen Hälsen, dünnen Gesichtern, gelber Haut, struppigen Ohren, zornigen Stirnen und grimmigen Augen, faulen Mündern mit pferdehaften Zähnen, flammenspeienden Kehlen, verdrehten Kiefern, dicken Lippen, schrillen Stimmen, angesengtem Haar und fetten Wangen, taubenhaften Brüsten, verschorften Schenkeln, knotigen Knien und geschwollenen Knöcheln, gespreizten Füßen, breiten Mündern und heiserem Geschrei. So schrecklich wurde ihr gewaltiges Gekeife, dass sie nahezu den gesamten Raum zwischen Himmel und Erden mit ihrer misstönenden Grölerei auszufüllen schienen.

– *Das Leben des Heiligen Guthlac von Felix*, einem ostangelsächsischen Mönch, circa 730 n. Chr., in dessen Vita der gute Mönch die einstigen Bewohner des Grabhügels beschreibt, in dem der Heilige versucht hatte, seine Klause zu errichten

Wenn ich, wie Salomon …
einen Wunsch frei hätte –

meinen Wunsch … O eine Drachin zu sein,
ein Symbol der Himmlischen Macht – von Seidenraupen-
größe oder immens; zuweilen unsichtbar.
Welch erquickliche Erscheinung!

– »O To Be A Dragon«, von Marianne Moore, 1959

# When Women Were Dragons

Unterdrückt. Entfesselt. Wiedergeboren.

Die wahrheitsgetreue Schilderung
des Lebens von Alex Green –
Physikerin, Professorin, Aktivistin,
und doch ein Mensch.
Sozusagen ein Memoire.

*Sei gegrüßt, Mutter,*

*mir bleibt nur wenig Zeit. Dieser Wandel (dieser wundersame, wunderbare Wandel) überkommt mich in ebendiesem Augenblick. Ich könnte es nicht aufhalten, selbst wenn ich wollte. Und habe nicht das geringste Interesse, es zu versuchen.*

*Ich schreibe diese Worte nicht aus Kummer, mitnichten. In einem von Flammen erfüllten Herzen hat Kummer keinen Platz. Du wirst den Menschen erzählen, dass du mich nicht zur Wut erzogen hast, und das stimmt. Es war mir nie gestattet, wütend zu sein, nicht wahr? Die Macht meiner eigenen Wut zu entdecken und zu verstehen, wurde mir nie zugestanden. Bis ich schließlich lernte, mich nicht länger zu verleugnen und es mir selbst zuzugestehen.*

*Am Tage meiner Hochzeit sagtest du mir, dass ich einen strengen Mann heiraten würde und mir nun das Vergnügen zuteilwerde, ihn zu besänftigen. »Es ist eine gute Frau«, meintest du, »die in einem Mann das Gute hervorbringt.« Diese Lüge wurde in unserer ersten gemeinsamen Nacht offensichtlich. Mein Gatte war kein guter Mann, und nichts hätte ihn jemals zu einem gemacht. Ich habe einen Mann geheiratet, der launisch war und launenhaft, willensschwach und moralisch abscheulich. Du wusstest es, und trotzdem hast du mir mütterliche Geheimnisse ins Ohr geflüstert und gesagt, die Kinder, die ich dir eines Tages bescheren würde, seien den Schmerz wert.*

*Doch diese Kinder gab es nie, nicht wahr? Dafür haben die Schläge meines Gatten schon gesorgt. Und nun werde ich für ihn sorgen. Mit Zähnen und Klauen. Die Unterdrückten werden zum*

*Träger einer himmlischen, gerechten Flamme. Sie brennt in mir, selbst jetzt. Jetzt, da ich nicht länger an die Erde gebunden bin, oder den Mann, die weiblichen Pflichten, den Schmerz einer Frau.*

*Ich bereue nichts.*

*Ich werde dich nicht vermissen, Mutter. Vielleicht werde ich mich nicht einmal an dich erinnern. Erinnert sich die Blume an ihr Leben als Samenkorn? Weiß der Phönix um sein vergangenes Selbst, wenn er abermals aus der Asche aufsteigt? Du wirst mich nicht wiedersehen, Mutter. Ich werde nicht mehr als ein Schatten sein, der über den Himmel streift – flüchtig, pfeilschnell, dann gänzlich verschwunden.*

– Auszug aus einem Brief von Marya Tilman, einer Hausfrau aus Lincoln/Nebraska, und der erste wissenschaftlich belegte Fall einer spontanen Drachenwandlung in den USA, bevor es zum Großen Drachenwandeln von 1955 kam – auch bekannt als der Tag der vermissten Mütter. Laut Augenzeugenberichten ereignete sich die Drachenwandlung am 18. September 1898, während in einem der benachbarten Gärten zur Feier einer Verlobung ein zwangloses Beisammensein stattfand. Informationen und Einzelheiten bezüglich des Falls von Mrs. Tilman wurden von den Behörden zurückgehalten. Trotz des umfangreichen Beweismaterials – einschließlich beeideter Zeugenaussagen und einer zufällig nebenan aufgenommenen Daguerreotypie der Drachenwandlung, die zu diesem Zeitpunkt bereits in vollem Gange und erschreckend deutlich zu erkennen war – berichtete keine einzige Zeitung von dem Ereignis, weder eine lokale noch überregionale. Darüber hinaus wurden sowohl die Finanzierung als auch die Veröffentlichung sämtlicher zur Erforschung des Phänomens organisierten Studien verboten und Menschen in Forschung und Wissenschaft sowie Presseleute allein für ihre Fragen zum Falle Tilman gefeuert oder auf schwarze Listen gesetzt. Und obwohl derartige Forschungssperren keineswegs zum ersten Mal verhängt wurden, genügten die exzellente Beweislage und die Heftigkeit, mit der die Regierung versuchte, diese Beweise zu unterdrücken, um die Gründung des Wyvern-Forschungskollektivs zu veranlassen – eine Untergrundvereinigung von Promovierten, wissenschaftlich Tätigen und Studierenden, die sich der Erhaltung von Informationen und der (wenn möglich extern begutachteten) Erforschung des spontanen sowie beabsichtigten Drachenwandelns widmen, um das Phänomen besser zu verstehen.

*Meine Herren, es steht mir nicht zu, Ihnen vorzuschreiben, wie Sie Ihre Arbeit zu verrichten haben. Ich bin Wissenschaftler, kein Kongressabgeordneter. Meine Aufgabe ist es, Fragen aufzuwerfen, sorgfältig meine Beobachtungen zu dokumentieren und rigoros die Daten zu analysieren, da ich hoffe, dass diejenigen, die nach mir kommen, weitere Fragen aufwerfen werden. Die Wissenschaft kann nicht bestehen, ohne fest verankerte Überzeugungen zu hinterfragen und persönliche Abneigungen oder Vorurteile niederzureißen, ohne die Wahrheit frei und uneingeschränkt zu verbreiten. Wenn Sie, die Verfasser unserer Gesetze, Ihre Macht ausnutzen, um unsere Sicht der Dinge einzuschränken und den freien Austausch von Informationen und von Ideen zu verhindern, bin nicht ich es, der unter den Folgen leiden wird, sondern die gesamte Nation, ja sogar die gesamte Welt.*

*Am 25. April 1955 verlor unser Land seine Frauen und Mütter zu Hunderttausenden aufgrund eines Vorgangs, den wir kaum verstehen – jedoch nicht, weil dieser von Natur aus unbegreiflich wäre, sondern weil der Wissenschaft die Suche nach Antworten untersagt und sie somit in ihrer Reaktion erheblich behindert wurde. Diese Zustände sind unvertretbar. Wie kann eine Nation auf eine derartige Krise reagieren, ohne mit Wissenschaftlern und Ärzten zusammenzuarbeiten, ohne klinische Befunde und Labordaten zu teilen? Die massenhafte Verwandlung, die sich am 25. April 1955 ereignete, mag in ihrem Umfang und ihrer Reichweite bis dahin beispiellos gewesen sein, jedoch war sie keineswegs – bitte, meine Herren, es ist ungemein wichtig, dass Sie mich ausreden lassen –, keineswegs abnorm. Es war nicht das erste Mal, dass sich dergleichen zugetragen hat. Und ich werde Ihnen klar sagen, dass sogenanntes Drachenwandeln auch heute noch vorkommt, eine Tatsache, die weitaus besser bekannt wäre und über die wir weitaus mehr wüssten, wenn Ärzte und Wissenschaftler, die dieses Phänomen untersucht haben, nicht ihre Anstellung und ihren Lebensunterhalt verloren hätten oder nicht das Grauen hätten erleben müssen, ihre Labore durchsuchen und ihre Unterlagen von den Behörden vernichten lassen zu müssen. Mir ist durchaus bewusst, dass ich, indem ich heute so offen und ehrlich mit Ihnen rede, aufs Äußerste gefährde, was mir von meiner Karriere noch geblieben ist. Doch ich bin nun einmal Wissenschaftler, meine Herren, und meine Treuepflicht gilt weder dieser Instanz noch mir selbst, sondern einzig und allein der Wahrheit. Wer profitiert, wenn Wissen begraben wird? Wer gewinnt, wenn die Wissenschaft politischer Zweckmäßigkeit erliegt? Ich nicht, werte Kongressabgeordnete. Und sicherlich nicht das amerikanische Volk, dem Sie moralisch verpflichtet sind zu dienen.*

– Aus dem Eröffnungsplädoyer von Dr. H. N. Gantz (ehemaliger Leiter der Abteilung für Innere Medizin am Johns Hopkins Hospital und ehemals wissenschaftlicher Mitarbeiter an den Nationalen Gesundheitsinstituten, dem Medizinkorps der United States Army sowie der Nationalen Wissenschaftsstiftung) an den Ausschuss für unamerikanische Umtriebe, 9. Februar 1957

# 1

Ich war vier Jahre alt, als ich das erste Mal einer Drachin begegnete. Ich habe meiner Mutter nie davon erzählt. Ich war mir sicher, sie würde es nicht verstehen.

(Natürlich irrte ich mich. Was meine Mutter anging, tat ich das allerdings in vielerlei Hinsicht, das ist nicht gerade ungewöhnlich. Ich glaube, dass womöglich niemand von uns seine Mutter je kennt, zumindest nicht wirklich. Oder erst dann, wenn es zu spät ist.)

Der Tag, an dem ich die Drachin traf, war für mich ein Tag des Verlusts inmitten einer Zeit der Unbeständigkeit. Meine Mutter war seit über zwei Monaten verschwunden. Mein Vater, dessen Gesicht so leer und ausdruckslos geworden war wie eine Hand, die in einem Handschuh steckt, lieferte mir nicht die geringste Erklärung. Bei meiner Tante Marla, die bei uns eingezogen war, um sich um mich zu kümmern, während meine Mutter nicht da war, verhielt es sich ähnlich. Keiner der beiden sprach darüber, wie es meiner Mutter erging oder wo sie war, geschweige denn, wann sie wieder zurück sein würde. Ich war noch ein Kind, und als solches wurde mir nichts erzählt und nichts erklärt, sodass ich gar nicht erst imstande war, mögliche Fragen zu formulieren. Sie sagten, ich solle ein braves Mädchen sein. Und hofften, ich würde alles andere vergessen.

Gegenüber von uns, auf der anderen Straßenseite, wohnte damals eine kleine alte Dame. Sie hatte einen Garten und einen schönen Schuppen und mehrere Hühner, die in einem kleinen Stall wohnten, auf dem eine Eulenfigur saß. Manchmal, wenn ich bei ihr im Garten vorbeischaute, um Hallo zu sagen, gab sie mir einen Bund Möhren. Oder sie drückte mir ein Ei in die Hand oder einen Keks oder einen Korb voller Erdbeeren. Ich liebte sie. Sie war das Einzige, was für mich in dieser allzu oft sinnlosen Welt einen Sinn ergab. Sie sprach mit einem starken Akzent – einem polnischen, wie ich viel später herausfand – und nannte mich ihren kleinen *Żabko*, weil ich wie ein Frosch ständig herumhüpfte, und dann schickte sie mich an die Arbeit: Erdkirschen pflücken oder frühe Tomaten, Kapuzinerkresse oder Gartenerbsen. Nach einer Weile nahm sie meine Hand und brachte mich wieder zurück nach Hause, wo sie meine Mutter rügte, bevor diese verschwunden war, oder meine Tante (in den langen Monaten, in denen ich meine Mutter vermisste). »Sie müssen die Kleine im Auge behalten«, schimpfte sie, »sonst wachsen ihr eines Tages noch Flügel und sie fliegt davon.«

Es war am letzten Tag im Juli, einem drückend heißen und schwülen Nachmittag, an dem ich die Drachin traf. Einem dieser Tage, an denen stundenlang grummelnd Stürme am Horizont lauern und nur darauf warten, ihre gegensätzlichen Wirbelwinde losbrechen zu lassen – die den helllichten Tag verdunkeln, die Stille heulend durchbrechen und all die Feuchtigkeit aus der Luft herauspressen, als wäre sie ein riesiger, vollgesogener Schwamm. In diesem Augenblick jedoch hatte der Sturm noch nicht begonnen und die ganze Welt wartete lediglich ab. Die Luft war so feucht und warm, dass sie nahezu undurchdringlich war. Meine Kopfhaut schwitzte bis in meine geflochtenen Zöpfe und mein Kittelkleid war von meinen schmuddeligen Handabdrücken ganz zerknittert.

Ich erinnere mich an das stakkatoartige Bellen eines Nachbarhundes.

Ich erinnere mich an das entfernte Grollen eines hochdrehenden Motors. Vermutlich kam es von meiner Tante, die wieder einmal das Auto eines Nachbarn reparierte. Sie war Mechanikerin und die Leute sagten, sie habe magische Hände, weil sie jede kaputte Maschine wieder zum Leben erwecken konnte.

Ich erinnere mich an das seltsame elektrische Summen der Zikaden, die einander von Baum zu Baum zu Baum zuriefen.

Ich erinnere mich an die feinen Staubpartikel und Pollen, die schwebend in der Luft hingen und im schräg einfallenden Licht schimmerten.

Ich erinnere mich an die Geräusche, die aus dem Nachbargarten drangen. Das Brüllen eines Mannes. Den Schrei einer Frau. Ein panisches Keuchen, ein hektisches Scharren, einen dumpfen Knall und dann ein leises, ehrfürchtiges »*Oh!*«.

Jeder einzelne dieser Erinnerungsfetzen ist so klar und scharf wie gesplittertes Glas. Damals war es mir noch nicht möglich, sie zu verstehen. Ich konnte noch keinen Zusammenhang zwischen den einzelnen, scheinbar zusammenhangslosen Momenten und Informationsfetzen herstellen. Es dauerte Jahre, bis ich lernte, sie zusammenzufügen. Ich habe diese Erinnerungen abgespeichert, wie es jedes Kind tut: in einer willkürlichen Sammlung scharfer, greller Gegenstände, abgelegt auf den dunkelsten Regalen in den staubigsten Ecken unseres geistigen Archivierungssystems. Dort bleiben sie, diese Erinnerungen, und rasseln in der Dunkelheit, kratzen an den Wänden, stören unsere sorgfältige Ordnung dessen, was wir für wahr halten, und verletzen uns, wenn wir vergessen, wie gefährlich sie sind, und zu forsch nach ihnen greifen.

Ich öffnete das hintere Tor und lief in den Garten der alten Dame wie schon Hunderte Male zuvor. Die Hühner waren still. Die Zikaden hatten aufgehört zu zirpen und die Vögel zu zwitschern. Die alte Dame war nirgends zu sehen. Stattdessen saß dort, mitten im Garten, auf halber Strecke zwischen den Tomaten und dem Schuppen, eine Drachin auf ihrem Hinterteil. Ein überraschter Ausdruck lag auf ihrem riesigen Gesicht. Sie starrte auf ihre Hände, dann auf ihre Füße, wand den langen Hals nach hinten, um ihre Flügel zu bestaunen. Ich schrie weder auf noch rannte ich davon. Ich rührte mich nicht einmal, stand einfach nur da wie angewurzelt und starrte die Drachin an.

Weil ich gekommen war, um die kleine alte Dame zu sehen, und ich ein überaus zielstrebiges junges Mädchen war, räusperte ich mich schließlich und verlangte zu wissen, wo sie war. Überrascht sah mich die Drachin an, sagte aber nichts. Sie zwinkerte mit einem Auge und legte einen Finger an den lippenlosen Kiefer, als wollte sie »Sch« sagen. Dann beugte sie, ohne noch weiter abzuwarten, die Beine unter dem großen Körper wie eine Sprungfeder, neigte den Kopf nach oben, den Blick in die Wolken gerichtet, entfaltete die Flügel, stieß sich mit einem Schnaufen von der Erde ab und schnellte in den Himmel empor. Ich blickte ihr nach, wie sie immer höher und höher stieg, irgendwann gen Westen bog und über den breiten Baumkronen der Ulmen verschwand.

Danach sah ich die kleine alte Dame nie wieder. Niemand sprach über sie. Es war, als hätte es sie niemals gegeben. Ich wollte nach ihr fragen, hatte aber nicht die nötigen Informationen, um eine solche Frage erst zu formulieren. Ich hoffte, dass die Erwachsenen in meinem Leben es mir erklären oder mir zumindest gut zusprechen würden, doch dem war nicht so. Auch sie schwiegen. Die kleine alte Dame war verschwunden. Ich hatte etwas gesehen, das ich weder verstehen noch ansprechen konnte – nirgendwo und vor niemandem.

Schließlich wurde ihr Haus mit Brettern vernagelt. Der Garten überwucherte, die Beete verwilderten und die Menschen spazierten vorbei, ohne das Haus auch nur eines Blickes zu würdigen.

Ich war vier Jahre alt, als ich das erste Mal eine Drachin sah, als ich erstmals lernte, über Drachinnen zu schweigen. Vielleicht lernen wir so die Bedeutung des Schweigens – ein Fehlen von Worten, ein Fehlen von Zusammenhängen: ein Loch im Universum, wo die Wahrheit sein sollte.

# 2

Meine Mutter kehrte an einem Dienstag zu mir zurück. Wieder gab es keine Erklärung, keinen Zuspruch, nur Schweigen über eine Sache, die so kalt und schwer und unverrückbar war wie ein am Boden festgefrorener Eisblock. Ein weiteres unaussprechliches Ereignis. Es geschah, wenn ich mich richtig erinnere, ungefähr zwei Wochen nachdem die alte Dame von der anderen Straßenseite verschwunden war, als ihr Mann zufälligerweise ebenfalls verschwand. (Auch *darüber* sprach niemand.)

An dem Tag, an dem meine Mutter zurückkam, war meine Tante Marla ganz aufgeregt. Sie putzte das Haus, fiel wieder und wieder mit einem heißen Lappen über mein Gesicht her, kämmte wie besessen mein Haar, bis es glänzte. Ich beschwerte mich lautstark und versuchte vergeblich, mich aus ihrem festen Griff zu befreien.

»Na komm«, sagte meine Tante knapp, »jetzt reicht's aber! Wir wollen doch, dass du gut aussiehst, oder nicht?«

»Wieso denn?«, fragte ich und streckte meine Zunge heraus.

»Einfach nur so.« Ihr Ton war endgültig – oder sollte es eindeutig sein. Doch selbst als Kind konnte ich das Fragezeichen hören, das sich darin verbarg. Tante Marla ließ mich los und errötete leicht. Sie stand auf und blickte aus dem Fenster, zog die Augenbrauen zusammen. Dann widmete sie sich wieder dem Staubsaugen, polierte die Chromverzierungen des Ofens und scheuerte den Fußboden. Jede Scheibe schimmerte wie Wasser, jede Oberfläche glänzte wie Öl. Ich saß in meinem Zimmer zwischen meinen Puppen (mit denen ich gar nicht gern spielte) und meinen Klötzen (mit denen ich sehr gern spielte) und schmollte.

Ich hörte das tiefe Brummen vom Wagen meines Vaters, der gegen Mittag vor unserem Haus vorfuhr, was äußerst ungewöhnlich war. An einem Arbeitstag kam er sonst nie zwischendurch nach Hause. Ich näherte mich dem Fenster und drückte die Nase gegen die Scheibe, wodurch ich einen einzelnen, runden Abdruck darauf hinterließ. Mein Vater faltete sich aus der Fahrertür und richtete seinen Hut. Er tätschelte die glatten Rundungen der Motorhaube, lief zur Beifahrerseite hinüber, öffnete die Tür und streckte eine Hand aus, die gleich darauf eine weitere ergriff. Ich hielt den Atem an.

Eine Fremde stieg aus dem Wagen, die die Kleider meiner Mutter trug. Eine Fremde, deren Gesicht dem meiner Mutter ähnelte, und dann auch wieder nicht. Aufgedunsen, wo es zierlich, und mager, wo es füllig sein sollte. Sie war blasser als meine Mutter und hatte schütteres, glanzloses Haar – nichts als fedrige Flusen, durch die hier und da die Kopfhaut hindurchblitzte. Ihre Schritte waren unsicher und stockend. Ihre Art, sich zu bewegen, hatte nichts von dem sonst so selbstsicheren Gang meiner Mutter. Ich verzog den Mund zu einem Knoten.

Sie kamen nun langsam auf das Haus zugelaufen, mein Vater und diese Fremde. Er hatte den rechten Arm um ihre vogelhaften Schultern gelegt und hielt sie eng umschlungen. Der Hut, der in die Stirn gezogen und leicht schräg auf seinem Kopf saß, hüllte sein Gesicht in Schatten. Ich konnte den Ausdruck darauf nicht sehen. Als sie die Mitte des Wegs erreicht hatten, stürmte ich aus dem Zimmer hinaus und zur Haustür, wo ich atemlos stehen blieb und gebannt auf die Tür starrte. Ich wischte mir mit dem Handrücken die Nase ab und wartete.

Meine Tante gab einen erstickten Schrei von sich und kam aus der Küche geprescht, wobei die Spitzenborte der Schürze, die sie um die Hüfte gebunden hatte, säuselnd über die Knie ihrer Latzhose streifte. Sie warf die Haustür auf, um meinen Vater und die Frau hereinzulassen. Ich sah, wie die Wangen meiner Tante bei dem Anblick dieser fremden Gestalt in den Kleidern meiner Mutter rosig wurden, ihre Augen sich röteten und mit Tränen füllten.

»Willkommen zu Hause«, sagte meine Tante mit stockender Stimme und presste sich eine Hand auf den Mund, die andere aufs Herz.

Ich sah meine Tante an, dann die Fremde, zuletzt meinen Vater. Ich wartete auf eine Erklärung, aber die kam nicht. Ich stampfte mit dem Fuß. Sie reagierten nicht. Endlich räusperte sich mein Vater.

»Alexandra«, sagte er.

»Ich heiße Alex«, flüsterte ich.

Er ignorierte mich. »Steh nicht nur so ausdruckslos da, Alexandra. Komm und gib deiner Mutter einen Kuss.« Er warf einen Blick auf seine Uhr.

Die Fremde sah mich an. Sie lächelte. Ihr Lächeln sah mehr oder weniger aus wie das meiner Mutter, aber ihr Körper war ganz falsch, und auch ihr Gesicht und ihr Haar und ihr Geruch waren falsch. Die geballte Falschheit dieser Situation schien unüberwindbar. Meine Knie begannen zu zittern und mein Kopf zu dröhnen. Ich war damals ein ernstes Kind, besonnen und in sich gekehrt, und neigte weder zu Tränen noch zu Wutausbrüchen. Doch ich erinnere mich deutlich an das brennende Gefühl hinter meinen Augen. Daran, wie ich anfing, ruckartig zu atmen, unfähig, auch nur einen einzigen Schritt zu machen.

Die Fremde lächelte. Sie wankte und hielt sich am linken Arm meines Vaters fest. Er schien es nicht einmal zu bemerken, wandte den Körper leicht von ihr ab und sah abermals auf seine Uhr. Dann warf er mir einen strengen Blick zu. »Alexandra«, sagte er mit tonloser Stimme, »ich werde es nicht noch einmal sagen. Denk doch nur daran, wie sich deine Mutter fühlen muss.«

Mein Gesicht wurde glühend heiß.

Einen Augenblick später war meine Tante an meiner Seite. Sie hob mich hoch und setzte mich wie ein Baby auf ihre Hüfte. »Küsse sind besser, wenn wir sie gemeinsam geben«, sagte sie. »Na komm, Alex.« Ohne ein weiteres Wort schlang sie einen Arm um die Taille der Fremden, legte die Wange an ihre und zwang so mein Gesicht geradewegs in die Einbuchtung zwischen deren Hals und Schulter.

Ich spürte den Atem meiner Mutter auf meiner Kopfhaut.

Ich hörte, wie ihr Seufzer sanft mein Ohr streifte.

Ich strich mit den Fingern über ihr Blümchenkleid und ballte die Faust um den bauschigen Stoff.

»*Oh*«, sagte ich mit belegter Stimme, mehr Hauch als Laut, und schlang einen Arm um den Hals der Fremden. Ich kann mich nicht erinnern, geweint zu haben. Dafür erinnere ich mich, wie der Schal meiner Mutter auf einmal nass wurde, auch ihr Kragen und ihre Haut, und ich erinnere mich an den Geschmack von Salz.

»Nun, das ist mein Zeichen«, sagte mein Vater. »Sei ein braves Mädchen, Alexandra.« Er reckte das spitze Kinn und wandte sich an meine Tante. »Marla«, verabschiedete er sich mit einem Nicken und fügte dann noch hinzu: »Sorg dafür, dass sie sich hinlegt.« Zu der Fremden sagte er nichts. Zu meiner Mutter, meine ich. Zu meiner Mutter sagte er nichts. Vielleicht waren wir uns nun alle fremd.

Auch nach diesem Tag kam Tante Marla weiterhin jeden Morgen früh zu uns und blieb noch lange, nachdem mein Vater von der Arbeit zurück war. Erst wenn der abendliche Abwasch gemacht, die Böden gefegt und meine Eltern beide zu Bett gegangen waren, kehrte sie selbst nach Hause zurück. Sie kochte, organisierte Dinge und spielte während des endlosen alltäglichen Nachmittagsschlafs meiner Mutter mit mir. Sie regelte den Haushalt und ging nur samstags in die Werkstatt, um zu arbeiten – auch wenn sie dadurch meinen Vater verärgerte, der keine Ahnung hatte, was er einen ganzen Tag lang allein mit mir oder meiner Mutter anfangen sollte.

»Die Miete gibt's schließlich nicht für lau«, erinnerte sie meinen Vater, wenn er mürrisch in seinem Lieblingssessel saß.

An den restlichen Wochentagen war Tante Marla die Säule, die mein Familienleben trug. Sie sagte, dass sie es gerne tue, dass ihr nichts wichtiger sei, als ihrer Schwester bei der Genesung zu helfen. Sie sagte, von allen Beschäftigungen, denen sie nachgehen könne, sei dies ihre liebste. Und ich glaube, so muss es gewesen sein.

Meine Mutter ging unterdessen wie ein Geist im Haus umher. Schon bevor sie verschwunden war, war sie klein und leicht und schmächtig gewesen, mit zierlichen Füßen und feinen Zügen, ihre Finger lang und zerbrechlich wie Grashalme, die mit einer Schnur zusammengebunden waren. Als sie zurückkehrte, war sie auf unvorstellbare Weise noch leichter und zerbrechlicher. Sie glich der leeren Hülle einer Grille, die diese abgestreift hatte, nachdem sie aus sich herausgewachsen war. Niemand sprach darüber. Es war unaussprechlich. Ihr Gesicht war so blass wie die Wolken, abgesehen von den sturmdunklen Rändern um ihre Augen. Sie wurde schnell müde und schlief viel.

Meine Tante achtete darauf, dass sie stets gebügelte Röcke hatte, gestärkte Handschuhe, polierte Schuhe und elegante Oberteile. Dass es Gürtel in der richtigen Größe gab, um ihre weite Kleidung an ihrer zierlichen Gestalt festzuzurren. Als die Haare meiner Mutter langsam nachwuchsen und die kahlen Stellen an ihrem Kopf verschwanden, sorgte Marla dafür, dass jemand vorbeikam, um ihr die Haare zu schneiden, und organisierte anschließend noch einen Besuch der Make-up-Dame von Avon. Sie lackierte meiner Mutter die Nägel, lobte sie, wenn sie aß, und versicherte ihr oft, wie sehr sie doch wie sie selbst aussehe. Das verwunderte mich. Ich wusste nicht, nach wem meine Mutter sonst aussehen sollte. Ich wollte es hinterfragen. Doch mir fehlten die Worte, um eine solche Frage zu formulieren.

Tante Marla entwickelte sich damals zum genauen Gegenbild meiner Mutter. Sie war groß, hatte breite Schultern und einen festen, breiten Stand. Sie konnte sogar schwere Gegenstände bewegen, die mein Vater nicht einmal heben konnte. Ich habe sie kein einziges Mal in einem Rock gesehen oder in hohen Schuhen. Sie stapfte in ihren alten Militärstiefeln umher und trug Hosen, die ein enger Gürtel in der Taille zusammenhielt, manchmal auch einen Herrenhut, den sie sich schräg auf ihre hochgesteckten, stets kurz geschnittenen Locken setzte. Sie trug dunkelroten Lippenstift, was meine Mutter schockierend fand, die Fingernägel dagegen kurz und rund und unlackiert, wie ein Mann, was meine Mutter genauso schockierte.

Früher, vor langer Zeit, flog meine Tante Flugzeuge – zuerst für die ATA, der zivilen Lufttransportunterstützung, dann im Frauenkorps der Army, und dann für kurze Zeit in den ersten Monaten des Kriegs als WASP-Pilotin für die US Air Forces, bis man sie aus Gründen, die ich nie erfuhr, nicht mehr fliegen, sondern nur noch Motoren reparieren ließ. Sie war gut darin, so gut sogar, dass alle ihre Hilfe wollten. Als meine Großeltern starben, verließ sie die WASP kurzerhand. Sie fing an, als Mechanikerin in einer Autowerkstatt zu arbeiten, um meine Mutter, die damals noch studierte, finanziell zu unterstützen, und blieb dann einfach dabei. Dass es ein ungewöhnlicher Beruf war für eine junge Frau, wurde mir erst sehr viel später bewusst. Auf der Arbeit verbrachte sie die meiste Zeit über heulende Motoren gebeugt oder darunter auf einem Rollbrett, um die Maschinen mit ihren magischen Händen wiederaufleben zu lassen. Und ich glaube, die Arbeit gefiel ihr. Doch selbst als kleinem Mädchen fiel mir auf, wie ihr Blick immer wieder in den Himmel schweifte, wie jemand, der sich nach seinem Zuhause sehnte.

Ich liebte meine Tante, aber ich hasste sie auch. Schließlich war ich ein Kind. Ich wollte, dass meine *Mutter* mir das Frühstück zubereitete, dass meine *Mutter* mit mir in den Park ging, dass meine *Mutter* meinem Vater einen strengen Blick zuwarf, wenn er sich mal wieder schlecht benahm. Doch nun tat meine Tante all diese Dinge und das konnte ich ihr einfach nicht verzeihen. Zum allerersten Mal fiel mir auf, dass man gleichzeitig gegensätzliche Dinge empfinden konnte.

Als ich einmal Mittagsschlaf machen sollte, krabbelte ich aus dem Bett und schlich mich auf Zehenspitzen ins Büro meines Vaters, das ans große Badezimmer angrenzte, das wiederum ans Schlafzimmer meiner Eltern angrenzte. Ich öffnete die Tür nur einen Spaltbreit und spähte hinein. Ich war ein neugieriges Kind. Und es dürstete mich nach Informationen.

Meine Mutter lag unbekleidet auf dem Bett, was ungewöhnlich war. Meine Tante saß neben ihr und rieb sie unter selbstsicheren, streichenden Bewegungen mit Öl ein. Der Körper meiner Mutter war mit Narben übersät – langen, tiefen Verbrennungen. Ich presste mir eine Hand auf den Mund. War meine Mutter von einem Monster angegriffen worden? Hätte es mir irgendjemand gesagt, wenn dem so wäre? Ich berührte meine Finger mit den Zähnen und biss heftig zu, um nicht aufzuschreien, während ich zusah. Dort wo ihre Brüste hätten sein sollen, zeichneten sich zwei zwiebelförmige, lächelnde Bissspuren ab, die hellrosa aus ihrer Haut hervorstachen. Ich konnte sie nicht lange ansehen. Mit öligen Daumen strich meine Tante sanft nacheinander die Narben entlang. Als meine Mutter zusammenzuckte, zuckte auch ich zusammen.

»Sie sehen schon viel besser aus«, sagte Tante Marla. »Mir nichts, dir nichts werden sie so blass sein, dass du sie kaum noch bemerken wirst.«

»Du lügst schon wieder«, sagte meine Mutter mit leiser, rauer Stimme. »Niemand sollte so weitermachen müssen …«

»Ach, komm schon«, unterbrach Marla sie schnell. »Schluss mit diesem Gerede. Im Krieg hab ich Männer gesehen, die's noch schlimmer erwischt hat, und die haben trotzdem weitergemacht, oder etwa nicht? Also kannst du das auch. Wart's nur ab. Du wirst noch länger leben als wir alle. So viel, wie ich gebetet habe, würde es mich nicht überraschen, wenn du sogar unsterblich wirst. Anderes Bein.«

Meine Mutter gehorchte und drehte sich auf die Seite, sodass sie mir den Rücken zukehrte und Marla ihr nun das linke Bein und den unteren Oberkörper einölen konnte. Die Handballen meiner Tante sanken tief in ihre Muskeln ein. Auch auf dem Rücken hatte sie Verbrennungen. Meine Mutter schüttelte den Kopf und seufzte. »Du wünscht dir also, ich wäre wie Tithonos, ja?«

Marla zuckte mit den Schultern. »Im Gegensatz zu dir hatte ich keine große Schwester, die mich tyrannisiert hat, damit ich das Studium nicht abbreche, ich weiß also nicht, wer das sein soll, Fräulein Schlauberger. Aber sicher. Du kannst genauso sein, wie dieser, wer auch immer er ist.«

Meine Mutter vergrub das Gesicht in ihrer Armbeuge. »Es ist eine Figur aus der Mythologie«, erklärte sie. »Außerdem ist es ein Gedicht, das ich früher geliebt habe. Tithonos war ein Mann – ein sterblicher – aus der griechischen Antike, der sich in eine Göttin verliebte. Sie entschieden zu heiraten, doch die Göttin hasste allein den Gedanken, dass ihr Mann eines Tages sterben würde. Also machte sie ihn unsterblich.«

»Wie romantisch«, sagte meine Tante. »Den linken Arm bitte.«

»Nicht wirklich.« Meine Mutter seufzte. »Götter sind dumm und kurzsichtig, ohne einen Gedanken an die Zukunft. Sie sind wie Kinder.« Sie schüttelte den Kopf. »Nein. Schlimmer. Sie sind wie Männer – keinerlei Gespür für unbeabsichtigte Folgen oder wie man etwas zu Ende führt. Die Göttin nahm ihm die Möglichkeit zu sterben, ohne zu verhindern, dass er weiterhin *alterte*, weil sie nicht daran dachte, ihm auch ewige Jugend zu schenken. Also wurde er jedes Jahr älter, kränklicher, schwächer. Er trocknete aus und verkümmerte, wurde kleiner und kleiner, bis er schließlich nur noch so groß war wie eine Grille. Bis ans Ende der Zeit trug die Göttin ihn dann einfach mit sich in ihrer Tasche herum, wobei sie oft ganz vergaß, dass er noch dort war. Er war gebrochen und nutzlos und hatte jede Hoffnung verloren, dass sich jemals etwas daran ändern könnte. Es war ganz und gar nicht romantisch.«

»Leg dich auf den Bauch, Schwesterlein«, sagte meine Tante, um das Thema zu wechseln. Meine Mutter stöhnte, während sie die Position änderte. Marla tüftelte an den Muskeln meiner Mutter herum, wie sie es auch mit Autos tat – sie glättete, justierte und korrigierte, was einmal falsch gewesen war. Wenn irgendjemand meine Mutter reparieren konnte, dann meine Tante. Sie schnalzte mit der Zunge. »Na, bei so viel Öl kann ich mir nicht vorstellen, dass du allzu sehr vertrocknen wirst. Aber nach dem Schrecken, den du uns eingejagt hast ... nachdem du beinahe ...« Tante Marlas Stimme bebte ganz leicht und brach ab. Sie hielt sich den Handrücken vor den Mund und gab vor zu husten. Doch schon damals, obwohl ich noch so jung war, wusste ich, dass sie nur so tat. Sie schüttelte den Kopf und machte sich wieder daran, den Körper meiner Mutter zu bearbeiten. »Wobei mir der Gedanke, dich für immer in meiner Tasche mit mir rumzutragen, eigentlich ganz gut gefällt.« Sie räusperte sich, trotzdem kamen ihr die nächsten Worte nur schwer über die Lippen. »Sogar sehr gut.«

Ich dürfte mich nicht mehr an diesen Austausch erinnern, aber seltsamerweise tue ich das. Ich erinnere mich an jedes einzelne Wort. Das ist nicht ganz ungewöhnlich für mich, die meiste Zeit meiner Kindheit habe ich damit verbracht, mir aus Versehen Dinge einzuprägen, sie in meinem Gedächtnis zu archivieren. Ich verstand nicht, was ihre Worte bedeuteten, aber ich wusste, welche Gefühle sie in mir weckten. Mein Kopf wurde glühend heiß, meine Haut eiskalt und der Raum, der meinen Körper umgab, schien zu vibrieren und sich zu drehen. Ich brauchte meine Mutter. Ich wollte, dass es meiner Mutter gut ging. Und die irrationale Schlussfolgerung, zu der ich als Kind gelangte, war, dass ich meine Tante dazu bringen müsste zu gehen – denn wenn sie fortging, so dachte ich, würde es meiner Mutter bestimmt wieder gut gehen. Wenn Tante Marla ging, würde niemand mehr meine Mutter füttern müssen, ihre häuslichen Aufgaben erledigen oder ihre Muskeln einreiben, dafür sorgen, dass sie sich anzog, oder sie sicher in irgendeiner Tasche verstauen. Meine Mutter wäre schlicht und ergreifend meine Mutter. Und die Welt wäre so, wie sie sein sollte.

Ich ging zurück in mein Zimmer und dachte an die Drachin im Nachbargarten. Wie sie ihre klauenhaften Hände und krummen Füße bestaunte, dann hinter sich blickte und ihre Flügel betrachtete. Ich erinnere mich an das panische Keuchen und das ehrfürchtige »*Oh!*«. Ich erinnere mich, wie sie die Hinterläufe beugte und den Rücken krümmte. Wie sich die

Muskeln unter der schillernden Haut spannten, sie die Flügel entfaltete und eindrucksvoll in den Himmel emporschnellte. Ich erinnere mich, dass mir selbst ein hörbares Keuchen entfuhr, als die Drachin schließlich in den Wolken verschwand. Ich schloss die Augen und stellte mir vor, wie meiner Tante Flügel wuchsen, über ihren Muskeln metallische Schuppen glänzten, ihr Blick sich zum Himmel hob und sie davonflog.

Dann kuschelte ich mich in eine Decke, kniff die Augen fest zusammen und versuchte mir vorzustellen, wie es Kinder so oft tun, dass es wahr sei.

*Die älteste bekannte, in der Geschichtsschreibung aufgezeichnete spontane Drachenwandlung findet sich in den einst verlorenen Schriften des Timaios von Tauromenion, geschrieben um 310 vor Christus. Die Manuskripte wurden ursprünglich bei der Ausgrabung der gewaltigen unterirdischen Bibliotheken im Herzen des Palasts des Nestor entdeckt. Infolge einer fehlerhaften Kategorisierung des Lagercontainers blieben sie jedoch noch bis vor Kurzem ungelesen und unerforscht. Die Timaios-Fragmente enthalten unter anderem neue Erkenntnisse zu der historischen Person der Königin Dido von Karthago: auch bekannt als Priesterin der Astarte, Schwindlerin der Könige und Betrügerin der offenen Meere. Sämtliche literarischen Erzählungen über ihr Leben – von Cicero und Vergil zu Plutarch und all den anderen unausstehlichen Wichtigtuern dazwischen – weichen stark voneinander ab und zeigen jeweils verschiedene Aspekte dieser unbestreitbar vielschichtigen, unergründlichen und zutiefst aufsässigen Frau. Die Erzählungen über ihren Tod sind sich indessen alle weitgehend einig. Insbesondere darüber, dass Dido – ob aus Trauer, Zorn oder Rache oder lediglich als Akt der Selbstaufopferung, um die von ihr gegründete, errichtete und geliebte Stadt Karthago zu retten – seelenruhig den für sie bestimmten Scheiterhaufen erklommen, sich dort auf das Schwert ihres Mannes gestürzt und unter den Flammen, die sie verzehrten, ihr Leben ausgehaucht haben soll.*

*Und vielleicht hat es sich ja genau so zugetragen.*

*Die Schriften des Timaios eröffnen jedoch uns eine abweichende Sichtweise. Die Fragmente aus Buch 19, Buch 24 und*

*Buch 49 von Timaios'* Historiai *enthalten kurze sowie beiläufige Hinweise, die uns ein anderes Schicksal der Königin Dido aufzeigen und auf eine Art dargestellt werden, die davon ausgeht, dass der Leser die angesprochene Geschichte bereits kennt und versteht. Diese beiläufige Bezugnahme, so könnte man argumentieren, ist insofern bedeutend, als sie impliziert, dass der Autor es nicht für nötig befindet, seine Sicht auf das Geschehene zu verteidigen, sondern seine zeitgenössische Leserschaft lediglich auf eine Erzählung verweist – und zwar auf eine Weise, die nahelegt, dass sie sowohl akzeptiert als auch akzeptabel ist. Timaios' Beschreibungen nach stand Königin Dido an beiden Seiten von ihren Priesterinnen flankiert am Ufer und sah zu, wie die trojanischen Schiffe, die nach Karthagos Hafen, dessen Reichtümern, Ressourcen und Frauen gierten, das Meer dunkel färbten. Timaios beschreibt Karthago als pralle Brust, an der sich Aeneas und seine Gefolgschaft laben wollten, und schildert, wie die gesamte Stadt vor der schrecklichen Gier der Männer erzitterte.*

*Die Timaios-Fragmente offenbaren uns faszinierende Anhaltspunkte. In Buch 19 beschreibt er, wie die Königin und ihre Priesterinnen ihre Gewänder öffneten und sie zu Boden fallen ließen. »Gleich Nymphen traten sie aus ihren Kleidern, dann gleich Ungeheuern aus ihren Körpern«, schreibt Timaios. »Und Tausende Scheiterhaufen entflammten auf der See.« Welche Art von Ungeheuern? Und wessen Scheiterhaufen entflammten? Timaios verrät es uns nicht. In Buch 24 schreibt er: »Oh, Karthago! Stadt der Drachen! Wehe dir, die ihren heiligen Beschützerinnen den Rücken zugewandt hat! Binnen einer Generation lag Didos erhabene Stadt in Schutt und Asche.« Und in Buch 49, in dem er schildert, wie Dido den König Pygmalion bestiehlt und über das Meer flieht, schreibt Timaios: »Auf ihrer Flucht bereiste die junge Königin Inseln, die auf keiner Karte verzeichnet waren, und bat die Männer, auf ihren Schiffen auf sie zu warten, während sie selbst an Land schwamm. Jedes Mal wenn sie zurückkehrte, wurde sie von Frauen begleitet. Sie würden sowohl Priesterinnen als auch Ehefrauen sein, so sagte man den Männern, die bei dem Anblick dieser Frauen eine Gänsehaut überkam, ohne dass sie genau sagen konnten, warum. Oh, und ihre Augen funkelten so! Oh, und ihre Gewänder raschelten so, wie Flügel! Und oh, welch ungestüme Kraft in ihren Bäuchen brannte. Sie waren stark wie Männer, diese Priesterinnen, und sonnten sich gleich Echsen auf den Decks der Schiffe. Die Seemänner beschlossen, sich von den Frauen fernzuhalten. Und diejenigen, die sich doch vergaßen und lüstern berührten, was sie nicht berühren sollten, verschwanden meist bis zum nächsten Morgen, ohne dass ihre Namen je wieder erwähnt wurden.«*

*War Dido zur Drachin geworden? Und ihre Priesterinnen ebenso? Wir können es nicht wissen. Zweierlei sollte uns jedoch veranlassen, der* Historiai *besondere Beachtung zukommen zu lassen. Zum einen ist die Erzählung von Timaios die älteste Aufzeichnung dieser Ereignisse und es daher auch weitaus unwahrscheinlicher, dass sie durch die politischen Zwänge des Revisionismus negativ beeinflusst wurde. Männer erfreuen sich schließlich an nichts so sehr, wie sich selbst in den Mittelpunkt einer Erzählung zu rücken. Zum anderen folgt, wie sich geschichtlich gezeigt hat, auf die gelegentlichen und wohl spontanen Ausbrüche des weiblichen Drachenwandelns (die in Wahrheit gar nicht spontan sind, aber dazu kommen wir später in dieser wissenschaftlichen Arbeit) fast immer eine kollektive Weigerung, unumstößliche Fakten zu akzeptieren, sowie eine gesellschaftsweite Entscheidung, nachweisliche Ereignisse zu vergessen, die als zu besorgniserregend, unschön oder verstörend angesehen werden. Diese Verhaltensweise fing weder mit Königin Dido an noch endete sie mit ihr.*

*Nachfolgend werde ich nun fünfundzwanzig eigenständige historische Beispiele des Massendrachenwandelns behandeln sowie die daran anschließende Verdrängung der Erinnerung, bevor ich abschließend selbstverständlich auf die erstaunlichen Ereignisse von 1955 hier in den Vereinigten Staaten eingehen werde. Das hiesige Große Drachenwandeln, so ungewöhnlich es zugegebenermaßen hinsichtlich seines Umfangs und Ausmaßes auch gewesen sein mag, war im Kontext der Weltgeschichte gesehen alles andere als einmalig. Spontanes Drachenwandeln ist, wie ich zu beweisen beabsichtige, kein neues Phänomen. Allerdings ist es angesichts der schieren Masse an Wandlungen im Jahr 1955 unerlässlich, dass wir aus den Fehlern der Geschichte lernen und einen neuen Weg einschlagen. Meine These lautet, dass auf jede Massendrachenwandlung in der Geschichte ein Phänomen folgt, das ich als »Massenvergessen« bezeichne. Und tatsächlich ist es jenes Vergessen, so argumentiere ich, das sich als weitaus schädlicher erweist und mehr psychische sowie kulturelle Wunden hinterlässt. Des Weiteren schlussfolgere ich, dass die Vereinigten Staaten sich gegenwärtig wieder mitten in einem solchen Vergessen befinden, deren Auswirkungen sich sowohl nachverfolgen als auch quantifizieren lassen – und hoffentlich auch umkehren, wenn wir unverzüglich koordinierte Maßnahmen dagegen ergreifen.*

– »Eine kurze Geschichte der Drachinnen« von Professor H. N. Gantz, MD/PhD, ursprünglich in der Fachzeitschrift *Annals of Public Health Research* vom Gesundheits-, Bildungs- und Wohlfahrtsministerium der Vereinigten Staaten am 3. Februar 1956 veröffentlicht. Drei Tage darauf wurde die Publikation zensiert und alle Exemplare bis auf dieses eine zerstört.

# 3

Rückblickend glaube ich, dass meine Mutter meiner Tante gegenüber womöglich ähnlich komplizierte Gefühle hatte. Sie liebte ihre Schwester. Und doch breitete sich eine Kälte zwischen ihnen aus, je mehr meine Mutter sich erholte.

»Das kann ich auch machen«, sagte meine Mutter in der Küche, wenn meine Tante gerade den Brotteig knetete. »Das ist nicht nötig«, sagte sie im Badezimmer, wenn meine Tante gerade die Fugen schrubbte. Sie sagte es, wenn meine Tante mir die Haare flechten oder sie die Möbel abstauben wollte.

»Lass mich das machen, danke«, sagte sie, wenn meine Tante mir gerade eine Geschichte vorlas. Sie hob meinen schmächtigen Körper aus Marlas breitem Schoß und schnappte sich das Buch.

Und wenn mich meine Tante Alex nannte, kniff meine Mutter die Augen zusammen und sagte mit fester, entschiedener Stimme: »Sie heißt Alexandra.«

Es wurde kalt im Zimmer. Meine Mutter drückte mich an sich. Tante Marlas Miene wurde seltsam ausdruckslos. »Du hast recht«, sagte sie. Die Worte waren sanft und gedämpft wie Schnee. »Soll ich mich um die Küche kümmern?«

Die Arme meiner Mutter schlangen sich wie eine eiserne Schraubzwinge um meinen Körper. »Das wird nicht nötig sein«, sagte sie. »Ich danke dir für deine Hilfe heute«, fügte sie hinzu, als wäre meine Tante eine lästige Mitarbeiterin, der man die Tür weisen musste.

Meine Tante lächelte, flüchtig und verhalten. Sie ließ die Hände in die tiefen Taschen ihrer Latzhose sinken und verlagerte das Gewicht auf die Fersen. Ihr Blick huschte rasch zum Fenster, dann wandte sie sich der Tür zu. »Sicher doch, Schwesterlein«, sagte sie. »Ich merk schon, dass ich dir im Weg stehe. Ruf mich an, wenn du etwas brauchst.«

Meine Mutter antwortete nicht. Sie hielt mich nur weiter fest, während sie zuhörte, wie die Schritte meiner Tante zuerst über den Holzboden und dann über die Fliesen im Eingangsbereich hallten. Sie zuckte zusammen, sobald die Haustür mit einem Schwung ins Schloss fiel.

Tante Marla kam am nächsten Tag wieder und auch tags darauf, aber selbst ich bemerkte, dass sich etwas geändert hatte. Ein Sturm lauerte am Himmelsrand und wartete nur darauf, loszubrechen.

Mit ihrer Farbe kehrte auch die Kraft meiner Mutter wieder zurück – erst nur tröpfchenweise, dann wie eine Flut. Ihr Haar glänzte wieder und ihre Geduld mit meiner Tante neigte sich immer mehr dem Ende. Tante Marla hatte die Angewohnheit, hin und wieder schockierende Dinge zu sagen. Ich verstand nicht, was sie meinte oder warum das, was sie sagte, so schockierend war, doch mir fiel auf, wie bei ihren Äußerungen oft das Gesicht meiner Mutter rot anlief. Außerdem sprach meine Tante immer wieder von dem Leben meiner Mutter, bevor sie geheiratet hatte, insbesondere deren Arbeit. Meine Tante wollte ständig darüber reden – so stolz war sie auf meine Mutter –, und wenn sie das tat, dann strahlte sie übers ganze Gesicht und faltete die Hände wie zum Gebet. Meine Mutter hingegen wurde zerbrechlicher, angespannter, verschlossener, wie ein mechanisches Spielzeug, dass man viel zu stark aufgezogen hatte.

»Deine Mutter, Alex, war Klassenbeste«, pflegte Marla zu sagen, mit einer Stimme wie der einer Märchenerzählerin. »Sie stellte alle in den Schatten, war eine Magierin der Mathematik. Ein absolutes ...«

Und dann verließ meine Mutter immer den Raum, ging in ihr Schlafzimmer und ließ die Tür mit einem energischen Rums hinter sich zuschlagen.

Nach Monaten brodelnder Frustration kochten die Stimmen meiner Mutter und Tante schließlich über. Geschirr klirrte, ein Einmachglas zersplitterte in der Küchenspüle und eine flache Hand klatschte gegen eine zarte Wange. Meine Mutter schnaubte frustriert. Meine Tante weinte eine einzige Sekunde lang und im Zimmer wurde es schrecklich still. Ich versteckte mich unter dem Tisch. Ich hielt mir die Ohren zu. Ich erinnere mich noch immer an jedes Detail.

Vor allem eines: Als die Haustür aufflog und meine Tante hinausstampfte, blieb meine Mutter auf der Eingangstreppe stehen und rief der sich entfernenden Gestalt ihrer Schwester hinterher: »Komm zurück, wenn du dich für ein *normales* Leben entschieden hast. Such dir einen Ehemann, bekomm ein Kind. Vielleicht können wir dann wieder Freudinnen sein.«

Meine Tante drehte sich nicht um. Ich sah, wie sich ihre Brust schwellte, innehielt und sich dann langsam wieder zusammenzog. Sie hob das Gesicht gen Himmel. »Na gut«, sagte sie schließlich. »Ich werd sehen, was ich tun kann.«

Nachdem meine Tante ging, war das Haus still. Für sehr lange Zeit. Meine Mutter gab mir einen Stapel Papier zum Zeichnen, dann zog sie sich wieder in ihr Zimmer zurück.

Und obwohl meine Tante danach zwei Jahre lang keinen Fuß mehr in unser Haus setzte, begleitete sie uns noch in die Kirche. Marla und meine Mutter saßen rechts und links wie Bücherstützen neben mir und meinem Vater, meine Mutter in bestickten Kleidern, meine Tante in lockeren Wollhosen und einer Bluse, die an ihrem Hals geöffnet war. Sie war die einzige Frau in der Kirche, die Hosen trug, was zu dieser Zeit noch schockierend war und den meisten Frauen in den meisten Kirchen wohl nicht gestattet gewesen wäre. Meine Tante hatte jedoch eine Art an sich, die die Menschen glauben ließ, dass alles, was sie tat, schon seine Richtigkeit hatte – jedenfalls abgesehen von meiner Mutter. Die meisten Frauen flogen schließlich auch keine Flugzeuge oder arbeiteten in einer Autowerkstatt, beides Dinge, in denen meine Tante ausgesprochen gut war, und wenn man es *so* betrachtete, interessierten niemanden die Hosen. Marla und meine Mutter trugen beide die aufeinander abgestimmten Schleier, die ihre Großmutter ihnen vor ihrem Tod gegeben hatte. Die handgeknüpfte Spitze war mit aufwendigen, wunderschön ausgearbeiteten Mustern verziert, schmiegte sich um ihre Gesichter und war mit Haarnadeln festgesteckt. Jeden Sonntag warfen sich die beiden Schwestern die ganze Messe über seitliche Blicke zu, als forderten sie einander heraus, etwas zu sagen.

Schließlich machte meine Tante genau das, was meine Mutter wollte. Sie heiratete. Einen unfähigen, faulen Trinker. Ich war gerade mal sechs und selbst ich wusste, dass es eine furchtbare Idee war – hauptsächlich weil ich es alle sagen hörte. Doch immerhin war sie jetzt eine Ehefrau. Meine Mutter hielt Wort, und sie und meine Tante waren wieder Freundinnen. Sozusagen.

Sie sprachen weder über den Streit noch über die lange Trennung oder die Stille. Sie gingen forsch miteinander um, unterkühlt. Verhaltene Lächeln waren auf ihre Gesichter gemalt wie die versteinerten Mienen von Porzellanpuppen. Auch darüber sprachen sie nicht.

Letztendlich ergab es keinen großen Unterschied. Als ich vier Jahre alt gewesen und meine Mutter verschwunden war, hatte niemand über ihre Krankheit gesprochen, und als sie zurückkam, war sie *noch immer* unaussprechlich. Auch was mit der alten Dame auf der anderen Straßenseite passiert war, war unaussprechlich. Genau wie das mit Brettern vernagelte Haus. Die Menschen liefen daran vorbei und wandten den Blick ab.

Doch ganz gleich, ob es nun irgendwer wollte oder nicht, das Große Drachenwandeln von 1955 stand bevor. Meine Familie, meine Schule, meine Stadt, mein Land, die gesamte Welt – das alles würde sich schon bald grundlegend verändern.

Und auch diese Veränderung sollte unaussprechlich sein.

# 4

Obwohl meine Tante und Onkel uns regelmäßig zu Hause besuchten, nachdem sie geheiratet hatten, schien mir mein Onkel immer irgendwie nebensächlich zu sein – umso mehr, als meine Cousine Beatrice geboren wurde. Heute, nach all diesen Jahren, kann ich mich kaum noch daran erinnern, wie mein Onkel aussah. Ich erinnere mich nur an sein raues Kinn, den sauren Atem und daran, dass er manchmal gemein war. Ihn zu ignorieren, wurde ungeheuer einfach, als Beatrice hinzukam.

Ah, Beatrice, Beatrice, Beatrice! Sie trat in mein Leben wie ein seltener Vogel, erfüllte es mit Farbe und Bewegung und begeistertem Geschrei. Sie hatte oranges Haar und Augen, deren Farbe und Glanz an die Flügel eines Käfers erinnerten. Ihre Haut war nach dem Waschen innerhalb von Sekunden wieder schmutzig. An dem Tag, an dem sie geboren wurde, gefror der Himmel, stand die Sonne still und erbebte die Erde, ich schwör's. An dem Tag, an dem sie geboren wurde, erzählte mir niemand, dass meine Tante auf dem Weg ins Krankenhaus war oder dass dies der Tag war, an dem der wundervollste Mensch, den es je geben sollte, zur Welt kommen würde. Und doch wusste ich es. Sobald Beatrice geboren war, fand das Universum ein Stück mehr zu sich selbst.

Beatrice und ich, wir waren füreinander gemacht. Wir waren wie die Flügelpaare einer Libelle, der Blitz und sein unerlässlicher Donnerschlag oder auch Doppelsterne, die sich tanzend umkreisten.

In der Tat fühlten sich die abendlichen Besuche meiner Tante und meines Onkels fortan ganz anders an. Dass ich gezwungen war, mit den Erwachsenen am Esstisch zu sitzen, damit ich gute Umgangsformen übte und lernte, stillzusitzen und nur zu sprechen, wenn ich angesprochen wurde, war nicht länger nur noch lästig, sondern unerträglich und endlos. Was interessierten mich die Erwachsenen, wenn Beatrice bei uns zu Hause war? Beatrice, deren Faust gänzlich in ihrem sabbrigen Lächeln verschwand. Beatrice, die gerade erst ihre Zehen entdeckte. Beatrice, die mit einstimmte, wenn ich ihr ein Kinderlied vorsang, und meine Tonlage und Lautstärke genaustens und ganz bewusst mit ihrer glockenhellen Stimme wiedergab und am Ende eines jeden Satzes laut loskicherte. Beatrice, die entzückt quiekte, wenn ein Spielzeug wieder auftauchte. Von dem Moment an, in dem sie geboren wurde, war mir Beatrice der liebste Mensch auf der ganzen weiten Welt. Manchmal fühlte es sich an, als gäbe es nur sie auf der Welt, nur sie und mich allein. Wir waren Beatrice und Alex, die Beherrscherinnen der Welt.

Ich saß auf meinem rot gestrichenen Kinderstuhl mit den Erwachsenen am Tisch, die Hände gefaltet, die Serviette auf dem Schoss, und zählte die Minuten, bis ich fragen konnte, ob ich aufstehen und mit Beatrice im Wohnzimmer spielen gehen durfte. *Zehn Minuten*, hatte meine Mutter zu mir gesagt. Zehn Minuten müsse ich noch am Tisch sitzen bleiben und mich *unterhalten*, obwohl ich mir nicht einmal ganz sicher war, wie ich das anstellen sollte, schließlich hatte man mir gesagt, dass man Kinder nur sehen, aber nicht hören können sollte. Ich beobachtete die Uhr. Jede Minute, die verging, schien tausend Jahre lang zu sein.

Und genau in diesem Augenblick, als ich den Uhrenzeiger dabei beobachtete, wie er auf die nächste Markierung zukroch, bemerkte ich, dass die Stimme meines Vaters streng und schroff wurde.

»Das ist die Vergangenheit«, sagte er. Seine Stimme peitschte über mein Gesicht wie eine Ohrfeige. »Es ist unhöflich, die Vergangenheit zu erwähnen.« Eine schwere Stille senkte sich über den Tisch und mir fingen an, die Ohren zu klingeln. Meine Mutter wurde ganz blass und ihre Schultern fielen in sich zusammen. Der Ausdruck meines Vaters verwirrte mich. Sein Kiefer war verkrampft, sein Mund hart und grimmig, sodass seine gezackte untere Zahnreihe zum Vorschein kam. Doch seine Augen sagten etwas anderes, waren sanft, feucht, flehend.

Meine Tante spielte mit dem Armband an ihrem linken Handgelenk – einem kunstvoll geknüpften Draht mit aufwendigem Muster. Sie hatte zwei solche Armbänder, eins an jedem Arm. Meine Mutter hatte sie als Brautgeschenk mit einem Häkelhaken für Marla angefertigt. Die metallischen Wirbel und Windungen schimmerten und flackerten im Kerzenschein, als wären sie selbst aus Flammen gemacht. »Tja, da gibt es mehrere Dinge, die nicht gerade höflich sind«, sagte meine Tante mit einem unterdrückten Lächeln. Sie legte ihre Gabel beiseite und tupfte sich die Finger und den Mund mit der Serviette ab. »Aber das hält die Leute nicht davon ab, sie trotzdem zu tun. Auf ihren Geschäftsreisen, zum Beispiel.« Sie zwinkerte und nippte an ihrem Wein, wobei ihr roter Lippenstift eine Spur am Glasrand hinterließ, wie der Hauch eines Kusses.

»Lasst uns bitte nicht streiten«, sagte meine Mutter mit leiser Stimme. Die Atmosphäre im Raum wurde drückend. Mein Vater spannte den Kiefer an und löste ihn wieder, immer abwechselnd. Die Haut in seinem Nacken wurde rot. Ich warf einen Blick auf die Uhr, sie schien stillzustehen. Beatrice gurrte im Zimmer nebenan in ihrem Tragekörbchen, wahrscheinlich begutachtete sie wieder ihre Zehen. Sie gluckste über irgendetwas. Die Luft vielleicht. Oder auch ihr eigenes wundervolles Wesen. Ich biss mir auf die Lippe. Beatrice machte niedliche Sachen und ich *verpasste es.*

Mein Onkel schwenkte die dunkle Flüssigkeit in seinem Glas, dann trank er es in einem Zug aus und schenkte sich unverzüglich ein neues ein. »Mach sie bloß nicht wütend, George«, brummte er, die blutunterlaufenen Augen auf meine Tante gerichtet. »Du weißt doch, was man über wütende Frauen sagt.«

Meine Tante warf ihm einen strengen Blick zu, sodass ihm jegliche Farbe aus dem Gesicht wich. Ihre Augen glühten dunkel. »Und das wäre? Liebster«, sagte sie mit der Ruhe einer Schlange, die nur darauf wartete, zuzuschlagen. Sie rückte vorsichtig ihre Armbänder zurecht, als ob sie juckten.

Er antwortete nicht, setzte nur erneut das Glas an seine trockenen Lippen, warf den Kopf in den Nacken und kippte den Inhalt hinunter.

»Darüber müssen wir jetzt nicht reden«, sagte meine Mutter und sammelte die Teller wahllos übereinandergestapelt ein. »Es spielt sowieso keine Rolle mehr.« Sie eilte in die Küche und ließ das Geschirr mit einem lauten Scheppern in die Spüle fallen.

Meine Tante wandte sich von meinem Onkel ab und ließ ihren Blick direkt auf mich fallen. Ihre Augen wurden wieder normal. »Alex, du bist so ruhig«, sagte sie. »Erzähl doch mal, was dir durch den Kopf geht, mein Schatz.«

Ich hatte nicht damit gerechnet, angesprochen zu werden, und bei ihrem plötzlichen Blick wäre ich beinahe zusammengezuckt. »Ich weiß nicht«, sagte ich und stolperte über meine Worte. »Nicht die Uhr«, fügte ich etwas zu laut hinzu, wobei mein Blick unbewusst wieder zum Minutenzeiger huschte, der sich unerklärlicherweise nicht gerührt hatte, seit wir mit dem Abendessen begonnen hatten. Mir war bereits mehrfach gesagt worden, dass es unhöflich sei, auf die Uhr zu starren, während wir am Esstisch saßen. Es sei den Gästen gegenüber unfreundlich, hatte meine Mutter mir erklärt.

»Ah«, sagte meine Tante. »Natürlich nicht.« Sie tauschte einen amüsierten Blick mit meiner Mutter, die nun in der Tür zwischen Wohn- und Esszimmer stand und, wie ich sah, ganz und gar nicht amüsiert war.

Meine Tante wandte sich zu mir zurück. »Weißt du, worüber wir reden, Alex?«, fragte sie.

»Es interessiert sie nicht, worüber wir reden«, unterbrach meine Mutter sie und stellte sich zwischen mich und meine Tante. Sie hob die Auflaufform hoch, schnappte sich das dreckige Besteck, schmiss es unter einem Klirren hinein und verschwand wieder in der Küche.

»Lass gut sein, Marla«, warnte mein Vater, die Stimme eisig, leise und unnachgiebig.

Marla blickte mich weiter unverwandt an. »Wir reden über deine Mutter, diese Frau dort«, erklärte sie und deutete in Richtung meiner sich entfernenden Mutter. »Ich glaube, ihr kennt euch.« Sie warf ein Lächeln in die Runde, das niemand erwiderte. Sie ließ nicht locker. »Wusstest du, dass deine Mutter, ja, *deine Mutter*, die Beste ihres Jahrgangs war und sich das Institut für Mathematik trotzdem geweigert hat, sie mit Auszeichnung bestehen zu lassen? Nur weil sie eine Frau ist.«

»Mit Auszeichnung?«, fragte ich, obwohl es mich eigentlich nicht interessierte. Beatrice gluckste wieder. Ich fand dieses Gespräch langweilig und wünschte mir nichts mehr, als aufstehen zu dürfen.

»Ein Abschluss mit Auszeichnung ist noch besser als ein normaler Abschluss, *besonderer*«, erklärte meine Tante, »weil die Person, die sich diese Auszeichnung hart erarbeitet hat, selbst besonders ist.«

»Mama ist auch so schon besonders«, sagte ich. Meine Mutter, die zwischen dem Esstisch und der Küche hin- und hersauste, tätschelte mir den Kopf und mein Vater lachte schallend und anerkennend auf.

»Siehst du?«, sagte er. »Alexandra weiß, was wichtig ist.« Er zündete sich eine Zigarette an, lehnte sich zurück, entspannte sich ein wenig.

»Ich heiße Alex«, sagte ich leise und blickte finster. Niemand bemerkte es.

»Aber findest du, dass das fair ist, mein Spatz?«, fragte mich meine Tante. Sie zündete sich ebenfalls eine Zigarette an und blies den Qualm meinem Vater entgegen. »Hätten die Lehrer nicht vor allen sagen sollen, dass sie die Klügste war? Das *war* sie ja nämlich.« Tante Marla fixierte mich. Ihre Augen wirkten größer als sonst und die Ränder ihrer Iris schimmerten golden. Ich konnte mich nicht rühren, selbst wenn ich es versucht hätte.

»Natürlich«, antwortete ich. Ich war in der dritten Klasse, ich wusste, was es bedeutete, fair zu sein.

»Genug jetzt«, sagte mein Vater und wedelte wütend den Qualm davon. »Alexandra, geh ins Wohnzimmer.« Er funkelte meine Tante wütend an. »Wen kümmern ihre mathematischen Berechnungen und wissenschaftlichen Arbeiten? Oder Abschlüsse und Auszeichnungen? Es erinnert sich sowieso niemand daran. Wozu braucht sie ein Hochschuldiplom, wenn sie als Hausfrau wunschlos glücklich ist? Reine Geldverschwendung, wenn du mich fragst. Und die ganze Zeit, die dafür draufgeht. Und wofür das alles? Sie hat einem gescheiten jungen Mann mit einer glänzenden Zukunft den Platz weggenommen, der mit seinem Universitätsabschluss sicherlich einen wertvollen Beitrag zur Gesellschaft geleistet hätte. Auch das scheint mir eine Verschwendung.«

Schlagartig wurde es heiß im Zimmer. Meine Tante war groß und laut und *glänzend.* Manchmal lachte sie lauter als alle Männer, die ich kannte. Ich fand sie aufregend, aber auch furchterregend. Sie hatte eine einnehmende Präsenz, die etwas Gefährliches ausstrahlte. Sie war Hitze und Klauen und gezielte Geschwindigkeit. Schon damals.

Meine Wangen fingen an zu glühen. Marla ignorierte meinen Vater, ihr Blick haftete weiterhin nur an mir. Ein unmerkliches Lächeln verbarg sich in ihren Mundwinkeln.

»Da war sie nun also, deine Mutter, die Allerklügste und Jahrgangsbeste, ein aufstrebender Stern am akademischen Himmel. Sie bewirbt sich bei einer Graduiertenschule, um weiter Mathematik zu studieren. Doch sie wird abgelehnt, und zwar nicht, weil sie nicht klug genug ist, sondern schlichtweg, weil sie eine Frau ist. Und, was meinst du, war das etwa fair?«

Ich antwortete nicht. Allerdings glaube ich, dass die Worte meiner Tante ohnehin nicht mir galten, nicht wirklich.

»Also hat deine liebe Mutter stattdessen als Bankangestellte bei deinem Vater angefangen. Mit ihren Algorithmen und Rechenschiebern und blitzschnellen Berechnungen. Und rate mal, sie war fantastisch darin, eine wahre Zauberin. Sie hatte ein magisches Händchen für Zahlen. Sie konnte buchstäblich *jeden* Fonds wachsen lassen, wie durch Zauberei. Sie verknüpfte Tabellen miteinander wie mystische Knoten und brauchte Zahlen nur ansehen, um sie steigen zu lassen.« Während sie sprach, gestikulierte Marla lebhaft mit den Händen, wobei ihre Armbänder schimmerten, als stünden sie in Flammen. Sie schloss die Augen und ihr Gesicht leuchtete.

»Jetzt übertreibst du aber!«, kam die Stimme meiner Mutter von nebenan. Sie war verärgert, so viel war mir bewusst, ich verstand nur nicht, warum. Beatrice gluckste und mein Vater sagte mir erneut, ich solle ins Wohnzimmer gehen. Doch ich konnte mich nicht rühren.

Mein Onkel goss sich ein weiteres Glas ein. »Eine Frau als Buchhalter.« Er lachte schallend. »So einen Quatsch habe …«

Marla streckte den Arm aus und klatschte ihm auf den Hinterkopf.

Sie veränderte dazu weder ihre Sitzposition noch ihre Haltung, schaute ihn nicht einmal an.

»Au!«, krächzte mein Onkel. »Marla!« Meine Tante tat so, als hätte sie ihn nicht gehört.

»Das ist doch Zauberei, mein Schatz«, sagte Tante Marla zu mir. »Findest du nicht auch?«

Meine Mutter tauchte wieder in der Tür auf, ihr standen Tränen in den Augen. Ich hasste es, wenn meine Mutter wütend oder traurig war. Ich drehte mich zu meiner Tante und warf ihr einen finsteren Blick zu, die schilfdünnen Arme vor der Brust verschränkt. *Wie kann sie es wagen?*, dachte ich. *Wie kann sie es nur wagen, meine Mutter so zu verärgern?* Zugegeben, ich verstand nicht recht, *warum* meine Mutter so aufgebracht war. Nur, dass sie es war, und zwar wegen meiner Tante, da war ich mir ziemlich sicher. Ich streckte ihr die Zunge heraus. Sie lächelte nur.

»Siehst du das anders, Alex?«, fragte sie mich.

»Sie heißt Alexandra«, korrigierte mein Vater sie und zog ein letztes Mal an seiner Zigarette, bevor er sie in dem Aschenbecher in der Mitte des Tischs ausdrückte.

Ich blickte nur grimmig und antwortete nicht.

Marla sah mich weiter an. Ich spürte, wie meine Haut anfing zu brennen. »Streitest du ab, wozu deine Mutter fähig ist, Alex?«, fragte sie.

Meine Mutter blieb wie zur Salzsäule erstarrt im Türrahmen stehen. Das Licht aus der Küche rahmte sie ein.

»Zahlen *sind keine Zauberei*«, sagte ich entschieden. Ich wusste, dass ich nicht deshalb so aufgebracht war, nicht *wirklich.* Manchmal fühlte sich die angespannte Stimmung zwischen Erwachsenen an wie Säure auf meiner Haut – sie verursachte mir keinen körperlichen Schaden und dennoch brannte es. Meine Tante hatte meine Mutter traurig gemacht. Oder vielleicht war es auch mein Vater gewesen. Nur konnte ich nicht erklären, wie sie das angestellt hatten, weil die Worte, die ich damals kannte, unhandlichen Werkzeugen gleichkamen, die für das besprochene Thema noch nicht richtig eingestellt waren. Eine Tatsache, die mich nur noch wütender machte. Auf meine Tante, größtenteils. Ich machte ein böses Gesicht, um sicherzugehen, dass sie auch wusste, wie ich mich fühlte. »Zahlen«, sagte ich mit besonderem Nachdruck, »sind *Zahlen.*«

Meine Tante nahm diese Information sichtlich beeindruckt auf. »Da stimme ich dir voll und ganz zu«, sagte sie. Ich lehnte mich zurück und entspannte mich wieder. Schon damals mochte ich es, zu *gewinnen*. »Aber um genau zu sein«, fuhr sie fort, »habe ich nie gesagt, dass *Zahlen* magisch sind. Ich habe gesagt, dass deine *Mutter* magisch ist. Eine Zauberin, genau genommen, aber lass uns einfach bei magisch bleiben, das ist einfacher. Die Sache ist nur die, Alex, mein Liebling. Das ist nichts Neues und deine Mutter ist nicht die Einzige. Alle Frauen sind magisch. Buchstäblich jede einzelne von uns. Es liegt in unserer Natur. Besser, du lernst das jetzt schon.«

Mein Vater gab ein ungläubiges Grunzen von sich und mein Onkel, der viel zu tief ins Glas geschaut hatte, schrie wie ein Esel. »Na, wenn das nicht ...«

Und dann, ganz plötzlich, wurde es still am Tisch. Die Stimme meines Onkels blieb ihm in der Kehle stecken. Ein Blick meiner Tante genügte, damit seine Worte im Keim erstickten. Ich sah zu ihr hinüber, ihre Augen waren zwei glimmende Kohlen. Die Armbänder aus geknotetem Draht um ihre Handgelenke wurden so heiß, dass sie glühten und entlang ihrer Haut Verbrennungen hinterließen. Niemand rührte sich, niemand atmete. Mein Onkel war wie erstarrt, als hätte der Blick meiner Tante ihn in der Mitte durchbohrt und zugenäht.

Er war in ihrer Gewalt, ihrer Gnade gänzlich ausgeliefert. Sie lächelte, als er kreidebleich wurde.

Und dann, mit einer Geste meiner Tante, war der Moment wieder vorbei. Mein Onkel schnappte nach Luft. »Du wolltest sagen, Liebster?«, zischte meine Tante.

Mein Vater hatte die Augen weit aufgerissen und sagte kein Wort. Seine Hände zitterten. Mein Onkel leerte sein Glas, dann wankte er zur Tür hinaus. Später erfuhr ich, dass er auf »Sauftour« gegangen war, wie mein Vater es nannte – was das wiederum bedeutete, erfuhr ich erst viel später. Über eine Woche lang blieb er ohne ein Wort verschwunden. Niemand vermisste ihn.

*Als Vorwort zu der in dieser Arbeit durchgeführten Analyse der diversen dokumentierten Fälle von Massendrachenwandlungen in der Menschheitsgeschichte möchte ich eine persönliche Anmerkung hinzufügen, die uns helfen wird, wie ich glaube, den Rahmen zu schaffen, in dem diese Ereignisse betrachtet werden sollten.*

*Der Schrecken eines Drachenwandelns innerhalb der eigenen Familie, der unmittelbaren wie auch der erweiterten, blieb mir an jenem schicksalhaften Tag im April 1955 erspart. Dennoch wurde ich Zeuge einer solchen Verwandlung: von Mrs. Norbert Donahue, der Gattin eines Kollegen. Sie war einige Jahre zuvor eine meiner Assistenzärztinnen am Johns Hopkins Hospital gewesen, wo sie noch ihren Mädchennamen getragen und ich sie als Dr. Edna Wood gekannt hatte. Kurz nachdem sie ihre Ausbildung abgeschlossen hatte, gab sie ihre ärztliche Tätigkeit auf, um zu heiraten und Kinder zu bekommen, und ließ damit auch ihren Doktortitel zurück. Am Tag des Großen Drachenwandelns sah ich Mrs. Donahue kurz vor ihrer Verwandlung, als sie auf dem Gang an mir vorbeieilte, wobei ihre Handtasche wie ein Pendel an ihrem linken Arm hin- und herschwang. »Madam«, sagte ich und nickte ihr zu. Sie hielt nicht inne, schien mich nicht einmal gehört zu haben. Mir fiel auf, dass ihr Nacken leuchtete, und sie kam mir größer vor, als ich sie in Erinnerung hatte.*

*Sie marschierte in das Büro von Dr. Donahue, schrie etwas Unverständliches und verließ schluchzend wieder den Raum. Hier sollte ich hinzufügen, dass sie einer meiner Lieblingsärztinnen gewesen war, und obwohl wir zwei uns vor langer Zeit zuletzt unterhalten hatten, ließ mich ihr offensichtlicher Kummer nicht unberührt, sodass ich auf sie zuging, um ihr Trost oder meine Hilfe anzubieten. »Dr. Wood«, grüßte ich sie. »Ich meine, Mrs. Donahue«, korrigierte ich mich, dann sog ich scharf die Luft ein. Ihre Zähne waren nun lang und rasiermesserscharf. Ihre Augen, einst klein und blau, waren auf Faustgröße angewachsen, von einem dunklen Gold und mit horizontalen Pupillen, wie zwei identische Horizonte.*

*Ich war verblüfft. Natürlich wusste ich, was mit ihr geschah, schließlich kannte ich mich gut mit der spärlichen Literatur aus, die es zu dem Thema gab. Allerdings hatte ich es noch nie aus erster Hand erlebt, und noch dazu aus nächster Nähe. Tatsächlich hatten das bislang nur wenige und überlebt. Da ich nicht wusste, ob sie der menschlichen Sprache mächtig sein würde, nachdem die Verwandlung vollzogen war, hielt ich es für klug, eine Befragung in medias res durchzuführen. Ich begann also umgehend, meine Beobachtungen zu notieren, während ich Mrs. Donahue – die nun zur Versuchsperson geworden war – mit Fragen überhäufte, was sich jedoch leider als nicht sehr ergiebig erwies. Ich bat sie, mir ihre Erfahrungen zu schildern, insbesondere ihre Empfindungen im Bereich der Gebärmutter, da ich diese zum Zeitpunkt des Vorfalls als Katalysator für derartige Verwandlungen vermutete (eine Hypothese, die sich durch später erhobene Daten allerdings als fehlerhaft herausstellte) und demnach mein Hauptaugenmerk darauf richtete. Jedoch wäre, sofern es ihr möglich sei, auch eine Beschreibung grundlegender körperlicher Funktionen – Atmung, Sehvermögen, Muskelschmerzen etc. – äußerst hilfreich und würde nützliche Datenpunkte liefern. Verspürte sie eine aufsteigende Wärme, wie bei wechseljahresbedingten Hitzewallungen? Verspürte sie Übelkeit oder muskuläre Spannungen, die mit einer Schwangerschaft oder Geburt einhergingen? Wurde die Entstehung der Schuppen von einem Brennen begleitet? Verursachte der Durchbruch der Reißzähne Zahnfleischblutungen?*

*Mrs. Donahue schilderte mir nichts dergleichen, sondern starrte mich nur einen Augenblick lang an. Als sie endlich sprach, wurde jedes ihrer Worte von einem rasselnden Atemzug hervorgehoben: »Alles … ist … einfach … viel … zu … KLEIN.« Ihre Stimme kam einem rauen Krächzen gleich. Sie hielt inne, ihre Haut begann aufzureißen und ihre Wirbelsäule wurde immer länger, sodass sie sich aus ihrem Kleid herausschob. Ihr Gesicht schnellte vor und sie sah mich eindringlich an. Sie lächelte. »Sie sollten jetzt wohl besser davonlaufen, Doktor«, sagte sie.*

*Und das tat ich.*

– »Eine kurze Geschichte der Drachinnen« von Professor H. N. Gantz, MD/PhD

# 5

Es gibt noch eine Erinnerung, aus der ich nicht schlau werde. Sogar heute noch.

Es war an einem Freitagmorgen Ende Februar. Fast genau zwei Monate bevor … nun ja, bevor sich alles veränderte. Ich war acht. Genau genommen war ich acht und sieben zwölftel, wie ich den Leuten erklärte, weil ich ein Kind war, das Genauigkeit liebte. Ich erinnere mich, wie ich am Fenster stand und die Eiskristalle anstarrte, die die Scheibe in einem geometrischen Lichterschauspiel erstrahlen ließen. Ich hatte bereits gefrühstückt, mir auch ganz allein die Haare geflochten (worauf ich ziemlich stolz war) und mir die Schuluniform angezogen. Meine Mutter scheuchte mich aus dem Haus, um in Ruhe das Frühstücksgeschirr abzuräumen, oder zumindest behauptete sie das. In Wahrheit genoss meine Mutter einfach die Ruhe, genoss es, in einem leeren Raum zu sitzen und zu nähen, zu häkeln oder zu stricken und der Stille ringsum zu lauschen. Hin und wieder kletterte ich das Rankgitter hinauf, um sie durch das Fenster hindurch zu beobachten, und sah ihr dabei zu, wie sie einen Knoten nach dem anderem knüpfte, jeder ein aufwendiges, kunstvolles Rätsel. Meine Mutter liebte Fäden. Sie liebte es, wie ein einzelnes Stück Schnur sich zu unendlich vielen Mustern und unendlich vielen Möglichkeiten verbiegen und verflechten konnte – ganze Universen konnten sich in einem einzigen Faden verfangen. Für jeden Knoten, den sie knüpfte, zeichnete meine Mutter in ein kleines Notizbuch, das ich mir nicht allein ansehen durfte, Diagramme und notierte sich dazu die entsprechenden Berechnungen und algebraischen Ausdrücke, die definierten, wie jede Schlaufe, jede Krümmung, jede Biegung und Windung zusammenliefen, zusammenspielten und sich ineinander verwoben. Ich verstand nicht, wie die Gleichungen funktionierten oder was sie bedeuteten. Meine Mutter versprach, dass sie mir eines Tages die Mathematik erklären würde, die dahintersteckte.

(Doch das tat sie nie, natürlich nicht. Vielleicht hatte sie es ja niemals vorgehabt. Wie kann ich wissen, was meine Mutter je vorhatte? Auch nach all den Jahren bleibt sie nur eine Erinnerung einer Erinnerung einer Erinnerung – ein unlöslicher, unergründlicher Knoten, auf ihre ganz eigene Art.)

Ich hatte noch eine Stunde, bevor ich in die Schule musste. Normalerweise würde ich diese Zeit mit meinem Vater verbringen (meistens in Schweigen gehüllt, während mein Vater die Zeitung und ich eines meiner Bücher las. Wir kamen für gewöhnlich am besten miteinander aus, wenn wir nichts sagten. Auch als ich älter wurde, änderte sich das nicht). Doch mein Vater war auf Dienstreise. Als meine Mutter mir davon erzählt hatte, war mir aufgefallen, wie ihre Unterlippe gebebt hatte. Ich wusste, es war besser, sie nicht zu fragen, warum.

Ich trug dicke Wollfäustlinge, die meine Mutter für mich gestrickt und auf der Rückseite jeweils mit einem ihrer sorgfältigen Knotenmuster verziert hatte. Neben den Knoten in ihrem Bastelkorb und denen auf meinen Fäustlingen fanden sich überall im Haus von ihr gehäkelte Spitzenvorhänge, dazu handgeknüpfte Läufer auf den Beistelltischen und Überwürfe auf den Sofas. Sie hatte sogar spezielle Knoten, die sie mir heimlich in die Taschen steckte. Einen zu meinem Schutz.

Einen für Glück. Einen für Wissen. Und einen, der den Wandel aufhalten sollte. Manchmal sagte sie, Knoten seien Magie, andere Male, sie seien Mathematik. Meistens jedoch sagte sie, dass beides zutreffe, genau wie ein Teilchen zugleich Materie und Licht sein kann, ohne dass irgendjemand weiß, wieso. Ich hielt es einfach für solche Dinge, die Mütter eben taten, so wie Herzchenzettel in Brotdosen zu legen.

Meine Fäustlinge waren feuerrot und hoben sich grell von dem grauen Eis und dem noch graueren Himmel darüber ab. So kann der Februar in Wisconsin sein: Ein sonnig warmer Tag lässt die Schneemassen schrumpfen und Schmelzwasser spült auf die Straßen und Gehwege, woraufhin ein klirrend kalter Wind die Welt in eine glatte Eisdecke hüllt. Halb geschmolzene Schneehaufen verwandeln sich in harte graue Klumpen und am Himmel wird es düster. Ich bahnte mir vorsichtig einen Weg die Haustreppe hinunter. Meine gelben Gummistiefel waren mir noch immer zu groß – sie hatten einem der älteren Nachbarschaftskinder gehört –, und zwar, obwohl meine Mutter sie sogar mit mehreren Lagen Filzwolle gefüttert hatte. Bei jedem Schritt rutschten meine Füße hin und her. Ich ließ das Geländer los und schlitterte den vereisten Weg hinab, wirbelte herum und schlitterte wieder zurück.

Das hätte ich den ganzen Tag gemacht, abstoßen und schlittern und balancieren und im Kreis wirbeln, wenn nicht ein alter Ford die Straße entlanggerumpelt wäre und vor unserem Haus gehalten hätte. Mein Herz hüpfte. In dem Auto saß meine Tante, und sie hatte Beatrice bei sich. Zwei Tage die Woche passte meine Mutter auf Beatrice auf, die anderen drei verbrachte sie bei einem Kindermädchen. Die Tage mit Beatrice, an denen ich in den flüchtigen Augenblicken vor der Schule ihr Gesicht sah und, sobald ich daheim war, den ganzen Nachmittag lang mit ihr spielen durfte, waren wie ein kostbarer Schatz. Wenn Beatrice da war, war mein Zuhause heller, lauter und fröhlicher. Ich breitete schwungvoll die Arme aus und wirbelte wild auf dem Eis herum, in der Hoffnung, Beatrice würde es bemerken. Sie war zu diesem Zeitpunkt genau neuneinhalb Monate alt. Ich hatte einen Kalender in meinem Zimmer, der nur dafür da war, darin die Wochen seit Beatrice' Geburt zu markieren, und eine Tabelle, in der ich festhielt, was sie inzwischen alles konnte, einschließlich ihrer wechselnden Vorlieben und Abneigungen. Was meine kleine Cousine anging, kannte ich mich bestens aus.

Meine Tante stieg aus dem Auto. Sie hatte Beatrice auf ihrer Hüfte abgesetzt, aus dem Mund hing ihr eine Zigarette. Das war nichts Ungewöhnliches. Sie hatte schon immer geraucht, aber seit Beatrice' Geburt rauchte sie noch mehr. Ich hätte meine Mutter gefragt, was es damit auf sich hatte, doch ich nahm an, dass auch das unaussprechlich war.

»Hallo!«, rief ich und winkte euphorisch. Beatrice quiekte vergnügt und strampelte in ihrem feuerroten Wollschneeanzug, den meine Mutter für sie gemacht hatte, mit den Füßen. Auch in ihren Anzug waren entlang der Seiten aufwendige Knotenmuster eingearbeitet.

Meine Tante blickte in den Himmel. »Wo ist deine Mutter?«, fragte sie mit qualmschweren Worten. Ihr Gesicht war grau, ihre Augen waren verschmiert und geschwollen. Sie hob die Schultern und ließ sie nach hinten kreisen, streckte den Hals und presste sich die Finger kurz in die Nackenmuskeln, als würden sie wehtun.

»Sie ist drin«, erwiderte ich und schnitt weiter lustige Grimassen für Beatrice. »Macht den Abwasch. Mein Vater ist …«

»Ja«, sagte meine Tante, zog ein letztes Mal an der Zigarette und warf sie auf den Boden, wo sie den Stummel mit ihrem Stiefel zertrampelte. »Dienstreise, richtig?« Ihr Gesicht war ausdruckslos, bloß ihre Oberlippe kräuselte sich leicht verächtlich.

Ich zuckte mit den Schultern. »Glaub schon.« Ich wusste nicht, was ich sonst sagen sollte.

Der Blick meiner Tante haftete weiterhin konzentriert am Himmel. In dem Moment fragte ich mich, ob sie wohl gerade an das Gefühl des Fliegens zurückdachte und ob ihr die Arbeit in der Werkstatt vielleicht nicht besonders gut gefiel, weil sie den lieben langen Tag auf Motoren hinabstarren musste, anstatt in den Wolkenhimmel über sich blicken zu können.

»Komm mit rein, ja?«, bat mich meine Tante. »Ich möchte, dass du für mich auf Beatrice aufpasst, solange ich mit deiner Mutter rede.«

Das musste sie mir nicht zweimal sagen. Ich schlitterte über den vereisten Weg, den meine Tante mit ihren schweren Militärstiefeln mühelos bewältigte, und wir gingen hinein.

Was dann geschah, begreife ich immer noch nicht ganz.

Beatrice und ich machten es uns im Wohnzimmer gemütlich, wo meine Mutter für sie eine Kiste voll Spielzeug aufbewahrte. Ich sagte oft, dass meine Tante einfach mit Beatrice bei uns einziehen sollte, weil mein Onkel, soweit ich wusste, ohnehin nie zu Hause war. Doch niemand hörte auf mich.

Meine Tante setzte Beatrice ab und ging in die Küche.

»Wo sind deine Armbänder?«, hörte ich meine Mutter fragen.

Es gab eine lange Pause. »Weg«, antwortete meine Tante schließlich.

Meine Mutter erwiderte nichts. Eine Weile hörte ich nur das Geschirr aneinanderkrachen.

Da war Beatrice weitaus interessanter. Ich legte mich bäuchlings vor ihr auf den Boden und baute Türme aus Bauklötzen, die sie mit einem freudigen Aufschrei gleich wieder umwarf. Das machten wir wieder und wieder. Beatrice schlug die Hacken gegen den Boden und legte die kleinen Hände an ihre rosigen runden Wangen. Ich liebte niemanden so sehr wie sie.

Meine Mutter erhob ihre Stimme.

Meine Tante auch.

Ich stapelte Klötze aufeinander und Beatrice warf sie um. Sabber klebte an ihrem Kinn. Sie nahm einen der Bausteine und kaute verbissen darauf herum, wobei sich ihr Mund zu einem breiten, nassen Lächeln verzog.

Die Stimme meiner Mutter wurde lauter.

Die Stimme meiner Tante ebenfalls.

Ein Glas fiel hinunter und zersplitterte auf den Küchenfliesen. Meine Mutter weinte. Die Stimme meiner Tante wurde sanft. Ich türmte Klötze aufeinander und Beatrice warf sie um. Ihr Lachen erhellte den Raum.

Und dann ... *na ja* ... wurde die Welt seltsam.

Meine Fäustlinge, die neben Beatrice und mir auf dem Boden lagen, veränderten sich. Ich sah zu, wie sich das Garn aufdröselte, dann neu ineinander verwob und sich gleich lauter Schlangen in einem Korb sanft wand. Ich wich zurück, wobei ich mir die Hände unter den Po klemmte. Ich hatte Angst, auch nur irgendetwas anzufassen. Ich hatte Angst, mich auch nur zu bewegen. Und es waren nicht nur die Fäustlinge. Die gehäkelten Vorhänge und die Spitzenläufer auf den Tischen und die handgemachten Überwürfe. Alle Knoten begannen sich aufzulösen und dann neu zu formen. Das Morgenlicht fiel schräg durch das Fenster und ergoss sich über den Boden. Ich neigte den Kopf zur Seite und betrachtete mit zusammengekniffenen Augen die Vorhänge. Die Schlaufen lösten sich auf und formten sich neu. Auch meine Fäustlinge lösten sich auf, bis sie nur noch ein Haufen Garn waren, und fügten sich wieder zusammen. Schlaufe für Schlaufe, Windung für Windung. Dieselben Fäustlinge, unterschiedliche Muster. Ich rührte mich nicht. Beatrice schlug mit einem lauten Klacken zwei Klötze gegeneinander. Sie lachte freudig auf. Sie klopfte mit den Hacken gegen den Boden. Ihre Schühchen, die meine

Mutter ebenfalls gestrickt hatte und an den Zehen ein dicht verwobenes, aufwendiges Muster zierte, formten sich neu. Das Muster wurde noch dichter, noch komplizierter, die engen Windungen verbanden sich gitterartig miteinander wie ein undurchdringliches Schloss. Beatrice bekam nichts davon mit. Obwohl ich nicht wusste, was ich da sah, schaute ich aufmerksam zu und prägte mir jedes Detail ganz genau ein, damit ich es ja nicht vergaß.

»SCHLUSS JETZT!«, schrie meine Mutter. »Das wird nicht passieren, niemals.«

Aus dem anderen Zimmer hörte ich, wie meine Tante ein Schluchzen unterdrückte. Ich stapelte Klötze aufeinander und Beatrice warf sie um. Das Licht ergoss sich durch den Raum. Die Vorhänge und Tischläufer und Fäustlinge und Schühchen, die sich gerade eben noch gewunden und gewandelt hatten, rührten sich nicht mehr und blieben, wie sie waren. Als wäre nie etwas gewesen. Aufgewirbelte Staubkörner schimmerten in den schrägen Sonnenstrahlen. Ich hatte es mir nicht nur eingebildet. Das wusste ich. Doch ich konnte auch niemanden danach fragen. Wie sollte irgendjemand so etwas in Worte fassen können?

Ich baute einen weiteren Turm aus Bauklötzen, und Beatrice warf ihn um.

»Du bist mein Ein und Alles«, sagte meine Tante im anderen Zimmer. »Und das wird auch immer so bleiben. Egal was passiert.«

Ich wusste nicht, was das bedeuten sollte.

Meine Mutter schwieg und blieb in der Küche, als meine Tante herauskam. Sie kniete sich neben mich, schloss mich in ihre Arme und bedeckte Beatrice' Gesicht mit Küssen. Sie schaute zum Fenster, das Gesicht vom Sonnenlicht erhellt. Ihre Augen waren gerötet, strahlten aber zugleich so sehr, dass sie mir fast golden erschienen. Waren sie schon immer golden gewesen? Ich konnte mich nicht recht erinnern. Sie tätschelte uns den Kopf, woraufhin sie das Haus verließ, sich eine weitere Zigarette anzündete und ins Auto stieg. Ich sah ihr vom Fenster aus zu. Ich sah, wie sich ein dünner Rauchfaden wie der Atem einer Kreatur, die es sonst nur in Märchen gab, aus der Fahrertür kräuselte. Das Auto sprang rumpelnd, stotternd und polternd an, dann schlitterte es die Straße hinab und verschwand aus meiner Sicht.

# 6

Was wir bisher wissen:

Am 25. April 1955 zwischen 11.45 Uhr und 14.30 Uhr (US Central Time Zone) wurden 642.987 amerikanische Frauen – ausschließlich Ehefrauen und Mütter – zu Drachinnen. Und zwar alle auf einmal, in einem Massendrachenwandeln, dem größten der Geschichte.

Meine Mutter gehörte nicht zu den Frauen, die sich am 25. April 1955 drachenwandelten. Tante Marla dagegen schon. Die landesweite Verteilung der Drachenwandlungen war willkürlich und unvorhersehbar. Sechs Kinder aus meiner dritten Klasse hatten Mütter, die zu Drachinnen wurden. Im Jahrgang über mir gab es nur zwei, deren Mütter verloren gingen, in dem darunter wiederum zwölf. Manche Städte traf das Drachenwandeln schwer, während andere glücklicherweise verschont blieben. Die Gründe dafür sind bis heute unbekannt.

Die Fakten sind selbstverständlich unbestreitbar. Das hielt die Menschen jedoch nicht davon ab, es zu versuchen. Es gab Augenzeugenberichte, fotografische Beweise, vollständig zerstörte Wohnhäuser und Geschäfte und mindestens 1.246 bestätigte Fälle untreuer Ehemänner, die den Armen ihrer Geliebten entrissen und an Ort und Stelle verschlungen wurden, *vor den Augen staunender Schaulustiger.* Eine Drachenwandlung – vom ersten verwunderten Aufatmen, bis die Zähne, Klauen und Flügel hindurchbrachen und sich die Drachin feuerspeiend und rasend schnell in die Lüfte erhob – wurde bei einem Kindergeburtstag, der in einem Garten in Albany stattfand, auf 35-mm-Film eingefangen. Nur einer der drei nationalen Nachrichtensender versuchte, den Film zu zeigen, und wurde sofort von der FCC zensiert, der Bundeskommission für Kommunikation. Darüber hinaus wurde der Sender wegen der Verbreitung obszönen und profanen Materials zu einer heftigen Geldstrafe verdonnert und gezwungen, den Betrieb eine ganze Woche lang einzustellen, bevor er seine Lizenz zurückerhielt. Es wird angenommen, dass noch mehr solche Filme existieren, sie jedoch entweder von den örtlichen Behörden beschlagnahmt wurden (und in diesem Falle für immer verloren sind) oder aber in einem Stapel Filmdosen gebunkert oder in Kisten im Keller gehortet wurden und sich inzwischen wahrscheinlich zersetzt haben. Zu peinlich, sie anzusehen. Zu unanständig. Schließlich sprechen wir hier von Drachinnen – noch dazu, wie es scheint, von skandalöser Weiblichkeit. Über solche Dinge redet man nicht. Am besten vergesse man sie, meinten die Leute.

Die Menschen sind unglaublich gut darin, Unangenehmes zu vergessen.

Die Zahl 642.987 sorgte für reichlich Bestürzung und Auseinandersetzungen. Obzwar sowohl die US-amerikanische Regierung als auch die Vereinten Nationen eine vollständige Aufstellung der Frauen veranlasste, die sich am 25. April 1955 drachengewandelt hatten – wer sie waren, wer ihre Kinder waren, ob ihre Ehemänner noch lebten und wen sie verschlungen hatten –, war es doch auffällig, dass einige wichtige Informationen nach wie vor unterschlagen wurden. Vor allen Dingen, dass der erbitterte Fokus auf die einzelnen Ereignisse des Großen Drachenwandelns von 1955 zu einem nationalen

Schweigen über die anderen spontanen Drachenwandlungen führte, die vor dem 25. April stattgefunden hatten *und die nachfolgend weiterhin stattfanden.* Es war ein Schweigen, das zu einer offiziellen Zensur führte, zu schwarzen Listen, zerstörten Karrieren, Geld- sowie vereinzelten Gefängnisstrafen und der Abschaffung wissenschaftlicher Fachzeitschriften.

Von offizieller Seite wurde die Möglichkeit, dass es schon vor dem 25. April 1955 zu irgendwelchen Drachenwandlungen gekommen sein könnte, vehement zurückgewiesen und wurden die gelegentlichen Berichte über neue mutmaßliche Verwandlungen schlicht und ergreifend wegerklärt. Wer von Drachinnen sprach, wurde oftmals als jemand abgetan, der Verschwörungstheorien anhing oder geistesgestört und exzentrisch war. Oder noch schlimmer: als jemand Zynisches, der Unruhe stiftete. Schon in den Jahren vor dem Großen Drachenwandeln wurden von staatlichen und örtlichen Regierungen bei jedem noch so ungewöhnlichen Ereignis Flugblätter verteilt, um Gerüchten entgegenzuwirken, und erst Radio- und irgendwann auch Fernsehsendungen durch tägliche öffentliche Durchsagen unterbrochen, um hysterische Denkweisen gezielt einzudämmen. Und obwohl jede Erklärung durchaus *sinnvoll* erschien, war keine von ihnen rundum *zufriedenstellend.*

Nehmen wir zum Beispiel die Munitionsfabrik außerhalb von Portland/Oregon, die nur Wochen nach dem Ende des Zweiten Weltkriegs durch ein Feuer und eine Druckwelle zerstört worden war. Nach Angaben erster Berichte ereigneten sich die Explosion und der darauffolgende Brand an genau jenem Tag, an dem die Fabrikarbeiterinnen erfuhren, dass sie bald ihren Job verlieren würden. Immerhin kamen die Männer nun wieder und lebten sich ein, was bedeutete, dass die Nation sich langsam darauf vorbereitete, zur Normalität zurückzukehren. Niemand weiß genau, was an jenem Tag in der Fabrik geschah; es gab, soweit bekannt, keine Überlebenden. Doch während man die Überreste des Vorarbeiters und der Aufseher aus dem Schutt bergen konnte (allesamt in entsetzlichem Zustand, die armen Kerle), wurde keine einzige weibliche Leiche gefunden. Die offizielle Erklärung lautete, dass sich die Arbeiterinnen schlichtweg zu nahe an der Explosion befunden hatten und augenblicklich verbrannt waren, sodass nichts von ihnen übrig geblieben war, was noch begraben werden könnte. Die drachenförmigen Löcher in der Außenwand erklärte das allerdings nicht. Und es erklärte ganz sicherlich auch nicht, warum einige Bauern in der Nähe von einem mächtigen Wind sprachen, ohrenbetäubenden Flügelschlägen und einer Schar offenbar riesiger Vögel, die über den westlichen Himmel hinweggezogen waren.

»Munitionsfabriken«, so hieß es in den Berichten, »sind ein einziges Pulverfass. Da kann es schon mal zu einer Explosion kommen. Offensichtlich sind bessere Sicherheitsvorkehrungen nötig.« Die meisten akzeptierten diese Erklärung. Und die Welt widmete sich wieder wichtigeren Dingen.

Ein Jahr später saß eine junge Ehefrau auf einer Parkbank in Kalamazoo/Michigan und blickte in den Himmel, während ihre Kinder auf einem nahe gelegenen Spielplatz spielten. Ihr Ehemann war auf dem europäischen Kriegsschauplatz Offizier gewesen. Ein harter Mann, wie alle sagten. Für das zivile Leben schlecht gerüstet. Unter den Nachbarn wurde geflüstert, dass er sich nur schlecht wieder einlebte. Und dann, eines Tages, ließ die junge Frau ihre Handtasche einfach auf dem Boden stehen und ... verschwand. Andere Mütter, die auf demselben Spielplatz mit ihren Kindern gespielt hatten, sprachen von einem Schatten, der kurz die Sonne verdeckt hatte. Doch als sie den Blick hoben, war er bereits verschwunden. Ein Schauer durchzuckte sie, als sie von dem Erlebnis erzählten und sich an die überraschend hereingebrochene Kälte erinnerten, sodass sie sich rasch die Arme rieben.

»Wir wussten schon immer, wie flatterhaft sie ist«, sagte die Verbandspräsidentin der Junior League. »Das Muttersein passte ganz und gar nicht zu ihr. Es überrascht uns nicht, dass sie gegangen ist.« Und wieder widmete sich die Welt wichtigeren Dingen.

Dann gab es da noch die Geschichten – Hunderte landesweit – von Bräuten, die sich an ihrem Hochzeitstag in den Umkleiden ihrer jeweiligen Gotteshäuser einschlossen und sagten, sie hätten kalte Füße bekommen. Als es ihren Familien endlich gelang, die Tür zu öffnen, fanden sie dahinter nur noch ein zerrissenes Hochzeitskleid auf dem Boden und ein riesiges Loch in der Wand, wo einmal ein Fenster gewesen war. Kirchenreparaturen wurden landesweit zu einem florierenden Geschäft.

»Bräute«, sagten Nachrichtensprecher in wissendem Ton. »Manchmal entwischen sie einem einfach.«

Und dann war da noch der Fall der fünfundzwanzig Telefonistinnen, die 1952 in der Nachtschicht an ihren Vermittlungsschränken im Nebengebäude des Feibel-Ross-Fernsprechamts in Lower Manhattan arbeiteten. Bis sich der besagte Vorfall ereignete, waren zahlreiche Beschwerden bezüglich des Verhaltens eines gewissen Nachtschichtaufsehers namens Martin O'Leary eingereicht worden. Über den simplen Fall eines Vorgesetzten, der seine Hände nicht für sich behalten konnte – ein zu der Zeit absehbares Arbeitsplatzrisiko –, gingen diese Beschwerden weit hinaus und waren von so ernster Natur, dass sogar die Polizei gerufen wurde, um Aussagen aufzunehmen, anhand derer geprüft werden sollte, ob tatsächlich eine strafbare Handlung vorlag. Mehrere Frauen wurden rechtsmedizinischen Untersuchungen unterzogen und erklärten sich einverstanden, von einem Kriminalbeamten befragt zu werden. Am Ende wurde jedoch nichts weiter unternommen. Freundliche Männer tätschelten hübsche kleine

Köpfe, und damit war der Fall erledigt. Martin O'Leary und sein begieriges Lächeln blieben, wo sie waren. Den Mitarbeiterinnen wiederum war Berichten zufolge geraten worden, sich schlichtweg gegen seine Annäherungsversuche zu wappnen und sich ein Beispiel an der schlauesten Maus zu nehmen, die stets wisse, wie sie der Katze auf Beutefang aus dem Weg gehen könne. Sie sollten sich glücklich schätzen, überhaupt eine Arbeit zu haben, hieß es.

Niemand weiß genau, was in jener Nacht im Jahr 1952 geschah – nur dass fünfundzwanzig verschiedene Personen bei der Vermittlungsstelle anriefen und um ein R-Gespräch baten, woraufhin sie lediglich zu hören bekamen: »Auch eine Frau hat ihre Grenzen.« Und dann brach die Verbindung ab. Das Gebäude explodierte um exakt 23.13 Uhr, kein Ziegelstein blieb unversehrt. Als die Trümmer durchsucht wurden, fand man Martin O'Learys gewichste Budapester, aber nicht viel mehr. Seine Aktentasche wurde vier Tage später im East River treibend entdeckt. Von den Telefonistinnen hatte die Explosion jegliche Spuren verwischt.

»Gasleck«, hieß es in den Zeitungen. »Keine Überlebenden.«

Niemand erwähnte auch nur den Fakt, dass unmittelbar am Rande des Kraters, wo das Gebäude einst gestanden hatte, fünfundzwanzig polierte Pumpspaare, fünfundzwanzig Handtaschen und fünfundzwanzig schicke Kleider verschiedenster Farben fein säuberlich auf dem Gehweg aufgereiht gefunden wurden. Daneben lag ein Schild, wie es schien, ein Stück einer Schreibtischplatte, auf die jemand mit Asche geschrieben hatte: SCHICKE KLEIDER FÜR KLUGE FRAUEN. TRAGT SIE, BIS EUCH DIESES LEBEN NICHT LÄNGER PASST. Niemand wusste, was damit gemeint war.

Die Feibel-Ross-Telefonistinnen, die entflohenen Bräute, die Hausfrauen in Kalamazoo sowie die Arbeiterinnen der

Munitionsfabrik wurden allesamt als Tragödien abgetan. Jegliche Beweise einer Drachenwandlung gingen entweder verloren oder wurden ignoriert und unterdrückt. Jegliche Fragen diesbezüglich wurden abgelehnt. Selbst nach dem Massendrachenwandeln gab es sowohl vonseiten der Regierung als auch der akademischen Welt nur wenig Interesse, Fälle zu untersuchen, die nicht direkt damit zusammenhingen. Das Große Drachenwandeln ereignete sich am 25. April 1955, wobei sich insgesamt 642.987 Frauen verwandelten – allesamt Ehefrauen und Mütter: Jeder der Fälle war namentlich bekannt, untersucht und dokumentiert worden, woraufhin beschlossen wurde, dass es unmöglich weitere geben konnte. Damit war die Sache abgeschlossen, das Buch sozusagen geschrieben, und mehr gab es dazu nicht zu sagen.

Das Große Drachenwandeln von 1955 wurde zu einem weiteren Tag, an den man sich nur in Schmach und Schande erinnerte, der zwar in der Schule behandelt wurde, jedoch von Jahr zu Jahr auf immer distanziertere, widerwilligere und beschönigendere Weise. Bis das Ereignis schließlich nicht mehr als eine vage, schlecht definierte und nebenbei erwähnte Geschichte war, die sich nur allzu leicht vergessen ließ. Über andere Fälle von spontanen Drachenwandlungen wurde der Mantel des Schweigens ausgebreitet.

Zu schockierend seien sie.

Zu peinlich.

Zu, na ja, *weiblich.* Man verhaspelte sich, wurde rot, es wurde unhöflich, darüber zu sprechen. Und so wandte die Welt den Blick ab. Für die meisten war es wie alle andere Tabuthemen: Krebs oder Fehlgeburten oder Menstruation. Man redete nur in angespanntem Flüsterton und vagen Anspielungen darüber, bevor man wieder schnell das Thema wechselte.

Und doch.

Obwohl ich noch ein Kind war, als sich das Große Drachenwandeln von 1955 ereignete, war ich den Großteil meines Erwachsenenlebens Wissenschaftlerin, Akademikerin, und bringe wegen der harten Bedingungen und der Klarheit, die meine Arbeit erfordert, nur wenig Geduld für euphemistische Verschleierungen und unsinnige Tabus auf. Wir verbringen unser Leben als Erwachsene damit, die Kindheitserinnerungen, die wir in uns tragen, zu entwirren und zu verstehen, dennoch sind wir den Fakten nach wie vor und immer verpflichtet. Und die Fakten lauten:

Am 25. April 1955 hat die Welt einen Wandel vollzogen.

Am 25. April 1955 haben 642.987 amerikanische Familien einen Wandel vollzogen.

Am 25. April 1955 hat auch meine Familie einen Wandel vollzogen.

Und dazu habe ich noch so einiges zu sagen.

## *Aus der* Washington Post *vom 23. Januar 1956*

*Bei einem Treffen des geheimen Unterausschusses für Entschädigung und Resolution des Repräsentantenhauses brach am Dienstagnachmittag kurzweilig Chaos aus, als eine Gruppe von Aktivisten, als Hauspersonal verkleidet, in den verschlossenen Sitzungsraum eindrang und sich weigerte, die Abgeordneten gehen zu lassen. Wie üblich wurden weder die Tagesordnung zur Arbeit des Unterausschusses noch das Sitzungsprotokoll publiziert. Keines der Unterausschussmitglieder stand für Fragen zur Verfügung und den festgenommenen Aktivisten wurde verboten, sich der Presse gegenüber zu äußern. Die Protestaktion der Aktivisten dauerte insgesamt neun Stunden, bis es der Polizei schließlich gelang, den Raum zu stürmen und die Angreifer ohne jegliche Zwischenfälle zu verhaften. Bis Redaktionsschluss wurden keine weiteren Informationen bereitgestellt.*

[Es sollte angemerkt werden, dass diese Meldung anders als anzunehmen nicht unter der Rubrik *Nationale Nachrichten* erschien, sondern auf der letzten Seite im Ressort *Stil und Mode*. Aus welchem Grund, wurde nicht erklärt.]

# 7

Als sich das Große Drachenwandeln von 1955 ereignete, war ich in der Schule. Ich weiß noch, dass wir gerade das schriftliche Dividieren übten. Der Schulleiter tauchte in der Tür auf, sein Gesicht blass und angespannt. Er deutete ruckartig mit dem Kopf in Richtung Flur, woraufhin unsere Lehrerin mit ihm hinauseilte. Durch den Spalt unter der Tür drang ihr abgehacktes, zischelndes Flüstern zu uns herein. Nach einer Weile kamen beide zurück ins Klassenzimmer und ließen die Jalousien herunter.

»Augen auf den Schreibtisch«, verlangte der Schulleiter. »Ich will niemanden aufblicken sehen.«

Sie sagten uns, wir sollten brave Kinder sein, und das *waren* wir. Wir gaben keinen Laut von uns.

Den restlichen Tag lang dividierten wir fleißig weiter, ein Arbeitsblatt nach dem anderen, bis wir nur noch Bleistiftstummel in den Händen hielten.

Ich erinnere mich an das Heulen von Sirenen.

Ich erinnere mich an den Geruch von Rauch.

An die brennenden Häuser, die ich vom Schulbus aus auf dem Nachhauseweg sah.

An die riesigen Schatten, die über den Boden streiften. Die Erwachsenen verboten uns, in den Himmel zu blicken. Sie sagten, wir sollten den Blick gesenkt halten. Wir waren brave Kinder, also gehorchten wir.

Als ich zu Hause angekommen war, machte mir meine Mutter etwas zu essen und fragte mich, wie mein Tag gewesen sei. Sie bewegte sich seltsam, ihr Hals wand sich unaufhörlich, wie der einer Schlange. Ihr Schultern wollten nicht stillstehen. Sie rieb sich energisch die Arme und sah immer wieder hinauf in den Himmel. Ich erinnere mich, dass das Telefon klingelte. Ich erinnere mich, dass meine Mutter eine Hand an ihre Brust hob und sie eine lange Zeit so verharrte. Dann ließ sie den Hörer in der anderen Hand fallen, schlug sich beide Hände vor den Mund und drückte fest zu, wie um einen Schrei zurückzuhalten. Der Hörer baumelte hin und her und hin und her, bis er irgendwann anhielt.

Nach ein paar tiefen Atemzügen kam meine Mutter endlich zu mir herüber. Sie kniete sich vor mich und nahm meine Hände in ihre. Sie hatte goldene Augen. Waren sie schon immer golden gewesen? Sie blinzelte ein paarmal heftig, dann nahmen sie wieder ihren gewohnten Grauton an. Ich redete mir ein, dass ich es mir nur eingebildet hatte. Meine Mutter hob meine Finger an ihre Lippen und küsste nacheinander jeden einzelnen Knöchel.

»Mutter muss jetzt gehen«, sagte sie zwischen den Küssen. »Aber ich komme zurück. Es ist wichtig, dass du das nicht vergisst. *Deine* Mutter wird immer zurückkommen. Egal was geschieht.« Ich spürte, wie meine Mundwinkel zuckten und sich meine Stirn in Falten legen wollte, doch ich würde kein finsteres Gesicht machen, auch wenn mir ein vertrautes stechendes Gefühl den Magen zuschnürte und langsam in meine Brust hinaufwanderte. Das Atmen fiel mir zunehmend schwerer. Niemand sprach je darüber, wie meine Mutter verschwunden und dann krank und klein zurückgekommen war. Nicht einmal Tante Marla, die über *alles* sprach. An ihr Verschwinden zu denken, war genauso unangenehm, wie es gefährlich war, mich daran zu erinnern, doch ich hatte keinen Ort, an dem ich die Erinnerung vergraben konnte, kein geordnetes Regal in meinem Geist, wo sie hingehörte. Sie blieb unaussprechlich und damit unklassifizierbar, was bedeutete, dass ich sie tagtäglich mit mir herumtragen musste, egal wie sehr es wehtat.

»Okay«, sagte ich, verschränkte die Hände im Schoß und versuchte verzweifelt, mich nicht zu rühren. Ich wollte, dass meine Mutter ein braves Mädchen in mir sah, auch wenn ich mir selbst nicht ganz sicher war.

Sie steckte ihren Hut mit einer glänzenden Nadel fest und knöpfte sich etwas ungeschickt den Mantel zu. Bevor meine Mutter ging, setzte sie sich noch einmal neben mich. »Gib mir deine Hand«, sagte sie und ich reichte sie ihr, ohne zu zögern. Die Augen meiner Mutter waren weit aufgerissen und leuchteten. Sie waren wieder golden. Ich redete mir ein, sie seien immer golden gewesen und niemals grau. Meine Haut kribbelte eigenartig, aber ich wusste nicht, warum. Meine Mutter griff in die Tasche ihrer Schürze und zog einen Faden heraus. Sie legte ihn um mein Handgelenk und band einen Knoten. Ich hielt den Kopf schief.

»Ist das ein Armband?«, fragte ich.

Meine Mutter lächelte. Ihre Zähne funkelten, ein bisschen nur. »Sozusagen. Ich habe auch eins, siehst du?« Sie deutete auf ihr eigenes Handgelenk. Darum war dreimal ein Faden gewickelt und mit einem aufwendigen Knoten befestigt worden.

»Was für ein hübscher Knoten«, sagte ich, weil ich die Arbeit meiner Mutter immer bewundern wollte.

»Nicht wahr?«, sagte sie. »Knoten sind etwas Besonderes. Es gibt Mathematiker, die studieren sie ihr Leben lang. Ein guter Knoten erfordert Konzentration und kann in einer sonst unsicheren, unbeständigen Welt eine unerschütterliche Kraft sein. Nimm dieses Band bitte niemals ab.«

Ich wollte es jetzt schon abnehmen.

Der Blick meiner Mutter verengte sich und wurde stechend, sodass ich mich hütete, mich ihr zu widersetzen. »Ich meine es ernst. Nimm es *nicht* ab, ja?«

Sie wies mich an, meine Hausaufgaben zu machen, gab mir außerdem einen Stapel Papier und ein paar Stifte und sagte, ich solle anschließend malen, bis sie wieder zurückkomme. Sie drückte mir noch einen Kuss auf die Stirn, dann nahm sie ihre Handtasche und eilte davon, wobei ihr Körper unwillkürlich zweimal erschauderte, bevor sie die Tür hinter sich zuzog. Ich hatte meine Hausaufgaben schon in der Schule erledigt und malte nicht mehr besonders gern, also dachte ich mir stattdessen mathematische Textaufgaben aus – über Flugzeuge, die abhoben, Züge, die abfuhren, oder Fischschwärme, die zusammenkamen und auseinanderstoben, sich vergrößerten oder verkleinerten. Ich bemühte mich, die Fragen so schwer zu formulieren, dass sie interessant waren, aber auch klar genug, dass sie sich lösen ließen. Ich guckte weder auf die Uhr noch aus dem Fenster, um nachzusehen, ob irgendjemand kam. Ich blickte überhaupt nicht auf.

Als die Sonne tief am Himmel stand, kam meine Mutter endlich zurück. Sie hatte Beatrice bei sich, die auf ihrer Hüfte saß. Beatrice' Haar war mit Asche bedeckt. Sie hatte die Augen weit aufgerissen und blickte traurig. Sie klammerte sich an meine Mutter und hielt sich mit zu Fäusten geballten Händen am Stoff ihres Kleids fest.

»Beatrice!«, rief ich entzückt, ließ meine Aufgaben achtlos liegen und streckte die Hände nach meinem Lieblingsmenschen aus. Meine Mutter reichte mir meine Cousine, die sich erst wehrte, dann aber nachgab. Ich blickte an meiner Mutter vorbei.

»Wo ist Tante Marla?«, fragte ich.

Ihre Miene wurde ausdruckslos. »Ich weiß nicht, wovon du da redest.«

Ich schüttelte wie von allein den Kopf. »Tante Marla. Wo ist ...?«

»So jemanden gibt es nicht«, sagte meine Mutter. »Jetzt geh mit deiner Schwester ins Wohnzimmer spielen. Ich habe noch einiges zu erledigen.«

»Aber Beatrice ist nicht meine ...«

Meine Mutter hob eine Hand. Sie atmete tief und langsam durch die Nase ein. »*Geh und spiel mit deiner Schwester*«, sagte sie mit betont langsamer, bemessener Stimme, »*im Wohnzimmer.*« Sie schloss die Augen und atmete noch einmal lange ein. »Sei so lieb, ja?«, fügte sie hinzu und einen Moment später: »Ich werde es nicht noch mal sagen.«

Und das tat sie auch nicht. Sie drehte mir den Rücken zu, band sich die Schürze um und fing an, das Abendessen zu kochen. Beatrice strampelte und wedelte mit der Hand. Sie presste den Mund an meinen Hals und prustete.

»Mama?«, sagte sie und zeigte auf die Tür.

»Ja, Liebling«, sagte meine Mutter geistesabwesend, während sie die Kartoffeln schälte.

»Mama?«, sagte Beatrice nochmals und zeigte auf das Fenster.

»Ich bin ja hier. Mama ist wie immer genau hier.« Sie warf mir einen strengen Blick zu. »Geht spielen«, sagte sie. »Und sorg dafür, dass deine Schwester leise ist. Ich bekomme Kopfschmerzen.« Meine Mutter presste die Lippen zu einer schmalen, angespannten Linie zusammen. Schlagartig trat Stille ein, so durchdringend und deutlich wie der Klang eines einzelnen, auf Fliesen fallenden Kieselsteins. Endgültig. Das letzte Wort war gefallen und es würde kein weiteres geben.

Und von da an war Beatrice meine Schwester. Es war, als könnte meine Mutter es allein durch ihren Willen wahr werden lassen. Sie war meine Schwester. Das war sie schon immer gewesen, was sonst? Zu behaupten oder auch nur zu denken, dass sie das nicht sei, war einfach nur lächerlich. Noch schlimmer: ungehorsam. Es gab weder ein Gespräch noch eine Erklärung. Jegliche Fragen meinerseits wurden unterbunden, ignoriert oder bestraft. Fotos mit meiner Tante verschwanden aus dem Haus. Meine Mutter brachte ein Babybett und einen Wickeltisch in mein Zimmer und behauptete, beides habe schon immer dort gestanden. Und damit war alles gesagt.

Als sich das Große Drachenwandeln von 1955 ereignete, war ich acht Jahre alt. In all der Zeit danach bis zu ihrem Tod sechs Jahre später beantwortete mir meine Mutter keine einzige meiner Fragen; sie schwieg bis zum bitteren Ende. Denn wenn meine Mutter sich einmal in den Kopf gesetzt hatte, nicht zu sprechen, zog sie das auch durch.

# 8

Wir lebten in einer Kleinstadt in Wisconsin, ungefähr zwei Autostunden von Milwaukee entfernt. Die Männer in meiner Straße arbeiteten entweder in der Papier- oder in der Glasfabrik oder für einen der kleineren Hersteller, die spezielle Teile anfertigten, die dann später in Autos oder Flugzeuge oder Züge eingebaut wurden. Mein Vater arbeitete für die Bank, genau wie meine Mutter vor langer Zeit. Bis sie schließlich geheiratet hatte – worin, wie mein Vater so oft sagte, der ganze Sinn des Daseins einer Frau bestehe.

Nur stimmte das nicht. Schon damals wusste ich, dass er unrecht hatte. Ich hatte zugesehen, wie meine Tante irgendwie *weniger sie selbst* geworden war, nachdem sie geheiratet hatte. Frustfalten gruben sich in ihr Gesicht. Sie war blass und zerstreut. Sie arbeitete härter als je zuvor und länger, weil es mehr Mäuler zu stopfen gab und eines davon alles daranzusetzen schien, die dreiköpfige Familie in die Armut zu trinken. Die Ehe schenkte ihr Beatrice, sonst nichts.

Meine Eltern gingen nicht mehr zur Kirche, nachdem meine Tante … *na ja.* Nachdem sie aufgehört hatte zu existieren. Sie stellten auch nie einen Antrag auf Unterstützung durch den Verlorene-Mütter-Fonds, schließlich hätten sie dafür zugeben müssen, dass es meine Tante doch gegeben hatte. Sie baten auch in der Kirche darum, Tante Marlas Namen beim jährlichen Gottesdienst mit der Litanei für die Vermissten Mütter auszulassen, was ihnen allerdings verweigert wurde. Schließlich war Marla ein Mitglied der Gemeinde. Ihr Name blieb auf der Liste, also ging meine Mutter nicht mehr hin und schwor, das auch niemals wieder zu tun. Den restlichen Frühling und den ganzen Sommer lang war es, als stünden unsere Sonntage still. Wir machten keine Pläne, sprachen nur wenig miteinander und selbst das Haus schien den Atem anzuhalten. Ich hätte vorher nie gedacht, dass meine Eltern den Gottesdienst nur auf Drängen meiner Tante hin besucht hatten. Man hätte meinen sollen, es wäre genau andersherum gewesen. Ohne meine Tante hatte meine Mutter jedoch keinen Grund, von der Familie zu verlangen, dass sie sonntags früh aufstand und sich zurechtmachte, und wenn meine Mutter das nicht verlangte, gab sich mein Vater gern damit zufrieden, im Garten zu sitzen und schweigend seine Zeitung zu lesen.

Offiziell waren wir noch immer Mitglieder der Gemeinde. Ich ging noch immer in die Gemeindeschule und meine Mutter nahm noch immer an den gemeinnützigen Junior-League-Treffen im Keller der Kirche teil und half weiterhin dabei, Suppe für die Armen oder Tiefkühlmahlzeiten für Pflegebedürftige zuzubereiten. Sie fertigte auch noch immer ihre allseits gerühmte wunderschöne handgeknüpfte Spitze für die alljährliche Weihnachtsauktion an. Nur den Gottesdienst ertrug sie nicht mehr. Nicht ohne …

*Na ja.* Niemand durfte es sagen.

Außerdem mussten wir uns alle noch daran gewöhnen, dass unsere Familie größer geworden war, während wir so taten, als wäre sie schon immer so groß gewesen, und es somit auch nichts gab, woran wir uns gewöhnen mussten. Genauso wie wir lernen mussten, mit dem Verlust meiner Tante umzugehen und dabei so zu tun, als hätte ich nie eine Tante gehabt. Mit der Zeit wird so etwas ziemlich anstrengend.

Und während meine Mutter damit beschäftigt war, *nichts* zu sagen und *nichts* zu erklären, hegte ich meine eigenen Geheimnisse.

Drei Tage vor dem Chaos des Drachenwandelns kam meine Tante zum Abendessen vorbei – zum letzten Mal, wie sich herausstellen sollte. Beatrice und mein Onkel kamen ebenfalls. Bevor Beatrice meine Schwester war.

(Was erzähle ich denn da? Beatrice war schon immer meine Schwester. Sie war niemals nicht meine Schwester. Seht ihr? Es ist so leicht zu lügen. Manchmal ist es richtig schwer, damit aufzuhören.)

An diesem Abend war es schon spät, und mein Vater und mein Onkel gingen raus, um Zigarre zu rauchen. Obwohl wir bereits April hatten, wurde es abends noch ziemlich kalt und feucht. Sie zogen sich ihre Wolljacken über und einen dicken Schal, die Zigarren in den Händen. Sie fröstelten und lachten laut in der Dunkelheit.

Meine Mutter wusch ab. Sie war immer diejenige, die abwusch. Beatrice schlief im Wohnzimmer in ihrem Tragekörbchen. Meine Tante half meiner Mutter für gewöhnlich nicht beim Abwasch, weil diese sich ständig beschwerte, dass meine Tante es nicht richtig mache.

»Wie wäre es, wenn ich dieses Kind hier ins Bett bringe? Dann kannst du es dir mit einem Gläschen gemütlich machen, sobald du fertig bist«, sagte meine Tante.

Meine Mutter antwortete nicht. Sie schepperte nur mit den Töpfen, was meine Tante als ein Ja wertete. Bevor wir nach oben gingen, holte sie noch ihre Tasche, einen schweren

Seesack aus ihrer Zeit als WASP-Pilotin. Sie warf sich den Trageriemen über die Schulter und folgte mir die Treppe hinauf. Sie saß wortlos am Fußende meines Betts, während ich mir mein Nachthemd überzog, die Zähne putzte und das Gesicht wusch. Sie blätterte durch meine Notizbücher, die vorwiegend mit Matheaufgaben gefüllt waren (und Raumschiffen, die ich aus den Comic-Heften abgemalt hatte, die die Jungen aus meiner Schule leidenschaftlich gern lasen, mir aber aus Gründen, die ich nicht verstand, verwehrt wurden). Sie begutachtete die Gebilde, die ich aus zusammengeklebten Eisstielen gebaut hatte (Brücken, Schlösser und Katapulte), und bemerkte den in die Ecke geschobenen Mülleimer, der prall mit ausrangierten Puppen gefüllt war. Ich kniete mich vor ihr auf den Boden und sie widmete sich meinem Haar, indem sie es gebündelt in einer Faust festhielt und meine lange Mähne gegen meinen Rücken geplättet durchbürstete. Seit jeher wünschte ich mir kurzes Haar. Ich fragte meine Mutter oft, ob ich nicht auch einen Kopf voller kurzer dichter Locken haben könnte, so wie meine Tante, woraufhin sie nur etwas von »Vorzeigestücken« sagte und ich schmollte.

Meine Tante machte mir zwei eng geflochtene Zöpfe, stellte mich vor sich und sah mich an. Wir blieben eine ganze Weile so stehen und starrten einander in die Augen, während sie um die richtigen Worte zu ringen schien. Ich wusste, dass es sich für mich nicht gehörte, zuerst zu sprechen. Ich wusste, dass man mich nur sehen und nicht hören sollte, dass ich niemals anfangen sollte zu reden, bevor man mich nicht angesprochen hatte. Ich war ein Mädchen, das gelernt hatte zu warten, bis es an der Reihe war.

»Weißt du«, sagte sie schließlich und vergrub die Finger tief in ihren vollen Wangen, »als ich noch ein junges Mädchen war, hatte ich in meinem Zimmer ein Geheimversteck, wo ich vor meiner Mutter Sachen verborgen hielt. Nichts Schlimmes, natürlich, ich war kein schlechtes Kind. Aber ich hatte Dinge, die nur *mir* gehörten. Ich konnte sie meiner Mutter nicht zeigen, weil sie *nur für mich* waren. Verstehst du, was ich meine?«

»Nein«, erwiderte ich.

Aber ich verstand. Natürlich tat ich das. Ich hatte schon vor einer Weile angefangen, Dinge vor meiner Mutter zu verstecken. Ich hatte herausgefunden, wie ich eines der Holzpaneele in meinem Kleiderschrank lösen, es herausziehen, in der Lücke dahinter zwischen Wand und Schrank Dinge verstecken und es dann so an seinen ursprünglichen Platz zurückschieben konnte, als hätte niemand es jemals berührt. Ich versteckte verschiedene Dinge darin. Nichts Schlimmes. Ich war auch kein schlechtes Kind. Doch ich bewahrte dort ein Skizzenheft auf, in das ich unschöne Bilder von meinen Lehrerinnen und Eltern malte. Ich versteckte darin auch drei Zettel mit Nachrichten, die ein Mädchen für mich geschrieben hatte, das nicht mehr auf meine Schule ging, und die mir auf eine Weise wichtig waren, die ich nicht benennen konnte, von der ich aber aus tiefstem Herzen wusste, dass meine Mutter es nicht verstehen würde – *und nicht konnte.* Ich hatte Selbstporträts gemalt: von mir in der Uniform eines Generals oder einem Geschäftsanzug, mit einem Pferdekörper, als Roboter oder ein Flugzeug fliegend. Auch sie fühlten sich auf unerklärliche Weise zugleich rebellisch und *privat* an, und doch richtig. Ich würde sie so schnell niemandem zeigen, meine Tante eingeschlossen. Ich setzte eine ausdruckslose Miene auf. Bei meiner Mutter funktionierte das immer.

Der Mund meiner Tante zuckte amüsiert. »Lügnerin«, sagte sie und küsste mich auf die Stirn. »Aber ich liebe dich trotzdem. Sehr sogar. Ich will dir was geben. Es ist nichts Schlimmes und nichts, weshalb du dich sorgen müsstest. Ich glaube nur nicht, dass deine Mutter es verstehen würde. Aber ich möchte, dass du es hast. Verstehst *du* mich?«

Ich verschränkte die Hände ineinander und spielte unruhig mit den Fingern. Ich wusste nicht, was ich sagen sollte.

Meine Tante drückte sanft meine Schulter. Sie griff in ihre Tasche und holte einen Stapel Briefe heraus, der mit einem besonders aufwendigen Knoten zusammengebunden war, dazu ein kleines Büchlein mit dem Titel: *Einige grundlegende Fakten über Drachinnen – eine medizinische Erklärung*. Außerdem ein Fotoalbum, auf dem vorn drei uniformierte Frauen zu sehen waren, die einander eng umschlungen an der Taille festhielten. In der Mitte stand meine Tante. Da hatte sie noch lange Haare, mehr schlecht als recht zu einem Knoten hochgebunden. Ihr Kopf ruhte auf der Schulter einer der anderen Frauen. Sie sahen alle sehr glücklich zusammen aus.

Meine Tante legte die Sachen aufs Bett und ich sah sie mit großen Augen an. Dann stand sie auf und wandte sich zum Gehen, zögerte aber noch.

»Was soll ich damit machen?«, fragte ich.

Meine Tante zuckte mit den Schultern. »Vielleicht gar nichts. Vielleicht macht es keinerlei Sinn, sie dir zu geben. Doch egal, was in den nächsten Tagen passiert, ich möchte einfach, dass du sie hast. Über manche Dinge redet es sich nicht leicht, und dann wird die Welt still und tut so, als würden sie nichts bedeuten. Oder benimmt sich, als wäre erst gar nichts geschehen. Doch vielleicht ist das ein Fehler. Nur weil die Menschen sich weigern, über bestimmte Dinge zu reden, heißt das noch lange nicht, dass sie weniger wahr oder wichtig sind.«

»Möchtest du, dass ich es lese?« Stirnrunzelnd sah ich zu dem kleinen Buch. Auf dem Einband waren zwei Dinge abgebildet: Das eine war eine Form, die ich noch nie gesehen hatte, von der ich heute allerdings weiß, dass es eine Zeichnung der weiblichen Fortpflanzungsorgane war. Die zweite Abbildung war dieselbe Zeichnung, nur ausgearbeitet und in das Gesicht einer Drachin verwandelt. Darunter hieß es: »Erforscht und geschrieben von einer Person der Medizin, die anonym zu bleiben wünscht.« Und darunter wiederum, in einer Handschrift, die ganz nach der meiner Tante aussah: »Auch bekannt als Dr. Henry Gantz. Mich kannst du nicht täuschen, alter Mann.« Ich wusste nicht, wer dieser Dr. Gantz sein sollte, das Buch wirkte auf mich jedenfalls nicht sehr interessant. »Ich meine: Muss ich es lesen?«

Tante Marla lächelte. »Das kannst du selbst entscheiden. Du kannst das Buch lesen oder auch die Briefe, du kannst dir die Fotos ansehen oder nichts davon jemals wieder hervorholen. Da ist auch ein Brief an dich dabei, aber den kannst du ebenfalls ignorieren, wenn du willst – es gibt absolut nichts, was du tun *musst*. Ich wollte nur ...« Sie hielt inne. Ihr Blick wanderte zum Fenster. Einen Moment lang erleuchtete das Mondlicht ihr Gesicht und in ihren Augen spiegelte sich der Nachthimmel wider. Sie schlang die Arme um mich und drückte mich fest an sich. »Diese Dinge sind mir wichtig und ich möchte sie an einem sicheren Ort wissen. Du brauchst nicht weiter darüber nachzudenken. Wirklich nicht. Für mich ist es genug zu wissen, dass du sie hast. Ergibt das Sinn?«

»Ja«, sagte ich, obwohl es das nicht tat. Sie umarmte mich nochmals und ich konnte spüren, wie ihre Brust und ihre Schultern bebten. Sie ließ mich los und lächelte, doch ihre Augen waren glasig. Sie sagte nichts weiter.

Sie ging hinaus und schloss die Tür.

Ich schob das Büchlein, die Bilder und den Briefstapel in das schmale Geheimfach in meinem Schrank und verschloss es wieder.

Ich erzählte meiner Mutter nichts von alledem, *niemals*. Auch nach den Sirenen und den Bränden nicht. Oder nachdem wir unverwandt auf den Boden gestarrt hatten, als riesige Schatten über die Wege huschten. Oder nachdem sie und

Beatrice mit Asche bedeckt und nach Rauch riechend nach Hause gekommen waren. Die Schätze meiner Tante blieben, wo sie waren – ungelesen, unberührt, unausgesprochen.

Es war weder mein erstes Geheimnis noch mein letztes. Dafür war es mein größtes Geheimnis. Und das ist es nach wie vor.

# 9

Trotz der Abneigung meiner Mutter gegenüber schwierigen Gesprächen begann die Nation, obwohl nur kurz und nicht gerade gründlich, das Geschehene aufzuarbeiten. Angesichts der vermuteten Weiblichkeit der Drachengewandelten und der angenommenen Verbindung des Drachenwandelns zu etwas derart Privatem wie dem Muttersein erwies sich diese Aufarbeitung jedoch als schwierig. Verlegenheit ist, wie sich erwiesen hat, stärker als jedes Wissen und Scham der Feind einer jeden Wahrheit.

Dennoch erforderte das beispiellose Ausmaß des Großen Drachenwandelns von 1955 und die landesweiten Auswirkungen, die es auf Bevölkerung, Arbeiterschaft, Wirtschaft und Familienstruktur hatte – unbedingt einen nationalen Diskurs darüber, wenngleich dieser nur kurz, unangenehm und nicht immer korrekt geführt wurde. Nachdem sich die Belegschaft in unserer Schule anfänglich gewehrt hatte, arbeiteten wir alle einen gesonderten Lehrplan durch, der vom Gesundheits-, Bildungs- und Wohlfahrtsministerium verteilt und vorgeschrieben worden war. Dieser galt für alle Schulen, sowohl die öffentlichen als auch die Gemeindeschulen. Über die nächsten anderthalb Jahre hinweg wurde dieser Lehrplan jedoch mehrfach eingehend überarbeitet, sodass Schulkinder im ganzen Land immer wieder in Ungnade gefallene Arbeitsbücher entsorgen mussten (genau genommen sollten wir sie sogar verbrennen), nur um diese später durch neuere Bücher mit aktuelleren Texten zu ersetzen, bis diese dann ebenfalls wieder ersetzt werden mussten. In den chaotischen ersten Wochen nach dem Großen Drachenwandeln brachte uns Schwester Margareta, meine Klassenlehrerin im dritten Schuljahr, die frühste anerkannte Erklärung der Ereignisse bei, und zwar: Die Drachen seien entweder aus der Hölle entflohen oder absichtlich von dunklen Mächten (vermutlich den Russen) in dem verborgenen globalen Krieg zwischen Gut und Böse durch das dämonische Höllentor befreit worden und hätten daraufhin eine bestimmte Teilmenge der Mütter unserer Nation verschlungen. Und das aus unbekannten Gründen, wahrscheinlich auch Gründen, die man gar nicht erfahren könne. Denn wer könnte schon vernünftig mit einem Drachen reden? Diese Erklärung war natürlich völlig an den Haaren herbeigezogen, aber die meisten Menschen müssten die Ereignisse dieses Tages erst noch verarbeiten – die brennenden Gebäude, verschlungenen Ehemänner, nahezu zerstörten Häuser und mütterlosen Kinder, die in den Straßen weinten. Presse und Rundfunk gaben ihr Bestes, die einzelnen Berichte zu einem Ganzen zusammenzufügen – geduldige und entschlossene Menschen in der Nachrichtenbranche halfen den Menschen Amerikas, die Dinge in den Griff zu bekommen, so schwierig sie auch waren.

Im Gesundheits-, Bildungs- und Wohlfahrtsministerium sowie im Kongress hätten so einige es natürlich lieber gesehen, wenn die Öffentlichkeit an das geglaubt hätte, was später als Theorie des Verschlingens bezeichnet wurde, da diese die Frage nach dem *Warum* erübrigte. Ich bin auch heute noch (oder vor allem heute) felsenfest davon überzeugt, dass man, wäre das Drachenwandeln von geringerem Ausmaß gewesen, in den ersten Tagen und Wochen noch gezielter desinformiert und sich noch besser aufeinander abgestimmt hätte, um die Berichterstattung zu unterdrücken – immerhin hatte das schon einmal funktioniert. Abermillionen entgegenzuwirken, die etwas mit eigenen Augen gesehen haben, gestaltet sich jedoch selbst für den fortschrittlichsten propagandistischen Apparat als überaus schwierig. Weshalb einige Fakten, so ungenau und schlecht kontextualisiert sie oftmals auch waren, doch ans Tageslicht gelangten.

Am Ende meines vierten Schuljahres (etwas mehr als ein Jahr nach dem Ereignis selbst) hatten sich die Abendnachrichten, die Lehrbücher und die gestressten Lehrkräfte endlich auf eine einheitliche Erklärung für das geeinigt, was bei dem Großen Drachenwandeln tatsächlich geschehen war. Und zwar, dass eines Tages, an einem ganz normalen Nachmittag im April, genau 642.987 Frauen anders als anfänglich berichtet nicht *von* Drachen *gefressen* worden waren. Sondern dass sie *zu* Drachinnen *geworden* waren. Alle auf einmal. *Massenhaft.* Um anschließend einfach alles zurückzulassen: das Baby im Kinderwagen, den Braten im Ofen, die halb aufgehängte Wäsche.

In diesen ersten Stunden gingen einige der Drachinnen, da sie noch über ihre Wandlung staunten und sich an die Bedürfnisse und Veränderungen eines so großen, scharfkantigen und *glänzenden* Körpers gewöhnten, wohl ein wenig zu weit, sodass auch ein paar Menschen verschlungen wurden. Anders als die Fernsehprediger gerne behaupteten und noch immer behaupten, befanden sich weder Babys noch Kinder unter ihren Opfern. Dafür wurden ganze sechstausend Ehemänner von Drachinnen verschlungen und weitere etwa achtzehntausend erlitten schwere Verbrennungen, als ihre Bürogebäude niederbrannten. Unter den Opfern befanden sich außerdem: 552 Entbindungsärzte, über sechstausend Pfarrer, Pastoren, Rabbiner, Imame und Priester verschiedenster Konfessionen, mehrere Dutzend Jugendarbeiter, sämtliche Mitglieder von siebenundzwanzig Elternbeiräten in neun Bundesstaaten sowie zahlreiche Büroleiter, Fabrikvorarbeiter, Politiker, Kriminalpolizisten (wodurch offensichtlich wurde, dass Drachinnen schussfest waren) und nicht zu vergessen eine beachtliche Anzahl pensionierter Lehrer und Schülerberater.

Und dann verschwanden die Drachinnen einfach so.

Etliche flogen in die Berge, bevorzugt in die Alpen, wovon sich der Tourismus nie vollends erholt hat. Viele von ihnen ließen sich auch in den Meeren nieder. Abgesehen von vereinzelten Zusammentreffen mit U-Booten und Radarstationen – anscheinend waren die Drachinnen fest entschlossen und sind es bis heute, die mittlerweile florierende Population der Blauwale zu beschützen – wurde sie in den Nachrichten nur selten erwähnt. Es gab Drachinnen, die auf sonst unbewohnten Inseln Gemeinden gründeten, Drachinnen, die in die Antarktis zogen, Drachinnen, die unauffällig in Dschungeln lebten, und Drachinnen, die sich in die Lüfte erhoben, um den Kosmos zu erkunden.

Ein paar Drachinnen, die ihr Zuhause und ihre Männer nicht verlassen wollten, versuchten den Schein zu wahren, als ihre Schwestern längst davongeflogen waren. Sie bemühten sich, ihre Schürzen wieder umzubinden und ihre Ofenhandschuhe überzustreifen, beschäftigten sich mit Wäsche, Bettenmachen und dem Kochen des Abendessens, bis ihre Gatten am Ende des Tages heimkamen. Wie man sich jedoch wahrscheinlich vorstellen kann, gestaltete sich die Hausarbeit aufgrund ihrer enormen Größe, den rasiermesserscharfen Krallen und der Tatsache, dass ihnen mit jedem Schluckauf oder Aufstoßen Flammen entwichen, als schwierig. Doch so leicht gaben sie nicht auf. Sie blieben und grüßten ihre Ehemänner wie üblich: frisch geschminkt, mit einer selbst gekochten Mahlzeit und einem zaghaften: »Und, wie war dein Tag, mein Schatz?«

Leider waren diese Drachinnen naturgemäß Frauen, die mit der Sorte Männern verheiratet waren, die es ganz und gar nicht gern sahen, wenn sich ihr gewohnter Tagesablauf massiv veränderte. Wie zu erwarten hielten die Männer, die auf das Drachensein mit Beschimpfungen und Geschrei reagierten, nicht sehr lange durch. Doch es gab auch ein paar wenige, denen es gelang, mit sanfter Stimme und Verständnis zu reagieren, und die ihren Frauen liebevoll sagten, dass sie sie verstanden, dass sie diese und alle anderen Herausforderungen in ihrer Ehe gemeinsam durchstehen würden und sie sie noch immer genauso liebten wie zuvor. Und diese Männer gaben wahrlich ihr Bestes. Doch letzten Endes taugten ihre Drachengattinnen nicht mehr für ein hausfrauliches Leben. Dieses Leben passte nicht länger zu ihnen. Ihr Blick wanderte unweigerlich woandershin – fernab ihres Hauses, fernab ihres Gartens, fernab ihrer alltäglichen Pflicht, zu waschen, zu bügeln und den Schein zu wahren. Ihr Blick hatte sich geweitet, sodass sie nun den gesamten Himmel und darüber hinaus sahen. Je mehr sie sahen, desto mehr sehnten sie sich, und je mehr sie sich sehnten, desto mehr planten sie, und schließlich kamen ihre Männer eines Abends nach Hause und fanden das Essen im Ofen, mehrere Mahlzeiten im Eisfach und einen Zettel mit leicht versengten Rändern auf dem Esstisch und den Worten: »Danke, dass du es versucht hast, mein Liebling. Doch wir wissen beide, dass es niemals funktioniert hätte.«

Die Ehemänner suchten überall nach ihren Drachenfrauen, doch vergebens. Sie kamen nicht mehr zurück.

Alles in allem war das Große Drachenwandeln von 1955 eine Katastrophe unvorstellbaren Ausmaßes, die die gesamte Nation, erschüttert von Verlust, Verwirrung und Trauer, für eine ganze Weile lahmlegte. Nur wenige kannten nicht mindestens eine betroffene Familie. Noch nie zuvor hatte das Land ein solches Ausmaß nationaler Trauer erlebt, was dazu führte, dass jede koordinierte Reaktion – sei es auf nationaler oder kommunaler Ebene oder sogar auf der einzelner Familien – weder ehrlich noch nützlich oder freundlich war. Keine Anleitung sagte uns, wie wir darauf reagieren sollten, wisst ihr? Es gab keine vereinbarten praktikablen Modelle oder festgelegte Vorgehensweisen. Es war ein unaussprechlicher Verlust. Und viele zogen es vor, niemals darüber zu sprechen.

Einschließlich meiner Mutter. Nach diesem Tag sprach sie nie wieder auch nur den Namen ihrer Schwester aus. *Kein einziges Mal.* Sie sprach nie wieder von ihrem Schwager, der verschwunden, vermutlich verschlungen war. Und sie sprach ganz sicher niemals über das Drachenwandeln. Auch mein Vater schien es nicht für nötig zu halten, mehr zu sagen als: »Geht das auch etwas leiser?«, oder: »Wo sind nur schon wieder meine Socken abgeblieben?« Meine Mutter verkaufte unseren Fernseher, schüttete »versehentlich« Kaffee über unser Radio und entsorgte die Zeitung, sobald mein Vater sie durchgelesen hatte. Und wehe, ich versuchte, sie auch nur anzurühren. Mein Zuhause war ein Ort, an dem es keinerlei Mitteilung oder Erklärungen gab. Jegliche Wahrheit, jegliche Zusammenhänge, musste ich selbst aufdecken.

# 10

Wir tragen Erinnerungen in uns, die nicht unsere eigenen sind.

Oder vielleicht rede ich auch nur von mir selbst. *Ich* trage Erinnerungen in mir, die nicht meine eigenen sind. Das sollte unmöglich sein. Und doch ist es so.

In den Jahren meiner Kindheit war meine Tante Marla eine herausragende Gestalt. In ihren flachen Stiefeln war sie ein gutes Stück größer als mein Vater und, vor ihrer Verwandlung und ihrem darauffolgenden Verschwinden, nahm sie mehr Raum als jeder andere Erwachsene in meinem Leben ein. Ich erinnere mich, dass sie weite Hosen trug und ein ärmelloses Hemd, das sie an der Taille zusammengeknotet hatte, und wie ihre langen Finger den in den Himmel gerichteten Blick beschatteten, während sie einem vorbeiziehenden Flugzeug nachsah. Sie hatte ein spitzes Kinn und große, stechende Augen. Sie war stark und muskulös, besaß flinke Hände und ein feines Gespür dafür, wie sich Dinge richtig zusammensetzen ließen.

Sie liebte mich und genauso Beatrice, aber ich glaube, meine Mutter liebte sie am meisten. Ich glaube, meine Mutter war vielleicht immer das Zentrum ihrer Liebe. Sie war der herzallerliebste Herzblatt ihrer großen Schwester.

Soweit ich herausfinden konnte, hätte sich meine Tante beinahe auf der Arbeit drachengewandelt. Sie hatte es schon den ganzen Tag gespürt.

Marla war die einzige Mitarbeiterin in der Autowerkstatt. Ihr Chef, ein fleckiger, zusammengesunkener Mann mit einem nervösen Lachen, hatte bestimmt schon über zwanzigmal versucht, sie zu feuern, um ihre Stelle einem Familienvater zu geben. Nur um sie dann jedes Mal mit ölverschmierten Radkappen in beiden Händen anzuflehen, wieder zurückzukommen, weil sie ohne sie in der Werkstatt einfach nicht zurechtkamen.

(Außerdem wussten alle von meinem Onkel. Von seinen ständigen Entlassungsarien. Von seiner Liebelei mit der Flasche. Meine Tante, so beschlossen sie dort letztendlich, war genauso ein Familienvater wie jeder andere.)

Am Tag des Großen Drachenwandelns saß meine Tante vornübergebeugt, den Oberkörper gegen die Schenkel gedrückt, auf einem der Holzstühle im Pausenraum. Sie klammerte sich mit den Händen an ihre Knöchel und hielt sich krampfhaft fest. Sie versuchte es abzuschütteln. Augenzeugenberichten zufolge trug sie den ganzen Tag ein Foto mit sich herum, das von ihren Händen schon ganz zerknittert und feucht war. Es war ein Foto von mir, meiner Mutter und Beatrice, wie wir alle bei uns zu Hause auf dem Sofa saßen. Normalerweise stand es in einem blauen Rahmen in ihrem Spint, doch einer ihrer Kollegen – Earl Kotke, der zwar ein Trinker, aber kein schlechter Kerl und noch dazu recht aufmerksam war – behauptete, gesehen zu haben, wie sie das Foto herausgenommen und mit sich herumgetragen hatte. Wie sie es immer wieder aus ihrer Tasche herausgeholt und manchmal fest an ihre Brust gedrückt hatte. Und er wollte auch beobachtet haben, wie sie mit dem Daumen immer wieder über jedes einzelne Gesicht strich.

Es dauerte sehr viele Jahre, bis ich mich dazu durchringen konnte, ihre ehemaligen Kollegen aufzusuchen – zumindest die, die noch lebten – und sie zu fragen, was passiert war. Selbst nach all der Zeit fiel es vielen von ihnen schwer, das Gefühl des Verlusts in Worte zu fassen. Ihre Herzen waren zu sehr angeknackst. Sie liebten Marla – das taten alle. Die meisten von ihnen vergruben lediglich die Gesichter in den schwieligen Händen und weinten.

Ich habe jedes dieser Gespräche schriftlich dokumentiert. Schließlich bin ich Wissenschaftlerin und weiß, wie wichtig Fakten sind. Die Befragten drifteten immer mal wieder ab, manchmal widersprachen sie sich auch, aber als entscheidende Tatsache offenbarten sie mir die folgende: Gegen 13 Uhr rollte Marla auf ihrer Montageliege unter einem alten Pick-up hervor, legte ihr Werkzeug ordentlich auf den Boden und fasste sich ein, zwei Herzschläge lang an die Brust. Daraufhin sah sie ihren Chef an und sagte: »Ich werde die Sachen nicht mehr brauchen, Männer. Nehmt euch, was ihr wollt.« Daraufhin ging sie zur Tür hinaus.

Die Männer verstanden nicht, was sie damit meinte. »Wir dachten, es gebe irgendeinen Frauengrund und dass sie wieder zurückkommen würde«, berichtete ihr Chef Arne Holfenson der Lokalzeitung für den einzigen Artikel, der zu dem Thema erscheinen sollte. Jahre später erzählte er mir noch: »Ich habe den Ausdruck in ihren Augen gesehen und zu Gott gebetet, ja, aus ganzem Herzen gehofft, dass sie zu uns zurückkommen würde. Aber das passierte nie. Nach all dieser Zeit mache ich mir immer noch Vorwürfe, dass ich sie nicht angefleht habe zu bleiben. Vielleicht wäre sie das ja, wenn wir sie darum gebeten hätten. Vielleicht hätte es sie aber auch nur durcheinandergebracht und dann hätte sie uns statt ihren idiotischen Ehemann verschlungen. So oder so wünschte ich, sie hätte gewusst, wie sehr wir wollten, dass sie bei uns bleibt.«

Noch heute kann ich meine Tante an jenem Tag vor meinem inneren Auge sehen. Ich kann sehen, wie sie sich entschließt, das Auto vor der Werkstatt stehen zu lassen und durch die Straßen nach Hause zu spazieren. Ich kann sehen, wie sie anhält und ungerührt zusieht, wie ein Haus niederbrennt, dann noch eins, oder wie ein unglücklicher Ehemann mit rußgeschwärztem, qualmendem Hosenboden durch den Garten und den Gehweg hinabrennt, eine wütend aussehende Drachin auf den Fersen, die ihm mitten auf der Straße nachfliegt.

Ich kann sehen, wie sie zu Hause ankommt.

Ich kann sehen, wie sie das Kindermädchen wegschickt und ihr behutsam beibringt, dass sie nicht mehr wiederkommen muss.

Ich kann sehen, wie sie Beatrice auf den Arm nimmt, um sie in den Schlaf zu wiegen, und jedes Mal wenn sie ihr einen Kuss auf den Kopf drückt, ihren süßen Säuglingsduft einatmet.

Ich war nicht dabei. Natürlich nicht. Trotzdem habe ich es *gesehen.* Ich habe es *gefühlt.* In meinem Kopf. In meinen Träumen. Und in diesen geheimen Orten in meinem Geist, wo der Blick manchmal hinschweift. Diese Erinnerung ist nicht meine eigene. Und gleichzeitig *ist* sie es.

In dieser Nicht-Erinnerungs-Erinnerung sehe ich, wie meine Tante an der Wiege zögert, dann aber langsam die Finger von Beatrice' feuchten Löckchen löst, leise die Tür zum Kinderzimmer schließt und auf Zehenspitzen den Flur hinabläuft. Ich sehe, wie sie im Wohnzimmer innehält, die Hände an ihr Herz hebt, das Gesicht zum Fenster reckt. Wie sie ihre Männerstiefel abstreift, ihren Arbeitsoverall, ihre Unterwäsche, ihre Haut. Ihr Leben abstreift. Ihren Mann mit Krallen und scharfen Zähnen und einem reinigenden Feuer begrüßt und sich dann in die Lüfte erhebt.

Ich habe meine Tante geliebt.

Ich hatte keine Möglichkeit, um meine Tante zu trauern.

Und dann hatte ich nie eine Tante.

Meine kleine Cousine, Beatrice …

Sorry, hab mich versprochen.

Meine Schwester war schon immer meine Schwester. Ich habe keine Cousine, schließlich habe ich auch keine Tante und keinen verschlungenen Onkel.

Seht ihr? Lügen ist einfach. Zumindest solange wir wach sind.

Doch meine Träume konnten nicht lügen. Nacht für Nacht sah ich meine drachengewandelte Tante, wie sie mit anderen Drachinnen zusammenlebte – im Ozean oder in den Bergen, im Dschungel oder auf dem Mond. Manchmal träumte ich, dass sie zu den Drachinnen gehörte, die einfach himmelwärts geflogen waren, und dass sie nun die tiefsten Tiefen des Weltalls erkundete und dabei das Universum mit ihrem Blick verschlang.

Beatrice wusste von nichts. Meine Mutter erzählte ihr nie davon. Und eigentlich spielte es auch keine Rolle. *Beatrice und ich, wir sind Schwestern*, redete ich mir ein. *Beatrice und ich, wir sind Schwestern*, erzählte ich jedem, der mir zuhörte.

*Wir waren schon immer Schwestern.*

*Wir werden für immer Schwestern sein.*

*Und mehr gibt's dazu nicht zu sagen.*

**BETHESDA, MARYLAND**
**POLIZEIBEHÖRDE**

**ABTEILUNG:** ________
**STREIFE:** ____________________________
**POLIZEIBEAMTE(R):** N. Scofield und B. Martinez
**DATUM DES BERICHTS:** 15. Juni 1957
**UHRZEIT:** 10.25 Uhr

*Die Beamten wurden bezüglich einer an jenem Morgen erlassenen richterlichen Verfügung in die 309 Marigold Lane entsandt. Der schreibende Beamte traf vor Ort zwei Personen an, eine männlich, eine weiblich, die beide vorgaben, nicht dort ansässig zu sein, und sich wie »Beatniks« kleideten. Die Personen versuchten, die Beamten vom Betreten der Räumlichkeiten abzuhalten, flohen aber nach kurzem Handgemenge. Beim Eintreten bemerkten die Beamten mehrere willkürlich mit Dokumenten gefüllte Kisten sowie zahlreiche leer stehende Regale. Bislang ist nicht bekannt, wie viel Material bereits aus den Räumlichkeiten entwendet worden war. Sechs weitere Personen jungen Alters, mutmaßlich Studenten, stellten sich zwischen die Beamten und die verbleibenden Kisten. Dieser Beamte traf daraufhin auf Dr. Henry Gantz, ehemals als Physiker am Johns Hopkins Hospital tätig. Er ist dem Kommissariat als Person von besonderem polizeilichen Interesse bekannt und wurde bereits mehrfach polizeilich befragt. Die Beamten informierten Dr. Gantz über die richterliche Verfügung, die sie dazu befuge, Beweismittel zu beschlagnahmen. Mehrere der jungen Personen protestierten und schienen für die Beamten eine eindeutige Bedrohung darzustellen. Die Situation wurde allerdings gleich darauf von einer weiteren Person deeskaliert, einer älteren Dame namens Mrs. Helen*

*Gyzinska, die sich als Bibliothekarin aus Wisconsin auswies. Auf Anweisung von Mrs. Gyzinska verließen die jungen Personen die Räumlichkeiten ohne Zwischenfälle. Die Beamten sammelten daraufhin das im Haus verbliebene Beweismaterial ein und verhafteten den Doktor wegen des Besitzes und der Verbreitung anstößigen und obszönen Materials. Die Bibliothekarin weigerte sich zu gehen, sodass die Beamten gezwungen waren, sie ebenfalls zu verhaften. Sie verzichtete auf ihr Recht zu schweigen, mit der Begründung, dass Folgendes wortgetreu in diesen Bericht aufgenommen werden solle: »An der Biologie, der Forschung oder grundlegenden Fakten ist nichts anstößig, meine Herren, und Sie machen sich lächerlich, wenn Sie versuchen, das Ringen um Verständnis als obszön einzustufen. Offenkundig obszöner als die übliche Unwissenheit ist einzig und allein vorsätzliche Unwissenheit. Verhaften Sie sich gefälligst selbst!«*

# 11

Die Zeit verging und auf einmal war ich in der fünften Klasse. Meine Familie zeigte sich der Welt gegenüber als normale, vierköpfige und völlig intakte Kleinfamilie – eine Mutter, ein Vater und zwei kleine Töchter.

Niemand sprach mehr über meine Tante. Sie durfte nicht erwähnt werden. Stattdessen bewunderte man die fein gearbeiteten Kleider, die Beatrice und ich tagtäglich trugen, jedes einzelne liebevoll von meiner Mutter selbst genäht, und die Strickjacken, die sie eigenhändig geknüpft hatte. Man bewunderte die zarte Schönheit meiner Mutter – diese blasse Haut, diese roten Lippen, diese zierliche Gestalt, die so leicht zu sein schien, als könnte sie die nächste steife Brise davonwehen. Man bewunderte meinen Vater als den strengen, verlässlichen Versorger der Familie. Man bewunderte die Ringelblumen, die meine Mutter in schnurgeraden Reihen den Gehweg entlang gepflanzt hatte, und die sorgfältig zurechtgestutzten Rosensträucher, die unter den Blumenkästen wuchsen. Draußen lächelten meine Mutter und mein Vater, und auch Beatrice und ich lernten, fröhlich vor uns hinzustrahlen, während wir an gar nichts dachten. Drinnen, bei uns zu Hause, schenkten sich meine Eltern kein einziges Lächeln. Tatsächlich erinnere ich mich nicht einmal, dass sie großartig miteinander gesprochen hätten. Nur wenn es absolut notwendig war.

Was den Rest der Welt anging, so veränderte sich diese erneut. Seit dem Großen Drachenwandeln war genügend Zeit vergangen, dass es abermals tabu geworden war, Drachinnen auch nur zu erwähnen. Es war ein Thema, das in jeder höflichen Unterhaltung strikt untersagt war. Und das nicht nur bei mir zu Hause. Drachinnen waren ein Thema, das überall gemieden wurde. Lieber würde man in Unterwäsche in der Kirche auftauchen, mit dem Postboten über Regelblutungen reden oder sich im Radio ungezwungen über Sex unterhalten. Man sprach einfach nicht über Drachinnen.

Als klar wurde, dass das Große Drachenwandeln nicht von irgendwelchen bösen externen Mächten verursacht worden war (den Russen, der chinesischen Volksbefreiungsarmee, inländisch radikalisierten Trotzkisten, die auch durch Senator McCarthys antikommunistische Anhörungen nicht gefasst werden konnten, und so weiter und so fort), sondern es sich in Wirklichkeit um einen offenbar biologischen Prozess handelte, der sich auf bestimmte Frauen beschränkte (noch war unklar, wie verbreitet die Mutationen waren), wurde es weitaus, nun ja, *peinlicher*, Drachinnen, Drachenwandlungen oder die praktischen Erwägungen einer postdrachengewandelten Welt auch nur zu erwähnen.

Erwachsene liefen rot an, wenn Kinder die Hand hoben und Fragen dazu stellten.

Das Thema der Drachinnen verschwand schlagartig aus den Abendnachrichten.

Ende September dieses Jahres teilte uns meine Lehrerin Schwester Heiliger Stephanus der Märtyrer mit, dass ein Gast unsere Klasse besuchen würde. Sein Name war Dr. Angus Ferguson. Er hatte einen üppigen Bart, trübe graue Augen und trug einen langen, schweren Wollmantel, obwohl es draußen noch ziemlich warm war. In der einen Hand hielt er eine Arzttasche, in der anderen ein sehr großes Lederetui, das, wie wir schon bald herausfinden sollten, mit Anschauungsmaterial gefüllt war. Er begrüßte die Lehrerin mit einer flüchtigen Verbeugung, dann blickte er gebieterisch über unsere Köpfe hinweg, ohne uns in die Augen zu sehen.

Wir wurden in zwei Reihen aufgeteilt, in einer die Mädchen, in der anderen die Jungen. Während die Jungen mit dem Besuch sprachen, wurden die Mädchen in das Klassenzimmer für Hauswirtschaftslehre gebracht, um an ihren Schreibtischkästen zu arbeiten – ein Projekt, bei dem wir aus Pressspan und handgenähten Stoffüberzügen robuste Kästchen anfertigen und sie anschließend zu einer dekorativen kleinen Ablage zusammenfügen mussten. Ein quadratisches Kästchen für Büroklammern, ein langes, rechteckiges für Bleistifte und ein breiteres für größere Utensilien wie Scheren, Winkelmesser und dergleichen. Wir waren angewiesen worden, zwei anzufertigen – eine für uns und eine für einen »Freund«. Mit Freund war einer unserer Klassenkameraden gemeint. Jedem von uns wurde ein Junge zugeordnet, für den wir arbeiten sollten, gewissermaßen unser zugeteilter Freund. Ich kann mich nicht einmal mehr erinnern, welchen Jungen man mir gegeben hatte. Ich weiß nur noch, dass ich absichtlich schlampig arbeitete.

Als die Jungen mit dem Besuch fertig waren, gingen wir ins Klassenzimmer. Sie hatten eine Schlange vor der Tür gebildet und warteten darauf, es zu verlassen. Sie waren im Gesicht so rot wie Lollis und schafften es nicht, uns in die Augen zu sehen. Einer der Jungen schauderte. Ein anderer kicherte hinter vorgehaltener Hand.

»Das genügt, meine Herren«, sagte Dr. Ferguson, wobei er reglos vorn am Pult stand. Die Jungen beruhigten sich und gingen der Reihe nach hinaus.

Ich nahm an, dass man sie auch in den Hauswirtschaftsraum bringen würde. Doch ich lag falsch. Sie wurden nach draußen geführt. Um Dampf abzulassen, wie Schwester Heiliger Stephanus sagte, als sie sie aus dem Klassenzimmer trieb.

Wir nahmen unsere Plätze ein und falteten die Hände, wie es uns beigebracht worden war. Der Gast schwieg und wartete, dass unsere Lehrerin zurückkam. Wir wussten, dass wir nicht reden durften, ohne dazu aufgefordert zu werden. Schließlich kam Schwester Heiliger Stephanus zurück in den Raum geeilt.

»Vielen Dank für Ihre Geduld«, sagte sie nur zu ihm und nicht zu uns. Der bärtige Mann nickte ihr ernst zu, dann neigte er den Blick zur Klasse hin. »Ach, natürlich«, sagte unsere Lehrerin, auf einmal wieder nervös. »Meine Damen. Das heutige Thema ist die weibliche Gesundheit. Doktor Angus Ferguson ist einer der regional führenden Experten auf diesem Gebiet. Als Doktor der Medizin, aber auch der Philosophie, bringt er eine ganz besondere Sichtweise mit, die es uns ermöglicht, nicht nur die praktischen, sondern auch die ethischen Aspekte zu besprechen, die euch schon bald bevorstehen werden.«

Schwester Heiliger Stephanus hielt inne und räusperte sich, wobei sie sich instinktiv an den Schleier fasste. Sie runzelte die Stirn und zwang sich, weiterzusprechen. »Ich bin mir sicher, manche von euch haben bereits von … *Veränderungen* gehört, und einige von euch haben wahrscheinlich auch Fragen zu … *anderen Veränderungen*«, stammelte sie und lief rot an, woraufhin sie sofort eine ernste Miene aufsetzte, mit der sie die Röte durch reine Willenskraft wieder aus ihren Wangen verbannte. Sie nickte grimmig, woraufhin ihr Gesicht erneut die gewohnte Farbe von Haferbrei annahm und die Welt damit wieder in Ordnung war.

Wir saßen an unseren Tischen, die Hände noch immer vor uns gefaltet, und tauschten untereinander ratlose Blicke aus.

Uns war nicht gesagt worden, dass wir uns melden durften, aber ich hatte Fragen. Verwirrung staute sich im Klassenzimmer an, wie Abgase in einer verschlossenen Garage. Wenn ich eines von meiner Tante gelernt hatte, dann dass man nicht zulassen durfte, dass Dinge sich anstauen, weil sie einen sonst umbringen. Ich hob die Hand, weil es offensichtlich sonst niemand vorhatte. Schwester Heiliger Stephanus und der bärtige Besucher tauschten einen finsteren Blick. Ich reckte meine Hand noch ein Stück höher. Meine Lehrerin zuckte mit den Schultern und zeigte auf mich.

»Ja, Alexandra«, sagte sie grimmig, aber resignierend.

»Alex«, korrigierte ich sie.

Sie schloss einen Moment lang die Augen und atmete durch die geweiteten Nasenflügel tief ein. »Was möchtest du uns fragen, Alexandra?« Es hätte eine Frage sein sollen, doch aus ihrem Mund klang es wie eine Anschuldigung.

»Na ja«, sagte ich und räusperte mich. »Ich habe gehört, dass viele Mädchen, wenn sie in die fünfte Klasse kommen, anfangen ... *Utensilien* zu tragen, ich freue mich also, dass wir endlich ...«

»Das waren vorerst genug Fragen«, unterbrach Schwester Heiliger Stephanus mich schnell.

»Aber ich wollte doch nur wissen, welche Art Veränderungen wir besprechen werden. Sie wissen schon, die Art Veränderungen, die heranwachsende Mädchen erfahren, oder na ja ... reden wir über *andere* Veränderungen? Die Art, die Häuser zerstören kann. Denn wissen Sie ...«

»SCHLUSS JETZT, ALEXANDRA!« Die Wangen der Schwester nahmen eine immer tiefere Farbe an, bis sie schließlich scharlachrot waren. Ich rechnete fast damit, dass sie sich bekreuzigen würde, aber das tat sie nicht.

»Jegliches Gekicher wird mit vier Tagen Nachsitzen bestraft, jegliche Unterbrechung mit einer Suspendierung. Und jegliche *unanständige Bemerkung*«, sie warf einen strengen Blick in meine Richtung, »wird ein sofortiges Treffen mit euren Eltern, meiner Wenigkeit, Dr. Ferguson, Mr. Alphonse *und womöglich sogar Pater Anderson* nach sich ziehen.« Sie ließ ihre Worte einen Moment lang wirken. »Wenn ihr euch unsicher seid, holt euren Rosenkranz raus, betet zehn Ave-Marias oder auch zwanzig und denkt noch einmal gründlich darüber nach. Anschließend werdet ihr wahrscheinlich erleichtert sein, dass ihr den albernen Gedanken, den ihr hattet, nicht laut ausgesprochen habt. Vergesst auch nicht, euch bei der Heiligen Mutter dafür zu bedanken, dass sie euch wieder einmal davor bewahrt hat, euch zum Gespött der Klasse zu machen. Und jetzt, Doktor, überlasse ich Ihnen das Reden.« Schwester Heiliger Stephanus deutete zum Lehrerpult, schritt herrisch durch die Klasse und blieb am anderen Ende des Raums hinter uns stehen.

An die nächsten fünfzig Minuten kann ich mich nur verschwommen erinnern. Ich besitze immer noch mein Schulheft von jenem Tag und all meine Notizen. Schon damals war ich eine herausragende Schülerin und genauso herausragend darin, Diktate zu schreiben.

Wir haben eine ganze Menge über Bestäubung gelernt. »Ihr seht, wie dies zusammenhängt, versteht sich«, sagte der werte Doktor. Das taten wir nicht.

Wir erfuhren, wie Samen aufkeimen und warum Blumen für den Lebenszyklus einer Pflanze wichtig sind. Welche Teile der Blüte die intimen, komplizierten sind: von dem wackeren Staubblatt, dessen Staubfäden stramm wie Soldaten stehen; und von der dunklen Welt des Blütenstempels, dessen feuchtklebrige, verführerische Öffnung *Narbe* genannt wurde oder auch *Stigma*, eine Bezeichnung, die sich für meine Fünftklässlerohren ehrlich gesagt etwas *zu offensichtlich* anhörte. Wir erfuhren auch, was man in der Natur unter Metamorphose versteht: die Kaulquappe wird zum Frosch, der Leptocephalus zum Aal, die Larve zum Marienkäfer und die Raupe zum Schmetterling. Der Doktor zeigte uns Bilder von den unterschiedlichsten Skeletten aus der Tierwelt, aufwendige Schaubilder des endokrinen Systems und ein einziges des weiblichen Fortpflanzungssystems. Ich musste an den Einband des kleinen Buchs denken, das ich noch immer in meinem Schrank versteckte und auf dem eine Gebärmutter samt Eierstöcken über das Gesicht eines Drachen gelegt war. Ich hatte es noch immer nicht gelesen. Und ich war mir nicht sicher, ob ich es jemals lesen würde.

Der Doktor hob die Hand und schloss einen Moment lang die Augen. Sehr viel später erfuhr ich, dass auch er im Jahr 1955 nach Hause gekommen war und es durch eine Drachin zerstört vorgefunden hatte. Ich erfuhr auch, dass für alle sichtbar in seine Haustür die folgende Nachricht eingebrannt gewesen war: ICH HABE ERWOGEN, DICH ZU VERSCHLINGEN, WOLLTE MIR ABER NICHT DEN MAGEN VERDERBEN. DANKE FÜR GAR NICHTS. Alle hatten den Blick abgewandt und vorgegeben, die Nachricht nicht zu sehen. Doch das hatten sie. Die ganze Nachbarschaft.

»Meine Damen, ich frage euch: Erinnert sich der Schmetterling an sein glückliches Leben als Raupe und gibt sich damit zufrieden, auf den Blättern des ihn liebenden Baumes zu verweilen? Wahrscheinlich nicht. Erinnert sich der Frosch an sein Leben als Kaulquappe, als er noch sorglos in den ruhigen Gewässern des Sumpfes umherschwamm, liebevoll vom Froschmännchen beschützt? Vermutlich nicht. Sie verwandeln sich einfach drauflos, nur um dann im Schnabel des grausamen Falken oder Storchs zu landen, und ehrlich gesagt sterben die meisten von ihnen. Die Natur legt keinen großen Wert auf die Lebensdauer eines einzelnen Organismus. Und in der Natur lässt sich eine Metamorphose auch nicht aufhalten – eine

Raupe kann ihre Verwandlung genauso wenig verweigern, wie sie entscheiden könnte, den Ärmelkanal zu durchschwimmen oder einen Marathon zu laufen. Sie ist ihrer eigenen Biologie gänzlich ausgeliefert. Für euch gilt das allerdings nicht. Die Wissenschaft ist bisweilen noch, wie soll ich sagen, etwas *undurchsichtig*, was das angeht. Doch wir glauben, dass die Veränderungen, von denen ich rede, *sowohl* biologisch *als auch* gewollt sind. Die Beweislage scheint nahezulegen, dass es sich um eine *willentliche* Metamorphose handelt. Und falls dem wirklich so sein sollte – und das kann ich nicht genug betonen –, rate ich euch inständig, meine Damen, weise zu wählen. Schließlich hat die Sündhaftigkeit viele Gesichter. Manche offensichtlicher als andere. Ich glaube, dazu sollte es keine Fragen geben. Sicher habe ich mich klar und deutlich ausgedrückt.«

Wir hatten nicht die leiseste Ahnung, wovon er sprach.

Später kamen die Jungen zurück und wir hatten Mathe. Als es Zeit war, zum Sportunterricht zu gehen, und meine Tischnachbarin Mary Frances Lozinsky aufstand, stellte sie mit starrem Entsetzen fest, dass die gesamte Rückseite ihres Schulrocks von dickem, dunklem Blut durchtränkt war. Sie schrie laut auf und die Mädchen, die neben ihr saßen, ebenfalls. Der Junge hinter ihr sackte ohnmächtig auf seinem Stuhl zusammen. Schwester Heiliger Stephanus eilte an Mary Frances' Seite, schlang einen Arm um ihre Schultern und führte sie rasch aus dem Klassenzimmer, wobei sie ihr leise und behutsam zuredete. Am nächsten Tag bewegte sich Mary Frances seltsam. Sie mied unsere Blicke. Sie sagte etwas von einem Gürtel, wollte aber nicht erklären, worum genau es sich handelte. Tags darauf hatte sie sechs riesige Pickel im Gesicht.

Mary Frances *veränderte* sich. Wir konnten sehen, dass sie sich veränderte, und doch war sie noch immer Mary Frances und konnte sich noch immer an die Mary Frances erinnern, die sie zuvor gewesen war. Anders als Dr. Fergusons Raupe erinnerte sie sich sehr wohl an sich und ihr vorheriges Leben als unverändertes Mädchen. Darin hatte der Doktor also nicht recht. Worin irrte er sich noch? Und dann, auch wenn es unmöglich schien, veränderte sich Mary Frances immer weiter. Sie fing an, sich über BH-Träger zu beschweren. Sie roch anders. Ihr Gesicht produzierte immer mal wieder vereinzelte Pickel und alle paar Wochen erschienen blaugraue Ringe unter ihren Augen. Sie fing an, sich zu schminken, und bekam Ärger dafür. Ihr wuchs ein dunkler Flaum auf der Oberlippe und ihr Körper dehnte sich immer weiter aus, bis die Bluse ihrer Schuluniform so eng wurde, dass die Nähte schon fast platzten und alles nur noch mit Mühe zusammenhielten. Auf dem Flur folgten ihr die Jungen wie Entlein, die aufgeregt ihrer Mutter hinterhertrippeln.

Jeden Tag veränderte sie sich ein kleines bisschen mehr, wurde sie ein bisschen weniger die Mary Frances, die wir zu kennen geglaubt hatten, und ein bisschen mehr die Mary Frances, die wir noch kennenlernen würden.

Und wir wussten *todsicher*, dass sie sich nichts von alledem selbst *gewählt* hatte.

# 12

Nach der erschreckenden Metamorphose von Mary Frances bekamen innerhalb der nächsten zwei Jahre alle Mädchen in meiner Klasse der Reihe nach zum ersten Mal ihre Periode. Wir stellten uns allmählich darauf ein, die Mädchen, wenn die Zeit gekommen war, rasch zur Toilette zu bringen oder schnell zu reagieren und ihnen eine Strickjacke umzubinden, wenn sich die Rückseite eines Rocks dunkel zu färben begann. Wir fingen an, kleine Beutel mit uns herumzutragen, und lernten, einen Vorrat einzupacken, um anderen Mädchen in der Not auszuhelfen. Wir hatten stets Aspirin, Kaugummis und vielleicht sogar ein paar Taschentücher dabei. Wir passten aufeinander auf. Sogar wenn wir nicht besonders gut befreundet waren. Wir alle lernten, dass Freundschaft in solch einer Situation irrelevant war – diese Verbindung hier ging viel tiefer, war älter und wichtiger. Wir wussten, dass jedes Mädchen, egal wie viele davor schon dasselbe durchgemacht hatten, erst einmal unter Schock stehen würde, wenn die Veränderungen kamen. Wegen der Schmerzen. Wegen der Röte und Fülle des Bluts. Wegen des unaufhaltsamen Übergriffs auf unseren Körper, der sich Monat für Monat ereignete, ob wir es nun wollten oder nicht. Wir wussten, dass man einem solchen Schock mit Fürsorge und Verständnis begegnen sollte.

Bei mir passierte es in der Schule, unmittelbar am Ende der sechsten Klasse. Zwei Mädchen brachten mich rasch auf die Toilette, wo sie mich bemutterten, umsorgten und mir leise gut zuredeten, während sie mir halfen, mich wieder zurechtzumachen. Wir waren nicht befreundet und das würde sich auch nach diesem Tag nicht ändern. Ich würde weder mit ihnen beim Mittagessen zusammensitzen noch zu ihrem täglichen Ballspiel auf dem Schulhof eingeladen werden. Und das störte mich nicht im Geringsten. Diese Fürsorge ging viel tiefer, war älter und wichtiger als jede Freundschaft, wusste ich instinktiv, ohne dass man es mir sagen musste. Eines der Mädchen tupfte mir das Gesicht mit einem kühlen feuchten Tuch ab, während mir das andere zeigte, wie ich mit Schnürsenkeln und einer Socke, die die Einmalbinde fixierte, einen provisorischen Bindengürtel zusammenbasteln und diesen dann mit einer Reihe ausgeklügelter Knoten unter meiner Kleidung befestigen konnte. Das Ganze war unbequem, gab einem aber ein einigermaßen sicheres Gefühl.

»Du solltest es wahrscheinlich deiner Mutter erzählen, wenn du nach Hause kommst«, sagte eines der Mädchen – Lydia war ihr Name –, als sie ihren Lippenstift nachzog. Wir durften in der Schule keinen Lippenstift tragen, also wählte sie eine Farbe, die der ihrer Lippen so sehr ähnelte, dass es aussah, als würde sie überhaupt keinen tragen. Ich fragte sie, warum sie das tat, und sie sagte: »Um zu üben.«

»Ich glaube nicht, dass ich meiner Mutter davon erzählen werde«, gestand ich offen und erklärte ihnen, wie herausragend meine Mutter darin war, zu schweigen.

Lydia dachte darüber nach. »Hast du denn eine Tante?«, fragte sie. »Oder ältere Cousinen?«

Ich ertappte mich kurz, wie ich *Tante Marla* dachte. Sofort formte sich ein unangenehmer Knoten in meinem Hals und meine Augen brannten. Ich schluckte schwer und wandte mich ab, zuckte unwillkürlich zusammen. Tante Marla gab es nicht mehr, erinnerte ich mich. Oder zumindest gab es nicht mehr die Tante Marla, die sie einmal gewesen war. Ihre breiten Schultern, verschwunden. Ihre geringelten Locken und roten Lippen, ihr selbstbewusster Stand und schallendes Lachen, verschwunden. Ich erinnerte mich, wie sie mich als Kind immer schwungvoll auf ihre Hüfte gehoben hatte. Ich erinnerte mich an die sanfte, liebevolle Berührung ihrer schwieligen Hände. Ich erinnerte mich, wie sich ihre Augen in den Tagen, bevor sie sich drachenwandelte, golden gefärbt hatten. Wenn sich ihr Körper verändert hatte und sie nicht mehr wiederzuerkennen war, fragte ich mich: War Marla dann noch immer Marla? Erinnerte sie sich an uns, wo sie doch ihr altes Leben abgestreift und in etwas Neues übergegangen war – etwas, das nur aus Schuppen und Sehnen und Wut und Feuer bestand? Ich wusste es nicht. Und was das anging, würde *ich* noch immer ich selbst sein, mit meinen neuen Brüsten und anderen unangenehmeren Ausbrüchen? War mein Körper noch immer mein Körper, wenn ich nicht kontrollieren konnte, was er tat?

Ich schüttelte den Kopf. »Nein«, sagte ich. »Ich habe sonst niemanden. Nur meine Mutter, aber mit ihr kann ich auf keinen Fall darüber reden.«

Joyce, ein sehr hübsches Mädchen, deren Familie erst kürzlich von Kalifornien nach Wisconsin gezogen war (und die sich pausenlos und überaus dramatisch über die Kälte beschwerte, obwohl es schon längst April und draußen angenehm mild war), zeigte sich verständnisvoll. »Da gibt es leider keinen Weg drum herum, fürchte ich. Schließlich muss jemand für dich einkaufen gehen. Du brauchst noch mehr Gürtel und endlos viele Binden. Es gibt zwar Notlösungen, aber du musst auch an die Wäsche denken und immer einen Vorrat zur Hand haben – zu Hause, aber auch in der Schule, und da kann dir nur deine Mutter helfen. Hier.« Sie griff in ihre Tasche, die so riesig war, dass sie eine ganze Bibliothek darin hätte unterbringen können, wenn sie sie richtig packte, holte drei weiße rechteckige Boxen hervor, die an den Seiten blau beschriftet waren, und reichte sie mir. »Die habe ich aus dem Krankenzimmer mitgehen lassen. Ich dachte mir, ich kann damit mehr Gutes tun, als die Schwester bis jetzt getan hat – sie hortet die Binden, weißt du? Ich kann noch mehr besorgen, aber du musst wirklich in den sauren Apfel beißen und es deiner Mutter sagen.«

»Das mach ich«, versicherte ich ihr. Mir war schwindlig und übel, Bauch und Rücken taten mir weh und ich wollte nur, dass dieses Erlebnis endlich vorbei war. »Wenn ich nach Hause komme. Versprochen.«

Ich tat nichts dergleichen, aber meine Mutter wusste es trotzdem irgendwie. Als ich an diesem Tag nach Hause kam, lag ein Stapel cremefarbener Boxen auf meinem Bett, zusammen mit einer handgeschriebenen Anweisung. Ich fragte nicht danach und sie sagte nichts darüber. Was ziemlich gut zusammenfasst, wie die Dinge zwischen uns abliefen.

Beatrice inspizierte eine der Boxen, auf deren Seite neben blauer Schönschrift die Silhouette einer Frau im Abendkleid abgebildet war. Sie sah mich misstrauisch an.

»Was ist das?«, fragte sie und hielt die Box hoch, wobei sich ihre wachen Augen verengten. »Ist das was zum Spielen?« Beatrice war beinahe vier und wünschte sich von allem, es wäre zum Spielen da.

»Nein«, antwortete ich schnippischer als sonst.

Beatrice beugte sich über mein Bett und stützte ihr Kinn auf die gefalteten Hände. »Ist das für mich?«, wollte sie wissen.

Ich schüttelte den Kopf. »Nein. Das ist was für große Mädchen.«

»Wir sind *beide* große Mädchen«, entgegnete Beatrice. Sie kletterte auf mein Bett und dann weiter auf meine Schultern, so flink wie ein Eichhörnchen. »Wir sind die größten

Mädchen«, brüstete sie sich. Ich schlang einen Arm um ihren Bauch und zusammen purzelten wir wie verrückt kichernd auf den Boden, was mich die schmerzhaften Krämpfe in meinem Unterleib einen Augenblick lang vergessen ließ.

»Fang mich!«, quietschte sie vergnügt und wetzte aus der Tür hinaus.

»Gib mir eine Minute!«, rief ich ihr hinterher.

Ich nahm die Boxen und die Anweisung und platzierte beides gut sichtbar auf dem obersten Regal in meinem Schrank. Es war nicht nötig, etwas zu verbergen, das meine Mutter ohnehin schon wusste. Mein Kopf dröhnte. Ich blieb vor dem Schrank stehen, mein Blick wanderte zu dem herausnehmbaren Paneel in der Rückwand. Auf einmal vermisste ich meine Tante so sehr, dass es sich anfühlte, als würde sich in meine Eingeweide eine Harpune bohren. Nach all dieser Zeit hatte ich die Dinge, die sie für mich dagelassen hatte, noch immer nicht angerührt. Ich hatte die Fotos von meiner Tante noch immer nicht angesehen oder auch nur einen der Briefe gelesen, auch nicht den Brief, den sie mir geschrieben hatte, genauso wenig wie das kleine Buch mit dem Drachengesicht auf dem Einband. Ich war mir nicht ganz sicher, warum. Manchmal träumte ich, dass sich das Paneel von allein öffnete und sämtlicher Inhalt herausfiel – die Geheimnisse meiner Tante und meine eigenen, mit den Geheimnissen meiner Mutter und meines Vaters vermengt, zur Schau gestellt, wo sie alle Welt sehen konnte. Jedes Mal wachte ich keuchend, verschwitzt und verängstigt auf.

Jetzt allerdings …

Ich sah wieder zum Schrank, kniete mich auf den Boden, bewegte mich zentimeterweise darauf zu.

»Alex!«, rief Beatrice vom Wohnzimmer aus nach mir und erschreckte mich so sehr, dass mir fast das Herz stehen blieb. »Alex, ich brauch dich hier, JETZT.«

Von unten hörte ich, wie meine Mutter sie ermahnte, still zu sein. »Sch! Alexandra geht es nicht so gut«, sagte sie mit leicht erhobener Stimme. »Aber nach einem warmen Bad und ein wenig Ruhe wird es ihr bestimmt besser gehen.« Am Ende des Satzes wurde ihre Stimme noch ein wenig lauter, um sicherzugehen, dass ich sie auch verstand. Beatrice fing an, freudig zu kreischen, und ich wusste, dass meine Mutter sie gefangen hatte und eng umschlungen im Kreis herumschwang. »Bealein, Bealein, Bealein«, sang sie sanft. »Warum gehen wir nicht auf den Spielplatz, hm?« Ich hörte Beatrice' Fußstapfen durch den Raum poltern. Und damit schlossen meine Mutter und Beatrice die Tür hinter sich und ließen mich allein und ungestört zurück.

Mein Herzschlag verlangsamte sich. Ich saß noch eine Weile auf dem Boden und starrte den Schrank an.

Dann zwang ich mich endlich, den Blick abzuwenden, stand auf, ließ mir ein Bad einlaufen und ging zurück in mein Zimmer, wo ich vorsichtig das Paneel herauszog und das Bündel hervorholte, das meine Tante mir drei Jahre zuvor gegeben hatte. Meine Finger zitterten leicht, als ich den Knoten löste. Das Papier flüsterte in meinen Händen. Ich legte die Briefumschläge einen nach dem anderen ordentlich aufgereiht auf den Boden. Einen nach dem anderen holte ich die Briefe heraus, legte sie auf deren Umschläge und strich das Papier liebevoll mit der Rückseite meiner Finger glatt.

Ich wusste nicht, wonach ich suchte. Ich wollte nur jemanden, mit dem ich reden konnte. Auch wenn sie nicht mehr hier war.

Manche der Briefe, die Marla aufgehoben hatte, waren in einer wunderschönen, geschwungenen Schrift von einer Frau namens Clara geschrieben worden, andere in festen, klotzigen Blöcken von einer Frau namens Jeanne, und wiederum andere in einer quirligen, kindlichen Handschrift von einer Frau namens Edith. Zwei der Briefe stammten von einem Mann namens Dr. Gantz – derselbe Name, den Marla auf das Büchlein geschrieben hatte, wo sie ihn sowohl gerügt als auch als den anonymen Autoren benannt hatte. Die Briefe des Doktors ließen sich in keiner Weise entziffern, sogar seine Unterschrift war nahezu unlesbar. Ich legte sie beiseite, dann wandte ich mich wieder dem Büchlein zu. Es bestand aus sehr, sehr vielen Seiten und die Schrift war klitzeklein. Dass der nicht zu entziffernde Brief und das unlesbare Buch von derselben Person geschrieben waren, ergab so viel Sinn, dass es gleichermaßen offensichtlich wie nervig war. Ich durchblätterte das Büchlein und achtete dabei nur auf die Zwischenüberschriften und die Bilder. Dank dem Doktor, der uns in der fünften Klasse besucht hatte, besaß ich eine grobe Vorstellung davon, wie das weibliche Fortpflanzungssystem aussah, verstand aber noch immer nicht, warum man aus der Gebärmutter und den Eierstöcken ein Drachengesicht gemacht hatte. Die Kapitel trugen Überschriften wie »Ein Geburtsrecht des Blutes und Feuers: Das Schicksal der Biologie« oder »Die unerschlossene Macht der weiblichen Wut«. Es gab Schaubilder und Tabellen und eine erstaunliche Menge an lateinischen Begriffen. Ich war in der sechsten Klasse schon eine gute Leserin, aber das übertraf meine Auffassungsgabe.

Ich ließ die Finger über die Briefe gleiten. Das Papier raschelte sanft unter meiner Haut. Bei Marlas Brief an mich hielt ich inne und mir stockte der Atem. Ich hob ihn auf und hielt ihn einen Moment lang fest, drückte den Daumen auf meinen in ihrer Handschrift geschriebenen Namen. *Alex.* Sie hatte mich kein einziges Mal Alexandra genannt, nicht soweit ich mich erinnern konnte. Ich hatte nie daran gedacht, mich bei ihr dafür zu bedanken. Der Brief war noch verschlossen. Ihr Ebenbild nahm auf einmal den gesamten Raum in meinem Kopf ein. Ihre hochgesteckten Locken, ihr roter Mund, ihre abgetragene Latzhose und schweren Stiefel, ihr schallendes Lachen. Meine Tante mit einem Kleinkind auf der linken Hüfte und einem Eimer voll Werkzeug in der rechten Hand. Ich stellte mir vor, wie sie das Papier hervorholte, die schlafende Beatrice auf ihrem Schoß, und mir zum Abschied diesen Brief schrieb. *Nein*, beschloss ich. Ich war noch nicht bereit, den Brief zu öffnen, geschweige denn, ihn zu lesen. Ich brauchte meine Tante, brauchte ihre *Hilfe*, aber ich konnte jetzt ganz sicher nicht gebrauchen, dass sie mich noch einmal verließ. Stattdessen nahm ich mir den zu meiner Hand nächstgelegenen Brief. Das Papier war brüchig und die Handschrift zeichnete sich durch die sorgsamen Striche einer Person aus, die wollte, dass jedes Wort das richtige war.

»Meine liebste Marla«, schrieb sie.

*Es wäre beinahe schon wieder passiert, diesmal, als ich gerade in der Luft war. Und welch ein herrlicher Flug das war, Marla, einfach wunderschön! Das Meer unter mir strahlte in einem sehnsüchtigen Blau, genau wie der Himmel über mir, mit dessen feurigem, glühendem Zentrum. Auch ich glühe innerlich, mit einer Flamme, die tagtäglich größer wird – manchmal sogar stündlich. Welcher Teil von mir steht nicht in Flammen? Mein Geist, mein Herz, mein Körper, wenn ich an dich denke. Ich hatte eine Tante, die sich so gewandelt hat, weißt du? Niemand aus meiner Familie spricht darüber, aber wir wissen es alle. Du hättest sie gemocht. Sie hat Finken gezüchtet und sie von ihrem Haus aus verkauft. Bunte Federn in allen möglichen Farben und wunderschöner Vogelgesang. Sie hat ein gutes Geschäft daraus gemacht, indem sie die Finken hauptsächlich an gelangweilte Hausfrauen im schönsten Teil der Stadt verkaufte: Damen, die einfach etwas Hübsches haben wollten, das nur ihnen allein gehörte. Dadurch verdiente meine Tante ihr eigenes Geld und verfügte darüber, was ihr Ehemann natürlich nicht ertragen konnte. Eines Tages, als sie zurück nach Hause kam, erwartete sie ein grauenhafter Anblick. Ihr Mann hatte in jeden der Käfige gegriffen und jeden der winzigen Hälse umgedreht, die wunderschönen Leichen auf dem Boden liegen lassen und sogar auf ihrem Ehebett tote Vögel verteilt. Schreckliche Sache. Schrecklicher Mann. Sie lief weinend zu ihren Schwestern, die sich zwar verständnisvoll zeigten, aber nicht gerade hilfreich waren. Sie sagten ihr, dass der Mann nun mal das Oberhaupt der Familie sei. Und wenn ihm ihre Arbeit nicht gefiel, was es da schon helfe, sich darüber zu streiten? Meine Mutter bedient sich derselben Logik, um jedwede Sünden meines Vaters zu rechtfertigen. Warum tun Frauen sich das an? Was für eine Schwester kehrt ihrer eigenen Familie den Rücken? Das habe ich noch nie verstanden. Ich glaube, meine Tante genauso wenig.*

*Jedenfalls ging ihr Haus zwei Tage später in Flammen auf. Es hieß, eine Gasexplosion habe das Dach aufgerissen und meinen Onkel mit gebrochenem Genick auf dem Boden zurückgelassen. Doch ich weiß es besser. Ich habe immer geglaubt, dass die Wut ihren Wandel herbeigeführt hat, und vielleicht stimmt das auch. Ich persönlich bin wiederum überhaupt nicht wütend. Und doch fühlt es sich an, als wäre dieser Wandel unausweichlich. Seit dem Moment, als sich unsere Hände zum ersten Mal berührten, sich unsere Lippen zum ersten Mal trafen, bin ich nur noch von unendlicher, grenzenloser Freude erfüllt, für immer und ewig. Es ist diese Freude, die nun in mir brennt. Freude, bei der sich mein Rücken nach Flügeln sehnt und ich mir aus tiefster Seele wünsche, mehr als ich selbst zu sein. Doch es ist die Liebe, die mich innehalten lässt, mich an* diesen *Körper und* dieses *Leben bindet, sodass ich immer zu dir zurückfliegen kann. Marla, mein Liebling, ich bin nun von einer Sehnsucht erfüllt, die mich innerlich zerreißt, und ich weiß nicht, wie lange ich noch durchhalten kann. Egal was passiert, Marla, ich bitte dich. Warte für immer auf mich. Oder folge mir. Edith.*

Ich starrte den Brief noch lange an. Ich war erst elf Jahre alt und hatte nichts, woran ich mich orientieren konnte. Es war mir nicht möglich zu verstehen, was ich da gelesen hatte. Und meine Mutter konnte ich schon gar nicht fragen. Ich fühlte mich noch nicht bereit, die anderen Briefe zu lesen. Noch einsamer als zuvor sammelte ich sie wieder zusammen, verstaute sie in ihrem Geheimversteck und schob das Paneel zurück an seinen Platz. Dann ging ich ins Badezimmer und setzte mich in die Wanne.

# 13

Ich weiß nicht genau, wann meine Mutter sich entschied, mit dem Gärtnern anzufangen. Es gibt keinen eindeutigen Moment, an den ich mich erinnern könnte. Ich weiß nur, dass der Garten anscheinend auf einmal *da war.* Es gab Hochbeete und Kletterranken, handgebaute Konstruktionen und ein Dickicht aus Kräutern, das einen vielschichtigen, berauschenden Duft verströmte, der in unseren Kleidern hing und den man noch weit die Straße hinab riechen konnte. Mein Vater war ganz und gar nicht begeistert. Da sei zu viel Schmutz, sagte er. Und Bienen. Dem Garten fehle es an Symmetrie und Ordnung. Rasen sei ordentlicher, und was sei nun mit dem Rasenmäher, der ein hübsches Sümmchen gekostet habe, und warum zeige sie nicht ein bisschen mehr Dankbarkeit? Und überhaupt, wozu brauche sie Ablenkung, seien ihr das Haus und die Familie etwa nicht genug? Doch meine Mutter fragte ihn nie um Erlaubnis, also konnte er es ihr auch nicht wirklich verbieten. Bis irgendjemandem aufgefallen war, was sie da im Garten machte, reckten sich bereits sechs Reihen Mais in den Himmel, gab es Kartoffelhügel, Knoblauchschäfte, Tomatenranken und ein wucherndes Gewirr aus Kürbisblüten. Das Gartenhäuschen sah aus, als hätte es schon immer dort gestanden (hatte sie es selbst gebaut? Das musste sie wohl), genau wie die Spargel- und Rhabarberstangen, die seitlich neben dem Haus wuchsen.

»Wann hast du überhaupt mit alldem angefangen?«, fragte mein Vater einen Samstagnachmittag, als er mit einem Glas Whiskey sowie Zigarre und Zeitung nach draußen ging und meine Mutter ihm eine Hacke reichte und ihn bat, sich um die Ränder der Beete zu kümmern. Er starrte die Hacke eine ganze Weile lang an, als müsste er erst noch überlegen, wie sie funktionierte. Letztendlich verlor meine Mutter die Geduld und machte es selbst.

»Du isst jetzt schon seit einiger Zeit, was in diesem Garten wächst«, sagte sie, ohne ihn dabei anzusehen. »Allerdings wundert es mich nicht, dass es dir bisher nicht aufgefallen ist.«

Es gab so einiges, was meinem Vater nicht auffiel. Er kam immer später und später von der Arbeit nach Hause. Je älter ich wurde, desto seltener war er da. Jeden Tag blieb mein Vater in der offenen Haustür stehen und gab uns allen, bevor er ging, einen Kuss auf die Wange. Es war der einzige, den wir je bekamen. Dort, wo die Leute es sehen konnten. Während er die Straße entlangschlenderte, pfiff er vor sich hin. Die Melodie hallte vom Gehweg und den umliegenden Häusern wider und schwebte durch die Luft, bis sie, kaum dass er um die Ecke gebogen war, abrupt verstummte. Jeden Tag schrubbte meine Mutter das Haus, bis es blitzblank war, und das Abendessen stand stets pünktlich um 18.15 Uhr auf dem Tisch, dazu ein Glas Ryewhiskey für meinen Vater, ob er nun nach Hause kam oder nicht.

Jedenfalls behauptete meine Mutter, der Garten sei vor allem für Beatrice gedacht, die damals ein richtiger kleiner Wildfang war, ständig laut und ständig in Bewegung, und immer eine Beschäftigung brauchte. Von Frühling bis Herbst verbrachten die beiden die meiste Zeit draußen im Garten. Meine Mutter steckte Beatrice in handgenähte Overalls ...

(Ich musste einmal tief durchatmen, so sehr erinnerte sie mich an meine Tante. Sie war ihr wie aus dem Gesicht geschnitten.)

(Was rede ich denn da? Ich hatte keine Tante, hatte niemals eine gehabt. Beatrice war meine Schwester und war es schon immer gewesen.)

... dann schickte sie sie ein Stück Rasen ausgraben oder Löwenzahn ausrupfen oder ließ sie die Schubkarre von einem Ende des Gartens zum anderen bringen. Meine Mutter baute Paprika und Tomaten an, Mohrrüben und Bohnen, pflanzte Kräuter und Auberginen und allerlei Kürbisarten.

Im Sommer nach meinem sechsten Schuljahr erweiterte sich der Garten immens. Meine Mutter fügte neue Beete hinzu und stellte eigens gebaute Rankgitter auf. Sie legte ein und konservierte unentwegt und machte aus allem, was ihr in die Finger kam, Marmelade. Sogar aus Mohrrüben. Und aus Rüben. (Beides erstaunlich lecker.)

Das Jahr darauf, als sich die siebte Klasse dem Ende neigte und der Sommer nahte, waren gut zwei Drittel unseres Gartens bebaut und gebändigt. Beatrice war inzwischen fünf, noch immer winzig und noch immer ein Wildfang. Sie schlängelte sich zwischen mir und meiner Mutter hin und her, wie ein Glühwürmchen, so hell, heiß und schnell. Meine Mutter baute aus Weidenzweigen aufwendige Rankhilfen mit komplexen Knoten für Erbsen und knüpfte Netze aus Makramee für Kürbisse und Melonen. Gurken wuchsen über filigranen, gebogenen Gittern aus Balsaholz und Maschendraht, und ihre Tomatenranken wanden sich um robuste Holzgerüste. Sie harkte Holzschnitzel zu ordentlichen Reihen zusammen und stellte dort drei Bänke auf, falls sie einmal müde wurde. Sie arbeitete den ganzen Tag über im Garten. Das Haus vernachlässigte sie dagegen, und zwar mit jedem darauffolgenden Sommer mehr. Ihre Schultern wuchsen. Ihre Haut bräunte sich. Sie bekam Sommersprossen auf der Nase, woraufhin mein Vater wiederum seine rümpfte.

»Das kann nicht gut für dich sein. Du bist den ganzen Tag draußen«, sagte er. »Und wo ist mein Mittagessen?«

Sein Mittagessen stehe, wieder einmal, im Eisschrank unter einem Spitzendeckchen, sagte sie ihm. Er murmelte etwas von kaltem Essen und schlecht für die Gesundheit, doch meine Mutter ignorierte ihn.

Es war ein Samstag im späten Juni und sehr heiß. Im Garten wuchsen gerade die ersten Früchte. Wir hatten noch nicht einmal die Marmeladen und die Sauerkonserven und die getrockneten Kräuter aus dem letzten Sommer aufgebraucht und ich war in einem Alter, in dem ich einfach nicht verstand, was das alles sollte. Hatte meine Mutter noch nie vom Obst- und Gemüsehändler gehört? Warum mussten wir uns all diese Arbeit machen?

An diesem Tag wurde mir auf unangenehme Weise bewusst, wie sehr ich schwitzte und, noch schlimmer, wie sehr ich nach Schweiß roch, etwas, das mir in den Sommern zuvor nie so sehr aufgefallen war. Natürlich hatte ich davor auch schon geschwitzt. Das wusste ich. Nur war es mir bis dahin nie peinlich gewesen. Der Stoff unter meinen Achseln war klatschnass, genau wie die Rückseite meines Shirts und meine Unterhose. Meine Mutter schwitzte auch. Der Schweiß rann ihr in schimmernden Rinnsalen den Arm hinab, während sie den Mulch wendete und haufenweise Unkraut davonkarrte, und sammelte sich in den zwei Kuhlen ihres Schlüsselbeins. Allein sie anzusehen, war mir schon peinlich.

Meine Mutter hatte mir eine Liste mit Aufgaben gegeben, die ich erledigen musste, erst dann durfte ich zu meiner Freundin Sonja gehen. Sonja Blomgren. Ich fand sogar ihren Namen aufregend, mit den versteckten Buchstaben und der Gabe, einem, allein wenn man ihn aussprach, ein Lächeln zu entlocken. Sonja, Sonja, Sonja. Sie ging nicht auf dieselbe Schule wie ich, weil ihre Großeltern Lutheraner waren. Ihre Eltern erwähnte sie nie und sagte auch nie, was mit ihnen passiert war. Aber ich konnte es mir schon denken.

Sonjas Großeltern hatten früher am Südufer des Lake Superior gelebt. Sie waren künstlerisch tätig und malten unter anderem wunderschöne Bilder für Kinderbücher. In unsere Stadt waren sie gezogen, weil es einfacher war, wenn Sonja selbst zur Schule laufen konnte, und weil ihr Großvater schlechte Lungen hatte, mit denen er regelmäßig zum Arzt musste. Sie wohnten zur Miete in einem Haus auf der gegenüberliegenden Straßenseite, ein Stückchen den Weg entlang – sieben Häuser weiter von dem Haus, wo ich das erste Mal eine Drachin gesehen hatte (das auch nach all diesen Jahren noch mit Brettern zugenagelt und von Unkraut überwuchert war, sodass dort nur noch die Generationen verwilderter Hühner lebten, die glücklich und zufrieden in den Überresten ihres alten Stalls hausten, und die gelegentlich vorbeistreunenden Wildkatzen, die besagte Hühner jagten).

(Sonja hatte mich an dem Tag, als wir zum ersten Mal miteinander Zeit verbrachten, nach dem Haus gefragt. Natürlich hatte sie das – Sonja war niemand, der sich von dem allgemein akzeptierten Stillschweigen abschrecken ließ. Ich wusste nicht, was ich sagen sollte. Ich wollte ihr von der kleinen alten Dame mit den Bohnen, den Erdbeeren und den Eiern erzählen, von der drückenden Hitze und dem heraufziehenden Sturm und dem leisen, ehrfürchtigen »*Oh!*«. Ich wollte ihr von der Stille erzählen, die darauf folgte, und dem schrecklichen Gefühl des Verlusts. Stattdessen sagte ich nur: »Ich weiß es nicht.« Doch ich konnte sehen, dass sie mir nicht glaubte.)

Sonja hatte weißblondes Haar und längliche, weit auseinanderliegende Augen – von einem dunklen Haselnussbraun, das sich auffallend von ihrer blassen Haut abhob. Sie war der einzige Mensch, mit dem ich an den meisten Tagen reden wollte. Ich wusste nicht, warum. Ich wusste nur, dass ich sie sehen wollte, vielleicht sogar sehen musste. Tatsächlich war das *Verlangen* danach so deutlich spürbar wie beharrlich. Ich hatte keine Worte, um dieses Gefühl zu verstehen, konnte es nicht zuordnen. Ich musste einfach meine Freundin sehen.

Ich quälte mich durch die endlose Liste an Aufgaben, stellte mir selbstmitleidig vor, wie ich gleich Sisyphus immer wieder den Felsbrocken den Berg hinaufrollte. Nach all den Jahren der Erschöpfung nach ihrer Krankheit verfügte meine Mutter nun über grenzenlose Energie. Unablässig schuftete sie im Garten und genauso unablässig waren ihre Erwartungen an mich.

»Kann ich jetzt aufhören?«, fragte ich, als ich gerade vor dem winzigen Graben hockte, den ich mit dem Finger in die Erde gezogen hatte und in den ich nervtötend kleine Karottensamen platzierte. Beatrice marschierte durch die Gartenreihen und verkündete lauthals, dass sie mehr Spaß hatte als jedes andere kleine Mädchen auf der ganzen weiten Welt.

»Schön für dich«, murmelte ich.

Beatrice schien meine schlechte Laune nicht zu bemerken. Stattdessen kam sie zu mir herübergelaufen und hockte sich unmittelbar neben mich, sodass ihr Po auf den Hacken ruhte. Sie faltete die Hände auf den Knien und legte das Kinn auf die Knöchel. Für eine ungewöhnlich lange Minute blieb sie so. Ich sah nicht zu ihr hinüber. Ich verteilte nur weiter die winzigen Samen in der erdigen Furche, einen nach dem anderem, wieder und wieder, und verfluchte sie, wenn sie an meinen Fingern kleben blieben. Über meine Aufgabe gebeugt, die Backenzähne aufeinandergepresst und die Nasenlöcher aufgebläht, gab ich mein Bestes, um nicht laut aufzuschreien. Beatrice drehte den Kopf zu mir, sodass nun die Wange auf ihren Knöcheln ruhte. Dann saß sie wieder reglos da.

Schließlich fragte sie: »Was ist das?«

Ich stieß ein Geräusch aus, das irgendwo zwischen einem Knurren, einem Stöhnen und einem Seufzen lag. »Karotten«, brummte ich.

Beatrice beugte sich vor und schielte auf die Samen. »Die sehen gar nicht aus wie Karotten.«

Vorsichtig las ich einen Samen von meiner Hand auf und legte ihn demonstrativ behutsam an seinen angedachten Platz in der Erde. »Das werden sie aber. Ein Samen kann wie ein unbedeutendes, lebloses Staubkorn aussehen, ein klitzekleiner Fleck, das ist aber nur ein Trick. Das Samenkorn möchte etwas anderes sein. Schon bald wird es seine Haut aufspalten, aus sich emporsprießen und ... *größer* werden.« Allein das zu sagen, verursachte mir eine Gänsehaut an den Armen, obwohl es so ein heißer Tag war. Ich dachte an meine Tante. Ich versuchte, nicht an sie zu denken. Es würde nichts nützen, an sie zu denken.

»Warum macht es das?«, fragte Beatrice. Sie stand auf und kletterte auf den alten Baumstumpf. Manchmal störte es sie, so klein zu sein.

»Alle machen das. Alles verändert sich. Alles fängt irgendwie an und wird dann zu etwas anderem. Das gehört zum Leben dazu. Du bist nicht dieselbe, die du einmal warst. Ich erinnere mich noch, wie du so klein warst, dass du in meine Tasche gepasst hättest.«

Beatrice dachte darüber nach. »Bin ich dann ein Samenkorn?«, fragte sie.

»Vielleicht«, sagte ich. Ich fing an, die Erde über den Samen zusammenzudrücken, ein winziges Stück nach dem anderen, und achtete darauf, sie nicht zu tief zu vergraben.

»Und was werde ich, wenn ich größer bin?«, fragte Beatrice.

»Eine Karotte«, gab ich zurück.

»Nee, nee«, sie schüttelte den Kopf, »ganz bestimmt nicht.«

»Na gut«, ich machte die Reihe fertig und rappelte mich hoch. Meine Schultern schmerzten leicht. »Dann wirst du mal ein Elefant.«

Beatrice lachte. Ich wischte mir über das verschwitzte Gesicht und lächelte. Es war unmöglich, schlechte Laune zu haben, wenn Beatrice lachte. »*Ganz bestimmt nicht!*«, quietschte sie und kletterte auf meinen Rücken. Ich wirbelte mit ihr herum, bis wir beide im Gras landeten.

Ich zog meine Aufgabenliste hervor. Ich musste noch den Kompost wenden und die Erbsen pflücken. Ich seufzte.

»Na schön, wenn du weder eine Karotte noch ein Elefant wirst, dann bleibt nur noch eine andere Möglichkeit. Du wirst ...«

Ich machte eine dramatische Pause, doch Beatrice war zu ungeduldig.

»EINE DRACHIN!«, johlte sie aus vollem Hals. »ICH WERDE EINE DRACHIN!« Sie stellte sich wieder auf den Baumstumpf und breitete schwungvoll die Arme aus, als wären sie Flügel.

Die Reaktion kam prompt. Ohne ein Wort stand meine Mutter auf, kam mit großen Schritten zu uns herüber, klemmte sich Beatrice unter einen Arm und marschierte mit ihr ins Haus. Beatrice war zu überrascht, um zu weinen. Ich starrte ihnen mit offenem Mund hinterher.

Ich habe diese Erinnerung abgespeichert. Damals verstand ich nicht, was sie bedeutete. Sie war scharfkantig und instabil und *gefährlich.* Ich erinnere mich an den Geruch der Erde. An das Summen der Honigbienen, die sich ihren Weg durch den Garten bahnten. An das entfernte Gackern der wilden Hühner, wo meine Nachbarin früher gelebt hatte, von der aber niemand mehr sprach, sodass es sich anfühlte, als hätte es sie nie gegeben. Ich erinnere mich an die Rufe der Vögel in den großen Ulmen, die wachsam vor jedem Haus in meiner Straße standen. Meisen und Kardinäle. Und hin und wieder eine Krähe. Ich erinnere mich, wie unwohl ich mich fühlte – meine Haut kribbelte und schien sich zu dehnen. Mir war heiß und kalt zugleich. Als wäre mein Körper eine Hülle, die nicht mehr passte. Eine Hülle, die sich verändern musste.

Ich liebte meine Schwester. Meine Cousine. *Meine Schwester.*

Sie sah aus wie meine Tante. Ich hatte keine Tante. Ich vermisste meine Tante.

Ich wollte meine Freundin sehen. Meine Sonja. Meine Sonja, Sonja, Sonja. Aus Gründen, die ich nicht benennen konnte. Bei dem Gedanken an sie reagierte plötzlich meine Haut und mein Herz schlug so schnell, dass es stolperte, erst langsam, dann wieder schnell, und es war so schön, eine Freundin zu haben.

Eine *Freundin.*

Schon damals, schon an jenem Tag, wusste ich, dass die Bedeutung und die Tragweite dieses Wortes, *Freundin,* nicht genügte, um das auszudrücken, was ich fühlte oder was sie für mich war. Bloß hatte ich keine Sprache, um es mir zu erklären, konnte es nicht zuordnen. Es war eine weitere Sache, die unaussprechlich war.

Drinnen schrie meine Mutter. Beatrice schrie zurück. Ich wollte hier weg, wollte Sonja sehen. Doch die Wut meiner Mutter ließ mich wie am Boden angewurzelt verharren. Ich hätte nicht gehen können, selbst wenn ich es versucht hätte.

Es gibt Momente, in denen es sich anfühlt, als hätten sich die Knochen der Erde ohne unsere Erlaubnis neu geordnet. Ich war ungeheuer wütend. Ich hatte noch nie zuvor Zorn empfunden. Ich hatte das Wort *zornig* schon einmal in Büchern gelesen, aber nicht gewusst, wie es sich anfühlte. Meine Knochen glühten. Mein Magen glühte. Ich trat gegen einen Stein, der daraufhin über das Gras flog.

Meine Mutter kam nach draußen, einen unergründlichen Ausdruck im Gesicht. Sie türmte sich vor mir auf, schien immer größer zu werden. Das war unmöglich. Ich musste mich falsch erinnern. Meine Mutter war winzig. Doch in diesem Moment ragte sie über mir empor, das Gesicht in Schatten gehüllt.

»*Unanständig*«, zischte sie.

»Aber Mama …«, setzte ich an.

»*Unanständig*«, wiederholte sie. »Das ist *in diesem Haus nicht erlaubt.*«

»Aber ich habe doch nicht …«

»Wie oft muss ich es noch sagen?« Sie sog die Luft tief durch die Nase ein. Und dann verpasste sie mir eine Ohrfeige. Eine einzige. Direkt ins Gesicht. Es tat nicht weh, war aber ein Schock. Meine Mutter hatte mich noch nie geschlagen. *Niemals.* Ich starrte sie an. Mir klappte die Kinnlade herunter. »*Unanständig.* Tu das nie wieder.«

Aber was nur? Dass Beatrice Drachinnen erwähnte? Sie war gerade mal fünf! Sicherlich hatte sie sich nichts dabei gedacht. Und *ich* hatte überhaupt nichts gemacht. Meine Mutter musste doch sehen, wie wenig Sinn das ergab. Um das Thema zu wechseln, zeigte ich ihr meine ordentlichen Karottenreihen, die jede mit einer Schnur in der Erde markiert waren. Nur dass sie das nicht waren. Die Knoten, mit denen ich die Schnur an den Stäbchen befestigt hatte, waren irgendwie aufgegangen, und die Schnur selbst war vollkommen zerfasert. Und dahinter hatten sich die Knoten gelockert, die die Rankhilfe für die Erbsen zusammenhielten, sodass die Pflanzen in einem wirren Durcheinander auf dem Boden lagen. Und auch die Netze, die die Kürbisse hielten. Alles hatte sich aufgelöst. Sogar der Knoten in meiner Tasche.

Das weiß ich, weil ich nachsah.

Und ich bemerkte, wie meine Mutter nachsah. Ihr Gesicht wurde aschfahl und verkrampfte sich. Sie schloss die Augen.

»Sieht so aus, als hätten wir einiges zu tun.«
Also machten wir uns an die Arbeit.
An diesem Tag durfte ich Sonja nicht mehr sehen.

*Im Jahr 785 nach Christus reiste ein junger Priester namens Aengus in das Fischerdorf Kilpatrick auf der Insel Rathlin, wo er sich in der örtlichen Kirche niederließ. Er war der erste Gemeindepfarrer des Dorfes, der schreiben konnte, und machte es sich somit zur Aufgabe, seine Zeit an dieser steinigen, wilden Küste ausführlich zu dokumentieren. Er war kein besonders geübter Schriftsteller – sein Stift schweifte zwischen Gälisch und Latein hin und her, fügte hier und da noch etwas in Altnordisch und Walisisch hinzu und verwob die Sprachen oft bis zur Unverständlichkeit miteinander. Dennoch ist sein Bericht von entscheidender Bedeutung, da er die einzig verbleibende Schilderung des Wikingerangriffs auf die Insel darstellt sowie von Aengus' eigener Schuld an dem Unglück.*

*Während seiner Zeit auf der Insel hatte Aengus angefangen, sich der Knotenkunde zu widmen. Das war für eine Fischergemeinde nicht ungewöhnlich, dienten Knotenmuster doch diversen Zwecken, von praktischer wie mystischer Natur. Knoten hielten die Netze der Fischer und die Zäune für die Tiere zusammen, sicherten die Takelage und sorgten dafür, dass die Boote der Dorfbewohner die nahezu unablässigen Stürme überstanden. Die Menschen arbeiteten dicht geknüpfte Knoten in die Wolle ihrer Jacken und schweren Mäntel ein, um den Regen abzuweisen und sich auf See warm zu halten. Die Magie der Knoten war wohlbekannt und darüber hinaus vom christlichen Glauben akzeptiert. Frauen banden Knoten, um den Fischfang zu verbessern, banden Knoten, um die Boote zu beschützen, und banden Knoten, um die Haie fernzuhalten. Sie knüpften sie für gutes Wetter, für ihre*

*Fruchtbarkeit und für die wahre Liebe oder um Rivalen zu vertreiben. Jeder Clan hatte einen eigenen, unverkennbaren Knoten und es war üblich, dass eine junge Braut einen neuen Knoten gestaltete, um den ihres Clans mit dem seinen zu verknüpfen – was den Verbund der beiden Familien symbolisierte – sowie einen weiteren Knoten für jedes ihrer Kinder. Diese trug die Frau daraufhin immer bei sich, unter der Kleidung um ihre Taille gebunden. Ihr Leben lang würde sie diese Knoten nicht lösen.*

*Kilpatrick, so hieß es, wurde zu der Zeit von mehreren Wasserdrachen beschützt, die im Hafen und in den nahe gelegenen Unterwasserhöhlen lebten. Diese Wasserdrachen wurden als Verwandte angesehen, denn jedes Jahr gingen ein paar heranwachsende Mädchen zum Wasser, wo sie sich in wilde Kreaturen verwandelten und in die Wellen glitten. Sie kehrten nie in ihre Mädchengestalt zurück. Von Zeit zu Zeit konnte man sie in der Brandung spielen oder auf die Boote ihrer Väter oder Brüder oder einstigen Verlobten aufpassen sehen. Sie hüteten die See und schützten die Strände vor plündernden Piraten oder den verstohlenen Schiffen der Griechen, Briten oder blutrünstigen Dänen. Barden besangen diese Wasserdrachen, die auch an Hügelgräbern und Burgmauern in Stein gemeißelt verewigt wurden oder in Kirchenfresken, Gemälden und Buchmalereien. Angus schreibt ganz sachlich über sie, auf dieselbe Weise, wie er die Existenz eines Meeresvogels oder eines Torfmoors detailliert beschreiben würde.*

*In einem von Aengus' Einträgen sucht ein verzweifelter junger Mann namens Maol den Priester auf. Er ist in ein Mädchen verliebt und möchte sie zur Braut nehmen, sei jedoch von ihr abgewiesen worden. Die Eltern des Mädchens hätten ihm mitgeteilt, die ältere Schwester habe schon ihre Haut zurückgelassen und sei ins Wasser gegangen, dass die jüngere Schwester ihr sicher bald folgen werde. Damit war alles gesagt. Schluchzend schlägt sich Maol auf die Brust und erzählt dem Priester, dass er sonst niemanden zur Braut nehmen könne, sie seine einzig wahre Liebe sei. Wenn sie wirklich in die Wellen gehen sollte, so würde er ihr folgen, auch wenn es für ihn den sicheren Tod bedeutete. Aengus – um die Sicherheit und die Seele des jungen Mannes besorgt, der sich damit zur Ewigkeit in der Hölle verdammen würde – schickt Maol nach Hause und sagt ihm, dass der Herr ihm den Weg schon weisen werde. Anschließend wendet Aengus sich seinen früheren Nachforschungen zu den Gebräuchen der Knoten zu. Nach einem Monat intensiven Studiums (und ausgiebiger Notizen) begibt er sich zum Haus des jungen Mannes. Er zeigt ihm einen Knoten, der, wenn man ihn der jungen Frau erst einmal heimlich umgebunden habe, sie daran hindere, sich zu verwandeln. Und es sei ihr nicht möglich, diesen wieder zu lösen. So mächtig sei dieser Knoten.*

*Dies gelingt, und das Paar heiratet noch in derselben Woche.*

*In seinem Tagebucheintrag zu der Hochzeit beschreibt Aengus, wie der tränenerfüllte Blick der schönen jungen Frau immer wieder in die Ferne schweifte, sich stets dem Meer zuwandte. Ihre Unschuld und die Frömmigkeit, mit der sie ihr künftiges Leben akzeptierte, beeindruckten ihn. Schnell sprach sich herum, wie Aengus Maol vor dem sicheren Tod durch ein gebrochenes Herz gerettet hatte, und die Knoten des Priesters wurden zu einer Art Phänomen. Männer kamen aus Dörfern vom anderen Ende der Insel und sogar von den Inseln jenseits Rathlins, da sie hofften, von dem Priester einen Knoten zu bekommen, der Veränderungen verhindern konnte. Oder einen, der für Zucht und Ordnung sorgte. Einen für Ruhe. Einen für Gehorsam. Einen für Fügsamkeit oder auch für fröhliches Betragen. Und am allerwichtigsten einen Knoten, mit dem der Halter eine Wasserdrachin im Meer finden und sie ergreifen, sie festhalten und zurückverwandeln konnte. In Scharen stachen die Männer in See. Schon bald sah man in den Wellen keine schimmernden Schuppen mehr spielen. Man sah keine Argusaugen mehr den Horizont bewachen. Und man sah auch keine weiten, mächtigen Kiefer mehr, die den Fischerbooten folgten und sie beschützten. Zum ersten Mal seit Beginn der historischen Aufzeichnungen war der Hafen gänzlich unbehütet.*

*Die Wikinger fielen im Jahr 795 in Rathlin ein. Es war eine schnelle, grausame und nahezu vollständige Zerstörung. Das Dorf Kilpatrick wurde samt der ursprünglichen Kirche und dem anliegenden Häuschen, in dem der Priester wohnte, niedergebrannt. Fast alle Seelen wurden ausgelöscht. Wie durch ein Wunder überdauerten Aengus' Tagebücher das Unglück. Der letzte Eintrag darin ist gänzlich in Latein verfasst – schlechtem Latein, aber dennoch auf eigene Art verständlich. Darin schreibt der todgeweihte Priester:*

*»Es war frevelhaft und hochmütig von mir zu glauben, dass ich das, was nicht gebunden werden sollte, binden könne, das, was nicht geändert werden sollte, ändern könne, und die Herzen derer, die nicht umgestimmt werden wollten, umstimmen könne. Natürlich war es das. Es ist meine Schuld, meine Schuld, meine folgenschwerste Schuld, und ich glaube, dass sogar unser so duldsamer Herr, der um unseretwillen leidet, meine Anwesenheit in der nächsten Welt nicht dulden wird. Vielleicht ist es so, wie es sein sollte. Stattdessen muss ich meine letzten flüchtigen Augenblicke auf dieser Erde nutzen, um denjenigen, gegen die ich gesündigt habe, meine Sünden zu gestehen und sie um Verzeihung zu bitten. Es tut mir leid, oh ihr weiblichen Wesen der Wellen, glitzernd und golden, mit Zähnen und Klauen, mit Sehnen und Schuppen! Es tut mir leid, oh ihr schnellen, geistreichen, mächtigen Mädchen! Vergebt mir oder auch nicht, es spielt keine Rolle. Möge mein letzter, leidvoller Atemzug ein Zeugnis meiner Schandtaten gegen euch sein sowie der schrecklichen Unverfrorenheit der Männer.«*

– »Eine kurze Geschichte der Drachinnen« von Professor H. N. Gantz, MD/PhD

# 14

Je älter Beatrice wurde, desto unruhiger und reizbarer wurde auch meine Mutter. Alles schien sie zu nerven, jedoch nichts so sehr wie mein Vater.

»Deine Tochter spricht mit dir«, sagte sie, wann immer mein Vater mal wieder nicht zuhörte.

»Hmm?«, machte mein Vater.

Wann meine Eltern anfingen, sich zu streiten? Schwer zu sagen. Doch sobald sie einmal angefangen hatten, schienen sie nicht mehr damit aufzuhören. Sie stritten sich darüber, ob er Beatrice eine Gutenachtgeschichte vorlesen würde, und darüber, ob er mir bei den Hausaufgaben helfen würde, darüber, ob ein freundlicher Klaps auf den Kopf genügte und ob er bei den Schulfeiern dabei sein würde, oder auch darüber, dass er immer häufiger auf Geschäftsreisen fuhr. Schließlich ging meine Mutter dazu über, mit Beatrice und mir im selben Zimmer zu schlafen. Manchmal kuschelte sie sich in Beatrice' Bett, manchmal in meines. Meistens schlief sie jedoch zusammengerollt auf dem Boden, das Gesicht zum Fenster gewandt, sodass die Sterne in ihren Augen funkelten.

Die Leute sagten, meine Mutter sehe mit jedem Jahr, das verging, jünger aus, geradezu kindlich. Ihre Hände wirkten kleiner. Ihre Füße schlackerten in den Schuhen. Während

Beatrice und ich wuchsen, schien meine Mutter zu schrumpfen. Damals nahm ich an, es liege daran, dass sie mit uns in einem Zimmer schlief und sie uns dadurch nach und nach immer ähnlicher wurde. Ich wusste nicht, was es wirklich bedeutete, bis es zu spät war.

Jede Nacht band meine Mutter uns beiden ein Stück Schnur um die Handgelenke – dreimal wickelte sie es herum, ehe sie es mit einem komplizierten Knoten in der seichten Vertiefung zwischen den zwei Knochen unmittelbar unter dem Handballen befestigte. Die Knoten waren winzige Wunderwerke aus Drehungen und Windungen und ineinandergreifenden Schlaufen. Manchmal sahen sie aus wie eine Blume, manchmal wie ein Sternhaufen und manchmal auch wie die Diagramme aus Physikbüchern, die die Zeit und den Raum darstellten. Meine Mutter probierte einen Knoten nach dem anderen aus – verschiedene Formen und Gebilde und Vorgänge. Sie zog ihr Notizheft zurate, das voller Berechnungen und Schaubilder, Algorithmen und Beweise war. Sie zog ihren Stapel Bücher über Knotenmuster zurate, von denen jedes mit Eselsohren, unterstrichenen Textstellen und Randnotizen versehen war. Sie sagte, sie wolle einen Knoten finden, der eine Woche lang halten würde. Mindestens. Die meisten von ihnen lösten sich schon innerhalb einer Nacht vollständig auf. Ich fand Schnur auf dem Boden oder vom Bett hängend oder in Beatrice' Haar verfangen. Überall in dem einst so makellosen Haus meiner Mutter konnte man kleine Stücke Schnur entdecken.

»Mutter«, sagte ich eines Morgens, als mir endlich die Geduld ausging, »muss das sein?« Ich war schon mit Schnur in meinem Mund aufgewacht und trotzdem bestand sie darauf, noch einen weiteren Knoten um mein Handgelenk zu binden. Ich versuchte die Hand wegzuziehen, aber sie hielt mich unbeirrt mit einem Lächeln fest.

»Knoten sind wunderschön, findest du nicht auch?« Sie wand drei Schlaufen ineinander und beließ es dabei, was meine Frage kein bisschen beantwortete.

»Ja«, sagte ich, »aber *wozu* sollen sie gut sein?«

Meine Mutter vollführte eine komplizierte Biegung, auf die ein Muster ineinandergreifender Kleeblätter folgte, von denen jedes an das vorherige anknüpfte. Sie konzentrierte sich und ihre Zungenspitze lugte zwischen den Lippen hervor. Sie blähte die Nasenlöcher auf. Als sie schließlich antwortete, sprach sie mehr zu sich als zu mir. »Als meine Ururgroßmutter aus Irland ausgewandert ist, trug sie ein Band um die Taille. Darin waren von jedem Paar aus ihrer Familie, der letzten zwölf Generationen, die ehelichen Knoten eingearbeitet. Es war wundervoll!« Mit zusammengekniffenen Augen wickelte sie das lose Ende um die Basis des Knotens. Sie hatte nicht vor, meine Frage zu beantworten. Ich wusste nicht, warum ich mir überhaupt die Mühe gemacht hatte. Trotzdem fuhr sie fort: »Die Knoten verbanden sie miteinander, verstehst du? Und ihre neue Familie genauso – jede Schlaufe, jeder Strang, jede Windung zog sich zu einem festen Gebilde zusammen, das jeglichem Unheil standhalten konnte. Es ist unglaublich, wozu Knoten fähig sind.«

»Ich würde lieber keinen tragen, Mutter«, sagte ich. »Wenn es dir nichts ausmacht.«

»Du trägst einen«, sagte sie und sah mich streng an, nur eine Sekunde lang, dann wurde ihr Blick wieder sanft. »Sieh es einfach als einen Knoten der Liebe.« Sie drückte mit der Mitte ihres Daumens darauf. »Denn ich liebe dich.« Und damit ging sie den Flur entlang und zur Treppe.

Ich blickte auf Beatrice' Handgelenk. Ihr Knoten hatte sich schon wieder aufgelöst, dabei war er erst seit wenigen Minuten fertig. »Nun, aber besonders gut sind sie nicht, was?«, murrte ich, nur leise, damit meine Mutter es nicht hörte.

Allerdings hielt sie das nicht davon ab, weitere zu knüpfen. Ich stellte ihr danach keine Fragen mehr über die Knoten und fragte sie auch ganz sicher nicht, warum sie in unserem Zimmer schlief. Bei mir zu Hause brachte es nichts, Fragen zu stellen. Nirgendwo gab es Antworten.

Diesen Herbst stand Beatrice' Einschulung bevor, also holte meine Mutter Nähkörbchen und Maßband hervor und fing an, vorsichtig die alten Pullover meiner Schuluniform an Beatrice' winzige Gestalt anzupassen. Ich war schon immer kleiner als die anderen in meiner Klasse gewesen, aber Beatrice war noch kleiner und sie war *zierlich*. Leicht und schnell und lebhaft. Sie bewegte sich, als hätte sie Sprungfedern an den Füßen und Flügel, und hüpfte wie eine Grille von Raum zu Raum.

(*Oh!* Und die Erinnerung macht schon komische Sachen mit uns, findet ihr nicht? Als Beatrice so auf und ab hüpfte und bebte und sich gegen die Versuche meiner Mutter wehrte, sie an Ort und Stelle zu halten, um zu nähen, dachte ich an dieses Wort, *Grille*. Sofort überkam – nein, *durchflutete* – mich die Erinnerung, wie ich mit vier Jahren an der Tür gelauscht hatte, als meine Tante die Narben meiner Mutter eingeölt und meine Mutter ihr die Geschichte von Tithonos erzählt hatte. Von vergessener wahrer Liebe, von Gesundheit und von Jugend, die schrumpfte, vertrocknete und zu einer Hülle ihrer selbst verkümmerte. Ich erinnerte mich an die leise, dumpfe Stimme meiner Mutter, an den Geruch von Öl und Parfüm und Krankheit. Wie sich die Muskeln im Rücken meiner Tante anspannten und wieder lösten, während sie die Daumen über den Körper meiner Mutter gleiten ließ. Ihre zittrige Stimme, als sie sich meine Mutter als Grille vorstellte, die sie für immer wohlbehütet mit sich in ihrer Tasche herumtragen könnte. Ich schüttelte den Kopf, versuchte die Erinnerung zu verdrängen, und doch ließ sie mich nicht los. Die Vergangenheit verwob sich mit der Gegenwart und beide verschlangen sich unaufhaltsam zu einem unlösbaren Knoten. Sosehr ich auch daran zog, nichts würde ihn je wieder auftrennen können.)

»Muss ich zur Schule gehen?«, fragte Beatrice niedergeschlagen.

»Ja«, sagte meine Mutter, während sie den Pullover absteckte. »Und hör auf zu zappeln.«

»Aber muss ich *wirklich*?«, beharrte Beatrice.

»Ja«, sagte meine Mutter mit Stecknadeln im Mund und den Daumen unter Beatrice' Bund geklemmt, um meine Schwester davon abzuhalten, herumzurennen. »Alle Kinder gehen in die Schule. So ist das Gesetz. Und halt um Himmels willen still.«

»Ich bin still«, sagte Beatrice, wobei sie sich wand und wippte. »Ich bin die Stillste.« Sie federte weiter auf und ab.

Das Kleid musste um fünf Zentimeter gekürzt und um einiges schmaler gemacht werden. Ich sparte mir die Frage, warum meine Mutter Beatrice nicht einfach eine neue Uniform kaufte. Mein Vater verdiente ausgezeichnet und war, wie meine Mutter so oft sagte, *ein guter Ernährer*, doch er mochte es nicht, wenn sie für meine Schwester Geld ausgab.

Es war Ende August und unerträglich schwül. Die Schule sollte in nicht einmal zwei Wochen losgehen. Mein Vater war mal wieder auf Geschäftsreise. Mutter weigerte sich, es auch nur zu erwähnen. Um vierzehn Uhr verließen wir das Haus, um zu einem Kennenlernpicknick in die Schule zu gehen, das für die Neulinge an der Schule veranstaltet wurde, und Beatrice sollte dort ihre neue Lehrerin treffen. Es war für die Familien gedacht. Die Einladung hatte man an Mr. und Mrs. Green adressiert und in Großbuchstaben darum gebeten, dass die *gesamte* Familie teilnehmen solle.

»Was ist mit Dad?«, wollte ich wissen. Ich war sauer, denn ich wollte auch nicht zu dem Schultreffen. Ich wollte in die Bibliothek, aber meine Mutter hatte mir in letzter Zeit verboten zu gehen, aus Gründen, die sie mir nicht nennen wollte und nach denen ich nicht fragen konnte. In den Jahren zuvor hatte ich so viel Zeit in der Bücherei verbringen dürfen, wie ich wollte, und auch kommen und gehen dürfen, wie es mir gefiel. Sie war nicht weit weg, ich kannte den Weg und meine Mutter hatte meine Interessen fördern wollen. Außerdem hatten sie und die leitende Bibliothekarin, eine uralte Dame namens Mrs. Gyzinska, sich früher noch gut verstanden – manchmal hatte ich sie ins Gespräch vertieft in einer Ecke der Bücherei gefunden, über Themen wie Politik oder Logik oder Geometrie. Ich selbst hatte angefangen, eigenständig zusätzliches Lernmaterial für Mathematik durchzuarbeiten, was sowohl meine Mutter als auch die Bibliothekarin befürworteten. Es war sogar die Rede davon, dass ich noch mehr machen könne – etwas, das mit der Universität zu tun habe, nur wusste ich damals noch nicht, was damit gemeint war. Es hörte sich gut an, fand ich. Ich mochte Mathematik und lernte gern. Und vor allem mochte ich auch einfach die Bibliothek. Ich liebte es, mit den Fingern über die Buchrücken zu fahren oder Bücher mit nach Hause zu bringen, die ich kaum verstand, von denen ich aber hoffte, dass ich sie eines Tages verstehen würde. Außerdem wusste ich, dass Sonja ihre Wochenendnachmittage in der Bibliothek verbrachte. Mein Magen machte einen Salto, wenn ich nur daran dachte. Es fühlte sich so gut an, eine Freundin zu haben.

Doch in letzter Zeit … da war die Bibliothek immer mehr außer Reichweite gerückt. Ich durfte nur gehen, wenn ich begleitet wurde, und niemals sehr lange. Meine Mutter und Mrs. Gyzinska hatten sich wohl zerstritten. Oder vielmehr hatte sich meine *Mutter* zerstritten und hielt nun an einer Mischung aus Frust und Verbitterung fest, was der Bibliothekarin allerdings nicht aufzufallen schien. Sie grüßte meine Mutter wie alle anderen: auf die gutmütig forsche Art einer Person, die weit mehr zu tun hatte, als den Leuten bewusst war.

Ich saß allein bei dem Picknick, ein wenig abseits von den anderen, und schmollte. Der Knoten um mein Handgelenk löste sich schon wieder. Ich schob ihn in den Ärmel meiner Strickjacke, damit meine Mutter es nicht sah. Ich wollte nicht mit dem Schulleiter reden. Und ich wollte auch ganz bestimmt nicht mit meinen Lehrerinnen reden. Ich *wollte* in die Bücherei gehen. Ich sah zu meiner Mutter hinüber, die allein an der Seite stand und an ihrer Limonade nippte. Die anderen Mütter hatten sich unter ihresgleichen gemischt, sowie die Väter unter die anderen Väter. Die Lehrerinnen huschten zwischen den Grüppchen umher, wobei die Nonnen ein wenig wie Elstern aussahen und die Nicht-Nonnen ein wenig wie kleine, braune Spatzen. Beatrice flitzte durch die große Kinderschar hindurch, gleich einem flinken, energischen Farbklecks. Sie war schneller als alle anderen und agiler, sodass niemand so recht mit ihr mithalten konnte.

Als es an der Zeit war zu gehen, war ihr Kleid ganz schmutzig, ihre geflochtenen Zöpfe hatten sich gelöst und das helle Haar waberte um ihren Kopf wie ein Heiligenschein.

Meine Mutter seufzte.

»Nun ja«, sagte sie. »Zumindest haben wir es probiert.« Wir wollten gerade gehen, da tauchte wie aus dem Nichts der Schulleiter vor uns auf.

»Danke, dass Sie gekommen sind, Mrs. Green«, sagte Mr. Alphonse. »Wie schade, dass *Mr.* Green verhindert war, aber vielleicht ein andermal. Wir freuen uns schon sehr, ihre ... jüngste Tochter zu unterrichten.« Ein fast unmerkliches Zögern.

»Allerdings«, sagte meine Mutter mit völlig unbewegter Miene. Sie blinzelte ganz langsam. Auf einmal wurde die Atmosphäre um sie herum eisig und angespannt. Mr. Alphonse erbleichte, jegliche Farbe wich aus seinem Gesicht. Er machte einen Schritt zurück. Meine Mutter rührte sich nicht vom

Fleck. Sie blinzelte nur noch einmal, wieder ganz langsam. Ich hatte noch nie einen gefährlicheren Wimpernschlag gesehen. Mr. Alphonse räusperte sich nervös und seine Schultern sackten in sich zusammen. So klein meine Mutter auch war, ich hatte doch das Gefühl, dass sie vor ihm emporragte. Ich rollte meine Lippen nach innen und spürte, wie sich die Haare in meinem Nacken wie Soldaten aufstellten. »Ich kann selbst kaum glauben, dass es schon so weit ist«, fuhr meine Mutter fort und ignorierte das Unbehagen des Schulleiters. »Die Zeit vergeht wirklich wie im Flug.« Sie lächelte gleichmütig. Er öffnete den Mund, als wollte er noch etwas erwidern, doch nichts kam heraus. Meine Mutter faltete die Hände, ihr Gesicht nach wie vor unbewegt. Mir fiel auf, dass ich inzwischen am Rücken schwitzte.

Mr. Alphonse machte ein paar unsinnige Gesten, murmelte etwas vom Wetter und spazierte dann davon, um diversen Vätern die Hände zu schütteln. Sie klopften einander auf den Rücken und lachten laut. Seine Erleichterung, meine Mutter weit hinter sich gelassen zu haben, strahlte wie Wärme von seinem Körper aus. Ich konnte sie sogar dort, wo ich stand, spüren.

Die Gefühle meiner Mutter blieben undurchschaubar. Sie rührte sich nicht und sah dem Schulleiter mit nach wie vor gefalteten Händen beim Rückzug zu. Noch ein langsames Blinzeln. Und auf ihren Lippen – ein kaum merkliches Lächeln.

Auf dem Heimweg gingen wir schweigend nebeneinander her. Als wir an der Bibliothek vorbeikamen, blieb ich abrupt stehen und schob die Hände in die Taschen. Ich blickte zu meiner Mutter. Sonja war dadrin. Das *spürte* ich einfach.

»Bitte«, sagte ich, »nur ganz kurz. Ich komme so schnell heim, wie ich kann.«

Meine Mutter hob das Kinn, sodass sie nicht mich, sondern die Bibliothek ansah. Mrs. Gyzinska stand an der Eingangstür und unterhielt sich mit einem älteren Mann, der trotz der Hitze eine braune Wolljacke mit dazu passender Hose trug. Sie hatten beide eine Anstecknadel am Kragen, allerdings konnte ich nicht erkennen, was darauf geschrieben stand. Gemeinsam begrüßten sie die Menschen, die sich nervös der Bücherei näherten und deren Blicke hin und her huschten, wie um sicherzugehen, dass niemand ihnen folgte. An der Eingangstür hing ein Schild mit der Aufschrift: HEUTE VERSAMMLUNG! Ich wusste nicht, was das für eine Versammlung war. Die Augen meiner Mutter verengten sich. Ich sah, wie sie die Aufmerksamkeit der Bibliothekarin erhaschte, die ihr zunickte und lächelte.

Die Miene meiner Mutter war wie versteinert, blieb unerbittlich. Sie schüttelte den Kopf.

»Bitte, Mutter«, flehte ich.

Sie wandte sich von mir ab, woraufhin eine spürbare Kälte die Luft durchdrang. »Heute nicht«, sagte sie. »Und ganz sicher nicht allein.« Sie nahm Beatrice bei der Hand und lief weiter heimwärts.

Sie erklärte nichts und ich fragte sie nicht. Das hätte ohnehin nichts gebracht. Ich schob die Fäuste in die Taschen und folgte ihr, wobei mein Verdruss wie eine heraufziehende Gewitterwolke hinter mir herschwebte.

# 15

Obwohl es als schlechtes Benehmen galt, über Drachinnen zu reden – genau wie über Geld, weibliche Körperteile oder bestimmte Krankheiten –, gab es Anzeichen, dass sich die ganze Angelegenheit nach dem Großen Drachenwandeln noch nicht erledigt hatte. Ungeachtet dessen, was sie uns in der Schule weismachen wollten. Ungeachtet der Tatsache, dass man sich weitgehend auf eine Schilderung der Ereignisse geeinigt hatte und sich die Nachrichtenagenturen größtenteils weigerten, über irrelevante Drachenwandlungen – gewissermaßen ein nachträgliches Drachenwandeln – zu berichten.

Und dennoch gab es Fälle spontanen Drachenwandelns, die es auch trotz der kulturellen Tabus und der unausgesprochenen Verbote schafften, die erzwungene höfliche Verschwiegenheit zu überwinden und ins öffentliche Bewusstsein zu treten.

Im Sommer 1957 unternahmen zum Beispiel zwei Schwestern mit neun Pfadfinderinnen – allesamt dreizehnjährige Töchter wohlhabender Familien aus Miami – eine zweiwöchige Erkundungstour in den Everglades. Die Gruppenleiterinnen waren beide unverheiratet und kinderlos, zogen allerdings gemeinsam ihren mutterlosen Neffen auf, den Sohn einer dritten Schwester, die 1955 verschwunden war und über die anschließend nie wieder gesprochen wurde. Schließlich redete man nicht über solche Dinge. Der Neffe war fünfzehn und ein begeisterter Pfadfinder, und obwohl es nicht ganz den Richtlinien der Pfadfinderinnenbewegung entsprach, ihn bei der Expedition dabeizuhaben, waren einige der Eltern doch erleichtert, dass ein so fähiger und gut aussehender junger Mann ihre Töchter begleitete und auf dieser gefährlichen Reise zur Hand gehen könnte.

Die Gruppe kehrte indessen nie wieder zurück. Suchtrupps durchforsteten die Wildnis und fanden keine einzige Spur. Stattdessen wurden ein paar Monate später mehrere Angler, die gemeinsam auf ihrem Flachboot die Everglades erkundeten, frühmorgens von einem panischen Aufschrei geweckt, der tief aus dem grünen Dickicht drang. In Ufernähe fanden sie einen nackten, halb verhungerten Jungen, der wild fantasierte. Wie lange er schon allein war, ließ sich unmöglich sagen.

»Verschwunden!«, sagte er immer wieder, wobei seine Schreie zu einem schmerzvollen Krächzen verebbten. »Alle! Alle verschwunden!«

Er hatte kein Kanu, keinen Zeltplatz, keine Ausrüstung, trug auch keine Schwimmweste oder sonst einen Faden am Leib, abgesehen von ein paar Socken, die er aber seltsamerweise als Handschuhe gebrauchte. Die Ranger versuchten, ihm alle möglichen Informationen zu entlocken, um die Suche nach den Mädchen in die richtige Richtung zu leiten, doch die Augen des Jungen waren weit aufgerissen und wild, sein Mund unfähig, auch nur einen vernünftigen Satz zu bilden. Sie brachten ihn in ein Krankenhaus, wo er sechs Monate lang blieb und unentwegt nach seiner Mutter schrie.

Ein Jahr später fanden Ranger, die für die jährliche Krokodilzählung losgezogen waren, in einer überwucherten, abgelegenen Gegend der Wildnis, weit weg von der beabsichtigten Route der Gruppe etwas, das sie für die Überreste des letzten Zeltplatzes der Pfadfinderinnen hielten. In dem offiziellen

Bericht – der schließlich der Presse zugespielt wurde – hieß es, die Ranger hätten einige versengte Zeltstangen gefunden, drei stark verbeulte Kanus und zwei weitere, die jeweils in der Mitte wie Papier zerrissen worden waren. Sie fanden auch die Campingstühle, die die Mädchen gebaut hatten – jeder mit dicken Lederfäden handgenäht und mit dem Namen eines jeden Mädchens bestickt.

Was es *nicht* in den offiziellen Bericht schaffte und ich erst viel später erfuhr, war, dass jedes Mädchen in seinem Rucksack ein kleines Tagebuch dabeigehabt hatte. Damit hatten sie sich in einem Gruppenprojekt ihr Abzeichen im Buchbinden und literarischen Schreiben verdienen sollen. Alle Mädchen waren wenigstens für ein paar Monate gewissenhafte Tagebuchschreiberinnen geworden und hatten in kleiner, sorgfältiger Handschrift das Datum und ein paar Zeilen zu den Ereignissen des Tages ordentlich in ihre Büchlein notiert. Die Einträge begannen im Dezember 1956 und wurden jeden einzelnen Tag bis zum 14. Mai 1957 fortgeführt. Danach schrieben die Mädchen nichts mehr in ihre Bücher. Stattdessen malten sie nur noch Drachinnen. Riesige Drachinnen, winzige Drachinnen. Drachinnen, die Wolkenkratzer zerstörten, und Drachinnen, die mit Walen schwammen. Drachinnen, die auf einem Stecknadelkopf tanzten, und Drachinnen, die einen Spiralarm der Milchstraße hinabschlitterten. Drachinnen an Schultischen. Drachinnen in Autos. Drachinnen beim Abwasch. Drachinnen, die Raketen abfingen. Drachinnen, die Armeen und Regierungen oder Räume für Hauswirtschaftsunterricht zerstörten. Es gab keine Worte. Keine Erklärungen. Keine beschriebenen Absichten. Nur Drachinnen.

Niemand fand je mit Sicherheit heraus, was mit den Mädchen passiert war. Natürlich wurde spekuliert. Doch die Leute, die solche Vermutungen anstellten, wurden weitreichend kritisiert und beschuldigt, schlecht über die Verstorbenen zu sprechen oder dem negativen Denken zu verfallen. Das Große Drachenwandeln gehörte schließlich der Vergangenheit an und alle hatten mit dieser Angelegenheit abgeschlossen. Es war so viel leichter zu behaupten, die Mädchen seien einfach verschwunden.

»Wir können nur hoffen, dass dieser Vorfall allen Eltern dort draußen eine Lehre sein wird«, verkündeten die Nachrichten. Und damit war alles gesagt.

Etwas über ein Jahr später, im Winter des Jahres 1958, wurde in einem großen Fischereibetrieb im südlichen Alabama schon seit mehreren Monaten gestreikt. Die afroamerikanischen Mitarbeiterinnen der Fischerei hatten eine neue Gewerkschaft gegründet und forderten nun gerechte Löhne, sicherere Arbeitsbedingungen und das Ende der rassistischen Beleidigungen durch die Aufseher. Die Betriebsbesitzer, die die schlechte Presse und die lästige Beharrlichkeit der Gewerkschaft allmählich leid waren, heuerten einige ehemalige Polizisten und andere in ihrem Stolz gekränkte Männer aus der Gegend an, um an den streikenden Frauen ein Exempel zu statuieren. Sie hofften, den Willen der Gewerkschaftlerinnen gerade genug zu brechen, damit sie ihre Vertragsvorstellungen akzeptierten.

»Was glauben die, wer sie sind?«, sagten die Firmenchefs, die Umschläge voller Bargeld und Immunitätsversprechen verteilten. »Wir verlassen uns darauf, dass Sie dieses kleine Ärgernis für uns beheben, meine Herren.«

Die Briefumschläge lagen angenehm schwer in den Händen. Die Männer sagten, sie hätten es auch umsonst gemacht, wobei sie das Geld mit einem Grinsen einsteckten.

Die streikenden Frauen hatten die einzige Zufahrt zur Fischerei mit Barrikaden und Zelten blockiert, in denen sie auch Strategiesitzungen und Gebetszirkel abhielten, sowie einem zentralen Lager zur Essensausgabe und für Vorräte. In einem separaten Zelt hatten sie eine provisorische Kita eingerichtet. Es gab Tische, auf denen sich selbst gebackene Brote häuften und Töpfe mit gebackenen Bohnen. Ein sich ständig auffüllender köchelnder Suppenkessel stand bereit, aus denen sich die Frauen Mahlzeiten abfüllen und für ihre Familien mit nach Hause nehmen konnten. Die Zelte waren Tag und Nacht besetzt, die Frauen mit Schlägern und Stöcken und Rechtschaffenheit bewaffnet, in der vollen Überzeugung, dass die Gerechtigkeit am Ende siegen würde. Wenn nötig wären sie bereit, für immer zu streiken.

Die als Schläger angeheuerten Männer beschlossen, in der Nacht vor Weihnachten anzugreifen. Dann wären die Zelte weniger gut besetzt, nahmen sie an. Schließlich lenkte Frauen nichts so sehr ab wie ein bevorstehender Feiertag. Das wusste doch jeder.

»Das wird ein Klacks, Männer«, lachten sie, als sie ihren Plan durchgingen. »Das reinste Kinderspiel!«, sagten sie und kippten sich ihre Whiskeyflaschen hinunter, bevor sie lärmend in die Nacht aufbrachen.

Die Männer wurden nie wieder gesehen.

Es gab Gerüchte über einen Schusswechsel. Gerüchte, dass ein ungewöhnliches Beben die umliegenden Gebäude erschütterte, das Geschirr aus den Schranken und Kinder aus ihren Betten fallen ließ und die Straßen wölbte. Es hieß, man habe es von Heron Bay bis nach Montgomery gespürt.

Am nächsten Morgen waren die Zelte niedergebrannt, die Tische umgeworfen und der Suppenkessel zum ersten Mal seit Monaten kalt. Auf dem Boden lagen überall verstreut die Reste zerbrochener Alkoholflaschen, wie Zweige zerknickte Schrotflinten und lauter Männerschuhe. Abgesehen davon blieb die Barrikade der Streikenden bestehen, wuchs sogar noch weiter an. Frauen aus den umliegenden Gemeinden kamen hinzu, halfen, aufzuräumen und Zerstörtes zu reparieren, und verschränkten die Arme, um eine undurchdringbare Straßenbarriere zu bilden.

Die Fischereibesitzer stritten ihrerseits ab, sich je mit den verschwundenen Männern getroffen oder in irgendeiner Weise von deren Plänen gewusst zu haben, sie leugneten die Briefumschläge, das Bargeld und die Versprechen. Vor allem leugneten sie, sich überhaupt je mit den Streikenden uneins gewesen zu sein. »Ein einfaches Missverständnis«, hieß es von dem Fischereibetrieb. Man berief die Presse ein, unterschrieb mit großer Schaumschlägerei neue Verträge und bestand auf Fotos von lächelnden weißen Männern in schicken Anzügen, die großmütig die Hände der afroamerikanischen Mitarbeiterinnen in Overalls schüttelten und den Streikenden alles zusagten, was diese monatelang gefordert hatten.

Die Frauen auf den Fotos lächelten nicht. Sie standen nur da, das Gesicht leicht nach oben geneigt, die Augen durch einen plötzlichen Lichtblitz verdeckt.

Schließlich berichtete die Stammkundschaft einer besonderen Bar in Los Angeles im Mai 1959 von einem erstaunlichen Ereignis, das sich während eines halbwegs regelmäßigen Dragballs zugetragen hatte. Drei Tänzerinnen, die sich gerade, wie später beschrieben wurde, mitten in der Aufführung ihres Lebens befanden, jede von ihnen wunderschön frisiert, gepudert und kostümiert, jede so reich geschmückt, dass sie im Rampenlicht farbenfroh funkelten, streiften vor einem vor Staunen sprachlosen Publikum ihre ohnehin schöne Haut ab. Nagelneue Drachenkörper entfalteten sich der Reihe nach mitten auf der Bühne, wo ihre kunterbunten Schuppen unter den Scheinwerfern schillerten. Sie sahen alle drei so wunderschön aus, dass dem Publikum kollektiv der Atem stockte. Manche fielen auf die Knie, vielen kamen die Tränen. Angesichts der schwierigen, gewalttätigen und manchmal absonderlichen Umstände, unter denen Dragqueens zu diesem Zeitpunkt der

Geschichte ihrer Kunst nachgingen, dachte niemand auch nur daran, die Vorstellung zu unterbrechen. Die Musik spielte einfach weiter, der Tanz wurde fortgeführt und die Dragdrachinnen ließen sich selbst durch ihre Wandlung nicht aus dem Takt bringen. Sie sangen und tanzten, bis sie ihre Darbietung vom donnernden Applaus des Publikums begleitet und mit nicht weniger als zehn abschließenden Verbeugungsrunden beendeten, um dann durch die undichte Decke zu brechen und in den Nachthimmel zu entschwinden. Die Gäste hoben den Blick und beobachteten, wie die Drachinnen in Formation davonflogen und ihre gewaltigen Körper immer kleiner und kleiner wurden – ihr beharrlicher strahlender Schein durchdrang die dunkle Nacht, bis sich ihr Licht schließlich im Funkeln der Sterne verlor. Dem Publikum zufolge sei das der schönste Anblick seines Lebens gewesen.

Zuletzt wurde berichtet, dass am Silvesterabend 1959 auf über sechshundert unterschiedlichen Neujahrsfeiern im ganzen Land jeweils eine oder zwei Wandlungen stattgefunden hatten, als die Anwesenden gerade begannen, die letzten Sekunden zum neuen Jahr herunterzuzählen. Es kam weder zu Schäden noch Chaos. Nur ein Seufzen und ein Schauer durchfuhr die Feiernden und ein jäher Freudenschrei erklang, als das, was bislang klein gewesen war, auf einmal *groß* wurde.

Sie erhoben sich allesamt in die Lüfte.

Sie blickten allesamt nicht zurück.

In den Nachrichten hörte man nichts von alledem. Es war wieder einmal unaussprechlich. Und die Welt hielt den Blick gesenkt.

# 16

Sonja und ihre Großeltern lebten in einem magischen Haus. Zumindest kam es mir so vor. Bevor sie eingezogen waren, hatte es weiße Wandschindel mit grauen Zierleisten und einem schwarzen Dach – und war damit in unserer Straße nahezu unsichtbar. Der Vermieter war ein relativ entspannter Junggeselle, der auf der anderen Seite der Stadt lebte und sich nicht groß darum scherte, in welchen Farben sie die Wände strichen oder was sie alles veränderten, solang sie pünktlich ihre Miete zahlten. Binnen eines Monats, nachdem sie eingezogen waren, hatte sich das Haus völlig verwandelt. Die Wände erstrahlten in einem frischen Gelb, jedes der Fenster war in einer anderen Farbe gerahmt und die Tür mit Blumen bemalt. Auch drinnen zierten allerlei handgemalte Motive die Zimmer: Feenwälder und norwegische Auenlandschaften, Berge, in denen sich etliche versteckte Trolle tummelten, und das Ufer des Lake Superior – der noch immer geliebt und vermisst wurde. Sonjas Großeltern besaßen beide ihr eigenes Atelier. Ihre Großmutter beanspruchte das gemütliche Wohnzimmer im Erdgeschoss für sich, ihr Großvater wiederum hatte sich in der Garage eingerichtet, sodass es dort nun einen Holzofen, einen farbenfroh gestrichenen Boden, neu eingebaute breite Fenster und einen bequemen, gepolsterten Sessel zum Nachdenken gab. Wir waren in ihren Ateliers jederzeit herzlich willkommen und durften ihnen sogar beim Arbeiten zusehen. (Ganz anders als bei meinem Vater, dessen Büro ich noch nie von innen gesehen hatte. Ich hatte null Ahnung, wie es wohl sein mochte, ihm bei der Arbeit zuzusehen.)

Genau wie Sonja hatten ihre Großeltern beide weit auseinanderliegende Augen in einem dunklen Haselnussbraun. Genau wie Sonja hatten sie einst weißblondes Haar gehabt, nur war es mit dem Alter so weiß geworden, dass es zu leuchten schien und die rosafarbene Kopfhaut hindurchschimmerte.

Niemand sprach je von Sonjas Eltern, kein einziges Mal bei meinen zahlreichen Besuchen. Im ganzen Haus gab es nur ein Bild von ihnen – ein Foto von fünf mal sieben Zentimetern in einem schlichten Rahmen, der in der untersten Ecke an einer mit Familienfotos gefüllten Küchenwand hing. Weder Sonja noch ihre Großeltern kamen je mit einer Silbe darauf zu sprechen. Aber ich wusste, was es war. Augenscheinlich zeigte es Sonja an ihrem ersten Tag im Kindergarten, wie sie ihre beiden Eltern an den Händen hielt. Sie hatte ein breites Lächeln im Gesicht, in dem ein Zahn fehlte. Ihr Vater steckte in einem Zimmermannsoverall und hielt einen Werkzeugeimer in der Hand, ihre Mutter trug hingegen schicke Stöckelschuhe, einen gebügelten Rock mit einem dazu passenden, maßgeschneiderten Blazer und einen an ihrem tief sitzenden Haarknoten festgesteckten Hut. Sie arbeitete als Forschungsassistentin für einen Psychologieprofessor an der University of Wisconsin (was ich allerdings erst Jahre später erfuhr) und war angeblich unentbehrlich. Auf dem Foto hielt Sonja die Hände beider Eltern fest in ihren, allerdings fiel mir auf, dass sie von der Hand ihrer Mutter zwei Finger gelöst hatte und damit den Saum ihrer Jacke umklammerte. Ihr Vater blickte liebevoll auf Sonjas strahlend blonden Kopf hinab. Der Blick ihrer Mutter war himmelwärts gerichtet, einen sehnsüchtigen Ausdruck auf dem Gesicht.

Sonja und ich verbrachten jede freie Minute miteinander, wobei ich unsere gemeinsame Zeit weitaus lieber im Haus der Blomgrens verbrachte. Dort gaben uns ihre Großeltern Papier, Leinwände und Farbtöpfe und brachten mir bei, wie man den Pinsel an sein Ziel streifen ließ und man in einer auf einer leeren Leinwand gezogenen Linie eine ganze Welt entdecken konnte. Bei mir zu Hause brachte uns meine Mutter bei, wie man strickte und häkelte (worin Sonja besser war als ich) und wie man sorgfältig Rezepte aus der Frauenzeitschrift *Ladies' Home Journal* befolgte. Meine Mutter liebte Sonja. Beatrice' Gefühle gegenüber meiner Freundin schwankten zwischen unverblümter Eifersucht und glühender Verehrung, und dazwischen gab es eigentlich nichts. Sonja erzählte Beatrice Geschichten aus Norwegen, wo ihre Großeltern geboren waren (woran beide jedoch keinerlei Erinnerung hatten, weil sie schon im Kleinkindalter ausgewandert waren) und woher auch ihr Vater stammte. Tatsächlich war das kleine Boot ihres Vaters auch zuletzt in den Gewässern zwischen Island und Norwegen gesichtet worden, wo es, wie man vermutete, unter den Wellen ruhte.

»Warum war er überhaupt dort?«, fragte ich sie einmal in einem unbedachten Moment.

Sonja legte ganz kurz die Finger an ihren Mund. »Um nach jemandem zu suchen«, sagte sie schließlich, dann herrschte wieder Stille.

Sonja brachte Beatrice auch das Zeichnen bei. Sie zeigte ihr, wie ein Gesicht aufgebaut war und man das Auge trainierte, das auszuarbeiten, was der Bleistift vorgab. Sie zeigte ihr Techniken, mit denen sie Bäume und Vögel und Nagetiere oder auch Feen und Trolle zeichnen konnte. (Fabelwesen, mit denen meine Mutter, wie mir auffiel, kein Problem hatte. Was auch interessant war: Immer wenn Beatrice versuchte, einen Drachin zu malen, knüllte Sonja das Papier zusammen und warf es weg. »Heute nicht, fleißiges Bealein«, sagte Sonja. Das alles tat sie ohne eine Gefühlsregung, ohne mit ihr zu schimpfen oder sie zu beschämen. Es war ganz einfach eine unbestreitbare Tatsache – wie dass man nass wird, wenn es regnet.)

Als ich in die achte Klasse kam, verbrachte ich die Schultage damit, die Minuten zu zählen, bis es endlich klingeln würde und ich Sonja wiedersehen konnte. Meine Mitarbeit litt darunter (wobei meine Hausaufgaben in Ordnung waren und ich den anderen in meiner Klasse immer noch weit voraus war). Ich passte nicht auf, war abgelenkt, malte und schrieb Sonja Nachrichten. Ich plante Abenteuer, die wir eines Tages zusammen erleben würden. Die Lehrkräfte waren zuerst wütend, dann besorgt und in der ersten Oktoberwoche wurden schließlich meine Eltern in die Schule bestellt.

Nur meine Mutter kam. Sie sah, wie ich mich erinnere, ausgesprochen blass aus. Schwester Angelica, meine Englischlehrerin, und Mr. Alphonse, der Schulleiter, saßen ihr gegenüber am Tisch, während ich abseits auf einem Stuhl wartete, die Arme eng vor der Brust verschränkt hielt und einen finsteren Blick aufsetzte.

Meine Mutter hatte sich glücklicherweise mit Dokumenten ausgerüstet. Sie erklärte, wie gewissenhaft ich meine Hausaufgaben machte. Sie zeigte die Aufsätze, Projekte und Aufgaben, die ich alle im September fertiggestellt hatte und durchweg mit sehr gut benotet worden waren. Sie erzählte, dass ich regelmäßig die Bücherei besuche, um mir die beachtliche Sammlung der Physik- und Mathematikvorträge bekannter Personen, die in Harvard und Oxford oder anderen entlegenen Universitäten forschten, auf Film anzusehen. Sie brachte sogar einen von der leitenden Bibliothekarin unterschriebenen Brief, in dem diese bestätigte, dass ich mich momentan durch diverse Übungsblätter aus Mathematikbüchern durcharbeitete, die weit über die Materialien hinausgingen, die mir in der Schule zur Verfügung standen, und empfahl mich für ein Programm, das ich nicht gänzlich verstand – und dem meine Mutter, offen gesagt, auch noch nicht zugestimmt hatte. Trotzdem hielt sie es für wichtig, es meiner Lehrerin *heute* zu zeigen. Ich sagte nichts dazu, nahm es aber zur Kenntnis. Sie zeigte ihnen auch die Aufgaben, die ich außerhalb der Schule mit den Lehrbüchern durchgearbeitet hatte, an die ich durch das magische System der Fernleihe gekommen war.

»Wenn sie im Unterricht abgelenkt ist«, sagte meine Mutter sanft, »sollten wir wohl in Betracht ziehen, dass sie sich schlichtweg *langweilt* und mehr gefordert werden muss. Mir erging es in meiner Schulzeit ganz ähnlich. Ich war gerade mal vierzehn, als man mir gestattete, mich an der Universität einzuschreiben, um Mathematik zu studieren – nicht viel älter als sie jetzt. Bis zu meinem Highschoolabschluss hatte ich bereits über die Hälfte meiner Kursarbeit für meinen Hochschulabschluss durchgearbeitet. Vielleicht sollten wir bedenken, dass sie sich auf demselben Weg befindet.«

Schwester Angelica und Mr. Alphonse hörten meiner Mutter mit duldsamen Mienen zu, wie man einem Kind zuhört, das einem erklärt, warum es noch immer an Feen glaubt.

»Und inwieweit hat Ihnen Ihr Mathematikstudium bei Ihrer Arbeit als Hausfrau geholfen, meine Liebe?«, sagte Schwester Angelica.

Im Raum wurde es eiskalt. Die Augen meiner Mutter waren nun zwei dunkle Steine, eingefasst in ein marmornes Gesicht. Ich hielt den Atem an. Ich spürte, wie sich der Knoten in meiner Tasche immerhin ein kleines bisschen löste.

»Außerdem reden wir hier nicht *speziell* über *Sie*, Mrs. Green. Natürlich sind alle sehr stolz auf Ihre schulischen Leistungen. Aber wissen Sie, das ist Teil des Problems. Wir mussten aufhören, die Prüfungsergebnisse auszuhängen, weil die Jungen sehen, wie ihre Tochter im Unterricht faulenzt und trotzdem die Bestnote für sich beansprucht, ohne auch nur in *irgendeiner Weise* an die Gefühle der anderen zu denken. Ich frage Sie, was sollen wir mit einem solchen Mädchen anfangen, das so wenig Rücksicht auf andere nimmt?«

»So ... wenig ... Rücksicht«, sagte meine Mutter langsam, als wären ihre Worte schwere Gewichte. Ihre Augen schienen sich ein klein wenig zu weiten, sich lang zu ziehen, aber vielleicht bildete ich mir das auch nur ein. Sie presste die Handflächen gegeneinander und vergrub die Fingernägel – nun spitz zulaufend – in der Haut ihres Handrückens.

»Und dann ist da noch das hier«, sagte Schwester Angelica, den Mund zu einer harten Linie zusammengepresst. Es war eine Mappe gefüllt mit Zeichnungen, aus den unzähligen Stunden, in denen Sonja mir tapfer versucht hatte beizubringen, künstlerisch besser zu werden. Ich hatte Bilder von Sonja gemalt, wie sie auf dem Sofa saß oder auf einem Stuhl, wie sie in einem Feld voll Blumen stand und sich die Spitzen ihres Haars um die Finger wickelte. Sonja, wie sie auf dem Wasser tanzte. Sonja auf dem Gipfel eines Berges. Sonja, die am Himmel entlangschwebte. Die Zeichnungen waren wackelig und mir fehlte das künstlerische Auge. Dennoch zeichnete ich naturgetreu und leidenschaftlich, stets verzweifelt darum bemüht, mich zu verbessern, festzuhalten, was ich vor mir sah – etwas so Schönes, Ehrliches und *Wahrhaftiges*. Mir stockte der Atem. Ich konnte es nicht ertragen, meine Zeichnungen in Schwester Angelicas Händen zu sehen. Ich konnte es nicht ertragen, dass auch nur irgendjemand sie sah oder, noch schlimmer, sie berührte. Diese Zeichnungen gehörten *mir*, auf eine Weise, wie mir noch nie zuvor etwas gehört hatte, und sie waren *privat*, auf eine Weise, die ich nicht gebührend erklären konnte. Ich hatte Sonjas Namen darauf geschrieben, mit verschiedenen Schriftarten gespielt, mit unterschiedlichen Stilelementen. »Sonja«, stand auf ihnen. »Sonja, Sonja, Sonja.«

Ohne dass ich es merkte, gab meine Kehle einen erstickten Schrei von sich.

»Wer«, sagte Schwester Angelica und richtete ihren ungnädigen Blick auf mich, »ist *Sonja*?«

Ich erinnere mich kaum an das, was noch in dem Gespräch geschah. Mein Kopf setzte einfach aus, genau wie mein Herz. Die Welt um mich herum wurde dunkel und diffus. Ich war peinlich berührt und schämte mich, ohne recht zu wissen, warum. Ich wünschte mir, ich wäre bei Sonja zu Hause oder sie wäre bei mir zu Hause. Ich wünschte mir, wir wären zusammen auf einem Segelboot, weit, weit weg, auf dem Weg in freundlichere Gefilde.

Eine Faust knallte auf den Schreibtisch und ließ mich in die Gegenwart zurückschrecken. »*Junge Dame, hörst du mir zu?*«, brüllte Mr. Alphonse mit so lauter Stimme, dass seine Nackenfalten bebten.

Ich zuckte zusammen. »Was?« Ich hatte nicht zugehört.

Mr. Alphonse seufzte. Schwester Angelicas Augen verengten sich noch mehr. Die Miene meiner Mutter dagegen war so ausdruckslos wie eine Bergwand. Ich hatte keine Ahnung, was in ihr vorging. »Entschuldige dich einfach«, sagte Mr. Alphonse. »Wie es sich gehört, wenn man weiß, dass man im Unrecht ist.«

Ich sah zu meiner Mutter. Sie regte sich nicht. Eine glühende Wärme stieg in mir auf. War ich denn im Unrecht? Ich verstand nicht, was sie mir vorwarfen, war aber ein Kind, das die Regeln befolgte. Ein pflichtbewusstes Kind. Und ich hasste es, Ärger zu bekommen.

»Okay?«, sagte ich also. »Es tut mir leid.« Meine Haut glühte und der Magen drehte sich mir um, ohne dass mir der Grund klar war. Aber zumindest schien die Entschuldigung meine Lehrerin und den Schulleiter zufriedenzustellen. Sie nickten einander kurz und grimmig zu. Meine Mutter sagte nichts. Sie stand nur auf, nahm meine Hand und ging mit mir nach Hause.

Mrs. Everly, unsere Nachbarin, war bei uns, um auf Beatrice aufzupassen, was genau genommen hieß, dass sie in der Küche saß, die Zigaretten meines Vaters rauchte und sich ein kleines Glas seines Whiskeys genehmigte, während Beatrice im Wohnzimmer Radio hörte. Bevor wir die Stufen vor unserem Haus hinaufgingen, schnappte meine Mutter sich meine Hand und blickte mir streng in die Augen.

»Du musst dich zusammenreißen, mein Kind«, sagte sie mit leiser Stimme.

»Was habe ich denn gemacht?«, fragte ich. Die plötzliche Dringlichkeit in ihrem Ton brachte mich aus der Fassung. Ich wusste nicht, ob sie mich wütend machte, mir Angst einjagte oder ob ich weinen wollte. Vielleicht alles drei auf einmal.

Meine Mutter atmete tief ein und ihre gefasste Miene kehrte zurück. Einen Moment lang glaubte ich, einen Anflug von Tränen in ihren Augenwinkeln schimmern zu sehen, doch dann blinzelte sie und der Eindruck war wieder verschwunden. Ich fragte mich, ob ich es mir nur eingebildet hatte. Schließlich sagte sie: »Wie viel wir in dieser Welt unser Eigen nennen und behalten können, ist begrenzt. Es ist keine gute Idee, an Dingen festzuhalten, die wir nicht verlieren wollen. So zerbrechen wir nur, verstehst du?« Sie verschränkte die Hände ineinander und legte ihr Kinn auf die Fingerknöchel. »*Verstehst* du, was ich sagen will?«

»Ja, Mutter«, sagte ich.

Ich verstand gar nichts, aber wenigstens schien die Antwort sie zufriedenzustellen. Sie wandte sich ab und ging ins Haus.

Drei Tage später blickte mein Vater beim Abendessen irgendwann zwischen seinem Whiskey und seiner letzten Zigarette an die Decke und tat etwas, was er beim Abendessen sonst nie tat. Er redete.

»Mr. Alphonse hat mich heute im Büro besucht«, sagte er zu niemand Bestimmtes. Dann ging er ins Arbeitszimmer, um den Rest seiner Zeitung zu lesen.

Ich sah meine Mutter an. Sie war sehr blass, was allerdings nichts Neues war. In letzter Zeit war sie ständig so blass.

Wochen vergingen und die Angelegenheit hatte sich erledigt. Oder zumindest dachte ich, dass sie sich erledigt hatte. Ich bemühte mich, in der Schule wieder aufmerksamer zu wirken, und gab weiterhin mein Bestes in Aufsätzen und Hausaufgaben, Tests und Prüfungen. Manchmal standen am Ende meiner Aufsätze kleine Randnotizen wie »Es gibt einen Unterschied zwischen akademischer Exzellenz und einfacher Angeberei« oder etwas in abgewandelter Form, aber ähnlicher Bedeutung. Mir fiel allerdings auf, dass diese Anmerkungen nicht in der Handschrift meiner Lehrerin verfasst waren. Ich hatte keinerlei Beweise, war mir aber ziemlich sicher, dass sie Mr. Alphonse gehörte.

Eines Nachts gegen Ende Oktober zog ein Sturm herauf. Es war so windig, dass ich glaubte, das Haus würde davonfliegen. Der nächste Morgen war ein Samstag, zwei Tage vor Halloween. Ich rannte nach draußen, um nachzusehen, ob auch nichts kaputtgegangen war. Auf der Eingangstreppe blieb ich einen Moment lang stehen, um die kalte Brise zu genießen und den warmen Geruch der feuchten Blätter, die langsam im gleißenden Morgenlicht verrotteten. Die Sonne war ein dottergelber Kreis auf einem weiten tiefblauen Teller. Die farbenfrohen Blätter waren den freigiebigen Bäumen allesamt entrissen worden und polsterten den Boden in großen bunten Haufen. Ich schnappte mir vom Haken im Flur meine Jacke, schlüpfte in meine Schuhe und rannte zu Sonjas Haus, um Laub zu kehren.

Als wir mit ihrem Vorgarten fertig waren, spazierten wir aus voller Kehle singend zurück zu mir. Was in uns gefahren war? Die Nachbarn lugten durch ihre Vorhänge, schüttelten die Köpfe und saugten an ihren Zähnen. Wir hatten uns jeweils die Arme um die Schultern geschlungen, die Köpfe zueinandergeneigt, sodass sich unsere Wangen fast berührten. Ich konnte nicht besonders gut singen, schmetterte aber trotzdem jedes Lied, das ich kannte, und spürte die Melodien in meinen Knochen widerhallen. Sonjas Arm rutschte zu meiner Taille hinab und hielt mich eng umschlungen. Es fühlte sich so gut, so *unglaublich* gut an, dachte ich, eine Freundin zu haben.

Sonja wartete im Vorgarten, während ich zum Schuppen lief, um nach zwei Harken zu suchen. Das Herz pochte mir angenehm in der Brust, als ich zu ihr zurückrannte. Neben unserem Haus stand eine riesige Eiche und davor zwei Ahornbäume, sodass eine dicke bunte Laubschicht auf dem Boden lag. Beatrice kam in ihren Gummistiefeln und ihrem gehäkeltem Pullover nach draußen, sammelte Arme voll Blätter auf und warf sie in den Himmel. Wir bauten einen Laubhaufen, der so groß wie ein Ford-Pick-up war.

»Spring rein!«, schrie Beatrice, fing dann aber an zu niesen, sodass meine Mutter sie zurück ins Haus rief. Meine Mutter ermahnte sie ständig, dass sie sich wegen diesem oder jenem noch den Tod holen werde.

Sonja und ich sahen den Laubhaufen an. Ihr Haar schimmerte in der Oktobersonne. »Bereit?«, fragte sie und schob ihre Hand in meine. Die leeren Äste knarzten in der Brise, die die Blätter aufwirbelte und um unsere Füße herumtanzen ließ. Die Luft war süß und feucht und roch angenehm modrig, erfüllt von dem Geruch von Äpfeln und Erde und allem, was einmal grün gewesen war und sich nun löste, herabfiel und sich dem Boden hingab. Mir verschlug es den Atem und die Sprache. Ich drückte nur Sonjas Hand, dann rannten wir los, machten einen großen Satz und landeten in dem weichen raschelnden Haufen, von Farben, Staub und Licht eingehüllt.

Wie soll ich eine solche Erinnerung einordnen können? Woher weiß ich, wo ich sie ablegen oder wie ich sie kategorisieren soll? Damals fühlte es sich unmöglich an, und das tut es auch heute noch.

So erinnere ich mich daran:

Der Himmel war geradezu herzzerreißend blau und die Welt roch, als hätte etwas Neues begonnen. Wir landeten in den Blättern, die uns wie Kissen umgaben und in Sonjas hellem Haar hingen, sodass sie ihr Gesicht einrahmten. Die leeren Äste über uns schienen den Himmel zu tragen. Ich erinnere mich, wie sie sich einer Krone gleich um ihren Kopf schmiegten, als sie sich über mich beugte, meine Arme festhielt und sagte, ich sei ihre Gefangene. Oh Sonja, wie gerne ich doch ihre Gefangene war! Ich erinnere mich, wie wir in den Blättern umherrollten, wie sie unter mir raschelten und flüsterten, wie blass Sonjas Arme neben meinen verdreckten wirkten und wie zart Sonjas schmale Finger neben meinen kurzen und rauen aussahen. Ich erinnere mich, wie Sonjas Wange an meiner lag und Sonjas Haare sich unter meine mischten und Sonjas Lippen meine streiften und oh, Sonja, Sonja, Sonja.

Und dann schrie sie.

Mein Vater stand auf einmal über uns, packte sie am Arm und zerrte sie auf die Beine.

Ich erinnere mich an Sonjas Miene, als er sie von mir wegzog. Erstaunen, Angst und Schmerz standen ihr ins schreckensbleiche Gesicht geschrieben. Ich streckte die Hand nach ihr aus, aber mein Vater war zu schnell und ich griff ins Leere.

»Zeit zu gehen«, sagte er.

»Aber«, setzte ich an.

»Zeit zu gehen«, wiederholte mein Vater und lief mit großen Schritten durch den Vorgarten, während sie hinter ihm herstolperte.

Und so nahm er sie mir weg.

Ich durfte Sonja an diesem Tag nicht mehr sehen, und auch nicht am nächsten. Lange Tage vergingen.

»*Wann?*«, fragte ich flehend.

»Nie wieder«, antwortete mein Vater so schnell und endgültig wie eine Ohrfeige.

Ich sagte meinen Eltern, dass ich mich einfach hinausschleichen und zu ihr gehen würde, woraufhin sie nur erklärten, dass Sonjas Großeltern es mir auch nicht erlauben würden, sie zu sehen.

»Warum?«, fragte ich. Das Zimmer verschwamm. Meine Augen füllten sich mit Tränen, mein Atem ging schwer und stach mir in der Brust.

»Wenn du älter bist, wirst du es verstehen«, sagte mein Vater, während meine Mutter auf ihre Hände starrte.

Mein Vater schickte mich auf mein Zimmer.

# 17

Meine Eltern gaben mir zwei Wochen Hausarrest. Meine Mutter brachte mich jeden Morgen zur Schule und holte mich am Ende des Tages wieder ab. Ich stapfte in missmutigem Schweigen neben ihr her, die Hände in den Taschen vergaben und zu Fäusten geballt. Ich weigerte mich, ihr ins Gesicht zu sehen. Sie versuchte nicht einmal, mit mir zu reden, was mich nur noch wütender machte. Andere Kinder aus meiner Schule hielten inne und starrten uns an, wenn wir an ihnen vorbeigingen. Sonst wurde niemand mehr von seiner Mutter abgeholt. Schließlich waren wir mittlerweile in der achten Klasse und so gut wie erwachsen. Sie wussten, dass man nur abgeholt wurde, wenn man etwas Schreckliches getan hatte. Allerdings konnte sich niemand auch nur vorstellen, was ich denn getan haben könnte.

Ich selbst verstand es noch immer nicht.

Zu Hause gab mir meine Mutter schweißtreibende, sinnlose und unnütze Aufgaben. Die Fugen schrubben. Den Keller fegen und entstauben. Die verchromten Armaturen abwischen. Das Silberbesteck polieren, das wir nie benutzten – und mal ehrlich, worin lag da bitte der Sinn? Die Fenster putzen, bis sie glänzten.

Sie band mir einen neuen Knoten um das Handgelenk, entschied sich diesmal allerdings gegen das Garn und nahm stattdessen ein dünnes Lederband. Dieses war unnachgiebiger als das Garn, weshalb es länger dauerte, es zu binden. Außerdem roch es seltsam. Ich rümpfte die Nase. Das Leder ließ sich nur mit Mühe und Beharrlichkeit zurechtbiegen. Es fühlte sich an, als sollte es für immer halten.

»Wozu soll das gut sein?«, fragte ich sie.

Sie zuckte mit den Schultern. »Es ist nur ein Knoten.«

»Kann ich es abnehmen?«

»Nein.«

»Wofür ist es dann da?«, fragte ich wieder.

»Es sieht hübsch aus, findest du nicht? Guck, Beatrice hat auch eins.« Beatrice fummelte an ihrem Band herum, als ob es juckte, nahm es aber nicht ab, obwohl sie das offensichtlich wollte. Wenn sie einen Menschen auf dieser Welt mehr liebte als mich, dann meine Mutter.

Unsere Mutter, meine ich.

Dann brachte mir meine Mutter bei, wie man Knotenmuster band, und gab mir ein uralt aussehendes Buch mit dem Titel *Lady Silvias Buch der Spitze aus Makramee* (genau das Gleiche hatte sie noch einmal, nur dass ihre Ausgabe voller Notizen, Gleichungen, Stichpunkte und handgeschriebener Zettel war, die zwischen den Seiten steckten und ich mir nicht ansehen durfte). Dazu gab sie mir einen mit Garn gefüllten Korb und forderte mich auf, aus einem sich ständig erneuernden Haufen Schnur einen Knoten nach dem anderen zu binden. Ich verbrachte tagtäglich Stunden damit, Schlaufen zu formen, zu verflechten und festzuziehen.

»Warum muss ich das machen?«, wollte ich wissen, als meine Finger schon ganz wund waren.

»Damit du hierbleibst«, sagte meine Mutter sanft, ohne mir in die Augen zu sehen.

»Ich *bleib* doch längst hier«, brüllte ich – nur, weil mein Vater nicht zu Hause war. »Ich hab *Hausarrest*, schon vergessen? Warum muss ich dann auch noch all das hier machen?«

»Das wirst du irgendwann schon noch verstehen.«

Ich wusste, dass das nicht stimmte.

Beatrice war Beatrice und gab sich alle Mühe, mich so gut wie möglich abzulenken und zu unterhalten. Sie dachte sich aufwendige Theaterstücke aus, basierend auf den Geschichten, die Sonja ihr erzählt hatte. Mit Bergelfen und Waldtrollen und dem Fossegrim, der im Fluss so zauberhaft seine Fidel spielt, dass kein Wesen deren Melodie widerstehen kann und sogar die Bäume anfangen, dazu zu tanzen. Ich bin mir sicher, meine Mutter nahm damals an, dass Beatrice sich diese Geschichten selbst ausdachte – hätte sie deren wahren Ursprung gekannt, hätte sie dem Ganzen zweifellos ein Ende bereitet. Beatrice begleitete ihre Geschichten mit Bildern, die sie gemalt hatte, um jede einzelne Szene darin darzustellen. Ein Waldtroll rannte mit einem gestohlenen Baby davon. Der Fossegrim brachte einer jungen Frau widerwillig das Fidelspielen bei, obwohl er wusste, dass er dadurch ihr Schicksal besiegeln würde, und dass alle, die sie liebte, sich zu Tode tanzen würden, wenn sie den Klang ihrer Fidel hörten. Mit jeder Geschichte vermisste ich Sonja ein bisschen mehr. Beatrice wollte nur helfen, wie sollte ich ihr da sagen, dass jede vorgetragene Szene schwer wie ein Stein auf meinem Herz lastete?

Beatrice beendete ihre Erzählung mit einer überschwänglichen Geste und einer Verbeugung, wartete auf meinen Beifall – also applaudierte ich, obwohl mir die Hände wehtaten, alles wehtat, ja, die ganze Welt – und dann verbeugte sie sich erneut.

»Geht es dir jetzt besser?«, fragte sie und sah mich prüfend an. »Ich habe dich doch aufgemuntert, oder?« Ein absurdes Lächeln erleuchtete ihr Gesicht. Ich konnte nicht anders, als ihr Lächeln zu erwidern.

»Wie könnte ich traurig sein, wenn du bei mir bist?«, antwortete ich. Es war gelogen und es war die reine Wahrheit, beides zugleich.

Nach den zwei Wochen wurde mein Hausarrest aufgehoben. Meine Mutter räumte den Korb mit dem Garn wieder weg. Die endlosen Aufgaben wurden reduziert, sodass nur noch meine üblichen häuslichen Pflichten übrig blieben, und ich durfte wieder ganz allein zur Schule und wieder nach Hause gehen, ohne meine Mutter im Schlepptau.

Ich dachte an Sonja. Ich träumte von Sonja. Ich wagte es nicht, ihren Namen laut auszusprechen, doch meine Mutter konnte es mir ohnehin ansehen.

»Die Regel gilt weiterhin«, betonte sie beim Abendessen. Mein Vater sagte nichts. Er stach lediglich auf seinen Schmorbraten und seine Kartoffeln ein, als hätten sie ihn ungerecht behandelt.

»Ich halte mich immer an die Regeln«, sagte ich, senkte den Blick in meinen Schoß und ballte die Fäuste.

»Alexandra«, sagte meine Mutter.

»*Alex*«, flüsterte ich.

»Die Regel gilt weiterhin.« Sie sagte nicht, was das für eine Regel war, aber ich wusste natürlich, was sie meinte. Und ich hatte ganz sicher nicht vor, mich daran zu halten.

Am nächsten Tag ging ich nach der Schule direkt zu Sonjas Haus.

Dort stand ich lange auf dem Weg vor ihrer Tür, mit offenem Mund. Ich kann mich nicht daran erinnern, geweint zu haben, musste mich aber zwingen zu atmen. Und als ich das tat, fühlte sich jedes Einatmen an wie eine Messerklinge und mit jedem Ausatmen schnürte sich mir mehr und mehr die Kehle zu und ich würgte wie jemand, der kurz davorstand zu ertrinken.

Die Farben von Sonjas magischem Haus waren alle verschwunden. Jemand hatte es weiß gestrichen, und zwar nicht besonders gut. An den Fenstern waren Streifen und Klumpen und Farbspritzer zu sehen. Die Beete im Vorgarten, einst gefüllt mit in Norwegen heimischen Pflanzen – Salbei und Fingerhut, Schneehahnenfuß und Steinbrech –, waren umgegraben und mit Holzschnitzeln bedeckt worden. Inmitten des Vorgartens stand ein Schild, dessen Ecken sanft in der Brise flatterten. ZU VERMIETEN stand darauf.

Und darunter prangte am Rand das Logo der Bank meines Vaters.

Ganz langsam ging ich auf das Haus zu. Es roch so stark nach den Farbdämpfen, dass mir schlecht wurde. Ich lehnte mich ans Fenster, schirmte die Augen mit den Händen ab und lugte hinein. Die Farben, Wälder und Bilder von Norwegen, den Trollen und dem Lake Superior waren alle mit einer dicken grauweißen Farbschicht überstrichen worden. Sonja und ihre Großeltern waren verschwunden. Über eine Stunde lang stand ich vor ihrer Haustür, mein ganzer Körper bebte vor Fassungslosigkeit. Schließlich stolperte ich zurück nach Hause und verbarrikadierte mich in meinem Schrank. Auch zum Abendessen kam ich nicht heraus.

Am nächsten Morgen saß ich noch immer mit Tränen in den Augen schweigend im Wohnzimmer, meine Schultasche um die Schulter geschlungen, und zählte die Minuten, bis es Zeit war, zur Schule zu gehen. Beatrice, die nicht wusste, was los war, saß neben mir und hielt meine Hand. Meine Mutter kam herein und stand lange einfach nur vor mir.

»Es ist wahrscheinlich besser so«, sagte sie endlich, wollte mir aber nicht in die Augen sehen.

Sie gab mir mein Mittagessen und öffnete die Tür. Der November hatte seine übergangslos klirrende Kälte mitgebracht. Die Art von Kälte, die einem sofort in die Knochen drang. Der Himmel hatte die Farbe von Kreidestaub angenommen. Ich zog den Mantel eng um mich, nahm Beatrice bei der Hand, und ging mit ihr aus dem Haus in den Morgen hinein.

Wir waren brave Kinder, also hielten wir den Blick gesenkt.

## *Aussage des Dr. H. N. Gantz vor dem Ausschuss des Repräsentantenhauses zur Untersuchung unamerikanischer Umtriebe, 12. März 1960*

VORSITZENDER: Bitte kommen Sie zur Ruhe, die Sitzung ist eröffnet. Am heutigen Morgen setzen wir die Anhörungen fort, die sich mit dem wichtigen Thema der Verwendung des amerikanischen Passes befassen, insbesondere für Reisen zum Zwecke derer, die es darauf abgesehen haben, die amerikanische Lebensweise zu stören, zu verunstalten oder anderweitig zu beeinträchtigen.

MR. ARENS: Doktor Gantz, Sie haben einen Reisepass beantragt, um in der kommunistischen Stadt Prag einer wissenschaftlichen Konferenz beizuwohnen. Stimmt das?

DR. GANTZ: Das stimmt, Sir, wobei ich darauf hinweisen möchte, dass der Kommunismus nicht das Geringste damit zu tun hat. Diese Konferenz wurde bislang immer in Zürich – genau genommen in der neutralen Schweiz – abgehalten, allerdings konnten dadurch viele wissenschaftlich Tätige, die aus weniger freien Nationen stammen als wir, nicht daran teilnehmen, weil besagte Länder ihre Abtrünnigkeit befürchten. Die Organisatoren der Konferenz haben daher entschieden, dass es sowohl der Wissenschaft als auch dem Wissensaustausch zugutekommen würde, die Veranstaltung in einem Land abzuhalten, das für Nationen akzeptabler ist, die ... zumindest in der Theorie weniger frei sind als unsere.

MR. ARENS: Ihr Reisepassantrag wurde jedoch abgelehnt.

DR. GANTZ: Das ist richtig.
[Anmerkung des Protokollanten: Mehrere Momente vergehen.]

VORSITZENDER: Der Zeuge braucht ziemlich lange, um seine Gedanken auszuformulieren.

DR. GANTZ: Nun, dazu gibt es nicht viel mehr zu sagen, oder doch? Ich habe einen Reisepass beantragt – wobei es für einen Staatsbürger eine ganz normale und plausible Handlung sein sollte, von der eigenen Regierung ein Reisedokument zu erbitten – und der Antrag auf besagtes Dokument wurde von besagter Regierung ohne angemessene Erklärung abgelehnt. Ich habe meine gesamte Karriere darauf ausgerichtet, zum Wohle meines Landes die amerikanische Gesundheit und Wissenschaft auszubauen, ein Akt des Patriotismus und der Liebe für das amerikanische System, die ich auch heute noch besitze, und das, obwohl ich aus offenbar geheimen Gründen meiner Position am Nationalen Gesundheitsinstitut enthoben wurde.

MR. ARENS: Herr Vorsitzender, der Zeuge verliert sich in Reden, anstatt einfach die Frage zu beantworten.

VORSITZENDER: Doktor Gantz, Sie sind kein Revolutionär auf einer Barrikade. Beantworten Sie einfach nur die Frage und bitte sehen Sie von weiteren Ausschweifungen ab.

DR. GANTZ: Verzeihen Sie, meine Herren. Sie müssen verstehen, dass mich diese Situation zutiefst erschüttert hat. Mein Labor wurde aufs Gröbste durchsucht und meine Studenten und Patienten allesamt von den Bundesbehörden befragt – eine arme Frau wurde von seltsamen Männern in einem Zivilfahrzeug mitgenommen, vor den Augen ihrer Kinder, *ihrer Kinder*, meine Herren, und anderthalb Tage lang festgehalten. Das ist schlichtweg inakzeptabel. Und das alles ohne jedwede Begründung. Die Tatsache, dass mein Antrag auf einen Reisepass abgelehnt wurde, ist nur ein weiterer irritierender Punkt auf einer langen Liste von Angriffen auf die persönliche Freiheit, die von meiner eigenen Regierung weiter fortgesetzt werden, was mich dazu veranlasst, den Stellenwert und die Gesundheit unserer Freiheit in den Vereinigten Staaten von Amerika infrage zu stellen.

MR. ARENS: Dies ist das Land der Freiheit, Doktor! Ich würde Ihnen raten, ein wenig Respekt zu zeigen!

DR. GANTZ: Ist es das? Sind Sie sich da sicher? Lesen Sie keine Zeitung? In dem Augenblick, da wir hier sprechen, gehen amerikanische Staatsbürger in Orten wie Little Rock und Greensboro auf die Straße, um von ihrem Land zu verlangen, ihnen auch nur einen Funken der Grundrechte zu gewähren, die ihnen in der Verfassung garantiert werden. Und nicht nur das, gleichzeitig versucht dieses Komitee hier, auf Biegen und Brechen gegen nationale Bedrohungen vorzugehen, die es schlichtweg nicht gibt, ignoriert dann aber wiederum die Tatsache, dass Polizeibeamte Taten begehen, die nicht nur gesetzeswidrig sind, sondern noch dazu unamerikanisch. Das geschieht in amerikanischen Städten. Das geschieht in amerikanischen Laboren. Das geschieht in Universitäten und Sozialeinrichtungen und in den kleinen Büros von Organisationen, die sich dem Gedanken der Gerechtigkeit für alle verschrieben haben.

MR. ARENS: Herr Vorsitzender, der Zeuge verhält sich sowohl feindselig als auch aggressiv.

VORSITZENDER: Doktor Gantz, vergessen Sie nicht, wo Sie sich befinden.

DR. GANTZ: Ich weiß ganz genau, wo ich mich befinde. Gemeinsam in einem Raum mit einigen derselben Männer, die meine Forschung zum Phänomen des spontanen ...

VORSITZENDER: Doktor Gantz.

DR. GANTZ: ... des spontanen *Drachenwandelns* beauftragt haben, nur um sie anschließend wieder zu zerstören ...

VORSITZENDER: DOKTOR GANTZ.

DR. GANTZ: ... und meine Arbeit sowohl für nicht existent ALS AUCH für geheim zu erklären, was ganz offensichtlich ein Angriff auf die Vernunft wie die Fakten darstellt.

VORSITZENDER: HERR STRAFVERTEIDIGER, HALTEN SIE IHREN MANDANTEN ZURÜCK. Und erklären Sie ihm die unangenehme Realität dessen, was es bedeutet, wegen Missachtung des Kongresses belangt zu werden.

[Anmerkung des Protokollanten: Mehrere Momente vergehen.]

MR. ARENS: Doktor Gantz, als Sie den Antrag auf einen Reisepass gestellt haben, wurden Sie aufgefordert, eine eidesstattliche Erklärung zu unterzeichnen, in der Sie versichern, dass Sie weder Mitglied einer kommunistischen Partei sind oder jemals waren und dass Sie auch in Zukunft niemals einer solchen Partei beitreten werden. Sie wurden weiterhin aufgefordert, eine eidesstattliche Erklärung zu unterzeichnen, die versichert, dass Sie weder ein Mitglied des Wyvern-Forschungskollektivs sind oder jemals waren noch dass Sie in Zukunft selbigem je beitreten werden. Erinnern Sie sich daran, diese Dokumente erhalten zu haben?

DR. GANTZ: Das tue ich.

MR. ARENS: Dennoch waren diese Dokumente seltsamerweise nicht in ihrem Antrag auf einen Reisepass enthalten.

DR. GANTZ: Daran war gar nichts seltsamerweise. Ich habe lediglich entschieden, Sie meinem Antrag nicht hinzuzufügen.

MR. ARENS: Wissen Sie, was mit den eidesstattlichen Erklärungen passiert ist?

DR. GANTZ: Ich habe sie in den Müll geworfen.

MR. ARENS: Das geben Sie also zu.

DR. GANTZ: Offen und ehrlich.

VORSITZENDER: Fürs Protokoll, der Zeuge gibt zu, staatliche Dokumente manipuliert zu haben.

[Anmerkung des Protokollanten: Weitere Momente vergehen. Der Strafverteidiger des Zeugen flüstert dem Mandanten eindringlich zu, während dieser den Kopf schüttelt.]

DR. GANTZ: Ich weiß nicht, was daran so erstaunlich sein soll. Es waren meine Dokumente, auf denen an oberster Stelle deutlich geschrieben stand, dass sie ergänzend sind. Ich habe die entsprechende Satzung nachgeschlagen und erfahren, dass ich in keiner Weise gezwungen bin, diese Dokumente zu unterzeichnen, es sei denn, ich werde von einem Gericht der Vereinigten Staaten dazu verpflichtet. Da ich unter keiner solcher Verpflichtung stand, wusste ich also, dass es mein gutes Recht war, diese Dokumente zu ignorieren. Und es gibt kein Gesetz, das es einem verbietet, Müll in den Müll zu werfen.

MR. ARENS: Es wird Sie womöglich überraschen, dass wir besagte Dokumente hier vorliegen haben.

DR. GANTZ: Das überrascht mich ganz und gar nicht. Haben Sie meine Anmerkung gelesen?

VORSITZENDER: Fürs Protokoll, der Zeuge hat oben auf die eidesstattliche Erklärung zur unmissverständlichen Entsagung vom Kommunismus Folgendes geschrieben: »Netter Versuch, Arschlöcher«, was eine zusätzliche Anklage wegen unsittlichen Verhaltens erfordert. Da das, was Sie auf das andere Dokument geschrieben haben, als geheim gilt, wird es diesem Komitee nicht vorgetragen, sondern stattdessen an den Unterausschuss für Aus- und Inländische Bedrohungen weitergeleitet, um zu bestimmen, ob dies als Kriegshandlung zu verstehen ist.

DR. GANTZ: Das ist absolut lächerlich, und das wissen Sie. Dieses Komitee ist eine Schande und ein schlechter Scherz.

VORSITZENDER: Der Zeuge verhält sich abermals aggressiv. Wir halten ihn hiermit der Missachtung des Kongresses für schuldig.

# 18

Der Winter brach herein und die Welt vereiste.

Dann taute sie auf.

Dann wurde sie überflutet.

Und dann wurde wieder alles von der Wärme überrollt, saftigem Grün, berstenden Knospen, anschwellenden Blüten – Leben in Hülle und Fülle. Ich war zu schlecht gelaunt, um es zu bemerken. Der Sommer hatte dieses Jahr früh begonnen, und obwohl es erst Anfang Mai war, schmorten wir in unseren Klassenzimmern und schwitzten durch unsere Schuluniformen, sodass wir am Ende eines jeden Tages mit rotem Gesicht und stinkend nach Hause gingen und den uns erlösenden Juni herbeisehnten. Dann war die achte Klasse endlich vorbei und mit ihr die ständigen Demütigungen, die verletzten Gefühle und die erdrückende Langeweile. Die Schultore öffneten sich und der Reihe nach ließen wir unser Grundschulleben und unser Grundschul-Ich zurück und erwarteten etwas Neues. Die Highschool. Oder so was. Und obwohl es keine große Veränderung wäre – die meisten von uns würden dieselbe Schule besuchen –, *fühlte* es sich doch bedeutsam an. Wir ließen einen Teil von uns selbst zurück.

Sogar der Himmel schien es zu spüren, denn er hing schwer und abwartend über uns.

Sonja fehlte mir. Sie fehlte mir *so sehr.* Bei dem bloßen Gedanken an sie zog sich mir die Brust zusammen und schmerzten meine Knochen.

Obwohl ich gelernt hatte, wie man Freundschaft schloss, eine echte, wahre Freundschaft, übertrug sich dieses Wissen nie auf die anderen in meiner Klasse. Sie waren nicht gemein zu mir. Sie waren einfach nur ... nicht interessiert. Genau wie ich. Ich würde diesen Sommer niemanden von ihnen sehen. Ich würde sie nicht vermissen und sie mich genauso wenig. Ich sage das nicht aus Selbstmitleid, sondern lediglich, um die Fakten darzulegen.

Diesen Sommer war der Garten meiner Mutter so ertragreich und üppig wie nie. Es war sein Schwanengesang, der Abgesang auf meine Mutter, wie mir später bewusst wurde. Sie verbrachte die meiste Zeit draußen – wobei sie, wie mir auffiel, den alten Overall meiner Tante trug, nur dass sie den Aufnäher mit ihrem Namen abgerissen, die Ärmel an den Schultern abgetrennt und rund zwölf Zentimeter der Hosenbeine abgeschnitten hatte, damit sie ihr nicht zu lang waren. Abends badete sie, zog sich ihre Strümpfe und den gestärkten Rock über und deckte den Tisch, damit alles bereit war, wenn mein Vater heimkam. Wenn er denn heimkam. So oder so servierte sie sein Abendessen und goss seinen Whiskey ein.

Ich erinnere mich, dass mir auffiel, wie sie sich Löcher in die Gürtel stanzte, um sie enger zu schnallen. Wie dick sie die Schminke auftrug, um die dunklen Ränder unter ihren Augen zu kaschieren. Wie meine Mutter immer weniger aß, während sich auf unseren Tellern das Essen häufte. Ich erinnere mich, dass mir all diese Sachen auffielen, ich aber nicht wusste, was ich machen sollte, nun, da sie mir aufgefallen waren und sie somit einfach nur abspeicherte. Ich war noch ein Kind und so egoistisch und von der Unveränderlichkeit der Welt überzeugt, wie Kinder es nun mal sind. Meine

Mutter war einfach nur meine Mutter. Jene Zeit, in der sie verschwunden war, gehörte dem *Damals* an. In der Kindheit fällt es einem schwer, an *damals* zu denken. In der Kindheit gibt es nur *jetzt.*

Sonja fehlte mir. Ich schrieb ihr Briefe, an ihr altes Haus adressiert und mit der Anweisung BITTE WEITERLEITEN. Ich schrieb ihr jede Woche über das gesamte achte Schuljahr hinweg. Anfang Juni, wir waren gerade in die Ferien entlassen worden, wurden mir sämtliche Briefe, die ich ihr geschrieben hatte, in einem großen Bündel zurückgeschickt, die Worte ZURÜCK AN ABSENDER! KEINE NACHSENDEADRESSE BEKANNT über ihren Namen gestempelt. Ihre Großeltern hatten einen anderen Nachnamen, den ich nicht kannte. Ich hatte keine Möglichkeit, sie zu finden.

Ich nahm die Briefe, wickelte sie in braunes Papier, das ich mit einer Schnur festband, und legte sie nur sicherheitshalber in das Versteck in meinem Schrank.

In diesem Sommer ließ mich meine Mutter oft auf Beatrice aufpassen, wenn sie sich für eine Weile hinlegen wollte – was inzwischen immer öfter vorkam. Beatrice, nun sechs Jahre alt, war noch immer ein wahrer Wirbelwind. Sie kletterte auf Bäume und sprang von den Ästen herab. Sie balancierte auf dem Gartenzaun wie auf einem Schwebebalken. Sie kletterte auf das Garagendach, um sich auf den Schindeln zu sonnen, und benutzte das Rankgitter der Zaunwinde als Leiter.

Ich rannte ihr in den Sturmkeller hinterher, durch die Nachbargärten und bis zum Ende der Straße, wo diese einfach in einem struppigen Gebüsch endete, das unsere Nachbarschaft von den stillgelegten Bahngleisen abschnitt. Jeden Abend musste ich sie mir über die Schulter werfen und zurück nach Hause schleppen, wobei sie begeistert, wütend oder freudig aufheulte. Es war nicht immer einfach zu unterscheiden, um welche der drei Gefühlslagen es sich handelte.

An einem Tag Anfang August rannte Beatrice weg, als ich gerade nicht hinsah, und ich musste stundenlang nach ihr suchen. Meine Mutter wusste nichts davon. Sie hatte sich wieder einmal hingelegt. Ich suchte überall, war die erste Stunde über genervt, die zweite panisch. Ich schimpfte mich selbst dafür aus, dass ich nicht besser aufgepasst hatte, und dachte darüber nach, wie ich es meiner Mutter erklären sollte.

Die Füße wund gelaufen und von Panik ergriffen, lief ich schließlich durch unsere Straße und suchte jede Mülltonne der Nachbarschaft ab, falls Beatrice sich versteckt haben oder eingeschlafen sein oder Schlimmeres passiert sein sollte. Da hörte ich sie auf einmal lachen. Ich folgte dem Klang ihrer Stimme und kam schlitternd vor dem Gartentor des zugenagelten Hauses zum Stehen. Unkraut rankte sich um den Zaun und dorniges Gestrüpp schlängelte sich wirr durch den alten Garten. Ich konnte das alte Haus kaum noch sehen, das bloß durch das dichte Grün hindurchlugte.

Wilde Hühner pickten an dem Unkraut, wilde Katzen blinzelten durch die Lücken im Haus, wo die Holzlatten abgefallen waren, und Beatrice lag in einem Dickicht aus Efeu, das sich um ihre Beine und Arme rankte, sodass es auf ihrer schmutzigen Haut hellgrüne Knoten formte.

»WAS MACHST DU DA?«, brüllte ich, machte einen Satz über das Gestrüpp und landete neben ihr auf den Knien. Sie drehte den Kopf zu mir, blinzelte ein paarmal und lächelte mich dann sanft an.

»Ach, Alex, hi«, sagte sie, als gäbe es nichts Normaleres, als stundenlang zu verschwinden und in einem verlassenen Garten ein Nickerchen zu machen. Sie hob die Fäuste, wobei sie den ineinander verknoteten Efeu zerriss, rieb sich die Augen und gähnte. »Wusstest du, dass es hier wilde Hühner gibt?«

Ich ließ die Stirn auf meine Knien sinken und seufzte. »Ja, Beatrice.« Ich schüttelte den Kopf. »Das wusste ich.«

»Und Katzenbabys«, sagte sie atemlos. »*So viele* Katzenbabys.« Auf Anhieb tauchten zwei Kätzchen, die so aussahen, als wären sie ihrer Mutter noch längst nicht entwöhnt, vor ihren Füßen auf. Beatrice hob sie hoch und kuschelte sich mit der Nase in ihr Fell, bis sie sich sträubten und maunzten. Sie waren Menschen nicht unbedingt gewohnt. Beatrice küsste ihnen den Rücken und setzte sie behutsam wieder ab.

»Ich weiß auch von den Katzenbabys«, sagte ich geduldig. »Wir sollten langsam gehen.«

Letzteres ignorierte Beatrice. »Warum haben wir keine Kätzchen? Sie können auch bei mir schlafen«, fügte sie hinzu, wahrscheinlich um zu zeigen, dass sie schon alles durchdacht hatte.

»Daddy hasst Katzen«, erklärte ich, »deshalb können wir auch keine haben.«

»Daddy ist *gemein.*« Sie stampfte mit dem Fuß und blickte finster. Ich hatte sie noch nie auch nur ein böses Wort zu meinem Vater sagen hören. Kein einziges Mal. Jetzt sah sie jedoch aus, als wollte sie jemanden treten.

Ich presste für einen Moment die Lippen aufeinander. »Mommy mag es nicht, wenn man solche Dinge über andere sagt.« Ich sagte allerdings nicht, dass ihre Worte nicht wahr seien. Doch Beatrice entging so gut wie gar nichts. Sie sah mich einen Moment lang ernst an, dann zwinkerte sie. Sie wandte sich wieder dem Garten zu, zeigte mir, wo die Blaubeeren waren und wo die Hühner ihre Eier versteckten. Sie kniete sich neben ein Geflecht aus Erdkirschen, fing an, die trockenen Hüllen abzupulen und sich die Beeren eine nach der anderen in den Mund zu werfen, wo sie sie wie Murmeln herumrollen ließ. Sie grinste mit vollem Mund.

Beatrice hatte offensichtlich nicht vor, so bald zu gehen, also setzte ich mich neben sie. Der Garten bestand aus einer Fülle bunter Farbtupfer, gebettet in eine Kulisse aus saftigem

Grün. Alles, was die alte Dame einst in ihrem Garten angepflanzt hatte, hatte sich in Generationen wilder Nachkommen verwandelt. Die Pflanzen breiteten sich aus, vervielfachten sich und vermischten sich mit all den anderen. In einer Ecke bildeten wild wuchernde Kürbisranken ein wirres Dickichtknäuel, das mit gelben Pflanzen und Kürbissen in unterschiedlichsten Größen, Formen und Farben gespickt war. Die seltsamsten Gurken, die ich je gesehen hatte, schlängelten sich am Rand des ruinenhaften Hühnerstalls empor – sie waren rund und knallgelb und dunkelgrün gefleckt – und überall wuchsen wilde Erdbeeren. An der Seite des Hauses war der Garten unpassierbar, weil er voller Himbeersträucher war.

Beatrice streckte die Hand aus und zog an einem Zweig wilden Thymians, wobei sie mit dem Fingernagel an dem Stängel entlangfuhr, sodass die winzigen Blätter in ihrer Hand landeten. Die Welt roch nach Kompost und frischem Grün. Zwei waghalsige Hühner näherten sich uns und pickten auf dem Boden herum, allerdings nicht, ohne unsere Bewegungen mit einem wachsamen Auge zu verfolgen. Eine der Katzen beobachtete sie vom Kürbisdickicht aus.

»Ich liebe diesen Ort«, sagte Beatrice mit einem Gähnen. »Wir sollten jeden Tag hierherkommen.«

»Das bin ich, früher«, erzählte ich ihr. »Als ich klein war. Eine alte Dame hat hier gewohnt, die mir immer kleine Geschenke gemacht hat.«

Das ließ Beatrice aufhorchen. »Was für Geschenke?«, fragte sie.

»Na ja«, sagte ich und nutzte die Gelegenheit, um sie auf die Beine zu ziehen und heimwärts zu führen. »Kleine-alte-Dame-Geschenke. Einen Keks oder ein paar Karotten oder auch ein Ei. Einmal hat sie mir eine Tüte mit Gartenerbsen und essbaren Blumen geschenkt. Sie haben nach Pfeffer geschmeckt.«

»Das will ich auch probieren.« Beatrice blickte sich nach einer Blüte um, die sie essen könnte.

»Dann lass uns Mutter fragen, ob sie welche für uns pflanzt. Ich weiß nur nicht, wie sie heißen. Wie auch immer, ich habe es hier früher auch geliebt, aber eines Tages ist die alte Dame fortgegangen und seitdem war ich nicht mehr hier.«

»Wo ist sie denn hin?«, fragte Beatrice.

Es war so lange her, dass ich darüber nachgedacht hatte. Das Gebrüll des Mannes. Den Schrei der Frau. Das Scharren und Ringen und Keuchen und das »*Oh!*«. Und dann die ...

Ich schüttelte den Kopf. Ich konnte nicht einmal daran denken. Wann immer vor meinem geistigen Auge eine Drachin erschien, zwang ich mich, an nichts zu denken.

»Ich weiß es nicht«, sagte ich. »Sie ist einfach verschwunden. Oder vielleicht ist sie auch nur umgezogen.«

Wir hielten am hinteren Gartentor inne. Beatrice drehte sich um und ließ den Blick suchend und gespannt über das Grün streifen. »Vielleicht weiß die Drachin ja, wo sie ist.«

Das Gefühl, das meinen Körper bei Beatrice' Worten überkam, kann ich nur schwer beschreiben, selbst heute. Und es fällt mir noch schwerer, es zu erklären. Meine Haut ... von meinen Zehen bis zu meinem Scheitel ... wurde schlagartig wie von Tausenden Nadelstichen gepikst ... und meine Sicht verschwamm. Ich konnte mein Herz auf einmal laut schlagen hören und vor meinem inneren Auge flackerten immer schneller Bilder vorbei, wie bei einem außer Kontrolle geratenen Filmprojektor. Ich konnte kaum verstehen, was ich dort in meinem Geist sah. Ich stützte mich auf das Tor, um nicht das Gleichgewicht zu verlieren.

»Wovon um alles in der Welt redest du denn da, du verrückte Nudel?«, sagte ich mit bemüht ruhiger und gleichmäßiger Stimme. »Es gibt keine Drachinnen mehr. Sie sind alle weggeflogen und kommen nicht mehr zurück. Das weiß doch jeder. Und sie werden auch ganz bestimmt von niemandem vermisst. So steht es auch in den Broschüren in der Schule. Und die Wissenschaftler schreiben das auch. Echte Wissenschaftler, die für die echte Regierung arbeiten. Also muss es wahr sein.«

Beatrice runzelte die Stirn. »Na gut, aber hier lebt eine Drachin.«

»Erzähl keinen Schwachsinn«, sagte ich reflexartig. »Wieso sagst du so was?«

»Na ja«, erwiderte sie und zuckte mit ihren kleinen Mädchenschultern. »Guck doch selbst.«

Und das tat ich. Ein heruntergekommenes Haus mit fehlenden Brettern an den Wänden, wie Zahnlücken. Ein zusammengefallener Hühnerstall. Ein Schuppen, der dem Zusammenbruch vorerst noch trotzen konnte, indem er sich schwer gegen den Stamm eines uralten Ahornbaums lehnte.

»Ich seh bloß ein heilloses Durcheinander«, sagte ich. »Komm, wir gehen.«

Beatrice rührte sich nicht. »Drachinnen lieben Kuddelmuddel. Und sie lieben Kätzchen. Und Hühner. Und wenn sich alle vertragen – das lieben sie ganz besonders.«

»Ist das so?«, erwiderte ich skeptisch. »Ich glaube, du sprichst bloß von dir selbst. Soweit ich das verstanden habe, töten Drachinnen am liebsten, säen Chaos, brennen Bauernhöfe und Dörfer nieder und zerstören Familien. Ich meine, das passiert zumindest in den Geschichten. Komm schon, lass uns nach Hause gehen. Mommy wird sich sonst Sorgen machen.«

Das war genau genommen gelogen. Meine Mutter schlief wahrscheinlich noch. Sie war in letzter Zeit so unglaublich müde und ich in einem Alter, in dem ich ständig nur verärgert war und zu sehr auf mich selbst fokussiert, um zu wissen, wie ich mich noch um meine Mutter sorgen sollte.

»Geschichten sind dumm«, sagte Beatrice. »Die Menschen, die Geschichten über Drachinnen schreiben, haben noch nie eine getroffen. Drachinnen mögen Hausarbeitspläne und Dinge teilen und Lesegruppen. Das weiß doch jeder.«

»Also, das ist mir neu«, sagte ich, als ich Beatrice durch das Tor hinausführte.

»Es stimmt aber«, versicherte sie mir. »Wer, glaubst du, kümmert sich denn sonst um alles? Wie bleiben die Hühner so dick und die Katzen glücklich, und wer verscheucht die Falken?«

»Sieht so aus, als hättest du an alles gedacht. Aber behalt deine Ideen ja für dich«, sagte ich, woraufhin Beatrice zu unserem Garten davonhüpfte.

Dann, ohne wirklich zu wissen, warum, hielt ich inne und drehte mich um, blickte noch einmal zu dem Garten der alten Dame. Es roch nach Kräutern und Unkraut und Wildblumen, nach Erde und morschem Holz und Generationen von Katzenurin. Mein Blick fiel auf eine Lücke in der Hauswand – ein Stück des Bretterverschlags, das unter dem Küchenfenster verrottet oder bei einem Sturm abgefallen war. Es sah aus, als ließe einen die Lücke direkt ins Haus blicken, ein Fenster in die gähnende Dunkelheit dahinter. Ein Augenpaar blinzelte dort und leuchtete im Dunkeln. Ich legte den Kopf schief. Die Augen blinzelten noch einmal.

»Hier, Kätzchen, hier«, sagte ich.

Die Katze – ich nahm an, dass es eine war – prustete, woraufhin die Wand ein wenig wackelte.

Ich machte einen Schritt auf sie zu. »Braves Kätzchen, komm doch her und sag Hallo.« Ich machte noch einen Schritt. Die Augen blinzelten abermals. Sie waren, wie mir bewusst wurde, viel größer, als die einer Katze sein dürften. Aber sie mussten einfach einer Katze gehören. Waren manche Katzen nicht einfach viel größer als andere? Und leuchteten nicht alle Katzenaugen?

Ich machte einen weiteren Schritt und spürte, wie der Boden unter meinen Füßen leicht bebte. Wie von einem Schnurren. Oder einem Motor. Oder etwas anderem. »Wie du willst, dann eben nicht«, sagte ich, drehte mich um, ging davon und schloss das kaputte Tor hinter mir.

# 19

Als meine Mutter erfuhr, dass ihr Krebs zurückgekehrt war, war es März und ich in meinem ersten Jahr der Highschool. Sie erzählte es uns nicht gleich. Sie hätte uns womöglich niemals davon erzählt und stattdessen vorgehabt, eines Tages einfach so ganz ohne Vorwarnung von uns zu gehen, wenn sie nicht an einem Abend Mitte April, während sie uns Kartoffeln und Dosenerbsen auf den Teller löffelte, schlagartig zusammengebrochen wäre. Blut rann ihr aus Mund und Nase. Mein Vater, der an diesem Abend zu Hause war, sprang mit einem erstickten Schrei auf und eilte in Sekundenschnelle zu ihr. Er nahm sie in die Arme, flüsterte ihr beruhigend und sanft zu, als wäre er ihre Mutter und nicht ihr Ehemann.

»Oh, mein Liebling«, schluchzte er, ihren Oberkörper fest an sich gedrückt. Ich hatte ihn noch nie so mit meiner Mutter reden hören. Er gab einen panischen Laut von sich, als er sie hochhob. »*Oh nein.* Oh, mein Schatz. Warum bist du so leicht?« Seine Stimme war brüchig und schwach, eine dünne Hülle ihrer selbst.

Der Kopf meiner Mutter, die versuchte, bei Bewusstsein zu bleiben, rollte kraftlos hin und her. Mein Vater drückte sie an sich, dann hielt er sie von sich weg, um ihr Gesicht zu begutachten, und drückte sie wieder an sich. Schwaches, qualvolles Stöhnen brach schwallartig aus ihm hervor.

»Warum hast du mir nicht gesagt, dass er zurück ist?«, raunte er in ihren Nacken. Ihm stockte der Atem und er hustete. »Oh Gott, warum hast du nichts gesagt?«

Ob mein Vater meine Mutter geliebt hat? Bis heute kann ich es nicht sicher sagen. Meistens glaube ich nicht, dass es so war. Doch in diesem Moment, wenn ich versuche, ihn in Gedanken festzuhalten, ihn lange genug zu beobachten, um darüber zu schreiben, dann glaube ich ... *ja, doch.* Ich glaube, in diesem Moment, in dem er sie an sich drückte, sie in seinen Armen trug, hat er sie aus tiefstem Herzen geliebt.

Ich stand dort, sprachlos, und sah ihm zu. Beatrice kam zu mir herüber und nahm meine Hand. Wir folgten unseren Eltern bis zur Haustür und hielten an der Schwelle inne, unfähig, uns zu bewegen.

Mein Vater setzte meine Mutter auf den Beifahrersitz, so sanft und fürsorglich, wie ich ihn noch nie zuvor erlebt hatte und nie wieder erleben würde. Bevor er die Tür schloss, strich er ihr das Haar glatt, streichelte ihr über die Wange und küsste ihr die Stirn. Er tastete seine Taschen ab, seine Miene plötzlich panisch verzerrt. Mit weit aufgerissenen, wilden Augen wandte er sich zur Haustür, wo ich noch immer stand, sein Blick flehend.

»*Die Schlüssel!*«, schrie er mir zu.

Ich drehte mich hastig um und rannte ins Haus, fand den Schlüsselbund und stürzte zurück nach draußen zu meinem Vater, der schon auf dem Fahrersitz wartete und die Hand meiner Mutter hielt. Seine Augen waren rot, die Lippen zu einer schmalen, schmerzerfüllten Linie verzogen. Sein Atem ging stoßweise und stockte bei jedem Einatmen.

»Alexandra«, sagte er. Ich korrigierte ihn nicht. »Pass auf deine ...« Er schluckte und schüttelte den Kopf. »Pass auf die

Kleine auf, ja? Ich weiß nicht, wie lange das dauern wird.« Meine Mutter drückte die Finger an ihre Lippen, die so blass wie Birkenrinde waren. Sie warf mir eine Kusshand zu und allein diese Bewegung schien sie zu erschöpfen – als wäre jeder Atemzug eine gewaltige Anstrengung. Meine Hände waren taub und mein Gesicht war taub und die ganze Welt fühlte sich wie betäubt an. So krank war sie, realisierte ich schlagartig. Wie lange war sie schon wieder krank? Wieso hatte ich es bis dahin nicht bemerkt? Warum hatte es mir niemand gesagt?

»Wann kommt ihr wieder?«, brachte ich heraus, wobei ich meine Mutter ansah, nicht meinen Vater.

»Schließ die Tür ab und mach einen Plan fürs Frühstück«, sagte er. »Es kann gut sein, dass du eine Weile allein bist.«

»Mama?«, fragte ich mit bebender Stimme. Oder vielleicht war es auch der Boden unter meinen Füßen, der bebte. Vielleicht sogar die ganze Welt. Als ich noch klein war, war meine Mutter verschwunden – ohne dass die Erwachsenen in meinem Leben es mir erklärten, mich trösteten oder mir in irgendeiner Weise ermöglichten, die Situation zu verstehen. Schließlich war ich ein Kind, wisst ihr? Ich sollte mich gut benehmen und gehorchen, den Blick auf den Boden gerichtet. Es war nicht nötig, dass ich irgendetwas wusste. Und sie hofften, dass ich es vergessen würde. »Mama?«, fragte ich noch einmal. Ich streckte die Hand ins Auto, an meinem Vater vorbei.

»Mach dir keine Sorgen«, sagte meine Mutter.

Mein Vater schlug meine Hand beiseite, schaltete den Motor ein und raste die Straße hinab.

Ich spürte etwas an meinem Handgelenk entlangstreifen. Ich blickte hinab und sah, dass der Knoten, der das Lederband an meinem Arm befestigt hatte, dabei war, sich aufzulösen. Ich stand sprachlos da, während er sich weiter löste, öffnete und zu Boden fiel. Ich hob ihn nicht auf. Stattdessen blickte ich die

Straße hinab und suchte nach dem Auto meiner Eltern, doch es war nicht mehr zu sehen.

In dieser Nacht kamen meine Eltern nicht mehr nach Hause und auch nicht die nächste. Fünf Nächte lang waren Beatrice und ich allein.

Die Ärzte sagten, man könne nichts weiter für sie tun, als ihr die Schmerzen zu nehmen.

Meine Mutter blieb daraufhin im Krankenhaus, bis sie schließlich am 5. Juni 1961 starb. Beatrice und ich besuchten sie jeden Tag nach der Schule, während unser Vater arbeitete. Wir saßen einfach still bei ihr, machten unsere Hausaufgaben, lasen unsere Bücher oder malten, bis die Krankenschwestern uns um fünf hinausjagten und wir heimgingen. Ich kochte das Abendessen und machte sauber. Mein Vater blieb immer länger und länger auf der Arbeit. Manchmal kam er sogar erst am nächsten Morgen zurück, schon geduscht und für den Tag zurechtgemacht. Er bezahlte den örtlichen Lebensmittelhändler, damit dieser unsere Einkäufe brachte und die Regale auffüllte. Mein Vater bereitete weder das Frühstück zu, das machte ich, noch packte er uns Mittagessen ein, das machte auch ich. Stattdessen tätschelte er uns beiden den Kopf, als wären wir ein Paar Labradore, und sagte, wir sollten brav sein, unsere Gebete sprechen und in der Schule hören. Dann drehte er sich um und ging wie gewohnt vor sich hin pfeifend zur Arbeit.

Als ich fragte, warum mein Vater sie nie im Krankenhaus besuchen kam, sagte meine Mutter, er käme jeden Tag in der Mittagspause. Aber ich sah ihn kein einziges Mal. Soweit ich wusste, war er nur in diesen ersten fünf Nächten bei ihr im Krankenhaus gewesen. Und danach nie wieder. Manchmal, nach all diesen Jahren, versuche ich, nachsichtig mit ihm zu sein. Vielleicht konnte er es einfach nicht ertragen. Vielleicht tat es ihm zu weh, zuzusehen, wie sie ihm entglitt. Vielleicht war er nicht dazu erzogen worden, ein starker Mann zu sein. Vielleicht liebte er sie zu sehr, um sie zu verlieren. Vielleicht sind all diese Dinge wahr und all die anderen Bezeichnungen für seinen Charakter, die ich habe und die … offensichtlicher und weniger nett sind … vielleicht sind sie das ebenfalls. Und vielleicht gilt für uns alle dasselbe und das Beste, das Schlechteste und all die unterschiedlichen Ausführungen des Mittelmäßigen existieren in unserer mannigfaltigen Seele alle gleichzeitig. Jedenfalls fiel mir auf, wie sämtliche Krankenschwestern die Lippen zu einer schmalen Linie zusammenpressten, sobald sie meine Mutter von der vermeintlichen Güte meines Vaters reden hörten. Ich liebte meine Mutter, aber ich war nicht so naiv, ihr zu glauben.

Wochenlang lag ich neben ihr auf dem Krankenhausbett und schmiegte mich an das, was noch von ihrem Körper übrig war – kalte Hände und kalte Füße, dunkle Kuhlen, wo ihre Wangen gewesen waren. Sie war so leicht wie Asche, wehte nach und nach davon. Beatrice lag eine geraume Weile zwischen uns, bis sie sich irgendwann auf einem Stuhl zusammenrollte und sofort einschlief. Meine Schwester war winzig, bestand nur aus verdichteter Wärme, potenzieller Energie und verborgenen Möglichkeiten, wie ein Ei. Meine Mutter sagte immer, sie sei so klein, dass sie in ihre Tasche passen würde. Und immer wenn sie das sagte, stockte ihr die Stimme.

An dem Tag, an dem sie starb, in ihren letzten Augenblicken, bat mich meine Mutter, ihr das Gedicht von Alfred Lord Tennyson über Tithonos vorzulesen. Das an sich war nicht ungewöhnlich, bat sie mich doch fast jeden Tag darum, seit sie ins Krankenhaus gekommen war. Ich wusste nicht, dass dieses Mal anders sein sollte, dass dieses Mal das letzte sein würde. Wie auch? Meine Mutter legte langsam ihre Hand auf meine, ihre Augen zwei undurchsichtige Wolken.

»Lies es noch einmal«, sagte sie. Ihre Stimme war schwach und trocken und leicht, wie die Hülle einer Grille, nachdem diese schon längst davongeflogen war.

Sie musste mir nicht sagen, was ich lesen sollte. Ich wusste es schon. Ein zerbröselnder Gedichtband von Alfred Lord Tennyson lag auf dem Nachttisch, ein Lesezeichen markierte die Seite. Ich schlug sie auf. Beatrice schnarchte im Stuhl neben mir, ihre Wangen gerötet, der Mund leicht geöffnet. Sogar ihr Schnarchen war niedlich. Ich räusperte mich.

»*Der Hain verwelkt, der Hain verwelkt und dorrt*«, las ich.

»*Die Dünste weinen ihre Last zur Erde.*«

Meine Mutter öffnete den Mund und seufzte. Ich fuhr fort.

»*Der Mensch bestellt das Feld und sinkt ins Grab.*« Meine Mutter stöhnte ein wenig.

»*Nach manches Sommers Freude stirbt der Schwan.*«

Das Gedicht ging weiter. Tithonos war, wie ich fand, ein bitteres Unrecht widerfahren. Die Götter sind selbstsüchtig. Und gedankenlos. Es ist grausam, jemandem das Leben aufzuzwingen, der bereit ist zu sterben, ihn der ewigen Ruhe und seiner angeblichen Belohnung zu entreißen. Und doch. Wenn ich die Hand einer Göttin hätte schwenken und meiner Mutter ewiges Leben verleihen können – auch wenn dies bedeutete, dass sie verschrumpeln und schrumpfen würde, auch wenn sie so klein wie eine Grille werden würde? Wenn ich sie bis an mein Lebensende hätte bei mir tragen können? Wenn ich sie, selbst heute noch, bei mir haben könnte? Natürlich weiß ich, dass das nicht fair gewesen wäre. Und doch wäre es gelogen zu behaupten, dass ich es nicht getan hätte.

Ich beobachtete meine Mutter. Nachdem ich zu Ende gelesen hatte, blieb sie lange Zeit reglos liegen. Ich spürte, wie Panik in mir aufstieg.

*Atme*, sagte ich ihr in Gedanken, als könnten diese auch nur irgendetwas ausrichten.

*Atme, Mama, bitte, bitte atme.*

Ich beobachtete ihre Brust und hielt ihr die Hand vor den Mund, auf der Suche nach ihrem Atem, einem Lebenszeichen.

Auf einmal holte meine Mutter tief und stockend Luft und nahm meine Hand. Ihre Finger waren eiskalt. Sie sah mich an, obwohl ich nicht wusste, wie viel sie überhaupt noch sehen konnte. Ihre Augen waren trübe Wolken.

»Hey, Mom«, sagte ich. Meine Stimme war ganz leise. Die Stimme eines Kindes. »Soll ich dir das Gedicht noch einmal vorlesen?«

»Lass sein«, brachte sie mit rauer Stimme hervor. Ihre Finger lagen auf dem geflochtenen Band an meinem Handgelenk. Sie kniff in den Knoten.

Ich wusste nicht, was ich sein lassen sollte. »Brauchst du mehr Schmerzmittel?«

»Lass sein«, sagte sie noch einmal. Sie hob die andere Hand ein paar Zentimeter, dann ließ sie sie wieder auf das Bettlaken fallen, als wäre die Anstrengung einfach zu groß. Ich hob sie stattdessen für sie hoch und hielt ihre beiden Hände in meinen. Ihre Finger umschlangen meine und hielten sich mit aller Kraft fest, was nicht besonders viel war.

»Schon gut, Mutter, das werde ich.« Ich wusste noch immer nicht, was sie meinte. Doch schon allein, dass ich das sagte, zeigte seine Wirkung. Sie entspannte sich sichtlich und seufzte leicht.

»Ich hätte es auch tun können, weißt du?« Ihr Blick schweifte umher. Ich war mir ziemlich sicher, dass sie mich nicht sehen konnte.

»Was hättest du auch tun können?«, fragte ich. Ihre Hände waren so kalt.

»Ich hätte es auch tun können. Wir alle hätten das. Ich habe mich entschieden, bei …« Meine Mutter nahm einen tiefen Atemzug, doch danach sagte sie nichts mehr. Ich wartete auf den nächsten Atemzug. Ich wartete darauf, dass sie weitersprach. Ich wartete lange. Und dann löste sich ihr Griff. Sie ließ mich los und … ließ los …

Sie atmete noch ein einziges Mal ein, und dann nie wieder.

Im Krankenhauszimmer meiner Mutter gab es vier Betten, von denen zwei frei waren. In dem dritten lag eine alte Frau, die in diesem Moment tief schlief. Beatrice schlief ebenfalls. Meine Mutter war tot. Allein ich war wach. Draußen im Flur liefen Leute hin und her, aber ich rief niemanden herbei. Ich hatte keine Worte dafür, was gerade geschehen war. Ich hatte nichts, woran ich mich orientieren konnte, nichts, was mir half, diese Situation zu verstehen. Wie kann man den Tod der eigenen Mutter verkünden? Ich konnte es nicht. Es war unmöglich, es laut auszusprechen.

Ich ging zu Beatrice hinüber, hob sie auf meinen Schoß und hielt sie lange in den Armen, ließ die dichte Wärme ihres kleinen Körpers in mich hineinströmen und meine Knochen erwärmen. Meine Mutter lag so unsäglich still da und mit jedem Augenblick, der verging, wurde sie kälter. Ich informierte weder die Krankenschwester noch meinen Vater. Stattdessen dachte ich an meine Tante. Ich hatte schon lange nicht mehr an sie gedacht, stellte mir jetzt aber vor, wie Marla hereingestürmt kam und meine Mutter wiederbelebte, wie sie es früher mit den alten Motoren gemacht hatte. Ich stellte mir vor, wie sie die Ärzte verprügelte, die meine Mutter nicht hatten retten können. Ich stellte mir vor, wie meine Tante sich auf das Gebäude stürzte und in einem glitzernden Regen aus zerbrochenem Glas durch das Fenster hereingeflogen kam – ihre Augen wie Rubine blitzten, ihre schimmernden Schuppen im fahlen Krankenhauslicht hell leuchteten und ihre Muskeln über ihre geschmeidige Gestalt wogten. Eine unerwartete Erscheinung aus Licht und Hitze und messerscharfem Verstand. Allein bei dem Gedanken daran keuchte ich erstaunt auf.

Doch dann schüttelte ich den Kopf. Sie würde nicht kommen. Natürlich nicht. Niemand, der noch bei klarem Verstand war, glaubte, dass die Drachinnen je zurückkehren würden.

Drachinnen kehrten niemals zurück. Das war eine dieser selbstevidenten Wahrheiten. Und doch ertappte ich mich dabei, wie ich immer wieder zum Fenster blickte.

Beatrice wachte nicht auf. Sie seufzte nur und murmelte im Schlaf. Die Wärme ihres Körpers erfüllte mich, als würde ich Prometheus' Feuer selbst in den Armen wiegen und es sicher vom Himmel nach Hause tragen, bis der Zorn der Götter auf mich niederprasseln würde.

Genau einen Monat nachdem meine Mutter gestorben war, wurden Beatrice und ich früh morgens von meinem Vater geweckt. Wir sollten uns anziehen, dann brachte er uns nach unten ins Wohnzimmer. Es war noch sehr früh. Eine Frau saß auf dem Sofa. Sie trug einen Hausmantel, der schon weit geschnitten war, ihren kugelrunden Bauch aber trotzdem kaum bedeckte. Sie sah meiner Mutter in keiner Weise ähnlich. Sie war sehr groß, hatte blondes Haar, große Brüste und wuchtige Oberschenkel. Ihr Lippenstift war rot, genau wie Marlas. Sie saß leicht schräg da, den Arm auf die Sofalehne gestützt, die Wange auf ihre Faust gestützt. Ich erinnere mich, wie die Faust in ihrem weichen Gesicht versank, sodass sich ihre Haut wellte und um jeden ihrer Fingerknöchel schmiegte. Sie war schön, auf solche Weise, wie üppiges Essen schön ist. Mein Vater sah sie hungrig an. Meine Mutter war zerbrechlich und kalt gewesen, wie der Frost an einem Fenster im Winter. Diese Frau hatte nichts mit meiner Mutter gemein.

»Mädchen«, sagte mein Vater. »Ihr erinnert euch sicher an Miss Olson.« Die Frau lächelte verhalten.

Natürlich erinnerten wir uns nicht an sie. Miss Olson war die Sekretärin meines Vaters und vielleicht hätten wir sie auch schon mal getroffen, wenn es uns je erlaubt gewesen wäre, meinen Vater auf der Arbeit zu besuchen. Aber das war es nie. Wir hatten natürlich schon einmal ihren Namen gehört, in dem knappen, wütenden Geflüster, das aus dem Schlafzimmer meiner Eltern drang.

»Schön, dich zu sehen, Alexandra«, sagte sie. »Ich habe von deinem Vater nur Gutes über dich gehört.« Zu Beatrice sagte sie nichts. Ich nahm die Hand meiner Schwester und wartete auf eine Erklärung. Es kam keine.

Mein Vater tippte sich an den Hut und sagte zu Miss Olson, er wäre bald zurück (mir hätte auffallen sollen, dass er nicht *wir* sagte), dann besuchte er mit uns das Grab meiner Mutter. Wir blieben lange dort, mein Vater und ich saßen auf der Bank, während Beatrice durch das Gras und die Blumenbeete pirschte und versuchte, die Eichhörnchen dazu zu bewegen, ihr eine Nuss aus der Hand zu fressen. Irgendwann gab sie auf und kniete sich neben den Grabstein meiner Mutter, legte ein Stück Papier über ihren Namen und fuhr mit einem ausgepackten Wachsmalstift darüber, sodass sich der Name meiner Mutter bunt abhob.

BERTHA GREEN stand auf dem Papier. Ich ertappte mich dabei, wie ich ihren Namen lautlos mit den Lippen formte, die Buchstaben über meine Zähne und Zunge rollen ließ. Ich hatte ihren Namen noch nie laut ausgesprochen. Ihr Name war immer nur »Mutter« gewesen. Was war ihr sonst noch genommen worden, fragte ich mich, abgesehen von ihrem Namen?

Wir gingen danach nicht nach Hause. Mein Vater brachte uns zu einer kleinen Wohnung, drei Häuserblocks von Beatrice' Grundschule entfernt und eine kurze Strecke mit dem Fahrrad von meiner Highschool. Er sagte nichts, als er bremste und mit dem Auto vor dem Gebäude anhielt. Er sagte nichts, als er uns bedeutete, hinein- und die Treppen hinaufzugehen. Die Wohnung lag im dritten Stock. Im Erdgeschoss gab es einen kleinen polnischen Laden und direkt daneben das Büro eines Buchhalters, der ausschließlich mit polnischsprachiger Kundschaft arbeitete. Das fand ich allerdings erst später heraus. Ich konnte weder das eine noch das andere der ausgehängten Schilder lesen. Zwei Männer trugen Kisten in die Wohnung, hinein und wieder heraus, hinein und wieder heraus. Manche waren außen mit MÄDCHEN beschriftet. Andere mit BÜCHER. Auf einer stand KÜCHE. Auf wieder einer anderen DOKUMENTE. Sie stellten ein Bett in das winzige Schlafzimmer – es war kaum größer als ein Wandschrank – und zwängten noch eine Kommode hinein. Sie brachten auch meinen Schreibtisch hoch.

Ich starrte meinen Vater an. Mir fehlten die Worte. Wo sollte ich überhaupt anfangen? Beatrice nahm meine Hand und wartete. Ihr Körper strahlte eine stille Begeisterung aus, als wäre dies ein ganz normaler Tag.

»Wo sollen wir das andere hinstellen?«, fragte einer der Männer, als sie das zweite Bett hochtrugen.

Mein Vater blickte sich um. »Da in die Ecke, schätze ich.«

Sie stellten das Bett ab und schon bald war auch dieses mit Kisten umstellt.

Es gab einen Karton von Sears, der mit Einzelteilen für einen Tisch und zwei Stühle zum Selbstaufbauen gefüllt war, einschließlich einer Anleitung. Ich hatte noch nie in meinem Leben etwas gebaut. Ich sah mir den Karton der Kaufhauskette genauer an und entdeckte an der Seite einen Aufkleber mit unserer Adresse. Mein Vater hatte ihn zu uns nach Hause schicken lassen. Das Datum auf dem Poststempel war von vor zwei Monaten. Wie lange hatte er das alles schon geplant?

Beatrice sagte nichts. Ich sagte nichts. Mein Vater erklärte nichts, ordnete nichts ein. Er ließ die Fakten für sich sprechen.

Es gab eine Kiste, auf der stand: BEATRICE.

Eine, auf der stand: BETTLAKEN.

Eine, auf der stand: WINTER.

Es gab zwei Kisten mit Lebensmitteln.

Es gab vier Lampen und einen Stapel Handtücher.

Mein Vater bezahlte die Männer, die daraufhin gingen. Der Wasserhahn tropfte, der Kühlschrank brummte und irgendwo am anderen Ende des Flurs schrien ein Mann und eine Frau einander an. Mein Vater warf einen Blick auf seine Uhr.

»Na dann«, sagte er und tastete die Taschen nach seinem Schlüssel ab. »Willkommen zu Hause, wie man so sagt. Ich hoffe, es gefällt euch.« Er schwieg kurz. »War nicht gerade günstig, die Wohnung«, fügte er dann noch hinzu.

So sah sie aber aus, dachte ich.

»Wo sind deine Kisten, Daddy?«, fragte Beatrice. Sie sah zu ihm auf, in ihrem Gesicht lag keine Spur Besorgnis. Sie hatte keinen Grund, auch nur irgendjemandem zu misstrauen. »Wo wirst du schlafen?«

Ich hatte das Gefühl, einen Stein verschluckt zu haben.

Mein Vater räusperte sich und sah mir endlich in die Augen. »Du verstehst das doch bestimmt«, sagte er.

Das tat ich nicht und sagte ihm das auch. Meine Ohren fingen an zu klingeln.

»Tja«, erwiderte mein Vater und machte einen Schritt zurück in Richtung Tür. »Wir erwarten immerhin ein Kind, da muss man schon ein wenig Rücksicht nehmen. Wir alle müssen unseren Teil beitragen und so, ihr wisst schon. Außerdem hast du gezeigt, dass du mehr als fähig dazu bist, Alexandra. Ich verstehe also wirklich nicht, wo das Problem ist.« Ein weiterer Schritt.

Ich musste tief durchatmen. Mein Vater erschien mir plötzlich unglaublich weit weg, als ob ich ihn durch ein umgedrehtes Teleskop beobachtete. Der Boden, nein, der ganze Raum, schien sich in einem unmöglichen Winkel zu neigen und hin- und herzuschwingen. Ich spürte, wie sich mir der Magen umdrehte, als wäre ich seekrank. Ich schloss die Augen und versuchte, mich wieder zu fangen. »Das kannst du doch nicht ernst meinen, Dad«, sagte ich mit seltsam erstickter Stimme. Ich konnte nicht schlucken. »Ich kann keinen Haushalt führen. Oder ein Kind großziehen.« *Ist das nicht offensichtlich?*, wollte ich schreien. »Ich meine, was ist mit der Schule?«

Mein Vater wich meinem Blick aus. Er sah zur Decke, die voller Nieten und Risse war. Er sah auf seine Schuhe. Sein Blick schweifte zur Kochnische – die Arbeitsplatte und Schränke waren schmutzig. Er verzog angeekelt den Mund. Alle drei standen wir in der Wohnung, er und Beatrice und ich. Die Wohnung war klein, mit schmalen Fenstern, die zur Straße zeigten. Ich erinnere mich, wie sich quietschend eine Tür öffnete und mit einem gewaltigen Knall wieder schloss. Ich erinnere mich an den Klang von Schritten auf dem Flur. Ich erinnere mich an den penetranten Fettgeruch, der aus einer anderen Wohnung in unsere drang. Meine Gedanken begannen zu rasen. Wo sollten wir das Geld hernehmen? Wie sollten wir uns selbst ernähren? Wo würde ich *studieren*? Wer würde sich um uns kümmern? *Niemand.* Er wollte, dass ich das selbst machte, ich allein. Ich hatte *niemanden.* Ich wollte mich hinsetzen, aber es gab keine Stühle.

»Deine Mutter hat es auch geschafft, ohne dass ihr irgendjemand gezeigt hat, wie es geht. Deine ... du weißt schon. Die Schwester deiner Mutter genauso. Nachdem deine Großeltern gestorben waren, hat sie deine Mutter ganz allein großgezogen. Da ist nun wirklich nichts weiter dabei. Jeder kann das. Es ist einfach ... du weißt schon, ganz natürlich.« Mein Vater warf einen weiteren Blick auf seine Uhr. Die Kisten blieben ungeöffnet. Er hatte nicht vor, uns beim Auspacken zu helfen. »Du hast, wie man so schön sagt, einen Instinkt für so was.«

»Mom war *erwachsen*, als ich geboren wurde.« Ich starrte ihn an. »Sie hatte einen Abschluss, hatte sogar studiert. Außerdem hatte sie dich. Und meine ...« Selbst in diesem

Moment konnte ich mich nicht dazu durchringen, *Tante Marla* zu sagen, so sehr hatte ich mich an diese Lüge gewöhnt. Ich schüttelte den Kopf. »Sie war auch erwachsen. Ich kann das nicht allein, Dad. *Ich bin fünfzehn.*«

»Du bist reif für dein Alter. Das sagen alle.« Er sah auf die Uhr.

Ich lehnte mich zurück, als würde mir ein kräftiger Wind entgegenwehen. »Und was ist mit der Schule? Ich bin Klassenbeste, belege zusätzliche Fächer. Ich *liebe* die Schule. Ich *liebe* es, zu lernen. Und irgendwann werde ich studieren und …«

Die Lippen meines Vaters kräuselten sich, als hätte er Essig im Mund. »Niemand braucht einen Hochschulabschluss, um ein Klo zu putzen oder das Essen zu kochen. Außerdem kann es doch nicht so schwer sein, sich um ein Kind zu kümmern, das die meiste Zeit des Tages in der Schule verbringt. Das habe ich deiner Mutter auch ständig gesagt. Sie hat den ganzen Haushalt gemacht, die ganzen Familiensachen, ganz allein, sogar mit ihrem Krebs – obwohl sie so krank war. Nicht dass du jemals Rücksicht darauf genommen hättest. Wie schwer kann es also schon sein?« Er räusperte sich und sah zum Fenster, in den Himmel. Einen kurzen, wilden Moment lang stellte ich mir vor, wie er mit Drachinnen gefüllt war, die Häuser entfachten, Gebäude niederbrannten und Männer mit einem einzigen Bissen verschlangen. Ich stellte mir vor, wie sich das Große Drachenwandeln erneut ereignete, nur noch größer – in jeder Stadt, an jedem Ort, in jeder Straße, dunkle Schwingen und scharfkantige Kiefer und glänzende Schuppen, die den Himmel ausfüllten. Ich stellte mir vor, wie ich selbst entfesselt, ungebunden, losgelöst war, eine Explosion aus Hitze und Wut und Frustration. Meine Knochen fühlten sich heiß an, meine Haut zu eng. Die Luft in meinen Lungen schien zu zischen.

*Nein*, sagte ich mir. Ich schloss die Augen und versuchte, die Bilder aus meinen Gedanken zu verdrängen. Zu vergessen.

Immerhin lag eine gewisse Freiheit darin zu vergessen. Es war egal, was zuvor geschehen war. Es gab keine Drachinnen mehr und sie kehrten auch nicht zurück. Das wusste jeder. Ich versuchte, meinen Atem zu verlangsamen, meinen Geist zu beruhigen. Ich vergrub das Gesicht in den Händen, die Finger in meiner Haut, nur für einen Augenblick, und versuchte, wieder zu mir zu kommen.

Ich sah wieder meinen Vater an. Ich weigerte mich, den Blick abzuwenden, und forderte ihn heraus, mir in die Augen zu sehen. Er machte zwei Schritte zurück, auf die Tür zu. Er hielt inne, lehnte sich auf den Fersen zurück. Dann tat er einen weiteren Schritt.

Ich schüttelte ungläubig den Kopf. »Ich kann das nicht allein, Dad«, sagte ich. Ich hatte noch nie viel geweint, nicht einmal als kleines Kind. Doch in diesem Moment war ich den Tränen nahe. Ich presste die Backenzähne aufeinander und beherrschte mein Gesicht.

»Du wirst nicht allein sein. Ich werde jeden Tag vorbeikommen, um nach euch zu sehen. Und ihr werdet auch genug Geld haben, um einen Haushalt zu führen.«

»Versprochen?«, fragte ich mit erstickter Stimme. Beatrice streckte die Hand nach mir aus, ballte eine Faust um den Stoff meines Shirts und hielt mich fest. Sie sagte nichts.

»Versprochen«, gab mein Vater zurück, seine Stimme so dünn und undeutlich wie Rauch. Das beruhigte mich ganz und gar nicht.

Er schüttelte meine Hand, als wären wir Geschäftspartner, nicht Vater und Tochter. Dann schloss er die Tür hinter sich.

Mein Vater war ein Lügner. Ich war allein. Er kam kein einziges Mal vorbei, um nach uns zu sehen.

Nur sein letztes Versprechen hielt er. Die Summe, die er mir monatlich überwies, war großzügig und wurde stets pünktlich automatisch auf ein Konto in meinem Namen eingezahlt.

Einmal im Jahr bezahlte er unsere Miete, in einem großen Geldbetrag, plus ein klein wenig extra für die Verschwiegenheit des Vermieters. Er richtete bei seiner Bank für jede von uns einen eigenen Fonds ein, um unser Schulgeld und sonstige Rechnungen zu bezahlen, und beauftragte jeweils einen Bankangestellten, um diese zu verwalten, damit er sich nicht darum kümmern musste. Und obwohl er uns fast jeden Sonntag anrief, um unangenehme Hallos auszutauschen und Beatrice und mich daran zu erinnern, uns auch ja gut zu benehmen, bekam ich meinen Vater fast drei Jahre lang nicht zu Gesicht. Er kam manchmal vorbei, um ein Paket, einen Beutel mit Post oder eine Kiste mit Vorräten vor die Tür zu stellen, allerdings nur, wenn ich in der Schule war.

Ich hatte schon fast vergessen, wie sein Gesicht aussah.

Dafür wusste ich ganz genau, wie sein Geld aussah.

*Die Pinsley-Mühle in Herefordshire/England wurde im Jahr 1675 als Getreidemühle erbaut. 1744 wurde sie zu einer hochmodernen Baumwollfabrik nachgerüstet, in der auch John Wyatts revolutionäre Flügelspinnmaschinen ihre mitunter erste industrielle Anwendung fanden. Mr. Wyatt, der sonst eher für seine poetischen als ingenieurwissenschaftliche Unternehmungen bekannt war, hatte seine Spinnmaschinen so gestaltet, dass acht Esel, ein Ochs und ein fallender Fluss nötig waren, um sie zu betreiben, sowie rund 220 sehr junge Frauen – genau genommen Mädchen, manche nicht älter als zwölf Jahre –, um die Maschinerien zu bewegen, da diese in die kleinen Zwischenräume klettern konnten, wenn die Getriebe stecken blieben.*

*Mr. Wyatt gab vor seinen Freunden im Wirtshaus damit an, dass das Geheimnis zur Herstellung der feinsten Stoffe, die es auf dem Markt gebe, die Reinheit und Schönheit der Mädchen in seiner Fabrik sei. Er bestand darauf, dass sie sich von Kopf bis Fuß in Weiß kleideten und ihre Kleider jeden Sonntag mit Chlorkalk wuschen, um sie vom Schmutz der Sünde zu befreien. Sie wohnten auf engem Raum in einem fensterlosen Schlafsaal, eine halbe Wegstunde von der Fabrik entfernt, wo die Hausmutter ihnen jeden Abend aus der Bibel vorlas, damit sie auch wussten, was braven Mädchen, die sich selbst vergaßen und in Ungnade fielen, widerfahren würde. Mit achtzehn Jahren wurden sie weggeschickt, ehe ihre Gesichtszüge gröber wurden und ihre Schönheit schwand – wohin sie geschickt wurden, wusste allerdings niemand. Und wenn doch, sagten sie es nicht.*

*Niemand in der Kleinstadt hatte die Mädchen je gesehen – Mr. Wyatt hätte das niemals gestattet. Er sorgte dafür, dass sie in verdeckten Wagen aus dem tiefsten Schottland und dem dunkelsten Wales zur Fabrik gebracht wurden. Es wurde gemunkelt, dass sich auch ein paar gottlose irische Mädchen unter ihnen befanden. Alle wollten sie einen Blick auf die Mädchen erhaschen, doch Mr. Wyatt wies Gaffer an der Tür ab und setzte den Wachtmeister auf übermäßig neugierige junge Männer an, die versuchten, in den Schlafsaal einzudringen. Es kursierten jedoch Gerüchte, dass ein paar wenige die Mädchen aus den Luftschächten nahe dem Gebäudedach hatten hervorlugen sehen, ihre Gesichter so weiß wie Baumwolle und die Münder indigoblau befleckt, weil sie ihre vom Garn gefärbten Finger gelegentlich zu den Lippen führten. »Prinzessinnen im Turm«, sagten die Männer im Wirtshaus, »die eines Königs würdige Stoffe weben.« Ob dies ihre eigenen Worte waren oder Zitate des blumigen Lobgesangs, den Mr. Wyatt den Mädchen zu Ehren verfasste – meist, wenn er betrunken war –, ist bis heute nicht bekannt. Und diese Frage war nach den Bränden ohnehin irrelevant.*

*Der erste Brand ereignete sich 1754. Er zerstörte nur einen Teil des Gebäudes und die Hausmutter hatte die meisten Mädchen rechtzeitig außer Gefahr bringen können. Durch das Feuer waren ein kleiner Bereich der nördlichen Mauer zusammengebrochen, der Putz angesengt, ein paar der Nebengebäude zertrümmert (wobei niemand sagen konnte, wie das möglich war, da Feuer nur selten Dinge zertrümmern) und eine der Maschinen beschädigt worden – um genau zu sein, eine von Mr. Wyatts berühmten Streckwalzen. Der Wachtmeister schrieb in seinem Bericht: »Die illuſtere Maſchine, die Mr. Wyatt eigenſtändig, mit ſeinen Händen und ſeinem Geiſt erbaut hatte, lag in der Mitte eingebogen da, als ſei ein Gorgone oder Troll vorbeiſpaʒiert und hätte es ſich darauf gemütlich gemacht. Eine Schande war das, dass eine ſolch noble Erfindung ſo erniedrigt wird, ʒu nichts als ʒerknüllten*

*Trümmern reduziert.« Mr. Wyatt, der durch diesen Vorfall nahezu – jedoch nicht gänzlich – finanziell ruiniert war, begab sich ins Wirtshaus, um sich schreiend über Drachinnen zu empören. Nach mehreren beruhigenden Gläsern starker Spirituosen verfasste er für alle Anwesenden ein episches Gedicht über einen gewitzten Geschäftsmann, der sich gegen die Ungeheuerlichkeit der Natur behauptete, mit den Schwertern der Industrie und der Moderne, die ihm zu seinem schließlichen Triumph verhalfen. So manch ein Mann im Wirtshaus weinte am Ende der Erzählung.*

*In dieser Nacht nahm der Wachtmann mehrere übereinstimmende Aussagen der Nachbarn auf, die in Hörweite des Schlafsaals wohnten und berichteten, Peitschenhiebe und das Wehklagen von Mädchen vernommen zu haben. Niemand konnte ihnen indessen zu Hilfe eilen, da die Türen wie üblich verriegelt waren.*

*Über die nächsten zwei Jahre hinweg kam es immer wieder zu Bränden, die entweder das Gebäude oder die Maschinen beschädigten, und auf jedes Feuer folgte eine weitere volltrunkene Gedichtarie – ob zugunsten der Stammgäste oder um Schuldherren hinzuhalten, wusste niemand. Der letzte Doppelbrand trug sich in tiefster Nacht zu. Aufzeichnungen der Grafschaft zufolge verzehrte eine gewaltige Feuersbrunst den Schlafsaal der Mädchen und brach noch in derselben Nacht in der Fabrik ein zweites Inferno aus. Beide Gebäude wurden gänzlich zerstört. Die Mädchen gingen samt und sonders in den Flammen verloren. Der Hausmutter gelang es, sich zu retten, allerdings nicht, ohne einen Großteil ihrer Würde einzubüßen – als die Feuerwehrmänner mit Eimern herbeieilten, sah man sie nackt durch das kleine Städtchen rennen. Natürlich wurde angenommen, dass ihre Kleider von den Flammen gänzlich verbrannt worden waren, ihre Haut war jedoch seltsamerweise unversehrt. Jedenfalls verbrachte sie den Rest ihres Lebens in der Irrenanstalt, da sie nicht mehr aufhörte, von Drachinnen zu fantasieren. Auch Mr. Wyatt behauptete in seinen Insolvenzanhörungen, dass Drachinnen für den Schaden verantwortlich seien. Angesichts seiner bevorzugten Karriere als Dichter wurde dies jedoch größtenteils als bloße Metapher abgetan.*

*In seiner Gefängniszelle schrieb Mr. Wyatt ein weiteres episches Gedicht über einen mutigen Ingenieur, der eigenhändig versuchte, die bestialische Natur, die in jungen Mädchen lauerte, zu bezwingen und sie den Ansprüchen des Christentums entsprechend zu prägen – sodass sie tugendhaft, fleißig, gehorsam und gut sein würden. Doch letztendlich siegte trotz seiner unermüdlichen Anstrengungen die ungeheuerliche Natur. Sein Gedicht wurde nur von wenigen gelesen und von keinen Kritikern gefeiert. Schließlich, so scherzte eine Zeitung, »sind die wahnsinnigen Worte eines Schuldners so leer wie seine Geldbörse und ohne Bereicherung oder Belang rasch wieder vergessen«. Mr. Wyatt starb im Gefängnis. Er wurde unter einem einfachen Holzkreuz begraben, das allerdings einige Monate später von einem unbekannten Angreifer niedergebrannt wurde.*

– »Eine kurze Geschichte der Drachinnen« von Professor H. N. Gantz, MD/PhD

# 20

Wie erkläre ich die nächsten zwei Jahre? Ehrlich gesagt fällt es mir schwer, mich an alles zu erinnern. Oder überhaupt nur an das meiste. Wenn ich es versuche, sehe ich nur einen Strudel aus Schmutzwäsche, Schulbüchern, dreckigem Geschirr, Listen, Briefen und atemloser Sorge vor mir. Ich kümmerte mich um Beatrice, las ihr abends Geschichten vor, wusch ihre Kleidung, ließ ihr die Badewanne ein, bügelte ihre Laken und kämmte ihr Haar. Wenn sie krank war, nahm ich ihre Temperatur, gab ihr Medizin und sorgte mich um sie. Ich schickte sie weiterhin zur Schule, schrieb Lernkarten für sie, überprüfte ihre Hausaufgaben und brachte ihr bei, wie man sich auf Diktate vorbereitete. Ich lernte zu kochen und sorgte dafür, dass sie gut aß und sich geborgen fühlte. Jeden Tag galt mein erster und letzter Gedanke sowie die meisten Gedanken dazwischen nur ihr.

Beatrice war meine Welt.

Ich sorgte dafür, dass sie jeden Tag stets pünktlich zur Schule ging – sauber und ordentlich, mit geflochtenem Haar, geflickten, gebügelten und fleckenfreien Kleidern, die Schuhe geputzt und poliert. Mein Vater hatte mir deutlich zu verstehen gegeben, dass niemand je von unserer ungewöhnlichen Lebenssituation erfahren durfte. Er wollte nicht, dass irgendjemand lästige Fragen stellte oder herumschnüffelte. Ich brachte Vorhänge an und drehte das Radio nie zu laut auf. Ich brachte Beatrice bei, leise zu reden und die Nachbarschaft nicht zu stören. Ich lernte pausenlos und blieb oft, nachdem Beatrice schon schlafen gegangen war, bis lange nach Mitternacht wach. Ich paukte für Prüfungen, während ich im Waschsalon auf unsere Kleidung wartete, und belegte dank eines Förderprogramms der Bücherei zusätzliche Korrespondenzkurse der Universität, die es mir ermöglichten, Leistungspunkte für meinen Hochschulabschluss zu sammeln, obwohl ich noch auf die Highschool ging.

Es war mir egal, was mein Vater sagte. Ich *würde* studieren, ganz gleich was geschah. Und auch darüber hinaus. Je mehr ich mich der Mathematik, Chemie und Physik widmete, desto mehr wurde ich *zu mehr als mir selbst* und wurde auch die Welt zu mehr als sie selbst. In dieser Zeit zehrte ich regelrecht vom Lernen – und wenn ich nicht lernte, war es, als würde ich verhungern.

Mrs. Gyzinska, die leitende Bibliothekarin und einstige Freundin meiner Mutter, nahm sich meiner besonders an. Sie war es, die mich überzeugt hatte, mich auf die Korrespondenzkurse der Universität zu bewerben – und auch dabeizubleiben. So war es mir möglich, eigenständig fortgeschrittene Mathematik, Geschichte und Physik in der Bücherei zu studieren, wobei ich per Post von den Universitätsprofessoren angeleitet und unterstützt wurde. Sie sagte mir oft, dass sie große Hoffnungen in meine Zukunft setze, was *mir* wiederum große Hoffnungen für meine Zukunft gab, trotz all meiner Bedenken. Sie zeigte mir Bilder von Universitäten weltweit und gab mir Broschüren über Stipendien und Förderprogramme. Mrs. Gyzinska beaufsichtigte meine Prüfungen, stellte mir im Videoraum Vorlesungen auf Film zur Verfügung und achtete darauf, dass ich im Literaturverzeichnis auf alle Materialien zugreifen konnte, die ich jeweils für meine Kurse brauchte.

Mein Vater einigte sich mit dem örtlichen Lebensmittelhändler darauf, dass dieser jeden Samstagmorgen vor dem Frühstück eine Kiste mit Essen und sonstigen Einkäufen im Flur unseres Wohnhauses für uns abstellte. Mein Vater sagte diesem, er würde sich wohltätig engagieren und dass wir einer seiner »bedürftigen Fälle« wären. Er wusste, wenn ich zu oft allein einkaufen ginge, würden die Menschen anfangen, sich darüber zu wundern und Fragen zu stellen, dass manche dieser Fragen sich an *ihn* richten würden und das wiederum ihm unangenehm wäre. Es machte mir nichts aus. Es war eine Sache weniger, um die ich mich auf meiner endlosen Liste an Aufgaben kümmern musste, und bedeutete, dass mir jede Woche eine Stunde mehr zum Lernen blieb.

Es ist erstaunlich, wie schnell man sich an eine unmögliche Situation gewöhnen kann. Wie die Angst und die Panik anfangen, sich vertraut anzufühlen, alltäglich sogar. Mein Vater rief jeden Sonntag um neun Uhr an. Er sagte, ich solle den Jungs nicht hinterherrennen, weil niemand ein Mädchen lieben würde, das leicht zu haben war. Ich war nicht einmal annähernd an Jungen interessiert, also fiel mir nichts leichter als das. Er sagte auch, ich solle unbedingt die Kurse in Stenografie und im Diktieren besuchen, damit ich nach der Schule eine gewinnbringende Anstellung finden würde, und ich solle weiterhin schön brav sein, damit er noch immer stolz auf mich sein könne. Für Beatrice hatte er nichts weiter als ein kurzes Hallo übrig. Sie schien es nicht zu kümmern. Es wohnten noch andere Kinder im Haus und zwischen den Hinterhöfen fanden epische Räuber-und-Gendarm-Partien statt. Außerdem wird es ohnehin irgendwann langweilig, sich mit einem Erwachsenen zu unterhalten, an den man sich kaum erinnern kann. Also rannte sie mit rasender Geschwindigkeit den Flur hinab.

Ich ließ ihr freien Lauf, meiner Beatrice. Warum hätte ich sie zügeln sollen? Sie rannte schneller, kletterte höher und schrie lauter als alle anderen Kinder in der Nachbarschaft. Doch darüber hinaus war sie hilfsbereit, fleißig, freundlich und glänzte auch in der Schule. Ich nahm also an, dass ich mir keine Sorgen um sie machen musste.

Daher war ich überrascht, als ich zwei Wochen vor Beginn meines Abschlussjahrs an der Highschool abermals in das Büro des Schulleiters bestellt wurde, diesmal aufgrund Beatrice' offenkundigen Fehlverhaltens. Ich hatte keine Ahnung, was Beatrice getan hatte, aber da der Termin vor dem Anfang des Schuljahrs lag, wusste ich, dass es weit mehr als eine Kleinigkeit sein würde.

»Möchtest du mir vielleicht noch sagen, was du getan hast, bevor wir uns auf den Weg machen?«, fragte ich sie und las den Brief von Mr. Alphonse mittlerweile zum fünften Mal. »Dann können wir unsere Geschichten zumindest schon mal aufeinander abstimmen.«

Beatrice schüttelte den Kopf und hielt die Hände hoch. »Alex, ich hab keine Ahnung. Wirklich nicht.« Ich war mir nicht sicher, ob das so stimmte. Sie nahm einen großen Schluck von ihrer Milch und verzog das Gesicht. Ein paar Tropfen rannen ihr Kinn hinab, was wohl bedeutete, dass sie mal wieder schlecht geworden war. Ich kippte das Glas in den Abfluss aus und machte mir eine gedankliche Notiz, auf dem Rückweg beim Laden anzuhalten und neue Milch zu kaufen. Ich fragte mich, ob uns der Lebensmittelhändler absichtlich abgelaufenes Essen gab und das übrige Geld einfach selbst einsackte. Ich erwog auch, ob er das womöglich auf Wunsch meines Vaters hin tat, weil dieser weniger für unseren Unterhalt ausgeben wollte. Beides erschien mir plausibel.

Ich setzte mich neben Beatrice an den Küchentisch und presste die Handballen gegen meine Stirn, weil ich hoffte, so die aufkommenden Kopfschmerzen abzuwehren. Ich seufzte. »Wie kann es sein, dass du keine Ahnung hast, Beatrice? Du musst doch zumindest eine Vermutung haben.« Ich war genervt. Ich hatte zu viel zu tun. Ich hatte meine Hausaufgaben für den Sommer noch nicht erledigt (jeden Juni gaben uns die Lehrkräfte mehr und mehr auf, sodass wir uns schon fragten, warum sie uns überhaupt in die Sommerferien entließen), und meine Korrespondenzkurse hatten auch schon begonnen. Ich musste noch die Aufsätze für meine Studienbewerbungen schreiben, eine Aussicht, die mich derart nervös machte, dass ich mich einfach nur hinlegen wollte. Was würde im nächsten Jahr aus uns werden? Wie sollten Beatrice und ich zurechtkommen? Ich wusste es nicht. Ich wollte nichts auf der ganzen Welt, als weiter zu lernen, das gesamte Universum mit meinem Gehirn zu verschlingen. Allein der Gedanke, dass ich womöglich aufhören müsste, zur Schule zu gehen, gab mir das Gefühl, in zwei Hälften zu zerbrechen.

»Das habe ich nicht, Alex, ich schwöre es dir. Ich glaub, er mag mich einfach nicht.« Draußen schrien die Jungen der sechsköpfigen Nachbarsfamilie, den Sasus. Sie lebten in der Wohnung gegenüber, auf der anderen Hofseite, und taten, was immer Beatrice von ihnen verlangte. Sie liebte es, sie herumzukommandieren. Sie sah mich flehend an und formte mit den Lippen ein *Bitte*.

Ich schüttelte den Kopf.

»Muss ich denn mitkommen?«, fragte sie, die Hände in ihrem wirren Haar vergraben. »Vielleicht kannst du einfach gehen und mir dann sagen, wofür ich mich entschuldigen soll, und dann schreib ich einen Brief.«

»Wenn *ich* gehen muss, musst du *erst recht* gehen. Ich treffe diesen Mann ganz bestimmt nicht alleine.« Beatrice schmollte, aber ich konnte sehen, dass es nur gespielt war.

Ich sagte ihr, sie solle das Matrosenkleid anziehen, das Mutter genäht hatte – eines jener Kleider, die sie für mich angefertigt hatte, als ich noch viel kleiner gewesen war, als Beatrice jetzt war, ihr aber trotzdem gut passte. Das Treffen würde reibungsloser verlaufen, wenn Beatrice kindlicher und niedlicher aussah, zumindest vermutete ich das. Es war ein fauler Trick, aber einer, den ich schamlos einsetzen würde.

Es war nicht das erste Mal, dass ich zu meiner alten Grundschule zurückkehren musste. Als Beatrice' inoffizieller Vormund musste ich die Schwelle dieses Gebäudes weitaus öfter betreten, als mir lieb war – für Weihnachtskonzerte oder Buchstabierwettbewerbe oder auch als Beatrice in einer Schulaufführung ein Schaf gespielt hatte. Immer wenn ich dorthin ging, vergewisserte ich mich, dass ich so respektabel aussah wie nur möglich. Ohne sichtbare Flecken, die Bluse gebügelt und die Schuhe mit etwas Butter eingerieben, damit sie glänzten. Ich trug Strickpullover, die ich am Abend zuvor sorgsam und fein säuberlich von Knötchen befreite. Mein Gesicht hatte ich wie immer sauber geschrubbt, bis es strahlte, und mein Haar, das ich nun kurz und hinter die Ohren geklemmt trug, war mit einem Haarband fixiert. Ich sah dadurch jünger aus, als ich eigentlich war, ein Eindruck, der nur noch dadurch verstärkt wurde, dass ich genauso klein und schmal war wie meine Mutter. Ich würde nie hübsch sein wie sie, dafür glich sich unsere Statur fast haargenau. Schmale Schultern. Spindeldürre Handgelenke. Das Lederband, das meine Mutter mir Jahre zuvor geknüpft und umgebunden hatte, war mittlerweile ganz ausgeleiert und rutschte mir schon fast von der Hand. Es nervte, und doch trug ich es als Erinnerung an sie weiter. Ich wünschte, ich wäre groß und breit gebaut, so wie meine Tante. Ich wünschte, ich könnte einen Raum einnehmen, die Welt auf meinen Schultern tragen oder auf sie hinabsehen, je nachdem, was die Situation verlangte. Meine Tante wusste besser als irgendjemand sonst, den ich je getroffen hatte, wie man einen Raum für sich einnahm.

(Wie dumm von mir, ich musste es mir immer wieder sagen. Natürlich hatte ich keine Tante. Es hat sie nie gegeben. Beatrice war meine Schwester. Sie war nie etwas anderes gewesen. Ich klammerte mich daran wie an einen Rettungsring in stürmischen Gewässern. Die Lüge meiner Mutter war das Einzige, was mich noch über den Wellen hielt.)

Meine früheren Lehrerinnen lächelten, als sie mich sahen. Oder zumindest manche von ihnen. Sie fragten mich, wo mein Vater war, waren aber nicht neugierig genug, um näher darauf einzugehen. Als ich klein gewesen war, hatte sich immer meine Mutter mit den schulischen Dingen befasst, niemals mein Vater. Und jetzt, für Beatrice, übernahm ich das.

»Ich war mir sicher, dass er dafür kommen würde«, sagte stets jemand aus der Lehrerschaft. »Immerhin ist es das *Weihnachtsstück*!« Oder der Elternabend. Oder das Konzert des Schülerchors. Oder der Gottesdienst zum Ende des Schuljahres.

»Auf Geschäftsreise«, erklärte ich.

»Mein Vater arbeitet einfach zu viel, der Gute. Ich tue mein Bestes, um für ihn einzuspringen, wo ich kann.«

»Er würde es natürlich niemals zugeben, aber die Abwesenheit meiner Mutter macht ihm doch sehr zu schaffen.«

»Eine leichte Grippe. Sie wissen ja, wie es ist. Aber ich helfe immer gerne.«

»Ach«, erwiderten die Lehrerinnen daraufhin. »Was für eine liebe Schwester du doch bist. Ich wage zu behaupten, ein Mädchen in deinem Alter wäre lieber mit ihren Freundinnen unterwegs. Oder vielleicht auf einem Date mit einem deiner Verehrer. Mit welchem Jungen gehst du denn dieser Tage aus? Oder ist es zu schwer, dich nur für einen zu entscheiden?«

Darauf antwortete ich lediglich mit einem angedeuteten Lächeln und zog mich langsam zurück, um einen Platz zu finden. Sie meinten es sicherlich nur gut, aber um ehrlich zu sein, hatte ich gar keine Freundinnen. Und ich hatte ganz bestimmt auch keinen festen Freund, geschweige denn mehrere Verehrer. Wer hatte denn schon Zeit für so was? Ich musste mich auf meine Kurse konzentrieren, über meine Zukunft nachdenken und mich um Beatrice kümmern. Ich kochte für sie, sorgte dafür, dass sie sich wusch und ihre Hausaufgaben machte, nahm sie jeden Samstag mit in die Bibliothek und kümmerte mich um sie, wenn sie krank war. Beatrice war mein gesamtes Universum. Unser Leben bestand nur aus uns beiden, mir und Beatrice, den Beherrscherinnen der Welt.

Auf diesem Ausflug würde es allerdings keine solchen Plaudereien geben. Dieser Ausflug war rein erzieherisch. Ich war per Brief in die Schule bestellt worden – oder genauer genommen mein *Vater.*

»Sehr geehrter Mr. Green«, hieß es darin. »Ich habe bereits mehrmals versucht, Sie zu erreichen, aber weder Ihre Gattin noch Ihre Sekretärin haben es für nötig befunden, die Nachricht an Sie weiterzuleiten. Ich müsste Sie wegen ihrer Tochter Beatrice bezüglich ihres Verhaltens im Unterricht sprechen. Ich bestehe darauf, dass diese Zusammenkunft noch vor Beginn des neuen Schuljahres stattfindet. Sollten Sie nicht reagieren, muss ich Ihre Tochter von der St.-Agnes-Grundschule suspendieren, bis ein solches Treffen stattgefunden hat. Bitte kontaktieren Sie das Sekretariat der Schule, um einen Termin zu vereinbaren.«

Da unsere gesamte Schulpost zu meinem Vater nach Hause geschickt wurde (schließlich wusste natürlich niemand von unserer eigenartigen Situation und der separaten Wohnung), hatte ich den Brief nicht sofort gesehen. Mein Vater hatte ihn einfach irgendwann bereits geöffnet und mit seiner krakeligen Handschrift auf dem Umschlag in den Briefschlitz unserer Wohnung gesteckt.

»Ich erwarte, dass du dich darum kümmerst«, stand darauf.

Ich rief sofort im Sekretariat an und wir bekamen einen Termin für den Mittwoch, ehe die Schule wieder anfing.

»Dein Vater wird doch auch anwesend sein?«, fragte die Sekretärin. »Mr. Alphonse muss dringend mit ihm sprechen.«

»Aber natürlich«, log ich. »das würde er um nichts in der Welt verpassen.«

Ende August in Wisconsin ist gnadenlos. Die Tage sind sengend heiß und die Nächte siedend. Nicht einmal der Wind machte die Hitze für uns erträglicher. Beatrice und ich spazierten langsam in Richtung Schule, wobei wir an jedem verfügbaren Schattenplatz kurz innehielten. Die Luft war schwer und heiß und feucht. Unsere Körper versuchten zu schwitzen, aber vergebens – in einem Dampfbad verdunstet nichts. Die Backsteinmauern des Schulgebäudes flimmerten in der Hitze.

»Komm, gehen wir«, sagte ich.

So zielstrebig und entschlossen, wie ich nur konnte, ging ich die Treppe zum Eingang hinauf. Von der Hitze unbeeindruckt hüpfte Beatrice mir hinterher, und als ihr das zu langweilig wurde, fing sie an, auf einem Bein von Stufe zu Stufe zu springen. Sie verpasste eine, stürzte und lachte laut auf.

»Würdest du dich bitte zusammenreißen?«, zischte ich. »Das hier ist eine *ernste* Angelegenheit.«

Beatrice legte den Kopf schief. »Wie das?«, fragte sie. »Du hast doch gesagt, dass es schwachsinnig ist.«

»Das hätte ich wohl nicht laut sagen sollen.« Ich seufzte und setzte mich neben sie. »Bist du dir sicher, dass du nicht weißt, worum es geht? Warum alle so aufgebracht sind? Mit Briefen und dringendem Ton und allem.«

Beatrice zuckte mit den Schultern. Sie sah aufrichtig verwirrt aus. »Ich weiß es wirklich nicht, Alex«, sagte sie. »Ich dachte, ich bin eine gute Schülerin. Ich meine, die meiste Zeit zumindest. Manchmal bekomm ich auch Ärger, aber alle anderen genauso. Vielleicht müssen alle mit dem Schulleiter sprechen.«

Ich tätschelte ihr den Rücken und drückte ihr einen Kuss auf den Kopf.

»Keine Sorge, Bea. Ich bin mir sicher, es ist nichts weiter. Komm schon.« Ich streckte ihr die Hand hin und gemeinsam drückten wir die Tür auf.

Das Gebäude roch nach Fußbodenreiniger und Ölseife, Mottenkugeln, Sommerstaub und dem Schweiß von Erwachsenen. Ich musste niesen. Unsere Schritte hallten auf den Fliesen wider. Lehrerinnen waren in ihren Klassenzimmern zugange – lüfteten und richteten sich ein – oder schoben Rollwagen vom Lehrmittelraum zur Bibliothek und wieder zurück den Flur entlang. Ich hielt Beatrice ganz fest an der Hand, als wir den langen Gang zum Sekretariat hinabliefen. Die Sekretärin – eine uralte Dame namens Mrs. Magin – sah mich mit zugekniffenen Augen über den Rand ihrer Brille hinweg an.

»Ach«, sagte sie, offensichtlich nicht beeindruckt. »Da seid ihr ja.« Sie sah zu Beatrice und dann wieder zurück zu mir. »Wo ist euer Vater?«

Ich hatte mir schon eine Antwort zurechtgelegt. »Er sitzt in einer Besprechung fest«, sagte ich, ohne zu zögern. »Er hat mir aufgetragen, gut mitzuschreiben und ihm alles zu berichten. Er hat gesagt, wenn er früher fertig wird, beeilt er sich nachzukommen. Ich bin zuversichtlich, dass er das schafft. Meine Stiefmutter wäre auch gekommen, aber das Baby ist krank.« Das war es häufig in meinen zahlreichen Ausreden. Dieses Baby, das wohl mein Bruder war und ich noch nie gesehen hatte. Dieses Baby mit einem älteren Geschwisterchen, das ich ebenfalls noch nie gesehen hatte.

Mrs. Magin kniff die Augen zusammen. »Der Brief war mehr als eindeutig.« Sie warf Beatrice einen strengen Blick zu. »Diese junge Dame …« Sie wandte sich wieder mir zu.

»Manches Verhalten ist einfach nicht vertretbar. Und unangemessen. Euer Vater muss etwas dagegen unternehmen.«

»Und das wird er auch«, sagte ich. »Das macht er immer. Doch wie Sie wissen, hatte mein Vater nie die Absicht, Witwer zu werden, genauso wenig wie Beatrice und ich uns ausgesucht haben, mutterlos aufzuwachsen. Aber wir geben unser Bestes, um den Widrigkeiten des Lebens mit Entschlossenheit und Würde zu begegnen, so wie wir es durch unsere exzellente Erziehung an dieser wundervollen Schule gelernt haben.«

Das war mein Spruch für schwierige Situationen, den ich, zugegebenermaßen, wohl schon ein wenig überbeansprucht hatte, und doch funktionierte er immer wieder. Es schien den Leuten zu gefallen, mir zu sagen, wie *unglaublich tapfer* ich doch sei. Ich schenkte ihr ein, wie ich hoffte, einnehmendes und großmütiges Lächeln.

Die Sekretärin schürzte angespannt die Lippen, deren Furchen und Fältchen durch ihren Lippenstift wie eine hellrosa Ziehharmonika hervorstanden. Sie tippte mit den Fingernägeln auf den Schreibtisch. Sie durchschaute mich ganz genau.

»Na gut«, sagte sie mit vernichtender Sanftheit. »Wir lieben ja alle ein tapferes Waisenkind. Setzt euch noch einen Moment.« Mit ihren rosa lackierten Fingern deutete sie auf die harte Bank, die etwas abseits stand, und wandte sich dann wieder der Zeitschrift zu.

Wir setzten uns. Beatrice zappelte herum. Ich hatte versucht, ihre wilden Locken zu zähmen, indem ich sie zu strammen französischen Zöpfen zusammengeschnürt hatte, doch ein Großteil ihrer Haare hatte sich schon wieder befreit und bauschte sich gleich einem feurigen Heiligenschein um ihren Kopf herum auf. Ich griff in meine Tasche und holte ihr Zeichenheft und einen Stift hervor, um sie zu beschäftigen.

Mr. Alphonse war spät dran, was ungewöhnlich war. Er war geradezu zwanghaft pünktlich und erwartete von den kleinen Kindern an seiner Schule dasselbe. Ich versuchte, mich zu entspannen, aber mein Blick schweifte unentwegt zur Uhr, um nach der Zeit zu sehen.

Beatrice fummelte an der Stickerei herum, die den Saum ihres Kleids schmückte. Es waren Libellen, die ursprünglich in goldenen, schillernd roten, grünen und rosafarbenen Fäden darauf gestickt worden waren, weil ich Libellen als Kind geliebt hatte und meine Mutter mich glücklich machen wollte. Als ich aus dem Kleid herausgewachsen war, wusch sie es sorgfältig, bügelte es, wickelte es zusammen mit getrockneten Rosmarinzweigen in Seidenpapier ein und legte es in einen Karton mit all den anderen Kleidungsstücken, die ich in diesem Jahr getragen hatte – alle handgemacht, mit einem speziellen Knoten in einer der Taschen und einer kleinen Stickerei in einer Ecke, an den Ärmeln oder auf dem gesamten Stoff, weil meine Mutter Schönheit liebte und wollte, dass sie überall zu finden war. Jetzt kam meine Kleidung aus Gebrauchtwarenläden (ich konnte mich noch nicht dazu durchringen, die alten Kleider meiner Mutter zu tragen) und hatte kaum etwas Schönes an sich. Ich ließ Beatrice all die Dinge tragen, die meine Mutter für mich genäht hatte und aus den Kisten in unserem alten Keller kamen, die mit ihrer sorgfältigen Handschrift beschriftet waren: ALEXANDRA, 7 JAHRE. ALEXANDRA, 8 JAHRE. Mein Vater schickte uns die Kisten zu Beatrice' jeweiligem Geburtstag und dazu eine Karte mit den Worten »Alles Gute zum Geburtstag«, sonst nichts. Er schrieb nicht einmal ihren Namen darauf und hatte auch sonst keine Geschenke für sie.

Beatrice fummelte mit der einen Hand an der Stickerei herum und zeichnete mit der anderen, während wir darauf warteten, dass Mr. Alphonse uns hereinrief. Schwester Heiliger Stephanus der Märtyrer war vor einem Jahr gestorben und ihre Nachfolgerin Schwester Therese war schon Beatrice' Kindergärtnerin gewesen. Schwester Therese wurde von allen geliebt, was mich vermuten ließ, dass es nicht Mr. Alphonse' Idee gewesen war, sie zur Oberlehrerin zu ernennen. Manchmal machen eben auch Nonnen einfach das, was ihnen gefällt.

»Hör auf zu zappeln«, sagte ich zu Beatrice.

Endlich hörte ich Mr. Alphonse und Schwester Therese den Flur entlangkommen. Sie näherten sich mit schnellen, abgehackten Schritten und unterhielten sich in gedämpftem, knappem Tonfall.

»Es wird sich schon ein Ersatz finden. Immerhin gibt es genügend von euch«, hörte ich Mr. Alphonse sagen.

»Nonnen wachsen nicht auf Bäumen, *Leonard*«, gab Schwester Therese scharf zurück. »Also *wirklich*!«

Wenn sie Laien ansprechen, müssen Nonnen keine formellen Anreden benutzen. Das hatte ich schon einmal erlebt und mir gefiel, wie es sich anhörte. Ich hörte, wie sich die Schritte der Schwester – kleine Füße in zweckmäßigen Schuhen – quietschend entfernten.

Mr. Alphonse kam herein, marschierte geradewegs auf Mrs. Magin zu, stützte sich auf ihren Schreibtisch und beugte sich tief vor.

»Es gab einen weiteren ... Vorfall«, sagte er.

Mrs. Magin sagte nichts, warf nur einen betonten Blick in meine Richtung, als wollte sie ihn unauffällig darauf hinweisen, dass Kinder anwesend waren, was Mr. Alphonse jedoch entging.

»Im Lehrerzimmer. Sie ist noch da – oder war es zumindest, als ich gegangen bin – und wir haben ein Fenster eingebüßt, aber vorerst nichts weiter. Ruf die Feuerwehr an. Es brennt zwar nichts, aber die will bestimmt trotzdem informiert werden.«

»Beatrice Green ist hier, mit ihrer Schwester«, beeilte sich Mrs. Magin zu sagen, bevor er weiterreden konnte.

Mr. Alphonse blieb einen Moment lang reglos stehen, dann wandte er sich ruckartig zu uns um. Sein Gesicht war noch immer gerötet, doch er wusste, wie er den Menschen zeigen konnte, dass er das Sagen hatte. Er machte einen Schritt auf uns zu und türmte sich bedrohlich vor uns auf.

»Wo ist euer Vater«, sagte er ohne Fragezeichen.

»Auf der Arbeit«, erwiderte ich. »Er hat so viel zu tun in letzter Zeit und konnte nicht weg. Aber machen Sie sich keine Sorgen. Ich habe meinen Notizblock dabei und bin ausgezeichnet im Mitschreiben.« In der Schule mussten alle Mädchen am Sekretärinnenkurs teilnehmen und Hauswirtschaftslehre belegen. Und es stimmte, ich war hervorragend darin, präzise und schnell mitzuschreiben und genau wiederzugeben, was gesagt wurde. Eine Fähigkeit, die mir, wie ich zugeben muss, im Laufe meines Lebens bereits gute Dienste geleistet hat, auch wenn ich mich damals über den Unterricht beschwerte.

»Der Brief war sehr eindeutig ...«

Ich nickte verständnisvoll. »Das *war* er«, stimmte ich zu. »Sie haben *vollkommen recht.* Und mein Vater *sollte* natürlich hier sein. Er würde dasselbe sagen. Wenn er hier wäre. Aber leider war es ihm heute einfach nicht möglich zu erscheinen. Niemand ist darüber mehr enttäuscht als er. Sollen wir dann anfangen?« Ich holte Stift und Papier hervor, um ihm zu zeigen, wie bereit ich war.

»Hallo, Mr. Alphonse!«, sagte Beatrice fröhlich. Sie saß strahlend und aufmerksam auf der Kante der Bank, die Hände seelenruhig im Schoß gefaltet. Beatrice hatte sich noch nie von der Anwesenheit Erwachsener einschüchtern lassen. Nicht mal, wenn sie in Schwierigkeiten steckte. Vor allem nicht, wenn sie in Schwierigkeiten steckte. »Kommt Schwester Therese auch?«

Mrs. Magin sah den Schulleiter unruhig an, die Hand über dem Hörer. »Soll ich jetzt anrufen, Sir?«, fragte sie und warf noch einen vielsagenden Blick in unsere Richtung.

»Aber natürlich, ja«, knurrte Mr. Alphonse. »Sagen Sie Schwester Therese, dass wir ohne sie anfangen werden. Hier entlang.«

Er führte uns in sein Büro und schob die Tür mit der Ferse zu.

Es gibt verschiedene Arten von Männern auf der Welt, wie ich seit diesem Treffen erfahren habe. Mr. Alphonse war zum Beispiel einer, der für seinen Besuch absichtlich niedrige Stühle vor seinem Schreibtisch platzierte, während er seinen eigenen Schreibtischstuhl so hoch einstellte wie nur möglich. Er nahm wohl an, es würde ihn gebieterisch wirken lassen. Ich hingegen fand, er sah einfach nur lächerlich aus – und das denke ich auch heute noch. Außerdem vermittelte es den Eindruck, dass er andere gern drangsalierte, was noch viel schlimmer war. Ich half Beatrice auf den Stuhl und achtete dabei darauf, den ihren ein kleines Stück zurück und meinen dafür nach vorn zu schieben – nur minimal und leicht schräg gestellt. Ich saß sittsam auf der vorderen Stuhlkante, den Rücken kerzengerade, das Kinn geneigt, und nutzte meinen Körper, um Mr. Alphonse' unablässig finsteren Blick abzufangen und von Beatrice abzulenken. Mir fiel auf, dass ich meine Wut angesichts dieser Situation als seltsam beruhigend empfand. Ich atmete tief und langsam durch die Nase ein und wieder aus und lächelte freundlich, während ich meine Zunge schärfte.

Mr. Alphonse saß einen Moment lang schweigend da, die Fingerspitzen seiner beiden Hände kirchturmartig unter dem Kinn aneinandergelegt. Er wartete darauf, dass ich etwas sagte. Die Genugtuung wollte ich ihm nicht verschaffen. Immerhin war ich immer noch die Tochter meiner Mutter. Ich wusste, wie man wartete.

Schließlich gab er nach: »Hat Beatrice dir gestanden, worum es in diesem Treffen geht? Hat sie dir gesagt, was sie getan hat?« In der Ferne heulte die Sirene eines Feuerwehrwagens auf und kam allmählich näher. Mr. Alphonse' Auge fing an zu zucken.

»Ich glaube nicht, dass sie weiß, worum es hierbei geht«, sagte ich.

»Das ist unmöglich«, entgegnete Mr. Alphonse. Seine Nackenmuskeln wölbten sich leicht. »Ich habe es ihr am letzten Schultag deutlich erklärt. Sie weiß es, sagt es nur nicht, was offen gestanden mal wieder typisch ist. Ich habe den *ganzen* Sommer lang versucht, dieses Treffen zu arrangieren. Wo ist schon wieder euer Vater?«

Ich legte meine Hände auf einem Knie übereinander. Ich blinzelte langsam und bedacht, so wie früher immer meine Mutter. Ich wandte mich an meine Schwester. »Weißt du, worum es hier geht?«, fragte ich Beatrice.

»Nö!«, sagte Beatrice vergnügt.

»Gut, dann würde ich sagen, können wir jegliche böse Absicht ausschließen, wenn Beatrice sich nicht einmal daran erinnert, worum es überhaupt geht. Da bin ich schon mal erleichtert!« Ich tippte ein paarmal mit dem Stift auf meinen Notizblock, um zu zeigen, dass die Sache damit entschieden war.

Zur ersten Sirene gesellte sich noch eine, dann eine weitere. Mrs. Magin nebenan keuchte laut auf, dann polterte es abrupt, als wäre ein Stuhl umgeworfen worden. »Schwester Claire. *Schwester Claire! Nicht heute! Atmen Sie tief durch und beruhigen Sie sich bitte.*« Wir hörten Schritte davoneilen und eine Tür laut zuschlagen.

Ich sah zu Mr. Alphonse und hob die Augenbrauen.

»Das hat dich nicht zu interessieren«, sagte er, die Kiefermuskeln sichtlich angespannt. Er holte noch einmal tief Luft, als versuchte er angestrengt, die Fassung zu bewahren. Dann griff er in seinen Schreibtisch und zog eine Akte hervor. Sie war dick und zum Bersten mit leicht zerknitterten Blättern Papier gefüllt. Mit einem Knall ließ er sie auf den Schreibtisch fallen.

»Weißt du, was das ist?«, verlangte er. Eine der Sirenen kam unweit zum Stehen. Ich hörte die Schreie von Männern.

»Keine Ahnung«, sagte ich.

»Deine Schwester hat in der Schule *unanständige Bilder* gezeichnet. Diese *unanständigen Bilder* wurden auf schuleigenem Papier angefertigt und mit schuleigenen Materialien. Sie hat damit ihren Lehrern und ihren Mitschülern Unbehagen bereitet. Aber vor allem hat sie, und das ist das Schlimmste, sich dazu herabgelassen, sich gedanklich mit solch verdorbenen Dingen zu befassen, mit denen sie sich eindeutig nicht befassen sollte.« Er blickte finster auf uns herab. Ich sah mit gehobenen Augenbrauen zu Beatrice. Diese hob ihre ebenfalls, allerdings nicht weil sie ungehorsam sein wollte, sondern ganz offensichtlich verwirrt war. Beatrice, so eigenwillig und überschwänglich sie sonst auch war, hatte nicht einen Funken Unverschämtheit in ihrem Körper.

Ich wandte mich wieder an Mr. Alphonse. »Vielleicht würde es helfen, wenn Sie genau erklären, was sie gezeichnet haben soll. Ich muss zugeben, dass wir beide etwas ratlos sind.« Ich nahm an, dass er die Akte daraufhin öffnen würde. Doch das tat er nicht.

Mr. Alphonse verschränkte die Arme. »Nun ja«, sagte er affektiert. »Ich bin mir nicht sicher, ob ich es sagen möchte, so in gemischter Gesellschaft.« Seine Wangen liefen rosa an.

*Interessant*, dachte ich. »Waren es … schlimme Worte?«, schlug ich vor.

»Ich schreibe keine schlimmen Worte«, protestierte Beatrice. »Ich weiß nicht einmal, wie man die meisten schreibt.«

Ein Scheppern erklang im Flur. Zwei Rollwagen, die aneinandergeprallt waren, dachte ich. Mehrere Stimmen sprachen schnell durcheinander, verwoben sich ineinander. Ich konnte eine Frauenstimme hören, die nur undeutlich, aber in flehendem Ton mit jemandem redete. Mr. Alphonse' Wangen röteten sich wieder.

»Hören Sie«, sagte ich, »es klingt ganz so, als werden Sie dort draußen gebraucht. Warum gehen Sie nicht nachsehen und Beatrice und ich unterhalten uns in der Zwischenzeit unter vier Augen? Ich denke, das wäre eine gute Idee. So können wir diese problematischen Inhalte selbst durchgehen.«

Mr. Alphonse nickte und eilte ohne ein weiteres Wort mit großen Schritten aus dem Raum. Ich sah Beatrice an, die nur mit den Schultern zuckte. Ich tat es ihr gleich. Draußen donnerte die Stimme des Schulleiters den Flur entlang – an wen oder was gerichtet, wusste ich nicht. Ich hob die Akte auf meinen Schoß und öffnete sie.

Es gibt Momente im Leben, glaube ich, da verändert sich für einen Menschen einfach alles. Beziehungen. Zukünfte. Gemeinschaften. Vielleicht sogar die ganze Welt.

Die Zeit, wie wir sie erfahren, ist linear, doch in Wahrheit ist sie auch zyklisch. Sie ist wie ein Stück Garn, in dem sich jeder einzelne Faden um all die anderen windet und dreht – ein verworrener, vielschichtiger Knoten, den man als großes Ganzes betrachten muss, nicht zusammenhangslos in seinen Einzelteilen. Alles berührt sich gegenseitig, alles beeinflusst sich gegenseitig. Jede Schlaufe, jede Biegung, jede Windung, alles wirkt aufeinander ein. Alles ist miteinander verbunden, alles ist eins.

Hin und wieder gibt es jedoch Erlebnisse, die alle anderen Momente durchtrennen – einschneidende, einzigartige Dinge, die das Davor und das Danach deutlich voneinander abgrenzen. Solche Momente stehen für sich allein, sind von dem

Knoten unabhängig, sogar von den Fäden selbst. Man kann nicht an ihnen ziehen und sie auch nicht lösen. Sie weder zu etwas Schönem noch etwas Aufwendigem oder Dekorativen verweben. Sie fügen sich nicht nahtlos in den Stoff eines jeweiligen Lebens ein. Sie bestehen aus einem gänzlich anderen Material. Sie sind in der Zeit losgelöst und harmonieren nicht mit den Mustern und Vorgängen eines Lebens. Ich hatte viele solcher Erlebnisse. Der Moment, als ich zum ersten Mal die Drachin im Garten der alten Dame sah. Als sich die Knoten meiner Mutter von selbst auflösten. Als Beatrice meine Schwester wurde. Als mein Vater mir Sonja nahm. Der Augenblick, in dem meine Mutter diesen einen, letzten Atemzug ausstieß, bevor sie schrecklich still wurde.

Und dann war da noch dieses Treffen in Mr. Alphonse' Büro.

Vor diesem Augenblick hatten wir immer zusammengehört, Beatrice und ich, gemeinsam auf der Welt. Wir waren eins – hatten eine Seele, ein Ziel, ein Herz. Stets zusammen, in allem vereint. Beatrice war meine Schwester. Beatrice ist meine Schwester. Sie würde immer meine Schwester sein.

Doch in diesem Augenblick ...

war sie etwas ...

*anderes.*

Ich begann, die Akte durchzublättern. Auf der ersten Seite war ein Haus zu sehen. Das Haus war in vier Räume unterteilt. Im Erdgeschoss gab es eine Küche und etwas, das wie ein Wohnzimmer aussah, im Obergeschoss ein Zimmer, in dem ein Mann und eine Frau nebeneinanderstanden und in unterschiedliche Richtungen blickten, und ein Zimmer mit einer kleineren und einer noch kleineren Person, die zwischen einem Bett auf der einen und einer Wiege auf der anderen Seite auf dem Boden saßen. Und auf dem Dach war eine Drachin abgebildet.

»Ach ja«, sagte Beatrice. Sie war weder beschämt noch verlegen. Sie sah das Bild an, als würde es etwas ganz Gewöhnliches darstellen – wie etwa einen Schuh. Oder einen Baum. Die Drachin war groß und rot. Ihre Augen schienen leicht zu leuchten. Beatrice hatte präzise und sorgfältig gearbeitet. Sie hatte sich *Zeit* genommen, um die Drachin zu malen.

Meine Haut fühlte sich an, als würde sie glühen. Obwohl ich glaubte, dass die allgemeine Abneigung gegenüber Drachinnen albern war. Es war nun einmal geschehen. Es gab keinen Grund, sich dafür zu schämen. Und doch. Es gefiel mir nicht, die Drachin anzusehen. Es gefiel mir nicht, dass Beatrice die Drachin so detailliert gemalt hatte. Es war einfach zu *peinlich*. Zu *weiblich*. Ich schämte mich auf eine Weise, die ich nicht erklären konnte. Es war, als hätte sie Bilder von nackten Brüsten oder schmutzigen Damenbinden gemalt. »Das hab ich gemalt«, sagte sie fröhlich.

»Das habe ich mir gedacht«, erwiderte ich. Meine Stimme war rau, mein Mund ganz trocken. Ich schloss kurz die Augen, um das Bild zu verdrängen.

»Und Ralphie hat daraufhin ein unanständiges Geräusch gemacht, Inez hat angefangen zu weinen und Schwester Claire hat mich in die Ecke geschickt.«

Ich ließ das einen Moment auf mich wirken. »Ist das so?«, sagte ich.

Ich blätterte um. Eine Drachin, die auf dem Dach eines Schulbusses mitfuhr.

Ich blätterte um. Eine Drachin, die im Wald ein Picknick machte.

Ich blätterte um. Eine Drachin, die im Balletttröckchen auf einer Bühne stand.

Ich blätterte um. Eine Drachin, die im Zoo in einem Käfig saß.

»Magst du mein Lieblingsbild sehen?«, fragte Beatrice. Ich war fassungslos. Wieso war ihr nichts davon unangenehm?

Ich konnte mich gerade noch so beherrschen, nicht aus dem Zimmer zu rennen.

»Nein danke«, sagte ich, meine Stimme kaum mehr als ein Flüstern.

Beatrice runzelte die Stirn. Sie legte eine Hand an meine Wange und zog besorgt die Augenbrauen zusammen. »Alex?«, sagte sie. »Ich will nicht, dass du wütend auf mich bist.«

Ich legte den Kopf in den Nacken und begutachtete die Decke, versuchte, wieder einen klaren Kopf zu bekommen. »Weißt du, warum dir diese Bilder weggenommen wurden?«

Sie hob die Hände auf Schulterhöhe, die Handflächen nach oben gerichtet und leicht nach vorn geneigt. »Meine Lehrerin hat gesagt, sie seien unanständig«, antwortete sie nüchtern. Ich sah, wie sie sich zwang, einen demütigen Gesichtsausdruck aufzusetzen. Sie schaute auf den Boden und faltete die Hände, mir entging jedoch nicht, wie ihr Blick immer wieder nach oben huschte, um meine Reaktion zu überprüfen. Ich nahm an, dass sie sich in der Schule genauso benahm. Kein Wunder, dass sie in Schwierigkeiten steckte.

»Weißt du, was das bedeutet?«, hinterfragte ich. »Weißt du, was *unanständig* bedeutet?«

»Nein?«, sagte sie mit einem hoffnungsvollen Lächeln.

»Ach *wirklich*«, entgegnete ich trocken.

Sie sackte in ihrem Stuhl zusammen und verschränkte die Arme. Natürlich wusste sie, was *unanständig* bedeutete. Beatrice war schlau. Warum stellte sie sich also absichtlich dumm?

Ich blätterte weiter. Eine Drachin, die ein Auto reparierte.

Eine Drachin am Strand.

Eine Drachin, die die Straße hinablief und dabei eine Reihe Kinder an den Händen hielt.

Eine Drachin, die in einem ganz normalen Bett schlief.

Eine Drachin, die eine Suppe aß.

»Hat Schwester Claire dich jedes Mal bestraft?«

»So gut wie«, sagte sie. »Sie hat mich in die Ecke geschickt, mich Sätze schreiben lassen oder gesagt, sie würde Daddy anrufen.«

»Und *hat* sie das?«

»Weiß nich.« Beatrice drehte das Gesicht zur Wand, als wäre dort ein Fenster. Stattdessen hatte Mr. Alphonse dort ein antikommunistisches Poster aufgehängt, auf dem sich Männer mit sowjetischen Offizieren prügelten, während hinter ihnen Flammen aufstiegen, und darüber prangten die Worte: BESSER TOT ALS ROT. Mr. Alphonse sah fast alles als eine mögliche kommunistische Bedrohung an. Vielleicht sogar Beatrice' Zeichnungen.

Und ich war kurz davor, sie zu trösten, mich vor sie zu knien, ihre Hand zu nehmen und ihr zu sagen, dass alles gut werden würde. Ich war kurz davor, mich verschwörerisch zu ihr vorzubeugen, mich über Mr. Alphonse lustig zu machen und zu lachen.

Stattdessen blätterte ich um.

Und statt einem Bild sah ich eine vollgeschriebene Seite. So wie die nächsten zehn Seiten auch vollgeschrieben waren. In verschiedenen Schriftarten und Stilen. In verschiedenen Farben und Größen. Dieselben Worte.

ICH BIN EINE DRACHIN.

*ICH BIN EINE DRACHIN.*

Ich bin eine Drachin.

Ich bin eine Drachin. Ich bin eine Drachin.

*ICH BIN EINE DRACHIN.*

Eine Drachin. **Eine Drachin.**

***EINE DRACHIN.***

Mir schwirrte der Kopf. Mein Gesicht fing an zu glühen. Ein Schauer aus Nadelstichen fuhr über meine Haut und ein Schweißtropfen rann mir den Rücken hinab. Sogar das Zimmer schien sich um mich herum zu verengen. Ich sank zu Boden, mir war unglaublich schwindlig. Ich versuchte, mich zusammenzureißen, hielt mich mit der einen Hand an der Sitzfläche meines Stuhls fest, mit der anderen an Mr. Alphonse' Schreibtisch. Das Atmen fiel mir schwer.

»Alex?«, hauchte Beatrice nur. »Alex, was hast du denn?«

Heute weiß ich natürlich, dass das, was ich in diesem Moment erlebte, eine Panikattacke war. Damals hatte ich kein Wort dafür, konnte es nicht einordnen. Ich wusste nur, dass mein Herz hämmerte, die Wände sich um uns herum zusammenzogen und mein Atem schwerfällig und fremd wurde. Das Papier auf meinem Schoß erschien mir viel zu schwer und meine Brust fühlte sich an wie in Blei verwandelt. Ich wusste nur, dass die Worte auf dieser Seite – und noch schlimmer, der *Wunsch*, den diese Worte enthielten – *gefährlich* waren. Ich schluckte schwer und versuchte krampfhaft, mich nicht zu übergeben. Ich drehte den Stapel Papier um und schlug mit der Faust auf den Schreibtisch.

Beatrice zuckte zusammen, dann rührte sie sich nicht mehr, war wie erstarrt. Sie hatte sich noch nie vor mir gefürchtet. Noch nie, bis zu diesem Moment. Doch jetzt machte ich ihr Angst, sogar sehr. Es stand ihr deutlich ins schreckensbleiche Gesicht geschrieben. Ich würde diesen Moment niemals auslöschen können. Es war ein weiteres Davor und Danach.

Ich erinnerte mich, wie meine Tante meine Mutter, als sie das erste Mal aus dem Krankenhaus zurück nach Hause kam, behutsam auf ihr Zimmer brachte, den Arm um ihre Taille geschlungen. Ich erinnerte mich, wie meine Tante sie umsorgte und fütterte, ihr die Haut einrieb, sich rund um die Uhr um sie kümmerte. Und trotzdem war sie nicht geblieben, hatte ihren Körper und ihr Leben zurückgelassen und war *gegangen.* Meine Mutter war allein geblieben und dann war meine Mutter gestorben. Und jetzt waren wir allein.

Meine Mutter hatte nicht ohne Grund nichts von Drachinnen wissen oder hören wollen.

*Du,* sagte eine schwache, zittrige Stimme, die aus dem tiefsten Tiefen meines Wesens kam, während die Erinnerung alles andere in meinen Gedanken überschattete. *Du hast uns verlassen. Du hast uns im Stich gelassen.* Ich wusste nicht, an wen diese Worte gerichtet waren. Meine Mutter. Meinen Vater. Tante Marla. Womöglich an alle drei. Eine Wut, von der ich nicht wusste, dass ich sie empfinden konnte, loderte in mir. Ich spürte, wie sie anfing, meine Haut zu versengen.

Die Luft rings um mich war wie aufgeladen.

»Alex?«, fragte Beatrice zaghaft. Ich stopfte die Akte samt den Bildern in meine Tasche. Ich wirbelte ungestüm zu meiner Schwester herum. Mein Gefühl in diesem Moment war mir unbekannt. Doch es war heiß und scharf und *gemein.*

»*Unanständig*«, zischte ich.

*Verlass mich nicht,* sagte die Stimme tief in mir. Ich ignorierte sie. Ich dachte nicht weiter an sie. Ich tat so, als gäbe es sie nicht.

»Aber …«

»Unanständig.« Meine Stimme war scharfkantig und schwer.

*Bitte verlass mich nicht. Du darfst mich nicht allein lassen. Wir haben doch nur einander.*

»Aber Alex.«

»Das ist nicht wahr, was du geschrieben hast.« Ich stand auf. Ich ging im Büro auf und ab. Ich hatte das Gefühl, kaum in meinen eigenen Körper zu passen. Ich wusste nicht genau, was mich so verärgert hatte. Nur *dass* ich verärgert *war.*

»Ich weiß, aber …«

»Und das wird es auch *niemals* sein.« Meine Antwort war streng, schneidend, schnell. Sie traf sie wie eine Ohrfeige. »Das *darf* es niemals sein.«

Beatrice kamen die Tränen. »Alex, ich wollte nicht …«

Ich schnappte mir ihre Hand und führte sie aus dem Büro. Ich wollte sie bestrafen. Ich wollte sie niemals loslassen. Ich wollte die Zeit zurückdrehen, damit ich mich nie wieder so fühlen müsste wie in diesem Moment. Ich schlug die Tür mit einem solch donnernden Knall zu, dass Mrs. Magin beinahe aufgesprungen wäre. Ich warf ihr einen eisigen Blick zu.

»Er ist noch nicht zurück«, stammelte sie, doch ich hob eine Hand.

»Bitte sagen Sie Mr. Alphonse, dass ich genug gesehen habe und ich ganz seiner Meinung bin. Dieses Verhalten werde ich nicht dulden. Ich werde dafür sorgen, dass es aufhört.« Ich warf Beatrice einen durchdringenden Blick zu. »Und zwar *sofort.*« Beatrice begann zu schluchzen. Ich ignorierte sie. »Es wird nie wieder vorkommen.«

»Aber ich glaube nicht, dass du …«

»Ich werde keine Sekunde länger in diesem Gebäude bleiben.« Ich marschierte auf die Tür zu und stürmte in den Flur hinaus, wobei ich Beatrice hinter mir herzog.

»Seid vorsichtig!«, rief Mrs. Magin uns hinterher, doch ich hörte sie kaum. Im Flur unterhielten sich Menschen hektisch miteinander und die Tür zum Lehrerzimmer war von einem Halbkreis aus Feuerwehrmännern blockiert. Ich nahm sie nicht einmal richtig wahr, marschierte nur geradewegs mit Beatrice zum Ausgang. Gemeinsam verließen wir die düstere Grundschule – und traten wieder ins Licht.

# 21

Natürlich fühlte ich mich schlecht. Nach diesem Moment benahm ich mich nie mehr wie meine Mutter. Es fühlte sich fast so an, als wäre ihre Stimme aus meinem Mund gekommen.

Nachdem wir über eine Stunde schweigend und schmollend auf entgegengesetzten Seiten unserer kleinen Wohnung verbracht hatten, näherten Beatrice und ich uns nun langsam wieder an. Meine Wut war der Sorge und Erschöpfung gewichen. Ich setzte mich auf den Boden und nahm ihre Hand.

»Es tut mir leid«, entschuldigte ich mich bei ihr.

»Mir tut es leid«, gab sie zurück.

Ich sagte nicht, wofür ich mich entschuldigte, und sie genauso wenig. Mir fehlten die Worte, um meine Gefühle zu verstehen. Beatrice legte den Kopf in meinen Schoß. Augenblicklich war mein Bein von ihren Tränen benetzt. »Können wir wieder Freunde sein, Alex?«, bat sie. »Ich werde nichts mehr falsch machen, versprochen.«

Ich hatte ihre Zeichnungen längst in den Müll geworfen, doch jedes der Bilder hatte sich tief in mein Gedächtnis eingebrannt. Ich konnte nicht wegsehen. *Das darf niemals geschehen*, sagte ich mir immer wieder und wieder und wieder, von einem tief sitzenden körperlichen Unbehagen erfüllt, das einfach nicht verschwinden wollte. Ich verstand es genauso wenig wie Beatrice.

Ich richtete sie behutsam auf, sah ihr in die Augen, nahm ihre Hände in meine und drückte sie kurz. Ich küsste der Reihe nach die Knöchel ihrer Finger.

»Wir haben nur einander«, sagte ich.

»Wir haben nur einander«, antwortete sie. Es war unser Mantra. Die einzige Wahrheit.

»Beatrice und Alex, die Beherrscherinnen der Welt.« Sie grinste und umarmte mich und einen Moment lang war alles wieder gut. Oder zumindest gut genug.

Um meine Scharte bei Beatrice auszuwetzen, packte ich uns zum Abendessen ein Picknick zusammen und wir gingen in den Park.

Es war einer dieser schönen Spätsommerabende, an denen alles in tiefen Grün- und Gelbtönen erstrahlte. Goldruten wuchsen entlang der Boulevards und bedeckten die belaubten Grünstreifen, hingen träge in der Luft und verursachten überall rote Augen und triefende Nasen. Zugvögel sammelten sich in großen Schwärmen in den Eichen und Ulmen, wo sie in der Sommerhitze Pläne für ihre nächste Reise schmiedeten. Es wehte ein leichter Wind, der die hohe Luftfeuchtigkeit endlich erträglich werden ließ, was freilich wiederum von einem heraufziehenden Sturm kündete. Dunkle Wolken brauten sich am Horizont zusammen. Nach Einbruch der Dunkelheit, dachte ich, wäre das Unwetter hier.

»Schau mal, Alex, wie schnell ich bin!«, rief Beatrice, als sie über die Wiese davonsauste. »So schnell!« Und das war sie – ein verschwommener Fleck aus Hitze und Bewegung und Möglichkeiten. Beatrice war unkontrollierbar; sie war der Moment, in dem sich potenzielle Energie in kinetische umwandelt. Ihre Lehrerinnen taten mir leid. Ich hatte keine Ahnung, wie es überhaupt möglich sein sollte, ein solches Kind gehorsam und ruhig in der Reihe zu halten. Wie brachte man einem Wirbelwind bei, schriftlich zu dividieren? Und doch schien es ihnen zu gelingen. Und doch ... Diese beschriebenen Blätter stimmten mich nachdenklich.

*Ich bin eine Drachin*, behaupteten sie.

*Nein, bist du nicht*, beharrte mein Herz.

*Ich bin eine Drachin.* Bei dem Gedanken daran schüttelte ich den Kopf. Beatrice mochte zwar längst nicht perfekt sein, aber sie war schonungslos ehrlich. Sie hätte diese Worte nicht geschrieben, wenn sie nicht tief in sich spürte, dass sie wahr waren.

*Nein. Nein, das darfst du nicht.* Es stach wie eine Nadel in mein Herz. Ich konnte es nicht erklären. Ich *brauchte* sie. Beatrice war meine Schwester. Wir hatten nur einander und sonst niemanden auf dieser Welt. Meine Mutter hatte auch eine Schwester gehabt und dann war ihre Schwester verschwunden und nie wieder zurückkommen. Trotz ihres Mannes, trotz ihrer Kinder war meine Mutter allein gestorben. Würde ich auch allein sein?

Ich schüttelte den Gedanken ab. Beatrice war Beatrice und wäre immer Beatrice. Sie und ich waren eine Familie und damit war alles gesagt. All diese Sorgen würden vorbeigehen. Ich beobachtete sie, wie sie über die Wiese rannte, so schnell, dass ihre Füße das Gras kaum berührten. Die tief hängende Abendsonne tauchte sie in ein loderndes Licht, das ihre Haut leuchten ließ – gelb, orange, golden. Ihr krauses Haar schimmerte, eine Wolke aus Strähnen und Knoten, die über ihrem Kopf schwebte. Sie breitete die Arme wie Flügel aus.

*Ich bin eine Drachin*, hatte sie geschrieben.

»Beatrice?«, rief ich, meine Stimme plötzlich zugeschnürt und panisch. »*Beatrice!*«

Sie hielt an, drehte auf einem Fuß eine Pirouette und nahm grinsend eine Pose ein.

Ich zitterte und meine Haut war klamm und kalt, obwohl es so warm war. »Komm, Bealein, wir essen«, sagte ich und zwang mich, mich zu entspannen. Ich breitete unser Abendessen auf der Picknickdecke aus.

Sie kam und zusammen aßen wir unsere Sandwiches, lagen auf dem Rücken und blickten in den Himmel empor. Keine von uns beiden sagte etwas. Nach einer Weile streckte Beatrice die Hand aus, spielte sanft mit einer meiner Locken und wickelte mein Haar um ihre Finger.

»Wir haben nur einander«, sagte sie. »Nicht wahr, Alex?«

Ich legte meine Hand um ihre und drückte sie. »Wir haben nur einander«, sagte ich.

Es war die einzige Wahrheit.

Als ich mir später auf der Parktoilette die Hände waschen ging, sah ich an einer Laterne ein Flugblatt. Eine Drachin war darauf abgebildet, im Stil einer altmodischen Zeichnung, sodass es an einen mittelalterlichen Holzschnitt erinnerte. Die Drachin hatte Fledermausflügel, einen schlangenhaften Hals und einen Schwanz, der sich um einen Turm wickelte. DU DENKST, ES IST VORBEI? hieß es über dem Bild, und darunter: FALSCH GEDACHT. Und ganz unten stand in winzigen Buchstaben: DAS WYVERN-FORSCHUNGSKOLLEKTIV – WIR WISSEN, WAS SIE EUCH VERHEIMLICHEN.

Ich starrte es lange an. Ich hatte schon einmal von dieser Organisation gehört, konnte mich nur nicht erinnern, wann oder wo.

»Was ist das, Alex?«, rief Beatrice mir von der Schaukel aus zu. Ihre kleinen Beine schwangen vor und zurück, vor und zurück und schimmerten im späten Abendlicht. Die Unwetterwolken waren näher gerückt und ich wusste, dass wir uns bald auf den Weg machen sollten.

»Nichts Wichtiges, mein Herz«, rief ich zurück. »Spiel weiter.«

Ich schnappte mir das Flugblatt und zerknüllte es.

Ich ließ es auf den Boden fallen und sah nicht mehr zurück.

Als ich am nächsten Tag Frühstück machte, Kleider zusammenlegte, Kleider flickte, die Wohnung putzte, Einkaufslisten schrieb mit Dingen, die Beatrice und ich für den Schulstart brauchten, und endlose weitere Listen schrieb mit Dingen, die wir noch brauchen würden, und festlegte, wie unser Tag aussehen würde, schaltete ich das Radio nur ein, um mich ein wenig abzulenken. Beatrice schlief noch. Sie schnarchte mit offenem Mund, in einem Knäuel aus Decken, und ihr rotes Haar breitete sich wie Flammen um sie herum aus. Sie war alles, was mir noch geblieben war. Ich liebte sie so sehr, dass mir der Atem stockte. Ich legte gerade ihre Schuluniform bereit, die Socken, die gestopft werden mussten, und die Strickjacke, die genäht werden musste, als das Radio zu den Nachrichten wechselte.

Ich hielt abrupt inne, als der Sprecher unsere Schule erwähnte.

»Gestern kam es in der St.-Agnes-Grundschule zu einem Feuerwehreinsatz. Der Grund war eine kleine Explosion, verursacht durch eine Gasansammlung in den Rohren der Toilette im Lehrerzimmer. Bei dem Vorfall zerbrach ein Fenster und zwei Lehrerinnen, beide Nonnen, wurden leicht verletzt. Sie werden nun vorzeitig in den Ruhestand treten, statt am Beginn des neuen Schuljahrs auszusetzen. Die Aussage des Schulleiters lautet wie folgt, ich zitiere: ›Ich hoffe, dass hiermit alle unbegründeten Gerüchte endgültig aus dem Weg geräumt sind. Mehrere Theoretiker und Aufwiegler haben schon versucht, in das Gebäude einzudringen, um ihre lächerlichen Annahmen zu bestärken. Sollte ich sie noch einmal auf dem Schulgelände erwischen, werde ich die Behörden informieren. Es gibt an der St.-Agnes-Schule nichts zu sehen – nichts, was in irgendeiner Weise seltsam wäre.‹«

Es war nicht Mr. Alphonse' Stimme. Es war die des Nachrichtensprechers, der Mr. Alphonse' Worte vorlas. Doch ich konnte das schwulstige Gejodel des Schulleiters in jedem Satz hören. *Warum?*, fragte ich mich. Und warum war sein Gesicht so rot gewesen, als wir in seinem Büro waren?

Ich schüttelte den Kopf. Es brachte nichts, die Dinge zu hinterfragen. Es gab zu viel zu tun. Die Schule würde schon bald losgehen. Beatrice brauchte mich. Ich musste das Essen vorbereiten, Hausaufgaben machen und irgendwie planen, wie ich ... Ich schüttelte erneut den Kopf. Es fiel mir schwer, über die Zukunft nachzudenken. Nach meinem Abschluss lag nur ein großer, gähnender Abgrund vor mir. Was würde aus uns werden? Wie sollte ich mich weiterhin um Beatrice kümmern und gleichzeitig studieren können? Ich wusste, dass ich unbedingt beides machen wollte, dass ich beides tun *musste.* Wie ich das allerdings bewerkstelligen sollte, war mir ein Rätsel. Ich hatte keinen Leitfaden, wie ich mir das überhaupt vorstellen sollte. Keinerlei Informationen. Es war ein Loch im Universum, wo die Wahrheit sein sollte und wo mein Leben sein würde.

Und ehrlich gesagt hatte ich Angst.

Als ich ein kleines Mädchen war, wurde uns gesagt, wir sollten den Blick auf den Boden richten, nicht nach den brennenden Häusern fragen und das alles einfach vergessen. Und wir waren brave Kinder. Wir hielten uns an die Regeln.

Und jetzt verstehe ich, dass es einem eine gewisse Freiheit gibt zu vergessen.

Oder es zumindest etwas ist, das sich wie Freiheit anfühlt.

Wie befreiend es sein kann, *keine* Fragen zu stellen.

Wie befreiend es sein kann, keine unangenehmen Informationen mit sich herumtragen zu müssen.

Und dass man sich manchmal an alle Freiheiten klammern muss, die man bekommen kann.

*An dieser Stelle ist es, wie ich glaube, an der Zeit, ein Geständnis abzulegen: Ich war einst Mitglied einer lange geheim gehaltenen, im Untergrund agierenden Gruppe von Forschern, Wissenschaftlern, Ärzten, Bibliothekaren, die sich das Wyvern-Forschungskollektiv nannte, kurz WFK. Die von dieser Gruppe durchgeführte wissenschaftliche Arbeit bliebe aus rechtlichen Gründen von der übrigen Wissenschaftsgemeinschaft isoliert. Unsere Forschungsergebnisse werden im Verborgenen besprochen und überprüft, und somit wird auch verhindert, dass sie über anhaltende Probleme in anderen wissenschaftlichen Bereichen Aufschluss geben, wie der Biologie, der reproduktiven Wissenschaft, der Physiologie und der Aeronautik. Das Verheimlichen oder Verschleiern jeglicher Aspekte der Natur – sei es durch kulturelle Tabus, Angst oder allgemeine Zimperlichkeit – schadet der Wissenschaft. Ich bereue weder meine Zusammenarbeit mit dieser Gruppe noch unsere gemeinsamen Fortschritte. Ich bereue allerdings, dass jegliche Forschungsergebnisse, die wir veröffentlicht haben, heimlich und anonym verbreitet werden mussten, was verhinderte, dass unsere Erkenntnisse in die größeren Diskurse der wissenschaftlichen Gemeinschaft aufgenommen wurden.*

*Im Herbst 1948 habe ich eine Broschüre mit dem Titel »Einige grundlegende Fakten über Drachinnen – eine medizinische Erklärung« veröffentlicht. Dies habe ich wie immer anonym getan, mich allerdings aufgrund der konkreten und allgemeingültigen Ergebnisse besonders bemüht, die Informationen so weitreichend wie möglich zu verbreiten, und zwar, ohne unsere üblichen Vorsichtsmaßnahmen einzuhalten, noch dazu außerhalb unserer üblichen Kreise. Dies habe ich ohne die Zustimmung des Kollektivs getan, sodass wir anschließend getrennter Wege gingen. Die Beobachtungsdaten, die ich für dieses Projekt über Drachinnen gesammelt habe, waren größtenteils zufällig – eine unerwartete Reihe von Untersuchungsergebnissen aus meinen Nachforschungen an einer Gruppe Women-Airforce-Service-Pilotinnen zu Beginn des Zweiten Weltkriegs, die von der U.S. Army finanziert wurden. Das Thema, mit dessen Untersuchung ich ursprünglich beauftragt wurde, waren nicht Drachinnen – natürlich nicht! Schließlich konnte man sich beim Militär kaum dazu durchringen, die Existenz der Rekrutinnen auch nur zu erwähnen, geschweige denn, sich mit so einem heiklen und profanen Thema wie Drachinnen auseinanderzusetzen. Stattdessen sollte ich die Physiologie der Pilotinnen überwachen, vermutlich als Vorwand, um sie vollständig vom Dienst auszuschließen. (Diesbezüglich musste ich meine Vorgesetzten enttäuschen. Ich fand keinerlei Anhaltspunkte, um Frauen den militärischen Dienst zu verbieten. Die Testpersonen blühten in ihrer Arbeit regelrecht auf.) Allerdings ist die wissenschaftliche Forschung eine seltsame Bestie. Jeder fähige Forscher würde bestätigen, dass die Dinge, die wir entdecken, nur selten jene sind, die wir zu beweisen beabsichtigen. Ein guter Wissenschaftler muss stets neugierig bleiben, unvoreingenommen und bescheiden, und vor allem muss er sich den Daten wie den Fakten unterordnen.*

*Die Frauen, die ich erforscht habe, waren jung, gesund und belastbar. Allesamt brillante Köpfe. Sie fanden so schnell Gefallen am Fliegen und waren so geschickt darin, dass es ihre Vorgesetzten beunruhigte – ganz abgesehen von ihren männlichen Kollegen. Sie erhoben sich jeden Morgen eifrig in die Lüfte und blickten bedauernd zum Himmel, wenn der Abend hereinbrach und sie in die Kaserne zurückkehrten. Meine Nachforschungen dauerten gerade einmal einen Monat an, als eine der Frauen sich gänzlich unerwartet drachenwandelte – ein neunzehnjähriges Mädchen aus Iowa namens Stella. Ihre Drachenwandlung stimmte so ziemlich genau mit den anderen Fällen überein, die das WFK über die Jahre hinweg dokumentiert hatte. Allen Berichten nach verwandelte sie sich in einem zornigen Gemütszustand. Vier Piloten kamen auf der Stelle ums Leben. Ein fünfter Mann – ein älterer Mechaniker namens Cal – war der einzige Zeuge. Er behauptete, die Männer gesehen zu haben, wie sie Stella umringt hatten. Er nannte es »drangsalieren«. Er habe gehört, wie Stella sie angeschrien habe, sie in Ruhe zu lassen, und sei in ihre Richtung gerannt, um ihr zu helfen. Indessen habe er sie schreien gehört und gesehen, wie sie sich in einer riesigen Feuersbrunst verwandelt habe. Die Explosion sei so stark gewesen, dass er ganze sechs Meter zurückgeschleudert wurde. Der Boden habe gebebt, als seien sie bombardiert und die Männer in Stücke gerissen worden. Es sei nicht eindeutig gewesen, ob die Verwandlung oder der darauffolgende Tod der Piloten beabsichtigt war. Der Mechaniker war nicht der Meinung. Als die Drachin wieder bei Sinnen war, bemerkte sie Cal, der sie anstarrte und sich vor Angst einnässte. Sie tätschelte ihm daraufhin den Kopf und flog davon.*

*Die nächsten beiden Drachenwandlungen waren weniger typisch. Eine ereignete sich, während sich die betroffene Frau mitten im Flug befand. Ich stand mit ihr in Funkkontakt, um im Fünfzehnminutentakt Daten zu ihrer Atmung, Perspiration, ihrem Seh- und Hörvermögen, ihrer Sprachgewandtheit sowie ihrem Denkvermögen zu erheben. Ihre Antworten waren wie in meinem Protokoll aufgezeichnet insoweit bemerkenswert, als sie mit der Zeit eine kontinuierliche Steigerung ihres Gemütszustands demonstrierten: Sie wurde immer optimistischer, fröhlicher und empfand eine sonderbare, überschwängliche Freude. Nachdem sie zwei Stunden lang immer wieder in einem lang gezogenen Oval über den Stützpunkt geflogen war, hielt sie inne und sagte: »Es tut mir leid, Doktor. Es ist einfach … zu herrlich hier oben. Es ist einfach alles … zu herrlich.« Ich fragte sie, was sie damit meine, doch bekam als Antwort lediglich das Geräusch der Notentriegelung und des Schleudersitzes zu hören. Wir befürchteten das Schlimmste und rannten nach draußen, da wir erwarteten, Trümmerteile herabregnen zu sehen. Stattdessen sahen wir, dass sie noch in menschlicher Gestalt die Motoren abgeschaltet hatte, nun als Drachin die Maschine in den Krallen hielt und die Flügel ausbreitete, um das Flugzeug zurück zum Stützpunkt zu bringen. Sie war ein beeindruckendes Exemplar einer Drachin – dunkelgrün mit einem goldenen Unterbauch und verblüffend groß. Sie schimmerte so hell, dass man sie kaum direkt ansehen konnte. Normalerweise lauten die Vorschriften der Army, bei Sichtkontakt sofort auf Drachinnen zu schießen (nicht dass das viel bringen würde, oft mündete es sogar in Tod durch Eigenbeschuss, da die Kugeln von ihnen abprallten), doch dies hier war so außergewöhnlich, dass die Soldaten lediglich verblüfft zusahen, wie sie das Flugzeug sanft auf der Rollbahn absetzte, einen Moment innehielt und sich dann schwungvoll wieder in den Himmel erhob. Ich erinnere mich noch gut daran: an das Fragengewirr, an die Männer, die auf und ab rannten, und an die WASP-Rekrutinnen, die draußen in Reih und Glied standen, ihre Gesichter von der Morgensonne beleuchtet, den Blick nach oben gerichtet.*

*Eine Woche später ereignete sich die nächste Drachenwandlung. Dieser Vorfall ist etwas delikater, weshalb ich ihn mit etwas mehr Takt wiedergeben sein muss. Zwei der an der Studie teilnehmenden WASP-Rekrutinnen waren gute Freundinnen. So unzertrennlich wie Pech und Schwefel, wie man so schön sagt. Ich habe die eine nie ohne die andere gesehen. Ihre Zuneigung zueinander war offensichtlich, eine simple Tatsache. Wie Schwestern, gewissermaßen. Nur inniger. Eine Vertrautheit, die – nun ja, vielleicht ist selbst das schon zu viel gesagt. Was ich allerdings sagen kann, ist Folgendes: Ich hatte sie beide an einem*

*Dienstag anlässlich ihrer regulären Untersuchung gesehen, bei der ich Datenpunkte zu ihrem Gewicht, ihrer Herzfrequenz, ihrer Basaltemperatur, ihrem Blutdruck aufgenommen hatte. Ich nahm ihnen zu Studienzwecken Blut ab, befragte sie zu ihrer geistigen Verfassung sowie der Regelmäßigkeit ihres Menstruationszyklus und überprüfte ihre Sehkraft. Beide waren so gesund wie noch die Woche zuvor, nur dass eine von ihnen – eine junge Frau namens Edith –, wie mir auffiel, einen erhöhten Puls aufwies. Was ich in meinen Notizen vermerkte, falls dies auf einen Infekt hindeuten sollte. Die zwei verließen mein Büro und verbrachten den Rest des Tages allein. Es war ihr Ruhetag, also hatten sie sich ein Picknick mit ein paar Decken gepackt und wünschten sich, eine Weile ungestört zu sein. Später an diesem Tag kehrte nur eine von ihnen zurück, eine Frau namens Marla. Trotz ihres überwältigenden Kummers befragte ich sie. Ihre Aussage ist nur teils brauchbar, da diese all die Anzeichen einer Frau aufweist, die kurz zuvor einen schrecklichen Verlust erlitten hat. Ich möchte jedoch anmerken, dass sie in ihrem Bericht Folgendes sagte: »Edith war glücklich. Sie war so glücklich, dass es sich nicht mehr unterdrücken ließ.« Warum hatte Edith sich drachengewandelt? Ich bin mir noch immer nicht ganz sicher. Die Datenlage bleibt nach wie vor unstimmig und uneindeutig. Aus Sicherheitsgründen wurden die Pilotinnen daraufhin allesamt vorübergehend für mehrere Monate vom Flugdienst entbunden – was auch so geblieben wäre, wenn der Bedarf an qualifiziertem Flugpersonal diese Bedenken nicht letztendlich überwogen hätte. Meine Nachforschungen wurden am nächsten Tag eingestellt und die Army schickte mich nach Hause.*

*Anschließend wurde ich informiert, dass meine Untersuchungsergebnisse geheim seien und meine Forschungsarbeit beschlagnahmt werde. Der einzige Grund, warum ich noch über Aufzeichnungen verfüge, ist allein durch meine lebenslange Angewohnheit bedingt, mir alles in zweifacher Ausführung zu notieren und mehrere Kopien von meiner Arbeit anzufertigen – und weil die Männer, die mein Büro durchkämmten, nicht überall nachgesehen haben. Sowohl die Nationalen Gesundheitsinstitute als auch meine Universität standen meiner Forschung zum Drachenwandeln skeptisch gegenüber und ermutigten mich, sie zugunsten wichtigerer – und weniger peinlicher – Themen aufzugeben. Das WFK untersagte mir, die Ergebnisse meiner Nachforschungen zu verbreiten, mit der Begründung, dass dies das Kollektiv gefährden würde. Ich war jedoch anderer Meinung. Meine Forschung zeigte, dass Drachenwandlungen weitaus üblicher waren als bislang angenommen – und sogar zunehmend öfter auftraten. Noch im selben Jahr veröffentlichte ich »Einige grundlegende Fakten über das Drachenwandeln« und verschickte es an jede medizinische Fakultät des Landes und europaweit. Es wurde nahezu umgehend verboten und zensiert.*

*Ich hätte weder ahnen können, was diesem Land bevorstand, noch, worauf wir im Jahr 1955 zusteuerten. Dafür weiß ich, dass unsere einzige Hoffnung, der einzige Weg, dies und jedwede andere Katastrophe zu meistern, darin besteht, wieder zu hinterfragen, zu überprüfen, zu beobachten und zu schlussfolgern – und zwar auf gewissenhafte sowie wahrheitsgetreue Weise. Wir müssen den Daten ergebene Diener sein und den Fakten getreue Gefährten. Die Wissenschaft, davon bin ich fest überzeugt, ist der Menschheit einzige Hoffnung. Es ist einzig und allein die Wissenschaft, auf die ich heute und für immer vertrauen werde.*

– »Eine kurze Geschichte der Drachinnen« von Professor H. N. Gantz, MD/PhD

# 22

Die Schule begann mit den üblichen zahllosen Demütigungen.

*Nur noch ein Jahr*, sagte ich mir, doch bei dem Gedanken daran stockte mir der Atem. Ich raste in halsbrecherischem Tempo geradewegs auf eine Klippe zu, ohne zu wissen, was mich dort erwartete. Eine Brücke? Eine Leiter? Seile und Spitzhacke? Der luftleere Raum? Der sichere Untergang? Oder gar ein Paar Flügel ...

Ich schüttelte den Gedanken ab. Sich zu sorgen, würde den Abwasch auch nicht erledigen, wie meine Mutter immer gesagt hatte. Und es würde uns ganz sicher nicht dabei helfen, das nächste Jahr durchzustehen.

An diesem ersten Tag brachte ich Beatrice zur Schule. Sie hatte sich beschwert, dass sie alt genug sei, um allein zu gehen, doch ich bestand darauf und sie hielt, wie sie es immer tat, den ganzen Weg über meine Hand, während ich mit der anderen mein Fahrrad neben mir herschob. Mr. Alphonse wartete schon auf der Eingangstreppe auf uns, die Arme steif vor der Brust verschränkt, das Gesicht seltsam verquollen und aufgedunsen. Beatrice war zu Ehren des ersten Schultags so sauber, dass sie förmlich im Dunkeln leuchtete. Ich hatte ihre Bluse und ihre Bobby Socks in Borax und Bleiche einweichen und in der Sonne aufgehängt trocknen lassen. Ich hatte ihre krausen Löckchen mit Herrenpomade gebändigt, sämtliche Knoten mit einem feinzinkigen Kamm attackiert und sie dann zu zwei strammen französischen Zöpfen zusammengebunden, die so nahe an ihrer Kopfhaut entlang geflochten waren, dass diese deutlich hervortrat. Niemand würde mir vorwerfen, Beatrice' Aussehen zu vernachlässigen oder zu nachsichtig mit ihr zu sein. Niemand würde auch nur einen Grund haben, unsere sonderbare Lebenssituation genauer zu betrachten – ohne Erwachsene, ohne Wegweiser, ohne helfende Hände. Unser eigenes kleines Universum. Es war am besten, wenn niemand davon wusste.

Als wir uns dem Schulgebäude näherten, ließ Beatrice meine Hand los und hüpfte um die Ecke den Gehweg entlang, wie immer in freudiger Erwartung der Kinder, mit denen sie befreundet war, und ihrer Lehrerinnen. Als sie Mr. Alphonse erblickte, kam sie schlitternd zum Stehen. Ich hatte allerdings schon damit gerechnet und war vorbereitet. Eine Hand auf Beatrice' Schulter gelegt, stellte ich mich zwischen meine Schwester und den Schulleiter. Ich holte einen Briefumschlag aus meiner Tasche, drehte mich zu Beatrice um und zwinkerte ihr zu, sodass nur sie es sehen konnte.

»Also gut, Beatrice«, sagte ich streng. »Ich erwarte, dass du direkt zu Schwester Claire gehst und ihr dieses Entschuldigungsschreiben gibst.« Ich hob die Hand, als wäre sie drauf und dran zu protestieren. »Ich will nichts hören!«, tadelte ich unter einem weiteren verschwörerischen Augenzwinkern. »Und jetzt ab mit dir!«

Beatrice nahm den Umschlag entgegen, der ehrlich gesagt tatsächlich einen Entschuldigungsbrief von ihr enthielt. An dem Tag nach unserem Treffen in der Schule hatte ich sie gezwungen, ihn zu schreiben, und ihr dabei über die Schulter geblickt. Dann flitzte sie die Stufen hinauf, wobei sie darauf achtete, den Blick des Schulleiters zu meiden, und aus jeder ihrer Bewegung die Erleichterung sprach, nicht mit ihm reden zu müssen. Sie verschwand durch die offene Tür. Ich sah zu Mr. Alphonse hinauf und kopierte seine Haltung, die verschränkten Arme, das vorgereckte Kinn – nur weil ich wusste, dass es ihn ärgern würde. Er legte die Stirn in Falten. Ich warf ihm, wie ich hoffte, ein gewinnendes Lächeln zu.

»Beatrice hat aus eigenen Stücken eine aufrichtige, schriftliche Entschuldigung verfasst, aus dem ehrlichen Wunsch heraus, die Vergangenheit hinter sich zu lassen und ihr Fehlverhalten wiedergutzumachen«, sagte ich. »Sie hatten recht, Mr. Alphonse, und ich danke Ihnen, dass Sie mich auf dieses Problem aufmerksam gemacht haben. Mein Vater ist Ihnen ebenfalls dankbar und betont das immer wieder.« Ich hatte diesen kleinen Monolog natürlich eingeübt. »Das neue Jahr bringt auch einen Neuanfang mit sich. Ich freue mich, dass wir uns da einig sind.«

Mr. Alphonse sah schrecklich aus. Er hatte dunkle Ringe unter den Augen und seine Haut hatte, abgesehen davon, dass sie immer noch fleckig war, die Farbe von Haferbrei angenommen. Seine Anzughose hing schlaff an ihm herab, während sein Bauch sich über den Gürtel wölbte. Ich fragte mich, ob er krank war. Er blickte finster und tat einen Schritt auf mich zu.

Ich warf einen Blick auf meine Uhr. »Wenn Sie mich dann entschuldigen würden, ich möchte an meinem ersten Schultag lieber nicht zu spät kommen.« Ich wandte mich ab, setzte meine Schultasche auf und schwang mich aufs Fahrrad.

»Ich bestehe darauf, dass dein Vater mich zurückruft und in mein Büro kommt«, sagte er. »Es ist äußerst ...«

»Schönen ersten Schultag, Mr. Alphonse!«, sagte ich und radelte los.

»Wir sind hier noch nicht fertig, Miss Green!«

*Das werden wir ja sehen*, dachte ich bei mir und bemerkte erschrocken, dass die Stimme in meinem Kopf mit jedem Tag mehr nach meiner Mutter klang.

Ich kam früh genug in meiner Schule an, um direkt zur Mädchentoilette zu gehen, und hockte gut zehn Minuten in der Kabine auf der Kloschüssel, die Stirn auf den Knien ruhend, und erstickte an der von den Mädchen vor mir zurückgelassenen Haarspraywolke. Ich atmete ein und aus, während ich mich mit beiden Händen rechts und links an der Trennwand abstützte – und obwohl ich diesen Moment der Ruhe und des Alleinseins nicht gerade genoss, wusste ich ihn doch zu schätzen. Ich seufzte und stand auf, tupfte mir mit einem Bündel Klopapier den Schweiß aus dem Gesicht und von den Achseln, zog mir meine Schuluniform über und tauschte meine Turnschuhe gegen flache Halbschuhe. Ich hielt inne, tat einen Moment lang nichts, als zu atmen, und versuchte, mich zu beruhigen. Draußen schrien und lachten die Leute in meiner Klasse.

(*Ich hatte auch einmal eine Freundin*, ertappte ich mich bei dem Gedanken. *Sie hat in einem magischen Haus gewohnt.* Ich schüttelte den Kopf, um Sonjas Gesicht daraus zu verdrängen. Es war so schön gewesen, eine Freundin zu haben. Doch das war nun vorbei. Ich brauchte keine Freundschaften, ich hatte Beatrice. Und ich hatte die Schule und all die Aufgaben neben der Schule. Es gab so viel zu lernen. Ich musste im Hier und Jetzt leben. Es brachte nichts, Fragen zu stellen.)

Ich wusch mir die Hände und schlüpfte auf den Flur hinaus, ging vorbei an den Jungen, die an den Spinten lehnten, und den Mädchen, die Schulter an Schulter liefen – man traf sie immer nur in Rudeln an.

Meine Bücher fest an die Brust gedrückt, hielt ich den Kopf gesenkt, bis ich das Büro der Schulleitung erreichte. Wie schon die Jahre zuvor war mein Stundenplan zum Haus meines Vaters geschickt worden, also musste ich wieder einmal ins Sekretariat gehen und lügen, sagen, dass ich ihn verloren hatte (*als würde ich jemals auch nur irgendetwas verlieren*, dachte ich ärgerlich), und mir eine neue Kopie anfertigen lassen.

Als ich eintrat, hielt ich den Blick gesenkt. Neben der Tür hing noch immer die Liste der Besten in der Schule. Mein Name sollte an oberster Stelle stehen. Alle wussten das. Stattdessen war ich auf Platz sieben. »Ein Schreibfehler«, hatte der Dekan dazu gesagt. »Wir werden es so schnell wie möglich korrigieren.« Doch das geschah nie.

Die Frau, die den Empfang leitete, eine uralte Nonne namens Schwester Kevin, lächelte mich freudestrahlend an, als ich hereinkam. »Alexandra!«, sagte sie. »So ein Zufall!« Ohne ihr Nonnengewand hätte sie mit ihren leuchtenden Augen und strahlendem Gesicht, das so verschrumpelt war wie ein alter Apfel, fast wie einer der Trolle aus Sonjas Bilderbüchern ausgesehen, die sie mir gezeigt hatte, als wir noch klein gewesen waren. (Und allein daran zu denken, ließ meinen Atem stocken und meine Augen brennen. Ich holte tief Luft, um mich zu beruhigen, und verdrängte den Gedanken.)

»Guten Morgen, Schwester«, sagte ich mit schlagartig belegter Stimme. Ich räusperte mich. »Es tut mir leid, aber ich habe wohl meinen Stundenplan verlegt. Wäre es möglich, eine Kopie zu bekommen?«

»Weißt du, wir reden schon den ganzen Morgen von dir«, sagte sie, wobei sie meinen handgeschriebenen, bereits fertig ausgefüllten Stundenplan hervorholte. Sie hatte anscheinend schon mit mir gerechnet. »Dir haben bestimmt die Ohren geklungen, bei all dem Gerede.« Sie klatschte die Hände zusammen und strahlte. Ich hatte gehört, dass sie früher, als sie noch unterrichtet hatte, ziemlich Furcht einflößend gewesen sein muss – Forderungen und schwülstiges Gerede, Enttäuschung und Geschrei waren angeblich an der Tagesordnung. Ich konnte es mir nur schwer vorstellen. Heutzutage trug sie ständig ein Lächeln auf den Lippen und schien von schier grenzenloser Euphorie erfüllt.

»Meinen Ohren geht es bestens, danke, Schwester.« Ich sah mir den Stundenplan an und runzelte die Stirn. »Entschuldigen Sie, aber ich glaube, da ist ein Fehler passiert.« Ich zeigte ihn ihr. »Da steht Analysis mit drauf, aber das sollte es nicht. Ich habe den Stoff schon im Fernstudium durchgenommen, in der neunten Klasse. Ich habe bereits Leistungspunkte an der Universität dafür gesammelt.« Sie nahm meinen Stundenplan nicht entgegen, sondern strahlte mich lediglich weiter an. »Ich habe die volle Punktzahl bekommen und war die Beste in meinem Jahrgang. Der Professor hat mir sogar einen Brief geschrieben, um mir zu gratulieren. Im Frühling habe ich mit Schwester Frances gesprochen …«

»Schwester Frances ist nicht länger Schulleiterin, Liebes«, sagte Schwester Kevin sanft und hielt mir das Glas mit Süßigkeiten hin. »Bonbon?« Ich lehnte kopfschüttelnd ab.

»Ist sie nicht?« Das war mir neu. »Seit wann?«, fragte ich, dann zügelte ich mich. Es würde mir nicht helfen, schnippisch zu werden. »Ich meine, das überrascht mich. Niemand hat letztes Jahr etwas davon gesagt. Ist sie in den Ruhestand gegangen?« Ich kniff die Augen zusammen und versuchte einzuschätzen, wie alt Schwester Frances gewesen sein mochte. Bei den meisten Leuten fand ich das schon schwierig, bei Nonnen allerdings noch weitaus mehr.

Schwester Kevin fischte sich ein Zitronenbonbon aus dem Glas und schob es sich in den Mund. »Nein, nein. Sie hat nur, du weißt schon, das Weite gesucht, wie man so schön sagt. Ist flügge geworden. Also sinnbildlich, meine ich. Sie wollte schon immer mal auf Reisen gehen, die Gute, also wollten wir ihr auch nicht länger im Weg stehen.« Sie schloss die Augen und ließ das Bonbon im Mund hin und her rollen. Ich hörte, wie es klackernd gegen ihre Backenzähne prallte. Das ergab alles keinen Sinn.

»Heißt das, sie kommt wieder zurück?«

Sie lächelte, wobei ihre Schultern leicht auf und ab wippten. »Wer weiß das schon wirklich? Bist du sicher, dass du kein Bonbon möchtest?« Ich schüttelte den Kopf. »In der Zwischenzeit wird Mr. Alphonse – von der St.-Agnes-Schule – die Leitung unserer Schule mit übernehmen, bis die Diözese einen Ersatz bestimmt hat.« Sie schürzte kurz die Lippen. »Ein ganz schöner Haufen Arbeit für einen Mann. Ich hoffe, er schuftet sich nicht zu Tode, der Arme.«

*Na großartig*. Ich seufzte. Ich legte ihr den Stundenplan vor und zeigte dorthin, wo »Analysis« stand. »Aber sehen Sie, ich habe dieses Fach bereits bestanden. In der neunten Klasse. Und dann habe ich Infinitesimalrechnung belegt und anschließend Diskrete Mathematik, und momentan belege ich an der Universität Lineare Algebra und Wahrscheinlichkeitsrechnung. Diese Fächer sind ziemlich anspruchsvoll, und Schwester Frances und ich haben entschieden, dass es hilfreich wäre, wenn ich zwischendurch eine Freistunde hätte, um zu lernen.«

»Schwester Frances ist aber nicht hier, Liebes«, sagte Schwester Kevin nachsichtig.

»Das weiß ich«, erwiderte ich und bemühte mich, meine Frustration zu zügeln. »Aber sehen Sie, sie hatte es schon gesagt. Wir hatten bereits *entschieden.* Schwester Frances hat es abgesegnet.« Ich hielt inne. »Und unterschrieben«, fügte ich schwach hinzu.

»Schwester Frances ist aber nicht hier, Liebes«, wiederholte Schwester Kevin, ohne ihren Ton oder Ausdruck auch nur zu verändern.

So kamen wir nicht weiter. Ich beschloss, mich stattdessen direkt an den Lehrer zu wenden. »Danke, Schwester Kevin, es war wie immer schön, Sie zu sehen.«

»Das gebe ich gerne zurück, Liebes!«, sagte sie und warf mir eine Kusshand zu. Ich wandte mich ab, um zu gehen. »Ach! Und wie sie alle über dich getratscht haben, heute früh! So viele verschiedene Meinungen! Deine Freundin ist mit haufenweise Informationen und stapelweise Broschüren hier aufgekreuzt und hat jedem eine in die Hand gedrückt, ob man nun wollte oder nicht! Sie ist eine wahre Naturgewalt, sag ich dir! Sie setzt große Hoffnung in dich, Liebes. Nach oben seien dir keine Grenzen gesetzt, hat sie gesagt. Kannst du dir das vorstellen?« Sie gluckste vergnügt.

Manchmal bereitete Schwester Kevin mir Kopfschmerzen. »Ich verstehe nicht ganz«, sagte ich. »Wer ist vorbeigekommen?«

»Du weißt schon, deine Freundin, die Bibliothekarin. ›Macht keine halben Sachen, die Kleine, oh nein‹, hat sie zu uns gesagt. Sie wird sich erst zufriedengeben, wenn du in dem höchsten Elfenbeinturm sitzt, den es je gegeben hat. Du wirst noch unser kleiner Philosophenkönig sein. Oder wohl eher Königin. Ach, die Helen. Sie war schon eine kleine Tyrannin, als wir noch in der Schule waren. Schön zu wissen, dass sich manche Dinge nie ändern!«

Schwester Kevin steckte sich noch ein Zitronenbonbon in den Mund. Und dann noch eins. Die Bonbons rollten darin umher wie bei einem Murmelturnier. Sie versuchte sich trotzdem an einem ausgebeulten Lächeln.

Ich wusste nicht, was ich dazu sagen sollte. »Danke, Schwester«, war alles, was mir einfiel.

Mir schwirrte der Kopf, aber ich beschloss, es vorerst zu ignorieren. Ich hatte ohnehin vorgehabt, nach der Schule in der Bibliothek vorbeizuschauen. Vielleicht würde Mrs. Gyzinska mir dann erklären, was es mit all dem Gerede von Schwester Kevin auf sich hatte.

Als die dritte Stunde anbrach, verstand ich, warum man mich in den Analysis-Kurs gesteckt hatte. Ich war nicht nur das einzige Mädchen, sondern der Lehrer, Mr. Reynolds, hatte auch noch nie zuvor Analysis unterrichtet und sich offenbar seit dem Studium nicht mehr mit dem Thema befasst. Bis zum Ende des Unterrichts bat er mich ganze neun Mal zur Tafel, um eine Beispielaufgabe nach der anderen zu erklären, und forderte mich auf, von allen die Probetests zu korrigieren. Er bat mich ebenfalls, die Anwesenheit zu kontrollieren, Fragen zu beantworten und am Stundenende die Tafel zu wischen. Ich versuchte anschließend, ihm meine Situation zu erklären, aber er wollte nichts davon hören.

»Ein Korrespondenzkurs ist *nicht dasselbe* wie das Lernen im Klassenzimmer«, entgegnete er pikiert. »Ich dachte, du wärst intelligent genug, um das zu verstehen.« Er zeigte mit einem Finger in die Ecke. »Würdest du bitte noch den Mülleimer leeren, bevor du gehst?«

»Aber ich habe dieselbe Abschlussprüfung absolviert, die man an der Universität bestehen muss. Und darin wird viel mehr behandelt als das, was wir hier lernen. Die Jungs werden dieses Fach alle noch einmal an der Hochschule belegen müssen, ich aber nicht. Außerdem, Sir, haben Sie doch eben gesehen, wie ich all diese Konzepte der Analysis erklären konnte, obwohl ich mich seit über einem Jahr nicht mehr damit befasst habe. Ganz offensichtlich habe ich es verstanden. Das ist doch reine Zeitverschwendung!«

»Zu lernen«, sagte er steif, »ist *niemals* Zeitverschwendung. Wir sehen uns dann morgen im Unterricht. Ich erwarte, dass du genauso hart arbeitest wie deine Klassenkameraden. Bei mir gibt es keine Extrawurst.«

Ich fragte noch einmal, doch die Antwort blieb dieselbe. Ich fragte, ob ich einfach seine Lehrassistentin sein könnte – das war es schließlich, was er wollte. Dann hätte ich ihm helfen können und, während alle anderen die Übungsblätter durcharbeiteten, trotzdem noch Zeit gehabt zu lernen. Die Antwort lautete noch immer: Nein. Frustriert und beleidigt verließ ich das Klassenzimmer.

Der Tag danach wurde nicht besser.

Ich ging schlecht gelaunt nach Hause, während ich mein Fahrrad mit einer Hand neben mir herschob und in Gedanken Listen erstellte mit all den Dingen, die ich noch erledigen musste, bis es Zeit war, schlafen zu gehen. Ich müsste für Beatrice kochen und mich mit ihr beschäftigen. Sie hatte wahrscheinlich auch Hausaufgaben zu erledigen. Das Waschbecken musste schon wieder repariert werden und es half nichts, den Vermieter darum zu bitten. Dank ein paar nützlicher Nachschlagebücher und einer einigermaßen brauchbaren Sammlung alter Werkzeuge, die der Hausmeister der Bücherei mir freundlicherweise überlassen hatte, nachdem er neue bekommen hatte, verfügte ich inzwischen über ein rudimentäres Verständnis dafür, wie man Dinge reparierte. Ich konnte ein Rohr oder auch eine Toilette reparieren, einen Draht löten und einen Schaltkreis wieder instand setzen, ein hochfunktionales – wenn auch zugegebenermaßen nicht besonders schönes – Bücherregal zusammenschrauben und so weiter. Ich wusste, wie man die Pfosten in einer Wand finden konnte, sich bei elektrischen Arbeiten schützte und was zu tun war, wenn der Kühlschrank nicht mehr funktionierte.

Jetzt musste ich mich aber erst mal ums Abendessen kümmern.

Ich musste meine Hausaufgaben erledigen.

Ich musste einen Aufsatz schreiben.

Ich musste für meine Korrespondenzkurse noch Übungsblätter lösen und Lesestoff durcharbeiten.

Und Mrs. Gyzinska hatte gesagt, es sei an der Zeit, meine Universitätsbewerbungen vorzubereiten. Schon bei dem Gedanken daran zog sich mir der Magen zusammen. Wie sollte ich das nur schaffen? Was würde ich mit Beatrice machen? Was würde aus uns werden?

Beatrice war schon zu Hause, ihre Schultasche hatte sie achtlos auf die Eingangstreppe des Gebäudes geworfen. Ein schmaler Hof lag zwischen unserem und dem Wohnblock gegenüber, und an dessen hinteren Ende gab es einen kleinen Garten, der auf den Weg vor unserem Haus führte. Beatrice, zwei Mädchen und sechs Jungen kamen in rasendem Tempo um die Ecke gesprintet. Sie rannten in einem Bogen um das Gebäude und verschwanden auf der anderen Seite wieder. Keiner von ihnen bemerkte mich. Beatrice hatte etwas in der Hand – zwei Hölzer, eins lang, das andere kurz, über Kreuz mit einer Schnur zusammengebunden, sodass es ein provisorisches Schwert ergab.

»Macht euch bereit, ihr Verräter, euer Ende naht!«, grölte Beatrice und die anderen Kinder quietschten vergnügt.

Sie kamen erneut um die Ecke gerast. Ich hielt eine Hand hoch und sie kamen schlitternd zum Stehen, die Wangen gerötet und atemlos.

»Hi, Alex«, sagte Beatrice.

»Wir gehen in die Bibliothek«, sagte ich. »Komm rein und pack deine Sachen.«

»*Jetzt?*«, jammerte sie. »Doch nicht jetzt *gleich.* Ich musste schon den *ganzen Tag* in der Schule sein.«

*Ich genauso*, dachte ich, sagte es aber nicht. Ich seufzte. Vielleicht konnte die Bibliothek warten. So strahlend sauber Beatrice heute früh noch gewesen war, so schmutzig und zerzaust war sie jetzt.

»Na gut«, sagte ich. »Spiel weiter, wenn's sein muss, aber nicht mehr lang. Ich muss auf jeden Fall noch zur Bibliothek, um ein paar Sachen abzuholen. Du kannst noch ein bisschen bei den anderen Kindern bleiben, wenn du magst. Aber komm rein, wenn ich dich rufe. Wir essen dann früh zu Abend.«

Das genügte ihr. »VORWÄRTS!«, brüllte sie und alle stimmten mit ein, bevor sie wieder losstürmten und um die Ecke verschwanden.

Ich sammelte Beatrice' Schultasche ein, ging langsam die Treppe hinauf und hätte mich am liebsten auf mein Bett geworfen, das uns tagsüber auch als Sofa diente. Ich wärmte das Hühnerfrikassee auf dem Herd auf, kochte Reis dazu und schnitt Radieschen und Gurken als Beilage in Scheiben. Ich legte die Aufgaben bereit, die ich erledigen würde, sobald Beatrice im Bett war, und packte alles, was ich in der Bibliothek brauchen würde, wieder in meine Tasche zurück. Ich schrieb eine Liste, hakte Dinge ab, dachte an das kaputte Waschbecken, fügte es zur Liste hinzu, dachte daran, dass Beatrice bestimmt baden müsste, und schrieb auch das auf die Liste. Ich warf einen Blick auf die Uhr. Ein Tag hatte einfach nicht genug Stunden.

Das Telefon klingelte und ich zuckte zusammen. Das Telefon klingelte *nie*, außer sonntags, wenn mein Vater anrief. Wenn er daran dachte, sonntags anzurufen, was er immer seltener tat. Beinahe wäre ich nicht rangegangen.

Ich nahm den Hörer ab und lauschte einen Moment lang der Stille. Dann hörte ich, wie mein Vater hustete.

»Dad?«, fragte ich. Er hustete wieder, dann noch einmal. »Dad, bist du das?«

Er machte ein ungeduldiges, ächzendes Geräusch. Es war definitiv mein Dad.

»Es ist schön, von dir zu hören«, sagte ich. »Weißt du, es ist gar nicht Sonntag. Ich meine, nicht dass mich das stören würde.«

Endlich sagte er: »Mr. Alphonse ist heute bei uns vorbeigekommen. Ich habe vergessen, wie sehr ich diesen Mann nicht ausstehen kann.«

*Wir sind hier noch nicht fertig*, hatte Mr. Alphonse mich gewarnt.

Ein beklemmendes Gefühl machte sich in meinem Nacken breit. Ich versuchte, es zu verdrängen, indem ich darüber rieb.

»Und er wollte nur mal ... Hallo sagen?«, fragte ich.

Mein Vater ignorierte die Frage. »Er hat im Büro angerufen und gehört, dass ich zu Hause geblieben bin, um mich zu erholen.« Er hustete, fluchte und hustete nochmals.

»Geht es dir nicht gut, Dad?«

»Das geht dich gar nichts an.« Er räusperte sich. »Also hat er einfach so beschlossen vorbeizukommen. Er hat gefragt, wo du und ...« Er brach ab. »Na ja, er wollte, dass wir alle zusammen über irgend so eine gottverdammte Sache reden. Meine Frau war ziemlich verärgert. Du verstehst sicherlich, in was für eine unangenehme Lage mich das bringt. Du solltest dich um solche Dinge kümmern. Ich erwarte, dass du dafür sorgst, dass sich dieses Kind angemessen benimmt. Deine Mutter hätte es so gewollt.«

Ich konnte spüren, wie meine Wangen heiß wurden. Ich ballte die freie Hand zur Faust und presste sie mit den Knöcheln voran gegen die Wand. Ich wusste, dass es nichts helfen würde, wütend zu werden, und trotzdem. Ich schloss die Augen und atmete tief durch, bemühte mich verzweifelt, die ansteigende Hitze in meiner Brust zu unterdrücken. Draußen heulte eine Sirene. Das geschah in letzter Zeit häufiger. Da waren das Feuer in der St.-Agnes-Schule, der Brand im Odd's-N-End's-Laden und der im Getreidespeicher rund fünfundzwanzig Kilometer außerhalb der Stadt. Und in einem Seniorenheim in Eau Claire. Und dann noch in irgendeiner Bar an der Grenze zu Minnesota. Jeder der Brände konnte schnell gelöscht werden und wurde nur nebenbei in den Nachrichten erwähnt.

»Ich verstehe deine Lage durchaus, Dad. Es tut mir wirklich leid, dass deine …« Ich schwieg kurz. »Es tut mir leid, dass deine Frau verärgert war. Wie hieß sie noch mal?«

»Sei nicht so frech.«

»Tut mir leid, Dad.« Noch eine Sirene. Es war zu heiß in der Wohnung. In der Bibliothek würde es kaum besser sein, aber zumindest das Untergeschoss sollte kühl genug sein, sodass ich dort arbeiten konnte. Jede Minute, in der ich arbeitete, lernte, schrieb, belegte, kalkulierte, geduldig komplexe mathematische Ausdrücke zu ordentlichen, eleganten Knoten verknüpfte – ja, solange ich *irgendetwas* tat –, konnte mein Gehirn aufatmen und sich einmal nicht darum sorgen, was als Nächstes geschehen würde. Was das nächste Jahr bringen würde. Das war eine andere Welt. Ich fragte mich, was mein Vater plante, traute mich aber nicht, ihn zu fragen. »Glaub mir, ich habe keine Ahnung, warum Mr. Alphonse es für nötig gehalten hat, bei euch vorbeizukommen. Ich habe mich längst darum gekümmert. Beatrice hat zu viel im Unterricht gemalt, anstatt sich auf ihre Aufgaben zu konzentrieren. Sie hat sich entschuldigt, und jetzt ist alles geregelt.«

»Er hat gesagt, du warst frech zu ihm.«

»Das war ich ganz und gar nicht.«

»Er mag deine kurzen Haare nicht. Du weißt, was man über Mädchen mit kurzen Haaren sagt.«

Ich verzog das Gesicht. »Dass sie weniger Geld für Haarspray ausgeben?«

»*Frech!*«, rügte mich mein Vater noch einmal.

»Ich nehme es zurück«, sagte ich. »Glaub mir, Dad, du brauchst dir keine Sorgen zu machen. Ich habe alles im Griff. Ich habe mich *immer* um solche Angelegenheiten gekümmert. Und außerdem mache ich dieses Jahr meinen Abschluss. Mit Auszeichnung, wie es aussieht. Das heißt, wir sollten vielleicht darüber reden, was passiert, wenn ich …«

Mein Vater hustete erneut. »Du kannst es einfach nicht lassen, was? Du könntest jetzt schon anfangen zu arbeiten, eine Karriere beginnen. Ein Schulabschluss ist bloß ein Blatt Papier. Den brauchen nur Jungs, die auf die Hochschule wollen, sonst niemand. Wenn du mich fragst, ist es viel wichtiger, dass die Männer in der Geschäftswelt sehen, wozu du fähig bist, und dich entsprechend zu positionieren. Es gibt kein Büro in Amerika, das ein Mädchen wie dich nicht mit Kusshand nehmen würde, um dich an einen ihrer Schreibtische zu setzen. Außerdem wird es sicherlich nicht mehr lange dauern, bis du verheiratet bist, und dann ist das sowieso alles egal.«

*Verheiratet?* Bei dem Gedanken drehte sich mir der Magen um. Was glaubte er, mit wem er redete? »Dad, darum geht es jetzt gar nicht. Und ich habe ohnehin nicht vor zu heiraten. Ich stecke noch mitten in ...«

»Weißt du, ich habe gerade neulich mit dem Besitzer des Radiosenders gesprochen und ihm von dir erzählt. Er hat eine Stelle als Sekretärin für dich, wenn du magst. Du musst nur darum bitten.«

»*Was?* Dad, ich bin nicht einmal eine ausgebildete Sekretärin. Die Leute müssen für solch eine Stelle eine Sekretärinnenschule besuchen. Außerdem haben sie ihren Schulabschluss – nicht nur *ein Blatt Papier*. Also wirklich. Und ich bewerbe mich sowieso gerade ...«

Mein Vater unterbrach mich schon wieder. »Er ist ein guter Mann und es ist ein guter Job. Besser einen Spatz in der Hand als eine Taube auf dem Dach! Es wäre dumm von dir, dir diese Chance entgehen zu lassen. Allerdings hat dich deine Mutter mit allerhand Albernheiten erzogen, also ist es schwer zu sagen, wie du dich entscheiden wirst. Wen interessiert schon ein Blatt Papier, wenn es einen Arbeitgeber gibt, der junge hübsche Mädchen anstellen möchte, die zu unbedarft sind, um es besser zu wissen, und Chancen wie Süßigkeiten verteilt.« Mein Vater erklärte nicht, was er damit meinte. Aber ich konnte es mir schon denken. »Es ist, als würde du dich jemand in der Schlange vorlassen. Meine Vermutung wäre, dass du den Laden in einem Monat leitest, mit einem Köpfchen wie deinem. Du solltest darüber nachdenken.«

Ich atmete tief ein und versuchte, einen klaren Kopf zu bewahren. Das Gespräch lief ganz und gar nicht gut. Mein Vater hatte einen weiteren Hustenanfall. Ich wartete, bis er vorbei war. »Worüber ich *nachdenke*, Dad, ist ein Studium in ...«

Wieder unterbrach er mich. »Nun gut, es war schön, deine Stimme zu hören, Alexandra, aber ich muss jetzt los.« Er hustete ein letztes Mal – ein harscher, trockener Auswurf. »Sei brav. Benimm dich. Mach mir keine Schande. Denk daran, was deine Mutter gewollt hätte, und enttäusch sie nicht.«

»Das werde ich nicht«, sagte ich, doch er hatte schon aufgelegt und hörte mich nicht mehr.

Zwei Tage später bekam ich von meinem Vater einen Brief. Ohne Poststempel, ohne Briefmarke. Er war lediglich unter unserer Wohnungstür hindurchgeschoben worden und lag auf dem Boden. War mein Vater vorbeigekommen, ohne auch nur Hallo zu sagen? Hatte er den Brief unserem Vermieter gegeben, damit er uns nicht sehen musste? Ich wusste nicht, was davon schlimmer war.

»Liebe Alexandra«, hieß es darin.

*Bei unserem Gespräch neulich, als du versucht hast, dich bei mir einzuschmeicheln, habe ich eine unausgesprochene Frage wahrgenommen und es sieht nach einem kleinen Missverständnis deinerseits aus. Ich dachte, ich hätte mehr als deutlich gemacht, was ich von jungen Frauen halte, die einen Hochschulabschluss anstreben. Da jedoch, wie mir scheint, diesbezüglich noch immer Verwirrung herrscht, lass mich eines klarstellen:*

*Nein, ich werde dein Bestreben, einer höheren Schulbildung nachzugehen, nicht finanzieren und dir auch in sonst keiner Weise helfen oder dich unterstützen. Genauso wenig habe ich vor, euch nach deinem Abschluss im Juni noch weiter zu unterhalten, da ich überzeugt bin, dass du dazu bestens selbst in der Lage sein wirst. Dass du deine schulische Ausbildung abschließt, war der Wunsch deiner Mutter, also werde ich dies aus Respekt vor ihrem Andenken wohl oder übel bis zum Ende unterstützen, so willkürlich dieser Meilenstein auch sein mag. Die Miete ist bis Ende August bezahlt, bis du dein eigenes Einkommen beziehst und die Kosten selbst tragen kannst. Alles in allem habe ich mich euch gegenüber mehr als großzügig gezeigt. Ich habe deiner Mutter bezüglich deiner »Schwester« ein Versprechen gegeben und bin stolz darauf, es bis zum Ende gehalten zu haben, auch wenn du, dessen bin ich mir durchaus bewusst, mit meinem Vorgehen nicht ganz einverstanden warst. Wenn du älter bist, wirst du es verstehen. Immerhin habe ich jetzt eine neue Familie und Zugeständnisse mussten nun mal gemacht werden.*

*Ich bin stolz auf dich, Alexandra. Das weißt du sicherlich schon. Ich weiß, dass deine Mutter ebenfalls stolz gewesen wäre. Ich wünsche dir alles Gute für deine Zukunft.*

*Grüße,*

*Dad*

Ich las den Brief, las ihn noch einmal, dann zerknüllte ich das Blatt Papier und warf es in den Müll.

*Gut*, dachte ich bei mir. *Damit war also alles gesagt.*

*Einen Tag vor dem Großen Drachenwandeln von 1955 nahmen fünfundzwanzig gut betuchte Literaturstudentinnen am Vassar College den Zug nach Manhattan und besuchten den Ort, an dem einst das Feibel-Ross-Fernsprechamt gestanden hatte.*

*Weder erzählten sie irgendjemanden von ihrem Ziel noch schienen sie ihren Ausflug im Vorfeld geplant zu haben. In Gesprächen mit Lehrkräften wie auch Studentinnen, die nicht zu den fünfundzwanzig gehörten, berichteten diese samt und sonders von demselben Phänomen – dass alle betroffenen Studentinnen, ob im Unterricht, in der Bibliothek oder mitten im Feldhockey-Training, einfach um Punkt 9.35 Uhr aufgestanden und ohne ein Wort gegangen waren. Sie sammelten sich auf der Main Street, von wo aus sie sich auf den Weg zum Poughkeepsie-Bahnhof machten und dort um 11.25 Uhr in den Zug nach Manhattan stiegen.*

*Die Vassar-Studentinnen versammelten sich auf dem Gehweg, dem leeren Grundstück zugewandt. Mit klarem Blick standen sie kerzengerade und fest da. Sie hatten ihr ganzes Leben auf Mädcheninternaten und weiterführenden Privatschulen verbracht, die sie auf die Hochschule vorbereiteten, beim Nachhilfe- und Ballettunterricht, bei der Klaviervorführung und der Kunstgeschichtsvorlesung, um einmal zu einflussreichen, vermögenden Frauen zu werden, ganz wie ihre Mütter. Nun standen sie schweigend vor der Leere, die einst das Fernsprechamt gewesen war – ein weiteres Loch im Universum. Laut Augenzeugenberichten strahlten ihre Gesichter und waren wunderschön. Gemeinsam hoben sie den Blick gen Himmel. Und dann holten sie, alle auf einmal und schnurgerade nebeneinander aufgereiht, ihre Notizbücher heraus und fingen an zu zeichnen.*

*Niemand beachtete sie weiter. Das Feibel-Ross-Grundstück fiel genauso unangenehm auf wie ein fehlender Schneidezahn. Es war eine laute Leere. Vorbeigehende beschleunigten ihre Schritte und senkten den Blick. Ohne auch nur zu bemerken, dass sie sich selbst so verhielten.*

*Die Vassar-Studentinnen blieben den ganzen Nachmittag lang dort. Sie zeichneten und zeichneten noch bis in die tiefen Abendstunden. Daran erinnerten sich die Menschen später, konnten aber beim besten Willen nicht erklären, warum das wichtig war. Warum ihre Anwesenheit so bemerkenswert war – wie sie nebeneinander aufgereiht reglos am Bordstein standen, den Blick auf das Notizbuch geheftet, konzentriert und konsterniert, oder in den Himmel erhoben, ein Ausdruck darin, der sich je nach der betrachtenden Person als erwartungsvoll, besorgt oder von wilder Freude gepackt interpretieren ließ. Oder warum sie es erst bemerkten, als es schon zu spät war.*

*In den frühen Morgenstunden des nächsten Tages, ehe das Große Drachenwandeln begonnen hatte, fand man überall in Manhattan – auf Parkbänken und U-Bahn-Treppen und entlang der Rinnsteine – Zeichnungen von Frauen verteilt. Tausende davon lagen auf den Straßen. Sie flatterten wie Herbstlaub gegen die Windschutzscheiben der Autos und kreisten wie Vögel vor den Fenstern der Wolkenkratzer. Frauen in Geschäftskleidung. Frauen in Kleiderschürzen. Frauen in Mänteln. Frauen, die Maschinen bedienten. Frauen in Cockpits. Frauen am Pflug. Frauen in Unterwäsche und unbekleidet. Frauen am Strand. Frauen in Hochzeitskleidern und im Ehebett. Frauen, die Babys in den Armen hielten, kugelrund das nächste erwarteten oder Nasen putzten. Frauen auf Schultreppen. Frauen, die zum Abschied winkten. Überall lagen Zeichnungen.*

*Niemand wusste, was das zu bedeuten hatte.*

*Und hin und wieder fand man auch ein Blatt Papier, auf dem nichts gezeichnet worden war. Nur ein in schöner Handschrift verfasster Satz: »Die Martin O'Learys dieser Welt haben es verdient.«*

*Was das zu bedeuten hatte, wusste auch niemand.*

*Die jungen Vassar-Frauen verpassten ihren Zug an jenem Abend und kehrten auch nicht in ihre Wohnheime zurück. Panische Hausmütter riefen die Polizei, kontaktierten die Familien und informierten die Zeitungen. Die Studentinnen kamen nicht wieder. Natürlich wäre normalerweise am nächsten Tag davon in den Abendnachrichten berichtet worden, doch dem war nicht so. Stattdessen sah die Nation zu, wie sich ihre Mütter in einer Massenbekundung der Wut und Gewalt und der Flammen verwandelten. Plötzlich gab es andere Dinge, über die es nachzudenken galt. Also vergaß die Welt die jungen Vassar-Frauen.*

*Größtenteils.*

– »Eine kurze Geschichte der Drachinnen« von Professor H. N. Gantz, MD/PhD

# 23

Im Laufe des nächsten Monats entdeckte ich immer wieder winzige Flugblätter an seltsamen Orten. In die Briefkastentür gesteckt, an einen Fahrradständer geklebt, auf den Stufen vor der Schule verteilt. Sie waren klein, nicht größer als meine Handfläche.

*KOSTENFREIE BERATUNG FÜR WISSBEGIERIGE*
*Leiden Sie an Symptomen, die Sie sich nicht erklären können?*
*Dem Gefühl, dass das Innere größer ist als das Äußere?*
*Unser klinisches FACHPERSONAL kann Ihnen helfen.*
*Wir liefern EHRLICHE ANTWORTEN statt Lügen,*
*INFORMATIONEN statt abstruse Ausreden.*
*Kommen Sie vorbei, auch ohne Termin.*

Ich hielt inne, als ich die Eingangstür zu unserer Wohnung öffnete und ein Kärtchen bemerkte, das an die Scheibe geklebt worden war. Ich zog es ab, um nachzusehen, ob auf der Rückseite eine Adresse stand, nur um es sogleich von Mr. Watt, unserem Vermieter, aus der Hand gerissen zu bekommen. Er war ein kleiner Mann, der nur stellenweise eine Glatze bekam, sodass die verbliebenen dünnen Strähnen wahllos an seiner mit unzähligen Sommersprossen übersäten Kopfhaut klebten.

Sie wirkten wie die Federn eines verschrumpelten Vogeljungen. Er hatte ein stoppeliges, knubbeliges Gesicht, das dauerhaft zu einer mürrischen Miene verzogen war.

»Wenn ich dich noch einmal erwische, wie du diesen Schmuddelkram anschaust, sage ich es deinem Vater.« Er drohte ständig damit, meinem Vater von Dingen zu berichten. Soweit ich wusste, hatte er es aber noch nie gemacht.

Ich verschränkte die Arme. »Ich habe keine Ahnung, wovon Sie reden. Das hier hat an der Tür gehangen. Was sollte ich denn sonst damit machen? Ich dachte, *Sie* hätten es dort angebracht.« Das hatte ich natürlich nicht, doch sein Ton gefiel mir nicht.

»Pah, diese verrückten Außenseiter mit ihren verrückten Ideen. Noch mehr von diesen Liberalen aus Madison, wenn du mich fragst. Oder noch schlimmer«, sagte er und zog ein grimmiges Gesicht, »aus *Kalifornien*. Aber nicht in meiner Stadt, nicht mit mir.« Sein Blick huschte die Straße auf und ab, als würden genau in diesem Moment lauter Leute von der Westküste in einer Wagenkolonne auf uns zusteuern.

Er zerriss das Stück Papier und stopfte sich die Schnipsel in die Tasche.

»Aber wissen Sie denn wenigstens, was diese Kärtchen zu bedeuten haben? Ich sehe sie momentan überall in der Stadt.«

»Ich sag gar nichts dazu«, erwiderte er. »Ich habe deinem Vater geschrieben, wegen deiner Kleinen. Wie wild geworden rennt sie herum. Das ist das Letzte, was ich gerade gebrauchen kann. Behalt sie im Griff oder sucht euch eine neue Bleibe.« Es war eine leere Drohung, das wusste ich, trotzdem beunruhigte sie mich. Er drängte sich an mir vorbei und humpelte die Treppe hinab zu seiner Wohnung.

Ich schüttelte den Kopf.

*Beratung für Wissbegierige.*

Ich musste zugeben, dass ich ziemlich wissbegierig war.

Am nächsten Tag im Französischunterricht begutachteten drei Mädchen in der Sitzreihe vor mir drei solcher Kärtchen – alle unterschieden sich leicht voneinander, bewarben aber dieselben Kliniken. Ich tippte dem Mädchen, das mir am nächsten saß, auf die Schulter. Sie war groß und hieß Emeline, hatte die Haare zu einem hohen Dutt zusammengebunden, der ihren langen Nacken zur Schau stellte, und hielt jedem, der ihr zu nahe kam, ihren neuen Verlobungsring unter die Nase. Sie war nie geschminkt – das war uns nicht erlaubt –, schien aber trotzdem immer zu strahlen.

»Entschuldige«, sagte ich.

»Ja«, erwiderte sie, drehte sich zu mir, um in meine Richtung zu strahlen, und streckte mir mit einer schwungvoll grazilen Geste ihren Ring entgegen, »er ist echt, falls es das ist, was du fragen wolltest.« Sie lächelte nachsichtig.

»Wie bitte?«, erwiderte ich verwirrt. »Äh, nein, das wollte ich nicht, aber diese Kärtchen interessieren mich. Steht da eine Adresse drauf?«

Das Mädchen neben ihr, Marie-Lousie, so hieß sie, glaube ich, lugte über Emelines Schulter und verdrehte die Augen. »Die können sie doch nicht einfach da draufschreiben«, erklärte sie. »So wird die Beratungsstelle nur dichtgemacht. Verstehst du?« Sie warf einen Blick über ihre Schulter. »Von der *Regierung.*«

»Warum sollte die Regierung sie schließen wollen?«, fragte ich. Schwester Leonie kam herein. Sie war von zierlicher Gestalt, mit einem Gesicht wie eine Walnuss und kleinen grauen Augen, die wie zwei nagelneue Fünfcentstücke glänzten. Ihre Schuhe knarzten, als sie mit watschelndem Gang zur Tafel ging. Sie brauchte einen langen Stock, an dessen Ende ein Lappen befestigt war, um auch die Kreide ganz oben abwischen zu können.

Marie-Lousie sammelte schnell die Kärtchen zusammen und steckte sie sich in die Tasche. »Denk doch mal nach«, flüsterte sie. »Warum sollte sie das *nicht* wollen? Aber wenn du wirklich neugierig bist, wirst du ohnehin schon bald mehr erfahren, schätze ich.«

»Wie denn?«, fragte ich.

Marie-Louise antwortete nicht, tippte sich nur an die Nase.

Schwester Leonie drehte sich um. »*Silence, s'il vous plaît*«, sagte sie sanftmütig.

Wir schlugen unsere Bücher auf.

Ehe ich mich's versah, neigte sich der September dem Ende, brach der Oktober herein und brachte leuchtende Farben, wolkenlose Himmel und eine steife Brise mit sich. Beatrice benahm sich in der Schule anständig und ihre Aufsätze waren mit begeisterten Anmerkungen versehen, sodass ich jeden Tag erleichtert durchatmete. Vielleicht waren die Drachenzeichnungen lediglich eine Phase gewesen.

Beatrice beschwerte sich nicht, wenn ich sie fast jeden Tag stundenlang in die Bücherei mitnahm. Ich ließ sie genau das tun, was meine Mutter mir zuletzt verwehrt hatte. Ich ließ sie uneingeschränkt umherwandern und alles lesen, was sie wollte. Ich lobte ihre Neugier. Mrs. Gyzinska hatte mehrere Aushilfen, die regelmäßig nach Beatrice sahen und manchmal mit ihr im Kinderbereich bastelten, sodass sie, wenn wir nach Hause gingen, eigenartige Glitzerkronen, glänzende Armreifen aus Alufolie oder bunt gefärbte Flügel trug. (Die Flügel warf ich in den Müll. Beatrice war noch klein und ich hoffte, sie würde sie vergessen. Ich hasste mich dafür.)

Was mich anging, blieb ich in der Schule für mich – hielt den Blick gesenkt. Ich war es gewohnt, allein zu sein. Mehr als einmal dachte ich, aus den Augenwinkeln Sonja gesehen zu haben. Wie sie allein an einem Tisch saß und mittagaß. Wie sie in einer offenen Tür stand. Sie war es nie. Doch jedes Mal spürte ich, wie mein Herz einen weiteren winzigen Riss bekam. Ich hatte einmal eine Freundin gehabt. Doch mein Vater hatte sie mir weggenommen. Da steckte noch mehr dahinter, etwas, das ich jedoch nicht greifen konnte, das unerreichbar und so flüchtig wie Rauch vor mir schwebte. Ich versuchte, es zu verdrängen. Schließlich half es nichts, der Vergangenheit nachzuhängen. Zu vergessen gab einem Freiheit. Zumindest redete ich mir das damals noch ein.

Den Rücken unter dem Gewicht meiner Schultasche gekrümmt ging ich am ersten Oktobersamstag mit Beatrice in die Bücherei. Sie rannte mit ausgebreiteten Armen vor mir her, als hätte sie Flügel.

»Ich fliege, Alex!«, rief sie. »Ich fliege wirklich!« Ihre Hände flatterten anmutig durch die Luft, wie die einer Tänzerin. Sie hüpfte auf eine Betonmauer und sprang wieder herunter. An jedem anderen Tag hätte ich innegehalten, um ihre starke, lebhafte und grazile Art zu bewundern, doch nicht heute. Ich war niedergeschlagen und besorgt. *Wie soll ich das alles schaffen?*, fragte ich mich zum hundertsten Mal an diesem Tag. *Was wird nächstes Jahr aus uns?*, jammerte ich innerlich. Jede Frage fühlte sich an wie ein weiterer Stein, der auf meinem Rücken lastete. Ich konnte schon gar nicht mehr aufrechtgehen und schien ständig gebückt zu laufen.

»Kleine Mädchen fliegen nicht«, sagte ich.

Beatrice hielt an und warf mir einen bösen Blick zu. »Warum musst du immer alles verderben?«, schmollte sie.

Ich hatte keine Zeit dafür. »Das mach ich gar nicht. Das sagt nun mal die Wissenschaft. Kleine Mädchen fliegen nicht. Sie gehen, genau wie große Mädchen auch.«

Wir schwiegen, bis wir die Stufen der Bibliothek erreichten.

Unsere Stadtbibliothek war in den 1890er-Jahren von einem Mr. Carnegie erbaut und in den Dreißigern erweitert worden. Mrs. Gyzinska, die damals schon die leitende Bibliothekarin gewesen war, hatte es dann noch geschafft, durch das *Civilian Conservation Corps* ein paar Kunstschaffende zu organisieren, die den Kinderbereich und einen weiteren Lesesaal mit Wandmalereien verzierten – detailreiche Waldszenen, in denen diverse Tiere durch dicht belaubte, weitverzweigte Bäume tollten und gelegentlich eine Fee, ein Wichtel oder Troll aus einem gut getarnten Versteck hervorlugten. An der Decke über den Regalen mit den Wissenschaftsbüchern erstreckten sich ferne Galaxien und Sternbilder. Für eine Kleinstadtbibliothekarin hatte sie … ungewöhnliche Beziehungen. Sie hatte die Leitung übernommen, als sie noch ziemlich jung gewesen war, und war einfach nie gegangen – worüber wir uns wirklich glücklich schätzen konnten. Es war das schönste Gebäude in der ganzen Stadt. Alle Wege schienen hierherzuführen.

Beatrice hüpfte durch die Eingangstür und winkte dem Bibliotheksassistenten fröhlich zu.

»Hallo, Mr. Burrows!«, rief sie viel zu laut, aber er ließ sie gewähren. Sie flatterte mit den Armen. »Gefallen Ihnen meine Flügel? Heute bin ich ein…«

»*Kleines Mädchen*«, sagte ich reflexartig und weitaus lauter als beabsichtigt. »Heute ist sie ein kleines Mädchen. Genau wie an jedem anderen Tag auch.« Ich dachte an meine Mutter mit ihrem Overall, wie sie Beatrice nach drinnen geschleppt hatte, als diese etwas gesagt hatte, das sie nicht hatte sagen sollen. Ich verzog das Gesicht und verdrängte die Erinnerung.

Beatrice funkelte mich böse an. Mr. Burrows lächelte matt, kam aber in einer geschmeidigen Bewegung auf die Beine. Er war noch jung und wenigstens meistens nicht aus der Ruhe zu bringen.

»Du bist rundum bezaubernd, Beatrice«, sagte er diplomatisch. »Ob mit oder ohne Flügel. Und außerdem haben wir neue Bastelsachen bekommen, die ich unbedingt ausprobieren möchte.« Eine offensichtliche Lüge, doch ich sagte nichts. »Vielleicht können wir deiner Schwester ein paar Flügel basteln. Und mir auch. Können Bibliothekare Flügel haben? Vielleicht sollten alle Flügel haben.«

»Alex braucht keine Flügel«, sagte Beatrice, ging seitlich auf Mr. Burrows zu und nahm seine Hand. »Sie läuft nur. Wie eine *Verliererin.*« Sie warf mir einen strengen Blick zu, aber ich konnte sehen, dass sie vorübergehend beschwichtigt war. Sie hüpfte zu den hinteren Treppen.

Ich machte mich zu den Bücherregalen auf.

Ich arbeitete schon weit über zwei Stunden, als sich Mrs. Gyzinska meinem Schreibtisch näherte, wo ich grübelnd über eine besonders verzwickte Aufgabe gebeugt saß.

Seit meine Mutter gestorben war und ich immer mehr Zeit in der Bibliothek verbrachte, hatte Mrs. Gyzinska angefangen, regelmäßig nach mir zu sehen und sich zu mir zu setzen. Manchmal unterhielten wir uns, meistens jedoch saß sie einfach nur lange bei mir, ohne ein Wort zu sagen, erledigte gewissenhaft ihre Büroarbeit oder las ein Buch. Ich war ihr dankbar dafür. Es mag seltsam klingen, aber ich war dankbar, mich nicht erklären zu müssen. Dankbar, nicht reden zu müssen, doch auch nicht allein zu sein. Hin und wieder gingen wir gemeinsam raus in den Garten, der hinter dem Gebäude lag, wo wir uns lange über Mathematik oder Chemie oder Jane Austen unterhielten. Ich genoss ihre Gesellschaft.

Ich erzählte Mrs. Gyzinska nie, wie wir lebten. Ich war mir sicher, sie wusste, dass ich für Beatrice verantwortlich war. Sie erkundigte sich oft nach dem Wohlbefinden meines Vaters und meiner Stiefmutter, und ich antwortete jedes Mal mit: »*Es geht ihnen gut, danke der Nachfrage*«, obwohl ich in Wirklichkeit gar keine Ahnung hatte, und immer verzog sie den Mund zu einer schmalen, angespannten Linie.

»Na ja«, erwiderte sie stets, »dann ist ihnen wenigstens noch ihre Gesundheit geblieben.«

Was eine seltsame Antwort war, auf die ich aber nie reagierte. Wir ließen sie einfach zwischen uns stehen, unberührt.

Ich sah nicht auf, als sie herüberkam. Wie üblich sagte sie nichts. Mrs. Gyzinska hielt sich im Lesesaal strengstens an das vorgeschriebene Schweigen. Sie klopfte leise mit ihren geschwollenen Knöcheln gegen die alte Eichenplatte, um meine Aufmerksamkeit zu erhaschen. Mit einer Geste gab sie mir zu verstehen, ihr zu folgen, und ging dann auf den hinteren Arbeitsraum zu. Trotz ihrer gebeugten Schultern und versteiften Wirbelsäule, trotz ihres leicht hinkenden linken Beins gab sie immer noch ein straffes Tempo vor. Ich beeilte mich, zu ihr aufzuholen.

Mrs. Gyzinska war sehr alt (ich fand es ausgesprochen schwierig einzuschätzen, wie alt sie wirklich war) und schon die meiste Zeit ihres Lebens verwitwet. Als junge Frau hatte sie ein Stipendium für eine renommierte Universität im Osten des Landes erhalten, hatte dort den jungen Nachkommen einer angesehenen Familie kennengelernt und ihn heimlich (gegen den ausdrücklichen Willen seiner Eltern) geheiratet. Er stammte gewissermaßen vom alten Geldadel ab – die Familie war so einflussreich und wohlhabend, dass selbst das Wetter ihr hörig war, wie man so schön sagt. Dann jedoch, nur kurze Zeit nach der Hochzeit, starb ihr Mann jung und unter peinlichen Umständen. Ich fand nie heraus, was genau geschehen war, nur dass seine Eltern es als Vorwand nutzten, um ihr seinen Teil des Familienerbes zu verwehren. Damit sie Stillschweigen bewahrte, boten sie ihr einen kleinen, aber sich selbst erhaltenden Fonds an, der ihr ein komfortables Leben ermöglichen sollte. Außerdem übertrugen sie ihr einen zweiten, weitaus größeren Fonds, mit dem sie eine beliebige, von ihr auserwählte Organisation finanziell unterstützen könnte, in dem Wissen, dass Philanthropie ihrer ehemaligen Schwiegertochter weitaus mehr und weitaus bedeutendere Türen öffnen würde, als es ein Universitätsabschluss je könnte. Den tiefen Taschen dieser Familie, die keinerlei Verbindung zu meiner kleinen Heimatstadt in Wisconsin besaß, hatten wir also eine solch gut finanzierte und hervorragende Bibliothek zu verdanken. Alle in der Stadt kannten diese Geschichte und alle taten so, als wäre es ein riesiges Geheimnis. Mrs. Gyzinska war mit gerade einmal vierundzwanzig Jahren zur leitenden Bibliothekarin und Oberbibliotheksrätin unseres Countys ernannt worden und sorgte bis zu ihrem Tod dafür, dass die Stadtbibliothek ihre herausragende Qualität beibehielt.

Im Arbeitszimmer angekommen schloss Mrs. Gyzinska die Tür hinter uns und bedeutete mir, mich an den langen Tisch zu setzen, der normalerweise dazu diente, Bücher zu sortieren oder beschädigte Buchrücken neu zu kleben. Sie ging in die Ecke und goss uns zwei Tassen kochend heißen Kaffee ein. Ich verbrannte mir den Mund, wusste es aber dennoch zu schätzen. Es gab mehrere Bücher, die sie für die lexikalische Sammlung bestellt hatte und mir zeigen wollte. Gespannt fing ich an, sie zu durchblättern. Mrs. Gyzinska beobachtete mich, während sie genüsslich ihren Kaffee schlürfte. Ihre Haut sammelte sich in sanften Wellen um ihr Gesicht, wie Blütenblätter, und ihre kleinen Augen strahlten aufmerksam. Sie hatte einen Stapel Briefumschläge auf dem Schoss liegen. Sie hob sie nun hoch, damit ich sie sehen konnte.

Mein Magen verkrampfte sich ein wenig.

»Ich war so frei«, sagte sie langsam, »mich in deinem Namen zu erkundigen.« Sie ließ die Umschläge einen nach dem anderen auf den Tisch gleiten, das Geräusch von Papier auf Papier klang wie das Rascheln des Windes in den Bäumen. Ich starrte die Briefumschläge an. »Das sind Bewerbungsunterlagen für Stipendien. Du bist eine gute Kandidatin. Dein

Geschlecht wird dir zwar leider nicht zugutekommen, fürchte ich, weil die Welt momentan noch so ist, wie sie ist, doch deine Leistungen sprechen für sich. Ich kenne jeden der Professoren aus deinem Korrespondenzprogramm – wenn einer von ihnen auch nur zögert, dir eine Empfehlung zu schreiben, überlass ihn getrost mir, und ich kümmere mich darum. Es gibt nur sehr wenige, die mir keinen riesengroßen Gefallen schulden. Außerdem würde ich dir nahelegen, dich lediglich Alex zu nennen und schlichtweg zu ... *vergessen*, all jene Kästchen anzukreuzen, die dich als weiblich identifizieren könnten. Das werden sie dann schon selbst herausfinden.«

»Das hätte ich ohnehin gemacht«, sagte ich. Seit ich mit den Korrespondenzkursen angefangen hatte, kannten mich die Professoren lediglich als Alex und nicht Alexandra. In den Bewertungen, die ich von ihnen zugeschickt bekam, überhäuften sie mich mit Lob. Bis heute bin ich mir bei manchen von ihnen nicht sicher, ob sie mich genauso bewertet hätten, wenn die Briefe an Alexandra adressiert gewesen wären.

Ich zwang mich, die Umschläge mit dem Daumen zu durchblättern und gleichmütig dreinzublicken, während die Angst und Aufregung mich innerlich wie ein Schraubstock umklammerten. Meine Sicht verschwamm ein wenig und ich konnte fühlen, wie mir der Schweiß in den Nacken trat. Was würde ich mit Beatrice machen? Wie sollte ich das alles schaffen? Ich wusste es nicht, konnte es aber auch nicht laut aussprechen. Mrs. Gyzinska schien mich dennoch zu hören. Sie verlagerte ihr Gewicht auf dem Stuhl, sodass sich dessen Beine quietschend in den Boden bohrten. Ich räusperte mich und betrachtete die Briefe. Mir fiel auf, dass sie den Umschlag von ihrer Alma Mater ganz oben auf den Stapel gelegt hatte. In meiner Vorstellung sah ihre ehemalige Universität aus wie ein efeuumranktes Schloss.

Ich gab ihr den Umschlag zurück.

»Da kann ich mich nicht bewerben«, sagte ich kategorisch. »Selbst wenn sie mich annehmen würden, es ist ausgeschlossen.«

Mrs. Gyzinska betrachtete mich schweigend. Sie nippte nur an ihrem Kaffee, stellte mir keinerlei Fragen.

Die Stille dauerte an, bis ich es nicht mehr aushielt.

»Ich meine«, sagte ich, »ich weiß es wirklich zu schätzen, glauben Sie mir. Und ich werde auf jeden Fall studieren, es ist nur so …« Meine Stimme versagte.

Mrs. Gyzinska stellte ihre Tasse auf den Tisch. Der Ausdruck auf ihrem Gesicht war sanft und freundlich. Sie sah kein bisschen so aus, als wäre ihr das Gespräch unangenehm.

Ich schluckte schwer und setzte erneut an. »Es ist nur so weit weg. Und wo auch immer ich hinziehe, ich muss Beatrice mitnehmen. Also.«

Wieder trat eine schier endlose Stille ein.

»Beatrice wird nicht *hier*bleiben«, sagte Mrs. Gyzinska schließlich. »Nicht bei deinem Vater. Und nicht bei deiner Stiefmutter. Das ist es, was du sagen willst.« Sie formte ein Dach mit den Händen und hielt sie sich unter das Kinn. »Ihre Familie ist …«

»Das bin ich«, sagte ich. »Beatrice und ich, wir gehören zusammen. Und so wird es auch immer sein. Mein Vater hält nichts davon, dass ich eine Hochschule besuche, was er mir deutlich gesagt hat, also werden wir es ohne seine Hilfe schaffen müssen. Das an sich ist schon schwierig genug, an einer solch renommierten Schule wäre es nur noch schwieriger. Wenn Sie verstehen, was ich meine. Es gibt dort bestimmt nicht viele in meiner Lage. Ich kann mir nur schwer vorstellen, dass man Verständnis dafür hätte, geschweige denn mir entgegenkommen würde.«

Ein fast unmerkliches Zucken huschte über ihre Miene, war dann aber genauso ungerührt wie immer. »Nun«, sagte

Mrs. Gyzinska mit einer beiläufigen Geste, »ich befürchte, da könntest du nicht unrecht haben. Unabhängig davon sollte das Empfehlungsschreiben, das ich schon für dich vorbereitet habe, bei der University of Wisconsin genauso gut ankommen wie überall sonst. Dort habe ich ebenfalls einen erheblichen Einfluss. Das Problem ist natürlich, wie wir die Verwaltung davon überzeugen können, dich in einer der Wohnungen für Verheiratete und Familien unterzubringen – immerhin seid du und Beatrice eine Familie –, damit du nicht selbst nach einer Unterkunft in einer dir unbekannten Stadt suchen musst, noch dazu mit begrenzten Mitteln. Niemand sollte das allein tun müssen. Und vor allem keine«, sagte sie und schürzte die Lippen, »*Mathematikerin.*« Sie runzelte die Stirn. Ich glaube, es wäre ihr lieber gewesen, wenn ich Philosophie studiert hätte.

Draußen platschte es plötzlich laut. Ich sah aus dem Fenster und entdeckte Beatrice und Mr. Burrows, die mit Gummistiefeln durch den Sumpf stapften. Mr. Burrows hielt ein Gestell mit Reagenzgläsern in den Händen und Beatrice eine lange Spritze.

»Also, Beatrice«, hörte ich ihn erklären, »jetzt müssen wir ganz vorsichtig sein und uns gut überlegen, wo wir unsere Proben entnehmen wollen, damit .... Beatrice, was habe ich gerade gesagt? ... Ach, du meine Güte.«

Mrs. Gyzinska verdrehte die Augen. »Das ist genau der Grund, warum ich keine Kinder habe«, sagte sie und schüttelte den Kopf. Dann bemerkte sie mich, hielt kurz inne und tätschelte mir die Hand. »Aber ich war auch nie so begabt wie du«, sagte sie diplomatisch.

Ich seufzte, stützte die Stirn auf meine Handballen. »Ich frage mich, ob ich das überhaupt bin«, sagte ich. Es war mir alles zu viel. Einfach viel zu viel.

Ich öffnete mein Lehrbuch und fing an zu lesen. Ich wollte nicht unhöflich sein, aber ich hatte noch einiges zu tun und nur herzlich wenig Zeit dafür. Ich versuchte, den Sorgenstrudel zu beruhigen, der in meinem Kopf toste. Beim bloßen Gedanken daran, mit der Schule aussetzen zu müssen, ging für mich eine Welt unter. Wer war ich denn schon ohne die Klarheit der Mathematik? Ohne mathematische Sätze, Gleichungen, Winkel und Variablen? Ohne gründliche Berechnungen und durchdachte Analysen? Ich dachte an meine Mutter, an den Krebs, der sie von innen zerfressen hatte. In meiner Vorstellung hatte ihr Tumor wie ein Drache ausgesehen. Ich stellte mir vor, wie ich eine Ritterrüstung trug. Wie ich in die Tiefen ihres Körpers vordrang, ihn aufspürte, herausforderte und tötete. Ich markierte Textpassagen und machte mir Randnotizen in meinem Lehrbuch – mit solcher Gewalt, dass ich fast das Papier zerriss.

Mrs. Gyzinska rührte sich nicht.

Sie saß einfach neben mir.

Beatrice patschte weiter im Sumpf herum, während Mr. Burrows nervös hinter ihr herlief. Sie lachte überschwänglich.

Mrs. Gyzinska neigte den Kopf nach links. »Sie ist ein ganz schöner Wildfang, deine Beatrice«, sagte sie.

Ich antwortete nicht. Was gab es darauf schon zu sagen? War ich schuld daran, dass sie so ein Wildfang war? Vielleicht, aber eigentlich glaubte ich das nicht. Beatrice war seit jeher sie selbst.

»Erzähl mir von ihrer Mutter«, sagte Mrs. Gyzinska sanft.

Mein Kopf schnellte hoch. »Unsere Mutter ist tot«, sagte ich. Die Worte kamen aus mir herausgeschossen, so schnell wie eine Ohrfeige.

Mrs. Gyzinska schwieg einen Augenblick lang. »Ich meine …« Sie hielt inne. »Ich meine, erzähl mir von ihrer *anderen* Mutter«, sagte sie, ihre Stimme kaum lauter als ein Flüstern.

Lange sprach niemand von uns. Ich nahm immer stärker das Rauschen des Blutes in meinen Adern wahr und das

Klingeln in meinen Ohren. Mit jedem Atemzug spürte ich die Hitze in mir aufwallen, bis ich schon befürchtete, in Flammen aufzugehen. Ich ballte die Hände so fest, dass sich die Nägel in meine Haut bohrten und es zu bluten anfing.

Wie erinnern wir uns an die Momente, in denen wir zerbrechen? Die Zeit vergeht anders, wenn wir uns fürchten, frustriert sind oder wutentbrannt. Die Augenblicke überschlagen sich und zerfallen, wie ein Knoten, der sich von innen heraus auflöst. Was in diesem Moment geschah, ist ein verworrenes Geflecht. Ich habe jahrelang versucht, den Faden der Erinnerung zu entwirren und glatt hinzulegen, doch es war ein Ding der Unmöglichkeit. Ich weiß nur noch, dass ich schnell und trotzig handelte, völlig überreagierte. Ich erinnere mich, wie ich die Stimme erhob und gegen eine überfüllte Pinnwand ein Buch schmiss. Ich erinnere mich an den Geruch von Klebstoff, der mir in die Nase stieg, das Geräusch der hölzernen Stuhlbeine, wie sie über den Dielenboden kratzten, und meiner Hand, wie sie auf den Tisch knallte. Ich erinnere mich an Mrs. Gyzinska, wie sie mit den im Schoß gefalteten Händen dasaß, den Kopf leicht nach links geneigt, ein Ausdruck milder Neugier auf dem faltigen Gesicht, in dem keinerlei Wut über mein Verhalten lag was mich nur noch wütender machte. Ich erinnere mich, wie ich die Tür hinter mir zuschlug und zurück in den Lesesaal stampfte. Ich erinnere mich, dass ich mich für mein Verhalten schämte.

Tatsächlich erinnere ich mich am allermeisten an die Scham.

Als ich tobend und fluchend meine Tasche über meine Schultern schwang und aus dem Arbeitszimmer trampelte, wurde ich plötzlich von Erinnerungen überflutet. Erinnerungen an meine Mutter. Erinnerungen an meine Tante. Sie brachen zahlreich, schnell und heftig über mir herein, überfallsartig. Ich erinnere mich, wie ich an den Esstisch in unserem Haus dachte – die unangenehmen Erwachsenen, meine Tante, die meine Mutter stichelte, wegen ihres Könnens und ihrer Erfolge, und wie meine Mutter dem Ganzen ein Ende setzte.

Meine Mutter hatte sich nicht drachengewandelt – aber hätte sie es tun können?

Meine Tante hatte sich drachengewandelt – aber was, wenn sie es nicht getan hätte? Was, wenn sie geblieben wäre und Beatrice und ich nach dem Tod meiner Mutter bei ihr hätten leben können? Meiner Tante mit ihrem festen Stand und ihrem breiten Lächeln, mit ihren geschickten Händen und ihrer scharfen Beobachtungsgabe.

Und ich war *wütend*, so unglaublich *wütend*. Auf meine Mutter. Auf den Krebs. Auf meinen Vater. Darauf, dass er uns im Stich gelassen hatte. Und auf meine Tante. Dafür, dass sie meine Mutter verlassen hatte. Beatrice verlassen hatte. *Mich* verlassen hatte. Denn ich brauchte sie.

Ich eilte die Treppe hinauf, gefolgt von Mrs. Gyzinska. Sie wirkte ruhig und gelassen, ging schnellen Schrittes und hielt mit mir mit. Das machte mich auch wütend.

»Beatrice hat keine Mutter«, sagte ich, ohne mich umzudrehen. »Ich habe keine Mutter. Wir haben nur einander.«

Das war nicht alles, was ich sagte. Ich weiß, dass ich noch mehr zu ihr sagte. Verletzende und gehässige Dinge. An das meiste davon erinnere ich mich nicht. Ich weiß noch, dass ich sie eine neugierige alte Schachtel nannte, eine aufdringliche und langweilige Wichtigtuerin. Ich hatte bisher noch nie so über sie gedacht und ich glaube, das tat ich auch in diesem Moment nicht. Ich sagte diese Dinge nur, um gemein zu sein. Obwohl Mrs. Gyzinska an mich glaubte, mich vielleicht sogar liebte. Meine Tasche klatschte mir gegen die Hüfte. Ich musste Beatrice finden.

»Ich wollte ja nur sagen …«, setzte sie an.

»Es gibt nichts zu sagen«, spuckte ich ihr förmlich ins Gesicht. Ich lief durch die Bibliothek, auf der Suche nach meiner Schwester.

»Ich dachte nur, es würde nicht schaden, es zu erwähnen«, sagte Mrs. Gyzinska besänftigend und hielt trotz ihres Alters und ihrer kurzen Beine mit mir Schritt.

»Beatrice!«, rief ich. Aus vollem Hals. Obwohl wir in der Bibliothek waren.

»Man könnte versuchen, Kontakt aufzunehmen. Verstehst du, was ich damit sagen will? Deine Tante, in welchem Zustand sie sich auch befindet, könnte …«

»Wo ist dieses Kind schon wieder?«, sagte ich stöhnend zu mir selbst. Die Menschen in der Bibliothek blickten auf.

»Du wirst jede Hilfe brauchen, die du bekommen kannst. Egal, wie sie … *aussieht*. Es würde sich also lohnen …«

»*BEATRICE!*«, schrie ich. Sie war nicht im Kinderbereich. Ich sah aus dem Fenster. Auch draußen war sie nicht mehr. Ich machte auf dem Absatz kehrt und eilte in den Kunst- und Bastelraum.

Mrs. Gyzinska war *so alt*. Und trotzdem versuchte sie immer wieder, sich vor mich zu stellen und mir den Weg abzuschneiden, während ich durch die Regale hastete. Mütter nahmen ihre Kinder an die Hand und gingen mir aus dem Weg. »Ich gebe ja zu, dass es schwer ist, darüber zu reden, angesichts der lächerlichen Lage, in die uns unsere Kultur drängt. Es reicht wohl, wenn ich dir sage, dass es in der Wissenschaft durchaus Leute *gibt*, die sich geduldig, sorgfältig und gezwungenermaßen heimlich mit solchen Fällen und Ereignissen befassen. Das ist nicht leicht. Sie alle stehen dieser Tage unter strengster Beobachtung durch den Kongress. Jedenfalls sind Optionen möglich. Verstehst du? Es gab schon mal einen Fall, Alex, einen *ähnlichen* Fall. Genau das versuche ich, dir zu sagen.«

Ich ignorierte Mrs. Gyzinska, rannte die Treppenstufen hinab und fand Beatrice ellbogentief in Fingerfarbe. »Komm«, sagte ich, »wir gehen.«

»Aber ich habe gerade erst angefangen!«, protestierte Beatrice und fasste sich bestürzt an die Wangen, wo sie jeweils zwei große Handabdrücke hinterließ – einer rot, der andere blau.

»Geh das abwaschen«, sagte ich kurz und knapp, dann warf ich Mr. Burrows einen strengen Blick zu. »Würden Sie ihr bitte helfen?« Mr. Burrows, unerschütterlich wie immer, ging mit Beatrice zum Waschbecken hinüber.

»Aber!«, erwiderte sie, versuchte jedoch gar nicht erst, den Satz zu beenden.

»Alex, würdest du mir bitte *zuhören*?«, keuchte Mrs. Gyzinska hinter mir.

Ich wusste nicht, warum ich so wütend war. Ich dachte an meine Tante, wie sie in ihrem drachenzerstörten Haus stand. Ich dachte daran, *wie sehr* ich mir gewünscht hatte, dass sie im Krankenzimmer meiner Mutter auftauchte. Um sie zu rächen. Um uns zu rächen. Eine elementare Kraft erfüllt von Wut und Gewalt und dem Zorn der Gerechtigkeit. Meine Haut glühte. Meine Knochen glühten. Es war einfach *zu heiß* in der Bibliothek.

»Hol deine Sachen«, sagte ich zu Beatrice.

Mrs. Gyzinska sammelte sich wieder. Sie verschränkte die Hände, legte sie ruhig auf ihren gewölbten Bauch und atmete lang und tief ein. Sogar ihre Ruhe schien mich zur Weißglut zu treiben.

»Das hier ist deine Bibliothek, Alex. Das war sie schon immer und das wird sie auch immer sein. Es tut mir leid, dass ich dich verärgert habe. Ich glaube aber, dass es dich wirklich interessieren könnte, einige dieser Forschungsarbeiten zu lesen. Ich habe sie da, falls du einmal einen Blick darauf werfen möchtest. Sie wurden unterdrückt, weißt du? Von denselben Leuten eingestellt, die die Forschung finanziert haben. Mit ein paar derjenigen, die daran arbeiten, kann ich dich vernetzen, wenn es dich interessiert. In jedem Fall solltest du wissen, dass das, was in Amerika passiert ist, nicht das erste solcher Ereignisse war. Sondern ein bekanntes Phänomen. Und es ist wichtig, dass du weißt, dass sie *nicht für immer verschwunden bleiben.*«

»Von wem redet ihr?«, fragte Beatrice, als sie zu Mrs. Gyzinska hinüberhüpfte, um sie wie stets zum Abschied zu umarmen.

»Natürlich von den Drachinnen, mein Liebling.«

Ich fühlte mich auf einmal regelrecht festgenagelt. Atemlos. Zeitlos, reglos – wie ein Schmetterling, der mit einer Nadel durch die Brust an ein Brett angesteckt worden ist. Was ist Wut überhaupt? Was macht sie mit einem? Meine Mutter war keine wütende Person. Oder zumindest glaube ich, dass sie das nicht war. Meine Tante war so wütend, dass ihr Körper es einfach nicht mehr aushielt. Diese Wut zerstörte ihr Haus, verschlang ihren Mann und ließ eine gebrochene Familie zurück. Das wollte ich nicht, aber ich wusste auch nicht, was ich mit meiner Wut machen sollte. Ich spürte, wie die Erde bebte, meine Haut brannte, dann stieß ich eine Feuersbrunst aus Worten aus, die meine Zähne klappern ließ, als sie aus mir herausbrach.

Ich erinnere mich nicht mehr daran, was ich gesagt habe. Nur dass es grausam war. Nur dass der arme Mr. Burrows ganz rot wurde und sagte: *»Ich verbitte mir solche Ausdrücke!«* Nur dass es Beatrice zum Weinen brachte.

Ich packte Beatrice an der Hand und lief aus der Bibliothek.

Den ganzen Heimweg über sagte sie kein Wort zu mir.

# 24

Wo kam sie her, diese Wut? Ich war nicht dazu erzogen worden, wütend zu sein.

Trotzdem.

Während wir nach Hause liefen, ließ meine Wut nicht nach. Sie verdichtete sich nur noch, wartete wie eine gespannte Sprungfeder darauf, sich zu entladen.

Für Anfang Oktober war es ein warmer Tag. Die Blätter begannen gerade erst, sich zu verfärben, sodass bonbonrote oder goldgelbe Farbtupfer aus dem Grün herausstachen. Wir kamen an einem Haus vorbei, in dessen Vorgarten ein schwer mit Äpfeln beladener Baum und ein Schild, auf dem stand: BITTE PFLÜCKEN. Wir ignorierten es, obwohl wir das sonst nicht gemacht hätten. Beatrice weigerte sich, meine Hand zu halten. Sie ging ein paar Schritte vor mir her, langsam und wie betäubt.

Ich wartete darauf, dass sie etwas sagte. Anklagende Worte. Wütende Worte. Vorwurfsvolle Worte. Irgendetwas. Ich erinnerte mich an das Gesicht meiner Mutter, wenn sie uns streng zurechtwies, weil wir uns nicht benommen hatten. Ich erinnerte mich an ihr Gesicht in dem Augenblick, als die Ohrfeige kam. Wann wird aus Angst Wut? Wann wird aus Wut Angst? Oder waren sie ein und dasselbe?

»Beatrice?«, sagte ich vorsichtig, stockend. Sie beschleunigte ihre Schritte. »Beatrice, ich …«

Sie vergrößerte lediglich den Abstand zwischen uns. Ich wusste ohnehin nicht so recht, was ich sagen wollte, also beließ ich es einfach dabei. Die Wut blieb. Sie verlagerte sich und richtete sich neu aus. Sie schlängelte sich durch meinen Magen und wand sich um jeden einzelnen meiner Knochen.

Wir gingen den Rest des Wegs schweigend nach Hause. Beatrice war ein braves Mädchen, also hielt sie den Blick gesenkt. Ich tat es ihr gleich, so war ich es gewohnt. Dennoch musste ich dagegen ankämpfen, den Blick nicht nach und nach anzuheben, als ob der Himmel ihn magnetisch anzog.

Gegen Mitternacht, lange nachdem Beatrice und ich zu Abend gegessen hatten und ich sie missmutig ins Bett gebracht hatte, lange nachdem ich hörte, wie im anderen Zimmer ihr nächtliches Schnarchen anfing, stand ich auf, schlüpfte in meine Stiefel, kuschelte mich in meinen Mantel und ging nach draußen. Auf die Anrichte im Eingang legte ich einen Zettel für Beatrice, nur für alle Fälle, und schloss die Tür hinter mir ab.

Ich schäme mich, zugeben zu müssen, dass ich Beatrice nicht zum ersten Mal nachts allein in der Wohnung ließ. Sie war noch so klein. Was, wenn sie aufwachte? Was, wenn jemand einbrach? Was dachte ich mir nur dabei? Wenn ich heute Kinder hätte, würde ich das niemals machen. Doch ich war nur eine Teenagerin und so gedankenlos und impulsiv, wie Teenager es nun mal sind. Und rastlos. Seit dem Beginn des Schuljahrs hatte meine innere Unruhe nur noch zugenommen – es juckte mich irgendwie, als würde meine Haut nicht mehr auf meinen Körper passen. Die Welt war wie ein unbequemes Kleidungsstück aus steifem Stoff, mit rauen Nähten und einem störenden Etikett. Ich wollte nichts lieber, als es abzustreifen, doch *womit* ich es dann ersetzen sollte, wusste ich nicht recht.

Ich bog auf die Spencer Street und lief in Richtung Fluss. Das Ufer auf der Stadtseite bestand damals aus einer Mischung aus verlassenen Fabrikgebäuden und unbebautem, überwuchertem Tiefland, das mit Schieferplatten bedeckt war, damit sich dort irgendwann mal die Industrie ansiedelte. Es war ein wartender, ein ruhiger Ort. Auf der gegenüberliegenden Seite lag ein weitläufiges Moor, auf dem Cranberrys angebaut wurden, und das hin und wieder von mehreren miteinander verflochtener Weidenbäume unterteilt wurde. Im Sommer war das Moor vom Quaken der Frösche erfüllt, die in der Dunkelheit ihr Verlangen, ihre Hoffnung und Sehnsüchte lauthals hinaussangen. Jetzt war es jedoch still, bis auf den unablässigen Wind, der säuselnd die Moorgräser streifte und die Weidenzweige ächzen ließ.

Die Nonnen ermahnten uns, dort unten vorsichtig zu sein. Geht niemals allein zum Fluss, sagten sie. Dort würden Männer lauern, sich in den Schatten verstecken und in den Gräben hocken. Trunkenbolde. Herumtreiber. Nichtsnutze, die keine Arbeit fänden, weil sie unfähig seien oder einen schlechten Charakter hätten. Beatniks mit ihren unamerikanischen Gedanken und ihrem unzüchtigen Hang zur Poesie, zum Kettenrauchen und zum Jazz (wobei in dieser Gegend von Wisconsin 1963 zugegebenermaßen niemand auch nur einen Beatnik gesehen hatte. Trotzdem wussten alle, dass, wenn je welche von ihnen auftauchen *sollten*, man sie vermutlich am Fluss finden würde). Aber ich liebte es einfach, am Fluss zu sein. Das tue ich noch immer. Die Ruinen der alten Papiermühle, inzwischen hatte man flussaufwärts eine neue gebaut, standen noch dort und ragten gigantisch und von Vögeln belagert in den Himmel. Es war die Rede davon, das Gelände in einen Park zu verwandeln, doch die Industrieliebhaber konnten den Gedanken nicht ertragen, den Fluss von diesem männlichen Bild der Produktivität abzukoppeln. Es sei besser, noch damit zu warten, sagten sie. Falls ein Großindustrieller vorbeikäme und das Gelände für sich nutzen wollte. Also blieb es so, wie es war, und existierte einzig dafür, Nerzen, Füchsen und den dunklen Wolken aus Krähen einen Zufluchtsort zu bieten. Ich stahl mich am Rande der Gebäudeanlage entlang und ging hinaus zur Hochwassermauer. Meistens war sie menschenleer. Hin und wieder begegnete ich einer Gruppe Leute, die an der University of Wisconsin studierte und gekommen war, um Wasser- und Bodenproben zu entnehmen oder um mit ihren Teleskopen den dunklen Nachthimmel zu beobachten.

Ich lief an der Mauer entlang, bis ich an eine Treppe kam, die zum Fluss hinabführte. Es sah aus, als wäre niemand dort, worüber ich erleichtert war. Auf halbem Weg setzte ich mich auf eine Stufe, lehnte mich auf die Ellbogen zurück und starrte in die Dunkelheit. Das Sumpfgebiet und das Cranberry-Moor auf der anderen Uferseite waren unsichtbar. Auch der Fluss rauschte in Dunkelheit gehüllt vorbei. Die Lichter der Stadt, die hinter mir lag, wurden von der massigen alten Fabrik verdeckt, sodass sich mir der Nachthimmel öffnete und die Sterne einer nach dem anderen zum Vorschein kamen.

*Es ist gefährlich am Fluss.*

*Mädchen sind allein nicht sicher.*

Und vielleicht hatten die Leute recht. Doch es fühlte sich gut an, still zu sein. Und es fühlte sich gut an, allein zu sein. Es fühlte sich obendrein gut an, *frei* zu sein, so wie sich auch ein Vogel fühlen musste, wenn er begriff, dass das, was ihn einschloss, nichts weiter als eine Eierschale war – zart, zerbrechlich und jederzeit bereit, aufgebrochen zu werden.

Ich war wütend, allerdings nicht auf Mrs. Gyzinska, wie ich erschrocken feststellte. Aber auf *wen* dann? Ich wusste nicht einmal, wo ich anfangen sollte.

Etwas bewegte sich auf der anderen Flussseite im Moor. Etwas Großes, im Gewirr der Birken. Ich konnte es nicht erkennen, nahm allerdings an, dass es wahrscheinlich eine entlaufene Kuh von einem der Bauernhöfe am Stadtrand sein musste, wobei es auch ein Reh oder Elch sein konnte. Was immer es war, es bewegte sich mit behäbigem Gang und schweren Schritten träge durch den Morast. Ich lehnte mich auf die Ellbogen zurück und sah nach oben. Es war kalt und wurde allmählich noch kälter, der beißende Wind stach auf meiner Haut. Doch die Sterne leuchteten gestochen scharf und hell über mir, eine aggressive Klarheit. Die Scham über mein Verhalten in der Bibliothek legte sich wie eine schwere Last auf meine Brust. Ich stöhnte laut auf.

»*Sei leise*«, sagte eine Stimme ein gutes Stück zu meiner Linken. »Du verjagst sie noch.«

Mit einem Aufschrei rappelte ich mich hastig auf.

»*Schhh*«, mahnte die Stimme. Ich kniff die Augen zusammen und starrte in die Dunkelheit vor mir. Weniger als zehn Meter entfernt saß ein Mann auf einem kleinen Klappstuhl an einem winzigen Schreibtisch – ein einfaches Rechteck kaum größer als sein Schoß, auf ausziehbaren Beinen. Er hielt ein Gerät in den Händen, das ein bisschen wie ein Fernglas aussah, nur größer und schwerer, sodass er es auf einen Ständer auf dem Schreibtisch stützen musste. Außerdem hatte er ein Stenografieheft geöffnet vor sich liegen und eine kleine Stiftleuchte. Er blickte durch sein seltsames Fernglas. Er machte sich Notizen. Immer wieder und wieder.

Ich wusste nicht, wie ich darauf reagieren sollte. Hatte ich ihn gestört hatte oder war es andersrum? »Tut mir leid?«, sagte ich schließlich.

Er winkte ab. »Nicht nötig«, flüsterte er. »Sie hat dich nicht gehört, glaube ich.«

Ich blickte mich um. Ich konnte sonst niemanden sehen. Wobei ich *ihn* zuvor genauso wenig gesehen hatte. »Sie?«, fragte ich.

Er deutete mit dem Finger auf die andere Uferseite. Die Birken wiegten sich hin und her. Ich konnte noch immer das Geräusch von tief einsinkenden Schritten im nassen Morast hören. »Da drüben«, sagte er. Der Mond war nur eine dünne Sichel, doch das wenige Licht, das er ausstrahlte, spiegelte sich im Wasser. Der Mann war sehr alt. Er trug einen dicken Pullover und etwas, das wie ein Militärmantel aussah. Seine warme Mütze hatte er bis über die Ohren gezogen. »Ist sie nicht wunderschön?«

Ich kniff erneut die Augen zusammen. »Ich erkenne nichts« sagte ich. »Ist es irgendein Tier?«

»Nicht mehr als du oder ich«, murmelte er. Er unterstrich, was immer er gerade geschrieben hatte, setzte sich dann aufrecht hin, drehte sich um und sah mich an. »Entschuldige«, sagte er mit einem Lächeln. »Wie unhöflich von mir. Ich heiße Henry. Henry Gantz.«

*Woher kannte ich diesen Namen?* »Hallo«, erwiderte ich und ignorierte das juckende Gefühl in der hintersten Ecke meines Gehirns. »Ich bin Alex.« Meinen Nachnamen behielt ich für mich.

Sein Lächeln wurde breiter. »Ah! Natürlich! Die Waise. Ich habe schon von dir gehört. In der Bibliothek sprechen alle in höchsten Tönen von dir. Den lieben langen Tag lang überhäufen sie mich mit Geschichten über das begnadete Mädchen mit der glänzenden Zukunft.« Er hielt kurz inne. »Ich nehme natürlich an, dass sie damit recht haben. Um ihre Behauptungen zu überprüfen, bräuchte ich allerdings entsprechende Daten.«

»Ähm«, sagte ich unsicher. »Danke?«

»Ach, gern geschehen.« Er lächelte nachsichtig. »Sie haben mich bei sich aufgenommen, deine Bibliotheksfamilie und deine Bibliothek selbst sozusagen, und mir einen Ort gegeben, an dem ich meine Forschung fortsetzen kann. Ich bin in gewisser Weise auch eine Waise, nur im wissenschaftlichen Sinne. Und im politischen wohl auch, aber das ist eine andere Geschichte.«

Ich wusste nicht, was das alles bedeuten sollte, doch eine Waise genannt zu werden, gefiel mir ganz und gar nicht – auch wenn es sachlich betrachtet wohl stimmte. Das Wort bedeutete ursprünglich, wie ich wusste, »leer« oder »verlassen von«, was ich abgespeichert hatte, nachdem ich es in der Schule gelernt hatte. Und obwohl das Wort durchaus zutraf – immerhin hatte mich meine Mutter verlassen, mein Vater war abwesend, ich hatte eine Tante, die es nicht mehr gab, und war auf mich allein gestellt; *verlassen* fasste es also ziemlich gut zusammen –, hatte ich wenigstens noch Beatrice. Und wir hatten einander.

Ich schob die Hände in die Taschen, um sie aufzuwärmen. »Ich finde nicht, dass *Waise* ein sehr nettes Wort ist«, sagte ich steif.

Falls er mich gehört hatte, ließ er es sich nicht anmerken. »Ich habe auch von deinem kleinen Ausbruch heute in der Bibliothek gehört«, sagte er schmunzelnd. »*Darüber* reden auch alle.«

Scham bohrte sich durch meinen Magen. Ich würde mich bei Mrs. Gyzinska entschuldigen müssen und wahrscheinlich auch bei Mr. Burrows. Aber noch nicht gleich. Ich beschloss, das Thema zu wechseln. »Sie arbeiten in der Bibliothek?« Ich machte einen Schritt auf ihn zu, um sein Gesicht besser sehen zu können. Ich erkannte ihn nicht. »Ich habe Sie dort noch nie gesehen.«

»Nicht direkt«, sagte er und schrieb weiter in sein Stenografieheft. »Es überrascht mich nicht, dass du mich nicht wiedererkennst. Ich setze meine bisherige *Arbeit* in der Bibliothek fort, wenn du verstehst, dank der Großzügigkeit der lieben Mrs. Gyzinska. Gott segne diese Frau! Sie ist zu gut für diese Welt. Allerdings begebe ich mich nur selten unter die Leute. Angesichts der Arbeit, der ich nachgehe, halte ich mich besser bedeckt, weißt du, deshalb liegt mein Büro auch etwas abseits. Wenn die Bibliothek geschlossen ist, habe ich dafür das ganze Gebäude für mich allein. Was für unsereins, diejenigen, die ihre Neugier zum Beruf gemacht haben, gar nicht mal so schlecht ist.«

Ich stand lange einfach da und schwieg. Der Mann bemerkte nicht, wie ich über seine Worte nachgrübelte. Er schaute durch seinen seltsamen Apparat und machte sich weiter Notizen. Ich hätte nur zu gern gesehen, was er da alles aufschrieb.

»Also ... sind Sie Professor?«, fragte ich.

»Vor langer Zeit war ich das einmal«, erwiderte er, ein Auge unentwegt gegen die Linse seines Geräts gedrückt. »Als mich die Menschen noch Doktor nannten. Klingt das nicht nett? *Doktor Gantz.* Jetzt nennen sie mich nur noch alter Mann.« Er schrieb ein Wort auf, das er mit einer kräftigen Linie unterstrich.

»Dann können Sie sich doch bestimmt noch immer Doktor nennen«, sagte ich. »Wenn Sie das glücklich macht. Ich würde denken, wer einmal Doktor ist, bleibt auch für immer einer, oder nicht?« Zugegeben hatte ich keine Ahnung, wie ein Doktortitel funktionierte.

Er ignorierte meine Worte. »Sprich bitte leiser. Ich möchte nicht, dass du sie aufschreckst.« Ich warf einen weiteren Blick über den Fluss. All das für eine Kuh?

»Warum glauben Sie, dass es eine ›Sie‹ ist?«, fragte ich, kam mir aber gleich darauf dumm vor. Jeder Milchbauernhof, den ich je gesehen hatte, hatte ausschließlich Kühe, die Stiere wurden nur ab und an herangeschafft, wenn es Zeit war, dass aus allen Kühen Mütter wurden. Natürlich war es eine *Sie.*

Er blätterte um und schrieb dann weiter. »Das ist eine ausgezeichnete Frage! Sehr scharfsinnig von dir! Es stimmt, dass die meisten Rinder Weibchen sind, wenn auch, wie man fairerweise sagen muss, nicht alle – was allerdings eine kontroverse Auffassung ist und man sich in diesem Punkt nur selten einig ist, dank des mangelnden wissenschaftlichen Austauschs und der Strangulierung der Gemeinschaft von Ideen, aber lass mich davon gar nicht erst anfangen!« Der Doktor erstickte ein Lachen, als wäre es ein Scherz, den nur wir beide verstanden. Ich hatte keine Ahnung, wovon er sprach. »Um deine Frage zu beantworten, ich weiß, dass dieses Tier hier eine Kuh ist, weil ich sie schon seit mehreren Stunden beobachte. Faszinierende Kreatur. Schon etwas älter. Solche Sachen dauern länger, wenn sie alt sind, was auf so ziemlich alles zutrifft, wenn ich ehrlich bin – aber dir bleiben noch etliche Jahre, bis du das erfahren musst. Dass sie so langsam ist, ist ohnehin ein Geschenk und hervorragend für meine Nachforschungen. So habe ich viel mehr Gelegenheit, sie zu beobachten.«

Er war ein seltsamer Mann, irritierend, und schien sich mehr mit sich selbst zu unterhalten als mit mir. Ich wollte nicht mehr dort sein. »Verstehe. Es war schön, Sie kennenzulernen. Ich muss jetzt los.« Ich winkte ihm zu.

Der Doktor blickte von seinen Notizen auf. »Was, jetzt schon? Wenn du bleibst, kannst du sehen, wie sie losfliegt. Es ist ein atemberaubender Anblick, wenn sie das erste Mal ihre Flügel ausbreiten.«

Ich erbleichte. »*Flügel?*«, fragte ich. Der Fluss gluckerte, das Moor schmatzte und der Wind schüttelte die Gräser und Bäume. Ich fröstelte. Von irgendwo erklang ein Seufzen, aber ich konnte nicht sagen, woher. Ein Tier? Oder nur die Brise, die durch die leeren Fenster des Gebäudes hinter uns strich.

»Ach, da drüben ist ein Vogel? Er hat so viel Krach gemacht, dass ich mir sicher war, es wäre eine K...« Ich wollte nicht sagen, was ich gedacht hatte. Warum sollte eine Kuh im Cranberry-Moor sein? Ich wollte nicht, dass er mich für dumm hielt. »Also ein Vogel, sagst du.« Ich hinterließ wohl keinen besonders guten Eindruck.

Er schwieg für einen langen Moment, verzog leicht die Lippen und schürzte sie. »Sicher doch«, sagte er und schrieb wieder etwas auf. »Ein *Vogel.*« Seine Stimme war ausdruckslos. »Dann wünsche ich dir noch einen wundervollen Abend.« Er wandte sich wieder seinem Fernglas zu und fing an zu malen, ohne dabei aufs Papier zu sehen. Ich drehte mich um und ging ohne ein weiteres Wort.

Ich schob die Hände in die Taschen, wobei mir unangenehm bewusst war, wie abrupt und unbeholfen unser Gespräch eben geendet hatte. Ich lief durch die Dunkelheit davon.

Woher kannte ich diesen Namen? *Gantz.* Er war nicht gerade geläufig. Ich zermarterte mir den Kopf darüber, ging die Leute aus meiner Klasse und die Lehrerschaft durch. Vielleicht der Autor irgendeines Lehrbuchs. Wer könnte es noch sein? Und außerdem fragte ich mich: Warum um alles in der Welt sollte ein alter Vogel seine Flügel zum ersten Mal benutzen?

Ich ging die Treppe hinauf in Richtung Spencer Street. Der Mond hing tief über den Bäumen und warf mit seinem schwachen Licht lange Schatten über den Boden. Trockene Blätter huschten den Gehweg entlang. Ich hielt inne, blickte in den Himmel empor und bewunderte die Sterne, die Dunkelheit, die nächtliche Stille, das fahle Mondlicht, das weite Moor. Ich sah die Silhouette von Flügeln, die über die Birken hinwegflogen und weiter in die Höhe stiegen – ein dunkler Schatten inmitten der funkelnden Lichter. Das erste Mal, dass sie ihre Flügel ausbreitete. *Gut gemacht,* ertappte ich mich bei dem Gedanken, als ich mich umdrehte und heimwärts ging.

Erst viel später wurde mir bewusst, dass dies der gigantischste Vogel gewesen war, den ich je erblickt hatte. Ich schüttelte den Kopf. *Wahrscheinlich nur eine Täuschung des Lichts.*

# 25

Am 15. April 1947, acht Jahre vor dem Großen Drachenwandeln, wurden fünf Universitätsangehörige und eine Bibliothekarin vom Kongress vorgeladen, um vor dem Ausschuss zur Untersuchung unamerikanischer Umtriebe auszusagen. Oder genauer gesagt, um vor einem Unterausschuss eines Unterausschusses desselbigen auszusagen. Sowohl der Name des Unterausschusses als auch der des Unterunterausschusses – sowie die Namen der Kongressabgeordneten, die diesen jeweils angehörten – waren zum damaligen Zeitpunkt geheim und sind bis heute unbekannt. Und wahrscheinlich kann man sie auch nicht kennen, weil sie in einem Dschungel der Unkenntlichmachung verloren gingen. Auch die Aussage selbst bleibt unter Verschluss, trotz der aktuellen geschichtswissenschaftlichen Bemühungen zu verstehen, auf welchen Wegen die Forschung in den Jahren vor dem Großen Drachenwandeln und dem darauffolgenden Jahrzehnt unterdrückt und mundtot gemacht wurde.

Der Unterunterausschuss beabsichtigte, die Anhörungen ohne großes Aufsehen durchzuführen. Die Zwangsvorladungen selbst wurden versiegelt ausgehändigt und den sechs Vorgeladenen ein gerichtlich angeordnetes Redeverbot erteilt, das von den fünf Universitätsangehörigen auch größtenteils respektiert wurde. Die Bibliothekarin setzte sich hingegen schlicht und ergreifend über das Verbot hinweg, und während sich die großen Nachrichtensender aus Angst, auf die schwarze Liste gesetzt zu werden, von ihr fernhielten, gab sie fröhlich mehrere Interviews für Zeitschriften, die sich im Untergrund für Sozialismus, ethnische Gerechtigkeit und sexuelle Gleichberechtigung engagierten – *Cultura Proletaria, The Liberator, La Fuerza, The Daily Worker,* um nur ein paar zu nennen. Das tat sie, obwohl sie sich selbstverständlich bewusst war, dass sie dadurch wegen Missachtung des Kongresses hinter Gittern landen könnte. Allerdings wusste sie auch, dass die meisten Kongressabgeordneten es ohnehin nicht für nötig hielten, die Alternativpresse zu lesen, und dass die Interviews wahrscheinlich nicht einmal ins öffentliche Bewusstsein gelangen würden, bis sie in ihre Heimatstadt in Wisconsin zurückgekehrt war.

Im Anschluss an die hinter verschlossenen Türen abgehaltenen Anhörungen brachten vier Mitglieder des Unterunterausschusses ihre Frustration darüber zum Ausdruck, dass sie keinerlei Informationen erhalten hatten, die die Gruppe mit einem »größeren globalen Bestreben, unsere Lebensweise auf den Kopf zu stellen«, in Verbindung bringen konnten, womit natürlich der Kommunismus gemeint war. Ein Mitglied sagte, selbstverständlich inoffiziell: »Ich weiß nur, dass wir alle gerade verdammt viel Zeit verschwendet und absolut nichts von Belang erfahren haben, außer wie es sich anfühlt, von einer gottverdammten Bibliothekarin total verarscht zu werden.« Es ist nicht bekannt, worauf sich der Abgeordnete mit dieser Aussage genau bezog. Oder auf wen.

Von den sechs Vorgeladenen waren drei gezwungen, die Aussage zu verweigern, wie es ihnen gemäß des fünften Zusatzartikels der Verfassung der Vereinigten Staaten zusteht, anstatt die Namen aus ihrem Kollegenkreis preiszugeben, und wurden daraufhin zu drei bis vier Jahren Gefängnisstrafe verurteilt. Alle fünf Universitätsangehörigen wurden ihres Postens enthoben und anschließend von der akademischen Welt ausgegrenzt.

Gerüchte kursierten, dass sie danach in den Bibliotheksdienst wechselten. Alle an derselben Bibliothek.

Was die Bibliothekarin angeht, so setzte ein gewisser Senator aus Wisconsin alles daran, sie aus ihrer Position zu entlassen, woran er jedoch kläglich scheiterte. Es stellte sich heraus, dass die fragliche Dame die größte Geldgeberin ihres eigenen Bibliothekssystems war und darüber hinaus ein ertragsstarkes Stiftungsvermögen verwaltete, das die Organisation nicht nur mit ausreichend Geld versorgte, sondern diese auch mit so viel Vermögen ausstattete, dass sie regelmäßig großzügige Fördergelder an andere, bedürftigere Stadtteile vergab. Die Dame war offensichtlich unantastbar. Ihr wurden weder eine Gefängnis- noch sonstige Ordnungsstrafen auferlegt. Sie kehrte einfach in ihre Bibliothek zurück.

Und wäre es nach den üblichen Normen und Vorgängen des Kongresses gegangen, wäre ihre Identität auch nie bekannt geworden. Wir haben es einzig der Untergrundpresse zu verdanken (und den Bemühungen ihrer Bibliothek, diese Zeitschriften zu katalogisieren, zu erhalten, aufzubewahren und verfügbar zu machen), dass wir ihren Namen überhaupt kennen: Helen Gyzinska.

Zu dem Zeitpunkt wusste ich allerdings nichts von alledem. Mrs. Gyzinska gehörte nicht zu der Sorte Mensch, die alles, was sie wusste, an die große Glocke hängte, und pries auch nicht die verschiedenen Zwecke an, für die sie sich tatkräftig einsetzte. Sie ging einfach ihrer Arbeit nach, ohne einen großen Wirbel darum zu machen. Ich erfuhr von alledem erst, nachdem sie gestorben war.

Wie viele im Untergrund Forschende hatte sie geschützt? Wie viele auf schwarze Listen gesetzte ehemalige

Universitätsangehörige hatte sie heimlich finanziert? Bis heute werden bezüglich ihres Einflusses auf den Erhalt und die Fortsetzung der Wissenschaft immer noch neue Erkenntnisse aufgedeckt und hinzugewonnen – wie sie weltweit Forschende miteinander vernetzte, bereits bestehendes Wissen vertiefte und bereits aufgeworfene Fragen belebte. Das Netz ihres Einflusses war weit, vielfältig und äußerst vielschichtig.

Eigentlich keine schlechte Art zu leben.

# 26

Nach meinem Ausbruch ging ich eine volle Woche nicht in die Bibliothek, was dazu führte, dass ich sehr viel reizbarer war. Meine Besuche fehlten mir furchtbar. Ich blickte finster drein, als ich Beatrice zur Schule brachte, schnauzte einen Jungen aus meinem Analysis-Kurs an, der sich über seine Testnote beschwerte, nahm ein Mädchen regelrecht auseinander, das zu mir meinte, ich würde hübscher aussehen, wenn ich mein Haar lang wachsen ließe, und sagte zu meiner Lehrerin für Literatur, sie könne mir mal den Buckel runterrutschen. Ich bin mir nicht ganz sicher, warum, doch dafür wurde ich ins Büro der Schulleitung bestellt.

Ich hatte nichts dagegen, weil ich dachte, ich würde Schwester Kevin sehen. Stattdessen fand ich dort nur eine gestresste Frau am Schreibtisch, die einen mit VOLONTÄRIN beschrifteten Anstecker an ihrem Pullover trug.

»Hallo«, sagte ich. »Ich wurde wegen schlechten Verhaltens hergeschickt. Ist Schwester Kevin da?«

Die Volontärin sah aus, als würde sie jeden Moment anfangen zu weinen. »Nein«, sagte sie. »Schwester Kevin wurde schon seit Tagen nicht mehr gesehen. Ich bin sicher, sie ist, du weißt schon. Damit beschäftigt … zu tun, was auch immer Nonnen so tun. Essen an die Armen verteilen oder so. Sie hat bestimmt nur vergessen, Bescheid zu sagen. Es gibt keinen Grund zur Sorge. Ich wünschte allerdings, sie hätte ein paar Anweisungen hinterlassen. Ich habe keine Ahnung, wie das hier alles geht!«

Ich spürte, wie mein Magen sich besorgt verkrampfte. Ich mochte Schwester Kevin. »Geht es ihr gut?«

»Natürlich geht es ihr gut. Du weißt doch, wie sie ist. Sie ist nur ... *flatterhaft.*« Die Volontärin kramte in den Schreibtischschubladen herum. »Es gibt da ein Formular, das ich ausfüllen muss, ich weiß es ganz genau. Warum hat mir niemand irgendwelche Anweisungen hinterlassen?«

»Vielleicht sollten Sie den Schulleiter fragen?«, schlug ich vor. Wir wandten uns beide seiner geschlossenen Bürotür zu. Dahinter war Mr. Alphonse zu hören, wie er jemanden über das Telefon anschrie. Die Volontärin wurde kreidebleich. Ich verzog das Gesicht.

»Oder«, bot ich an, »ich gehe ... einfach zurück in den Unterricht?«

Die Frau nickte dankbar. »Ich glaube, das wäre sicherlich am besten. Was immer du getan hast, mach es einfach nicht noch mal!«

»Ich versprech's«, sagte ich.

Je mehr Tage vergingen, desto bitterer bereute ich mein Verhalten in der Bibliothek. Mir stand schon bald eine Zwischenprüfung bevor, die ich im Videoraum unter Mrs. Gyzinskas Aufsicht ablegen sollte. Wenn ich fertig war, musste sie die Prüfungsbögen unterschreiben und mit ihrem Universitätssiegel versehen. Ich würde mich also nicht für immer fernhalten können.

Jeden Tag schwirrten mir mehr Fragen durch den Kopf. *Wie hatte sie davon erfahren?* Von meiner Tante. Von unserer Lebenssituation. Einfach allem. *Wie?* Und was hatte sie damit gemeint, es habe *ähnliche Fälle* gegeben?

Ich versuchte, den Gedanken zu verdrängen. Auf meine Fragen gab es keine Antworten.

Ich lernte jeden Tag und widmete mich meinen Aufgaben. Ich kochte für Beatrice, ließ ihr Badewasser ein, half ihr mit den Hausaufgaben, las ihr eine Geschichte vor, bestand darauf, dass sie pünktlich zu Bett ging. Ich musste Aufsätze schreiben, Romane analysieren, ein Lehrbuch lesen, ein Übungsblatt lösen, wissenschaftliche Theorien auswendig lernen. Jeden Morgen wachten wir auf und fingen von vorn an. Niemand würde kommen, um uns zu helfen. Wir waren gänzlich auf uns allein gestellt.

Am nächsten Samstagabend kochte ich für uns Reis mit Dosenbohnen und klein geschnittenen Würstchen und wärmte etwas gefrorenen Spinat auf, den ich unter eine Champignoncremesuppe mischte. Beatrice fände das alles widerlich, aber wenigstens hatten wir zu essen. Als ich mit allem fertig war, ging ich raus, um sie zu suchen.

Auf dem Weg zwischen den drei Wohnhäusern stand eine große Mülltonne, die sich die gesamte Nachbarschaft teilte. Sie war immer prall gefüllt und stank entsetzlich. Ich rief nach Beatrice.

»Komme!«, rief sie von weit weg.

An der Mülltonne klebte ein Flugblatt.

SIE HABEN FRAGEN, hieß es darauf. WIR HABEN ANTWORTEN. DAS WYVERN-FORSCHUNGSKOLLEKTIV. Keine Bilder. Keine Symbole. Keine Telefonnummer. Langsam nervten sie mich ehrlich gesagt. Ich riss den Zettel ab und stopfte ihn mir in die Tasche.

Beatrice verabschiedete sich lauthals von den anderen Kindern und kam energisch um die Ecke marschiert, hochrot im Gesicht und von Kopf bis Fuß verdreckt. Wir sahen uns lange an, ohne ein Wort zu sagen. Ich fand es schrecklich. Ich fand diese Fremdheit zwischen uns schrecklich.

»Das Abendessen steht auf dem Herd«, sagte ich, drehte mich um und ging zurück in die Wohnung. Beatrice folgte mir. Ich wollte etwas sagen, wusste aber nicht, was. Wir liefen schweigend die Treppe hinauf. Vor unserer Wohnungstür blieb ich stehen, länger als wirklich notwendig. Ich konnte mich nicht dazu durchringen hineinzugehen, wusste aber nicht, warum. Beatrice schob ihre Hand in meine.

»Alex?«, fragte sie mit leiser Stimme. Ich hatte ihr natürlich nicht erzählt, worum ich mir Sorgen machte. Sie war nach wie vor ein Kind und verdiente es, noch eines zu bleiben. Ich zwang mich, ein Lächeln aufzusetzen, und drückte sanft ihre kleine Hand.

»Bist du wütend auf mich?«, fragte Beatrice.

Ich ging in die Wohnung, schloss die Tür hinter uns, setzte mich auf den Boden und bot Beatrice meinen Schoß an. Sie kam auf der Stelle zu mir. Ich schlang die Arme eng um sie und hielt sie fest. Sie war so winzig – fast schon wie eine Grille. Ich stellte mir vor, wie ich sie in meiner Tasche mit mir herumtrug, doch dann wurde mir der Gedanke auf einmal unerträglich.

»Ich bin nicht wütend«, sagte ich zu ihr. »Ich bin nie wütend. Ich habe überreagiert und mich lächerlich gemacht, das ist alles.«

»Warum?«, fragte sie.

Was sollte ich dazu sagen? Ich wollte Beatrice die Wahrheit erzählen, aber ich wusste nicht, wo ich anfangen sollte. Vielleicht damit, dass meine Mutter mich gezwungen hatte, immer wieder zu lügen, und wie wir unsere Familie auf dieser Lüge aufgebaut und sie irgendwann selbst geglaubt hatten, zumindest größtenteils. Beatrice war meine Schwester. Ich hatte keine Tante. Es wird nicht über Drachinnen geredet. Meine Mutter war nicht mehr hier, doch ihre Regeln galten *noch immer*. Und ehrlich gesagt war es leichter, weiter nach ihren Regeln zu leben. Und sicherer.

»Ich weiß es nicht«, sagte ich, was größtenteils stimmte. »Ich hab dich lieb«, fügte ich hinzu, was die reine Wahrheit war.

Beatrice legte den Kopf auf meine Schulter. Wir hatten nur einander. Für uns gab es keine andere Familie.

*Wie schwer kann es schon sein?*, hatte mein Vater gesagt.

*Unglaublich schwer*, war die Antwort. Er hatte ja keine Ahnung.

Später an diesem Abend erlaubte ich mir, mich ganz meiner Arbeit hinzugeben. Es war eine wahre Wohltat – ein Gefühl, als existierte ich außerhalb von Zeit, außerhalb von Raum, sogar von *mir selbst*. Beatrice atmete im Zimmer nebenan, der Wasserhahn tropfte und den Flur hinab hörte man zwei Männer, die sich gegenseitig anschrien, ihre Stimmen durch die Wände gedämpft. Nichts von alledem war wichtig. Jede Aufgabe, jede Lösung war ein Universum für sich – harmonisch, vielschichtig, vollständig. Ich wies jede von ihnen mit einem Gefühl tiefster Zufriedenheit nach. Es war berauschend. Ich hätte die ganze Nacht weitermachen können, ohne je müde zu werden.

Ein Klopfen an der Tür holte mich unsanft in die Realität zurück, so schockierend wie eine Ohrfeige. Ich hätte beinahe aufgeschrien. Ich sah auf die Uhr. Halb eins. War es so schnell schon so spät geworden? Und wer in aller Welt klopfte zu dieser Zeit noch an meine Tür?

Mein Herz polterte, meine Haut kribbelte. Mein Vater hatte mich vor fremden Männern gewarnt, wobei er nie vergaß zu erwähnen, dass ich nicht so schön war wie meine Mutter, was bedeutete, wie er mir erklärte, dass ich mir nicht allzu viele Gedanken machen müsste. Dennoch hatte er mir einen

Baseballschläger dagelassen, den ich neben der Tür aufbewahren sollte, nur für alle Fälle. Was ich allerdings nicht tat – ich war mir ziemlich sicher, dass Beatrice damit sonst in einem ihrer Gefühlsausbrüche eine Scheibe zerschlagen würde. Stattdessen lag er oben auf dem Kühlschrank, von wo ich ihn nun herunterholte. Ich stellte mich vor die Tür, öffnete sie aber nicht.

»Wer ist da?«, fragte ich, den Schläger fest umschlungen, um mir das Gefühl zu geben, ich wäre stärker, als ich eigentlich war.

»Mrs. Gyzinska«, sagte die Stimme auf der anderen Seite.

Das Zimmer verschwamm einen Augenblick lang.

»Wie bitte?«, sagte ich.

»Ich bin es, Mrs. Gyzinska«, sagte sie noch einmal. »Jetzt mach schon auf und lass mich rein. Dein Nachbar starrt mich durch seinen Türspalt hindurch an und ich muss leider sagen, er sieht mir nicht eben vertrauenswürdig aus. Vielleicht sollte ihm mal jemand sagen, dass niemand Spanner leiden kann.« Es wurde still im Flur, dann hörte ich, wie sich irgendwo eine Tür schloss und verriegelt wurde. Sie hatte nicht ganz unrecht mit Mr. Hanson. Er war wirklich etwas seltsam.

Meine Hand lag noch immer an der Tür. Ich hatte sie immer noch nicht entriegelt. »Aber«, setzte ich an, schluckte. »Woher wissen Sie überhaupt, wo ich wohne?« Selbst unsere jeweiligen Schulen wussten nicht, wo wir wohnten. All unsere Post ging an die Adresse meines Vaters.

»Ich bin Bibliothekarin«, sagte sie knapp. »Derlei Dinge gehören zu meinem Beruf. Jetzt mach schon auf.«

Und das tat ich.

Unsere Wohnung, sollte ich dazu sagen, war winzig. Sie hatte ein Zimmer, das die meisten Zwecke erfüllte und von dem nach hinten ein winziges Schlafzimmer abging. Dieses war kaum größer als ein Wandschrank – mit einem kleinen

Fenster und gerade genug Platz für Beatrice' Bett auf der einen und einer langen Kleiderstange auf der anderen Seite. Unsere Kommode stand in dem anderen Zimmer, das acht Schritte breit war, von Wand zu Wand, einschließlich einer Küchenzeile an der einen. Die Mitte des Raums nahm ein verchromter Tisch mit zwei Stühlen ein und an den Wänden reihten sich Bücherregale aneinander, von denen ich die meisten selbst gebaut hatte, aus ausrangiertem Bauholz und alten Ziegelsteinen, zusammengehalten von Metallklammern, die ich als das einzige Mädchen im Werkunterricht hergestellt hatte.

Ich setzte den Wasserkessel auf, weil es das war, was meine Mutter getan hätte, und stellte zwei Teetassen mit je einem Beutel Lipton-Tee bereit. Meine Mutter hätte auch Zuckerwürfel rausgestellt und Zitronenscheiben vorbereitet, aber ich hatte keine da, also tranken wir unseren Tee mit geschürzten Lippen. Mrs. Gyzinska hatte nichts mehr gesagt, seit sie hereingekommen war, und ich genauso wenig. Ich hatte wortlos ihren Mantel aufgehangen, während sie sich wortlos an den Tisch gesetzt hatte, dann hatte ich wortlos den Tee zubereitet, den wir nun einander wortlos gegenübersitzend schlürften.

Endlich brach sie die Stille.

»Es tut mir leid, Liebes«, sagte sie. »Was letzte Woche vorgefallen ist. Und es tut mir auch leid, dass ich nicht eher gekommen bin. Ich habe immer darauf gewartet, dass du hereinspaziert kommst. Verzeih mir, ich hätte wissen sollen, dass …« Sie machte eine lange Pause. Nebenan schnarchte laut Beatrice, in sanften, gleichmäßigen Wellen. »Als ich noch jünger war, wusste ich eine Unterhaltung behutsam anzugehen. Das zu hören, was gesagt wird, aber auch, was unausgesprochen bleibt. Es war eine Fähigkeit, die mir früher gute Dienste geleistet hat, die inzwischen aber leider etwas eingerostet ist. Meiner langen Karriere habe ich es zu verdanken, dass ich nicht länger um Dinge herumtänzeln muss, und diesmal, fürchte ich, bin ich geradewegs mit der Tür ins Haus gefallen.« Sie verschränkte die Hände, stützte das Kinn auf die Knöchel und sah mich aufmerksam an. »Ich wollte dich nicht verärgern, Alex, wirklich nicht. Und es bricht mir das Herz, dass ich es doch getan habe.«

Wir schwiegen wieder.

Ich blickte auf meine Hände hinab. Der Gasherd zischte und der Kessel rasselte.

»Hör zu, ich war nicht immer die forsche alte Dame, die in einer Bibliothek wohnt, auch wenn ich mir bewusst bin, dass es dir wahrscheinlich so vorkommt. Ich verstehe dich, Alex, zumindest ein bisschen, weil ich dir früher ziemlich ähnlich war. Ich war gerade einmal dreizehn, als meine Lehrerin meinen eingewanderten Eltern sagte, ich sollte aufs College gehen. Also startete der Gemeindepfarrer eine Kollekte und schon war ich unterwegs. Ich wusste nicht, was mich dort erwartete, doch ich absolvierte die Aufnahmeprüfung, die ich mit Bravour bestand, genau wie du es auch tun wirst. Es stand außer Frage, dass ich es *verdient* hatte, dort zu sein, allen, die sich mit dem Geld ihrer Großväter eingekauft hatten, weit voraus war und jeden von ihnen überdauern würde.« Offenbar bei dem Gedanken an diejenigen, mit denen sie studiert hatte, verzog sie mürrisch das Gesicht. »Und doch brauchte auch ich jemanden, der mir half, dort hinzugelangen. Eine meiner Lehrerinnen an der Podunk-Schule kannte diese Welt und wusste, dass es nicht einfach sein würde, weil sich die Tore von Elfenbeintürmen für die Töchter armer Bauersleute nicht automatisch öffnen.« Sie schloss einen Moment lang die Augen und atmete langsam und tief durch die Nase ein. »Sie wusste, wie wertvoll eine Chance im Leben ist, und sie kämpfte mit dieser Chance, bis sie sich ihr unterwarf, um sie mir dann zu übergeben. Ich vertraute ihr. Meine Eltern vertrauten ihr. Ich denke oft darüber nach, was gewesen wäre, wenn wir das nicht getan hätten.« Sie nahm einen Schluck von ihrem Tee. »Du musst mir vertrauen, Alex. Du musst mir *vertrauen*. Und ich weiß, dass das viel verlangt ist.«

Beatrice, die nebenan zu träumen schien, seufzte, schnaufte laut und drehte sich um. Das Bett knarrte. Ich reckte den Kopf und spitzte die Ohren. Mrs. Gyzinska beobachtete mich dabei. Als Beatrice sanft weiterschnarchte, entspannte ich mich wieder.

»Deine Situation ist natürlich eine ganz andere. Für dich ist es viel komplizierter. Du hast eine Cousine, die deine Schwester ist, die dein Kind ist. Ich weiß, dass du es nicht so siehst, aber das ist die Wahrheit.«

Ich schüttelte den Kopf. »Ich habe eine Schwester. Meine Mutter ist tot. Mein Vater tut, was er kann.«

Mrs. Gyzinska schnaubte und machte eine wegwerfende Geste. »Du hast eine Mutter, die du beinahe verloren hättest, als du klein warst, und die beinahe noch einmal gegangen wäre, während des Drachenwandelns – ach, mach nicht so ein schockiertes Gesicht. Es ist nur Biologie, nichts weiter. Ekelt sich die Raupe etwa vor dem Schmetterling? Nein. Natürlich nicht. Die Abneigung der Leute gegenüber diesem ganzen Thema ist vollkommen *absurd*. Und selbstverständlich bin ich bestens darüber informiert, was geschehen ist. Ich bin eine Bibliothekarin, Herrgott noch mal! Es ist meine Aufgabe, Informationen zu katalogisieren. Du hast deine Mutter letztendlich zum vermutlich denkbar schlimmsten Zeitpunkt verloren, zu dem man seine Mutter verlieren kann. Es war nicht ihre Schuld und sie hat ihr Bestes gegeben, doch es kam, wie es kam, und du wurdest alleingelassen. Noch dazu hast du einen Vater, der seine Verantwortung an eine *Teenagerin* abgetreten hat – tiefer kann ein Mann gar nicht sinken. Und das Jugendamt habe ich nur nicht informiert – und glaub mir, ich habe darüber nachgedacht –, weil ich es nicht ertragen könnte, dich und Beatrice voneinander zu trennen. Was durchaus passieren könnte, wenn die Behörden davon erfahren, und einfach nur grausam wäre. Das werde ich nicht zulassen.«

Ich betrachtete mein Lehrbuch. Es gehörte der Bücherei. Mrs. Gyzinska hatte mir jedoch erlaubt, es das ganze Jahr über zu behalten. »Ich weiß, dass du es schon wieder zurückbringst«, hatte sie gesagt. »Und außerdem weiß ich, wo du wohnst«, hatte sie noch mit einem Augenzwinkern hinzugefügt. Ich hatte damals angenommen, dass sie das Haus meines Vaters meinte. Wie lange wusste sie schon Bescheid?

Meine Gedanken schwirrten und verhedderten sich, dann wurden sie unglaublich still. Was sagte man in einer Situation wie dieser? Wie sollte man reagieren? Meine Mutter hatte immer die richtigen Worte gefunden – sich immer darauf verstanden, unerschütterlich und selbstsicher und präzise zu sein. Völlig ratlos schüttelte ich den Kopf. Ich fühlte mich wie die stillen Überreste eines Hauses, das ein Tornado in Stücke gerissen und zurückgelassen hat. Es gab keine Teile, die ich zusammensetzen konnte, nichts, was einen Sinn ergab, keine Möglichkeit, Ordnung in das Chaos zu bringen. Aber irgendetwas *musste* ich sagen. »Möchten Sie vielleicht etwas essen?«, brachte ich schließlich zustande.

Mrs. Gyzinska lächelte. »Nein danke, Liebes, aber das ist nett von dir. Es gibt noch einiges zu besprechen, aber ich werde den Bogen mal nicht überspannen. Ich werde das Thema der Drachinnen wieder ansprechen, also wappne dich schon mal – und ja, ich weiß, dass es dir nicht behagt und dich auch ein klein wenig wütend macht. Das ist verständlich, nach allem, was du durchgemacht hast. Du solltest allerdings erkennen, dass deine Gefühle durch kulturelle Faktoren noch erschwert werden, die, seien wir ehrlich, etwas lächerlich sind. Es gibt Menschen, die haben Probleme mit Frauen, und viele davon sind bedauerlicherweise selbst Frauen. Der Grund dafür ist das sogenannte Patriarchat, worüber man, da bin ich mir ziemlich sicher, in der Schule, die du besuchst, wohl eher *nicht* spricht. Was allerdings nicht heißt, dass es kein unnötiges und unterdrückendes Hindernis ist, das so schnell wie möglich abgeschafft werden sollte. Damit will ich sagen, dass ich mich für dich einsetze. Und für Beatrice. Und ich versuche, eine Lösung zu finden, damit du weiterhin zur Schule gehen kannst, was du unbedingt tun *musst*, und eure Familie gleichzeitig zusammengehalten wird. Und ich glaube, ich bin da an etwas dran. Ich werde erst mal nicht näher darauf eingehen. Wissen musst du aber das: Die Dinge sind bereits im Gange. Wir stehen kurz vor etwas Großem und natürlich ist in den Nachrichten wieder keine Rede davon. Aber das wird es.«

Sie tätschelte mir die Hände und stand auf.

Ich stand ebenfalls auf.

»Ich …« Der Hals tat mir weh. Ich versuchte zu schlucken, doch meine Kehle war so rau wie Sand. »Ich will nur …« Meine Augen brannten.

Mrs. Gyzinska steckte sich den Hut wieder fest und schob die Arme in ihren pinken Bouclé-Mantel. »Du musst nichts sagen, Liebes. Vertrau mir einfach.«

Ich drückte mir mit den Händen gegen die Stirn, damit meine Gedanken aufhörten, sich zu überschlagen. »Aber es tut mir leid«, sagte ich. Ich konnte ihr nicht ins Gesicht blicken und sah stattdessen zu ihren Schuhen. Sie waren braun und aus Leder, mit ordentlichen Schnürsenkeln und robusten Absätzen. »Ich … werde sonst nie wütend.« Ich schüttelte den Kopf. »Oder zumindest nur selten. Aber in letzter Zeit …« Meine Worte versiegten.

Mrs. Gyzinska legte sanft eine Hand an meine Wange und neigte meinen Kopf nach oben, sodass ich ihr in die Augen sehen musste. Sie funkelten auf seltsame Weise. »Die Wut ist eine merkwürdige Sache. Und sie macht merkwürdige

Dinge mit uns, wenn wir sie unterdrücken. Sieh es mal so: Wer profitiert davon, Liebes, wenn du dich zwingst, nicht wütend zu sein?« Sie neigte den Kopf zur Seite und sah mich so eindringlich an, dass ich dachte, sie könnte bis in meine Knochen blicken. Sie hob die Augenbrauen. »Du selbst ganz sicher nicht.«

Ich wurde kreidebleich. So hatte ich noch nie darüber nachgedacht.

Sie schaute sich im Zimmer um. »Sieh dir doch nur an, wo du wohnst. Halt dir vor Augen, was von dir verlangt wird. Du bist nicht wütend? Verdammt, das macht selbst mich wütend, um deinetwillen. Ich muss eine Zeit lang verreisen. Es gibt da ein paar Leute, die ich treffen muss, ein paar Dinge, die ich besprechen muss. Mr. Burrows wird deine Prüfung in meiner Abwesenheit beaufsichtigen. Ich habe noch mehr zu dem Thema zu sagen, aber du musst morgen früh zur Schule. Du hast niemanden, der dir sagt, dass es Zeit ist, ins Bett zu gehen, also mache ich das jetzt. Du solltest besser auf dich achtgeben. Die Welt ist im Wandel und sie braucht dich gesund und munter. Geh ins Bett. Ruh dich aus. Und fang an, den Blick zu *heben*. Der Himmel ist voller Hoffnung. Du bist nicht so allein, wie du denkst.«

Mrs. Gyzinska gab mir einen sanften Klaps auf die Wange, dann wandte sie sich ab und ging.

Ich stand lange einfach nur da, in der Mitte des Zimmers. Die Uhr tickte. Der Kühlschrank brummte. Irgendwo in den Tiefen des Gebäudes polterten die Rohre. Ich hörte, wie draußen die Tür von Mrs. Gyzinskas Auto knarrte und es rumpelnd davonfuhr.

Dann folgte ich ihrer Anweisung. Ich rollte mich unter meiner Decke zusammen und war eingeschlafen, noch bevor ich mich richtig hingelegt hatte.

# 27

Der Winter brach in diesem Jahr früh herein. Am Morgen des elften Oktober trübte sich der Himmel, der Wind erhob sich und der fallende Schnee häufte sich auf den Straßen. Die Bauern versuchten fieberhaft, die Ernte zu retten, doch vieles war ruiniert. Die Kälte nistete sich tief im Boden ein und unsere Stiefel bewegten sich quietschend über den verdichteten Schnee und das graue Eis. Beatrice und ich stopften alte Socken in die Fensterritzen und ich kochte eine Suppe nach der anderen. Wir kamen jeden Tag in mehrere Schalschichten gehüllt in der Schule an, die Gesichter ganz starr vor Kälte.

Ich rief meinen Vater an, um ihn um etwas mehr Geld zu bitten, damit wir Beatrice einen neuen Mantel, neue Stiefel und Schneehosen kaufen könnten, da sie nun doch aus ihrer alten Winterkleidung herausgewachsen war. Noch dazu waren all unsere Fäustlinge, die ich im Lagerraum des Gebäudes in unserer Winterkiste aufbewahrt hatte, von Motten zerfressen. Mein Vater schickte mir noch immer die monatlichen Unterhaltszahlungen und wir hatten genug Geld für kleinere unvorhergesehene Ausgaben, aber Mäntel waren teuer. Genau wie Stiefel.

Ich wählte die Nummer, nur hatte ich Pech und meine Stiefmutter nahm ab.

»Dein Vater ist nicht hier«, sagte sie. Im Hintergrund schrien ein Baby und ein Kleinkind. Geschwister von mir, die ich noch nie gesehen hatte. Und das habe ich bis heute nicht. Manche Missstände überdauern.

»Oh«, sagte ich. »Gibt es eine bessere Zeit, zu der ich ihn erreichen kann?« Zwar hatte ich bisher nur selten mit meiner Stiefmutter telefoniert, aber bereits gelernt, dass es nichts nützte, eine Nachricht für meinen Vater zu hinterlassen.

»Das ist schwer zu sagen«, antwortete sie mit ausdrucksloser Stimme. »Sag mir doch einfach, was du von ihm willst, und ich richte es ihm aus.«

Ich dachte kurz nach. Ich konnte mich kaum daran erinnern, wie sie aussah. Sie war einmal Sekretärin gewesen. Die Sekretärin meines Vaters. Ich stellte mir eine Frau in einem schicken Anzug vor, das gelbe Haar im Nacken zu einem engen Knoten zusammengebunden, mit tintenverschmierten Fingern und Stöckelschuhen, die auf dem Fußboden klackerten, damit man immer wusste, ob sie gerade kam oder ging. Ich stellte mir glatte Strümpfe, eine gebügelte Bluse und einen fachmännisch gezogenen Brauenbogen vor, der ihre Augen betonte. Ich schätzte, so sah sie schon lange nicht mehr aus. Sie lebte in dem Haus meiner Mutter, kochte in der Küche meiner Mutter, grub wahrscheinlich auch den Garten meiner Mutter um, um irgendetwas Langweiliges wie Petunien zu pflanzen oder Rasen zu säen. Ich wusste, dass sie im Bett meiner Mutter schlief. Abgesehen davon wusste ich nichts über sie. Ich hatte das noch nie für seltsam gehalten, bis zu diesem Moment.

»Okay«, sagte ich. Das Geschrei des Babys wurde schriller und aus der Kehle des Kindes ertönte ein sirenenhaftes Heulen. Ich beschloss, schnell zu sprechen. »Normalerweise sage ich Dad Bescheid, wenn ein paar unerwartete Ausgaben anfallen, und dann legt er uns ein bisschen mehr Geld in den Briefkasten.«

»Ach, *so ist das*«, sagte meine Stiefmutter, deren leise Stimme zu brodeln schien. Im Hintergrund schepperte es, doch das störte sie anscheinend nicht. Ich hörte, wie sie langsam und lange den Atem einsog, wie ein gleichmäßiges Zischen.

Ich achtete darauf, einen unbeschwerten Ton beizubehalten. »Ja«, sagte ich. »Beatrice trägt noch den Mantel und die Stiefel vom letzten Jahr, eigentlich schon vom vorletzten, und beides ist inzwischen viel zu klein. Ich muss ihr neue Wintersachen kaufen. Ich hatte gehofft, Dad könnte uns etwas mehr Geld dafür schicken.«

*Oder einfach damit vorbeikommen*, dachte ich verbittert, *persönlich. Wie er es versprochen hat.*

»Ich glaube nicht, dass das möglich sein wird«, sagte meine Stiefmutter.

»Wieso denn nicht?«, fragte ich.

»Ach, übrigens«, wechselte sie das Thema und schwieg dann einen Moment lang, ein Zischen betonte die Stille zwischen uns, wie ein Windhauch, der durch ein Getreidefeld rauscht. »Wir haben noch mehrere Kisten mit den alten Sachen deiner Mutter hier. Kleider und Mäntel und Schuhe. Ich kann nichts davon tragen – sie war ja kaum größer als ein Kind. Und ihre Bücher haben wir auch noch. So viel …« Eine weitere Stille. Ein weiteres Knistern und Zischen. »*Mathematik.*« Ich konnte ihren angewiderten Blick regelrecht hören. »Wie wär's, wenn du heute Nachmittag vorbeikommst und alles abholst?«

Ich hielt mir das Telefon einen Atemzug lang, noch einen, ans Ohr. Das Geld hatte ich in diesem Moment völlig vergessen. »Von meiner Mutter … die alten … Sachen«, sagte ich und versuchte, den Sinn dieser Worte zu verstehen. »Wie viele Kisten?«, fragte ich.

»Fünf oder sechs. Ich nehme an, ein paar davon gehören auch dir. Ich habe sie mir nicht so genau angeguckt. Und vielleicht auch deiner …« Wieder hielt sie inne. »Deiner kleinen Freundin.«

»Beatrice«, half ich ihr auf die Sprünge. »Meiner Schwester?«

»Sicher doch«, sagte sie.

*Also weiß sie es auch*, dachte ich. *Natürlich tut sie das. Ich frage mich, wer noch?*

Meine Stiefmutter hüstelte. »Ich wollte die Sachen schon weggeben, aber dein Vater hat mich davon abgehalten.« Noch ein surrendes Zischen. War das ihr Atem? Ich stellte mir vor, wie sich ihre Nasenflügel aufblähten. »Er hat gesagt, dass er findet, dass du sie bekommen solltest, wenn du ganz auf eigenen Beinen stehst. Und nicht mehr solch eine Last bist für … andere.« Wieder ein Zischen. Ich begriff, dass sie wahrscheinlich gerade eine Zigarette rauchte. Meine Mutter hatte nie geraucht. Meine Tante schon, aber nicht die ganze Zeit und niemals im Haus. Sie machte wieder dieses Geräusch und ich konnte das Knistern darin hören. Das Baby schrie noch immer. »Wie dem auch sei, du brauchst Sachen und es erscheint mir albern, etwas neu zu kaufen, wenn wir hier bei uns im Keller Sachen haben – für dich –, außerdem brauche ich den Platz. Also erwarte ich dich heute Nachmittag.«

»*Warte!*« Meine Gedanken rasten. Ich dachte daran, wie lange es dauern würde, durch den Schnee ans andere Ende der Stadt zu stapfen und wieder zurück. Ich rechnete den Zeitplan durch und schüttelte den Kopf. Wie sollte ich das alles schaffen? »Aber«, sagte ich, »wie soll ich die ganzen Sachen hierherbekommen? Hast du ein Auto?«

Ein weiteres lang gezogenes Zischen. »Nein«, sagte sie mit einem dumpfen Lachen. »Dein Vater lässt mich nicht fahren. Es schickt sich offenbar nicht für eine Frau. Eure alten Schlitten sind aber noch im Keller. Und wir haben auch ein Seil. Du bist ein kluges Mädchen und handwerklich begabt, wie ich höre. Deine Lehrer rufen ständig an und erzählen mir davon, also bin ich mir sicher, dass du das schon hinbekommen wirst.«

Ich sog hörbar die Luft ein. »*Das tun sie?*«

Da legte sie auf.

Ich blieb noch lange neben dem Telefon stehen. Ich war so erschrocken, dass sich die Härchen in meinem Nacken aufgestellt hatten. Meine Stiefmutter führte regelmäßige Gespräche mit der Schule. *Was konnte sie da überhaupt sagen?*

Beatrice und ich kamen um kurz nach eins bei unserem einstigen Heim an. Ich hatte gehofft, dass mein Vater bis dahin wieder zurück wäre. Ich bin mir nicht sicher, warum. Vielleicht hoffte ein Teil von mir, er würde eine Stimme der Vernunft sein, aber warum sollte ich so etwas überhaupt denken? Mein Vater war kein vernünftiger Mann. Wir klopften an die Tür. Beatrice federte auf den Zehen auf und ab.

»Ich erinnere mich an dieses Haus!«, sagte sie.

»Ach ja?«, sagte ich abwesend. Als ich noch ein junges Mädchen und meine Mutter verschwunden war, hatten meine Tante und mein Vater einfach nicht darüber gesprochen. Sie hatten gehofft, ich würde es vergessen. Aber das hatte ich nicht, natürlich nicht … doch, ehrlich gesagt hatte ich das *manchmal* schon. Ganze Tage vergingen, ohne dass ich an meine Mutter dachte. Heutzutage erstaunt es mich, dass das so war. Je älter ich werde, desto bewusster wird mir, dass keine Stunde vergeht, an der ich nicht zumindest einmal an sie denke.

Die Tür öffnete sich und meine Stiefmutter stand im Eingang. Ich hatte erwartet, dass sie tadellos gekleidet sein würde, wie meine Mutter es immer war. Aber nein. Obwohl es schon am Nachmittag war, trug sie noch immer ihren Morgenmantel – aus einem glänzendem Stoff, mit Blumen bestickt und eng um ihre Taille gebunden. Ich sah sie zum ersten Mal im Stehen. Sie war groß, größer sogar als Tante Marla, dazu viel kurviger. In ihr chemisch blondes Haar hatte sie Lockenwickler gedreht, die ein durchsichtiges Tuch fixierte. Vor der üppigen Brust verschränkte sie die Arme und starrte von oben auf Beatrice und mich herab, wie eine antike Göttin von ihrem Berggipfel auf ungezogene Anhänger hinabblicken würde. Hübsch war sie auch, trotz der Geringschätzung, die ihr Gesicht verzerrte.

Beatrice, eben noch so überschwänglich, war auf einmal ganz schüchtern. Sie schob sich hinter mich und klammerte sich an meinen Mantel.

»Ist mein Vater da?«, fragte ich. Auf einmal erschien es mir nicht mehr sicher, dass Beatrice und ich allein zu dieser feindseligen Frau ins Haus gehen sollten. Ich zögerte.

»Nein« sagte sie, wandte mir den Rücken zu und ging hinein. »Auf Geschäftsreise.«

»Und die Kinder? Unsere ...« Ich wusste nicht, wie ich sie nennen sollte. Meine Brüder? Meine Halbbrüder? Ich war mir nicht sicher.

Sie blickte nicht einmal zu uns zurück. »Bei meiner Mutter«, sagte sie. »Ich habe nicht vor, sie euch vorzustellen.« Ich hielt Beatrice' Hand fest in meiner.

Das Wohnzimmer sah ganz anders aus als früher. Die von meiner Mutter geknüpften Vorhänge und Läufer waren verschwunden, genau wie die Bilder an den Wänden, auf denen wir vier vorgaben, eine glückliche Familie zu sein. Das Foto von den Eltern meiner Mutter, die vor ihrem alten Bauernhaus in ihrer besten Sonntagskleidung standen, war ebenfalls verschwunden. Die Möbel waren anders und die Wände mit einer gemusterten Tapete beklebt, die mir nicht gefiel.

»Na dann«, sagte meine Stiefmutter, »holen wir mal deine Sachen. Ich hab nicht den ganzen Tag Zeit.«

Ich sagte Beatrice, sie solle sich mit den Comicheften, die sie mitgebracht hatte, aufs Sofa setzen, und machte mich auf den Weg in den Keller. Dort war es muffiger, als ich es in Erinnerung hatte. Es sah aus, als hätte lange niemand mehr gekehrt oder gelüftet. Die Kisten waren schwer, aber nicht allzu groß oder sperrig. Insgesamt waren es fünf. Auf jeder Kiste stand in der Handschrift meines Vaters der Name meiner Mutter, jeweils halb vom Gekritzel eines anderen Filzstifts verdeckt.

»Ist das alles?«, fragte ich.

»Ja«, sagte meine Stiefmutter, ohne mir in die Augen zu sehen. »Ich hoffe, du erwartest nicht von mir, dass ich dir helfe. Das verkraftet mein Rücken nicht.«

»Nein, nein«, sagte ich, so höflich ich konnte. »Ich bin vielleicht klein wie meine Mutter, dafür aber auch so stark wie sie.«

»Ich glaube nicht, dass du es darauf anlegen solltest, wie deine Mutter zu sein«, erwiderte meine Stiefmutter gereizt, ging wieder die Treppe hinauf und ließ mich allein zurück, um die Kisten zu schleppen. Ich entdeckte unsere alten Schlitten, die jeweils aus Holzlatten auf Metallkufen bestanden. Wenn ich Beatrice den leichteren von beiden gab, konnten wir es gut nach Hause schaffen. Ich fand eine Flasche mit Mineralöl und einen Lappen und schmierte das Metall damit ein, damit die Schlitten einfacher über den Schnee gleiten würden. In Gedanken legte ich mir schnell einen Plan zurecht, wie ich die Kisten am besten stapeln und mit welchen Knoten ich sie befestigen würde, und machte mich an die Arbeit. Ich schleppte die Schlitten nach draußen, holte dann eine Kiste nach der anderen aus dem Keller hoch und band sie auf den Schlitten fest.

Ich ging zurück ins Wohnzimmer, den Mantel bereits angezogen und meine Tasche über die Schulter geschlungen.

Beatrice war vollkommen in ihre Comics vertieft. Meine Stiefmutter saß ihr gegenüber und las eine Zeitschrift. Wenn man Beatrice und mich nicht weggeschickt hätte, wenn es uns erlaubt gewesen wäre, eine Familie zu sein, vielleicht hätte es dann genau so ausgesehen. Meine Stiefmutter und Beatrice blätterten synchron die Seiten um, neigten beide die Köpfe nach links. Ich fragte mich, ob es gut gegangen wäre. Vielleicht hätte Beatrice' Frohnatur den Zorn meiner Stiefmutter besänftigt. Vielleicht hätte ein Haus voller Kinder meinen Vater erweicht. Vielleicht ... doch dann sah meine Stiefmutter auf, bemerkte meinen Blick und die Strenge kehrte zurück.

*Vielleicht auch nicht*, befand ich.

Mit einem plötzlichen und unerklärlichen Schmerz wurde mir bewusst, dass dies womöglich das letzte Mal sein würde, dass ich in diesem Haus war. Für einen Augenblick zitterte mein Atem und ich bemühte mich, ihn wieder zu beruhigen. Wie aus dem Nichts überfielen mich die Erinnerungen. Meine Mutter in ihrem Overall. Meine Mutter in ihrem bestickten Kleid. Meine Mutter, wie sie am Tisch mit meiner Tante Karten spielte, alle beide den Kopf in den Nacken warfen und lachten. Meine Mutter nackt auf dem Bett, während meine Tante ihre Narben mit Öl einrieb (in die zwei Bissspuren, die dort waren, wo ihre Brüste hätten sein sollen; die schimmernden roten Überreste gezielter Verbrennungen; natürlich weiß ich, dass es kein Monster war, das ihr diese Wunden zugefügt hatte, aber meine Güte! Erinnerungen sind schon seltsam). Meine Mutter, wie sie ins Haus wankte, als sie aus dem Krankenhaus zurückkam. Meine Mutter, wie sie bewusstlos und blutend auf dem Boden lag. Dieses Haus war erfüllt von meiner Mutter. Genau wie von ...

Ich keuchte auf.

*Meiner Tante.*

*Das letzte Mal, dass ich sie gesehen hatte.*

»Ähm«, setzte ich an. »Kann ich noch mal mein altes Zimmer sehen?«

*Sie hat mich gebeten, auf ihre geheimen Schätze aufzupassen. Sie hat mich gefragt, ob ich ein Versteck hatte.*

Meine Stiefmutter runzelte die Stirn. »Warum das denn jetzt?«

*Meine Mutter hat es nie herausgefunden.*

Ich schob die Hände in die Taschen, damit ich nicht nervös herumzappelte. »Nur um es noch mal zu sehen«, sagte ich. Ich versuchte, ein neutrales Gesicht zu machen. Ausdruckslos. Genau wie meine Mutter. In der Hoffnung, lässig zu wirken, wippte ich auf den Fersen zurück.

Meine Stiefmutter klemmte sich ihre Zeitschrift unter den Arm. »Wie du willst«, sagte sie und ging aus dem Wohnzimmer und auf die Treppe zu. Sie sprach weiter, ohne sich umzudrehen. »Erwarte nicht, dass ich dich wieder hinausbegleite. Ich nehm jetzt ein Bad. Samstage sollte ich eigentlich nur für mich haben.« Als wäre all das hier meine Idee gewesen. Als würde ich ihren guten Willen ausnutzen. Oben auf der Treppe angekommen bog sie ins Badezimmer ab und schloss die Tür hinter sich. Ich wartete, bis ich das Wasser einlaufen hörte, dann lief ich schnell nach oben. Beatrice folgte mir nicht. Ich glaube, sie blickte nicht einmal von ihrem Comicheft auf.

Mein Zimmer sah ganz anders aus als früher. Die Wolken, die meine Mutter gemalt hatte, waren verschwunden, genau wie das alte Rekrutierungsplakat der Navy mit der Aufforderung JOIN THE WAVES an Frauen, das meine Tante mir gegeben hatte. Ebenfalls verschwunden war der zarte Lavendelton an den Wänden. Stattdessen waren diese nun weiß und durch die rabiaten Tobereien ungestümer Jungen zerschrammt und verschmiert. Überall lag Spielzeug.

Ich öffnete den Schrank und kniete mich auf den Boden.

Das lose Paneel war noch immer lose. Ich griff in die Lücke hinein und holte den Inhalt hervor – mehrere Notizbücher, diverse Zeichnungen, ein handgebundenes Buch mit gemalten Bildern, das Sonja mir vor langer Zeit gegeben hatte, das drachenhafte Büchlein und das Bündel Briefe, das ich von meiner Tante bekommen hatte. Ich sah mir nichts davon an. Ich wollte nicht länger hierbleiben als nötig. Ich stopfte einfach nur alles in meine Tasche, schob das Paneel wieder an seinen Platz und eilte hinaus.

Meine Stiefmutter hatte sich bereits ins Badezimmer zurückgezogen, laut hörte ich die Wasserhähne rauschen. Beatrice blickte von ihrem Comicheft auf.

»Sieht unser Zimmer noch so aus wie früher?«, fragte sie.

»Nein«, sagte ich.

Sie kniff die Lippen zusammen. »Dann will ich auch nicht hin.«

»Musst du auch nicht, Bea.«

Beatrice blickte sich um. Alles wirkte schäbiger als früher und hässlicher. Mir war nie bewusst gewesen, wie sehr meine Mutter das Haus gepflegt hatte, wie viel von *ihr* in jedem Teil davon gesteckt hatte, doch ihr Verlust war hier deutlich spürbar.

Beatrice und ich stapften durch den Schnee nach Hause, mit der Last der Erinnerung an meine Mutter beladen.

## *[Zeitungsausschnitt aus* The Daily Cardinal *vom 19. November 1963]*

BUNDESPOLIZEI DURCHSUCHT GESUNDHEITLICHE BERATUNGSSTELLE DER UNIVERSITÄT

*Mitglieder der Verwaltung der University of Wisconsin/Madison verweigerten am Montag jegliche Stellungnahme hinsichtlich der am Wochenende durchgeführten Durchsuchung des Student Health Centers auf dem Universitätscampus. Laut Augenzeugenberichten waren mehrere Kleintransporter auf der Straße eingetroffen und hatten Dutzende Beamte der Bundespolizei sowie eine Handvoll örtlicher Polizisten das Gebäude am frühen Samstagmorgen betreten.*

*Die Beratungsstelle war jüngst immer wieder in die Kritik geraten, weil sie an der Universität Informationen verteilte, die außerhalb des in deren Leitlinien festgelegten Zuständigkeitsbereichs fielen. Angehörige des Personals wurden infolge verschiedener Anklagen wegen unsittlichen Handelns, anstößigen Benehmens, unerlaubter Ausübung ärztlicher Tätigkeiten und Verleumdung in den letzten Jahren bereits mehrfach vom Staat vorgeladen. Die Universität hat jede dieser bundestaatlichen Klagen bekämpft, die allesamt entweder gerichtlich aufgehoben oder zurückgezogen wurden. Die Durchsuchungsaktion am Samstag ist wohl eine Zuspitzung der Ereignisse sowie ein offensichtlich koordiniertes Vorgehen der Bundesstaats- und Bundesanwaltschaft.*

*Presse und Rundfunk baten das Gouverneursbüro, das bundesstaatliche Gesundheitsamt, das Dane County Sheriffs Department und die regionalen Büros des FBI und der US-Bundespolizei um Stellungnahme, bis Redaktionsschluss kam jedoch niemand dieser Bitte nach. Der Pressesprecher des Polizeipräsidenten des Madison Police Department gab allerdings folgende Erklärung ab: »Betrachten Sie dies als Warnung für alle anderen, die vorübergehend eine illegale medizinische Abteilung einrichten wollen, diese sogenannten ›Beratungsstellen für Wissbegierige‹. Unterlassen Sie es. Wir sind Ihnen auf der Spur. Und wir werden nicht davor zurückschrecken, Sie alle strafrechtlich zu verfolgen, um zu verhindern, dass Sie auch nur einen weiteren ahnungslosen jungen Menschen verderben.«*

# 28

Es dauerte lange, doch nach und nach arbeitete ich mich durch die Sachen meiner Mutter. Ich bügelte jedes Kleid, brachte jeden Hut wieder in Form und lüftete die Strümpfe. Ich weichte die Handschuhe ein und wusch jedes Tuch von Hand. Ich verbrachte jeden Abend Stunden damit, die Knotenmuster meiner Mutter zu studieren, die Mathematik, die sich in jeder Drehung und jeder Windung verbarg, die Logik, die dem Verlauf der konzentrischen Schleifen zugrunde lag. Die Knoten kamen in ihrer handgeknüpften Spitze vor, in den ineinander verwobenen Ösenmustern, die sie in dekorativen Bahnen auf ihre Röcke gestickt, oder auch in dem komplizierten Flechtmustern, mit denen sie ihre Bunde und Gürtel verziert hatte. Es gab einen Grund, warum meine Mutter so von Knoten besessen gewesen war, all das beruhte auf einem aufrichtigen Glauben, da war ich mir sicher. Doch ich konnte beim besten Willen nicht herausfinden, worin er bestand.

Ich fand ihr Notizbuch mit den Diagrammen und Gleichungen und den Stapel Bücher mit ihren gekritzelten Anmerkungen. Schon damals schien meine Mutter Beweise für eine Vermutung gesammelt zu haben, die sie aber niemals aufgeschrieben hatte. Ich kannte ihre Beweggründe nicht. Ich kannte ihren Blickwinkel nicht. Meine Mutter war so unergründlich wie immer, als wäre sie eine Sphinx. Ich wusste nur, dass ihre Knoten wunderschön waren. Alles, was sie geschaffen hatte, war einfach so wunderschön. Ihr Verlust hatte eine Lücke in mein Leben gerissen, ein Loch im Universum, wo meine Mutter sein sollte.

Nach und nach wickelte ich jedes Stück in Seidenpapier ein und hängte es in die hinterste Ecke des Schranks oder legte es beiseite, um es später zu verkaufen. In den mit ALEXANDRA beschrifteten Kisten fand ich nahezu genug Winterkleidung, und was wir danach noch brauchten, konnten wir uns mit den Einnahmen leisten, die uns ein paar elegantere Kleider meiner Mutter in einem örtlichen An- und Verkauf einbrachten.

Vorerst waren wir versorgt. Ich durfte nicht darüber nachdenken, wie wir in Zukunft zurechtkommen sollten. Mir kam es unmöglich vor, es mir vorzustellen, geschweige denn dafür zu planen. Es war ein Sprung ins Ungewisse und uns blieb nichts anderes übrig, als ihn zu wagen.

Die Anrufe meines Vaters waren fast gänzlich abgebrochen und ich hörte erst wieder von ihm, als sich der Dezember dem Ende neigte. In der Zwischenzeit bekamen wir von ihm nur unsere monatlichen Unterhaltszahlungen und Stille. Zuerst war ich froh darüber, doch nach einer Weile fühlte es sich einfach seltsam an. Ich hatte nicht erwartet, dass er mir fehlen würde. Ich rief mehrmals bei ihm zu Hause an, doch es ging nie jemand ran.

Vier Tage vor Weihnachten rief er an. Er konnte kaum Hallo sagen, so heftig hustete er.

»Dad?«, fragte ich in den explosiven, trockenen Husten am anderen Ende der Leitung hinein. »Bist du das?«

»Natürlich bin ich es«, schnauzte mein Vater. »Wer ruft dich sonst auf diesem Telefon an, das ich für dich bezahle?« Er hustete erneut. »Eigentlich eine gute Frage. Wer ruft dich sonst noch an? Ich will nicht, dass du diese Situation ausnutzt, um schlechte Entscheidungen zu treffen, und deine Familie blamierst.«

»Es ist auch schön, von dir zu hören«, sagte ich trocken. »Jedes Mal wenn ich bei euch anrufe, geht niemand ran. Ist alles in Ordnung?« Ich bemühte mich, jede Spur von Gereiztheit aus meiner Stimme zu verbannen. Ich bemühte mich, das klaffende Bedürfnis in mir zu verbergen, das so immens war, dass es drohte die ganze Welt zu verschlingen. Er hatte gesagt, ich würde nicht allein sein. Er hatte gelogen.

»Was soll die Frage? *Natürlich* ist alles in Ordnung. Warum zur Hölle sollte es das auch nicht sein?« Er schluckte mehrmals laut. Ich hoffte, es wäre Wasser gegen seinen Husten, vermutete aber stark, dass es keins war.

Beatrice spielte draußen und baute mit den Nachbarskindern Festungen im Schnee. Sie hatte Hausaufgaben zu erledigen und ihre Noten wurden langsam schlechter, aber ich brachte es nicht übers Herz, sie hereinzurufen.

Schließlich hielt ich es nicht mehr aus. »Habt ihr Pläne für Weihnachten, Dad? Werden wir dich sehen?« Ich wusste nicht einmal, warum ich das gefragt hatte. Wir sahen ihn nie.

Er ignorierte die Frage. »Ich habe deinen Mathelehrer im Klubhaus getroffen«, sagte er und ich wusste, dass er damit ›in der Kneipe‹ meinte.

»Ach, ist das so?«, fragte ich mit neutraler Stimme. »Hat er dir erzählt, dass ich gar nicht erst in seiner Klasse sein sollte und er mich nur ausnutzt, damit ich umsonst für ihn arbeite? Mal ehrlich, dafür sollte man mir ein Gehalt geben.«

»Für eine junge Dame schickt es sich nicht, über Geld zu reden«, sagte mein Vater. »Das hätte deine Mutter dir eigentlich beibringen sollen.« Er gab ein humorloses Lachen von sich, das vielmehr wie ein Schnauben klang. »Du warst schon immer schlauer, als gut für dich ist. Sogar als du noch klein warst. Er hat mich darüber informiert, dass er dir ein Empfehlungsschreiben für die Universität geschrieben hat. Unter Zwang, nehme ich mal an. Du weißt, was ich davon halte, dass du dich weiterbildest. Pure Zeitverschwendung. Pure Geldverschwendung. Du bist schon bestens darauf vorbereitet, ein produktiver Staatsbürger zu sein und deinen Teil zu unserer großartigen amerikanischen Wirtschaft beizutragen. Außerdem ist das der beste Weg für eine junge Frau, einen guten Ehemann zu finden, und das willst du doch, oder? Es ist töricht, zu lang zu warten und womöglich die Chance deines Lebens zu verpassen. Ich verstehe nicht, warum du darüber die Nase rümpfst. Warum du so größenwahnsinnig sein musst. Ich habe deiner Mutter gesagt, sie soll dir keine Flausen in den Kopf setzen, aber sie wollte auch nie hören.«

Ich biss mir auf die Unterlippe, um mich zurückzuhalten. Ich atmete tief und langsam durch die Nase ein. »Es war wie immer eine Freude, mit dir zu reden. Wolltest du sonst noch was, Dad? Oder sollte ich dich lieber Mr. Green nennen?«

»Sei nicht *so frech*«, sagte meine Vater, wobei seine Stimme in einem weiteren Hustenanfall unterging. Ich wartete ziemlich lange, bis er sich wieder beruhigte. Schließlich sagte er: »Ich nehme an, ich kann deine Meinung nicht mehr ändern.«

»Über das Studium? Nein, Dad.« Ich hatte meine Bewerbungen bereits abgeschickt und mich auf Stipendien beworben. Jetzt konnte ich nur noch abwarten. »Die Mathematik ist mir wichtiger als die Ehe, wie sich gezeigt hat.« *Genau wie Mom*, wollte ich hinzufügen, ließ es aber bleiben.

Mein Dad fing wieder an zu husten. »Diese Bibliothekarin ist vorbeigekommen. Noch dazu in meinem *Büro*. Ich habe sie noch nie gemocht.«

»Mrs. Gyzinska?«

»So heißt sie wohl. Sie neigt dazu, sich ungebeten einzumischen. So war sie schon immer. Als deine Mutter das erste Mal krank wurde, ist diese unausstehliche Frau einfach im Krankenhaus aufgetaucht und hat die Krankenschwestern so lange genervt und gemaßregelt, bis sie sie jeden Tag mit ihr im Zimmer haben sitzen lassen, wo sie deiner armen Mutter nur Unsinn eingeredet hat. Nach einer Weile haben mich die Schwestern angerufen und sich beschwert, dass deine Mutter nicht mehr aufhören wollte, Gedichte vorzutragen, und das alles nur wegen dieser verdammten Bibliothekarin. Ich musste den Krankenhausverwalter anrufen und der hat dem Ganzen dann ein Ende gesetzt.«

»Gedichte?«, fragte ich. Das Zimmer verschwamm und ich lehnte mich gegen die Wand. »*Der Hain verwelkt*«, sagte ich auf, »*der Hain verwelkt und dorrt.*«

»Dich hat sie also offenbar auch schon manipuliert.«

Vor meinem geistigen Auge sah ich das Gesicht meiner Mutter, wie es sich von einer Phase zur nächsten wandelte. Meine Mutter, bevor sie krank wurde, mit rosigen Wangen und einem strahlenden Lächeln. Meine Mutter, als sie *falsch* wieder nach Hause kam. Meine Mutter im Garten, sonnenverbrannt und stark. Meine Mutter mit wutverzerrtem Gesicht und dann diese unerwartete, heftige Ohrfeige. Meine Mutter mit grauen Wolken in den Augen und eingefallenen Wangen. Meine Mutter, die schrumpfte, innerlich leer wurde. Die Hülle einer Grille, die davonwehte.

Ich sagte weitere Zeilen auf:

*Kalt baden deine Rosenschatten mich*
*Kalt ist dein Licht, kalt mein verschrumpfter Fuß,*
*Auf deiner goldenen Schwelle, wenn der Frührauch*
*Zerflattert ob den dunklen Feldern rings,*

*Allwo beglückter Menschen Hütten stehn,*
*Beglückter Menschen, welche sterben können,*
*Und glücklicheren Todten Hügelreihn.*
*Gieb frei mich, gieb der Erde mich zurück!*

»Ich hasse dieses Gedicht«, sagte mein Vater.

»Mom hat es geliebt«, sagte ich und schloss die Augen. »Sie hat mich sogar gebeten, es ihr vorzulesen, im Krankenhaus, ehe sie gestorben ist. Jeden Tag, immer wieder und wieder aufs Neue.«

Auch wenn ich es ihm gegenüber nie zugegeben hätte – damals nicht und auch sonst niemals –, war ich ganz seiner Meinung. Ich hasste dieses Gedicht genauso.

Mein Vater schwieg sehr lange. »Nun, so war sie.« Er schluckte wieder, dann noch einmal. »Ich rufe an, Alexandra, weil du mir wichtig bist, auch wenn du das wahrscheinlich nicht glaubst. Das ganze Land verliert langsam den Verstand. In den Diners und den Schulen protestieren sie, im Kapitol herrscht Chaos, profitable Geschäfte werden von Gewerkschaftstrotteln ruiniert, in diesen Bars für ... du weißt schon ... *solche* Kerle wird randaliert, hübsche junge Mädchen setzen sich irgendwas in den Kopf und fangen einfach an zu tun, was sie wollen, ohne dabei an ihre Familien oder ihre Zukunft zu denken. Und nicht nur das, auch noch schlimmere Dinge. Dinge, über die ich nicht einmal reden kann, und du solltest das auch nicht. Unsere Nation steht kurz davor, den Kopf zu verlieren. Die Geisteskranken sind schon unter uns, in dieser Stadt, *unserer Stadt*, mit ihren Flugblättern, Geheimtreffen und Geheimbünden. Und dann marschieren sie, randalieren und dann folgt das totale Chaos. Es passiert bereits, hier und jetzt, und du musst dich schützen.«

»Dad, hörst du dir überhaupt mal selbst zu? Du klingst wie ein Irrer. In dieser Gegend gab es keinen einzigen

Protestmarsch. Nicht einen. Das hätte ich gesehen. Und auch keine Aufstände. Wer immer dir diese Dinge erzählt, hat nicht die leiseste Ahnung, was ...«

»Hör zu«, sagte er. Seine Stimme wurde streng, verzweifelt. »Manche Gedanken sind gefährlich, okay? Und manche stellen das Leben von Menschen auf den Kopf und ruinieren Familien. Wir haben versucht, das alles von dir fernzuhalten, deine Mutter und ich. Wir waren uns einig, dass es sicherer ist, ahnungslos zu sein. Ich wünschte, du hättest einen netten Mann gefunden und wärst längst verlobt. Offen gestanden wäre es eine riesige Erleichterung, wenn ich wüsste, dass du gut versorgt bist. Ich habe deiner Mutter immer gesagt, sie soll dich besser auf die Ehe vorbereiten, aber sie hat nie auf mich gehört. Ich dachte, einen Haushalt zu führen, wäre gut für dich. Damit du nicht die Nase hoch trägst und schon mal ein wenig übst, für eine gute, solide Zukunft. Aber nein, du musstest dir ja von dieser Bibliothekarin Flausen in den Kopf setzen lassen – mit Mathematik und Hochschulen und solchem Schwachsinn. Und jetzt stehen wir hier.«

Mir war schwindelig. Ich ließ mich auf die Fersen sinken und die Telefonschnur straffte sich. »Ich verstehe nicht ganz, was du von mir erwartest.«

Er seufzte. »Geh nicht mehr raus, sobald es dunkel wird«, sagte er. »Und halt dich von dieser Büchereitante fern. Sie hat eine Vergangenheit, die du dir nicht mal ausmalen kannst. Ich habe gehört, selbst J. Edgar Hoover fürchtet sich vor ihr.«

»Niemand fürchtet sich vor kleinen alten Damen, Dad. Sei nicht albern.«

»Du bist vielleicht naiv. Hör auf deinen Vater. Hör auf deine Lehrer und sprich nicht mit Fremden. Ich werde nicht immer hier sein, um dich zu beschützen, weißt du?«

Ich biss mir auf die Zunge. Er beschützte uns nicht. Wusste er, dass er log, oder dachte er, ich würde es nicht bemerken?

Ich war mir nicht sicher, ob es überhaupt eine Rolle spielte. Allerdings zahlte er noch bis August unsere Miete, jeden Samstag wurden Lebensmittel geliefert und die Unterhaltszahlungen wurden stets pünktlich überwiesen. Ich würde es nicht riskieren, dieses Geld zu verlieren. »Okay, Dad«, sagte ich.

»Ich bin froh, dass wir gesprochen haben, Alexandra.«

»Alex«, korrigierte ich ihn, dann legte ich auf.

*Könnten sie zurückkommen? Aus wissenschaftlicher Sicht ist die Antwort offensichtlich. Es ist für einen Organismus nicht ungewöhnlich, an den Ort seiner Entstehung zurückzukehren, wie im Falle der Pazifischen Lachse, oder an den Ort seiner Verwandlung, wie im Falle der Hornfrösche. Warum sollte es mit Drachinnen also anders sein? Dass wir noch keine Massenrückkehr der massenweise Drachengewandelten gesehen haben, gibt uns keinerlei Aufschluss darüber, ob wir es noch sehen werden. In der Tat können wir aus der Volkskunde und deren verblümte – und oftmals angstvolle – erneute Auseinandersetzung mit den Geschichten ihrer drachengewandelten Töchter aus längst vergangenen Zeiten schließen, dass sie manchmal durchaus zurückgekehrt sind. Waren die kämpfenden Drachen in den Tiefen von Uthers Burg lediglich eine Fehlinterpretation von zwei sich streitenden Tanten? Ich tendiere vielleicht dazu, das zu glauben. War die Drachin Vischap, die jahrzehntelang mit ihrer Brut (aus Drachenjungen und Menschenkindern) auf dem Gipfel des Ararat gelebt hat, lediglich eine liebevolle Mutter und Ziehmutter, die für ihre innig Geliebten ein Zuhause schuf? Es ist schwer zu sagen. Doch jetzt, da ich mit dieser wissenschaftlichen Arbeit zum Ende komme, muss ich an meine Kollegen und Vorgesetzten, an den Kongress der Vereinigten Staaten und auch an mein Land ein warnendes Wort aussprechen: Es nützt niemandem, wenn wir unsere Augen verschließen und das Denken aufgeben. Es gibt so vieles, was wir noch nicht verstehen, und wir haben noch jede Menge zu tun. Als wir uns mit dem kollektiven Trauma, der Trauer und der Angst, die unsere Nation ergriffen hatten, konfrontiert sahen, nachdem wir miterleben mussten, wie Frauen zu Tausenden buchstäblich ihre Haut abstreiften und sich in reißzahn- und klauenbestückte Kreaturen des Feuers und der Gewalt verwandelten, wurde erheblicher Druck auf uns ausgeübt, einfach wegzusehen, das Geschehene zu verschweigen und zu vergessen. Offen gestanden war es einfacher zu vergessen. Doch ohne Fragen kann es auch kein Wissen geben. Wie reagiert der Fluss, wenn der Lachs zurückkehrt? Schottet er sich ab und verwehrt ihnen die Rückkehr? Wie reagiert der Baum, wenn der Schmetterling zu dem Blatt heimkehrt, wo er einst ein Ei, dann eine Larve und schließlich ein Kokon war? Erzittert er angsterfüllt oder heißt er den Wanderfalter mit offenen Armen willkommen? Wie also sollte eine Stadt reagieren, wenn die Mutter, die einst in den Himmel entfloh, mit einem Zornesschrei und einer Feuersbrunst beschließt zurückzukehren? Wie sollte diese Nation reagieren, falls sie alle heimkehren?*

– »Eine kurze Geschichte der Drachinnen« von Professor H. N. Gantz, MD/PhD

# 29

Der 23. März 1964 begann wie jeder andere Tag: mit Beatrice, die auf mein Bett sprang, sich auf mich warf und mit mir rang, bis ich wach war und wir beide auf den Boden fielen.

»Du bist spät dran! Wach auf, wach auf, wach auf!«, sang sie aus vollem Hals. Ich legte einen Finger an meine Lippen, um sie daran zu erinnern, dass wir nicht so laut sein durften. Es war gerade mal fünf Uhr morgens und die Wände unserer Wohnung waren dünn.

»Spät dran, wofür?«, fragte ich gähnend.

»Den Tag!«, frohlockte sie. »Du bist spät dran für den Tag!« Sie wirbelte im Zimmer herum.

Ich rieb mir das Gesicht. Fünf Uhr war so gut wie jede andere Zeit, um den Tag zu beginnen. Ich hatte noch zwei Übungsblätter zu erledigen, die ich bis Freitag abschicken musste.

»Na gut«, sagte ich. »Zieh deine Schuluniform an und wasch dir das Gesicht. Ich mach dann schon mal Frühstück.«

Nach Eiern auf Toast und Pulverkaffee für mich zog ich Beatrice einen Malkittel über die Schuluniform, setzte sie an ihren Basteltisch und erledigte meine Physikhausaufgaben.

Draußen ertönte eine Sirene. Ich bereitete mir eine dritte Tasse Kaffee zu, beendete meine Aufgaben, klebte Briefmarken auf den Umschlag und machte mich schulfertig.

Beatrice drückte ihr Gesicht gegen das Fenster. Der Himmel war rot und golden. »Heute ist der Tag!«, rief sie in die Welt hinaus. »Heute ist der Tag!«

»Was soll das überhaupt heißen?«, fragte ich abwesend, auf der Suche nach ein paar sauberen Socken. Beatrice wollte es nicht sagen.

Draußen hatte der Winter gerade erst angefangen, seine eisigen Klauen zurückzuziehen. Schneehaufen, die sich einst wie bebende Gebirgspässe, kurz bevor eine Lawine losbrach, auf jedem Gehweg aufgetürmt hatten, fielen nun in sich zusammen und hinterließen auf jeder Straße große, dunkle Pfützen. Auf dem Schulweg und zurück trugen wir alle schwere Gummiüberschuhe, die wir, sobald wir ankamen, gegen flache Schuhe tauschten. Ich schob mein Fahrrad und Beatrice hüpfte neben mir her. »Heute ist der Tag! Heute ist der Tag!«, sang sie aus voller Kehle.

Langsam fing sie an, mich zu nerven. Wir kamen vor ihrer Schule an. Ich hockte mich vor sie, um ihre Stiefel wieder zuzuschnallen und die Haarspangen über ihren beiden Schläfen festzustecken. Es war eine vergebliche Geste. Bis zum Mittag würde sie wieder aussehen wie Kraut und Rüben.

»Ich bin so glücklich.« Sie umarmte mich fest. »Ich liebe dich so sehr, Alex. Dieser Tag ist einfach herrlich!« Sie blickte hinauf in den Himmel, dann hüpfte sie vergnügt die Treppen hoch und verschwand im Gebäude, ohne sich noch einmal umzusehen.

»Verrücktes Huhn«, sagte ich und musste so unwillkürlich lächeln, dass mir auf einmal der Atem wegblieb. Ich liebte sie *so sehr*, und hin und wieder wurde ich mir dieser Liebe so unmittelbar bewusst, dass sie mich völlig überrumpelt und überwältigt zurückließ. Egal was nach meinem Abschluss passieren würde, sagte ich mir, wir hatten noch immer einander. Beatrice und ich gegen den Rest der Welt.

Ich schwang das Bein über mein Fahrrad, stieß mich ab und glitt über die breiten, dunklen Pfützen davon, in denen ich eine lange Spur aus sanften Flutwellen hinterließ.

In der Schule angekommen begaben wir uns alle in unsere Klassenzimmer und aus der Lautsprecheranlage erschallte dieselbe Durchsage, die seit einem Monat tagtäglich wiederholt wurde: »*Jeder, der etwas … ähm … Ungewöhnliches sieht oder hört, muss dies sofort melden.*« Keiner von uns nahm die Sache ernst. Es war für uns nichts anderes als die düsteren Warnungen vor möglichen russischen Spionen, die Werbung für vorgefertigte Atomschutzbunker oder die gelegentlichen Luftschutzübungen. Wir waren alt genug, um zu wissen, dass der Haschwahn, vor dem uns die Plakate warnten, nur erfunden war und es genügend Mädchen gab, die mit Jungen in Autos rummachten und trotzdem ihren Notendurchschnitt und ihren Status in der Schule aufrechterhielten. Es gab viele Unwahrheiten auf dieser Welt und offenbar wurde ein Großteil von ihnen auf Fluren ausgehangen und über die Lautsprecheranlage der Schule verkündet. Ich ignorierte sie.

Schwester Leonie, meine Französischlehrerin, schlug mit einem Lehrbuch auf den Schreibtisch und ermahnte uns aufzupassen.

»*Oui, ma sœur*«, erwiderten wir kleinlaut.

Mitten in der dritten Stunde ertönte erneut eine Durchsage. Ich hörte nicht hin. Mein BH juckte, mir tat der Rücken weh und ich war mir nicht sicher, warum.

Es klingelte und ich ging zu Analysis. Mr. Reynolds verzog das Gesicht, als ich durch die Tür trat. »Du bist spät dran!«, sagte er, obwohl ich das nicht war. So begrüßte er mich einfach an den meisten Tagen. Was er eigentlich sagen wollte, war: »Du bist nicht erschienen, als ich vorhin deine Hilfe gebraucht hätte.«

Ich wollte gerade antworten, als die Schulglocke erneut anfing zu läuten und nicht mehr aufhörte. Eine Luftschutzübung. Mr. Reynolds zuckte zusammen, doch seine alarmierte Miene hielt nicht lange an. Er machte ein genervtes Gesicht. »Himmel noch mal«, fluchte er und warf frustriert ein Notizheft auf den Schreibtisch. »Wir hatten doch gerade erst eine.« Er funkelte mich zornig an, als wäre ich irgendwie dafür verantwortlich. »Ich muss die Jungs doch auf ihr Staatsexamen vorbereiten. Schließlich steht mein Ruf auf dem Spiel.«

*Welcher Ruf?*, dachte ich gereizt. Ich öffnete die Tür und sah, wie alles nach und nach in den Flur strömte.

»Ihr wisst, was zu tun ist«, riefen Lehrerinnen und Lehrer, und alle setzten sich auf den Boden, mit dem Rücken an der Wand und ein Buch schützend über dem Kopf. Mr. Reynolds wies die Jungen in meiner Klasse an, es den anderen gleichzutun. Ich blieb stehen. Mit dieser Notfallübung stimmte etwas nicht. Schlagartig wurde mir schmerzlich bewusst, wie weit weg ich von Beatrice war. Ich versuchte, die zunehmende Angst in meinem Bauch zu ignorieren.

»Worauf wartest du?«, fragte Mr. Reynolds und deutete auf den Boden.

»Tut mir leid, Sir, ich bin gleich wieder zurück«, sagte ich und zeigte ihm meine leeren Hände. »Ich habe mein Buch vergessen.« Ich rannte zurück ins Klassenzimmer und blickte aus dem Fenster.

Vor dem Gebäude standen noch keine Einsatzwagen, aber ich konnte die Sirenen aus der Ferne näher kommen hören. Was seltsam war. Normalerweise waren es die bereits eingetroffenen Feuerwehrmänner, die den Alarm überhaupt erst auslösten, um dann durch die Gänge auf und ab zu gehen und die Kinder darüber zu belehren, wie man einen menschlichen

Schädel am besten mit einem Biologiebuch vor der nuklearen Vernichtung schützen konnte. Was sie größtenteils schafften, ohne eine Miene zu verziehen. Jedenfalls war es ein geplantes Ereignis. Dieser Vorfall schien dagegen nicht geplant zu sein. Wenn die Feuerwehr den Luftschutzalarm nicht ausgelöst hatte, wer dann? Handelte es sich hierbei tatsächlich um einen Bombenangriff? Ich hatte allerdings kein einziges Flugzeug gehört.

Endlich traf das Löschfahrzeug mit quietschenden Reifen ein, dicht gefolgt von einem zweiten. Die Feuerwehrmänner strömten aus den Fahrzeugen, kamen aber nicht ins Gebäude. Stattdessen sammelten sie sich, Schulter an stämmige Schulter gedrängt, auf dem Gehweg und blickten hinauf zum Dach der Schule. Ein Mann zeigte mit dem Finger auf etwas. Ihre Münder standen offen.

»Alexandra!«, brüllte mein Lehrer.

»Sofort!«, rief ich zurück, rührte mich aber nicht. Die Feuerwehrmänner starrten auf etwas, das ein paar Stockwerke über dem Fenster lag, aus dem ich nach draußen spähte. Dann hoben sie die Gesichter alle gleichzeitig immer höher, höher und höher und begannen, über ihren Köpfen einen langsamen Bogen zu beschreiben. Es dauerte einen Moment, bis das, was sie mit ihrem Blick verfolgten, in meinem Sichtfeld angekommen war. Doch selbst dann konnte ich es nicht deutlich erkennen. Es war groß. Und konnte fliegen. Was auch immer es war, das Sonnenlicht spiegelte sich so hell auf dessen Oberfläche, dass ich die Augen zusammenkneifen musste und es nicht direkt ansehen konnte, sondern nur dessen Umrisse aus dem Augenwinkel erkannte. Es flog zu niedrig, um ein Flugzeug zu sein. Außerdem war es auf dem Dach der Schule gewesen. Oder etwa nicht?

Nachdem die Feuerwehr Entwarnung gegeben hatte, klingelte es wieder, alle standen auf und gingen der Reihe nach zurück in ihre Klassenzimmer. Ich blieb am Fenster stehen.

»Alexandra?«, fragte mein Lehrer.

Ich beobachtete die Feuerwehrleute dabei, wie sie zurück in ihre Fahrzeuge kletterten.

»Alexandra, ich glaube, du wolltest den anderen gerade ihre Tests zurückgeben?«

Weitere Sirenen heulten auf. Die Löschfahrzeuge rasten in Richtung Westen davon. Zwei Polizeiautos kamen mit quietschenden Reifen um die Ecke gejagt und folgten mit flackernden Lichtern der Feuerwehr.

»Alexandra, hörst du nicht? Die anderen haben Fragen zu ihren Tests.«

Man hatte uns gesagt, wir sollten brave Kinder sein, und ich war immer brav gewesen. Ich tat immer, was man mir sagte. Aber jetzt ... drehte ich mich um und wandte mich der Klasse zu. Die Jungen starrten mich alle an, ein fassungsloser Ausdruck auf ihren geistlosen Gesichtern. Mr. Reynolds klammerte sich an das Lehrerhandbuch wie an einen Rettungsring und zeigte auf den Stapel Prüfungsbögen auf dem Schreibtisch.

»Worauf wartest du?«, sagte er.

Einmal, als ich noch sehr jung war, brachte mir meine Mom bei, wie man sein Gesicht beherrscht. Wie man jegliche Wut, Trauer und Enttäuschung daraus streicht. »Du darfst weder zu erwartungsvoll noch zu glücklich oder zu sonst irgendwas wirken. Einfach nur freundlich und unerschütterlich. Mit einem freundlichen Gesicht kannst du so einiges erreichen. Niemand unterbricht dich und niemand fühlt sich angegriffen. Guck, Liebling, schau her.« Dann zeigte sie es mir.

Ich beherrschte mein Gesicht. »Natürlich, Mr. Reynolds«, sagte ich ruhig, obwohl ich ihn in Flammen setzen wollte. »Ich mach das schon, keine Sorge.« Dann teilte ich die Tests aus. Die Jungen, die mit ihrem Ergebnis zufrieden waren, bemühten sich, mich anzulächeln. Die Jungen, denen ihr Ergebnis unangenehm war, versuchten, sich selbst zu besänftigen, indem sie mich mit abfälligen Bemerkungen und derben Sprüchen bloßstellten. Es war mir egal. Es nützte nichts. Mein Gesicht blieb beherrscht. Nachdem der letzte Testbogen auf dem letzten Schreibtisch gelandet war, ging ich zur Tafel und schrieb die Lösung der drei Aufgaben an, die buchstäblich alle Jungen in der Klasse falsch gemacht hatten. Sie waren nicht besonders schwer, nur kompliziert. Ich wusste, dass Mr. Reynolds sie nicht lösen konnte, ohne sein Handbuch zu befragen.

»Mr. Reynolds«, sagte ich mit zuckersüßer Stimme. »Den Rest überlasse ich Ihnen, wenn es Ihnen nichts ausmacht, und ich wäre sehr dankbar, wenn Sie mir eine schriftliche Genehmigung ausstellen würden. Ich fürchte, ich muss zur Schulschwester.«

Das musste ich nicht wirklich. Mir ging es gut. Sein gleich doppeltes Unbehagen zu sehen, war die Lüge jedoch wert. Er öffnete den Mund, ohne etwas zu sagen, und schloss ihn dann wieder, räusperte sich. Er versuchte es noch mal.

»Bist du dir sicher?«

»Ziemlich sicher«, sagte ich und fügte mit gedämpfter Stimme hinzu: »Frauensache.« Jegliche Farbe wich aus seinem Gesicht. Er sah aus, als würde er jeden Moment ohnmächtig werden. Meine Miene blieb hartnäckig neutral, wie in eine Bergwand gemeißelt. War ich das unbewegliche Objekt oder die unaufhaltsame Kraft? Vielleicht war ich sogar beides. Vielleicht war es das, was wir von unseren Müttern lernten.

»Natürlich, einen Moment«, sagte Mr. Reynolds.

Es war nicht schwer, die Schwester davon zu überzeugen, dass ich krank war und nach Hause gehen musste.

»Oh, aber natürlich bist du krank! Sieh dich nur an! So blass und fahl!«, klagte die Schwester. »Und diese dunklen Augenringe. Du armes Ding!« Ich muss zugeben, dass mir das schon einen leichten Stich versetzte. Allerdings hatte ich seit Monaten auch nicht mehr gut geschlafen. Ich nickte schwach und gab vor, meinen Vater anzurufen, dann sagte ich ihr, dass ich draußen auf ihn warten würde, bis er mich abholte. »Ein paar Sonnenstrahlen aufs Gesicht …«, setzte ich an. Mehr musste ich nicht sagen. Sie scheuchte mich sanft hinaus und sagte mir, dass ein bisschen Make-up und Rouge Wunder wirken würden und ich keine Angst haben müsste, in Schwierigkeiten zu geraten, weil es unser kleines Geheimnis sein würde. Ich bedankte mich bei ihr und eilte nach draußen, wo ich mir mein Fahrrad schnappte und die Straße hinabjagte, in dieselbe Richtung wie …

Nun ja, da war ich mir nicht so sicher. Aber ich wusste, dass *irgendetwas* auf dem Dach gewesen war, *irgendetwas* sich in die Lüfte erhoben und einen Bogen beschrieben und dieses *Irgendetwas* die Feuerwehrleute stutzig gemacht hatte. Ich würde mich hüten, *Drachin* zu denken. Ich würde mich hüten, irgendetwas zu denken. In meinen Augen war ich bereits eine Wissenschaftlerin – und in der Wissenschaft darf es keine Annahmen geben: nur Fragen, Daten und noch mehr Fragen. Ich würde offen und unvoreingenommen sein, meine Beobachtungen dokumentieren und mich an die Fakten halten. Ich trat, so schnell ich konnte, in die Pedale meines Fahrrads und folgte den Daten.

# 30

Ich erspähte das Zielobjekt auf der Sycamore Street und folgte ihm durch den Park und die Seventh Avenue hinab, bis es erst auf dem Dach eines Hauses landete und sich dann im Vorgarten niederließ. Einem Haus in der Chestnut Street. Meiner alten Straße.

*Meinem alten Haus.* Ich hatte vorgehabt, nie wieder hierher zurückzukommen.

Und doch war ich hier.

Und doch war sie hier.

Eine Drachin.

Sie saß im Vorgarten auf ihrem Hinterteil, den Schwanz wie einen Schal um ihren Körper gewickelt, während sie in ihrer Handtasche herumwühlte.

Ich stieg von meinem Fahrrad und ließ es auf den Boden fallen.

Sie, die Drachin, nun ja. Sie war … *gewaltig.* Doch das Wort *gewaltig* kommt dem nicht einmal ansatzweise nahe, wie es sich *anfühlte,* in der Gegenwart dieser Drachin zu sein, ihre gewaltigen Ausmaße hautnah zu *erleben.*

Sie krümmte die Luft um sich herum. Der Boden unter meinen Füßen schien zu schwanken. Ihre Haut strahlte Hitzewellen aus, sodass die letzten Überreste der Schneehaufen in den wassergetränkten Rasen zerflossen. Sie hatte auf einem der Adirondack-Gartenstühle gesessen, der ihrem Gewicht allerdings nicht hatte standhalten können. Blau gestrichene Holzsplitter verteilten sich unter ihrem breiten Gesäß und sich windenden Schwanz. Ihre Schuppen waren schwarz und grün und von Silber durchzogen. Zu sagen, dass sie leuchtete, schien nicht ganz richtig. Vielmehr wirkte es, als würde sie das Licht besitzen und ihm lediglich erlauben, auf den funkelnden Schuppen, die ihre Masse umschmeichelten, zu schillern und zu schwingen, wie es ihr beliebte.

Sie senkte den Kopf, neigte das Kinn etwas nach links, erwiderte meinen Blick.

Und sie war meine Tante. Ich wusste es, bevor sie überhaupt den Mund öffnete. Ich hatte es schon gewusst, als ich in der Schule den Luftschutzalarm und die lächerliche Durchsage gehört hatte. Ich hatte es schon gewusst, als ich ihren riesigen Schatten hatte davonfliegen sehen, nachdem sie sich über unseren Köpfen ungesehen in die Lüfte erhoben hatte. Ich wusste, dass sie es war, die Beatrice' Träume heimsuchte. Natürlich war es meine Tante.

Ich räusperte mich. Die Drachin nickte. Sie ließ ihre Handtasche auf den Boden fallen. Sie legte die Vorderpfoten an ihr Herz.

»Alex«, begann meine Tante. Ihre Stimme stockte. In ihren großen Augen funkelten Tränen.

Ich wusste nicht, dass Drachinnen sprechen konnten. Ich wusste nicht, dass sie sich daran erinnerten, wer sie waren. Ich wusste nicht, dass sie Handtaschen bei sich trugen und ihre Familie wiedererkannten oder weinen konnten. Ich biss die Zähne aufeinander und spürte, wie meine Wangen heiß wurden. Wenn all das wahr war, *wo zur Hölle hatte sie die ganze Zeit gesteckt?*

»Alex«, sagte Tante Marla und wischte sich über die Wangen, wagte ein scharfzahniges Lächeln. »Liebling, ich bin's.«

In meinem Kopf drehte sich alles. »Du bist zu spät«, sagte ich und sog erschrocken die Luft ein. Ich hatte nicht erwartet, diese Worte zu hören, war mir nicht einmal bewusst gewesen, dass ich so gedacht oder gefühlt hatte. Ich konnte spüren, wie ich anfing zu zittern, wie die unvergossenen Tränen der Trauer und des Verlusts und des Frusts in meinen Augen stachen und aus mir herausbrachen. Meine Sicht verschwamm. Meine Wut erhitzte mich bis auf die Knochen.

»Deine Mutter?«, fragte sie zögerlich, die großen, drachenhaften Augen halb geschlossen. Sie verschränkte die Krallen ineinander, als würde sie beten.

»Tot«, sagte ich durch zusammengebissene Zähne.

Die Drachin vergrub das Gesicht in ihren Pfoten, sodass sich die Krallen gegen ihren Schädel drückten. Sie fing an zu schluchzen. Ihre Tränen verpufften zu dampfenden Wölkchen, sobald sie den Boden berührten. Ihr Körper bebte und ich spürte in meinen Füßen, wie der Boden vibrierte. »Wann?«, fragte sie, ohne aufzublicken.

»Vor langer Zeit.« Ich spie den Satz beinahe. »Im Juni sind es drei Jahre.«

»Ich hätte es wissen sollen«, wimmerte die Drachin. »Ich hätte es spüren sollen.«

»Das denke ich auch«, sagte ich mit giftgetränkter Stimme. Wenn sich diese Drachin Mitleid erhoffte, weinte sie vor der falschen Teenagerin. Ich suchte mir am Kiesrand entlang des Gehwegs einen stattlichen Stein und schleuderte ihn gegen den Bauch der Drachin. Er prallte ab, ohne dass sie es überhaupt zu merken schien.

»Du hast uns verlassen!«, schrie ich sie an. »Du hast meine Mutter im Stich gelassen. Du hast uns alle im Stich gelassen. Bist einfach verschwunden, und wofür?« Meine Stimme brach und ich bin mir sicher, dass die Nachbarn uns hören konnten, doch ich beschloss, dass es mir egal war.

»Sie hätte mit uns kommen sollen.« Meine Tante vergoss weitere Drachentränen, große kochende Eimer voll Tränen flossen aus ihren länglichen Augen und ergossen sich auf den Fußweg. Dampf verschleierte den Vorgarten, sammelte sich zu einer dichten weißen Wolke zusammen, die uns zumindest eine Spur Privatsphäre bot. »Vielleicht hätte sie dann überlebt. Als ich dich und Beatrice in dieser winzigen Wohnung gesehen habe, hatte ich gehofft ... *Na ja.* Hatte ich gehofft, dass sie uns womöglich später gefolgt war.«

»Sie hätte mich und Beatrice *niemals* allein gelassen. *Niemals.* Nicht in diesem oder eintausend anderen Leben. Sie hat uns geliebt und für uns beide gesorgt. Sie hat sich an jeden einzelnen Tag festgeklammert. Meine Mutter war meiner Schwester mehr eine Mutter, als du es jemals warst. Sie war die einzige Mutter, die Beatrice je gekannt hat.«

Meine Tante verlagerte ihr Gewicht, setzte sich auf ihre Hinterläufe zurück und richtete den Oberkörper himmelwärts auf. Die Unterseiten ihrer Flügel waren rot. Ihre nadelspitzen Zähne schimmerten golden. »Das stimmt nicht«, sagte sie und sah mich eingehend aus ihren langen Augen an. Ich hatte das Gefühl, sie könnte bis in mein Innerstes sehen. »Du bist ihr auch eine Mutter. Ich kann sie überall an dir riechen. Du hast sie gehalten, sie ernährt und sie geliebt. Ihr beigebracht, was richtig ist und was falsch. Ihr die Hände gewaschen und Geschichten vorgelesen. Oder etwa nicht? Sie ist dein und du bist ihrs.«

»Beatrice ist meine Schwester«, erwiderte ich automatisch.

»Unfug«, sagte meine Tante. »Du bist vielleicht nicht ihre Mutter. Aber du bist ihre *Mutter.* Das ist eine Tatsache.«

Sirenen näherten sich. Sie kamen auf uns zu. Ich blickte mich um und sah in einem der Nachbarhäuser hinter dem Rand eines Vorhangs ein Paar Augen hervorlugen. Mrs. Knightly, wenn ich mich richtig erinnerte, die versuchte, durch die tief hängende Wolke zu spähen. Ich hatte sie noch nie gemocht.

»Ich muss los«, sagte meine Tante. »Ich komme wieder. Sag Beatrice, ich bin bald da.« Sie hob eine krallenbesetzte Pfote an den verräterischen Mund und warf mir einen Kuss zu. Dann stieß sie sich vom Boden ab und erhob sich in die Lüfte, wodurch der Gehweg so stark erzitterte, dass ich fast das Gleichgewicht verlor.

»SPAR DIR DIE MÜHE«, schrie ich ihr hinterher. »WIR BRAUCHEN DICH NICHT. WIR WOLLEN DICH NICHT SEHEN. WIR KOMMEN AUCH ALLEIN ZURECHT.«

»WIR WERDEN SEHEN«, schrie meine Tante zurück, als sie über die Baumkronen hinwegglitt. Ihre Schuppen glitzerten, schimmerten, glänzten, und dann war sie weg.

Ich saß lange auf der Treppe vor dem Haus meines Vaters. Ich klopfte an die Tür und klingelte. Niemand machte auf. Die Vorhänge waren zugezogen und das Haus wirkte irgendwie ... steril. Oder nicht direkt steril ... aber, als würde es stillstehen. Das Haus schien nicht zu atmen. Kein Spielzeug lag im Garten. Keine Bilder klebten am Fenster. Nichts, was andeuten würde, dass hier Kinder lebten.

Ich wollte wirklich nur ungern mit meiner Stiefmutter reden. Doch mit *irgendjemandem* hätte ich schon gerne geredet.

Auf der anderen Straßenseite lugte Mrs. Knightly weiter hinter ihren Vorhängen hervor. Sie war die Dame, die mich immer verpetzt hatte, wenn meine Kniestrümpfe nicht hochgezogen waren, wenn sie sah, wie ich mir die Nase mit dem Handrücken abwischte oder einen Nachbarsjungen auf den Boden schubste, weil er sich über Beatrice lustig gemacht hatte. Ich war mir nicht sicher, wie sie zu Drachinnen stand, aber was sie von mir hielt, wusste ich ganz genau. Es würde nicht lange dauern, bis sie meinen Vater auf der Arbeit anrief, und es würde nicht lange dauern, bis er hier war.

Zehn Minuten, wie sich herausstellte.

Er blieb auf dem Fußweg stehen und ließ seine Brieftasche fallen.

Seit dem Tag, an dem wir in die Wohnung gezogen waren, hatte ich ihn nicht mehr gesehen. Er erschien mir ... es war schwer zu sagen. Er sah aus wie eine Zeichnung, die teilweise ausradiert worden war. Die Linien seines Körpers waren verschmiert und verblasst. Sein Haar beinahe gänzlich verschwunden – war es früher schon weniger geworden? Ich konnte mich nicht erinnern. Er sah grau aus im Gesicht.

»Alexandra«, sagte er. Auch seine Stimme schien zu verblassen.

»Alex«, korrigierte ich ihn. »Wusstest du ...«

»Wann hast du gemerkt, dass sie es war?«

»Gerade eben erst. Sie hat genau dort gesessen.« Ich zeigte auf den zerbrochenen Stuhl. »Ich habe etwas über die Häuser fliegen sehen und bin ihm gefolgt.«

Er zog die Augenbrauen zusammen. »Dann hast du wohl die Zeitung nicht gesehen. Da war ein Foto. Von Marla. Vor einer Woche. Sie haben am nächsten Tag einen Widerruf und eine Entschuldigung veröffentlicht und es als Ente bezeichnet, was natürlich Schwachsinn war. Ich habe sie sofort erkannt. Ich weiß nicht, wie. Das Foto war verschwommen und aus der Ferne aufgenommen, aber sie war es.« Sein Blick wanderte zu den Bruchstücken des Stuhls und dem schwammigen Gras in der Mitte eines schmelzenden Schneekraters. »Sie ist also hierhergekommen, ja?« Ich nickte. Er nickte zurück. »Macht Sinn. Sie war schon immer lieber hier als in ihrem eigenen traurigen Haus.«

Lange sagten wir nichts weiter. Sein Kinn hing ihm schlaff über den Hals. Seine Lippen waren trocken. In meiner

Erinnerung war er viel größer gewesen. War er geschrumpft? Es wirkte, als könnten seine Schultern kaum das Gewicht seines zerknitterten Hemdes tragen. Er räusperte sich.

»Möchtest du reinkommen?«

Ich antwortete nicht, stand jedoch auf. Er schloss die Tür auf und ließ mich hinein.

Es war unordentlich, viel schlimmer als noch im Oktober, als ich hier gewesen war. Staub haftete an jeder Oberfläche und der Dreck sammelte sich in den Ritzen. Die Luft roch abgestanden und modrig, der Müll quoll über. Auch die meisten Möbel waren verschwunden. Die Wände waren kahl, nur noch Nägel und staubige Rechtecke zeigten, wo Bilderrahmen gehangen hatten.

»Deine neue Frau?«, fragte ich.

»Weg«, sagte er. »Die Kinder auch. Sie wohnen jetzt bei ihrer Mutter. Es ist besser so.«

»Verstehe«, sagte ich, fragte aber nicht, wie lange schon. Er hätte uns anbieten können, wieder bei ihm einzuziehen, aber das hatte er nicht. Stattdessen zahlte er für sein Haus, eine zusätzliche Wohnung und wahrscheinlich auch den Unterhalt seiner Frau. Ich versuchte, mich nicht davon verletzen zu lassen. Ich holte tief Luft und beherrschte mein Gesicht. Niemals würde ich ihn meinen Schmerz sehen lassen.

»Bier?«, fragte mein Vater, als wäre ich ein Mann.

Die Farbe wich aus meinem Gesicht. »Ich trinke nicht, Dad«, sagte ich.

»Gut«, erwiderte er, »ich könnte eh was Stärkeres gebrauchen.« Er bedeutete mir mit einer Geste, mich an den Tisch zu setzen – der klebrig und mit Papierschnipseln bedeckt war –, und kam mit einem großen Glas Scotch und ohne etwas für mich zurück. In den Ecken hingen Spinnweben. Auf den Fenstern lag eine dicke Schmutzschicht. Manche Ehemänner waren am Tag des Großen Drachenwandelns verschlungen worden. Andere wie mein Vater vegetierten einfach dahin. Ich ließ den Blick zur Tür wandern.

»Hast du noch einmal über die Stelle nachgedacht, von der ich dir erzählt habe?«, fragte er, griff in seine Tasche und holte eine Packung Zigaretten hervor.

»Ich habe es dir doch gesagt, Dad. Ich werde studieren.«

Sein Lachen klang wie der Schrei eines Esels. »Und wie willst du das bezahlen?«, fragte er, wobei ihm der Rauch seines ersten Zugs aus dem Mund quoll.

»Ich werde schon einen Weg finden.« Ich überkreuzte die Arme vor der Brust und drückte mich mit dem Rücken gegen den Stuhl. »Wie auch immer! Darum geht es gerade gar nicht. Meine Tante ist zurück. Und sie ist eine Drachin.«

»*Alexandra!*« Mein Vater hielt die Hände hoch und wandte den Blick ab, auf einmal war er zu verlegen, um mir in die Augen zu sehen. »Damit habe ich nichts zu tun.« Er wurde puterrot.

»Doch, das hast du«, bestand ich. »Ob es dir gefällt oder nicht, du bist Beatrice' rechtlicher Vater. Und meiner ebenfalls, selbstverständlich. Und diese Drachin treibt sich hier irgendwo rum. Und sie sagt, sie wird wiederkommen. Stört dich das nicht? Was, wenn wir verletzt werden? Oder Schlimmeres passiert?«

Ich sprach nicht aus, was ich mit *Schlimmeres* meinte. Ich dachte an Beatrice' Zeichnungen. Die Welt voller Drachinnen, überall. Mein Vater würde kein Wort darüber verlieren, wenn Beatrice sich … *verändern* würde. Wenn sie sich in die Lüfte erheben und nie wieder zurückkehren würde. *Doch für mich würde meine Welt untergehen.* Ich schloss einen Moment lang die Augen und kämpfte mit aller Kraft gegen die Tränen an.

»Nun ja, dann wäre ich natürlich traurig.« Er nahm noch einen Schluck von seinem Scotch. »Du bist, na du weißt schon. Mir wichtig.« Noch ein Schluck. »Du glaubst mir vielleicht nicht, aber mir liegt wirklich etwas an dir, Alexandra. Und an deiner kleinen, ähm, Beatrice.« Er stellte das Glas ab, sah mich aber nicht an.

Wir saßen lange so da und schwiegen uns an.

Ich verdrehte die Augen. »Na schön, war mir ein Vergnügen, Dad. Vielleicht sollten wir das mal wieder machen, in ein paar Jahren.« Ich stand auf. Er legte eine Hand über meine und drehte sich mit dem Körper von mir weg. Die Stirn legte er auf der anderen Handfläche ab, das Gesicht darin vergraben. Es dauerte eine Weile, bis ich begriff, dass er weinte.

»Die falsche Schwester ist damals gegangen«, sagte er endlich und rieb sich über die Augen. »Deine Mutter hätte gehen sollen. Das habe ich ihr auch gesagt. An genau diesem Tag. Sie wusste, was geschehen würde, und hat es mir erzählt. Sie konnte es spüren. Wir wussten beide, dass es nur eine Frage der Zeit war, bis ihr Krebs zurückkam, aber vielleicht wäre er das nicht, wenn sie es zugelassen hätte. Den Wandel. Ich habe ihr gesagt, sie solle Marla bitten, das Richtige zu tun – dass sie die Erwachsene sein und dem kindlichen Drang davonzurennen widerstehen sollte. Oder wohl eher davonzufliegen. Sie hätte bleiben sollen. Marla hätte euch beide großziehen können und meine Bertha ...« Sein Atem stockte. »Sie hätte ...« Er schüttelte den Kopf. »Na ja, sie hätte mich wahrscheinlich eh irgendwann rausgeworfen, aber ich hätte wenigstens gewusst, dass sie *lebt.* Selbst wenn sie beide ... na *du weißt schon* ... und gegangen wären, wäre mir das lieber gewesen. Ich hätte Vorkehrungen treffen können, für dich und Beatrice, als ihr noch klein genug wart, um von einer neuen Familie angemessen großgezogen zu werden. Stattdessen haben wir all die Jahre damit verbracht, darauf zu warten, dass der Krebs zurückkommt. Ihr zugesehen, wie sie langsam, aber sicher stirbt. Sie wusste, dass ich nicht gut darin sein würde. Sie wusste, dass ich es nicht ertragen könnte. Das ist alles ihre Schuld.« Er nahm einen großen Schluck.

Ich wandte mich von ihm ab und sah die Ruine meines einstigen Heims an. Der Glanz war verschwunden. Früher, in meiner Kindheit, hatte jede Oberfläche geschimmert. Jetzt war alles verstaubt.

»Ich muss los, Dad.«

»Warte.« Er stand auf, leerte sein Glas und wankte auf den Keller zu. Er kam mit einer kleinen Holzkiste zurück, ungefähr von der Größe eines Laib Brots. Schnitzereien von Ranken und Blumen zierten die Seiten. Er drückte sie mir unsanft in die Hand. Er konnte mich nicht einmal ansehen. »Die hat deiner Mutter gehört. Ich habe sie nicht mit dem Rest ihrer Sachen aufbewahrt, weil ... Na ja, meine Frau, weißt du, sie macht gerne lange Finger. Du wirst vielleicht schon gemerkt haben, dass der Schmuck deiner Mutter nicht mehr da ist. Und diese Kiste, nun, sie ist besonders. Handgemacht. Deine Mutter hat mir ausdrücklich gesagt, dass sie wollte, dass du sie bekommst, wenn du alt genug bist. Ich denke, heute ist so gut wie jeder andere Tag.«

»Was ist dadrin?«

»Ich weiß es nicht. Hab's nicht übers Herz gebracht, sie zu öffnen. Als sie gestorben ist, standen wir ... uns nicht mehr sehr nah. Nicht mal ansatzweise. Es erschien mir nicht richtig, nachzusehen, was drin ist. Sie hat gesagt, sie ist für dich. Also ist sie das auch.« Er machte auf dem Absatz kehrt und ging in sein Zimmer. Die Flasche nahm er mit.

Das war das letzte Mal, dass ich meinen Vater sah. Noch in derselben Woche hatte er auf der Arbeit einen Herzinfarkt und brach an seinem Schreibtisch zusammen. Er schaffte es nicht einmal bis ins Krankenhaus. Zwei Tage später ging sein Haus mitten in der Nacht in Flammen auf, während der Rest der Nachbarschaft schlief. Ein Zigarettenstummel von irgendeinem Herumtreiber, hieß es in der Zeitung. »Mögen wir alle eine Lehre daraus ziehen über die Gefahren des Rauchens«, mahnte der Leitartikel die Leserschaft. Das erklärte allerdings nicht, warum das Fenster seines Schlafzimmers samt der umliegenden Wand aus dem Haus herausgerissen worden war. Am nächsten Morgen fand man es gegen die große Eiche neben dem Haus gelehnt.

Ich öffnete die Kiste auch nicht. Ich brachte es genauso wenig wie mein Dad übers Herz hineinzusehen. Vielleicht waren wir am Ende doch nicht so verschieden. Ich saß einfach nur lange da, mit der Kiste auf meinem Schoß und den Fingern am Verschluss. Schließlich gab ich auf und legte sie hinten in den Schrank.

# 31

Später an diesem Tag, beim Abendessen, hätte Beatrice sich beinahe drachengewandelt. Direkt vor mir. Ihre Augen wurden groß, dann länglich, dann golden. Sie blinzelte einmal, dann noch einmal. Diesmal allerdings mit einem dritten, inneren Lid, einer blassblauen Membran, die sich träge über ihr Auge schob. Eine Kralle wuchs krumm aus ihrem Zeigefinger. Sie sah fasziniert zu, bis schlagartig ein erstaunter Ausdruck in ihr Gesicht trat, sie es langsam himmelwärts hob und die Hand an ihr Brustbein legte.

Ich ließ die Pfanne mit unserem Abendessen auf den Boden fallen.

»Beatrice«, keuchte ich.

»Heute ist es so weit«, flüsterte sie. Ihr Gesicht war golden. Ihre Zunge glitzerte.

Ich warf mich über den Tisch und schlang die Arme um sie. Meine Haut schlug Blasen, so heiß war sie. Es war mir egal. Ich klammerte mich verzweifelt an sie. Meine Hände brannten. Meine Arme brannten. Mein Nacken. Meine Wange. Und oh, mein Herz. Alles brannte.

»*Nicht!*«, flehte ich sie an. »Oh Beatrice, bitte nicht.« Ich hielt sie so fest, hatte die Arme so eng um ihren Körper geschlungen, dass ich mich selbst umarmte. »Mama war ganz allein und, oh Gott, bitte, lass mich nicht allein zurück. Du bist doch nur ein Mädchen, ein kleines Mädchen, *mein* kleines Mädchen. Geh nicht.« Meine Stimme stockte. Ich schluchzte. Ich hielt sie so eng umschlungen, dass sie nach Luft schnappte. »Bitte, tu's nicht, Beatrice. Das ertrag ich nicht.« Meine Tränen fielen auf ihren Nacken, wo sie gleich darauf verdampften.

Beatrice durchfuhr ein Schauer und seufzte, dann kühlte sie erstaunlich schnell ab. Ihr ganzer Körper erschlaffte in meinen Armen. Ihr Kopf lag schwer in meiner Armbeuge, als wäre sie ein Baby. Sie blinzelte. Blinzelte erneut. Dann sah sie mich mit ihren kleinen Mädchenaugen an – die nun nicht mehr golden, sondern wieder groß und braun waren. Und blutunterlaufen. Ob von der Verwandlung oder vom Weinen, konnte ich nicht sagen. Ich ließ nicht los.

Sie runzelte die Stirn. »Aber.« Beatrice hielt inne, leicht desorientiert. Sie fuhr sich mit der Zunge über die Lippen. Sie blickte an die Decke. Ich konnte sehen, dass sich ihre Gedanken nur langsam bewegten, als würde sie durch sehr, sehr tiefes Wasser waten. Tränen begannen, ihre Schläfen hinabzurinnen und sich in ihren Augen zu sammeln. Sie nahm einen Atemzug, der ins Stocken geriet, als sie endlich zu realisieren begann, was gerade geschehen war, und die Trauer sie erfasste. »Aber warum?«, fragte sie schließlich.

Ich ließ mich zu Boden sinken und zog Beatrice auf meinen Schoß. Ich streichelte ihr übers Haar. Ich küsste ihre Wangen. Sie waren noch immer heiß, nur nicht mehr so, dass sie mich verletzten. Das Abendessen auf dem Boden wurde kalt. Irgendwo in einer anderen Wohnung leierte ein Radio vor sich hin. Ich drückte Beatrice an mich und wiegte meinen Körper vor und zurück.

»Soll ich dir eine Geschichte erzählen?«, fragte ich. Sie antwortete nicht, aber das war egal. Ich schloss die Augen, zu feige, um ihren Blick zu erwidern. Wusste ich damals schon, dass ich mich schämen sollte? Ich denke, tief in mir wahrscheinlich ja. »Es waren einmal zwei Schwestern«, sagte ich, »beide gut und beide böse, zu gleichen Teilen. Sie kümmerten sich umeinander, arbeiteten eifrig und gaben beide ihr Bestes, und meistens war es gut genug. Sie liebten einander sehr. Eines Tages hörten sie den Ruf der Drachinnen. ›Kommt mit uns‹, riefen sie. ›Kommt und spielt mit uns. Werdet eins mit uns.‹ Die Drachinnen riefen nach ihnen und riefen und gaben keine Ruhe. Eine der Schwestern folgte dem Ruf. Sie trat aus ihrer Haut, streifte ihr altes Leben ab und wurde zur Drachin. Die andere Schwester blieb. Sie hatte Dinge zu erledigen, Dinge zu lernen und Menschen, um die sie sich kümmern musste. Sie liebte die Welt und alles darin und wollte ihr Leben nicht zurücklassen. Sie blieb, wie sie war, aber sie vermisste ihre Schwester, und zwar tagtäglich ein bisschen mehr, sie trauerte grenzenlos, abgrundtief, bis sie es nicht mehr ertragen konnte. Ihr Herz brach entzwei und sie starb vor Kummer. Ende.«

Beatrice' Blick huschte durchs Zimmer, bis er schließlich auf meinem Gesicht ruhen blieb. Skeptisch verengte sie die Augen zu Schlitzen.

»Ist das eine wahre Geschichte?«, fragte sie.

»Natürlich ist sie das«, sagte ich. »Ich habe sie dir doch erzählt, oder nicht?«

»Erzählst du sie auch richtig?«, fragte sie.

Langsam fing ich an, mich zu ärgern. »Natürlich erzähle ich sie richtig. Es ist meine Geschichte und sie sollte nur so erzählt werden. So funktionieren Geschichten.«

Beatrice blickte auf, fand meinen Blick und sah mir lange in die Augen. Sie wischte sich mit dem Handrücken die Nase ab. »Hat Mama dir diese Geschichte erzählt?« Ihr Atem stockte leicht.

»Nein«, sagte ich. »Ich musste es selbst herausfinden. Ich habe lange gebraucht, bis ich es verstanden habe.« Ich sah sie an, nahm ihre Hände in meine und küsste ihr die Fingerknöchel. »Aber jetzt verstehe ich. Jetzt verstehe ich, was Mama verloren hat. Was sie für ihre Familie aufgegeben hat. Kein Drachenwandeln mehr. *Bitte.* Beatrice, wenn du zur Drachin wirst, wird es kein *Uns* mehr geben. Du wirst davonfliegen und vielleicht wirst du mich vergessen, und dann bin ich ganz allein. Ich kann nicht allein sein, ich weiß nicht, wie. Verlass mich nicht, Beatrice, versprich mir, dass du bleibst.«

»Aber was, wenn …«

»*Versprich mir, dass du bleibst!*«, sagte ich nachdrücklich.

Sie sah mich an. Ihre Mundwinkel zogen sich bebend noch unten, obwohl sie schon dagegen ankämpfte und versuchte, neutral zu bleiben. »Aber«, fing sie an. Ihre Lippen bebten. Sie legte eine Hand an meine Wange. »Was, wenn du die Geschichte falsch erzählt hast? Was, wenn die Schwester vor Kummer gestorben ist, weil sie *ein Mädchen geblieben* ist? Vielleicht wäre die drachengewandelte Schwester ebenfalls gestorben. Vielleicht wären sie beide vor Kummer gestorben.«

*Was wäre passiert, wenn meine Mutter sich drachengewandelt hätte? Was, wenn sie ihrer Schwester in den Himmel gefolgt wäre? Wäre sie auch dann gestorben?* Ich verdrängte den Gedanken. Es half nichts, darüber nachzugrübeln. Ich warf Beatrice einen strengen Blick zu. Ich stand auf und hob sie auf meine Hüfte, obwohl sie mittlerweile viel zu groß dafür war. Ich ging mir ihr zur Küchenspüle, um ihr die Hände und das Gesicht zu waschen. »Ich glaube, du hast bei der Geschichte nicht richtig zugehört.«

»Vielleicht hast *du* das nicht«, sagte Beatrice.

»Zeit, schlafen zu gehen«, verkündete ich.

Das stimmte eigentlich nicht. Es war noch nicht einmal sechs Uhr. Draußen war es noch hell. Kinder spielten vor dem Haus. Beatrice ging ins Bad, um sich die Zähne zu putzen. Zwanzig Minuten später war sie eingeschlafen. Drachenwandeln schien müde zu machen. Oder beinahe drachenzuwandeln. Oder drachenzuwandeln und dann entdrachenzuwandeln. Es war schwer zu sagen. Ich setzte mich neben sie und legte ihr eine Hand auf die Stirn. Sie schlief tief und fest, ihr Atem ging langsam und stetig, aber sie glühte noch immer. Hatte sie Fieber? War sie beinahe-drachengewandelt-krank? Was passierte überhaupt mit jemandem, der sich beinahe drachengewandelt hatte und dann doch nicht? Ich wusste es nicht. Ich wandte mich an die einzige Informationsquelle zu diesem Thema, die mir zur Verfügung stand. Ich kletterte auf die Küchentheke und holte aus der Lücke zwischen Schrank und Decke den Beutel hervor, in dem ich Tante Marlas Schätze versteckt hatte.

Ich legte die Briefe und Bilder beiseite und zog das Büchlein heraus: *Einige grundlegende Fakten über Drachinnen – eine medizinische Erklärung*. Es war so lange her, seit ich es zuletzt angesehen hatte. Doch jetzt konnte ich nicht wegsehen. Unter dem Titelzusatz »Erforscht und geschrieben von einer Person der Medizin, die anonym zu bleiben wünscht«, stand in der Handschrift meiner Tante: »Auch als Dr. Henry Gantz bekannt. Mich kannst du nicht täuschen, alter Mann.«

Ich legte es beiseite und vergrub das Gesicht in den Händen.

Der alte Mann am Fluss. Ich hatte geglaubt, er würde eine Kuh beobachten. Warum um alles in der Welt würde irgendjemand sich ausführliche Notizen zu einer in einem Cranberry-Moor feststeckenden Kuh machen? Und dann hatte ich geglaubt, er würde einfach nur einen Vogel beobachten. *Meine Güte*, dachte ich, *wie dumm ich doch war.*

Hätte ich Mrs. Gyzinskas Telefonnummer gehabt, hätte ich sie unverzüglich angerufen. Doch die hatte ich nicht. Eines war jedoch klar: Ich musste so schnell wie möglich in die Bibliothek.

Später an diesem Abend, als die Sonne gerade unterging und der Himmel noch in Flieder- und Goldtöne und rosa Lichttupfer gehüllt war, tauchte draußen vor unserem Wohngebäude meine Tante auf. Sie wartete auf dem Gehweg, wo sie einen großen Pflanzkübel aus Beton als Stuhl verwendete. Ich starrte sie vom Fenster aus an, aber sie schaute nicht nach oben. Stattdessen holte sie ihr Strickzeug aus der Tasche und begann, an etwas zu arbeiten, das wie ein Pullover aussah. Die Stricknadeln tanzten geschickt in ihren Krallen.

Ich ging nach draußen. Alle anderen in meiner Straße liefen in die entgegengesetzte Richtung, rannten von ihren Autos zu den Eingängen oder eilten davon. Irgendjemand alarmierte sicherlich schon die Polizei. Schließlich war eine Drachin aufgetaucht. Marla schien es nicht zu kümmern. Ich warf einen Blick die Straße hinab und sog scharf die Luft ein. Eine weitere Drachin saß unter einem kahlen Ahornbaum. Sie schaute sehnsüchtig durch ein Fenster in einem der oberen Stockwerke. Ihr gestreckter Nacken beschrieb einen grazil geschwungenen Bogen und ihr Kopf wippte sanft auf und ab. Die Pfoten hatte sie an ihr Herz gelegt.

*Wie viele von ihnen gab es eigentlich?*

Tante Marla blickte nicht auf. Sie war ganz auf ihre Stricknadeln fokussiert. Ich räusperte mich. Sie blickte noch immer nicht auf.

»*Was hast du getan?*« Meine Stimme klang furchtbar rau. Ich versuchte, mein Gesicht zu beherrschen. Es gelang mir nicht einmal annähernd so gut wie zuvor.

Marla strickte weiter. »Ich verstehe nicht ganz, was du meinst«, sagte sie sanft. Der Pullover war wunderschön und der Himmel genauso und meine Tante so unfassbar schön, dass es mich schier überwältigte. Es war kalt, aber ich brauchte keinen Mantel. Die Wärme, die meine Tante ausstrahlte, war alles, was ich brauchte.

Ich schloss die Augen und atmete tief durch die Nase ein. Ich wollte etwas nach ihr werfen, aber das würde auch nichts nützen, dachte ich. Fast hätte ich meine Schwester verloren und es gab nur eine Person, die dafür verantwortlich war. Wenn ich wie der heilige Georg sein könnte, mit seinem Pferd und seiner Lanze, würde ich nicht zögern, meine Tante damit zu durchbohren. »Beatrice ist die einzige Familie, die ich noch habe, und ich liebe sie mehr, als du dir vorstellen kannst. Sie hätte sich heute fast ... *gewandelt.* Sie wäre fast zu einer von euch geworden. Ich frage dich noch einmal. *Was hast du getan?*«

Sie sah mich an, hielt meinem Blick stand, lächelte ein drachenhaftes Lächeln, golden und glitzernd.

»So funktioniert das nicht, mein Liebling. Was immer mit Beatrice passiert ist, ging allein von *ihr* aus. Ich hatte nichts damit zu tun.«

»Das glaube ich dir nicht.« Ich wollte etwas treten.

Meine Tante legte den Kopf schief. Ihre Augen blitzten auf. »Ich habe es dir schon einmal gesagt, vor langer Zeit, als du noch klein warst. Es ist nur Magie, nichts weiter. Wir alle tragen sie in uns, manche mehr, manche weniger. Sie ruft nach uns. Eigentlich unablässig, manchmal jedoch lauter als sonst, und manche von uns sind besser darin, es zu ignorieren, als andere. Vor einigen Jahren war der Ruf weithin zu hören, schallte wie ein beharrliches Wehklagen durch das ganze Land. Es war lauter als je zuvor und niemand weiß so recht, warum. Viele von uns sind dem Ruf gefolgt – aus Gründen, die wohl offensichtlich sein sollten. Abertausende von uns erhoben sich in die Lüfte. Alle auf einmal. Wir wurden gerufen und auch ich bin diesem Ruf gefolgt, ohne zurückzublicken. Deine Mutter hätte mit uns kommen können – sie hat es auch gehört. Vielleicht wäre sie das beinahe. Es lässt sich unmöglich sagen. Allerdings weiß ich, dass deine Mutter ihm hätte folgen *sollen*, es aber nicht getan hat. Und nun sind wir hier. Dass Beatrice sich heute beinahe gewandelt hat, heißt lediglich, dass sie dem Ruf folgen wollte, den sie schon ihr Leben lang gehört hat. Schon als sie noch ein Baby war, konnte ich es ihr an der Nasenspitze ansehen. Dieses Mädchen war schon teils Drachin, seit sie sich das erste Mal in meinem Bauch gerührt hat. Willst du dich wirklich der Natur widersetzen?«, schnaubte sie. »Na, dann viel Erfolg.«

»Das ist doch lächerlich«, sagte ich.

Die Drachin ein Stück die Straße hinab fing an zu singen. Es klang wie ein Schlaflied. Ein Fenster wurde geöffnet und ein Mann streckte den Kopf heraus. »Verschwinde! Ich hab's dir schon gesagt. Du warst es, die uns verlassen hat, also brauchen wir dich nicht! Hau ab oder ich ruf die Polizei!« Das Fenster wurde so heftig zugeworfen, dass das Glas zerbrach. Die Drachin sackte in sich zusammen. Sie ließ den Kopf schwer in ihre Tatzen fallen und brach schluchzend, am ganzen Körper bebend in Tränen aus.

Ich funkelte meine Tante finster an und verschränkte die Arme vor der Brust. »Hör zu. Das hier ist *meine* Familie und *mein* Leben, also gelten auch *meine* Regeln. Beatrice ist meine Schwester und wir haben nur einander. Nächstes Jahr werde ich irgendwie auf die Uni gehen und Beatrice nehme ich mit mir und *damit basta!* Du kannst dorthin zurückgehen, wo immer du hergekommen bist. Wir schaffen das auch *ohne dich*. Wir haben es bisher auch ohne dich geschafft.« Schon als ich die Worte aussprach, wusste ich, dass sie nicht stimmten. Wir waren gerade einmal zweieinhalb Jahre allein zurechtgekommen, und zwar nur, weil jemand anderes den Unterhalt für uns bezahlt hatte. Und wenn ich ehrlich war, kamen wir eigentlich gar nicht so gut zurecht.

Es gab keine gute Antwort, aber einer gottverdammten Drachin gegenüber würde ich meine Zweifel ganz sicher nicht äußern. Ich machte auf dem Absatz kehrt und stampfte zurück zur Haustür. Erst als ich diese öffnete, merkte ich, dass meine Tante mich auslachte. Ich drehte mich zu ihr um und funkelte sie wütend an.

»Ach, Liebes. Du bist deiner Mutter so ähnlich. Große Pläne, ohne die Dinge wirklich zu durchdenken.«

Hitze stieg mir ins Gesicht. *Was bildete sie sich ein?*

»Hast du dich je gefragt, wie deine Mutter ihr Studium finanziert hat? Oder vielmehr, *wer?*« Die Drachin wickelte das ungenutzte Garn zu einem ordentlichen Ball zusammen und verstaute ihre Stricknadeln und den Pullover wieder in der geräumigen Handtasche.

Ich wollte etwas erwidern, doch nichts kam heraus. Natürlich wusste ich es. *Doch das war nicht der Punkt.* Ich war so gut wie erwachsen oder fühlte mich zumindest so, doch je länger ich meine Tante um mich hatte, desto mehr kam ich mir wieder vor wie ein Kind. Und je stärker dieses Gefühl wurde, desto wütender wurde ich und desto kindischer verhielt ich mich.

Marla neigte den Kopf und fasste sich ans Herz. »Schließlich war sie doch meine kleine Schwester.« Ihre Augen leuchteten. »Es gab nichts, was ich nicht für sie getan hätte, nichts, was ich nicht für sie geopfert hätte. Ich habe die Arbeit, die ich geliebt habe, aufgegeben und das Leben, das ich geliebt habe, und ich habe es gerne getan.« Sie schüttelte den Kopf und seufzte. Sie öffnete ihre Tasche und kramte darin herum, bis sie ein Taschentuch fand (eigentlich war es ein Schal, der so gefaltet war, dass er wie ein Taschentuch aussah), und tupfte sich die Tränen aus den Augen. Dann holte sie einen Lippenstift und einen Spiegel aus der Außentasche und zog ihre Lippen nach. Sie sah mich ernst an. »Ich war zu lange weg und habe meine Pflichten vernachlässigt, dessen bin ich mir jetzt bewusst.« Sie stockte und sah mich lange schweigend an. »Ich weiß, es fällt dir schwer, das zu akzeptieren, Alex, aber ich gehöre auch zu deiner Familie, und du brauchst mich. Und das schon seit einer ganzen Weile. Und jetzt bin ich hier.«

*Lächerlich*, dachte ich. *Nein danke.* Wie sollte mir eine Drachin schon helfen können? Meine Zukunft in Flammen setzen? Beatrice zur Schule hin- und wieder zurückfliegen? Soweit ich wusste, hatte sie lediglich vor, mich erneut im Stich zu lassen. In meinem Leben war kein Platz für eine Drachin.

»Ich kann bestens auf ...«

Ich wollte ihr gerade sagen, dass ich bestens auf ihre Hilfe verzichten konnte, da kamen mehrere Polizeiautos und Feuerwehrwagen um die Ecke und auf uns zugerast. Meine Tante hob den Blick und wandte sich an die andere Drachin.

»Clara, Liebes«, rief sie ihr zu. »Wir brechen besser auf. Entweder er verzeiht dir oder eben nicht. So oder so kannst du es nicht erzwingen.« Sie drehte sich wieder zu mir, schob die Hand durch den Henkel ihrer Tasche und klemmte ihn sich in der Armbeuge fest. »Wir kommen morgen zurück.«

»Nicht nötig«, sagte ich. Doch in dem ohrenbetäubenden Rauschen ihrer Flügel, der Hitze und dem Wind ging meine Stimme gänzlich unter. Trotz ihrer gewaltigen Größe schossen beide mit enormer Geschwindigkeit himmelwärts. Die Erde bebte, als sie sich vom Boden abstießen, und der Gehweg brach auf. In der Luft flogen meine Tante und die andere Drachin ganz nahe beieinander. Ihre Hälse waren lang nach vorn gestreckt, die Köpfe einander zugeneigt, sodass ihre Wangen sanft aneinanderruhten. Ihre krallenbesetzten Klauen legten sich mit einer Zärtlichkeit umeinander, die ich nicht für möglich gehalten hätte.

Die Einsatzwagen kamen mit kreischenden Bremsen zum Stehen und die Polizisten stiegen aus. Die Drachinnen entfernten sich schnell, glitten über die flachen Gebäude und kahlen

Bäume hinweg und in die Wolken hinein, von den flammenden Farben des Sonnenuntergangs erleuchtet. Sie waren – oh mein Gott – *so wunderschön.* Unwillkürlich durchfuhr mich ein Schauer. Und dann, einmal ein- und wieder ausgeatmet, waren sie verschwunden. Ob von den Wolken verdeckt oder durch irgendeine Magie? Drachinnen ließen sich schwer beurteilen. Ich musste wohl ein Geräusch von mir gegeben haben, einen leisen Aufschrei oder ein verletztes Seufzen, denn einer der Polizisten drehte sich zu mir um. Seine Augen waren gerötet und seine Wangen tränennass, doch sein Gesicht war wie versteinert.

»Hier gibt's nicht zu sehen«, sagte er.

»Bitte was?«, fragte ich.

»Weitergehen«, befahl er, die Stimme kalt und unnachgiebig.

Am nächsten Tag schnappte ich mir die Zeitung von Mr. Watt und las sie in der Schule auf der Mädchentoilette. Nirgends wurden Drachinnen auch nur erwähnt. Es wurde lediglich von mehreren Polizeieinheiten berichtet, die gerufen worden waren, um eine »verdächtige Störung« zu untersuchen. Doch das war alles. Eigentlich überraschte es mich nicht. Schließlich gehörte es sich nicht, über solche Dinge zu reden.

## *Wertes Kollegium,*

*als Erstes möchte ich unserer hochgeschätzten Bibliothekarin danken, dass sie euch diese Nachricht überbracht hat. Inzwischen ist einige Zeit vergangen, seit ich kurzerhand aus den Nationalen Gesundheitsinstituten entlassen wurde und dank der Tätigkeiten des Ausschusses zur Untersuchung unamerikanischer Umtriebe in Ungnade gefallen bin. Ich habe sowohl meinen Doktortitel als auch meine Lizenz und mein Labor verloren, dafür aber meine Seele, meine Moral und mein Rückgrat behalten und darüber hinaus die Namen und die Arbeit der Mitglieder unseres Kollektivs geschützt, mit denen ich zusammengearbeitet habe und befreundet bin. Mehr als alles andere wird dies mein wichtigster Triumph bleiben.*

*Dieses Paket enthält meine gesamte Forschung, die ich während meiner, nennen wir es mal verlängerten Auszeit betrieben habe. Ich habe mich dabei immer unkonventionellerer Forschungsmethoden bedient und wurde auf meiner Suche nach neuen Daten immer mutiger und aufgeschlossener. Im Laufe meiner Reisen wurde ich mehrmals eingeladen, Angehörige verschiedener Drachenkommunen zu treffen und zu untersuchen, wobei mir ebenfalls gestattet wurde, selbige ausführlich zu befragen (ja, unseren vorangegangenen Hypothesen entgegen sind ihre sprachlichen und kognitiven Fähigkeiten sowie auch ihre Erinnerung gänzlich intakt) und sie darüber hinaus einer gründlichen ärztlichen Untersuchung zu unterziehen (einschließlich Bluttests, Hautproben, Basaltemperaturmessung – wir sollten uns dringend bessere Thermometer zulegen –, einer vollständigen*

*Erfassung des Gebisses, grundlegender neurologischer Tests sowie einer gründlichen Analyse der Herz- und Lungenfunktion), ganz abgesehen von den Beobachtungen zu den sozialen und emotionalen Strukturen der Drachensubkultur. Ich hatte auch das große Glück, bislang sechszehn verschiedene Drachenwandlungen zu bezeugen, von denen fünf geplant waren – insofern, als die entsprechende Person die Veränderungen kommen spürte und mir gestattete, ausführliche Daten zu sammeln. (Fotografien sind enthalten; die Videoaufnahmen stehen im Tresorraum der Bibliothek zur Verfügung. Ihr wisst, welche ich meine.)*

*Insgesamt habe ich inzwischen weltweit über eintausend Drachinnen befragt und ich kann euch sagen, dass wir uns in so einigen unserer anfänglichen Hypothesen geirrt haben. Was nun wahrlich aufregende Neuigkeiten sind. Schließlich gibt es keinen größeren Augenblick für Menschen in der Forschung, als eine wahr geglaubte Annahme widerlegt zu bekommen oder in einer Zeit zu leben, in der etablierte wissenschaftliche Ansichten auf den Kopf gestellt werden. In genau solchen Momenten erkennen wir, dass die Welt sehr viel interessanter ist als noch am Tag zuvor. Ich kann euch beispielsweise mit Gewissheit sagen, dass das Drachenwandeln nichts mit dem Muttersein zu tun hat – weniger als die Hälfte der befragten Drachinnen waren Mütter. Genauso wenig hat es mit der Menstruation zu tun – 232 der befragten Drachinnen waren postmenopausal, 109 war die Gebärmutter bereits gänzlich operativ entfernt worden und erstaunliche 74 Drachinnen hatten aus einer tiefen Sehnsucht des Herzens heraus selbst beschlossen, dass sie Frauen waren und sind, obzwar sie zu ihrer Geburt nicht als solche benannt wurden, dennoch Frauen gleichermaßen. Auch sie haben sich drachengewandelt, genau wie ihre Schwestern. »Es gibt mehr Ding' im Himmel und auf Erden, als Eure Schulweisheit sich träumt, Horatio«, sagte uns Shakespeare und ich bin hier, um euch zu sagen, dass dies wahr ist. Meine Lieben, ich durfte Dinge bezeugen, die auf wundersamste Weise sonderbar waren, und ich kann euch versichern, dass noch wundersamere Dinge auf uns zukommen werden.*

*Wir stehen, wie ich glaube, an der Schwelle eines weiteren großflächigen Wandels. Ich kann euch nicht sagen, wann. Ich bin jedoch überzeugt, dass er kommen wird. Ich arbeite nun schon seit Längerem mit Drachengemeinschaften und habe ihnen deutlich gemacht, wie sehr ihr Zuhause und ihre Familie, ja, gar die Seele unserer gesamten Nation, nicht unter ihrer Wandlung, sondern vielmehr unter ihrem Verschwinden gelitten hat. Unter den Lügen, die unser Land sich in ihrer Abwesenheit erzählt hat. Dabei möchte ich behaupten, dass es nicht der Verlust selbst war, der unserer Kultur derart geschadet hat, sondern vielmehr der Zwang, diesen zu ignorieren. Der Zwang zu vergessen. Doch was würde geschehen, frage ich mich, wenn es den Menschen nicht gestattet wäre zu vergessen? Was, wenn die Realität ihrer drachengewandelten Angehörigen sich unmöglich ignorieren ließe?*

*Bitte, meine Lieben, lest meine Forschungsarbeiten. Analysiert meine Untersuchungsergebnisse. Kritisiert, wie es euch beliebt. Sagt mir, an welchen Stellen ich versagt habe. Doch bitte, nehmt es ernst und bereitet euch vor. Eure Patienten werden euch brauchen, ebenso eure Gemeinden und euer Land und in der Tat, die ganze Welt. Sie steht kurz vor einem Wandel.*

*Ich danke euch für eure Arbeit,*
*Henry Gantz*

# 32

Nach diesem Tag tauchten in meiner Stadt immer mehr Drachinnen auf. Beinahe täglich gab es *jemanden*, der *jemanden* kannte, der *etwas* gesehen hatte. Es wurde geflüstert und getuschelt. Gerüchte machten die Runde.

Eine smaragdgrüne Drachin mit langen pinken Wimpern und rasiermesserscharfem Stachelschwanz erschien jeden Dienstagnachmittag um zwei Uhr im Garten neben einem Altersheim. Manchmal streckte sie den Hals, um in ein bestimmtes Zimmer zu spähen, meistens saß sie jedoch nur da und wartete. Niemand wusste, worauf.

Eine rubinrote Drachin tauchte nun regelmäßig vor dem Fenster einer örtlichen Volkshochschule auf, in der ein Kurs zur Geschichte des Romans gegeben wurde. Der Professor versuchte, sie davonzujagen, als das allerdings nicht funktionierte, drückte er ihr einen Stapel Bücher in die Tatzen, sagte ihr, wann der nächste Aufsatz fällig war, und informierte sie, dass er in seinem Klassenzimmer keine Faulenzer dulde. Die Drachin machte sich unverzüglich an die Arbeit.

Eine weitere Drachin, deren Schuppen sowohl dieselbe Farbe als auch denselben Geruch eines perfekt gereiften Pfirsichs aufwiesen, beschloss, es sich unmittelbar vor dem Fenster der Neugeborenenstation eines örtlichen Krankenhauses gemütlich zu machen. Sie blickte nicht einmal hinein. Sie saß einfach nur da, die Wange gegen das Gebäude gelehnt, und fing an zu singen. Wahrscheinlich hätte man versucht, sie zu verscheuchen, wenn ihr Gesang auf die Neugeborenen nicht so beruhigend gewirkt hätte, dass die Krankenschwestern darauf bestanden, die Drachin in Ruhe zu lassen. Die Babys, die dem Lied der Drachin lauschten, legten schneller an Gewicht zu, tranken energischer und waren allgemein ruhiger und zufriedener, was den Schwestern die Arbeit ungemein erleichterte. Dieses ... *Ding*, so beharrten sie (weigerten sich jedoch vehement »Drachin« zu sagen), würde bleiben, wo es war. Und damit war alles gesagt.

Keiner dieser Vorfälle schaffte es in die Lokalzeitung und weder Fernsehen noch Radio brachten es in den Nachrichten. Gigantische Wesen ließen sich in einer Kleinstadt in Wisconsin nieder und niemand hielt dies für berichtenswert. Immerhin sprachen wir hier von Drachinnen. Die Leute wurden schon rot, wenn sie nur an daran dachten.

Es betraf auch nicht nur meine Stadt, sondern ereignete sich landesweit. Infolge der Nachrichtensperre zu diesem Thema (die von keiner Agentur oder irgendeinem Gesetz vorgeschrieben, aber von Pressemenschen selbst doch strengstens befolgt wurde – oder von Redaktionen beziehungsweise Medienunternehmen) gibt es keine offizielle Dokumentation dessen, was später als die Große Rückkehr bezeichnet wurde, abgesehen von ein paar Anfragen der Kommunalverwaltungen und einer Kongressuntersuchung, die alle stark zensiert wurden und bis heute werden. Universitätsangehörige und Forschende haben seither jedoch kontinuierlich zeitgenössische Tagebucheinträge und Briefe, selbst gefilmte Videoaufnahmen und Schnappschüsse sowie Tausende Stunden aufgezeichneter Interviews gesammelt und sorgfältig eine Liste mit bestätigten und verifizierten Vorfällen zusammengestellt, über deren Wahrhaftigkeit man sich weitgehend einig ist. Allein in der ersten Woche der Großen Rückkehr erschienen insgesamt 77.256 Drachinnen vor ihrem einstigen Zuhause – sei es nur, um vorbeizuschauen, oder gar, um gänzlich zurückzukehren.

Zum Beispiel:

In East Los Angeles wollte ein Mädchen, das gerade fünfzehn geworden war und im Garten von Tante und Onkel seine Quinceañera feierte, gerade den Geburtstagskuchen anschneiden, als eine Drachin von einem blassen Meeresgrün sanft auf dem Dach des Autostellplatzes landete. Die Musik verstummte. Das Mädchen ließ seinen Teller fallen. Mehrere ältere Damen schrien die Drachin sowohl auf Englisch als auch auf Spanisch an und befahlen ihr, das Grundstück unverzüglich zu verlassen. Die Drachin rührte sich nicht. Sie sah nur weiter das Mädchen an. Dieses machte einen Schritt auf sie zu. Der Onkel schickte es ins Haus, doch das Mädchen hörte nicht. Es konnte den Blick nicht von der Drachin abwenden. Buttercreme klebte an seiner linken Hand. Das Mädchen wischte sie geistesabwesend an seinem hauchdünnen Rock ab. Die Drachin ließ sich auf den Boden gleiten. Sie stand völlig reglos da, den bezaubernden Hals in die Höhe gereckt, die Tatzen gegen ihr Herz gedrückt. Die versammelte Familie und die Freunde machten einen weiten Bogen um sie. Der Fünfzehnjährigen kamen die Tränen. Mehrere der Anwesenden berichteten übereinstimmend, dass ihr die Wimperntusche verschmierte und die Nase lief. Die Drachin sagte kein Wort. Sie beugte sich nur zu dem Mädchen vor und stellte ein Paar wunderschöne Stöckelschuhe vor dessen Füße. Die Drachin küsste dem Mädchen die Hand, verweilte einen Augenblick lang so und flog dann ohne ein Wort wieder davon.

Im südöstlichen Montana trafen zwei kleinere Drachinnen auf einer mittelgroßen Schaffarm ein, wo sie sich auf der Stelle nützlich machten. Sie justierten die Trucks, rotierten die Reifen und erneuerten das Dach des Getreidespeichers. Sie legten ein neues Beet für den sommerlichen Gemüsegarten an und baggerten den Teich aus. Der Schafzüchter, ein älterer Witwer, der in der Stadt nicht gerade für seine Gesprächigkeit bekannt war, baute daraufhin in aller Stille eine Scheune hinter seinem Haus, in der sich die Drachinnen niederließen. Wie sich herausstellte, konnten sie hervorragend mit Schafen umgehen.

Bei einem Gottesdienst in der Missionskirche *Zum Guten Hirten* der Baptistengemeinde in Cullman/Alabama blickten zwei junge Mädchen in ihren Sonntagskleidern und mit bunten Schleifen im Haar aus dem Fenster auf der Ostseite und stießen überraschte Laute aus. Natürlich ermahnte man sie sofort zum Stillsein und der Gottesdienst wurde für weitere zweieinhalb Stunden fortgeführt. Die Mädchen hüteten sich, etwas zu sagen – die anderen würden es noch früh genug erfahren. In der Kirche *Zum Guten Hirten* war es üblich, den Gottesdienst mit einem gemeinsamen Essen zu beschließen, auf das Bibelgespräche und Hymnengesang folgten. Dies wurde normalerweise von den Frauen der Kirchengemeinde organisiert, die in Erwartung eines sonnigen Mittags an diesem Tag geplant hatten, das Essen draußen zu servieren. Doch als sie die Kirche durch den Seiteneingang verließen, sahen sie, dass der Tisch mit den Speisen längst aufgebaut war, sodass nur noch die Teller gefüllt werden mussten. Eine Drachin stand neben der langen Tafel, drei aneinandergebundene Schürzen um die breite Taille geschlungen. Sie verschränkte ihre krallenbesetzten Klauen. »Ich grüße euch, Schwestern«, sagte die Drachin zaghaft. »Es ist schön, euch wiederzusehen.« Die anderen zögerten, aber nur kurz. Das Essen würde sich schließlich nicht von allein servieren.

In Kansas erfuhren drei Drachinnen vom schweren Schicksal eines älteren Bauernpärchens – der Ehemann hatte einen Schlaganfall erlitten, seine Frau sich das Bein gebrochen – und so arbeiteten sie rund um die Uhr, um den Winterweizen noch rechtzeitig einzubringen (Drachinnen brauchen anscheinend keinen Schlaf). Die Frau saß mit ihrem eingegipsten Bein auf der Veranda und sah ihnen zu. Ihre Haut war von einem bleibenden Sonnenbrand gezeichnet und ihre Mundwinkel waren ständig nach unten gezogen. Sie wechselte kein Wort mit den Drachinnen. Als sie fertig waren, näherte sich eine von ihnen dem alten Bauernhaus. Eine onyxfarbene Drachin mit smaragdgrünen Augen. Sie stand mit angehaltenem Atem vor der Veranda, kerzengerade aufgerichtet, die Finger, ganz wie man es ihr beigebracht hatte, wie zum Gebet verschränkt. Die Frau starrte die Drachin nur lange schweigend an. Dann nahm sie ihre Krücken und humpelte ins Haus. Die Drachin flog unter Tränen davon.

Auf den Outer Banks, einer Inselkette vor der Küste North Carolinas, verwüstete ein frühzeitiger Hurrikan ein verschlafenes Fischerdorf. Vier Drachinnen eilten mit Werkzeugen und Bauholz herbei (niemand wusste, woher sie die Sachen hatten) und errichteten rasch eine Notunterkunft. Fünf weitere machten sich auf die Suche, sowohl über wie auch unter den Wellen, und bargen zweiunddreißig verschollene Fischerboote, samt Takelage und allem Drum und Dran. Niemand sprach mit den Drachinnen, bis auf einen älteren Herrn, der sich humpelnd einer hellgelben Drachin näherte, deren Rücken von oben bis unten mit Stacheln bedeckt war. Sie blieb ganz still stehen, als der Mann auf sie zukam. Er hatte dunkle Haut, weiße Stoppeln und Augen, die auf einen Blick das ganze Meer erfassen konnten und das auch oft taten. Er stand eine ungeheuer lange Zeit vor der Drachin, bis er irgendwann die Hände an ihr Gesicht hob. Sie schloss die Augen und er legte seine Wange an ihre. »Willkommen daheim, mein Kind«, sagte er.

In Chicago traf eine Gruppe Drachinnen gerade noch rechtzeitig bei einem Waisenhaus ein, das nach einem außer

Kontrolle geratenen Küchenbrand in Flammen stand. Es war ein uraltes, marodes Gebäude mit grottenschlechten Stromleitungen und der einzige Ausgang war von brennenden Trümmern blockiert. Die Drachinnen drangen gleich einer Brigade auf einem Eroberungsfeldzug in das Gebäude ein und retteten jedes der Kinder, noch ehe das erste Löschfahrzeug vorfuhr. Zwei der Kinder, beides Mädchen, und drei junge Nonnen drachenwandelten sich noch am selben Nachmittag im Garten der benachbarten Kirche, gerade als Leute aus der Nachbarschaft mit Essen und Decken eintrafen, um zu planen, wie sie sich um die nun heimatlosen Kinder kümmern sollten. Die Drachenwandlung geschah blitzschnell – ein kurzer Schreckensmoment aus Hitze, Masse, Licht und Energie – und dann flogen sie auch schon alle gemeinsam davon.

Überall im Land wurden Drachinnen am Straßenrand, auf verlassenen Grundstücken oder auch einfach bei einem Spaziergang im Park gesichtet. Diese Drachinnen waren allein, zu zweit oder auch in kleinen Gruppen unterwegs. Unter all meinen Nachforschungen bin ich nie mehr als fünf auf einmal begegnet, trotz einiger haarsträubender Gerüchte, die zu der Zeit kursierten, dass schlagartig ganze Städte von einer erdrückenden Anzahl an Drachinnen eingenommen wurden. Manche Drachinnen machten es sich zur Aufgabe, Migrantenfamilien zu helfen, die nur das Notwendigste zum Leben hatten und in Wellblechhütten in den Obstfeldern Kaliforniens hausten. Es gab Drachinnen, die in ausbeuterische Betriebe in Queens eindrangen und drohten, sie während der nächsten Nachtschicht niederzubrennen, wenn die Arbeitsbedingungen nicht umgehend verbessert würden. Und Drachinnen, die sich Demonstrierenden in Nashville/Atlanta und Birmingham anschlossen und einfach nur schweigend neben ihnen hergingen, um allein mit ihrer Anwesenheit all diejenigen abzuschrecken, die es darauf abgesehen hatte, Unruhe zu stiften.

Es gab Drachinnen, die bei Nähzirkeln aufkreuzten.

Drachinnen, die an Gewerkschaftstreffen teilnahmen.

Drachinnen, die gemeinsam mit Landarbeitern demonstrierten.

Und Drachinnen, die Antikriegskomitees beitraten.

Anfangs wusste niemand, was man mit ihnen anfangen sollte. In den Zeitungen wurde nichts dergleichen berichtet. Die Abendnachrichten hüllten sich nach wie vor in Schweigen. Die Menschen wandten den Blick ab und wechselten das Thema. Wangen erröteten. Stimmen gerieten ins Stocken. Die meisten nahmen an, dass die Drachinnen, wenn man sie einfach ignorierte, schon irgendwann verschwinden würden.

Doch das taten sie nicht.

# 33

Am Tag nach Marlas überraschendem Besuch war ich noch immer vollkommen durcheinander, also tat ich etwas, das ich mein Leben lang noch nicht getan hatte: Ich schwänzte. Nachdem ich Beatrice an der Eingangstreppe der St.-Agnes-Schule (mit den Worten: *In der Schule wird sich nicht drachengewandelt, hast du mich verstanden?*) abgesetzt hatte, ging ich zurück nach Hause und rief mit gespielt rauer Stimme und ein paar gekünstelten Hustern, die das Bild abrunden sollten, im Sekretariat an. »Ein Anflug von Grippe«, erklärte ich der Dame, die an diesem Tag aushalf. »Da scheint etwas rumzugehen.« Ich konnte Mr. Alphonse im Hintergrund schreien hören und die arme Frau klang, als würde sie jeden Moment in Tränen ausbrechen. In Gedanken beschloss ich, niemals an einer Highschool zu arbeiten.

Ich schnappte mir das Buch von Dr. Gantz, stopfte es in meine Schultasche und ging in die Bücherei. Mr. Burrows saß am Empfang. Er las gerade in einem großen Ordner und blätterte kopfschüttelnd die Seite um, dann sah er zu mir auf und lächelte. »Ah, Miss Green!«, begrüßte er mich, runzelte aber gleich darauf die Stirn. »Solltest du nicht in der Schule sein?«

Ich hatte schon tausendmal mit Mr. Burrows gesprochen, stellte aber plötzlich fest, dass ich ihn noch nie wirklich *gesehen* hatte. Er war nur ein weiterer Erwachsener für mich gewesen. Doch heute, als ich mich seinem Platz an der Buchausgabe näherte, sah ich ihn tatsächlich an. Er knabberte an einem Bleistift und saß über den Ordner gebeugt da, der auf seinem Schoß lag und so größtenteils vor den Blicken anderer verborgen war. Ich beobachtete ihn, wie er abermals den Kopf schüttelte und etwas auf die Seite schrieb. Er war ein schmächtiger Mann, nervös und freundlich. Er war der einzige Mann, den ich je gesehen hatte, mit einem Korb voll Garn und Häkelnadeln an seinem Schreibtisch. Er beschäftigte sich mit hyperbolischen Ebenen und Möbiusschleifen, topologischen Problemen und sogenannten Snarks sowie diversen dreidimensionalen Annäherungen an vierdimensionale Objekte und führte dazu Experimente durch. Er hatte mir das alles schon einmal erklärt, aber ich hatte ihm nie richtig zugehört. Die Schwere meines Lebens vereinnahmte mich zu sehr, um auf irgendetwas anderes zu achten.

»Mr. Burrows«, sagte ich und hielt kurz inne, als er seinen angeknabberten Bleistift in der Hand kreisen ließ. »Was machen Sie beruflich?«

Er wurde blass. »Bitte? Ich verstehe nicht ganz. Ich bin Bibliothekar.« Er deutete mit einer hilflosen Geste auf die Bücherregale, als wäre damit alles erklärt.

Ich holte das Buch von Dr. Gantz aus meiner Tasche und legte es auf den Schreibtisch. Er starrte zuerst das Buch an, dann sah er auf und starrte mich an. Sein Adamsapfel bewegte sich auf und ab. Ich stützte mich mit den Ellbogen auf den Tisch und legte das Kinn auf meine Fäuste.

»Ach, ich bin nur neugierig.« Ich blinzelte langsam und beobachtete, wie er nun weiß wie eine Wand wurde. »Und was haben Sie *sonst* so gemacht?«

Er stand auf. Seine Hände zitterten leicht. »Weißt du, Mrs. Gyzinska ist wieder zurück. Sie ist unten. Wie wär's, wenn wir zu ihr gehen?«

Mrs. Gyzinska erwartete uns bereits und hatte sogar schon zwei Tassen Kaffee für uns eingegossen – mit Sahne für ihn, schwarz für mich. Woher sie wusste, dass ich auch kommen würde, ist mir bis heute ein Rätsel.

»Setzt euch«, sagte sie und nippte an ihrem Kaffee. »Ich nehme an, du hast ein paar Fragen.«

»Er ist wohl kein Bibliothekar, oder?«, sagte ich und deutete mit dem Daumen auf Mr. Burrows, der daraufhin rot wurde. »Nicht wirklich, meine ich.«

»Nein«, sagte sie mit nachsichtiger Miene. »Zumindest kein gelernter Bibliothekar. Wobei ich jedoch betonen möchte, dass er ein ausgezeichnetes Gespür dafür besitzt. Mr. Burrows ist ein Planetenphysiker und ein hervorragender noch dazu – wunderschöne, elegante Wissenschaft, ein brillanter Kopf von reiner Kreativität und Kenntnis.« Er wurde noch roter, doch Mrs. Gyzinska hörte nicht auf. »Ich habe geholfen, seine Forschung nach seiner Promotion in Princeton zu finanzieren, und es nie bereut. Eine gute Investition. Er ist Experte auf dem Gebiet der Jupitermonde und hat nebenher an einem kleinen Projekt gearbeitet, bei dem er die Bewegungen der Drachinnen auf und um die besagten Monde mitverfolgt hat, woraufhin er auf die schwarze Liste gesetzt wurde. Anschließend hat er sich bedauerlicherweise bei ein paar übereifrigen Kongressabgeordneten unbeliebt gemacht und ist nun gewissermaßen auf der Flucht, der Arme. Das kann schon mal passieren. Der neue Name passt zu ihm, wie ich finde. Michael, mein Guter, du musst eigentlich gar nicht hier sein für dieses Gespräch. Aber danke, dass du sie hergebracht hast.«

Mr. Burrows flitzte aus dem Raum. Ich nahm mir meine Kaffeetasse und leerte sie in mehreren Zügen, dann gab ich ihr das Buch. Sie lächelte und tätschelte liebevoll den Einband.

»Das solltest du auf jeden Fall behalten. Sie sind ziemlich selten. Noch dazu rappelvoll mit restlos falschen

Informationen, wie sich herausstellt. Henry würde dasselbe sagen. Das Schöne an der Wissenschaft ist, dass wir nicht wissen, was wir nicht wissen können, und wir es auch nicht wissen werden, bis wir es wissen. Es erfordert eine enorme Menge an Bescheidenheit, sich damit abzufinden, nahezu immer falschzuliegen. Doch das müssen wir, unsere Annahmen müssen widerlegt werden, um unser Wissen insgesamt zu erweitern. Es ist eine undankbare, aber auch unverzichtbare Arbeit. Zum Glück!« Sie schlürfte ihren Kaffee und betrachtete dabei liebevoll Dr. Gantz' Buch.

Na, wenn das mal nicht frustrierend war. Was ich brauchte, waren Informationen, und was ich hatte, war nichts als Müll. Ich warf dem Buch einen finsteren Blick zu, als würde es absichtlich falschliegen, und wollte Dr. Gantz mal gründlich meine Meinung sagen. »Ist er hier?«

Sie verzog das Gesicht. »Leider wurde er vor ungefähr einem Monat von jemandem gesehen und wiedererkannt, der daraufhin die Polizei gerufen hat. Zum Glück habe ich noch rechtzeitig davon erfahren und ihn zu einem Bekannten an die medizinische Fakultät in Madison geschickt. Da fühlt er sich wirklich pudelwohl. Er hat dort sogar ein Labor, das er nutzen kann – ein richtiges Labor! Und er hilft in einer, ähm, sagen wir, eher unkonventionellen Beratungsstelle aus. Ich glaube, sie sind dort sehr dankbar für seine Hilfe – immerhin befasst er sich mit dem Thema länger als die meisten. Langsam wird es ... *interessant* da drüben.«

Das war zu viel für mich. Ich legte meine Stirn auf den Tisch und verschränkte die Arme über dem Kopf. »Mrs. Gyzinska«, seufzte ich. »Ich weiß einfach nicht, was als Nächstes passieren wird. Ich weiß nicht, was ich *tun* soll.«

»Ach, so ein Mumpitz«, sagte sie mit einer wegwerfenden Geste. »Was redest du denn da? Du tust genau das, was du schon die ganze Zeit getan hast. Du kümmerst dich um deine

Kleine, stürzt dich in die Arbeit, brillierst in allem, worin du brillieren möchtest, und wirst ganz einfach dein Leben leben. Du wirst die Mathematik zu einer Kunstform erheben und einer Sinfonie gleich die Wissenschaft dirigieren. Davon bin ich felsenfest überzeugt, glaub mir. Die anderen Menschen in deinem Leben werden kommen und gehen und leben, wie es ihnen beliebt, aber ich glaube nicht, dass dich das irgendwie beeinflussen sollte. Du bist wütend, weil deine Tante wiederaufgetaucht ist, ja?« Sie trank den letzten Schluck ihres Kaffees.

Ich richtete mich auf und starrte sie an. »Woher wissen Sie das?«, brachte ich hervor. Danach fehlten mir die Worte. Eigentlich sollte es mich nicht überraschen, immerhin hatte die Zeitung ein Bild meiner Tante veröffentlicht.

»Du hast natürlich herausgefunden, wie sie mit unserem Dr. Gantz verbunden ist, versteht sich. So warst du schon immer, du hast die Dinge stets durchschaut. Er schuldet ihr noch eine Entschuldigung, fürchte ich, aber du weißt ja, wie Männer sind. Im Grunde nichts als Kinder. Hör zu, ich kenne Marla schon seit ihrer Jugend. Ihr Inneres war schon immer größer als ihr Äußeres. Ihr Leben hat ihr noch nie so recht gepasst. Selbst jetzt noch. Selbst als Drachin. So ist das mit dem Drachenwandeln – es ist nicht die Lösung für alles. Der Körper verändert sich, doch das Wesen bleibt, wie es ist, mit all seinen ursprünglichen Problemen und Zweifeln – und dennoch fähig zu lernen. Wir stecken niemals gänzlich fest. Wir sind *ständig* dabei, uns zu verändern.«

Mir schwirrte der Kopf. »Ich stecke aber fest«, sagte ich, »und habe das Gefühl, kein Stück voranzukommen.« *Es ist, als hätte ich Gewichte an den Knöcheln,* dachte ich. *Und an den Handgelenken.* Es fühlte sich an, als hätte mich jemand an Ort und Stelle festgenagelt.

»Das kommt dir nur so vor«, sagte Mrs. Gyzinska besänftigend. »So geht es uns allen von Zeit zu Zeit, aber ich versichere dir, das tust du nicht. Du siehst nur nicht das große Ganze.«

»Ich darf Beatrice nicht verlieren«, sagte ich und brach in Tränen aus.

Mrs. Gyzinska klopfte mit den Knöcheln auf den Tisch. Auf ihrem Gesicht lag eine unergründliche Miene. »Dann unternimm etwas«, sagte sie, als wäre das so einfach. »Ganz ehrlich, so schwer ist es nicht. Es gibt nur sehr wenig, was wir in diesem Leben kontrollieren können. Wir müssen einfach akzeptieren, was immer es für uns bereithält, lernen, was wir können, und an dem festhalten, was wir lieben. Und das war's auch schon. Das Einzige, was du letzten Endes beherrschen kannst, bist *du selbst.* In diesem Augenblick. Was sowohl eine Erleichterung ist als auch eine riesige Verantwortung.« Sie schlug ihren Schreibtischkalender auf. »Da fällt mir ein, diese Woche stehen noch zwei Prüfungen an. Da du dich entschieden hast, die Schule zu schwänzen, solltest du die Gelegenheit vielleicht wenigstens nutzen, um zu lernen. Ich habe deinem Professor zu Semesterbeginn gesagt, dass ich erwarte, dass du seine beste Schülerin sein wirst, und ich liege nur ungern falsch. Also los, machen wir uns an die Arbeit.« Sie stand auf. »Ich habe noch etwas im Büro zu erledigen. Dein Lernmaterial liegt in deinem Fach bereit.« Sie drehte sich um, öffnete einen verschlossenen Aktenschrank und holte einen großen weißen und gänzlich unbeschrifteten Ordner hervor – genau wie der, in dem Mr. Burrows soeben gelesen hatte. »Den hier kannst du auch durchblättern, wenn du es erträgst. Es ist eine Sammlung von Dr. Gantz' neuester Forschungsarbeit über das Drachenwandeln. Sei allerdings gewarnt. Ich respektiere Henry zutiefst und unterstütze ihn nun schon seit fast vierzig Jahren. Aber seine Arbeit ist, wie soll ich sagen, *wortreich.*« Sie verdrehte die Augen.

Sie klopfte mir sanft auf den Rücken, als sie an mir vorbeilief, und schloss die Tür hinter sich.

Ich lernte nicht. Ich verbrachte den ganzen Tag damit, Dr. Gantz' Forschung zu lesen.

Mrs. Gyzinska hatte nicht übertrieben. Sie war *extrem wortreich.*

# 34

Am ersten April erfuhr ich, dass mich die University of Wisconsin in ihr Exzellenzprogramm aufnahm. Ich telefonierte mit dem Leiter des Studierendenwerks, um zu besprechen, welche Unterbringungsmöglichkeiten ich angesichts meiner familiären Situation hatte. Er informierte mich, dass ich mit Beatrice nicht ins Wohnheim ziehen könne, da Kinder dort nicht erlaubt seien, und ich auch keine Wohnung für Verheiratete bekommen würde, da ich schließlich nicht verheiratet war.

»Nun«, sagte ich, »das bringt mich in eine missliche Lage. Nur aus Neugier, was machen andere Studentinnen, die ledig sind, aber dennoch ein Kind haben und ihre akademische Laufbahn ungehindert fortsetzen möchten? Wird in irgendeiner Weise für sie gesorgt?«

Der Mann am Telefon seufzte. Ich konnte ihn natürlich nicht sehen, doch es klang, als verdrehte er die Augen. »Also, das weiß ich nun wirklich nicht«, sagte er. »Ich nehme an, sie brechen ihr Studium ab.« Es war offensichtlich, dass er nicht mehr dazu zu sagen hatte. Ich bedankte mich und versicherte ihm, dass ich einen anderen Weg finden würde.

Ein paar Tage später fand ich heraus, dass ich glücklicherweise ein Teilstipendium erhalten würde. Was indessen unglücklicherweise nicht genug war, um die gesamten Kosten zu decken, weshalb ich weiter herumtelefonierte, um eine mögliche Wohnung, eine Teilzeitstelle und eine Betreuung für Beatrice zu finden. Mrs. Gyzinska half mir dabei.

»Warte noch, bevor du irgendetwas zustimmst«, riet sie mir. »Jede Institution hat ihre versteckten Geldquellen und ich bin fest entschlossen, mindestens ein weiteres Rinnsal in deine Richtung zu leiten. Überlass das ruhig mir.«

Und das tat ich. Ich hatte nicht die Kraft, mich um irgendetwas anderes zu kümmern als das, was direkt vor mir lag, und selbst darauf konnte ich mich kaum konzentrieren.

Meine Tante schaute fast täglich bei uns vorbei, nur um Hallo zu sagen und Beatrice durch das Fenster zuzusehen, wie sie schlief. Ich war noch nicht bereit, sie einander treffen zu lassen. Beatrice konnte sich natürlich nicht an Marla erinnern. Sie war nicht einmal ein Jahr alt gewesen, als … *Na ja.* Als sich alles veränderte. Die einzige Mutter, die sie kannte, war unsere Mutter. Und doch. Die Erinnerung an Marlas letzte Augenblicke mit Beatrice – wie sie sie, kurz bevor sie sich verwandelt hatte, in den Armen gehalten und jeden ihrer Finger geküsst, ihre rosigen runden Wangen, ihren leicht geöffneten Mund und die feuchten Löckchen bewundert hatte – ging mir nicht aus dem Kopf und störte mich beim Denken. Diese Erinnerung gehörte mir nicht, natürlich nicht, und doch trug ich sie in mir. War Marlas Herz gebrochen, als sie die schlafende Beatrice zurück in ihr Bett gelegt hatte? Hatte sie die Hand gegen ihren Mund gedrückt, als sie aus dem Kinderzimmer hinausgeeilt war, um ihre Schluchzer zurückzuhalten? Ja. Wahrscheinlich schon. Ich spürte, wie mir selbst das Herz brach, wann immer ich daran dachte.

Und trotzdem war ich noch nicht bereit, ihr zu vergeben. Noch nicht bereit, sie in unser Leben zurückzulassen. Ich weiß, dass es grausam von mir war. Doch ich war nur eine Teenagerin: Grausamkeit war mein einziges Druckmittel.

Obwohl ich sie auf Abstand hielt, wusste ich auch damals schon, dass es seine Vorteile hatte, eine Drachin in der Nähe zu haben. Die Männer pfiffen mir nicht länger hinterher, wenn ich aufs Fahrrad stieg, sondern tippten sich stattdessen höflich an den Hut, wenn sie mich denn überhaupt ansahen. Auch unser Vermieter wurde viel umgänglicher und war auf einmal sofort bereit, eine Leitung zu überprüfen oder ein Leck zu reparieren. Ich war mir sicher, dass meine Tante dafür verantwortlich war. Ich bedankte mich nie bei ihr. Das konnte ich ihr einfach nicht zugestehen. Ich war unruhig, unaufmerksam und unhöflicher als sonst. Benommen und wie benebelt quälte ich mich durch die Schultage.

Der Tod meines Vaters belastete mich auf seltsame Weise. Wie kann man um jemanden trauern, den man kaum gekannt hat? Er vererbte mir nichts, bis auf das Geld, das er bereits auf mein Konto überwiesen, und die Miete, die er schon bezahlt hatte. Auch Beatrice vermachte er nichts. Was mich nicht überraschte. Wir wurden nicht einmal zur Beerdigung eingeladen, wenn es denn überhaupt eine gab. Ich wusste es nicht. Meine Stiefmutter schickte mir lediglich die Umschläge mit den monatlichen Unterhaltszahlungen – mit der Aufschrift April, Mai, Juni, Juli, August – in einer Mappe gesammelt und mit einem Zettel versehen, auf dem stand: »Dein Vater hatte diese Umschläge auf seinem Schreibtisch für dich bereitgelegt. Erwarte nicht, dass du noch mehr bekommst.« Sie hatte den Zettel nicht einmal unterschrieben.

Alles, was mir von meinem Vater blieb, war die kleine Holzkiste, die er mir gegeben hatte. Wochen vergingen, und noch immer brachte es nicht übers Herz, sie zu öffnen. Sie blieb dort, wo ich sie gleich nach unserem Treffen versteckt hatte – in der hintersten Ecke des Schranks unter einem sorgfältig angeordneten Haufen Krempel. Ich brachte es nicht einmal über mich, sie anzusehen.

In derselben Aprilwoche begannen Drachinnen, an meiner Highschool aufzutauchen. Jeden Tag. Erst waren es nur ein paar. Dann wurden es immer mehr. Dutzende von ihnen liefen auf dem Schulhof umher oder sonnten sich auf dem Dach. Sie schnorrten Zigaretten von Jugendlichen, die aussahen, als hätten sie vielleicht noch eine übrig, und rauchten vor dem Hinterausgang. Nach einer Weile weigerte sich die Müllabfuhr zu kommen. Wie sollte sie schließlich unter solchen Bedingungen arbeiten? Es stellte sich aber heraus, dass das kein Problem war. Die Drachinnen kümmerten sich einfach selbst um die Abfallentsorgung und brachten die Container zweimal wöchentlich zur städtischen Mülldeponie. Sie sammelten herumliegende Abfälle auf, sorgten dafür, dass der Rasen gemäht wurde, und jäteten die Gärten. Sie brachten sogar Eimer und Lappen und putzten alle Fenster. Mit jedem Tag, der verging, strahlte die Schule mehr vor Sauberkeit. Krokusse sprossen am Wegrand, ein frisch angelegtes Gemüsebeet tauchte neben dem Fußballfeld auf. Niemand sprach darüber, wie viel die Schule durch all das einsparte, schließlich gehörte es sich nicht, über Drachinnen zu reden.

Die Schulleitung schrieb uns daraufhin mit vage formulierten und übereilt angefertigten Broschüren, die im Klassenzimmer ausgeteilt wurden, und regelmäßigen Durchsagen über die Lautsprecheranlage vor, dass wir die aktuelle Drachenplage ausdrücklich zu ignorieren hatten. Unter keinen Umständen war es uns gestattet, eine Unterhaltung mit einer Drachin zu führen oder gar anzuerkennen, dass sie da war. Wenn einem eine Drachin im Weg war, machte man einfach einen *Bogen um sie* und sprach nicht weiter darüber. Die Drachinnen verhielten sich nie bedrohlich, sodass es auch nie nötig war, die Schule zu schließen, und sie störten nicht den Unterricht. Sie waren einfach nur *da*. Die Nonnen warnten uns, dass nichts Gutes dabei herauskommen würde, mit ihnen zu plaudern – immerhin waren es gefährliche Frauen, die einer gefährlichen Versuchung erlegen waren.

Doch als der Mai näher rückte, bemerkte ich immer öfter, wie Mädchen *nicht* einfach einen Bogen um sie machten, wenn eine Drachin ihnen im Weg war. Wie Mädchen anhielten, um mit ihnen zu plaudern, und sie sogar aufsuchten. Den Drachinnen fiel das ebenfalls auf und so fingen sie an, Decken und Picknickkörbe mitzubringen. Sie organisierten Kaffeekränzchen und Gesprächskreise mit Mädchen und Drachinnen hinter der Sporthalle und auf dem Parkplatz. Sie reichten Zigaretten und Knabbereien herum, manchmal teilten sie auch Bücher aus. Ich habe keine Ahnung, worüber sie sich unterhielten. Es interessierte mich nicht. Sie riefen nach mir und boten mir an, mich zu ihnen zu setzen, doch ich gab vor, sie nicht zu hören. So oder so waren meine Tage an dieser Schule gezählt. Ich fühlte mich zu Höherem berufen. Ein ganzes Universum der Wissenschaft lag vor mir, mit unendlich vielen Fragen gefüllt, die es zu erforschen galt. Mein Wissensdurst war so groß, dass ich nicht glaubte, dass er sich je stillen ließe. In diesem Gebäude interessierte mich rein gar nichts mehr.

Umso überraschter war ich, als mir Randall Hague fünf Tage vor dem Abschlussball nach Analysis den Weg aus dem Klassenzimmer verstellte und mich bat, ihn zum Ball zu begleiten. Seine Stimme war holprig und stockte, seine Sätze waren ungewohnt förmlich formuliert und er hob die Hände vor der Brust, als hielte er einen Hut fest. Und was noch viel überraschender war: Er überrumpelte mich mit seiner Frage so, dass ich unerklärlicherweise Ja sagte.

Es war nicht so, als würde ich Randall nicht mögen. Nur hatte ich genau genommen gar keine Meinung zu ihm, obwohl ich ihn schon seit dem Kindergarten kannte. Ich war nicht einmal sicher, ob ich ihn in einer Reihe Jungen wiedererkennen würde. Er war einer dieser Jungen, die einfach in den Hintergrund rückten. Doch da war er auf einmal, mit seinem gestotterten: »Es wäre mir eine Ehre.« Woraufhin ich kurz und knapp antwortete: »Klar, warum nicht?« Und damit war alles gesagt. Er schüttelte mir mit ernster Miene die Hand, als hätte er gerade ein Geschäft abgewickelt, und dann machten wir uns beide zur dritten Stunde auf. Ich war noch nie zuvor auf einen Schulball gegangen. Aber anscheinend würde ich zum Abschlussball gehen. Ich war mir nicht sicher, wie es mir damit ging.

Beatrice hingegen schäumte regelrecht über vor Begeisterung. Sie sprang aufs Bett und schlug ein Rad durch die Wohnung, dann noch eins und warf dabei eine Lampe um. Der ältere Herr unter uns hämmerte mit dem Besen an die Decke.

»Warte«, sagte sie und hielt abrupt in ihrem Überschwang inne. »Was ist ein Abschlussball?«

»Ein Tanz«, sagte ich. »Und eine Feier, für die man sich fein kleidet.«

»Du solltest dich als Drachin verkleiden!«, rief Beatrice vergnügt.

»Wir sprechen nicht über Drachinnen«, sagte ich abwesend und mittlerweile ganz automatisch. Wie wenn ich sie daran erinnerte, in alle Richtungen zu blicken, bevor sie die Straße überquerte. »Außerdem ist es keine Feier, auf der man sich *verkleidet*.«

»Was für eine Feier ist es dann?«

»Eine, für die man sich *fein* kleidet«, erklärte ich.

»Dann kleide dich halt fein«, erwiderte sie mit einer Engelsgeduld, als wäre ich zu begriffsstutzig, um das Offensichtliche zu verstehen. »Als feine Drachin.« Ich warf ihr einen finsteren Blick zu und sie zuckte leicht zusammen, woraufhin ich mich schlecht fühlte. Also setzte ich mich neben sie aufs Bett und hielt ihre Hände.

Ich erklärte ihr, wie ein Abschlussball funktioniert. Dass Mädchen ärmellange Handschuhe trugen, dazu Stöckelschuhe und Kleider, die beim Gehen raschelten, und dass die Jungen sogenannte Smokings trugen, mit denen niemand so recht klarkam. Beatrice war enttäuscht. Sie liebte alles, was mit Verkleiden zu tun hatte.

»Außerdem«, räumte ich ein, »würde ich mich nicht als Drachin verkleiden, selbst wenn es so eine Feier wäre. Sie sind nichts als …« Ich hielt mich gerade noch rechtzeitig zurück. Ich war kurz davor gewesen, »Ungeziefer« zu sagen, aber das wäre gemein. Und Beleidigungen würden mir auch nicht weiterhelfen. Ich presste die Lippen aufeinander. »Die Drachinnen lenken einen nur ab. Aber genug davon. Was ich jetzt brauche, ist ein feines Kleid.«

Glücklicherweise hatte ich einige. Eines nach dem anderen holte ich die in Seidenpapier gehüllten und mit Duftkissen gefüllten Kleider meiner Mutter hervor und legte sie aufs Bett. Ich nahm ihre Hüte und Schuhe aus den Aufbewahrungsbeuteln und ordnete sie so an, dass sie zu den Kleidern passten. Beatrice faltete die Hände zusammen und gab ein ehrfürchtiges Raunen von sich. Die Wohnung war auf einmal von Rosmarinduft erfüllt. Die Kleider waren altmodisch, aber doch wunderschön.

Ich probierte jedes einzelne an, zusammen mit den passenden Taschen, Schuhen und Handschuhen, und Beatrice kommentierte, was ihr an jedem besonders gefiel oder eher unvorteilhaft war. Ich sollte durchs Zimmer gehen, eine Drehung machen und auf sie zuschreiten und etwas Interessantes sagen.

»Ich will, dass du schön aussiehst, aber du sollst noch immer wie du aussehen«, sagte sie. »Zieh das da an und sag was Mathematisches. Du siehst am meisten wie du selbst aus, wenn du über Mathematik sprichst.«

Die Kleider passten wie angegossen. Ich hatte haargenau dieselbe Figur wie meine Mutter, eine Tatsache, die mich erstaunte. Es war, als wären wir aus derselben Form gegossen worden. Oder zumindest waren wir das, ehe ihr Körper zerbröckelt war, zu Asche zerfallen und vom Wind verweht. *(Der Hain verwelkt, der Hain verwelkt und dorrt.)* Ein Schauer überkam mich. Würde mein Körper mich hintergehen, wie ihrer es getan hatte? Würde ich die, die ich am meisten liebte, ebenfalls zurücklassen?

»Ich ziehe das rosafarbene an«, sagte ich zu Beatrice. Es war aus rosa Chiffon mit einem Unterkleid aus Tüll und darüber legte sich ein zarter Spitzenrock – handgeknüpft und mit einem aufwendigen Muster, das an Sternenbilder erinnerte. Ich probierte es an und drehte mich für Beatrice, die sich sogleich mit mir mitdrehte.

»Rosa ist sowieso immer die allerbeste Wahl«, sagte sie mit absoluter Gewissheit. »Das weiß doch jedes Kind.« Dann setzte sie sich sofort an ihren Maltisch und zeichnete ein Bild von mir, wie ich in einem rosa Kleid auf einer Drachin ritt. Es war das erste Mal seit Monaten, dass sie eine Drachin malte. Es störte mich, aber ich entschloss, nicht darüber zu streiten, und hängte das Bild sogar an den Kühlschrank, als sie fertig war, wenn auch nur, um sie dazu zu bringen, punktlich ins Bett zu gehen. Später nahm ich das Bild wieder ab und war drauf und dran, es in den Müll zu werfen.

Da hielt ich inne.

Die Drachin war schwarz und grün geschuppt. Feine silbergraue Akzente durchzogen ihren Körper. Sie sah genauso aus wie Marla. Wie viel verstand Beatrice bereits? Ich nahm das Bild und legte es in meinen Schrank, neben die geschnitzte Kiste meiner Mutter.

Es war der Abend des Abschlussballs und Randall Hague fuhr wie verabredet im Auto seines Vaters vor unserem Wohnhaus vor. Er trug einen dunklen Anzug von der Art, wie man sie zu einem Vorstellungsgespräch trägt oder einer Beerdigung. Ich erkannte ihn kaum wieder, was nicht ungewöhnlich war. Ich traf ihn draußen, weil ich nicht wollte, dass er sah, wie wir wohnten. Ich schämte mich durchaus nicht für unsere Wohnung, nur hatte ich noch nie jemanden hineingelassen, außer gelegentlich ein Kindermädchen. Und Mrs. Gyzinska, aber sie war einfach so hereingeschneit. Manchmal gewöhnt sich ein Mensch einfach daran, die Welt auf Abstand zu halten.

Mein Kleid aus Chiffon, Taft und Tüll raschelte leise, wenn ich mich bewegte. Ein Spitzentuch aus Seidenfäden, von meiner Mutter handgeknüpft, schmiegte sich um meine Schultern – es hatte dieselbe Farbe wie der Himmel. Wie meine Tante hatte ich die Locken mit Haarnadeln hochgesteckt und trug roten Lippenstift. Ich beabsichtigte nicht, wie sie auszusehen, aber womöglich tat ich das trotzdem auf gewisse Weise. Ich ertappte mich dabei, wie ich unbewusst breitere Schritte machte und mir wünschte, ich würde Militärstiefel tragen.

Ich wusste, dass Beatrice mich vom Fenster aus beobachtete, gemeinsam mit Mrs. Darga, der Witwe, die im benachbarten Backsteingebäude wohnte. Ich mochte sie, und Beatrice tat das ebenfalls. Mrs. Darga passte oft auf sie auf. Sowohl ihr Sohn als auch ihre Tochter waren im Krieg umgekommen. Ihre Tochter war Krankenschwester und ihr Sohn Pilot gewesen und beide waren von feindlichen Soldaten in unterschiedlichen Ländern erschossen worden. Trotz dieses traurigen Schicksals besaß Mrs. Darga ein unerschütterlich sonniges Gemüt. Sie hatte ungefähr die Größe und Beschaffenheit eines Baumstumpfes, mit einem großen Dutt, der ihr wie eine hölzerne Knolle aus dem Hinterkopf wuchs. Sie kam oft mit Blechen voll Piroggen und Golabki oder Schüsseln voll Kohlsuppe vorbei und versicherte uns energisch, dass wir ganz sicherlich verhungern und auf der Stelle tot umfallen würden, wenn wir nicht sofort alles aufaßen.

Durch das Fenster konnte ich Mrs. Darga sagen hören, »*Córuchna*, das könnte dein neuer Papa sein«, woraufhin Beatrice mit schallendem Gelächter und einem lauten »SEIEN SIE NICHT ALBERN« antwortete. Ich errötete und hoffte, dass Randall Hague das nicht gehört hatte.

Er stieg aus dem Auto, kam zur Beifahrertür herüber und wollte sie gerade öffnen, als er es sich noch einmal anders überlegte, auf dem Absatz umdrehte und mich ansah. Er war nicht unbedingt hässlich. Nur ... unglaublich unscheinbar und leicht zu vergessen. Er bot mir seine Hand an und ich schüttelte sie mal wieder. Er machte ein ernstes, feierliches Gesicht.

Er streckte die Hand nach meinem Kleid aus, besann sich dann aber eines Besseren und schob sie sich stattdessen in die Hosentasche. »Dein Kleid ist wunderschön«, sagte er, woraufhin seine Wangen ganz rot wurden.

»Danke«, sagte ich. »Es hat meiner Mutter gehört.«

Sein Ausdruck wurde auf einmal panisch. »Oh!«, sagte er. »Mütter!« Und schlug sich gegen die Stirn. »Beinahe hätte ich es vergessen.« Er wandte sich wieder dem Auto zu, riss die Tür auf, beugte sich hinein und wühlte eine Weile darin herum. Als er wieder auftauchte, hielt er eine kleine Schachtel in der Hand. Er gab sie mir. Es war ein Ansteckstäußchen aus rosafarbenen Nelken, samt einem Bändchen, um es an meinem Handgelenk zu befestigen.

»Danke«, sagte ich.

»Meine Mutter hat gesagt, ich soll es dir geben«, erwiderte er. »Sie hat es ausgesucht.« Er bedeutete mir, die Hand auszustrecken, damit er mir das Band umbinden konnte.

»Oh«, sagte ich. »Dann sag deiner Mutter vielen Dank.«

»Ich habe geholfen«, sagte Randall Hague und errötete noch ein bisschen mehr. Er öffnete die Beifahrertür und half mir einzusteigen. Dann machten wir uns langsam auf den Weg zur Schule. Schweigend saßen wir nebeneinander, während der Wagen Millimeter um Millimeter die Straße entlangkroch und Randall mit angespannter Miene alle möglichen Gefahrenquellen genauestens im Auge behielt, die das Auto seines Vaters befallen könnten.

Als wir vor der Schule ankamen, saßen reihenweise Drachinnen auf dem Dach. Mehr, als ich je gesehen hatte. Meine Tante entdeckte ich nicht, was aber nicht heißen musste, dass sie nicht da war. Ich blickte nach oben, versuchte, in dem schräg einfallenden Licht und den länger werdenden Schatten ihre Gesichter voneinander zu unterscheiden, doch sie waren nur schwer zu erkennen. Die Drachinnen sagten nichts. Sie rührten sich nicht. Sie hatten eine Hand an ihr Herz gelegt und standen schnurgerade da, die Füße hüftbreit. Sie hatten die Knie leicht gebeugt und das Kinn in die Höhe gereckt, trugen Handtaschen bei sich sowie Handwerksbeutel, Aktentaschen und offensichtlich auch Lunchpakete. Eine Drachin hatte sogar einen altmodischen Koffer dabei. Ihre Augen waren weit geöffnet, ihr Blick durchdringend, *suchend.*

Ein Schauer überkam mich. Ich wartete darauf, dass Randall ums Auto herumkam und mir die Tür aufmachte. Ich hatte noch nie verstanden, warum das als gute Manieren galt. Ihm öffnete schließlich auch niemand die Tür. Es war auch nicht so, als wäre es schwer, Türen zu öffnen. Und trotzdem wartete ich, die Füße überkreuzt und die behandschuhten Hände auf dem bauschigen rosa Rock gefaltet, der nicht einmal mir gehörte. Oder zumindest nicht ursprünglich. Jetzt gehörte er wohl schon mir. Ich trug nicht nur die Schuhe meiner Mutter, sondern trat buchstäblich in ihre Fußstapfen. Ich war mir nicht sicher, wie ich das finden sollte. Ich zupfte das Tuch auf meiner Schulter zurecht.

Randall öffnete mir die Tür und hielt mir seine Hand hin. Ich nahm sie und stieg aus. Selbst durch den Handschuh fühlte sich seine Hand kalt an. Und unglaublich feucht. Ich drückte sie, um ihm zu zeigen, dass das genügte, danke vielmals, und verschränkte meine Hände stattdessen vor mir, als würde ich beten. Ich weiß nicht, warum, doch ich hob den Blick und bemerkte, dass eine der Drachinnen mich interessiert beobachtete. Sie nickte mir knapp zu, bevor sie sich wieder dem Himmel zuwandte.

Ich wusste nicht, was das zu bedeuten hatte.

Randall bemerkte, was ich bemerkt hatte, und rümpfte angewidert die Nase. »Bäh«, sagte er. »Es ist schon schlimm genug, dass sie uns in der Schulzeit belästigen, aber müssen sie auch noch zum *Abschlussball* kommen?« Da lag ein deutliches Gejammer in seinem Ton, was ich entschieden ignorierte. Meine Mutter hatte vor langer Zeit einmal gesagt, es gebe nichts Schlimmeres als jammernde Männer. Von meinem Vater konnte sie nicht gesprochen haben – er redete so gut wie nie. Ich glaube, sie hatte nur allgemein gesprochen. Ich wünschte, ich hätte besser zugehört.

»Irgendwie gefällt es mir«, sagte ich und er sah mich verwirrt an. »Es hat was von einer Ehrengarde, findest du nicht? Sieh doch nur, wie imposant und würdevoll sie dastehen.« Ich dachte unwillkürlich an Mrs. Gyzinska.

»Eine Ehrengarde besteht nur aus *Männern*«, sagte er in spöttischem Ton. »Und außerdem hat eine«, er verschluckte das nächste Wort gänzlich und räusperte sich, »nun wirklich nichts Würdevolles an sich.« Er konnte sich nicht einmal durchringen, es zu auszusprechen.

»Eine Drachin?«, schlug ich vor. Es schien unmöglich, doch er lief tatsächlich noch etwas roter an. »Ich verstehe nicht, warum die Leute so ein Problem mit diesem Wort haben«, sagte ich. »Es ist dasselbe, wie wenn sie die Jungen im Biologieunterricht von den Mädchen trennen, damit sie bloß nichts über Menstrua…«

»Ah!« Er schlug sich die Hände über die Ohren und sah aus, als würde er jeden Moment ohnmächtig werden. »Können wir bitte das Thema wechseln?!«

»Wie du willst, dann lass uns reingehen«, sagte ich und ging voraus, darauf bedacht, meine Hände bei mir zu behalten. Er bot mir seinen Arm an, doch ich lächelte ihm nur schwach zu und beschleunigte meine Schritte. Dann hielt ich inne und blickte in den Himmel. Nach und nach zeichneten sich ein paar Planeten und die hellsten Sterne darauf ab. Der Rücken tat mir weh. Über unseren Köpfen kreiste eine größere Schar Drachinnen, die wirbelnd vor dem dunkler werdenden Blau herabschnellten und wieder emporstiegen. Der Abend war noch nicht ganz angebrochen, doch die Nacht zog herauf.

# 35

Das Abschlussballkomitee hatte sich dieses Jahr für das Motto »Zaubernächte auf hoher See« entschieden – hauptsächlich damit sich die Dekoration der Schulaufführung von *Die Piraten von Penzance* wiederverwenden ließ. Blaue Zellophanfolie umhüllte die Glühbirnen und blaue Girlanden ließen an den Wänden der Turnhalle schäumende Wellen erahnen. Vier Mädchen aus meinem Literaturunterricht trugen je eine Flagge als Umhang – eine französische, eine britische, eine amerikanische und eine mit einem Totenkopf – und hielten einen Piratenhut in der Hand. Aber natürlich nicht, um ihn aufzusetzen, das würde schließlich ihre Frisur ruinieren.

Sie sahen alle so *glücklich* aus, zumindest die Mädchen. Wie farbenfrohe Vögel flatterten und stolzierten sie durch die Menge. Mit jedem Schritt wiegten sie die Hüften, sodass sich ihre Röcke fließend hin und her bewegten und ihre Beine umspielten, während die schicken Stöckelschuhe anmutig über den Hallenboden klackerten. Sie hakten sich bei ihren Freundinnen unter oder ließen die hübschen Köpfe auf wohlgeformten Schultern ruhen. Sie winkten einander zu, sogar *mir*, was mich sehr erstaunte. Genau genommen fingen sie sogar an zu strahlen, wenn sie mich sahen, ein breites Lächeln legte sich auf ihre geschminkten Lippen. In all den

Jahren, die ich auf diese Schule gegangen war, hatte mich niemand je so angelächelt. Zugegebenermaßen hatte ich das genauso wenig. Die Mädchen mit den Umhängen verbeugten sich voreinander und knicksten. Sie teilten sich in Pärchen auf, schlangen einen Arm um die Hüfte der jeweils anderen, fassten sich an der freien Hand und brachen in einen gekürzten Walzer aus. Ich sog hörbar die Luft ein und musste den Blick abwenden. Sie waren so bezaubernd, dass ich nicht hinsehen konnte.

Ich glättete das Oberteil meines Kleids und ließ die Finger über den rosafarbenen Chiffon gleiten. Das Kleid meiner Mutter. Es passte mir wie angegossen. Mein Körper wurde zu dem, was ihrer einst gewesen war. Bevor sie das erste Mal an Krebs erkrankt war oder auch das zweite Mal. Bevor der Krebs ihren Körper verzehrt und nichts als Asche übrig gelassen hatte. Bevor er davongeweht worden war.

Weder in der Sporthalle noch sonst irgendwo in der Schule waren Drachinnen zu sehen. Und doch wussten wir alle, dass sie auf dem Dach waren, über uns wachten und am Himmel kreisten. Hin und wieder huschte eine von ihnen an einem Fenster vorbei und war genauso schnell wieder verschwunden – ein heller Farbklecks aus Schuppen, Fangzähnen, Muskeln und einem Auge.

»Du brauchst was zu trinken«, sagte Randall unvermittelt. »Meine Mutter hat gesagt, ich soll dir was zu trinken bringen.«

Ich hatte keinen Durst, aber Randall marschierte bereits davon. *So ein seltsamer Junge*, dachte ich bei mir und fragte mich, warum ich alledem überhaupt zugestimmt hatte. Bis Randall bei dem Tisch mit den Erfrischungen ankam, der von Mr. Reynolds und zwei Naturkundelehrern beaufsichtigt wurde, war er bereits perfekt mit den anderen Jungen verschmolzen, die ebenfalls für ihre Partnerinnen Punsch besorgten. Selbst wenn ich wollte, hätte ich ihn in der Menge nicht mehr herauspicken können. Ich wandte meine Aufmerksamkeit den Tanzenden zu.

Schwester Leonie und zwei weitere Nonnen streiften über die Tanzfläche und schoben Lineale zwischen die Pärchen, damit die Tänze auch ja unschuldig blieben.

»Lasst Platz für den Herrn«, sagte Schwester Leonie, sowohl auf Englisch als auch Französisch, nur um zu zeigen, dass sie es wirklich ernst meinte.

Randall kam mit zwei Gläsern Punsch zurück, wobei er ein paar Tropfen auf seine Schuhe verschüttete. Ich nippte verhalten daran.

Die Mädchen fingen an, sich in größeren Grüppchen zu sammeln, und ließen ihre Begleitung allein und etwas ratlos mit ihren Mänteln, Tüchern oder Handtaschen am Rand der Tanzfläche stehen. Die Jungen wippten auf ihren Füßen und manche setzten sich auf einen der an der Wand aufgereihten Stühle. Die Mädchentrauben trieben auf mich zu, jede von ihnen eine Farbenpracht aus Rubinrot, Smaragdgrün und dunklen Goldtönen. Sie glitzerten, schillerten und strahlten von Kopf bis Fuß. Sie ließen Lächeln aufblitzen. Klimperten mit den Wimpern. Sie tanzten zu dritt, dann zu siebt, dann zu dreizehnt, ein Gewirr aus Armen und Röcken und sich lösenden Strähnen. Die Armreifen an ihren Handgelenken glänzten im Licht. Die Strasssteine um ihren Hals schimmerten hübsch auf ihrer strahlenden Haut. Die links liegen gelassenen Jungs sackten in sich zusammen und legten die Hände an die Brauen, um den grellen Glanz abzuschirmen. Allmählich blickten sie finster drein. Ich war mir nicht sicher, warum. *Seht sie euch doch nur an*, wollte ich einwerfen. *Wenn ihr die Wahl hättet, euch mit so viel Schönheit zu umgeben, würdet ihr es nicht auf der Stelle tun?* Darüber hatte ich noch nie nachgedacht. *Ja*, dachte ich. *Ja, das würde ich.* Ich legte eine Hand an mein Herz. Meine Haut glühte. Mein gesamter Körper pulsierte.

Die Band bestand aus dem Kunstlehrer und dessen Bruder, die Hörner spielten drei junge Männer, die im Jahr zuvor ihren Abschluss gemacht hatten, und am Schlagzeug saß eine ältere Dame. Sie waren nicht besonders gut. Ihre Aufmerksamkeit galt wohl den wachsenden Grüppchen aus Mädchen, denn sie spielten schief, gerieten aus dem Takt und vergaßen hin und wieder ihren Text. Was allerdings niemand zu bemerken schien.

»Ich liebe dein Kleid, Alexandra«, rief mir eins der Mädchen zu, das in den Armen seiner Freundin tanzte. Es sah nach so viel mehr Spaß aus, als mit jemandem wie Randall zu tanzen – mit ihren raschelnden Röcken und klackernden Absätzen. Ich sog scharf die Luft ein und fasste mir an die Wange.

»Danke!«, rief ich zurück. »Meine Freunde nennen mich Alex«, fügte ich hinzu, was nicht ganz stimmte – ich hatte keine Freunde. Ach! Aber wie ich mir wünschte, dass es wahr wäre. Ich hatte mich in der Schule noch nie einsam gefühlt. Doch jetzt ...

Eines der Mädchen lächelte mir zu – wie ein unverhoffter Lichtschimmer. Ich befürchtete, meine Knie würden jeden Moment nachgeben. »Alex, was für ein schöner Name«, sagte es und warf mir eine Kusshand zu. Ich wünschte, ich wüsste ihren Namen. Ich wünschte, ich könnte mich daran erinnern. Ich spielte mit den Knoten in der Spitze, die meine Mutter geknüpft hatte, und fühlte mich so mit dem Boden verankert, so mit diesem Leben verbunden, wie ich es noch nie zuvor bemerkt hatte.

»Deine Schuhe passen perfekt«, schwärmte ein Mädchen aus einer anderen Gruppe.

»Dein Haar sieht so hübsch aus mit dieser rosa Spange!« Eine ganze Schar fing auf einmal an, sich gedankenverloren die Locken um ihre Finger zu wickeln, wie kleine Kinder.

»Ich bin so froh, dass du gekommen bist!«, rief jemand aus einer weiteren Gruppe am anderen Ende der Halle. Immer mehr Mädchen ließen ihre Begleitung stehen. Sie bewegten sich aufeinander zu, wurden unweigerlich zueinander hingezogen, wie die unzähligen Staubteilchen, die sich zusammensammeln, um einen neuen Stern zu bilden. Was bewirkt, dass solche Dinge geschehen? Vielleicht die zahlenmäßige Stärke. Oder vielleicht werden kleine Dinge so zu etwas unmöglich Großem. Oder vielleicht bevorzugten sie alle einfach die Gesellschaft von Mädchen. Und ganz ehrlich. Warum sollten sie das auch nicht?

Etwas veränderte sich in der Luft, nur ganz leicht. Ich spürte es zuerst an meinen Haaren – ein trockenes, durchdringendes Gefühl, als wären sie statisch aufgeladen. Ich traute mich nicht mehr, auch nur irgendetwas anzufassen, aus Angst, einen Schlag zu bekommen.

Die Grüppchen schwebten näher, machten mir und allen anderen Komplimente und schwebten dann wieder davon. Sie wirbelten umher, brachen auseinander, bündelten sich wieder – ein Tanz der Anziehung, Anlagerung, Zündung und Beschleunigung. Die Mädchen glitten mit verschlungenen Armen über die Tanzfläche, die Wangen aneinandergedrückt, während sich ihre Haare zu komplexen Liebesknoten verwoben. Sie waren wunderschön und schwindelerregend. Ich gehörte nicht dazu, war nicht Teil dieser Vertrautheit, dieser Nähe, von alledem. Das war ich noch nie gewesen. Meine Mutter hatte auch keine Freunde gehabt, nur ihre Schwester und sonst niemanden. Auch ich hatte meine Schwester. Und sonst niemanden. Ich wusste ja nicht einmal, wie es anders sein könnte. Ich war schon immer das Mädchen gewesen, das abseitsstand. Ein einsamer Stern in einem Meer von Galaxien. Ich war immer glücklich, das abseitsstehende Mädchen zu sein. Oder war es immer gewesen. Jetzt war ich mir da nicht so sicher.

Eine Drachin hielt an einem der westlichen Fenster inne. Blattgrün mit apfelroten Augen. Sie zwinkerte mir zu. Randall bemerkte meinen Blick, runzelte die Brauen und verzog grimmig den Mund. »*Wehe*, die ruinieren den Abschlussball«, knurrte er. »Das ist unser Abend. Das wäre echt nicht fair.«

Ich sah ihn an. »Wie sollten sie den Ball schon *ruinieren*?«, fragte ich. »Sie sind doch nur Drachinnen.«

Er verschluckte sich, wurde wieder rot, doch dann wappnete er sich und entschied, die Zähne zusammenzubeißen. »Du weißt schon. Indem sie sind ... was sie nun mal sind.« Er leerte sein Glas. »Und all der Unsinn, den das mit sich bringt. In der Öffentlichkeit noch dazu. Wo alle es sehen können. Das gehört verboten. Mein Vater sagt, im Krieg hätte man das nie geduldet.«

Ich lachte laut auf. »Wovon redest du denn da? Natürlich hätte man«, sagte ich. »Man hätte gar keine andere Wahl gehabt.«

Randall wurde noch einen Zacken roter, aber diesmal nicht vor Verlegenheit. Er mochte es nicht, wenn ich über ihn lachte, so viel stand fest. Seine Miene versteinerte sich. »Na du weißt schon. Im Krieg gibt es, also, Regeln. Und Ehre. Und, du weißt schon. Soldaten, die Befehle befolgen. Und bewaffnet sind.« Er blickte finster zum Fenster.

»Randall Hague, das ist das Lächerlichste, was ich je gehört habe.« Ich wusste nicht, warum er mich so wütend machte. Aber etwas an der Art, wie er mit mir sprach, entfachte eine glühend heiße, helle und gewaltige Wut in meiner Brust. Ich dachte, ich würde sie niemals bändigen können. »Kugeln können ihnen nichts anhaben. Es geht nicht darum, irgendetwas zu dulden oder nicht. Es geht darum, zu akzeptieren, dass die Welt nicht mehr so ist, wie du geglaubt hast, dass sie einmal war. Wir dachten, es gebe keine Drachinnen, und dann gab es sie doch. Wir dachten, die Drachinnen seien alle verschwunden, aber jetzt sind sie hier. Jegliche Wahl, die wir in dieser Angelegenheit zu haben glauben, ist eine Illusion.«

Randall funkelte mich böse an. »Das ist eine äußerst unamerikanische Ansicht.«

Ich schnaubte. »Ach, wirklich.« Ich drückte ihm mein Glas in die Hand und verschränkte die Arme vor der Brust. Ich versuchte mein Gesicht zu beherrschen, aber ich bin mir ziemlich sicher, dass meine Miene grimmiger und strenger war, als ich beabsichtigt hatte. Nun wurde Randall blass und wich ein Stück zurück. »Erklär mir doch bitte, inwiefern.« Ich hielt einen Finger hoch, bevor er überhaupt anfangen konnte. »Aber bitte stell eine klare These auf und nutze logische und durch Beispiele untermauerte Argumente. Ich kann es kaum erwarten, deine Schlussfolgerungen zu hören, und bin mir sicher, dass du meine unverblümte Meinung dazu sehr zu schätzen wissen wirst.« Randall zuckte zusammen. Kurz dachte ich darüber nach, dass ich genau darum womöglich mit so wenigen Leuten befreundet war. Ich beschloss, dass es mir egal war.

»Äh …«, stutzte Randall.

»Lass dir ruhig Zeit.« Ich warf einen Blick auf meine Uhr. »Ich kann warten.«

Das musste ich aber nicht. Eine weitere Gruppe aus Rüschen und Röcken und grazilen Armen wirbelte an uns vorbei und packte mich an der Schulter. »Nur für Frauen!«, riefen sie vergnügt. »Ihr Jungs könnt zusehen und noch was lernen.« Und damit wurde ich in das Gewirr aus Armen, Bändern und in Strumpfhosen gehüllte Beine hineingezogen, von der Gravitation der Mädchen absorbiert.

Drachinnen ließen sich an den Fenstern nieder und spähten in die Sporthalle, die Tatzen gegen die Scheiben gedrückt. Niemand schien es zu bemerken. Ich konnte den Blick nicht abwenden. Die Mädchen waren zu sehr damit beschäftigt, zu tanzen, ganz und gar in den Moment vertieft. Die Jungen waren zu sehr damit beschäftigt, finster dreinzublicken, ganz und gar über ihr Verhalten empört. Ich war beides, anwesend und abseits, beobachtete und wurde beobachtet, war hier und überall, damals und heute. Eine Dichotomie und ein Paradoxon. Ich war in allen Momenten zugleich. Die Musik spielte weiter und weiter, schlang sich ineinander und umeinander, zurrte sich fest. Die Mädchen wanden sich und wirbelten über die Tanzfläche, schlängelten sich vom einen Ende zum anderen, durch die Berührung ihrer Hände miteinander verwoben. Zwei Jungen prügelten sich am Getränketisch. Der eine schlug dem anderen die Nase blutig, nur um dann geradewegs in den Punsch gestoßen zu werden und in einer klebrigen Pfütze auf den Boden zu krachen. Niemand sonst sah zu den Drachinnen auf. Ich konnte den Blick nicht von ihnen abwenden. Ich musste an den Tag im Krankenhaus denken, als meine Mutter gestorben war, und wie sehr ich mir gewünscht hatte, dass meine Tante durchs Fenster gestürzt kommen würde, um uns zu retten – in einer Explosion aus Wut, Trauer und Rache. Aus Hoffnung, Fürsorge und Verbundenheit. Alles zugleich. Doch sie war nicht gekommen und auch jetzt blieben die Drachinnen, wo sie waren. Wieder einmal fand ich mich in allen Augenblicken gleichzeitig wieder, in der Vergangenheit und der Gegenwart und der beängstigenden Zukunft. Die Fäden der Zeit und des Raums zogen sich durch meine Erlebnisse, überkreuzten einander und bildeten in meinem Innersten einen Knoten, wo sie sich alle gegenseitig berührten – jeder Ort, jeder Moment, jeder Herzschlag, jede einzelne Zeiteinheit, jede Windung im Faden meines Lebens. Die Musik pulsierte. Zwei Hände schnappten sich meine und wirbelten mich herum, sodass die Welt sich zu drehen begann. Als meine Mutter starb, war sie nur noch eine Hülle dessen, was sie einst war – Papier und Staub und Luft. *(Der Hain verwelkt, der Hain verwelkt und dorrt.)* Ein weiteres Mädchen schlang seinen Arm um meine Taille und ich spürte die Wärme seiner

Hüfte, die sich an meine schmiegte, und mir wurde schwindlig, weil die Erde unter meinen Füßen wankte. Als ich vier Jahre alt war, sah ich eine Drachin und an diesem Tag lernte ich zu schweigen; mir wurde nichts erklärt, ich hatte nichts, woran ich mich orientieren konnte, keinen Leitfaden, um das Erlebte zu verstehen oder einzuordnen. Die Erwachsenen in meinem Leben hatten gehofft, dass ich es einfach vergessen würde, und mich dadurch beinahe gezwungen, es tatsächlich zu vergessen. Ein Mädchen fuhr mit einem behandschuhten Finger mein verschwitztes Schlüsselbein entlang und meinen Arm hinab. Ein Schauer durchfuhr mich. Meine Tante hatte ihr Haus zerstört und ihr Leben zurückgelassen, sodass meine Cousine zu meiner Schwester und ein ganzer Zweig meiner Familie für immer ausgelöscht wurde. Oder zumindest hatte ich das geglaubt. Ein Mädchen legte die Rückseite ihrer Finger an meine Wange und betrachtete mein Gesicht. Ich spürte, wie mein Nacken errötete. In ihren Augen funkelten Galaxien. Es gab Drachinnen, die den Kosmos und die Meere erkundeten, und Drachinnen, die sich tief im Dschungel niedergelassen hatten – sie waren gegangen, ohne zurückzublicken. Wir dachten, sie würden niemals zurückkehren. *Sie hätten nie zurückkehren sollen.* Und doch waren sie hier. Die Musik schwoll an. Ich spürte es bis in die Knochen. Die Mädchen wirbelten auf der Tanzfläche umher. Sie zogen einen in ihren Bann und waren selbst wie gebannt. Sie bewegten sich wie ein einzelner Organismus – oder vielmehr, als hätten sie ein einzelnes kollektives Bewusstsein. Ein Schwarm Mädchen. Eine Schar Frauen. Eine Traube Tänzerinnen. Sie warfen den Kopf in den Nacken, ekstatisch, genussvoll. Mit ihrem ganzen Körper strahlten sie Lebensfreude aus – ganz einfach entzückt, *genau diese* Person in *genau diesem* Moment zu sein und *genau jetzt* dieses Leben zu leben. Wangen wurden rosig. Lippen wurden rot. Finger verweilten ineinander verschlungen und Hüften schmiegten sich aneinander, vom sanften Rascheln der Röcke begleitet.

Ich war ein Teil von ihnen, aber zugleich auch nicht. Mir war bewusst, dass ich nicht zu ihnen gehörte. Es *tat weh.* Doch es war auch *interessant.* Die Erinnerung an diesen Moment ist mit all meinen anderen Erinnerungen verwoben – mein eigener gordischer Knoten. Diese rosigen Wangen und vollen roten Lippen überschneiden sich mit dem letzten rasselnden Atemzug meiner Mutter, meinem neben der Flasche zusammengesackten Vater, dem Ausdruck auf Sonjas Gesicht, als sie davongeschleift wurde, den bebenden Schluchzern von Beatrice, als sie in meinen Armen lag. Sie alle sind in der Zeit verankert und gleichzeitig davon losgelöst, sodass ich sie alle auf einmal erlebte. Ich streckte die Hand aus. Ich weinte. Ich sehnte mich. Ich hielt mich fest. Ich drehte mich weg.

An den Fenstern seufzten die Drachinnen. Und wie sollte es auch anders sein? Sie waren wunderschön, die Mädchen, so atemberaubend schön. Und vielleicht war ich das auch. Ich hob die Arme und begann herumzuwirbeln. Es fühlte sich so gut an, einfach loszulassen. Nur einen Moment lang. Ganz und gar.

Der Gitarrist hörte auf zu spielen. Die Schlagzeugerin ebenso. Die Hornbläser merkten es nicht. Sie spielten verbissen weiter.

»Hört sofort auf!«, keuchte Schwester Leonie.

»Mädchen«, rief Mr. Reynolds. »Hört auf zu tanzen.«

Sie hörten nicht.

Ich sah näher hin, fing an, sie wie eine Wissenschaftlerin zu beobachten: unvoreingenommen, distanziert. Obwohl die Musik größtenteils verstummt war, tanzten die Mädchen immer leidenschaftlicher, immer ungestümer. Ich stand still und sah ihnen zu. Und dann verstand ich. Ihre Münder glitzerten. *(Ich berührte meinen Mund, er war unverändert.)* Ihre Augen weiteten sich. *(Ich berührte meine Augen, auch sie waren wie immer.)* Sie hoben den Blick himmelwärts. Es roch nach Zimt und Nelken und Phosphor – ein heißer Geruch. Maeve O'Haras Fingernägel wurden länger und schmaler, sie krümmten sich zu hübschen Krallen. Loretta Nowaks Lächeln färbte sich golden. Ich wünschte mir plötzlich, ich hätte ein Notizbuch dabei, um mir alles aufzuschreiben. Meine Beobachtungen zu dokumentieren. Den Fakten zu folgen. Ich blickte zu den Fenstern. Die Drachinnen klopften an die Scheiben.

»Oje«, entfuhr es mir.

Marlys Larsens Lippen legten sich auf Betty Sheas hübschen Mund und sie küssten einander leidenschaftlich. Die Nonnen standen da wie gelähmt. Niemand rührte sich, bis auf die tanzenden Mädchen. Alice Cummings starrte fasziniert auf die Krallen, die ihr vorn aus den offenen Schuhen wuchsen. Sie fuhr mit dem Daumen vorn an ihrem Ballkleid entlang und seufzte, als es von ihr abfiel. Sie machte einen Schritt vor – mit nackten Füßen und nackten Beinen, leicht schiefen, aber dennoch bildschönen Brüsten und sanft gelockten Schamhaaren. Sogar der Blutstropfen, der die Rundung ihres Oberschenkels hinabrann, war wunderschön. Mir blieb beinahe der Atem weg. Sie war einfach *so was von schön.*

Randall Hague, mit den zwei Gläsern Punsch in der Hand, fand seine Stimme wieder. »HEY, WAS SOLL DAS?«, brüllte er.

»Halt den Mund, Randall«, fuhr ich an. Ich legte die Hände auf mein Herz. Wir waren von so viel Schönheit umgeben, dass mir die Knie ganz weich wurden.

Ich stellte erschrocken fest, dass die Musik gänzlich verstummt war. Ich wusste nicht, wann. Die Zeit hatte so gut wie keine Bedeutung mehr. Vielleicht tanzten die Mädchen einfach zu der Stille oder aber zu ihrer ganz eigenen Musik. Stimmte es, dass meine Mutter sich hätte drachenwandeln können? Ich dachte an die Nonnen in der Schule, an Mrs. Gyzinska, an meine Stiefmutter, an die Witwe, die in diesem Moment auf Beatrice aufpasste. Hörte jeder den Ruf? Würde ich ihn hören? Würde ich gehen, wenn ich ihn hören könnte? War es möglich, dass manche Menschen ihn zwar hörten, aber nicht verstanden? War es möglich, dass manche Frauen nicht gerufen wurden? Ich strich über die Spitze meiner Mutter, jeder Knoten kam einem Versprechen gleich. Ich stellte mir vor, wie ihre Finger jeden einzelnen knüpften. Ein Knoten verbindet zwei grundverschiedene Dinge zu einem unveränderlichen Ganzen. War ich meine Mutter? War meine Mutter ich? War sie hier bei mir, mit ihren Fingern auf den Knoten, die ich nun in meinen Fingern hielt? Ich wusste es nicht. Mir war schwindelig. So viel Schönheit umgab uns.

Eunice Peters hatte auf einmal Zähne wie Diamanten. Sie schien es nicht zu merken. Eine der Nonnen färbte sich langsam grün. Auch das merkte niemand. In diesem Gewirr aus Schreien und Bewegung, aus Hitze und Veränderung, aus Wandel und Geschwindigkeit, stand ich wie angewurzelt da, völlig reglos. Ein Fixpunkt in einem sonst chaotischen Universum. Die Drachinnen hielten Wache. Der Augenblick wirbelte um mich herum. *Sie würden sich alle verwandeln*, verstand ich instinktiv. *Bloß ich nicht.* Ich wusste nicht, wieso das so war, nur dass es die Wahrheit war.

Alice ließ den Daumen zwischen ihre Brüste gleiten und mir brach es das Herz. Ich wandte den Blick ab. Ich konnte es nicht ertragen, sie gehen zu sehen.

Es wurde heiß in der Halle. Gesichter röteten sich. Haut glänzte vor Schweiß. Eine Drachin blinzelte auf der Tanzfläche. Alice war nicht länger sie selbst. Nein, das stimmte nicht. Sie war mehr als sie selbst. Sie war Alice, nur entfesselt. Sie war Alice, durch sich selbst verstärkt und vergrößert. Sie war unendlich viele Facetten von sich selbst. Sie entfaltete ihre noch ganz neuen Flügel und stieß einen Freudenschrei aus. Die Fenster barsten.

Glassplitter, so hart und hell wie Erinnerungen, prasselten plötzlich herab. Sie schillerten und funkelten auf dem Boden.

Die Drachinnen kamen hereingeflogen.

Neue Drachinnen erhoben sich in die Lüfte.

Kleider bedeckten den Boden. Mädchen, die sich nicht drachengewandelt hatten, tanzten nackt weiter. Mädchen mit Drachenaugen und Drachenmündern. Stacheln brachen aus Wirbeln hervor. Zarte Haut verwandelte sich in glänzende Schuppen. Krallen wanden sich aus lackierten Zehen.

Ich machte einen Schritt zurück. Die Jungen waren wie gelähmt. Meine Hände blieben, wie sie waren, mein Mund blieb, wie er war, ich war nicht dabei, mich drachenzuwandeln. Ganz und gar nicht. Meine Hände umschlossen die Knoten meiner Mutter. Ich konnte sie nicht loslassen. Ich machte einen langsamen Schritt nach dem nächsten. Maeve drachenwandelte sich. Eunice ebenso. Marlys und Loretta, Emeline und Betty und sechs Nonnen, alle drachenwandelten sie sich. Ich stieß mit einer großen schwarzgrünen Drachin zusammen. Es war meine Tante.

»Marla«, hauchte ich. Beatrice hing an ihrem Hals. Die Arme eines kleinen Mädchens. Die Beine eines kleinen Mädchens. Drachenaugen. Ein Drachenmund. Mir schwirrte der Kopf.

»Nein, Beatrice!«, schrie ich. »Nein, das darfst du nicht!«

*Verlass mich nicht, wenn ich dir nicht folgen kann*, schluchzte mein Herz. *Lass mich nicht allein zurück. Bitte.*

Das Mauerwerk ächzte. Zwei Jungen schrien auf. Die Rückwand der Sporthalle brach zusammen.

Meine Tante reichte mir die Tatze. »Hier wird es gleich gefährlich. Gehen wir.« Ich kletterte auf ihren Nacken und hielt Beatrice in den Armen, dann sauste meine Tante in die Nacht empor.

# 36

In jenem Jahr gab es keine Abschlussfeier. Eigentlich hätte man uns gar keine Zeugnisse geben dürfen, weil wir den ganzen letzten Monat der Schule verpassten. Fast ein Drittel meiner Abschlussklasse war verschwunden. Ich sollte dieses Wort in Anführungszeichen setzen: »verschwunden«. Das war die offizielle Version. Denn sie waren ja nicht verschwunden. Wir wussten ganz genau, was mit den Mädchen passiert war. Und größtenteils wussten wir auch ganz genau, wo sie jetzt waren.

Es betraf auch nicht nur meine Schule. Überall im Land hatten sich Mädchen, wieder einmal massenhaft, in diesem Mai drachengewandelt. Man nannte es das »Kleine Würmleinwandeln«, allerdings nur, wenn es in den Berichten niedlich klingen sollte. Mädchen von gerade einmal zehn bis neunzehn Jahren hatten sich an diesem Tag drachengewandelt.

Das Ausmaß der Verwandlungen kam nicht einmal ansatzweise an die Dimensionen des Großen Drachenwandelns von 1955 heran. Landesweit streiften weit unter dreißigtausend Mädchen ihre Haut ab, um sich entschlossen in die Lüfte zu erheben. In manchen Regionen gab es kaum Drachenwandlungen. Dafür konzentrierten sich die Vorfälle auf verschiedene Gegenden, die willkürlich überall im Land verteilt waren. Ein weiterer Unterschied bestand hierin: Während manche Mädchen die Flügel ausbreiteten und – wie ihre drachengewandelten Mütter und Tanten vor ihnen – davonflogen, um ihr Glück in den Ozeanen, Bergen, Urwäldern oder gar den Weiten des Himmels zu suchen, blieben etliche von ihnen genau dort, wo sie waren.

Die Mädchen, die von ihren Familien verstoßen wurden (was leider häufig vorkam), bildeten in öffentlichen Parks Kommunen oder ließen sich in verlassenen Fabriken oder Scheunen nieder. Die meisten drachengewandelten Mädchen versuchten, weiter in den Unterricht zu gehen, und gingen wie gewohnt am darauffolgenden Montag zur Schule, wo sie ihre überdimensionalen Körper durch schmale Schultore zwängten, nur um daraufhin von der Polizei, den neu gebildeten Antidrachenbrigaden oder manchmal auch von der Nationalgarde aufgehalten zu werden. Schuldirektionen und Oberlehrer reagierten nicht gerade erfreut auf womöglich schwer kontrollierbare Schülerinnen, die obendrein Feuer speien konnten. Sie waren der Ansicht, dass das Risiko des Ungehorsams bei drachengewandelten Schülerinnen einfach zu unberechenbar war. Und wie um alles in der Welt sollten sie unterrichtet werden, wenn man sie nicht beherrschen konnte?, fragten sich die Schulleitungen. Anfänglich verfolgten die meisten Schulen eine strenge Linie. Landesweit befassten sich Leserbriefe an die Zeitungen monatelang ausschließlich mit Drachenthemen. Tränenüberströmte besorgte Mütter der nicht drachengewandelten Mädchen erschienen im Fernsehen und verlangten, dass ihre Töchter vor jeglichen drachenhaften Einflüssen in der Schule geschützt werden sollten. Sie appellierten an die amerikanische Bevölkerung, doch *bitte* an die Kinder zu denken.

Schilder wurden ausgehängt, mit den Worten: ZUTRITT NUR FÜR MENSCHEN.

In den Bibliotheken war man dagegen weitaus verständnisvoller und anpassungsfähiger. Schon bald bildeten sich in Büchereien quer durchs Land kleine Lerngemeinschaften, die auf die besonderen pädagogischen Bedürfnisse der kürzlich drachengewandelten jungen Frauen ausgerichtet waren.

Meine Stadt gehörte auch zu den Gemeinden, die stark von den Verwandlungen betroffen waren. Am Morgen nach dem Abschlussball waren die Drachinnen einfach überall. Sie saßen in den Parks, lungerten an Bushaltestellen herum, sonnten sich unten am Fluss oder unternahmen entlang der Landstraßen ausgedehnte Spaziergänge, bis ihnen wieder einfiel, dass sie fliegen konnten. Kleine alte Damen scheuchten Drachinnen von ihren Rosenbüschen und Obstbäumen fort. Alte Herren bestanden darauf, dass sie sich von ihrem Rasen fernhielten. Polizeibeamte wiesen die Menschen an, weiterzugehen. Doch niemand in einer offiziellen Position machte sich Gedanken darüber, was mit den neuen Drachinnen – von denen die meisten noch minderjährig waren – *geschehen* sollte. Es gab keine einheitliche Strategie. Der Präsident der Vereinigten Staaten hielt zwar eine Ansprache, in der er sich vage über die »neuen Herausforderungen« äußerte, weigerte sich aber zugleich, das Wort *Drachin* auch nur zu erwähnen – so wie er stammelte, wussten jedoch alle, dass er es dachte. Die Nation entschied sich einmal mehr, so zu tun, als wäre alles wie gehabt.

*Nichts war wie gehabt.*

Ältere Drachinnen – von dem Großen Drachenwandeln und anderen spontanen Verwandlungen, die sich nebenbei ereignet hatten – kehrten nach und nach und immer zahlreicher in ihre Heimat zurück. Nicht alle, aber mit der Zeit dennoch eine beträchtliche Anzahl von ihnen. Die Drachinnen tauchten mal hier, mal dort einfach wieder auf. Unangekündigt und ohne ersichtliches Muster. Und doch schien Mrs. Gyzinska immer zu wissen, wann demnächst eine neue Fuhre von ihnen eintreffen würde. Sie hatte neben der Bücherei eine große, überdachte Picknickfläche einrichten lassen und zwei ehemalige Sozialarbeiterinnen (beide drachengewandelt) eingestellt, um die Betreuung und Versorgung zurückkehrender Drachinnen zu koordinieren. Sie beantragte (und erhielt) auch mehrere großzügige Zuschüsse verschiedener Stiftungen, mit denen sie die Schaffung gemeinschaftlicher Lebensräume für Drachinnen in einigen stillgelegten Fabriken im Mittleren Westen finanzieren konnte. Die Drachinnen wussten dies anscheinend zu schätzen. Sie waren nicht zurückgekehrt, um Unruhe zu stiften. Sie blieben eine Weile lang dort, machten sich aber schon bald darauf *an die Arbeit.* Manche halfen auf familienbetriebenen Bauernhöfen aus und bestellten die Felder. Andere engagierten sich ehrenamtlich und verteilten in notdürftigen Gemeinden Essen. Wiederum andere widmeten sich den Flussläufen, die sie säuberten und von achtlos weggeworfenem Industriemüll und wuchernder Vegetation befreiten.

»Also, ich für meinen Teil bin nicht überrascht«, erklärte Mrs. Gyzinska, als sie bei uns vorbeischaute, um mir zur Zeugnisausgabe ein Geschenk zu überreichen – oder vielmehr zum Schulabschluss. »Um unsere Probleme zu lösen, müssen wir alle zusammenarbeiten. Und damit meine ich *alle.* Und Himmel, haben wir Probleme!«

Ein ganzer Trupp Drachinnen tauchte auf, um die Sporthalle zu reparieren, genau wie die Autos, die versehentlich in der Nacht des Abschlussballs umgeworfen worden waren. Sie gründeten Nähzirkel im Park und spendeten Pullover, Babykleidung und Decken an den örtlichen Wohltätigkeitsverein.

»Ignorieren Sie sie einfach«, lautete die Aussage der städtischen Behörden, ohne zu erwähnen, *wen* genau die Leute ignorieren sollten. Als würden die Drachinnen, wenn man sie nicht beachtete, irgendwann einfach von selbst verschwinden.

Doch das taten sie nicht.

*Meine Herren, ich bin gleichermaßen überrascht wie Sie, mich erneut vor diesem Ausschuss wiederzufinden, allerdings, wie ich vermute, aus anderen Gründen. Ich weiß, dass dies für einige von Ihnen eine schwere Zeit ist – schließlich ist es nicht leicht, mit Veränderungen zurechtzukommen. Es kann schmerzhaft sein, sich von den Dingen zu lösen, die wir einst für wahr hielten. Wir haben, wie ich glaube, die mystische Wolke des Nichtwissens erreicht. Oder Kierkegaards* saltus fidei, *den »Sprung in den Glauben«.*

*Es mag seltsam erscheinen, dass ich hier als Wissenschaftler vor Ihnen stehe und erkläre, dass die Wissenschaft keine Antwort hat. Doch in Wahrheit hält sie nur selten Antworten für uns bereit. Vielmehr ermöglicht sie uns, weitere Fragen zu stellen: Sie liefert uns Zusammenhänge, Verbindungen und Hintergrundinformationen. Sie steigert unsere Neugier. Wir können eine Nadel durch die Brust eines Schmetterlings stechen, um seine Flügel zu fixieren und ihn von Nahem zu betrachten, doch wenn wir das tun, werden wir niemals beobachten können, wie ebendiese Flügel mit ihrem Schlag die Luft verdrängen und davonflattern. Wir werden niemals wissen, welchen Weg der Schmetterling einschlagen oder was er als Nächstes tun wird. Wir können nur begrenzt von der Wissenschaft lernen.*

*Sie haben mich hierherrufen lassen, weil manche von Ihnen Töchter haben, die zu Drachinnen wurden. Einer von Ihnen hat einen kürzlich drachengewandelten Sohn, drei von Ihnen drachengewandelte Schwestern, Nachbarinnen und Kolleginnen. Eine drachengewandelte Frau. Ich weiß, das ist schwer zu verarbeiten.*

*Ich weiß auch, dass manche von Ihnen überzeugt sind, dass das Drachenwandeln nicht nur eine katastrophale Tragödie ist, sondern dass es aufgrund seiner gewiss biologischen Natur auch ein biologisches Gegenmittel geben muss.*

*Ich bin hier, um Sie von diesem Irrglauben zu befreien.*

*Ich bin hier, um Sie zu bitten, das zu akzeptieren, was Sie nicht ändern können.*

*Ich bin hier, um Sie darauf hinzuweisen, dass die Menschheit das göttliche Weibliche einst verehrt hat und damals die gesamte Menschheit ihrer Kraft und Stärke – zugleich schöpferisch und zerstörerisch, fruchtbar und unfruchtbar, zugleich Freude und Schrecken – hörig war. Wenn ich aus all meinen Jahren des Forschens eines gelernt habe, dann dies: Die Antwort ist niemals nur eindeutig. Das Teilchen ist die Welle, die das Teilchen ist, das die Welle ist. Letzten Endes ist das gesamte Universum eine Vereinigung von Gegensätzen.*

*Sie haben mich, meine Herren, in der Hoffnung hierherbeordert, zu unterwerfen – mit der Absicht, diese weibliche Größe zu zügeln, sie zu verringern und zu zwingen, sich Ihrer väterlichen Kontrolle zu fügen, damit unsere Kultur vergessen kann, dass sich diese Angelegenheit mit den Drachinnen je ereignet hat. Dies ist eine Unmöglichkeit, meine Teuersten. Auch wenn es wahr ist, dass das Vergessen einem eine gewisse Freiheit gibt – von der unser Land bereits regen Gebrauch gemacht hat –, so gibt einem die Erinnerung eine enorme Macht. In der Tat ist es unser Gedächtnis, das uns beibringt und uns immer wieder daran erinnert, wer wir wirklich sind und schon immer waren. Die Drachinnen sind hier und daran wird sich auch nichts ändern. Erinnern wir uns doch an all die Dinge, die uns zu diesem Moment geführt haben. Erinnern wir uns an all diejenigen, die wir verloren haben. Erinnern wir uns an unsere Liebsten, wie sie waren, damit wir sie annehmen können, wie sie sind, so wie wir auch unser Land annehmen, wie es jetzt ist – verändert, mit*

*Fehlern behaftet und immer noch dabei zu wachsen. So wie wir auch die Welt annehmen müssen.*

*Ich für meinen Teil finde es ganz wunderbar.*

– Aus dem Eröffnungsplädoyer von Dr. H. N. Gantz (ehemaliger Leiter der Abteilung für Innere Medizin am Johns Hopkins Hospital und ehemals wissenschaftlicher Mitarbeiter an den Nationalen Gesundheitsinstituten, dem Medizinkorps der United States Army sowie der Nationalen Wissenschaftsstiftung) an den Ausschuss für unamerikanische Umtriebe, 12. März 1967

# 37

Das erste Semester meines Studiums an der University of Wisconsin hatte längst begonnen, als irgendwann mein Abschlusszeugnis in unserem Briefkasten landete. Es hatte sehr lange gedauert, bis das Postamt meine neue Adresse ausfindig gemacht hatte, und vermutlich darf ich es ihm nicht verübeln. Mein neues Zuhause war doch recht … ungewöhnlich, weshalb die Post nur sporadisch zugestellt wurde.

Der Briefumschlag war zerdrückt und zerknittert, und das Zeugnis selbst sah aus, als hätte jemand Kaffee darüber geschüttet, aber immerhin, es war da. Mein Name war in eleganten Buchstaben geschrieben und ich erhielt die höchste Auszeichnung. Obwohl ich meine Mutter verloren hatte. Obwohl mein Vater mich verlassen und sich seiner Verantwortung entzogen hatte. Obwohl ich ganz allein ein aufbrausendes kleines Mädchen großzog. Trotz der tief sitzenden Trauer. Trotz allem.

Ich hätte meinen Vater angerufen, um ihm davon zu erzählen, doch meinen Vater gab es natürlich nicht mehr. Also rief ich stattdessen Mrs. Gyzinska an.

»Ich habe mich schon gefragt, wann ich von dir hören werde«, sagte Mrs. Gyzinska. »Hast du bei Dr. Gantz vorbeigeschaut, wie ich dich gebeten hatte? Ich habe letzten Monat mit ihm gesprochen und er hat wieder einmal nach dir gefragt.«

Ich war noch nicht bei ihm gewesen. Dafür hatte ich einfach keine Zeit. Ich hatte geglaubt, sofort an der Universität durchzustarten, dass die Antworten zu allen Geheimnissen des Universums mir einfach in den Schoß fallen würden, dass ich neue wissenschaftliche Erkenntnisse so leicht einfangen könnte wie ein Kind, das Glühwürmchen in einem Glas fängt, und mathematische Knoten mit einem einzigen Zug lösen würde. Wie sich herausstellte, war ein Studium harte Arbeit. Dr. Gantz war in einem abgelegenen Labor der medizinischen Fakultät beschäftigt. Er stand nicht im Verzeichnis, aber Mrs. Gyzinska hatte mir die Nummer zu seinem Büro gegeben.

»Ich bin immer noch zu sehr damit beschäftigt, mich einfach nur über Wasser zu halten«, sagte ich.

»Na, ist ja auch nicht so wichtig«, sagte sie und ich konnte sie regelrecht vor mir sehen, wie sie mein Unbehagen mit einer Geste davonwischte. »Aber sieh zu, dass du es einrichtest. Irgendwann. Du wirst noch froh darüber sein.«

Sie wartete, dass ich etwas erwiderte. Ich schluckte. Ich wusste nicht, was ich sagen sollte. Auf einmal fühlte es sich seltsam an zu sagen, *warum* ich sie angerufen hatte oder *was* ich von ihr wollte – suchte ich nach Anerkennung? Nach Zuspruch? –, und erst war es mir schrecklich peinlich, dann war ich einfach nur genervt, dass es mir so peinlich war.

Mrs. Gyzinska bemerkte mein Zögern. Sie räusperte sich entschlossen und fuhr fort. »Ich wollte mich sowieso schon bei dir melden. Allerdings haben mehrere«, sie hielt inne und ich konnte hören, wie ihre Fingerknöchel gegen das Holz ihres Schreibtisches trommelten, »mehrere *interessante* Projekte meine Zeit in Anspruch genommen.« Ich wusste, dass sie ihre Arbeit mit den neuen Drachinnen meinte. Auch wenn es eine Handvoll Schulen gab, die sich der bundesstaatlichen Anordnung widersetzten, die es Drachinnen verbot, Grundschulen und Highschools zu besuchen, war ich ziemlich sicher, dass meine alte Schule nicht dazugehörte. Natürlich würde Mrs. Gyzinska keine Mühe scheuen, um diese jungen Drachinnen allesamt unterzubringen. Es entsprach nicht ihrem Wesen, es stillschweigend zu dulden, wenn die Bildung eines Menschen beeinträchtigt wurde. Vor allem die eines Mädchens. Oder in diesem Fall einer Drachin.

Später fand ich heraus, dass sie auf dem leeren Gelände neben der Bücherei den Bau eines vorgefertigten Flugzeughangars beauftragt hatte – für die Drachinnen, die bei ihren Familien nicht länger willkommen waren und auch sonst niemanden hatten – und anschließend an der Westseite Elefantentüren hatte einbauen lassen, damit sie kommen und gehen konnten, wie es ihnen beliebte. Sie rüstete das Auditorium zu einer Art Klassenzimmer um und hängte ein Schild mit der Aufschrift DIESE BIBLIOTHEK IST FÜR ALLE DA am Eingang auf, mit dem sie alle Leute auf dem Feldzug gegen Drachen herausforderte, ihr zu widersprechen (und helfe ihnen Gott, wenn sie das wagten). Sie war bekannt dafür, dem gelegentlichen Protestler vor der Bücherei einen kräftigen Hieb mit ihrer überraschend schweren Handtasche zu versetzen. Das war die Sache mit Mrs. Gyzinska: Sie war wirklich hervorragend darin, sich an einen heranzuschleichen.

Ich erzählte ihr von Beatrice und ihrer neuen Schule. Ich erzählte ihr, dass sie noch kein einziges Mal in Schwierigkeiten geraten war, obwohl es schon November war – eine persönliche Spitzenleistung. Ich erzählte ihr von den Büchern, die Beatrice in letzter Zeit gelesen hatte, und dass sie lernte, zu malen und aufwendige Metallskulpturen zu bauen, die sich im Wind drehten, und sich seit Neuestem mit dem Brennen von Keramikwaren befasste. Dabei erwähnte ich nicht, wieso sie Zugang zu solchen Dingen wie Metallschmieden oder Hochtemperaturöfen hatte oder wie solche Dinge für ein Kind ihres

Alters überhaupt sicher sein konnten. Doch Mrs. Gyzinska fragte nicht weiter danach.

»Nun«, sagte sie. »Beatrice gehört zu der Sorte Mädchen, die durch ihre übergroße Präsenz immer alle anderen in den Schatten stellen wird. Ich meinerseits habe schon immer fantastische Dinge von ihr erwartet. Und wie geht es ...« Sie machte eine lange Pause. »Wie geht es dem *Rest* der Familie, Liebes? Den ... größeren Mitgliedern.«

*Gottverdammte Bibliothekarin*, dachte ich. *Wie konnte sie nur davon wissen?*

Es hätte mich nicht überraschen sollen. Natürlich wusste sie es. Schließlich war sie Mrs. Gyzinska. Ich seufzte.

»Gut«, sagte ich. »Allen geht es ... Na ja. Wir sind noch dabei, uns aneinander zu gewöhnen. Aber sie sind ausgesprochen nützlich, um ehrlich zu sein. Trotzdem ist es eine Umstellung.« Ich verzog ein wenig das Gesicht. »Also damit meine ich, es ist vor allem eine Umstellung *für mich*. Beatrice ist natürlich begeistert. Ich für meinen Teil ... nach allem, was passiert ist. Mir fällt es noch schwer, es zu begreifen.« War ich zu doppeldeutig? Hörte ich mich an, als wäre mir unbehaglich zumute? Klang ich vielleicht sogar voreingenommen? Wahrscheinlich. Es fiel mir noch immer nicht leicht, über solche Dinge zu reden. Ich nahm einen langsamen Atemzug. »Es ist merkwürdig. Ich habe mich so lange nach Hilfe gesehnt, während ich Beatrice allein großgezogen habe. Aber jetzt, da ich welche bekomme – und ich bekomme wirklich *so viel* davon –, kommt sie mir schon fast aus den Ohren heraus und wächst mir über den Kopf ... Und ich weiß, dass sie es nur gut meinen, *das tue ich*. Es ist nur so, dass sich *zu viel Hilfe* manchmal irgendwie ...«, ich suchte nach den passenden Worten, »lästig anfühlt.« Was ich da sagte, war unfair und undankbar. Das wusste ich. Und ich sorgte mich schlagartig, dass Mrs. Gyzinska schlecht über mich denken könnte. »Das ist das falsche Wort. Es ist einfach nur *viel.* Wissen Sie, was ich meine?«

Anders, als ich erwartet hatte, lachte sie, leise und rau, gefolgt von mehreren trockenen Hustern.

»Absolut«, sagte sie und hustete erneut, und zwar so heftig, dass sie die Hand über den Hörer legte, um zu verbergen, wie schlimm es wirklich war. Ich hörte es aber dennoch. Mein Vater hatte genauso gehustet. »Entschuldige, die Erkältungszeit ist da. Aber von so einer kleinen Erkältung lass ich mich nicht unterkriegen.«

Sie konnte nicht wissen – und ich genauso wenig –, dass es genau so eine kleine Erkältung sein würde, die sie etwas über ein Jahr nach ebendieser Unterhaltung doch unterkriegen würde. Was als Erkältung anfing, würde sich zu einer Lungenentzündung ausweiten, die am ersten Weihnachtstag 1965 ihr Leben beenden sollte. Die Erinnerung an das, was bevorstand, und die Erinnerung an das, was genau an diesem Tag gesagt wurde, sind für mich nun untrennbar miteinander verbunden. Eine Erinnerung in einer Erinnerung. Das Schmerzliche und das Schöne, die beide nebeneinander bestehen, an demselben kleinen Ort. Jetzt, in *diesem* Moment, in dem ich mich gerade befinde, kann ich nicht an diese Unterhaltung zurückdenken, ohne dass mir die Tränen kommen.

Ich erzählte ihr von meinem Abschlusszeugnis – und dass ich mit der höchsten Auszeichnung bestanden hatte.

»Ja, ich weiß«, sagte sie und hustete wieder. »Ich wünschte, deine Mutter könnte es sehen. Ich weiß, dass wir am Ende unsere Differenzen hatten, trotzdem lag sie mir sehr am Herzen. Und ich weiß auch, wie wichtig ihr deine Ausbildung war und was sie nicht alles gegeben hätte, um sicherzustellen, dass du sie fortsetzen kannst. Sie wäre sehr stolz auf dich gewesen, Alex. Und ich bin mir sicher, dass sie das ist, in genau diesem Moment, auf irgendeiner anderen Ebene des Daseins.«

Auf einmal konnte ich das Zeugnis nicht mehr ansehen. Meine Mutter fehlte mir so sehr, dass ich kaum zu sprechen wagte. Ich hielt den Atem an, um nicht zusammenzubrechen.

»Mrs. Gyzinska«, brachte ich stockend heraus. »Ich. Was ich sagen will. Danke. Für alles.«

Wieder hustete sie. »Nun, ich habe nichts groß gemacht. Und jetzt zählt allein, was als Nächstes passiert. Ich persönlich vermute ja, dass es ziemlich interessant werden wird. Du nicht auch?«

Wir plauderten noch ein wenig – über mein Studium, welche Professoren schrecklich waren und über ein paar Bücher, die sie vor Kurzem gelesen hatte –, dann verabschiedeten wir uns. Später tauschten wir zwar noch Briefe aus, doch dieses Telefonat war das letzte Mal, das ich mit ihr sprach.

Ich ging auf das Dach des Gebäudes, in dem wir jetzt lebten, wo wir uns unter freiem Himmel ein kleines Wohnzimmer eingerichtet hatten, samt einem alten, wetterfesten Teppich. Um eine große Feuerstelle aus Backsteinen standen ein paar schäbige Stühle und mehrere besonders robuste Bänke. Ich holte aus der Tonne mit dem Anzündholz eine Handvoll Stöcke und aus der Papiertonne eine Zeitung, dann stapelte ich alles übereinander und zündete es an. Es dauerte nicht lange, bis das Feuer vor mir loderte. Ich starrte eine ganze Weile auf das Zeugnis, das ich mitgebracht hatte, und dachte an meine Mutter, deren Körper am Ende nicht mehr als eine hauchdünne, papierne Hülle gewesen war. Und an meinen Vater, der sich in seine Arbeit geflüchtet hatte, dann in die Flasche und schließlich ins Nichts. Ich dachte an unser Haus, das meine Mutter so sorgfältig gepflegt hatte und nun ebenfalls verschwunden war, in einem lodernden Moment aus Hitze und Rauch und Flammen.

»Hier, Mom, für dich«, sagte ich und drückte das Zeugnis an mein Herz, dann legte ich es ins Feuer und sah zu, wie es verbrannte. *»Hier an dem stillen Grenzbezirk der Welt«*, sagte ich laut auf, *»Mit weißem Haar, ein Schatten, der durchschweift, / Gleich einem Traum, des Ostens stummes Reich, / Der Nebel Flor, des Morgens goldne Hallen.«*

Ich habe nie verstanden, warum sie dieses Gedicht über Tithonos so sehr liebte, weder als sie lebte noch nachdem sie gestorben war, auch nach all diesen Jahren nicht. Was mich allerdings nie davon abhielt, es aufzusagen und im Herzen zu bewahren. Die Worte, die sie geflüstert hatte, wurden zu denen, die ich flüsterte. Ich trug sie wie ein Kleid, das einem theoretisch passen sollte, aber sich doch falsch anfühlt. Verwelkt unsere Erinnerung ebenso? Verschrumpelt und vertrocknet sie und fällt in sich zusammen? Ist sie eine Grille in der Tasche einer Göttin, die nur durch die Macht einer fehlgeleiteten Liebe lebt? Wenn ich an den Erinnerungen an meine Mutter festhielt, bedeutete das, dass sie noch immer bei mir war? Konnte die Erinnerung sehen, was ich sah, fühlen, was ich fühlte? Ich war ein mutterloses Mädchen und doch war meine Mutter noch immer bei mir, *immerzu*. Trotzdem war es nicht genug. Ich schloss die Augen und roch den Rauch und hörte zu, wie das Papier verbrannte. Ich sah es vor meinem geistigen Auge und versuchte dabei, das Auge meiner Mutter zu finden. Ich hoffte, dass sie es sehen konnte. Ich hoffte, dass sie *mich* sehen konnte. Ich hoffte, dass sie in ihrem Tod größer als sie selbst geworden war. Größer als eine Drachin. Größer als alles.

# 38

Ich war ganz und gar keine typische Studentin. Erstens wohnte ich ziemlich weit von jeglichen Studentenwohnheimen entfernt, in einer Straße mit lauter alten Fabrikgebäuden und Warenhäusern, in der wir die einzigen Anwohner waren. Zweitens hatte ich eine Zehnjährige großzuziehen, noch dazu eine, deren Blick unablässig am Himmel haftete und die täglich von mir verlangte, sich drachenwandeln zu dürfen.

»Noch nicht«, sagte ich jeden Tag. »Bitte noch nicht.« Wobei ich, wie mir damals auch bewusst wurde, auf die Idee immer weniger emotional und angespannt reagierte. Es fühlte sich eher an wie ein Hinausschieben des Unvermeidlichen. Außerdem kam mir die Unterscheidung zwischen der körperlichen Gestalt immer willkürlicher vor. Vielleicht ist dies eine Funktion des Studentenlebens: Wir entledigen uns unweigerlich unserer fest verwurzelten Vorstellungen. Oder aber, was wohl wahrscheinlicher war, Beatrice machte mich einfach langsam mürbe. Jeden Tag wenn ich sie zur Schule brachte und einer der Drachenschwärme der Nachbarschaft über unsere Köpfe hinwegflog, sah ich den Ausdruck auf ihrem Gesicht, mit dem sie die Drachinnen beobachtete. Einen Ausdruck voller Schmerz, Hoffnung und Sehnsucht. Drachengewandelte Kinder waren in keiner der Grundschulen der

Gegend willkommen, was mir meine ursprüngliche Ausrede verschaffte, warum jegliche größere Verwandlungen aufgeschoben werden sollten – schließlich war es ein absolutes Muss, dass Beatrice zur Schule ging, und darüber würde ich auch nicht mit mir diskutieren lassen. Doch wie lange würde das noch so bleiben? Immerhin gab es schon Drachinnen, die die Universität besuchten. Und solche, die in die Kirche gingen oder sich mit ihrem Freundeskreis im Park trafen oder vor dem Kapitol demonstrierten. Jeden Tag auf dem Weg zur Schule sah Beatrice Drachinnen, die halfen, die Bäume zu schneiden und die Seitenstraßen zu verschönern oder der Müllabfuhr zur Hand gingen.

Es schien, als wären die Drachinnen überall.

Ganz abgesehen von den Drachinnen, die in unserem Haus wohnten.

Im Mai, an jenem schrecklichen und zugleich wundervollen Abend des Abschlussballs, als Scharen kürzlich drachengewandelter Mädchen ihre Kleider auf den Boden warfen und sich freudig in die Lüfte erhoben, brachte mich Tante Marla schnell aus der einstürzenden Sporthalle in Sicherheit. Atemlos landeten wir auf dem Gehweg vor unserer Wohnung. Beatrice hatte ihre unvollständige Wandlung wieder rückgängig gemacht und war von dem ganzen Vorgang so erschöpft, dass sie sich auf die Eingangstreppe setzte und auf der Stelle einschlief. Meine Tante sah mich an, auf einmal mit einem wilden Ausdruck in den Augen. Ihr war gerade ein Gedanke gekommen.

»Dein Vater hat sie nie entdeckt, oder?«, fragte meine Tante eindringlich. Sirenen durchdrangen die Abendluft. Drachinnen kreisten am Himmel. Ein Auto bretterte die Straße entlang und kam mit quietschenden Reifen und in voller Kehrtwende zum

Stehen, als der Fahrer Marla auf dem Gehweg erblickte. »Die Konten?«

»Welche Konten?«, fragte ich.

Sie schlug sich die Tatzen vor den Mund. »Was hast du noch von deiner Mutter? Zeig es mir, alles«, sagte sie.

Marla erklärte mir, sie habe darauf bestanden, dass meine Mutter vor ihrer Hochzeit auf ihren eigenen Namen ein Konto eröffnete, ein weiteres auf meinen Namen, als ich geboren wurde, und dann noch eins, als Beatrice ein Baby war. Alle drei waren bei einer Bank in Madison angelegt, wo mein Vater sie nicht finden würde.

»Zuerst haben wir alles eingezahlt, was unsere Eltern uns hinterlassen hatten – ihre Ersparnisse, was von dem Verkauf ihres Hofs übrig geblieben war, nachdem die Bank ihren Anteil bekommen hatte, eine armselige Lebensversicherungspolice –, und dann haben wir jeden Monat selbst ein wenig eingezahlt. Deine Mutter musste es vor deinem Vater verbergen, was jedoch nicht sonderlich schwierig war, weil er sich nie um die Haushaltsausgaben gekümmert hat. Er war einfach, und das meine ich absolut ernst, ein sexistischer, nutzloser Trottel. Das Geld, das ich beigesteuert habe, ist aber nichts verglichen mit dem, was deine Mutter daraus *gemacht* hat. Ich habe dir davon erzählt, weißt du noch? Ich habe dir gesagt, dass sie mit Zahlen zaubern kann, und das meinte ich ernst. Sie musste sie nur ansehen, und schon sind sie gestiegen.« Tränen funkelten in Marlas Augen. »Wir haben nie auch nur einen Cent angerührt. Sie hat immer gesagt, wir würden die Konten im richtigen Moment nutzen. Und ich glaube, dass dieser Zeitpunkt gekommen ist. Zeig mir, was du von ihr hast.«

Ich ging hinein, Marla blieb draußen und reckte den langen Hals nach oben, sodass ihr Kopf auf dem Fensterbrett ruhte. Beatrice war überglücklich. Sie schlug bloß kurz die Augen auf und doch war sie es. Überglücklich. Eine Drachin. Eine *echte*

Drachin. Genau hier in unserer Wohnung. Na ja, nur ihr Kopf, aber *immerhin*. Was für ein wunderbarer Tag!

(*Wie sollen wir sie nennen?*, fragte Beatrice, bevor sie abermals einschlief. *Sie ist meine Tante*, erklärte ich ihr. *Mutter hat nicht gerne über sie gesprochen. Es war zu traurig, nachdem sie gegangen war.* Ich war noch nicht bereit, Beatrice die ganze Geschichte zu erzählen, und wusste nicht, wann ich jemals so weit sein würde.)

Nachdem ich zu viele Minuten damit verschwendet hatte, die planlosen Ordner zu durchkämmen, die mein Vater über die Jahre vorbeigebracht hatte – Kisten aus der Bank, mit Geburtsurkunden und Taufdokumenten und dergleichen gefüllt –, kam mir endlich in den Sinn, die geschnitzte Holzkiste meiner Mutter zu öffnen. Die, die mein Vater mir im März gegeben hatte und immer noch in meinem Schrank versteckt war. Meine Hände zitterten, als ich sie auf meinem Schoß festhielt. Marlas Augen weiteten sich.

»Oh«, sagte sie, ihre Stimme kaum mehr als ein Flüstern. »Die habe ich für sie gemacht, vor einer Ewigkeit.«

Ich entriegelte den Verschluss und öffnete sie, der Duft von Rosmarin, Ringelblumen und Thymian hüllte mich plötzlich ein. Ich schloss einen Wimpernschlag lang die Augen und atmete ihn tief ein. Die Schachtel schien einfach nur eine Sammlung von Andenken und Erinnerungsstücken zu enthalten: alte Fotos, ein Gesangbuch, mehrere Ringe, eine Knochenschnitzerei von einem verdutzt dreinblickenden Fisch, eine Kette mit einem Siegelanhänger, winzige, gänzlich aus Knoten geknüpfte Puppen und einen uralten Rechenschieber. Ich entdeckte den doppelten Boden sofort. Ich nahm ihn zusammen mit dem restlichen Inhalt heraus und fand darunter zwei braune Briefumschläge, die jeweils die wichtigsten Informationen zu den Konten enthielten, samt Namen, Adresse und Telefonnummer des netten Herren, der beide verwaltete.

Am nächsten Tag bestand meine Tante darauf, mich trotz meiner lebhaften Einwände gleich frühmorgens nach Madison zu fliegen. (*Uns wird schon niemand bemerken*, behauptete sie. *Nicht bei all den Drachinnen, die sich am Himmel tummeln.* Sie lag falsch. Überall, wo wir auftauchten, hielten die Menschen inne und gafften. Eine ältere Dame machte sogar ein Foto und ein Mann warf Steine nach uns, die uns aber nicht einmal nahe kamen.) Marla wartete mit Beatrice vor der Tür, während ich hineinging, um den Bankier zu treffen. Er war ungefähr im Alter meines Vaters, hatte zarte, spitz zulaufende Finger und trug einen ziemlich verstaubten Wollanzug. Er war ein alter Schulfreund meiner Mutter, und als er mich erblickte, fasste er sich erst mal einen Moment lang ans Herz.

»Sicher bekommst du ständig zu hören, dass du ihr wie aus dem Gesicht geschnitten bist«, sagte er atemlos. Ich lächelte bloß. Genau genommen hatte mir das noch nie jemand gesagt. Er zeigte mir die Ordner und erklärte mir, dass er lediglich die algorithmischen Anweisungen meiner Mutter genaustens befolgte und der Fonds allein durch sie so erfolgreich war. »Sie war ein Genie, deine Mom. Ein absolutes Genie«, sagte er bewundernd. In dem Portfolio waren auch Anteile an einem kleinen Bauernhof enthalten, die jedes Jahr einen kleinen Gewinn einbrachten, weil meine Mutter darauf bestanden hatte, dass Geld an das Land gebunden sein sollte, sowie ein Gebäude in einem Industriegebiet, das sowohl abseits gelegen war, aber gleichzeitig nicht zu weit vom Universitätsgelände entfernt. Und das momentan noch nicht neu vermietet war, wie der Bankier entschuldigend hinzufügte.

Ich hatte noch keine Wohnung gefunden und auch Mrs. Gyzinskas Suche nach ungenutzten Geldquellen war bislang vergeblich geblieben. Ich warf einen Blick auf die Karte. Das Gebäude war nur eine kurze Fahrradfahrt von der Universität entfernt.

»Das trifft sich gut«, sagte ich, »belassen wir es erst mal dabei.«

Und dann zog ich ein.

Mit meiner Schwester.

Und vier Drachinnen – Marla, Clara, Jeanne und Edith.

Clara, die Sängerin. Jeanne, die Bauexpertin. Edith, die Betreuerin. Marla, die sicherstellte, dass alles funktionierte. Dass die anderen auch bei uns wohnen würden, war die Idee meiner Tante gewesen – oder vielmehr ihre Forderung.

»Du wirst ein wenig Hilfe gebrauchen können«, sagte sie auf so pragmatische Art, dass sie mich augenblicklich nervte. »Und wir sind hier, um sie zu geben. Alex, ich habe viel zu viele Jahre damit verbracht, mich zurückzuhalten, wenn ich hätte eingreifen sollen, oder zu schweigen, wenn ich hätte protestieren sollen. Aber ich bin deine Tante und ich bin ...« Sie brachte es nicht über sich, *Beatrice' Mutter* zu sagen, doch die Worte hingen trotzdem zwischen uns – unausgesprochen, dennoch wahr. Sie schloss einen Moment lang die Augen, dann fasste sie sich wieder. Sie beugte sich zu mir runter und sah mich an. »Ich bin *jetzt hier*«, sagte sie, »und bestehe darauf.«

Die Drachinnen waren groß, so viel war offensichtlich, und laut. Große Meinungen, laute Stimmen und eine gewaltige Präsenz. Beatrice schloss sie alle sogleich ins Herz, bewunderte ihr Spiegelbild in ihren glänzenden Schuppen oder kletterte auf ihre Rücken und hielt sich an ihren langen, anmutigen Hälsen fest. Sie saß abwechselnd auf ihrem Schoß und erzählte ihnen Geschichten und war entzückt, jemand Neues zu haben, mit dem sie reden konnte. Ich hingegen hatte mich an die geregelte, verborgene Welt gewöhnt, in der ich mit meiner Schwester gelebt hatte. Um die ich mich ganz allein gekümmert hatte. Nur Beatrice und ich allein hatten über unser eigenes kleines Universum geherrscht. Und dann, ganz plötzlich, musste ich es *teilen*.

Es dauerte lange, bis ich mich damit abfand.

Nachdem wir eingezogen waren, rissen wir zuallererst mehrere unnötige Wände und Decken ein, um den größeren Anwohnerinnen mehr Bewegungsfreiheit zu geben. Die Drachinnen hatten entschieden, die Kunst des Ziegelbrennens zu erlernen, wofür sie im Südwesten Wisconsins den Lehm abbauten (weil dieser einfach aus den schönsten Farben bestand) und ihre eigenen Mittel einsetzten, um den Brennofen zu befeuern. Anschließend bauten sie aus den Ziegeln einen großen Steinofen und begannen daraufhin, regelmäßig Brot zu backen. Sie wurden ziemlich gut darin und fingen an, ihre Waren an gehobene Restaurants und Cafés und an einem kleinen Stand auf dem Bauernmarkt zu verkaufen. In Madison war man, zumindest normalerweise, weitaus weniger argwöhnisch als die Menschen in unserer Heimatstadt, wenn es darum ging, mit Drachinnen Geschäfte zu machen. Immerhin war es eine Universitätsstadt, was wohl eine gewisse Weltoffenheit mit sich brachte. Es gab in Madison sogar solche, die extra vorbeikamen, um das Brot der Drachenbäckerinnen zu kaufen, und dann laut darüber sprachen, wie *stolz* sie seien, die *Drachinnen* unterstützen zu können, und sei es nicht *einfach schrecklich*, dass *manche Menschen* nicht über ihre *Vorurteile* hinwegsehen konnten? Meine Tante liebte solche Kundschaft, weil man sich immer auf sie verlassen konnte, dass sie etwas extra kauften. Und sie ließen immer Trinkgeld da.

»Geld ist Geld«, pflegte Marla zu sagen. »Da kann die Quelle noch so unausstehlich sein.«

Sie hoffte, dass ihre Bemühungen uns genug Umsatz einbringen würden, um uns finanziell über Wasser halten zu können, wenn das Geld meiner Mutter sich dem Ende neigte. Es würde zwar ausreichen, um meine restlichen Studiengebühren zu zahlen, für Beatrice' Bildung zu sparen und eine Weile die Lebenshaltungskosten von zwei Mädchen und vier

Drachinnen zu decken, doch irgendwann würden wir eine andere Einnahmequelle brauchen.

Ehrlich gesagt war ich dankbar, dass mein Vater meiner Mutter gegenüber so zwiegespalten gewesen war und so faul, was seine Pflichten als Vater anging. Denn hätte er von den Konten meiner Mutter erfahren, hätte er sie mit Sicherheit aufgelöst – und das Geld bis auf den letzten Cent selbst ausgegeben. Genauso dankbar war ich, dass meine Tante da war, um mir zu erklären, was das alles bedeutete. Ich war kurz nach dem Abschlussball achtzehn geworden und seither mein eigener Vormund. Ich erbte alles, was mir meine Mutter hinterlassen hatte, und war komplett für mich selbst verantwortlich. Außerdem wurde ich zu Beatrice' Vormund, und zwar nicht mehr nur faktisch, sondern auch rechtlich gesehen. Es hätte keinen Unterschied machen sollen, aber das *tat* es absolut.

Die Drachinnen gehörten, wie sich herausstellte, einfach dazu.

Und sie waren nützlich. Sie verlegten alle nötigen Rohre, reparierten die Stromleitungen und bauten sogar einen vollautomatischen Geschirrspüler ein, was mir wie ein modernes Wunder vorkam. Sie fanden ausrangierte Möbel und flogen sie ein, dekorierten geschmackvoll und bauten Tische, gemütliche Stühle und hohe Bücherregale. Marla baute eine Waschmaschine und mehrere Holzöfen, die die einzelnen Räume im Winter warm hielten. In einem Bereich des Gebäudes brachten sie eine Werkbank samt Werkzeugen unter und legten draußen im Hof einen Gemüsegarten an. Die Drachinnen richteten für Beatrice und mich getrennte Zimmer ein, damit wir ein wenig Privatsphäre hatten, die aber mit einer Tür verbunden waren, damit wir uns auch nahe sein konnten. Sie bauten mir ein Arbeitszimmer mit einem Teleskop und einer Tafel, auf der ich komplexere Aufgaben durcharbeiten konnte, und für Beatrice eine Kletterhalle. Sie errichteten sogar ein Gewächshaus auf dem Dach, an das eine große Terrasse anschloss. Sie war mit Obstbäumen und Beerensträuchern bepflanzten Töpfen umgeben und an der hinteren Wand kletterte eine Weinrebe empor.

Ich fühlte mich nicht gänzlich wohl, aber selbst ich musste zugeben, dass wir es definitiv hätten schlechter treffen können.

An dem Morgen nachdem ich mit Mrs. Gyzinska telefoniert hatte, schnappte ich mir meine Schultasche, die an einem der stabilen Haken neben dem ehemaligen Lieferanteneingang hing.

»Machst du dich auf den Weg an die Uni, Alex, Liebes?«, rief meine Tante vom anderen Ende des Gebäudes.

Ich seufzte und drückte die Stirn gegen das Mauerwerk. *Sei nett*, ermahnte ich mich eindringlich. *Sei nett, sei nett, sei nett.* Egal was Marla tat, es nervte mich. Sie war einfach immer *da.* Und sie war so *bemüht* und *besorgt*, dass es mir schwerfiel zu atmen. Und außerdem war sie einfach so *drachenhaft.* Meine Umstände hatten es mir nicht erlaubt, eine ganz normale Teenagerin zu sein, sodass jetzt ab und an all die Jahre aufgeschobener jugendlicher Launenhaftigkeit ungebeten aus mir herauszubrechen drohten. Ich musste mich also wirklich zusammenreißen, damit ich nichts sagte, was ich später bereuen könnte.

Ich warf mir die Tasche über die Schulter, den Riemen quer über der Brust, das Gewicht meines Studiums auf den Hüften. Mir war nicht danach, mich zu unterhalten. Ich wusste es sehr zu schätzen, vier gigantische Kindermädchen zu haben, die sich hingebungsvoll um Beatrice kümmerten, ihr Abendessen zubereiteten, die Haare flochten, bei den Hausaufgaben halfen und dafür sorgten, dass sie sich die Zähne putzte, und doch verhielt ich mich meiner Tante gegenüber noch immer … eisig.

Immerhin war sie diejenige gewesen, die gegangen war. Die uns zurückgelassen hatte. Beatrice in ihrem Bettchen. Ihre Schwester. Mich. *Auf Jahre.* Und sie hatte sich noch immer nicht entschuldigt.

Und ich hatte ihr noch immer nicht vollends vergeben.

»Alex?« Der übergroße Kopf meiner Tante tauchte im Flur auf. Ich zuckte zusammen. »Hast du mich gehört?«

»Was? Nein, das hab ich nicht. Tut mir leid. Ich war wohl in Gedanken versunken. Du weißt schon, Hausaufgaben ... und Mathekram und so.« Das war gelogen. Ich weiß noch immer nicht, warum ich das Gefühl hatte, lügen zu müssen, aber ich tat es ständig. Aus reiner Gewohnheit vielleicht. Die Augen meiner Tante verengten sich. Die Ehe mit einem Alkoholiker hatte auch dazu geführt, dass meiner Tante nur sehr wenig entging. Sie sagte nichts, offensichtlich entschlossen, es dabei zu belassen. »Ich bin erst spät wieder zurück«, sagte ich, schenkte ihr ein halbherziges Lächeln und schob die schwere Tür mit dem Stiefel auf. »Bitte pass auf, dass Beatrice sich nicht drachenwandelt, solange ich weg bin.«

Neuerdings hatte Beatrice gelernt, teils zur Drachin zu werden und dann ganz nach Belieben wieder zu ihrer Mädchengestalt zurückzukehren. Es geschah stets stückchenweise – glitzernde Fangzähne, die aus ihrem Mund herausbrachen, oder golden schimmernde Schuppen, die ihre Arme von oben bis unten bedeckten. Einmal waren ihr mitten im Musikunterricht, als sie gerade das Flötespielen übte, Krallen gewachsen. Es war schwer, sie mit genügend Schuhen zu versorgen, da sie doch immer mal wieder von einer Kralle durchlöchert wurden, die ihr aus den Zehen wuchsen. Manchmal bekam sie absichtlich Drachenaugen, um den Jungen an ihrer Schule einen Schrecken einzujagen. Und sie wurde immer besser darin. Ihre Drachentanten, wie sie sie nannte, waren von dieser Fähigkeit völlig verblüfft – keine von ihnen hatte gewusst, dass das überhaupt möglich war. Und auch ob dies etwas war, das sie nur der kindlichen Formbarkeit zu verdanken hatte – und definitionsgemäß vorübergehend war –, oder aber etwas, zu dem nur Beatrice fähig war, war allen ein Rätsel. Die Forschung auf diesem Gebiet fiel ziemlich mager aus und es war schlichtweg unmöglich, verlässliche Informationen darüber zu finden. Ich wusste, dass sich dies irgendwann ändern würde – das musste es –, was jedoch momentan nichts daran änderte, dass wir größtenteils blindflogen, was die langfristigen Auswirkungen auf Beatrice' Gesundheit und Wohlbefinden anging. Vielleicht würde sie einfach so weitermachen können, sich so oft drachen- und entdrachenwandeln, wie sie wollte. Vielleicht würde sie unfreiwillig in einer Gestalt gefangen bleiben, in der sie nicht sein wollte. Vielleicht hätte das ganze Hin und Her noch ein Nachspiel. Wir konnten es unmöglich wissen.

Ich sorgte mich um sie.

Unsere Drachenmitbewohnerinnen ebenfalls. Wir wollten, dass Beatrice eine normale Kindheit hatte – na ja, so normal diese sein konnte, wenn man in einem alten Lagerhaus voller furchterregender Behüterinnen wohnte.

Meine Tante räusperte sich. »Nur damit du Bescheid weißt, ein paar Damen …«

»Du meinst Drachinnen«, sagte ich schärfer als beabsichtigt.

Meine Tante lächelte mir so sanftmütig zu, wie es einer Drachin möglich war. »Ja, natürlich. Drachinnen. Sie kommen vorbei. Heute Abend, nachdem wir Beatrice ins Bett gebracht haben. Na ja, wie auch immer. Es sind alte Freundinnen von mir, von vor langer Zeit. Sie sind seit 1955 das erste Mal zurück. Sie waren auf interplanetarer Erkundungstour. Eine von ihnen ist geradewegs ins Auge des Jupitersturms geflogen, den Großen Roten Fleck. Ist das nicht unglaublich? Ich dachte, du hast vielleicht ein paar Fragen an sie, angesichts deiner Interessen. Falls du sie treffen möchtest, könntest du …«

»Mal schauen. Ich bin heute Abend für das Observatorium eingetragen. Es gibt einiges zu tun. Könnte eine Weile dauern. Ich muss los.«

Damit ging ich aus der Tür hinaus, ohne mich umzublicken. Es war nicht fair, wie ich mich verhielt, dessen war ich mir bewusst. Es war ungerecht und grausam. Meine Tante wollte, dass wir wieder eine Familie waren. Beatrice war aber schon meine Familie. Und war das nicht eigentlich mehr als genug?

Das Fenster im dritten Stockwerk wurde aufgerissen und Beatrice streckte den Kopf heraus.

»Tschüss, Alex!«, rief sie und winkte überschwänglich.

»Junge Dame«, hörte ich Edith sie von innen ermahnen. Ihr wurde oft aufgehalst, auf Beatrice aufzupassen. »Du bist jetzt schon *dreißig Minuten zu spät für die Schule.* Zieh sofort deine Schuhe an!«

»Aber ich bin etliche Stunden zu früh dran, wenn die Schule in Hawaii wäre, Tante Edith«, gab Beatrice kichernd zurück. »Lass uns nach Hawaii fliegen!«

Es hatte nicht einmal einen ganzen Tag gedauert, nachdem wir zusammengezogen waren, als Beatrice schon anfing, alle vier Drachinnen »Tanten« zu nennen. Selbst Marla nannte sie Tante Marla. Als die Monate vergingen, bemerkte ich immer öfter, wie Marla sich besonders viel Zeit ließ, wenn sie Beatrice die Haare kämmte, oder wie sie sich beim Klang ihrer Stimme die Brust hielt.

Ich musste es ihr sagen. Aber ich war noch nicht bereit dafür.

»Sei schlau in der Schule, Alex!«, rief Beatrice und winkte mir grinsend zu, dann schloss sie das Fenster. Ich wusste ganz genau, dass sie keinesfalls vorhatte, ihre Schuhe zu suchen. Beatrice bevorzugte es, ihrer eigenen Zeit zu folgen. Ich seufzte. Wenn die Drachinnen nicht wären, würde ich jetzt mit Beatrice ringen müssen. Von ihr verlangen müssen, dass sie die Regeln befolgte, dass sie gehorchte. Ehrlich gesagt war ich erleichtert, das hinter mir zu lassen.

Ich versuchte, den Drachinnen dankbar zu sein.

Von unserem Haus bis zu dem Universitätsgebäude, in dem ich meine erste Vorlesung hatte, waren es rund anderthalb Kilometer. Manchmal fuhr ich mit dem Fahrrad, manchmal nahm ich den Stadtbus. Wenn ich jedoch die Zeit hatte, ging ich am liebsten zu Fuß. Es war November, dafür aber noch erstaunlich mild. Die Bäume waren kahl und Raureif glänzte auf dem braunen Rasen, doch der Himmel strahlte in einem kristallklaren Blau und die Sonne leuchtete warm und hell. Ich schloss für einen Moment die Augen und reckte das Gesicht in die Höhe, um die Wärme und das Licht in mich aufzunehmen.

Ohne es zu wollen, dachte ich an die drachengewandelten Mädchen. Ich dachte an ihre Kleider auf dem Boden, ihre abgestreifte Haut, die so leicht wie die Hülle einer Grille davongetaumelt war. Ich hatte den Ruf an diesem Abend des Abschlussballs nicht gehört, anders als so viele meiner Klassenkameradinnen. Anders als sie hatte ich mich nicht verwandelt. Mein Körper war mein Körper geblieben. Ich war *ich selbst* geblieben. Und doch tat mir der Rücken weh, kribbelten meine Fingerspitzen. Unaufhörlich. Meine Knochen ächzten wie gespannte Sprungfedern. Mein Rücken war noch immer derselbe, aber manchmal spürte ich Phantomflügel. Meine Hände waren noch immer dieselben, aber manchmal spürte ich Phantomkrallen. Und Phantomfangzähne. Und in meinem Bauch brannte ein Feuer. Ich konnte es nicht erklären. Es war unmöglich, verlässliche Informationen darüber zu finden. Ich konnte unmöglich wissen, was mit mir passierte – oder ob überhaupt etwas passierte. Vielleicht irrte sich meine Tante.

Vielleicht waren manche Frauen *nicht* magisch. Vielleicht waren all meine Symptome psychosomatisch. Immerhin ist das Gehirn ein mächtiges Organ.

Es spielte keine Rolle. Ich wollte mich ohnehin nicht drachenwandeln. Ich mochte meinen Körper, so wie er war.

Zumindest war ich mir da ziemlich sicher.

# 39

Auf dem Weg zu meiner Vorlesung sah ich Sonja.

Ich konnte nicht glauben, dass sie es war.

Seit jenem Nachmittag, als mein Vater sie von mir weggezerrt hatte, hatte ich sie mir so oft vorgestellt, dass ich angefangen hatte, daran zu zweifeln, ob sie überhaupt jemals existiert hatte. Ich glaubte, sie aus dem Augenwinkel auf der Treppe zu sehen, in der Umkleide oder am Trinkbrunnen. Mehrmals dachte ich, sie in der Bücherei gesehen zu haben, auf der Straße oder in einem vorbeifahrenden Auto. Jedes Mal wenn ich noch einmal hinsah, erkannte ich, dass es nur ein anderes blondes Mädchen war oder ein braunhaariges oder nicht einmal das, sondern ein Mädchen mit einer ganz anderen Herkunft. Einmal dachte ich, eine Frau mittleren Alters mit Kindern wäre Sonja. Ein andermal war es ein Mann im Anzug, dann eine ältere Nonne. Jedes Mal musste ich den Kopf schütteln oder mir leicht auf die Hand schlagen. *Reiß dich zusammen*, ermahnte ich mich streng.

In der State Street legte ich einen Zwischenstopp ein, um mir etwas zu essen zu holen – mir war bewusst geworden, wie hungrig ich war, sobald ich das Haus verlassen hatte. Auf der State Street drängten sich wieder einmal die Leute und es war schwer, sich durch die Menschenmenge und Barrikaden hindurchzumanövrieren. Ein weiterer Protestmarsch. Zwei Protestmärsche, genauer gesagt. Auf der einen Seite der State Street fand die Anti-Drachen-Demo statt (Die Wisconsin-Idee meinte nie Ungeheuer! hieß es auf einem der Schilder, Drachinnen sind dumm auf einem anderen) und ihnen gegenüber tummelten sich die Drachinnen und all diejenigen, die sie unterstützten. (Mein Körper, meine Wahl erklärte eines der Schilder in den Tatzen einer Drachin. Unsere Leben sind grösser, als ihr denkt stand auf einem anderen. Echte Männer lieben Drachinnen las man auf einem weiteren in den Händen eines ungepflegt aussehenden Mannes mit Pferdeschwanz, der hoffnungsvoll eine der Drachinnen anhimmelte.) Ich hielt kurz an, um ein paar Leute aus meinem Freundeskreis zu begrüßen, die Flugblätter verteilten und für die Akzeptanz der Drachinnen demonstrierten: einen Jungen aus meiner Astronomievorlesung, zwei Mädchen aus meinem Mathematikseminar und eine Drachin namens Milly aus meiner Arbeitsgruppe für Physik.

Nach ein paar Minuten warf der Junge, Arne hieß er, einen Blick über meine Schulter, spähte mit zusammengekniffenen Augen in die Menge und fing an zu strahlen.

»Oh, hey!«, rief er überschwänglich und winkte jemanden herbei. »Darf ich vorstellen«, sagte er zu uns, »meine Cousine.«

Den Mund voll mit Käsesandwich drehte ich mich um und sog scharf die Luft ein. Der Lärm der Menge rings um mich verstummte – die gegrölten Parolen, die Musik, die dröhnenden Hörner und donnernden Trommeln, das Geschrei – und wurde von einem schrillen, dumpfen Klingeln in meinen Ohren ersetzt. Eine junge Frau kam auf uns zu. Sie lächelte Arne an. Sie hatte mich noch nicht erkannt. Ihre haselnussbraunen Augen stachen aus ihrem blassen Gesicht hervor und ihr weißblondes Haar hing ordentlich geflochten ihren Rücken hinab.

Es war … *oh Gott.* Ihr Gesicht. *Sonjas Gesicht.* Die Welt blieb stehen. *Sonjas Gesicht.* Meine Wangen begannen zu glühen. *Sonjas Gesicht.* Ich konnte nicht mehr atmen. *Sonjas Gesicht.* Meine Sicht verschwamm und die Straße, die Menschen, die Schilder, die Gebäude und der grenzenlose Himmel, alles fing auf einmal an zu wanken. Ich versuchte etwas zu sagen, doch nichts kam heraus.

»Oh Gott«, sagte Arne. »Alex, erstickst du?«

Nachdem Arne und die beiden Mädchen mir ein paarmal auf den Rücken geklopft und Milly, die Drachin, mich anschließend einmal gepackt und kräftig kopfüber geschüttelt hatte, kam mir das Stück Sandwich, das in meiner Speiseröhre stecken geblieben war, aus dem Mund geschossen. Ich sank auf die Knie und würgte mehrmals. Ich wischte mir das Gesicht an der Jacke ab und stand auf. *Sonjas Gesicht.* Schlagartig wurde ich mir meines Körpers, meiner Bewegungen, einfach allem an mir, auf eine Weise bewusst wie schon lange nicht mehr. Meine Haare lockten sich viel länger, als es mir lieb war, bis über meine Schultern und waren größtenteils von einem Hut verdeckt. (Ich hatte bis dahin kein einziges Mal über meinen Hut nachgedacht, geschweige denn mich gefragt, wie ich darin aussah, doch in diesem Moment konnte ich nichts denken als: *Oh Gott, seh ich dämlich aus mit diesem Hut?* Und das immer wieder und wieder, wie in einer Endlosschleife.) Ich hatte Käsesandwich zwischen den Zähnen und war mir ziemlich sicher, dass es länger als eine Woche her war, seit ich meine Kordhose zuletzt gewaschen hatte. Vielleicht sogar einen Monat. Ich trug einen Pullover, den Clara gestrickt hatte, was offen gesagt nicht gerade zu ihren Stärken gehörte. Obwohl er also sicherlich wärmte, war er auch klumpig und unförmig, dazu von einem furchtbaren Rostrot. Meine Hände fielen mir unangenehm auf und ich wusste schlagartig nicht mehr, was ich mit ihnen machen sollte, außerdem fiel mir auf, dass ich wahrscheinlich äußerst seltsam dastand, wusste aber prompt auch nicht, was die Menschen sonst mit ihren Körpern anstellten, um normal dazustehen. *Sonjas Gesicht, Sonjas Gesicht.* Wie konnten alle einfach nur so normal herumstehen, wo Sonja doch …

»Alex?«, sagte Sonja. Ihre schillernden Sommersprossen waren dunkler geworden, seit ich sie zuletzt gesehen hatte, und hoben sich wie Juwelen von ihrer Haut ab. Ihre Wangen und Lippen waren vom schneidenden Novemberwind ganz rot und leuchteten. Sie trug eine Fransenjacke, handbemalte Stiefel mit Blumen, Bergen und Trollen darauf und ein University-of-Wisconsin-T-Shirt. *Ist das euer Ernst?*, dachte ich. *Wir gehen auf dieselbe Uni? Sie war die ganze Zeit über hier!* Sonja blinzelte. Sie weinte. »Du bist es wirklich! Alex, ich kann es gar nicht glauben.«

»Sonja«, brachte ich hervor, musste aber nichts weiter sagen, weil sie glücklicherweise schon die Arme um mich geschlungen und mich in eine feste Umarmung gezogen hatte. Sie duftete nach Zimt und Nelken und war umgeben von einem herben, metallischen Geruch, der, wie ich später herausfand, von den Farben aus ihrem Atelier stammte. Selbst in diesem Moment fielen mir die Farbreste an den Rändern ihrer Fingernägel auf.

»Wollt ihr uns auch noch irgendwann vorstellen?«, beschwerte sich Milly. Arne entschuldigte sich und ging gerade reihum die Namen durch, als mir einfiel, auf die Uhr zu schauen.

»*Verdammt*«, sagte ich. »Ich komm zu spät.« Ich wollte nicht gehen. Zögerte. Umarmte Sonja noch einmal und dann noch einmal, und es fühlte sich an, als würde die Welt einen Moment lang aufhören, sich zu drehen, und alles stillstehen der Wind, die Schreie der Menschenmenge, die unzähligen Fragen meiner Freunde, das alles gab es nicht mehr. Was war

Zeit überhaupt? Das Einzige, was wirklich existieren konnte, war das *Jetzt*. Es gab nur *genau diese Sekunde*, sonst nichts. Alle um uns herum fröstelten und stampften vor Kälte mit den Füßen, doch ich spürte allein die Wärme ihres Körpers in meinen Armen, ihre glühenden Wangen an meiner Haut. Es tat weh, mich von ihr zu lösen. Ich zeigte auf Arne. »Er kann dir meine Nummer geben«, sagte ich mit rauer, verzweifelter Stimme. »Ich habe dir so viele Briefe geschrieben und …« Ich biss die Zähne aufeinander und hielt inne. Auf meine Stimme war kein Verlass. Sonja nahm meine Hand, erst eine, dann die andere.

»Ich auch«, sagte sie und schüttelte den Kopf. »Meine Großmutter hat mir verboten, sie abzuschicken. Sie hat gesagt, sie würden dich bloß in Schwierigkeiten bringen. Ich habe auch Beatrice geschrieben. Ich habe sie alle behalten, Alex. Jeden einzelnen Brief. Ich habe eine ganze Kiste voll. Ich hatte solche Angst, dass du mich vergessen würdest.« Sie umarmte mich erneut. »Ich kann noch immer nicht glauben, dass du es bist.«

Die Menge um uns wurde dichter. Mehrere junge Männer warfen mit Steinen und zwischen den gegnerischen Seiten brachen Schlägereien aus. Später fand ich heraus, dass einige Leute an diesem Tag verhaftet wurden. Mitten auf der Straße brannte ein kleines Feuer. Die Menschen warfen sich gegenseitig Beleidigungen und Sticheleien an den Kopf. Ich bekam nichts von alledem mit. Ich hielt Sonjas Hand in meiner und brachte es nicht übers Herz, sie loszulassen.

»Ruf mich an, sobald du kannst«, sagte ich. »Ich muss jetzt los, aber ich muss dich wiedersehen. So bald wie möglich. Es gibt so viel, was ich dir sagen will.«

Ich machte auf dem Absatz kehrt und rannte los in Richtung Uni. Ich hielt kurz inne, um zurückzublicken, und sah, dass jemand ihr ein Schild in die Hand gedrückt hatte, mit der Aufschrift WIR SIND ALLE KOSTBAR und den Umrissen von Menschen und Drachinnen, die sich an den Händen hielten. Sie reckte es wie eine Flagge in den Himmel.

Den restlichen Morgen über war es, als würde ich schweben.

Den gesamten nächsten Monat über sah ich Sonja jeden Tag, mehrmals täglich. Wir hatten keine gemeinsamen Vorlesungen oder Seminare – sie studierte Kunst und im Nebenfach Literatur und ihre Kurse fanden alle in einem gänzlich anderen Teil des Universitätsgeländes statt. Dafür hatten wir ähnliche Freistunden und konnten uns in der Bibliothek, in einem nahe gelegenen Diner oder einem der Aufenthaltsräume treffen. Wir spazierten gemeinsam am See entlang und saßen stundenlang auf einer Bank, wo wir dem Schnee zusahen, wie er über die frische dünne Eisschicht wirbelte. Sie besuchte mich zu Hause und lernte meine Familie kennen. Ich nannte sie zum ersten Mal so: meine Familie. Marla versuchte, sich nichts anmerken zu lassen, aber ich konnte sehen, wie sie sich abwandte, um sich mit der Schwanzspitze übers Gesicht zu wischen, und dann ihre Handtasche nach einem Taschentuch durchwühlte.

Und so war es nicht nur, wenn Sonja da war. Ich verbrachte viel mehr Zeit mit den anderen. Ich unterhielt mich mit Jeanne. Ich half Edith beim Brotbacken. Ich fragte Marla über Motoren aus. Ich verdrehte nicht mehr die Augen, wenn die vier ineinander verschlungen dalagen und sich gegenseitig laut vorlasen – Dickinson, Shelley oder Proust.

Über diese neue Entwicklung freute sich meine Tante natürlich sehr und achtete darauf, Sonja reichlich Komplimente zu machen und so oft wie möglich zum Essen einzuladen. Beatrice bestand darauf, dass Sonja am Tisch neben ihr saß, und zeigte ihr hin und wieder stolz, wie sie sich teils drachenwandelte – jedoch nicht allzu oft, weil es sie doch sehr erschöpfte und die anderen Drachinnen lautstark protestierten. Anschließend bestand Beatrice darauf, mit Sonja einen Malkurs zu organisieren oder am Wochenende zusammen Brettspiele zu spielen oder Sonja einzuladen, gemeinsam mit den Drachentanten auf der Dachterrasse Marshmallows zu grillen. Sonja und ich saßen stundenlang dort oben, schürten das Feuer und betrachteten die Sterne oder beobachteten den Schnee, während sie sich an mich lehnte und meine Wange auf ihrer Schulter ruhte. Bis tief in die Nacht hinein redeten wir über die Welt und alles, was sie umfasste.

Wir verbrachten jede freie Minute miteinander. Es würde nie genug an einem Tag geben. Oder in einem ganzen Leben.

Ihr Großvater war zwei Jahre zuvor verstorben, aber ihre Großmutter lebte und malte in einer kleinen Wohnung in Madison ganz in der Nähe, nicht weit von der Universität entfernt. Sonja besuchte sie jeden Sonntag. Mich wollte Mrs. Blomgren allerdings nicht sehen – immerhin hatte mein Vater sie gezwungen wegzuziehen und über manche Narben wuchs nur spärlich Gras. Ich bemühte mich, es nicht persönlich zu nehmen. Sonja sprach nie von ihrer Mutter und ich fragte sie nie nach ihr. Sie hatte meine Drachenfamilie erst schüchtern betrachtet, dann mit wachsender Neugierde, schließlich mit Vertrautheit. Sie half beim Brotbacken und lernte, wie man Ziegel brannte. Sie fing sogar an, bei uns Glas herzustellen.

»Sie passt perfekt zu uns, findest du nicht?«, sagte Marla eines Abends zu mir, als wir den Abwasch machten. Sonja und Beatrice lagen bäuchlings auf dem Boden und malten Bilder von Burgen und Schlössern. Die Wange auf ihre Faust gestützt sah Sonja zu mir herüber. Sie lächelte und ich wurde rot. Marla blähte die Nasenlöcher auf und verkniff sich ein Grinsen. »Das steht wohl außer Frage«, murmelte sie zu sich.

Litten meine Noten darunter? Vielleicht ein wenig.

Doch vielleicht war es das wert.

# 40

Die Abschlussprüfungen kamen und gingen, und ich büffelte so viele Nächte durch, dass mein Name, als der Professor die Ergebnisse aushängte, ganz oben auf der Liste stand. Der mürrische Dozent meiner seminarbegleitenden Übungsstunde bot mir eine Stelle als Laborassistentin an. »Es könnte eine interessante Position sein für eine Studentin wie Sie, die vermutlich eine Promotion anstrebt. Zumindest nehme ich an, dass Sie das tun, richtig?« Sogar wenn er mir ein Kompliment machte, klang es, als hätte er Essig im Mund. Ich nahm sein Angebot an, noch ehe er den Satz beenden konnte. Ich begann, ein paar Abende pro Woche ehrenamtlich im Astronomielabor zu arbeiten. Mrs. Gyzinska, die irgendwie davon erfahren hatte, schickte mir eine alte Ausgabe von Albert Einsteins *Mein Weltbild* (die ihr am Erscheinungstag samt einer handgeschriebenen Notiz des Autors selbst gewidmet worden war – gab es irgendjemanden, den diese Bibliothekarin nicht kannte?), dazu eine kleine Topfpflanze. Ein Zettel lag dabei, mit den Worten »Das erschien mir angemessen«, mehr nicht. In der Zwischenzeit hatte Sonjas Großmutter mir so weit vergeben, dass sie mir einen Schal strickte, an dessen Ende ein kleiner Filztroll aufgenäht war.

Alles in allem war das ein gelungener Abschluss meines ersten Semesters an der Universität.

Ich hatte nicht vergessen, dass ich Mrs. Gyzinska versprochen hatte, bei Dr. Gantz vorbeizuschauen. Das gesamte Semester über hatte ich es immer wieder in meinen Kalender eingetragen und mich extra ein wenig freigeschaufelt. Doch jedes Mal wenn es so weit war, zögerte ich und drückte mich davor. Irgendwann musste ich ihn sehen, das wusste ich, und zwar nicht wegen meines Versprechens. Ich hatte *Fragen*, von denen mich viele nachts wach hielten. Ich war mir bloß nicht sicher, ob ich die Antworten wirklich erfahren wollte.

Am Tag vor den Weihnachtsferien suchte ich das baufällige kleine Gebäude am Rand der medizinischen Fakultät auf und folgte den Treppen mehrere Etagen in die Tiefe bis zu Dr. Gantz' Büro.

Ich hatte ihn weder angerufen noch sonst irgendwie Bescheid gesagt, dass ich kommen würde. Das schien ihm allerdings egal zu sein.

»Ah! Besuch!«, rief er. »Komm doch rein!«

Ich war mir nicht sicher, ob es daran lag, dass ich ihn zuletzt im Dunkeln getroffen hatte, aber er sah viel älter aus, als ich ihn in Erinnerung hatte. Um genau zu sein, schockierend alt. Sein pilzförmiger Kopf war fast vollkommen kahl und mit Altersflecken übersät. Er hatte braune Augen, die einst warm gewesen sein mussten, inzwischen allerdings milchig blau wirkten – er litt wohl an einem Glaukom. Seine seidenpapierdünne Haut war verschrumpelt und die knotigen Finger krochen über einen Stapel randvoll mit Zahlen beschriebenen und mit lauter Schaubildern versehenen Papiers.

»Erinnern Sie sich an mich?«, fragte ich.

»Wie könnte ich dich vergessen? Du hast die Drachin für eine Kuh gehalten.« Ich wurde rot, doch er bemerkte es nicht.

»Oder waren es Vögel? Ehrlich gesagt war ich etwas besorgt, dass sich unsere gute Helen womöglich doch in deinem Potenzial geirrt hatte.«

Ich schob die Hände in die Taschen und wünschte mir inständig, dass ich nicht gekommen wäre. »Zugegeben habe ich oft genau dasselbe gedacht«, gestand ich.

Ein Lächeln breitete sich auf seinem runden Gesicht aus, er sah aus wie eine Kürbislaterne. »Ich habe tatsächlich gehofft, dich zu sehen. Ich wünschte, du hättest dir nicht ganz so viel Zeit gelassen – ich werde nicht mehr jünger, weißt du? Männer meines Alters können jederzeit plötzlich tot umfallen. Mrs. Gyzinska hat mich glücklicherweise über deine akademischen Erfolge in diesem Semester auf dem Laufenden gehalten.« *Natürlich hat sie das*, dachte ich erstaunt. »Gratuliere.« Beglückwünschend hob er seine Teetasse in meine Richtung. »Du bist auf dem besten Weg.«

Er bedeutete mir, mich zu setzen, schaltete gleich darauf den Wasserkocher ein und rief der Sekretärin zu, ihm doch bitte eine Flasche Milch und zwei Tassen zu bringen.

»Danke, aber das ist wirklich nicht nötig«, protestierte ich. »Ich will Ihnen keine Umstände bereiten.« (Tief in mir drin brannte eine Frage, die mich nicht losließ. Doch ich war nicht bereit, sie zu stellen. Noch nicht.)

»Ach was, das ist doch Unfug«, sagte er. »Fühl dich wie zu Hause. Ich bekomme so selten Besuch von Studierenden. Da können wir es uns ruhig gut gehen lassen.« Er rief noch einmal nach der Sekretärin. Als er keine Antwort bekam, schlurfte er davon, um selbst eine Teekanne zu holen. Und Tee. Und wohl auch eine Flasche Milch. Ich saß auf seinem Bürostuhl und wartete.

Die Wand war mit einem wilden Durcheinander aus Kunstwerken und esoterischen Schaubildern, alten Dokumenten und gerahmten Fotografien gespickt. Ein paar alte Karten und gedruckte Flugblätter. Kein einziger Quadratzentimeter war ungefüllt. Seltsame Vorrichtungen und Gerätschaften tummelten sich auf den Regalen, zusammen mit allerart Fossilien und mit glänzenden Schuppen gefüllten Schüsseln. Auf dem Boden stand eine offene Holzkiste und darin lag, wie es aussah, ein riesiger Zahn. Es gab Skulpturen und Buntglas und Kreisel. Nichts von alledem sah aus, als gehörte es in das Büro eines Wissenschaftlers. Es gab mehrere Kupferstiche von Drachinnen, die Dörfer angriffen, stoisch auf Berggipfeln saßen oder Höhleneingänge bewachten. Er hatte rund ein Dutzend Fotografien von antiken Schnitzereien und Piktogrammen und eine weitere von einem Wandteppich, der tanzende Männer wie Frauen mitten in der Drachenwandlung zu zeigen schien. Drei separate Bilder stellten außerdem die Anatomie von Drachinnen dar: ein modernes, eins aus der Zeit der Aufklärung und eins, das von einer ägyptischen Papyrusrolle stammte. Hinzu kam eine verschwommene Aufnahme von einer Frau, die sich bereits zur Hälfte drachengewandelt hatte. Ihre Hände waren Wolken. Ihr Kleid hing in Fetzen. Auf ihrem Gesicht lag ein Ausdruck unbändiger Freude.

Der Wasserkocher piepte, woraufhin der Professor hereintrottete und sich daranmachte, den Tee zuzubereiten.

»Wie schon gesagt hatte ich gehofft, dass du vorbeikommen würdest«, sagte er. »Doch viel mehr als das hatte ich gehofft, du würdest mir die Ehre erweisen und mich zu *dir* nach Hause einladen. Eine dreiste Bitte, dessen bin ich mir bewusst. Aber ich bin schon zu lange dabei, um mich davon abhalten zu lassen, und ich habe einige … *Fragen* an dich. Oder vielmehr ein paar Dinge, die mich interessieren würden, bezüglich der Strukturen und Organisation eures Haushalts.« Er übergoss die Teeblätter mit kochendem Wasser, rührte einmal um und hüllte die Kanne in einen Teewärmer. Dann stellte er eine

Eieruhr. Er bemerkte, dass ich ihn anstarrte. »Tee erfordert Präzision, wenn man ihn ordnungsgemäß zubereitet, weißt du? Ich bin schließlich Wissenschaftler. Und Details sind wichtig.« Er zwinkerte.

Ich verschränkte die Arme über dem Bauch und drückte leicht zu. Von dem Geruch des Büros – nach Desinfektionsmittel, Staub und modrigem Keller – wurde mir übel. Vielleicht war ich aber auch einfach nur nervös. »Was hat sie Ihnen schon erzählt?« Ich brauchte ihm nicht zu sagen, wen ich mit *sie* meinte.

Er setzte sich an den Schreibtisch, legte die Hände aneinander und das Kinn auf die schmal zulaufenden Fingerspitzen. Er grinste. »Ach herrje! Alles. Von *dir* allemal, wahrscheinlich mehr, als du selbst weißt. So ist sie, die Helen.«

»Ich habe Ihre Arbeit gelesen«, sagte ich. »*Einige grundlegende Fakten über das Drachenwandeln.* Ich habe mich gefragt …«

»Hoffentlich hast du sofort wieder alles vergessen, was du gelesen hast. Nicht mal ein Jahr nachdem ich es geschrieben habe, ist mir klar geworden, dass einiges davon falsch war. Inzwischen denke ich sogar, das meiste davon.«

Ich nickte. »Offensichtlich.« Ich tippte mir ein paarmal mit den Fingerspitzen gegen das Kinn – eine nervöse Geste, die ich entwickelt hatte und von der Marla vehement behauptete, ich würde davon noch Pickel bekommen, wenn ich nicht aufpasste. »Ich habe das Buch schon lange. Ich war noch ein kleines Kind, als meine Tante es mir gegeben hat.«

»Ach ja, deine Tante«, er lächelte. »Marla. Sie gehörte zu der Studiengruppe, die ich untersucht habe. Erstaunlich, wie das manchmal mit der Wissenschaft so ist. Ein einziger Kieselstein kann uns Aufschluss über die Beschaffenheit des gesamten Berges geben – oder ein einzelnes, umherschwirrendes Teilchen uns umfassendere Wahrheiten über die Sterne eröffnen. Ich mochte Marla und ihre … besondere Freundin. Ich war dort, an diesem schrecklichen Tag, als ihr Herz für immer brach.«

»Na ja«, sagte ich stirnrunzelnd. »Nicht wirklich *für immer*. Edith wohnt auch bei uns.«

Seine Augen funkelten. Er holte ein Stenoheft hervor und machte sich eine Notiz. »Also das, junge Dame, wusste ich noch *nicht*.« Er hielt inne und klatschte in die Hände. »Ich weiß was, das Helen Gyzinska nicht weiß. Das ist *noch nie* passiert. Wie wundervoll!« Er hüpfte mehrmals auf seinem Stuhl auf und ab und fügte noch hinzu: »Ich frage mich, wie sie sich wiedergefunden haben.«

»Keine Ahnung«, sagte ich. »Ich habe sie nie gefragt.« Ich rutschte unbehaglich auf meinem Stuhl herum.

Er machte sich weitere Notizen. »Und sind sie noch immer verliebt?«, fragte der Doktor mit unbeschwerter, neutraler Stimme und ohne aufzublicken.

Die Frage überraschte mich. *Verliebt?* Auch das hatte ich sie noch nie gefragt. Sie waren einfach zwei Erwachsene, die irgendwann aufgetaucht und in mein Leben eingedrungen und auf ihre Weise hilfreich waren. Ich hatte kein einziges Mal darüber nachgedacht, was in ihnen vorging, was sie bewegte oder was sie fühlten. Alle vier Drachinnen schliefen zusammen auf einem Haufen in ein Nest gekuschelt, das sie sich in einer Ecke gebaut hatten. Die Schwänze um ihre Körper gewickelt, die Gliedmaßen ineinander verschlungen. Ich hatte sie nie gebeten, dies zu benennen, und sie taten es auch nicht von selbst. Sie arbeiteten einfach zusammen, kümmerten sich umeinander und bewunderten die Fähigkeiten der anderen, ihre Dienste und ihren Humor. Sie waren sich einfach nahe. Sie wünschten sich liebevoll Gute Nacht und gaben sich einen Gutenmorgenkuss. Und sie alle waren Beatrice eine gute Mutter.

*Liebe.* Ich dachte über das Wort nach und was es wirklich bedeutete, versuchte, dessen Größe, Form und Gewicht zu verstehen.

»Ja, sie lieben sich«, sagte ich, und zum ersten Mal verstand ich. Es war, als durchzuckte ein Lichtblitz meinen Kopf. »Sogar sehr. Alle vier lieben einander sehr, glaube ich.« Ich drückte die Hände gegen meine Wangen. Ich hatte Marla seit ihrer Rückkehr nicht umarmt, jetzt sehnte ich mich genau danach. Ich dachte an Sonja. Wenn diese Drachinnen verliebt waren, *was war dann ich?* Ich verbrachte jeden Tag mit ihr. Jede freie Sekunde. Wir hingen sehr aneinander. Und doch fiel es mir schwer, meine Gefühle ihr gegenüber zu benennen. In Worte zu fassen, was wir einander bedeuteten. Ich hatte plötzlich das tiefe Bedürfnis, es zu erfahren, tat aber mein Bestes, den Gedanken beiseitezuschieben und für später abzuspeichern. Gerade ging es um meine Tanten. Ich blickte dem Doktor in die Augen. »Es ist unglaublich schön zu sehen, ehrlich gesagt.«

»Natürlich ist es das«, sagte er und notierte etwas. »Das hat die Liebe so an sich. Sie ist schließlich der Grund, warum wir alle hier sind. Und warum wir weitermachen.«

Ich schwieg eine Zeit lang, eine ganze Weile, wie es sich anfühlte. *Es wird Zeit, ihm zu sagen, warum ich gekommen bin*, dachte ich. Ich klammerte mich an die Armlehnen meines Stuhls wie eine Schiffbrüchige an ein Rettungsboot, als gäbe es um mich herum nur Wind und Wellen und den Abgrund des Meeres.

Die Eieruhr klingelte und der Doktor schenkte uns Tee ein. »Ich nehme an, du möchtest Milch. Ich nehme generell an, dass Milch alles besser macht, aber ich komme schließlich auch aus Wisconsin.«

Er reichte mir die Tasse. Der Tee war nahezu weiß und Sahne schwamm in einer dicken Lache auf der Oberfläche.

Ich verzog das Gesicht. »Doktor Gantz«, sagte ich, »es gibt da etwas, das ich wissen muss. Bevor mein Vater gestorben ist, hat er mir erzählt, dass meine Mutter sich hätte drachenwandeln sollen. Er glaubte, dass der Krebs dann vielleicht nicht zurückgekommen und sie nicht gestorben wäre.« Meine Stimme zitterte.

Der Doktor nippte an seinem Tee. Er dachte einen Moment nach, bevor er antwortete. »Ich habe schon von dieser These gehört«, sagte er schließlich. »Doch soweit ich weiß, gibt es weder Beweise dafür noch dagegen.«

»Also lag er falsch?«, fragte ich. Meine Kehle war wie zugeschnürt, als wäre sie wund, als hätte ich einen Angelhaken verschluckt. Ich versuchte, meine Gefühle, so gut es ging, zu unterdrücken. Ich weiß allerdings nicht, ob mir das auch gelang.

Dr. Gantz stellte seine Tasse auf den Schreibtisch. »Nein, das heißt nicht unbedingt, dass dein Vater falschlag, nur dass wir nicht wissen können, ob er richtiglag. Was wir wissen, ist so begrenzt. Siehst du, es gibt solche, die darauf beharren, dass das Drachenwandeln geschlechterspezifisch ist und es darüber hinaus eine willkürliche Entscheidung ist – oder anders gesagt, es schlechte Frauen sind, die schlechte Entscheidungen treffen. Die Daten werden absichtlich falsch gedeutet, um eine vorgefertigte Schlussfolgerung und damit eine eingeschränkte Sichtweise zu stützen. Zum Glück haben wir inzwischen genug Beweise, um die erste Annahme sofort zu verwerfen – geschlechterdominant, ja, allerdings ist der drachenmenschliche Organismus weitaus komplexer, als wir bislang angenommen hatten. Zu einem bestimmten Grad stimme ich dieser *Entscheidungstheorie* durchaus zu, allerdings nicht vorbehaltlos, da ich glaube, dass der Drang sich drachenzuwandeln, für manche Menschen so überwältigend ist, dass sie es nicht aufhalten könnten, selbst wenn sie es versuchten.« Er zuckte mit den Schultern. »Es ist ein facettenreiches Phänomen.« Er nippte erneut an seinem Tee. »Was deine Mutter angeht. Man könnte sicherlich argumentieren, dass der Krebs selbst sie womöglich vom Drachenwandeln abgehalten hat. Doch ich bin mir nicht sicher, ob ich das glauben mag. Genauso könnte man argumentieren, dass die Wandlung selbst verhindert hätte, dass ihre Krebserkrankung weiter fortschreitet, aufgrund der Umstrukturierung des Gewebes und der Zellen. Das könnte durchaus wahr sein, wenn sie zu der Zeit krank gewesen wäre, allerdings befand sich ihr Krebs 1955 in Remission. Es sind schon Drachinnen an allen möglichen Dingen gestorben – Lungenentzündung, Herzinfarkt, Organversagen, aber auch Krebs, ja. Nur weil sie länger leben als wir und sich ihre Anatomie, ihre Atmung, ihr Metabolismus und andere körpereigene Systeme enorm von den unseren unterscheiden, heißt das noch lange nicht, dass sie nicht ebenfalls erkranken und irgendwann sterben können. Deine Mutter ist an Krebs gestorben. Welche Gestalt sie zu der Zeit hatte, ist belanglos, macht ihren Verlust jedoch nicht weniger schmerzlich. Hilft dir das?«

Was er da sagte, verärgerte mich zutiefst, aus Gründen, die ich zuerst nicht so recht benennen konnte. Ich richtete mich im Sitzen auf, den Oberkörper leicht vorgebeugt. Verhielt ich mich aggressiv? Vielleicht. »Der Körper meiner Mutter«, versetzte ich vorsichtig, »*war nicht belanglos.*« Meine Wangen glühten.

»Natürlich nicht. So habe ich das keineswegs gemeint.« Er nippte wieder an seinem Tee, schloss die Augen und sammelte seine Gedanken. Meine plötzliche Wut schien ihn nicht zu beunruhigen. Vielleicht war er es gewohnt, dass die Menschen ihren Zorn an ihm ausließen. »Man könnte argumentieren, dass sie womöglich nie den Drang verspürt hat, sich zu verwandeln, so wie es andere gespürt haben. Das finde ich allerdings genauso fraglich. Wahrscheinlicher erscheint mir, dass sie denselben Drang verspürte, und zwar ebenso mächtig, sich aber dennoch entschlossen hat zu bleiben – sie hat ihren Körper gewählt, so wie er war, ihr Leben trotz der Einschränkung, die es mit sich brachte, und obwohl es so vorzeitig enden würde. Denn auch das, was nicht perfekt ist, kann wertvoll sein. Allein schon die *Wahl* zu haben, ist wertvoll. Wie lang oder kurz ein einzelnes Leben ist, ändert nichts an der grundlegenden Ehre und dem Wert jedes Ausdrucks unseres Menschseins. Ich glaube, es hilft nichts, sich zu fragen, ob die Entscheidung deiner Mutter richtig oder falsch war. Denn so etwas gibt es nicht, verstehst du? Es zählt einzig und allein, dass es sie *gegeben hat.* Dass sie *gelebt hat.* Sie hat dich und Beatrice, so gut sie konnte und so lange sie konnte, großgezogen und euch jede Sekunde ihres Lebens geliebt. Ihr Leben war nicht belanglos, es war wichtig.«

Ich hatte noch immer Fragen, war mir jedoch nicht sicher, ob ich die Kraft hatte, sie auch zu stellen. Vielleicht stimmte es, dass der Krebs so oder so wiedergekommen wäre. Vielleicht hatte sie auch einfach Angst davor, was ein ungebundenes, entfesseltes Leben für sie bereithalten würde. Oder vertraute meinem Vater nicht genug, mich allein großzuziehen. Oder aber, vielleicht hatte mich meine Mutter einfach *so sehr* geliebt. War sie aus Angst oder aus Liebe geblieben? Ich würde es nie erfahren. Mit Sicherheit sagen konnte ich einzig und allein, dass ich meine Mutter vermisste. Eine Welle der Trauer überkam mich.

Ich sah auf die Uhr. »Ich muss bald im Labor sein, kann also nicht mehr lang bleiben. Ich rede mit meiner Tante und dann finden wir einen passenden Zeitpunkt für einen Besuch. Mrs. Gyzinska hat Ihnen bestimmt von meiner Schwester erzählt.«

Ein Lächeln breitete sich auf seinem Gesicht aus. »Oh ja! Ein äußerst faszinierender Fall! Mir ist noch nichts dergleichen untergekommen, weder in der aktuellen Literatur noch in irgendwelchen der historischen Dokumente. Wahrlich ein außergewöhnliches Kind. Hat sie sich je *vollständig* gewandelt und dann wieder zurück?«

»Nein, vollständig nicht. Normalerweise wandelt sie sich nur teilweise. Wenn sie sich jemals vollständig gewandelt haben sollte, habe ich es nicht gesehen. Wir sagen ihr immer, dass sie zu ihrer Mädchengestalt zurückkehren soll. Nur um ganz sicherzugehen.«

Der Doktor machte sich eine Notiz. »Und was, glaubst du, ist der Grund dafür?«, fragte er.

Das hatte mich noch nie jemand gefragt. Ich öffnete den Mund, doch nichts kam heraus. Ich dachte an die Regeln meiner Mutter. Ihr Schweigen. Die plötzliche Wut. Die Ohrfeige. Sie hatte gesagt, ich würde es eines Tages verstehen. Doch das tat ich nicht. Stattdessen war diese Ohrfeige auf indirekte und unerklärliche Weise aus *mir* herausgebrochen: als Wutausbruch gegen Mrs. Gyzinska an dem Tag in der Bibliothek. Gegen Beatrice, als ich ihr Notizheft mit den Drachenzeichnungen sah. Sie zeigte sich in meiner schrecklichen Angst vor dem Alleinsein. Die Angst meiner Mutter war zu meiner geworden, ob ich wollte oder nicht. Angesichts dieser Erkenntnis keuchte ich laut auf.

»Ich kann meine Schwester nicht verlieren«, sagte ich, während sich große Tränen sammelten und mir die Wangen hinabkullerten. Das überraschte mich. Ich hatte nicht vorgehabt zu weinen.

»Was in aller Welt veranlasst dich zu glauben, du würdest deine Schwester verlieren?« Der Doktor schüttelte völlig verdutzt den Kopf und schrieb etwas auf. »*Mein ganzes Leben habe ich der Forschung gewidmet und doch versteht noch immer niemand die grundlegendsten Dinge*«, murmelte er vor sich hin. Er kritzelte noch etwas auf ein separates Stück Papier, dann betrachtete er mich mit schmalen Augen.

»Beatrice und ich, wir haben nur einander«, erwiderte ich leise, was keine Antwort auf seine Frage war. Die Worte kamen reflexartig und mir wurde zum ersten Mal bewusst, wie oberflächlich sie klangen. Ich sagte sie nun schon so lange, dass ich nie darüber nachgedacht hatte, wie schnell eine tröstliche Floskel wie diese einen einschränken – oder gefangen halten – kann.

Der Doktor beugte sich vor. »Also, erstens ist es offensichtlich, dass diese Überzeugung nicht länger zutrifft. Es gibt noch andere in deinem Leben, ja sogar ein ganzes Haus voll anderer, mit denen du zusammenlebst und die bereitwillig alles riskieren würden, um euch beide, dich und Beatrice, zu beschützen und für euch zu sorgen. Ihr seid inzwischen Teil von etwas, das weitaus größer ist als nur ihr beide. Ist das nicht wundervoll?! Wenn wir uns nur alle so glücklich schätzen könnten. Deine Sorge, dass eine Drachenwandlung ihrerseits mit dem Verlust deiner Schwester einhergehen würde, ist ja durchaus nachvollziehbar, allerdings hätte ich gedacht, dass die jüngsten Ereignisse dich eines Besseren belehrt hätten. In ebendiesem Moment sitzen Menschen- und Drachenfamilien – ob sie nun von Geburt an zusammengehören oder durch Umstände und gemeinsame Bindungen entstanden sind – zusammen beim Abendessen, kümmern sich umeinander, schmieden Pläne, streiten sich hin und wieder und machen wie gewohnt mit ihrem Leben weiter, genau wie sie es immer getan haben. Du klammerst dich an eine Angst, die in der Welt, wie sie jetzt ist, hinfällig ist. Lass sie los!« Der Doktor leerte seine Teetasse und saß lange wortlos da. Ich blickte auf meine Hände. »Im Grunde musst du selbst entscheiden: Entweder du zwingst deine Schwester, die Gestalt beizubehalten, die du kennst, oder aber du akzeptierst sie so, wie sie sein möchte. Die Frage ist, wäre es wirklich so schlimm, eine weitere Drachin im Haus zu haben? Würdest du dich nicht genauso rückhaltlos für sie einsetzen, ihre Interessen beschützen und sie lieben und dich um sie kümmern, wie du es schon immer getan hast?«

»Aber die Schule ...«, begann ich wenig überzeugend.

Er verwarf den Gedanken mit einer Handbewegung. »Pah, kleingeistige Bürokraten!«, schnaubte er. »Hör mir bloß auf mit denen! Ich muss mich schon meine ganze Karriere lang mit solchen Narren herumschlagen.«

Ich wusste nicht, was ich sagen sollte. Ich warf einen Blick auf die Uhr. Ich würde auf jeden Fall zu spät kommen. Doch ich war noch nicht gänzlich bereit zu gehen. Ich trank hastig meinen Tee aus, was Dr. Gantz aus irgendeinem Grund auf einmal unverschämt glücklich aussehen ließ.

»Noch mehr Tee?«, fragte er.

»Nein danke. Ich muss los.« Ich schlang meine Tasche über meine Schulter. Dr. Gantz legte mir die Hand auf den Arm.

»Mein Rat? Lass sie sich drachenwandeln. Vielleicht wird sie so bleiben, vielleicht auch nicht. Es bringt jedoch nichts, eine Chrysalis davon abzuhalten, sich zu öffnen, wenn sie bereit dazu ist. Tatsächlich könnte das sogar dazu führen, dass das Wesen in ihrem Inneren stirbt. Mir wäre eine Welt *mit* Beatrice lieber als eine ohne, egal welche Gestalt sie hat«, sagte Dr. Gantz. Er legte wieder die Fingerspitzen aneinander und stützte das Kinn darauf. »Und wenn es dir nichts ausmacht, wäre ich gerne dabei, um ihre Drachenwandlung zu beobachten. Für die Wissenschaft. Es kann sein, dass sie nicht so selten ist, wie sie erscheint, doch die aktuelle Forschungslage lässt sehr zu wünschen übrig. Wir können schlechte Denkweisen und schlechte Ansichten nur herausfordern, indem wir die Fakten sorgfältig prüfen und die erhobenen Daten veröffentlichen. Davon bin ich seit jeher überzeugt.« Er verschränkte die Finger wie zum Gebet ineinander. »Bitte«, sagte er.

Jetzt kann ich es ja zugeben: Ich war von seiner Bitte nicht gerade begeistert. »Ich werde darüber nachdenken«, entgegnete ich mit emotionsloser Stimme. Was ich zu dem Zeitpunkt eigentlich sagen wollte, war *Nein*. Es war eine Sache, all meine Bedenken in den Wind zu schlagen und der Person, die ich am meisten liebte, das zu erlauben, wovor ich mich am meisten fürchtete – ungeachtet der Konsequenzen und ohne zu wissen, was die emotionalen, biologischen und situativen Auswirkungen sein könnten (auch wenn ich langsam und immer deutlicher verstand, dass meine Angst vermutlich unbegründet war). Aber einen Mann, den wir kaum kannten, dabei zusehen zu lassen? Bei einem solch ... *privaten* Ereignis? Damit er sich Notizen machte? Und es womöglich begutachten ließ und anschließend veröffentlichte? Also. *Das würden wir noch sehen.* Wissenschaft hin oder her, aber Forschende müssen auch erkennen können, wann es genug ist. Ich würde niemandem erlauben, meine Schwester zu seiner Laborratte zu machen, egal wie gut es gemeint sein mochte.

Allerdings sagte ich dem Doktor nichts von alledem.

Nur: »Danke, Dr. Gantz. Es freut mich, dass wir uns endlich kennengelernt haben.«

Dann ging ich.

# 41

Ich erzählte Marla und den anderen Tanten einstweilen noch nichts von Dr. Gantz' Rat. Ich konnte es ja kaum in meinem eigenen Gedanken in Worte fassen. Allein die Vorstellung, dass ich Beatrice nicht länger die Haare flechten, sie in den Armen oder ihre Hand halten konnte, stach wie eine Nadel in meinem Herzen. Und obwohl ich niemandem gegenüber die Art meiner Fragen an Dr. Gantz erwähnte, erzählte ich leider doch Tante Marla davon, dass er uns gern zu Hause besuchen und meine Familie treffen wollte. Ich erwartete, dass sie sofort ablehnen würde. Stattdessen waren sie und Edith aus mir unerfindlichen Gründen ganz begeistert von der Aussicht, ihn wiederzusehen und über alte Zeiten zu plaudern. So sehr sogar, dass sie ihn sofort anriefen und zum Weihnachtsessen einluden. Wir hatten bereits Sonja und ihre Großmutter eingeladen – und wer weiß wie viele Drachinnen plus ein paar der anderen mit Ständen auf dem Bauernmarkt – und ganz ehrlich, was machte da noch ein Gast mehr? Ich muss schon sagen, die Aussicht, so viele Leute am Weihnachtstisch zu haben, gefiel mir gar nicht. Es waren immer nur Beatrice und ich gewesen, wir zwei allein. Und jetzt waren wir so *viele*. Ich musste mich immer noch erst daran gewöhnen.

Nach dem Ende meines Semesters musste Beatrice noch eine Woche in die Schule gehen, weil ihre Ferien erst einen Tag vor Heiligabend anfingen, was sie als äußerst ungerecht empfand. Ich hatte den Stundenplan für mein erstes Semester extra so eingerichtet, dass ich weiterhin jeden Tag gegen halb vier Zeit hatte, Beatrice von der Schule abzuholen und sie nach Hause zu bringen. Genau wie früher. Bevor wir umgezogen waren. Bevor Drachinnen in unserem Haus lebten. Ich wollte Beatrice zeigen, dass sich manche Dinge niemals ändern würden.

Bis auf eines – jetzt hatte ich Sonja bei mir.

Während wir vor der Schule warteten, fiel träge Schnee vom späten Nachmittagshimmel. Wir saßen am Rand des Spielplatzes, wo man uns vom Eingang aus sehen konnte, Seite an Seite auf einer Bank. Die Klingel hatte noch nicht geläutet, doch die Sonne hing bereits tief über den Bäumen und wir wussten, dass es bald dunkel werden würde. Mehrere Mütter liefen vor der Schule auf und ab, sahen auf die Uhr, stapften mit den Stiefeln auf den Boden, um ihre Zehen aufzuwärmen. Uns ignorierten sie. Soweit sie sehen konnten, war keine von uns beiden eine Mutter, was uns gänzlich uninteressant machte. Das war mir nur recht. Ich wollte ohnehin nur mit Sonja reden.

Allerdings stellte sich heraus, dass ich nicht sonderlich viel zu sagen hatte.

»Du bist still«, meinte sie. Ihre Worte klangen weder gereizt noch enttäuscht. Sie stellte lediglich eine Beobachtung auf. Sie legte einen Arm um meine Taille und hielt mich einen Moment lang eng umschlungen.

»Ich weiß«, sagte ich. Dr. Gantz' Worte lagen mir wie ein schwerer Stein im Magen und diese Last schleppte ich nun schon seit Tagen mit mir herum. Ich aß kaum, konnte nicht schlafen und schlich mich nachts auf Zehenspitzen zu Beatrice ins Zimmer, um mich neben ihr Bett zu legen, genau wie früher meine Mutter, mit dem Gesicht zum Fenster gewandt, die Augen voller Sterne. »Ich mach mir wahrscheinlich einfach zu viele Gedanken.«

Ich wandte mich Sonja zu. Dicke Schneeflocken hingen ihr in den Haaren und den Wimpern. Sie funkelten im schräg einfallenden Licht. Sie war so wunderschön, dass es mir fast den Atem verschlug. Ich nahm ihre in einem Fäustling steckende Hand in meine. Und dann, dann beugte ich mich zu ihr und küsste sie. Erst auf die Wange. Dann auf die Stirn. Und dann ihren Mund. Ob es irgendjemandem auffiel? Ob uns irgendjemand sah? Ich wusste es nicht und es war mir auch egal. Was sollte ich sonst tun, angesichts solch atemberaubender Schönheit? Der Duft von Nelken und Farbe, von Zimt und noch etwas anderem – ein dunkler, leicht beißender Geruch, wie Rauch. Ihre spröden Lippen, ihre kalte Wange, ihr blassblondes Haar, das feucht an meiner Haut hing. Es gab niemanden sonst im Universum. Unser Universum bestand nur aus uns beiden.

*So glücklich könnte ich immer sein*, dachte ich zuerst.

*Aber was ist mit Beatrice?*, dachte ich gleich darauf. *Verdient sie es nicht auch, glücklich zu sein?*

Der Stein in meinem Magen wurde noch schwerer.

Es klingelte und die Kinder strömten aus der Schule. Sie rannten zum Bus, zu ihren Rädern oder machten sich in kleinen Grüppchen auf den Heimweg. Sonja und ich standen auf und lösten uns voneinander (wobei sich ein unsichtbarer Faden spannte, der uns dennoch miteinander verband). Ich sah, wie Beatrice aus dem Eingang herauskam, die Hand wie ein Visier an die Augenbrauen hielt und sich suchend umblickte. Als sie uns entdeckte, fielen ihre Schultern zusammen. Sie trug ihren Ranzen, als würde er Tonnen wiegen, und stapfte mit schweren Schritten durch den Schnee.

*Das habe ich ihr angetan*, dachte ich. *Das* tue *ich ihr an*. Ich versuchte, mich auf die Gegenwart zu konzentrieren, aber es fiel mir nicht leicht.

»Hi Bealein«, sagte Sonja.

»Es ist auch schön, dich zu sehen«, sagte ich, als Beatrice direkt an uns vorbeiging. Keine Umarmung, keine unzähligen Geschichten, keine spontane Gesangseinlage. Sie sprang weder auf Steine noch drehte sie Pirouetten auf der Parkbank. Ihre Drachentanten hatten ihre Locken glatt gekämmt und sie wie bei einer Walküre zu zwei engen, seitlichen Dutts hochgebunden, in die Beatrice vier Bleistifte, zwei Buntstifte, sechs Filzstifte und einen Zirkel gesteckt hatte. Ich war überrascht, dass ihre Zahnbürste nicht auch dabei war. Beatrice zog ein mürrisches Gesicht und ging weiter heimwärts, ohne ein Wort zu sagen. Von ihren Gefühlen beeinflusst wurden ihre Augen drachenhaft, kehrten aber wieder zu ihrer ursprünglichen Form zurück, bevor ich etwas sagen konnte.

Wie oft hatte ich sie angefleht, das Drachenwandeln in der Schule zu unterlassen? Und wofür? War es das hier wert? Beatrice schniefte und rieb sich die Augen. Auf ihrem Nacken blitzten goldene Schuppen auf und verschwanden wieder.

Ich hatte drei Drachinnen in meinem Physikseminar und vier weitere in meiner Übungsgruppe zur Westlichen Zivilisation. Es gab studentische Drachenhilfskräfte in der Bibliothek und mehrere im Kerntechniklabor und mindestens zwei Professorinnen, die sich irgendwann während des Semesters mitten in ihrer Vorlesung drachengewandelt und dann ganz normal mit dem Unterricht weitergemacht hatten. Wie oft hatte ich Beatrice schon von alldem erzählen wollen? Eigentlich fast jeden Tag. Nur wollte ich sie nicht durcheinanderbringen, also behielt ich diese Dinge für mich, wodurch sie sich noch einsamer fühlte.

»Möchtest du eine Weile bleiben?«, fragte ich. »Das sind doch ein paar deiner Freunde dort auf dem Spielplatz.« Ich war mir eigentlich nicht sicher, ob das ihre Freunde waren. Erschrocken stellte ich plötzlich fest, dass sie schon länger nicht mehr mit anderen Kindern gespielt hatte. »Sonja und ich könnten mitspielen.«

»Nein danke«, sagte Beatrice. Ihr normalerweise so ausdrucksvolles Gesicht war bleiern und leblos.

»Oh. Okay«, sagte ich und bemühte mich sehr, nicht verletzt zu klingen, was mir offensichtlich aber nicht gelang. »Tut mir leid, dass du einen schweren Tag hattest.«

Wieder dieser wütende Blick. Drachenaugen. Drachenmund. Dann ihr normales Gesicht. »Das *hatte ich nicht.* Es ist nur …« Sie sah auf den Boden. »Die anderen Kinder in meiner Klasse werden nicht wie ein Baby von ihren großen Schwestern abgeholt.«

Sonja drückte meine Hand und ließ los. Sie legte einen Arm um Beatrice. »Ich weiß, ich wollte euch nach Hause begleiten, Beatrice, aber ich habe völlig vergessen, dass ich meiner Großmutter helfen sollte, etwas sehr Schweres zu bewegen.« Sie fand meinen Blick und hob eine Braue. Sonja war unglaublich einfühlsam und aufmerksam, weit mehr, als ich es je war.

Sie beugte sich zu mir und gab mir einen Kuss auf die Wange. »Ihr zwei habt einiges zu besprechen«, flüsterte sie, wobei ihre Lippen mein Ohr streiften. Meine Haut entflammte und wärmte mich durch und durch. Ihre Berührung geisterte noch über meinen Körper, als sie sich schon längst durch den Schnee entfernte.

Beatrice winkte Sonja kurz hinterher, dann stolperte sie unter dem Gewicht ihres Ranzens weiter. Ich beugte mich vor, hob ihn ihr von den Schultern und trug ihn selbst. »Tut mir leid, Bea«, sagte ich. »Ich mache alles falsch.«

»Schon okay, vergiss es einfach. Ich will alleine sein.« Sie beschleunigte ihre Schritte, um ein Stück vorzugehen. Ich versuchte nicht, zu ihr aufzuholen. Ich lief einfach hinter ihr her und beobachtete sie, den energischen Schwung ihrer Schritte, die leichte Wölbung ihres Rückens. Als würde sie nur darauf warten, dass ihre Flügel endlich aus ihr herausbrechen würden und sie davonfliegen konnte, von der Schwerkraft losgelöst, ihre Silhouette, die sich gegen den Himmel abzeichnete. Ich wusste, wie es sich anfühlte, zurückgelassen zu werden – von meiner Tante, als sie sich drachengewandelt hatte, von meiner Mutter, als sie gestorben war, von meinem Vater, als er uns in diese Wohnung abgeschoben hatte, ohne auch nur zurückzublicken. Jeder von ihnen hinterließ eine Leere in mir, ein Fehlen, ein Loch im Universum, wo Liebe sein sollte. Wie würde es sich anfühlen, wenn Beatrice mich verließ? Ich stellte mir vor, wie es wäre, vom Boden aus nach ihr Ausschau zu halten – den Hals vorgestreckt, die zusammengekniffenen Augen beschattet, das Gesicht dauerhaft vom angestrengten Blick verzogen. Würde mein Leben so aussehen?

Als wir zu Hause ankamen, riss Beatrice mit erstaunlicher Kraft die schwere Stahltür auf und rannte zur Treppe. Sie hielt kurz inne, blickte zu mir zurück und zeigte auf mich. »Ich will nicht, dass du mir hinterherkommst«, sagte sie, fügte nach einer Pause noch »bitte« hinzu und spurtete davon. Ich konnte ihr nur mit den Augen folgen.

Quer durchs Land gingen Drachinnen auf die Straße, gemeinsam mit ihren Familien und all denjenigen, die sie unterstützten. Und was tat ich? Ich ging in den großen Wohnraum und fand alle eifrig bei der Arbeit vor. Es wurden Brote gebacken, Kekse ausgestochen und Fleisch mariniert. Sie sangen Weihnachtslieder und spornten sich gegenseitig an.

Ich hörte, wie Beatrice die wacklige Treppe hinaufstampfte und die Schlafzimmertür hinter sich zuknallte. Ich lehnte mich gegen die Backsteinmauer und ließ mich zu Boden sinken, stützte das Kinn auf die Knie und hielt mühsam die Tränen zurück.

Meine Tante sah auf und bemerkte meinen Blick.

»Alex«, sagte sie. »Alex, Liebling. Was ist passiert?« Die anderen Drachinnen unterbrachen ihre Arbeit. Sie wischten sich die Tatzen an Handtüchern ab und umringten mich mit warmherzigen und besorgten Mienen. *Meine Familie.* Natürlich konnte ich das nicht allein schaffen. Natürlich musste ich das mit ihnen besprechen. Ich seufzte, dann legte ich eine Hand auf Marlas Pfote. Sie drückte meine Finger.

Das Kinn nach wie vor auf dem Knie zog ich meine Knöchel noch enger an meinen Körper. »Meine Damen«, sagte ich, brach ab und schüttelte den Kopf. »Ich meine, meine geliebten Tanten. Wenn ihr eure eigene Drachenwandlung hättet aufhalten können – ihr wisst schon, wie bei einem Schalter –, hättet ihr es getan?«

Marla gab einen Laut von sich, als hätte man ihr in den Magen getreten. Sie überkreuzte die Vorderläufe und wandte sich von mir ab.

»Wie sieht es mit dir aus, Jeanne? Wenn ein Doktor auftauchen und sagen würde: ›Hier ist eine Medizin, die dich entdrachenwandelt!‹ Würdest du sie nehmen?«

»Auf gar keinen Fall«, sagte Jeanne. »Ich weiß, worauf du hinauswillst, allerdings denke ich, kann man unsere Situation …«

Ich ließ sie den Satz nicht beenden. »Was ist mit dir, Clara?« Sie wich meinem Blick aus und starrte an die Decke. »Hast du jemals versucht, einfach … *keine Drachin mehr zu sein*?«

Clara schüttelte den Kopf. »Natürlich nicht«, flüsterte sie und schürzte die Lippen. »Sei nicht albern.«

»Edith«, sagte ich. »Du hast Marla am unwahrscheinlichsten aller Orte gefunden und sie war die Liebe deines Lebens. Du hattest vor, euch nach eurer Dienstzeit eine Chance zu geben, und ihr wärt glücklich zusammen gewesen. Doch trotz allem war es einfach zu überwältigend, nicht wahr?

Die Drachin, die aus dir herausbrechen wollte. Eine tiefe und unaufhaltsame …«

»*Freude*«, entfuhr es Edith und führte damit meinen Gedanken zu Ende. Sie nickte und blinzelte hastig, wie um ihre Tränen zurückzuhalten. »Es war eine unbändige Freude.« Sie seufzte, sah Marla an und nahm ihre Hand. »Ich dachte, Marla würde mir folgen. Bestenfalls noch am selben Tag. Wie die Sonne, die auf den Regen folgt. Und dass wir dann für immer glücklich wären.«

Marla drückte sich ihre Pfoten ans Gesicht. Ihr Atem ging stoßweise und ihr Körper bebte. Ich redete weiter. »Das bist du aber nicht, Marla. Du hast es gespürt, den Ruf, den heftigen und unaufhaltsamen Drang, dich drachenzuwandeln, und doch hast du dich ihm widersetzt. Zumindest für eine Weile.«

Meine Tante seufzte tief und schwer. »Meine Eltern waren gestorben und meine Schwester ging noch auf die Highschool. Sie brauchte mich. Ich konnte dieses Leben nicht zurücklassen, konnte dem Ruf noch nicht folgen.«

»Und ich ihm nicht nicht folgen«, sagte Edith. »Und das hätte auch niemand von mir verlangen dürfen. Es war einfach zu *wundervoll.*«

Ich dachte darüber nach. »War es schwer für dich, Marla?« Meine Tante drückte die Stirn gegen den Boden. Ein Schauer durchfuhr sie. »Unsagbar«, sagte sie. »Ich hatte meine Schwester. Dich. Und Beatrice. Was wundervoll war. Und doch war es unsagbar schwer.« Edith und Jeanne knieten sich rechts und links neben sie und schlossen sie in ihre Arme.

»Verstehe«, sagte ich und vergrub das Gesicht in den Händen. Ich konnte sie nicht ansehen. »Jetzt verstehe ich alles. Ihr Lieben, wir haben ein Problem. Beatrice ist unglücklich. Das wissen wir alle. Es fällt ihr immer schwerer, sich nicht drachenzuwandeln. Jede Faser in ihr schreit förmlich danach.

Den ganzen Tag über, ob in der Schule oder zu Hause. *Unaufhörlich.* So kann es nicht weitergehen. Sie leidet darunter.«

Ich stand auf und schob die Hände in die Taschen, meine Brust bebte leicht. Edith streckte eine Tatze nach mir aus und legte sie auf meinen Fuß. Sie blickte mich fest an, die Augen feucht vor lauter Liebe und Sorge. Clara schlang ihren Schwanz um meine Schultern. Jeanne reckte den Hals und drückte ihre Stirn an meine, um mich zu vergewissern, dass sie für mich da war. Selbst als meine Mutter noch lebte und wir alle vier zusammenwohnten, hatte ich nie eine Familie wie diese. Ich war nicht allein. Ich würde nie allein sein. Ich ging zu Marla hinüber und kniete mich vor sie. Endlich erwiderte sie meinen Blick.

»Sie ist in ihrem Zimmer und offen gesagt glaube ich, sie könnte ein wenig Privatsphäre gut gebrauchen. Ihr Lieben, die Zeit ist reif. Ich habe mich lange genug dagegen gewehrt, doch das war falsch von mir. Wir lagen alle falsch. Beatrice braucht das. Sie muss selbst über ihren Körper bestimmen dürfen. Ob sie sich drachenwandelt oder nicht, sollte allein ihre Entscheidung sein. Schluss mit den Regeln. Schluss mit den Einschränkungen. Sie kann sich teilweise wandeln, sich komplett drachenwandeln, für immer hin und herwechseln oder in irgendeiner Form stecken bleiben. Darüber entscheiden nicht wir, sondern nur Beatrice allein. Wenn die Schule ein Problem damit hat, dann Pech!« Ich war auf einmal so erschöpft, dass es sich anfühlte, als wären meine Knochen zu Brei geworden.

»Aber Alex«, sagte meine Tante.

»Was ist mit ihrer Bildung?«, keuchte Edith.

»Dann unterrichten wir sie zu Hause«, sagte ich. »Irgendwann werden die Schulen sie schon zurückkommen lassen Es ist mir lieber, sie lernt in der Bibliothek, als dass sie noch einen Tag länger unglücklich ist. Sie muss sich nicht heute drachenwandeln, aber sie muss wissen, dass sie es *kann.*«

»Es ist nur«, sagte Jeanne. Sie hielt inne und holte ein besticktes Taschentuch hervor. »Wir lieben sie so sehr. Wir waren erwachsen, als wir uns gewandelt haben. Wir wussten, worauf wir uns einlassen. Was, wenn sie ihre Meinung ändert und nicht mehr zurückkehren kann?« Sie schnäuzte sich unter gewaltigem Getöse die Nase.

Ich zuckte mit den Schultern. »Beatrice weiß ganz genau, was sie will. Das war schon immer so. Und wenn sie in irgendeiner Form stecken bleibt, dann behauptet sich damit ihr Wesen. Wenn sie hin- und herwandeln kann, dann können manche Kinder das vielleicht einfach. Und wer weiß! Vielleicht ja sogar auch Frauen. Niemand weiß über diese Dinge Bescheid, weil niemand bereit ist, darüber zu reden, weshalb sich auch niemand die Mühe macht, diese Fragen zu stellen, geschweige denn sie zu beantworten. Mich eingeschlossen. Das ist einfach nur dumm. Ich lebe unter einem Dach mit Drachinnen. Meine Bedenken ergeben absolut *keinen Sinn*. Wenn es irgendein Kind gibt, das sich nach Lust und Laune drachenwandeln können sollte, dann Beatrice.«

Meine Tante blickte mir lange in die Augen. »Wenn sie sich drachenwandelt und nicht in ihre Mädchengestalt zurückwandeln kann, hast du also nichts dagegen, wenn ich sie zu Hause unterrichte?«

Ich spürte, wie sich tief in mir etwas löste. Ich beugte mich zu meiner Tante vor und schlang die Arme um sie. Sie drehte den Kopf zur Seite, damit die kochend heißen Tränen nicht auf meine nicht drachengewandelte Haut tropften. »Ich liebe dich«, sagte ich. »So sehr. Natürlich habe ich nichts dagegen. Sie ist deine Tochter, Marla. Es wird Zeit, dass sie das weiß. Es wird Zeit, dass sie versteht, wie sehr du gelitten hast, was du aufgegeben und wie sehr du sie geliebt hast. Sie ist deine *Tochter*, Marla. Und ich bin das auch. Du bist mir genauso sehr eine Mutter, wie meine eigene Mutter es war. Ich wünschte, ich hätte das schon früher verstanden.«

Meine Drachentanten schlossen mich in die Arme und hoben mich hoch, sodass meine Füße mehrere Zentimeter über dem Boden baumelten. Sie waren weich und angenehm warm. Ehrlich gesagt war es ein schönes Gefühl. Von Personen gehalten zu werden, die mich liebten. Ich konnte mich nicht erinnern, wann ich das zuletzt erlebt hatte.

Es passierte nicht sofort. Den Rest des Tages waren wir alle merklich angespannt, während wir darauf warteten, dass sie sich wandelte. Beatrice entspannte sich jedoch auf einmal und half beim Dekorieren und Verzieren der Kekse. Sie wusch ihren Teller ab und half beim Fegen, putzte sich die Zähne, ohne aufgefordert zu werden, und ging zu Bett, ohne sich zu beschweren. Am nächsten Tag war Heiligabend und wir besuchten eine besondere Mitternachtsmesse draußen im Schnee vor der Kathedrale, gemeinsam mit anderen gemischten Familien. Eine unserer Drachentanten hielt jeweils Beatrice und mich in den Armen, sodass uns die Glut in ihren Bäuchen warm hielt. Ich rechnete schon fast damit, dass sie sich genau dort vor all den Leuten drachenwandeln würde. Doch das tat sie nicht. Sie schlief noch vor der zweiten Bibellesung ein.

Am nächsten Morgen stand Beatrice blitzgeschwind auf und raste los, um ihre Geschenke unter dem Weihnachtsbaum zu öffnen. Der Duft von Zimt und Nelken, Äpfeln und Festtagsbraten, Sahne, Zucker und Schokolade erfüllte das Haus. Sonja und ihre Großmutter und Dr. Gantz trafen alle nachmittags um zwei zu unserer Weihnachtsfeier ein. Augenblicklich wurde deutlich, dass Dr. Gantz von Mrs. Blomgren ganz angetan war – er war überraschend nervös, verhaspelte sich ständig und lief rot an, sobald sie etwas sagte. Wir hatten auch Mrs. Gyzinska eingeladen, die allerdings wegen einer Erkältung abgesagt hatte. (Dass sie im Krankenhaus war, hatte sie dabei natürlich nicht erwähnt. Das erfuhr ich erst später.) Wir sangen und lasen Geschichten vor. Beatrice spielte ein Lied auf ihrer Flöte und Sonja sang norwegische Volkslieder, während ihre langen Finger der alten Mandoline ihres Großvaters Akkorde und Harmonien entlockten. Die Drachinnen tauschten Zärtlichkeiten aus, Sonja und ich saßen Arm in Arm in einer Ecke des Sofas. Niemand sagte, dass wir das nicht dürften.

Die Drachenwandlung begann nach dem Abendessen und den Liedern, aber noch bevor Edith ihren wunderschön dekorierten weihnachtlichen Baumstammkuchen servierte: aus schokoladigem Biskuitboden, Ganache und einer dicken Sahnefüllung, verziert mit Zuckerfäden, die wie Stechpalmenblätter aussahen.

»Wer ist bereit für Nachtisch?«, fragte Edith in die Runde. Sie wankte ein wenig vom Wein und vom Lachen.

Beatrice stand auf. »Ja, aber …« Und dann hielt sie inne. Sie legte die Hände an ihr Herz und ich riss die Augen auf, griff nach Sonjas Hand.

»Oh«, sagte Beatrice, als sich ihre Augen golden färbten. »*Oh.*«

»Beatrice?«, fragte ich.

Jeanne, die schnell mitdachte, fing an, die Möbel auf dem Weg zu räumen. Clara rannte los und füllte einen Eimer mit Wasser, nur für alle Fälle. Dr. Gantz holte sein Notizheft hervor, zog eine Kamera aus seiner Tasche und reichte sie Sonja. »Mach bitte so viele Aufnahmen wie möglich. Und versuch, die Kamera still zu halten. Schließlich ist das für die Wissenschaft.« Ich wusste nicht, warum er ihr diese Aufgabe übertrug. Vielleicht lag es an ihrem unerschütterlichen Auftreten oder ihrer offensichtlich ruhigen Hand. Jedenfalls habe ich die

Fotos noch heute, nach all den Jahren. Sie sind immer noch bemerkenswert.

Dr. Gantz stellte eine Frage nach der anderen und schrieb eifrig mit, ob er nun eine Antwort bekam oder nicht.

Beatrice sagte kein Wort. Ich sah zu, wie sie das Gesicht nach oben neigte und ihr Brustkorb sich sichtbar hob und senkte. Sie hatte den Mund geöffnet, als würde ihre Seele mit jedem Seufzer entfliehen. Sie trug einen Ausdruck unerschrockener Freude im Gesicht. Ich näherte mich ihr zaghaft, kniete mich vor sie und legte eine Hand auf ihre – sie war so heiß, dass es wehtat, doch ich ließ nicht los und verschränkte die Finger mit ihren. Ich küsste ihr die Wange. Meine Lippen schlugen leichte Blasen.

»Es ist okay, Bea«, sagte ich. »Es ist okay. Du und ich, wir gehören zusammen. Nichts wird je etwas daran ändern. Du bist du und ich bin ich und wir sind wir, und das ist ganz schön großartig.« Sie drehte sich um und öffnete die Augen. Sie waren groß und weit aufgerissen und golden. Sie funkelten so hell, dass ich blinzelte.

»Alex«, sagte sie atemlos. Ihre Haut dehnte sich. Ihre Zunge strahlte. Ich habe noch immer Narben an den Händen, weil ich mich weigerte, ihre loszulassen. Um nichts in der Welt hätte ich sie losgelassen. Licht ergoss sich aus Beatrice' Haut. »Wusstest du, Alex? Wusstest du, wie groß die Welt sein kann? Wusstest du es?«

*Ach, Beatrice. Ja. Endlich wusste ich es. Und ich weiß es noch immer.*

Wie Blütenblätter fiel die Haut von ihr ab. Sie stieß einen brüllenden Schrei aus, der die Mauern erschütterte, Bücher aus den Regalen warf und in meinen Knochen widerhallte.

# 42

Wie erwartet wurde Beatrice der Schule verwiesen. Marla, Edith, Jeanne, Clara und ich marschierten alle zusammen ins Büro des Schulleiters, widerwillig von Beatrice begleitet, und verlangten, dass sie weiterhin den Unterricht besuchen dürfe. Als der Schulleiter sich weigerte, forderten wir wiederum, dass er uns dies schriftlich gab. Auf dem Flur erwarteten uns bereits ein paar Leute von der Universitätszeitung (die alle mit Sonja befreundet waren) mit Schreibblöcken und Kameras. Sie bombardierten uns mit Fragen und machten Fotos, und schon am nächsten Morgen erschien die ganze Geschichte auf der ersten Seite. Es dauerte nicht einmal eine Woche, da machte sie auch in der Zeitung von Milwaukee Schlagzeilen, dann in Chicago und bis zum Monatsende wurde landesweit von ähnlichen Fällen berichtet. Es hatte den Anschein, als wären wir nicht die Einzigen, die bereit waren, sich für den uneingeschränkten Bildungszugang kürzlich drachengewandelter Kinder einzusetzen.

Trotz alledem erfreuten sich Marla und die anderen Tanten daran, Beatrice zu Hause zu unterrichten, und teilten sich die Aufgaben gerecht untereinander auf. Auch Beatrice nahm sich dessen mit unerwartetem Eifer an. Jeanne richtete eine Lernecke mit einem drachengroßen Schreibtisch, mehreren

Bücherregalen und sogar einem kleinen naturwissenschaftlichen Labor ein. Clara unterrichtete Hauswirtschaftslehre und Geschichte, während Edith Literatur und Rhetorik und Marla Mathematik und Autoreparatur übernahm. Jeanne kümmerte sich um Naturwissenschaften und Sport – und fragt mich bloß nicht, was Letzteres beinhaltete. Beatrice nannte es nur »Feuertanzen« und ehrlich gesagt jagte mir allein der Gedanke daran Angst ein, weshalb ich einfach das Thema wechselte. Offenbar behielt meine Mutter doch teilweise recht: Manchmal ist es tatsächlich besser, keine Fragen zu stellen.

Über ihre Kontakte zum Bauernmarkt fanden meine Tanten auch noch andere Familien mit drachengewandelten Kindern, was bedeutete, dass Beatrice sowohl gleichaltrige als auch gleichgesinnte Drachinnen hatte – und später Lerngruppen. Sie organisierte Spiele und Pläne ähnlich denen, die sie in unserer alten Nachbarschaft angeführt hatte, nur dass ihre Spielgefährtinnen jetzt fliegen konnten. Und Feuer speien. Ich biss die Zähne zusammen und hoffte das Beste. Das Zusammenleben mit der nun unbeschwerten und entfesselten Beatrice wurde unendlich viel leichter. Sie wandelte weiter zwischen ihrer Mädchen- und Drachengestalt hin und her, was allerdings oft an ihren Kräften zehrte und sie den schönsten Teil des Tages erschöpft zurückließ. Allgemein bevorzugte sie es, eine Drachin zu sein, und mädchenwandelte sich nur gelegentlich. In ihren Worten genoss sie manchmal das Gefühl, *klein* zu sein. Das verstand ich sehr gut. Ich war auch *klein*. Und ich genoss es absolut. Beatrice lachte viel, half gern und erhellte jeden Raum, den sie einnahm. Ihr Verstand sprudelte nur so vor endlosen Ideen und Interessen, Fragen und *Plänen*. Sie wollte die ganze Welt verstehen. Damit will ich nicht sagen, dass alles perfekt war. Doch uns ging es *gut*. Ich bin mir sicher, die anderen hätten mir zugestimmt.

Für mich signalisierte das eine tiefgreifende Veränderung darin, wie ich mein Leben verstand. Ich war nicht länger für Beatrice verantwortlich. Marla und die Tanten waren es. Nicht nur das, ich musste auch mein eigenes Leben nicht mehr allein bewältigen. Marla und die anderen halfen mir, meine Finanzen zu regeln, achteten darauf, dass ich genug schlief, und bestanden darauf, dass ich mich ausgewogen ernährte und genug Vitamine bekam. Sie sorgten sich, wenn ich blass aussah oder sie mich husten hörten. Sie hießen die Leute willkommen, mit denen ich befreundet war, und gaben vor, es nicht zu bemerken, wenn Sonja bei uns übernachtete. Sie standen mir mit Rat beiseite, ohne zu neugierig zu sein, hörten mir zu, ohne zu urteilen, sorgten sich, ohne mich zu erdrücken. Sie fragten nach meiner Meinung, wenn es um Beatrice ging – ihre Interessen, ihr Verhalten, ihre Bildung. Weil wir uns die Verantwortung teilten, war es mir erstmals möglich, einfach nur Studentin zu sein – ganz in das Leben des Geistes und die Praxis der Forschung vertieft, ohne die Last der Sorge. Marla wurde einmal mehr zur tragenden Säule meines Lebens. Eine Zukunft eröffnete sich mir, reich an Möglichkeiten, und das nur dank der Hilfe der anderen.

Dankbarkeit ist ein merkwürdiges Gefühl, der Freude so verblüffend ähnlich.

Ich besprach mit Professorinnen und Professoren über meine Aussichten auf den Besuch einer Graduiertenschule. Ich schrieb an Mrs. Gyzinska, um sie dazu um Rat zu bitten (sie hatte ein paar Gedanken dazu), und schrieb sogar Mr. Burrows, der mit seinem echten Namen von seinem neuen Labor an der University of New Mexico aus antwortete. Ich fing an, mögliche Pläne für meine Zukunft zu schmieden – und was sich einst wie ein wilder Sprint angefühlt hatte, an dessen Ende eine Klippe wartete, kam nun einem interessanten Pfad gleich, der mich durch einen schönen Wald und zum Gipfel eines Berges hinaufführte, oder vielleicht auch nicht. Und, ja, dass ich dieses Ziel erreichen würde, war nicht sicher, aber *oh!* Was für ein Berg das war! Und oh! Welch eine Aussicht! Und welche Freude, immer weiter voranzukommen!

Das neue Semester begann und ich stürzte mich ins Studium und meine wissenschaftlichen Untersuchungen. Ich arbeitete im Labor, trat Forschungsgruppen bei und sicherte mir sogar Fördermittel für meine eigenen Projekte. Ich arbeitete jeden Dienstag- und Freitagabend bis nach zwei Uhr morgens ehrenamtlich im Observatorium. Sonja begleitete mich an den Freitagen – sie lernte oder zeichnete, faulenzte nur oder döste tief in der Nacht auf dem Sofa, bis meine Schicht vorbei war. Hin und wieder machte ich eine Pause, nur um ihr übers Gesicht oder übers Haar zu streichen oder ihr den Arm um den Rücken zu legen. Ich verbarg nicht, dass wir zusammen waren. Wenn irgendjemand ein Problem damit hatte, sagte er es nicht. Manchmal bot es auch ein paar Vorteile, wenn die Leute wussten, dass man mit einem Haus voller Drachinnen zusammenlebte.

Nachdem meine Schicht vorbei war, blieben Sonja und ich oft noch die ganze Nacht draußen. Rastlos und hellwach spazierten wir dann am See entlang, bis der Himmel sich rot färbte und der Morgen anbrach. Ich wollte jede Sekunde mit ihr verbringen. Ich wünschte, dass sich jeder gemeinsame Augenblick krümmen und sich mit all den anderen möglichen Augenblicken verknüpfen würde.

Ein endloses Geflecht der Zeit.

Ein Quantenliebesknoten.

Auch wenn die erste Liebe nur selten von Dauer ist, so fühlt es sich doch stets so an, als ob sie es sein *müsste.* Ich klammerte mich an jede Sekunde, die ich mit Sonja hatte. Jede einzelne war so kostbar wie ein Schatz, den man nur allzu leicht verlieren konnte.

Wann war mir aufgefallen, dass Sonja begonnen hatte, nur noch Drachinnen zu zeichnen, zu malen oder in kleine matte Buntglassteine einzuritzen, die sie wie Talismane mit sich trug? Wann war mir aufgefallen, dass ihr Blick an mir vorbeischweifte und sich himmelwärts hob? Ich wollte nicht daran denken, fragte sie nicht danach. Ich versuchte mir einzureden, dass es nicht so war.

An einem Freitag Anfang Februar kam Sonja erst spät in die Sternwarte. Ihre Wangen waren rosig und ihre Augen leuchteten. Aber es war schließlich auch Februar und in jener Nacht klirrend kalt. Es waren noch vier Studenten da und sie wechselten sich alle gegenseitig dabei ab, mir die Ausrüstung zu erklären (obwohl ich sie allesamt eingearbeitet hatte) oder mir die Theorie zu erläutern (ich hatte ihre Notizen gesehen, also nein danke) und mir anzubieten, die mathematischen Berechnungen zu überprüfen (ich lehnte freundlich ab). Als einer von ihnen mir irgendwann zu erklären versuchte, wie Objektive funktionierten, sagte ich: »Danke, aber deine Erklärungen nützen mir so viel wie Kaugummi in den Haaren. Warum tust du uns nicht allen einen Gefallen und *hältst die Klappe*?«

»Oje, Alex«, flüsterte er. »Du musst mir nicht gleich den Kopf abreißen.« Kurz darauf beeilten sich alle vier zu gehen. Der Doktorand, der in dieser Nacht Aufsicht hatte, ein großer junger Mann aus North Dakota, war wieder einmal an seinem Schreibtisch eingeschlafen. Das war nicht ungewöhnlich für Leute, die promovierten. An den besten Tagen waren sie hager und todmüde, einzig von Kaffee angetrieben. Ich brachte es nicht über mich, ihn zu wecken, also übernahm ich es, das Observatorium zu schließen – stellte Geräte zurück, fuhr Apparaturen herunter und prüfte die Bestände. Es war gut, etwas zu tun zu haben. Sonja blieb in ihrer Ecke sitzen, über ihr Notizbuch gebeugt, einen Ausdruck unbändiger Freude im Gesicht. Ich konnte nicht sehen, was sie zeichnete. Ab und an hob sie den Blick, sah zu mir hinüber und lächelte. Immer wenn sie das tat, stockte mir der Atem.

Wir weckten den Doktoranden, der sich panisch umblickte, bis ich ihm erklärte, dass ich alle seine Aufgaben bereits für ihn erledigt hatte und er einfach nur abschließen und schlafen gehen konnte. Sonja und ich holten unsere Taschen und ließen ihn allein.

Als wir im Flur waren, nahm Sonja meine Hand. »Ich will noch nicht, dass der Abend vorbei ist. Du?« Ich drehte mich zu ihr um, nahm ihre andere Hand und machte einen Schritt auf sie zu.

»Nein«, sagte ich, das Wort kaum mehr als ein Hauch.

»Gehen wir aufs Dach«, flüsterte sie. »Ich will dir was zeigen.«

Mir kam erst gar nicht der Gedanke, dass in diesem Moment Minusgrade waren und es dort oben eisglatt und gefährlich sein würde. Ich nickte lediglich mit flatterndem Herzen. Rückwärts laufend zog Sonja mich an den Händen hinter sich her.

Ich wusste nicht, was sie mir zeigen wollte. Dass ich noch nicht nach Hause gehen wollte, wusste ich dagegen schon.

Auf dem Weg nach draußen fröstelte ich. Der schwarze Himmel funkelte über uns vor lauter Sternen, jeder einzelne so hell und klar und kalt. Es war eine dieser seltenen Nächte, in der die fallenden Temperaturen jeden Tropfen überschüssiger Feuchtigkeit, der die Sicht verschleiern oder trüben konnte, aus der Luft herauspresst und der Wind beschließt, vollkommen stillzustehen. Mein Atem bildete Wölkchen und Frost sammelte sich auf meinen Wimpern. Es war mir egal. Mein Bauch war heiß, meine Knochen waren heiß und meine Haut schien zu glühen. Sonja Blomgren streckte die Hände nach mir aus und legte sie an meine Wangen. Ihre Finger waren eisig, die Handflächen dagegen heiß. Ich wollte nicht hineingehen.

Ihre Wangen waren vor freudiger Erwartung gerötet. (*Worauf?*, fragte ich sie nicht. *Oh Gott, warum habe ich sie nicht gefragt?*)

»Der Himmel ist perfekt«, sagte ich. »Wollen wir zusammen die Sterne beobachten?«

Am besten konnte man die Sterne sehen, wenn man flach auf dem Rücken lag und geradewegs nach oben blickte, sodass die Mitte des eigenen Sichtfelds auf den dunkelsten Teil des Himmels gerichtet war. Vor ein paar Jahren hatten mehrere Studierende der Astronomie auf dem Dach eine Kiste zum Sternebeobachten eingerichtet, ausgestattet mit Wollwalkdecken, die unsere Körper nun vor dem kalten Dach und dem eisigen Wind schützten, und ein paar alten Kissen, damit es gemütlicher war. Wir legten uns möglichst nahe aneinandergekuschelt hin und blickten in den Sternenhimmel. Sonja hielt meine Hand. In ihren Augen funkelten die Sterne. Der Lake Mendota war noch immer zugefroren und wir konnten bis hier oben das dumpfe, singende Knistern und tiefe Knacken des Eises hören – ein kalter, einsamer Klang. Daneben hörten wir auch die Musik verschiedener Wohnheimpartys und das Geräusch junger Männer, die draußen herumrannten und im Dunkeln testosterongesteuerte Spiele spielten.

Nach einer Weile rollte sich Sonja Blomgren zu mir, die Wange auf die Fingerknöchel gestützt.

»Mein Vater hatte da diese verrückte Idee«, sagte Sonja, ohne dass sie mich ansah, ihr Blick war noch immer gen Himmel gerichtet. Geistesabwesend fuhr sie mit den Fingerspitzen meine Wange entlang, als würde sie sich meine Haut mit ihrer einprägen. »Nachdem meine Mutter sich drachengewandelt hatte. Er brachte mich zu meinen Großeltern, ihrem Haus am südlichen Ufer des Lake Superior und sagte, er werde sich nicht von mir verabschieden, weil er wiederkommen würde. Er würde meine Mutter mitbringen und dann wären wir wieder zusammen. Wir würden vielleicht zusammen auf einer Insel auf dem See leben. Meine Großeltern gaben ihm ihren Segen loszuziehen, um ihre Tochter zu finden, doch sie hielten ihn für verrückt. Und das war er auch. Er glaubte, wir könnten auf einer der Leuchtturminseln leben oder einfach in einer Hütte, der große See zur einen und die dichten Wälder zur anderen Seite. Und Mom könnte weiter eine Drachin sein und ihre Drachensachen machen und ich könnte weiter ein junges Mädchen sein, das noch beide Eltern hatte, die es liebten, und er würde angeln oder jagen oder Gemüse anbauen und wir wären alle glücklich. Es war lächerlich. Erstens konnte er schon mal nicht angeln. Er war zu ungeduldig und viel zu zartbesaitet. Er hatte auch noch nie im Leben gejagt, aus denselben Gründen. Und der einzige Garten, den wir je hatten, war nicht mehr als ein Quadrat aus Erde und Unkraut. Er konnte nicht mal Spargel anbauen, dabei gibt's nichts Einfacheres als das. Mein Dad war Zimmermann, kein Pfadfinder. Zweitens hat meine Mutter uns nicht grundlos verlassen. Sie hat sich weder bei mir noch von ihren Eltern verabschiedet und schon gar nicht bei meinem Vater. Es fällt mir schwer, das zu akzeptieren, aber ich weiß, dass es stimmt. Außerdem ist sie nicht zu uns zurückgekommen, und auch das nicht grundlos.«

Sonja setzte sich auf, ihr Blick haftete am Himmel. Unter ihren Augen schimmerte eine Spur aus Tränen. Winzige Eiskristalle hingen an jeder ihrer Wimpern, sie funkelten in dem schwachen Licht. Meine Wangen glühten. Meine Lippen glühten. Ich konnte mich nicht bewegen und auch nichts erwidern. Ich wusste, dass ich irgendetwas sagen *sollte*. Doch mein Mund war wie mit Asche gefüllt.

Sonja biss sich auf die Unterlippe. »An dem Tag, als sich alle Mädchen gewandelt haben? Da war ich auf einer Pyjamaparty. Zusammen mit fünf anderen Mädchen. Die Eltern der Freundin waren auf einer Hochzeit und wir hatten das Haus für uns allein, also haben wir uns natürlich am Schnapsregal bedient. Wir gingen in Unterwäsche in den Garten, legten uns auf die Gartenstühle und blickten in den Himmel. Mein Kopf war ganz benebelt. Ich küsste meine Freundin, Joanne, ich meine einen richtigen Kuss, und sie legte sich neben mich auf den Stuhl, ihre Haut an meine geschmiegt, ihre Hand in meiner, und es war das beste Gefühl auf der ganzen Welt. Wir beobachteten über eine Stunde lang die Sterne. Und dann, ganz plötzlich, sagte sie, es würde ihr leidtun, und stand auf.« Sonjas Stimme zitterte. Sie sog schnell die Luft ein, als würde sie ein Schluchzen unterdrücken. »Und dann *wandelte sie sich.* Alle *wandelten sich.* Ich sah ihnen hinterher, wie sie davonflogen, eine nach der anderen, und blieb allein im Garten zurück. Es war einer der einsamsten Tage meines Lebens. Meine Freundinnen hatten sich alle gewandelt. Alle. Und ließen mich allein zurück.«

Über uns glitzerten und brannten die Sterne. Ich legte den Arm um Sonjas Rücken und drückte sie an mich.

Ich fand meine Stimme wieder. »Vor langer Zeit, bevor sie sich drachenwandelte, hat mir meine Tante mal gesagt, dass alle Frauen magisch sind und wir alle den Ruf hören, nur dass manche ihm folgen und manche nicht. Aber ob das so stimmt, weiß ich nicht. Ich war *dort* an dem Abend des Abschlussballs. Ich habe gesehen, wie glücklich sie waren und wie sich diese Mädchen *gewandelt* haben. Wir haben alle zusammen getanzt, es hat sich *so gut* angefühlt, gemeinsam zu tanzen, und dann haben sich ihre Augen verändert und ihre Münder, und sie sind aus ihrer Haut geschlüpft. Sie sind fortgegangen und haben mich zurückgelassen. Ich habe *nichts* gehört. Ich wurde nicht gerufen.«

Ich sagte nicht, was ich dachte. *Bin ich nicht genug? War ich nicht gut genug?* Doch selbst in dem Moment wusste ich, dass das die falschen Fragen waren. Stattdessen sollten sie heißen: *Was für ein Leben würde ich wählen? Was für ein Leben wünsche ich mir?* In meinem Herzen wusste ich die Antwort längst.

Sonja hielt meine Hände in ihren. Sie legte die Lippen an meine Wange und verweilte dort. Ich spürte ihren Atem. Ich spürte ihren Kuss. Unsere Münder waren geöffnet und unsere Arme ineinander verschlungen wie ein Knoten. Ihre Lippen waren warm, dann heiß. Ihre Haut glühte. Meine Lippen brannten und meine Knochen und mein Herz, sie brannten immer heißer.

*Oh nein*, dachte ich. *Oh, Sonja.* Ich schlang die Arme um sie und hielt sie fest. *Geh nicht. Nicht dorthin, wohin ich dir nicht folgen kann.*

Nach dem Kuss blieben wir lange so. Wir waren uns ganz nahe. Die glühenden Wangen aneinandergelegt, Finger in Handschuhen an Finger in Handschuhen. Sonja löste sich von mir. Sie sah mich lange an, ihre grauen Augen glitzerten. »Manchmal denke ich an meine Mutter. Wie viele Zeichnungen habe ich von ihrem Gesicht? Wie viele Gemälde und Skulpturen? Ich kann sie kaum noch zählen, ehrlich gesagt. Doch es hilft mir, mich an ihr Gesicht zu erinnern und an das meines Vaters. Es tröstet mich, mich an die unermessliche Liebe, die sie füreinander empfunden haben, zu erinnern. Auch wenn ihre Liebe am Ende nicht gereicht hat. Denn manchmal ist die Liebe einfach nicht genug.« Sie schob die Hand unter meine Mütze und wickelte mein Haar um ihre Finger. Ich vergrub das Gesicht zwischen ihrem Schal und langen Hals. »Ich habe den Ruf in jener Nacht mit meinen Freundinnen auch nicht gehört. Aber ich *wollte* ihn hören. Und habe *nie* aufgehört, es zu wollen. Also habe ich mich besonders bemüht, mich mit Drachinnen anzufreunden, als ich auf die Uni kam. Ich dachte, es würde vielleicht etwas in mir auslösen. Aber nichts geschah, über sehr lange Zeit.«

»Na ja«, sagte ich, ohne sie loszulassen, »dann ist das vielleicht deine Antwort.«

Sonja ließ die Arme sinken, machte einen Schritt zurück und betrachtete mein Gesicht. Sie schüttelte den Kopf. »Oh, Alex. Verstehst du denn nicht? Jetzt *spüre* ich etwas. Es fing an dem Tag an, als ich dich wiedergefunden habe. Ich habe etwas in mir gespürt. So als wäre mein Leben mehr, mehr als nur es selbst. Ich habe gespürt, dass ich mehr war als nur ich selbst. Vielleicht ist das eine andere Art von Ruf.« Sie tat noch einen Schritt zurück. Ihre Augen waren jetzt golden und leuchteten. In ihrem Mund schimmerten Rubine.

»Oh, Sonja«, hauchte ich. »*Bist du dir sicher?*«

»Mein Vater ist auf der Suche nach meiner Mutter gestorben und sie war *nicht mal hier*. Ich glaube, nein, ich *weiß*, dass sie sich in die Lüfte erhoben hat, um die Sterne zu erkunden. Ich glaube, sie ist noch immer dort. In den Tiefen des Weltraums.« Ihr Hals dehnte sich. Krallen bohrten sich durch ihre Stiefel. Sie war so wunderschön, dass ich glaubte, ich würde sterben. Sie küsste mich noch einmal, auf den Mund. Ihr Mantel fing an zu qualmen und zu versengen. Meine Lippen brannten. Sie zog sacht an ihrer Kleidung, sodass sie von ihr abfiel, und setzte sich eine Kralle an die Haut zwischen ihren Brüsten. Ich wandte den Blick ab. Die Nacht war kalt, die Sterne strahlend hell. Drachinnen flogen über den windgepeitschten See und die Luft war erfüllt von den Rufen der Männer. Beatrice war zu Hause. Sie brauchte mich. *So wie ich war.* Es sei denn, sie brauchte mich nicht. Vielleicht würde sie mich nicht für immer brauchen. Vielleicht war es falsch, mich zu fragen, was Beatrice brauchte. Was brauchte *ich*? Was wollte *ich*? Was wollte *ich* von meinem Leben? Der Boden unter meinen Füßen wellte sich. *Sonja Blomgren bringt die Erde zum Beben*, dachte ich und es hatte sich nie wahrer angefühlt. Sonja bohrte die Kralle in ihre Haut und zog sie nach unten.

»Ich will größer sein als ich selbst«, sagte sie und schloss die Augen. »Ich würde gerne meine Mutter finden. Die Sterne erkunden. Und was jenseits der Sterne liegt. Ich will das Universum mit meinen Augen verschlingen. Komm mit mir, Alex. Ich kann nicht länger hierbleiben. Ich kann nicht länger in diesem Körper bleiben. Das ist nicht das Leben, für das ich mich entscheide. Ich wähle ein *anderes*. Ich liebe dich so sehr, Alex. Magst du nicht mit mir kommen?«

Wie kann ich diese Erinnerung in Worte fassen? Wie kann ich jedes Detail, jeden Faden, jede Faser miteinander verflechten? Ich erinnere mich an das Quietschen meiner Stiefel auf dem unvorstellbar kalten Boden, der verdichteten Schicht aus Eis und Schnee. An den Schmerz in meinem Herzen und die Hitze in meinem Körper. Mein Rücken schmerzte. Meine Haut spannte. Meine Sicht verschwamm – vor Tränen? Oder aus einem anderen Grund? Ich erinnere mich an den Duft von Sonja, wie sie nun war. Sie roch nicht mehr nach Rosmarin, dafür nach Asche und Rauch und Karamell. An den Glanz ihrer Schuppen, das Leuchten ihrer Augen, das Funkeln eines jeden Zahns, jeder Kontur, jeder Kralle. Ein betrunkener junger Mann pfiff irgendwo einem Mädchen hinterher und johlte. Die Hupe eines Fahrzeugs gellte und ein weiteres Auto fuhr mit quietschenden Reifen davon. Sonja schwebte vor mir in der Luft, eine Fülle aus Licht und Schönheit, ein Riss im Universum. Ich konnte mich nur mit Mühe aufrecht halten.

Sie streckte den Arm nach mir aus, ihre Schuppen schimmerten im schwachen Licht. Was konnte ich tun? Ich nahm ihre Tatze zwischen meine Handflächen. Ich streichelte mit dem Daumen über jede Schuppe. Ich neigte den Kopf wie zum Gebet.

»Und?«, fragte Sonja.

# 43

Im Frühjahr 1965, ein Jahr nach dem sogenannten Kleinen Würmleinwandeln, lebten die meisten Mädchen, die sich an diesem Tag drachengewandelt hatten, wieder in einer Familie. Dies war größtenteils dem Sinneswandel einiger ihrer eigenen Familien zu verdanken, die zutiefst betrübt nach ihren heimatlosen, verstoßenen Töchtern suchten und sie um Verzeihung baten. Als diese Versöhnungen bekannt wurden und die Bilder glücklicher wiedervereinter Familien den Weg ins öffentliche Bewusstsein fanden, stieg auch das Gefühl der Dringlichkeit, sich um das Wohlbefinden und die moralische Entwicklung der allein lebenden drachengewandelten Mädchen zu kümmern. Landesweit und praktisch über Nacht tauchten soziale Einrichtungen auf, die sich der Suche nach Pflegefamilien widmeten, die bereit waren, sich den körperlichen, seelischen und moralischen Bedürfnissen gewandelter Mädchen anzunehmen.

Nachdem die Familien wiedervereint worden waren oder sich wieder neu zusammengefunden hatten, fingen Eltern an, sich für ihre Töchter einzusetzen. Und sie waren unnachgiebig.

1966 begannen Highschooldirektionen, sich den Gemeindeverordnungen zu widersetzen, und luden die drachengewandelten Mädchen ein, in die Schule zurückzukehren (entweder indem sie den Unterricht nach draußen verlegten, in der Aula, der Mensa oder der Sporthalle gesonderte Stunden abhielten oder indem sie alle Fenster mit Außensitzplätzen ausstatteten, wie manche Schulen es gelöst hatten, damit übergroße Schülerinnen am Unterricht teilnehmen konnten, ohne in ihrer Bewegung eingeschränkt zu sein). Im darauffolgenden Jahr kündigte sich die erste drachenfreundliche Grundschule an. Und 1969 versammelten sich achttausend Menschen gemeinsam mit Drachinnen vor dem Weißen Haus und verlangten eine gleichberechtigte Bildung für ihre drachengewandelten Töchter.

Der Protest warf ein schreckliches Licht auf die Regierung. Niemand, der sich politisch betätigt, würde je den Anschein erwecken wollen, gegen Bildung zu sein. Der jüngst gewählte Präsident Nixon war im Allgemeinen nicht eben ein Fan der Drachinnen, aber selbst er erkannte, wenn eine Debatte aussichtslos war. Zusammen mit der First Lady lud er eine wohlhabende Familie (langjährige Geldgeber der Republikaner) und ihre an der Radcliffe University ausgebildete Drachentochter zu einem öffentlichkeitswirksam inszenierten Mittagessen auf dem Südrasen des Weißen Hauses ein. Bei gutem Wetter und freundlichen Gesprächen wurden Versprechen gegeben – aus Nixons Sicht selbstverständlich nichts als leere Versprechen, die besorgte Eltern besänftigen und für ihn einen politischen Deckmantel schaffen sollten, damit er sich vor wirklichen Veränderungen drücken konnte. Er hatte ja keine Ahnung, was noch kommen sollte.

Die Staatsangehörigkeitsfrage und die Bildungsfrage wurden 1971 zusammen einstimmig vom Supreme Court beantwortet und im Gesetz verankert. Gefälschte Sterbeurkunden wurden für nichtig erklärt, Sozialversicherungsnummern neu ausgegeben und Drachinnen laut Gesetz als vollwertige Personen anerkannt. Sie beantragten daraufhin Bibliotheksausweise, machten den Führerschein, eröffneten Bankkonten und registrierten sich, um wählen zu können. Sie nahmen aber nicht nur ihre vollen Rechte in Anspruch, sondern kamen auch ihren ehrwürdigen Pflichten als vollwertige Bürgerinnen nach. Sie besuchten die besten Bildungseinrichtungen, graduierten mit summa cum laude an renommierten Universitäten und setzten ihre Abschlüsse sinnvoll in der Arbeitswelt ein. Drachinnen verhandelten später Fälle vor Bundesstaats- und Bezirksgerichten, wo sie andere verteidigten, denen, wie einst ihnen, das Mitspracherecht verweigert wurde. Sie fingen an, als Sozialarbeiterinnen, Parkaufseherinnen, Wissenschaftlerinnen, Ingenieurinnen, Philosophinnen, Landwirtinnen und Lehrerinnen zu arbeiten. Auch auf dem Bau imponierten sie mit ihren Fähigkeiten und waren in diesem Bereich äußerst gefragt, da ihre Stärke und Geschicklichkeit wie auch ihre Fähigkeiten, zu fliegen, Probleme zu lösen und Feuer zu speien, sie zu wahren Alleskönnerinnen machten. Sie waren nicht nur hilfsbereit, fleißig und hoch qualifiziert, sondern sparten auch Kosten ein.

Auch wenn sich drachenfeindliche Stimmungen hartnäckig hielten und selbst heute noch bestehen, darf der positive Einfluss der Drachinnen auf den lokalen wie nationalen Handel nicht unterschätzt werden. Ungeachtet individueller Ansichten dürfte es wohl schwerfallen, eine florierende Wirtschaft schlechtzureden.

Beatrice musste nur für knapp zwei Jahre von zu Hause unterrichtet werden, bis ihre Schule nachgab und den drachengewandelten Kindern die Rückkehr erlaubte. Allerdings blieb sie nicht lange dabei. Seit sie erfahren hatte, was es bedeutete, selbstständig zu lernen, fiel es ihr schwer – und war es ihr nahezu unmöglich –, lange Zeit in der Schule zu verbringen. Durch den eintönigen Alltagstrott fühlte sie sich eingesperrt und die Langeweile, den ganzen Tag lang an einen Schreibtisch gekettet zu sein, war mehr, als sie ertragen konnte. Selbst nachdem die Schulen anfingen, sich auf Schülerinnen wie sie einzustellen, wollte sie diese nicht länger besuchen.

»Warum sollte ich meine Zeit damit verschwenden zu lernen, was *sie* wollen, wenn ich einfach in die Bücherei gehen und *alles* lernen kann?« Ich wusste keine gute Antwort darauf. Beatrice konnte weiterhin, auch nach einiger Zeit noch, relativ leicht ihre Gestalt wechseln, sich vollständig drachen- und mädchenwandeln, allerdings erschöpfte es sie immer mehr, je älter sie wurde. Dennoch behielt sie sich diese Fähigkeit in ihrer Jugend und bis ins Erwachsenenalter bei. Dr. Gantz veröffentlichte sechs wissenschaftliche Arbeiten zu dem Thema. Er fand auch andere, die über ähnliche Fähigkeiten verfügten, allerdings waren sie äußerst selten und weit verstreut. Beatrice war und ist etwas ganz Besonderes, und das wird sie auch immer sein.

Als das Jahr 1980 anbrach, gab es mittlerweile vier drachengewandelte Kongressmitglieder und achtzehn drachengewandelte CEOs von Großkonzernen, und in 422 Städten, Gemeinden und eingemeindeten Ortsteilen gab es in den lokalen Regierungsorganen mindestens eine gewählte Drachin. Drachengeführte Nichtregierungsorganisationen begannen weltweit tätig zu werden: in den Bereichen Interessensvertretung und Friedensstiftung, Tier- und Umweltschutz sowie im Wiederaufbau der Infrastruktur in von bewaffneten Konflikten betroffenen Ländern. Im August 1985 schockierte das norwegische Nobelkomitee die Welt und zeichnete eine Drachin, die Gründerin einer solchen Nichtregierungsorganisation, mit dem Friedensnobelpreis aus. Die betreffende NGO namens Schutzdrachinnen war zehn Jahre zuvor von einer jungen Drachin aus Wisconsin ins Leben gerufen worden. Sie hatte es sich zur Mission gemacht, sich für den Frieden und die

Sicherheit in jenen sensiblen Regionen der Welt einzusetzen, wo die Maschinerie des Krieges dem zivilen Leben gefährlich nahe kam. Sie hielt ihren Namen geheim und gebrauchte in der Öffentlichkeit nur den Spitznamen Liebevolle Leviathanin, um ihre Familie zu Hause zu schützen. Leider gingen mit der Friedenssicherung auch Feindschaften einher. Ursprünglich sah die Mission der Drachinnen lediglich vor, sich in der Nähe gefährdeter Dörfer zu positionieren und Kinder außer Gefahr zu bringen. Irgendwann fanden sie allerdings heraus, dass sie, indem sie schneller flogen, auch Kugeln und Raketen abfangen und sie so unschädlich machen konnten. Sie wurden zu geschickten Bombenentschärfern und blitzschnellen Fliegern und ließen alle Geschosse ab- und an ihren Ursprungsort zurückprallen. Mithilfe ihres ausgezeichneten Geruchsinns und der Fähigkeit, über dem Boden zu schweben, befreiten sie ganze Regionen von der grausamen Bedrohung der Landminen. Weltweit wurden die Schutzdrachinnen zu einem Symbol für mächtige Gewaltlosigkeit, denn mit ihren Mitteln des passiven Schutzes zwangen sie wutentbrannte Kriegsherren, selbstverherrlichende Diktatoren und soziopathische CEOs zurück an den Verhandlungstisch, indem sie deren Versuche, durch Gewalt, Angst und Nötigung zu regieren, vereitelten – und zwar womöglich für immer.

Zeitungen weltweit bejubelten die Entscheidung des Nobelkomitees entweder als offensichtlich und lang überfällig oder verschrien sie als drachenartiges Drangsalieren und warfen nur so mit reißerischen Schlagzeilen um sich, die den – in ihren Worten – Aufstieg der Schlangen und die Herabsetzung des Menschen – es fielen noch weitere derartige theatralische Formulierungen – anprangerten. In den Nachrichten wurde am laufenden Band darüber debattiert. Allerdings ist es schwer, dagegen zu argumentieren, dass die Art von Krieg, wie wir ihn kannten, womöglich irgendwann zum Erliegen kommen würde. Der Kongress legte eine Resolution vor, die die Schutzdrachinnen und deren anonyme Gründerin ehren sollte, gegen die jedoch das allererste Veto der Reagan-Administration eingelegt wurde, aus Angst, die liebsten Diktatoren und Kriegsprofiteure des Präsidenten zu kränken. (Dieses Veto wurde wiederum überstimmt, und zwar einstimmig.) Im Radio wurde spekuliert, ob die Liebevolle Leviathanin überhaupt eine Rede halten würde, da es gegen die Regeln war, dies anonym zu tun. Sie zu verweigern, würde jedoch bedeuten, auch den Preis abzulehnen, und folglich auch das äußerst stattliche Preisgeld – und wie bei jeder Nichtregierungsorganisation fehlte es auch den Schutzdrachinnen ständig an Geld. Es wäre absolut töricht, eine derartige Summe auszuschlagen.

Am 10. Dezember 1985 trafen Menschen wie Drachinnen in hohen Stellungen aus aller Welt in Norwegen ein. Bedenken bezüglich der Sicherheit an der Universität Oslo und rund um den Domus Media, wo die Zeremonie stattfinden würde, hielten nicht nur die örtliche Polizei und das norwegische Militär in höchster Alarmbereitschaft, sondern machte die gesamte Nation nervös. Selbstverständlich war es bei der Friedenspreisverleihung noch nie zuvor zu Gewaltausschreitungen gekommen, doch angesichts des Zorns und Zähneknirschens unter den Kriegstreibern der Welt konnte niemand mit Gewissheit sagen, wie die Zeremonie enden würde. Zahlreiche Gäste trugen kugelsichere Westen unter ihren Abendkleidern und Jacketts, nur sicherheitshalber.

Das Abendessen wurde serviert. Der Tisch der Preisträgerin stand traditionsgemäß in der Saalmitte, wo der Premierminister, die Mitglieder des Nobelkomitees und diverse andere Regierungsbeamte und Kulturbeauftragte alle sorgsam ihre schön angerichteten Speisen verzehrten. Indessen keine Drachin. Würde sie noch kommen? Ein Flüstern ging im Bankettsaal um.

Der Komiteevorsitzende rief die Zeremonie wie traditionell üblich zur Ordnung und hielt seine jährliche Rede. Die Menge war so nett und quittierte seine humoristischen Versuche mit einem matten Lächeln. Es wurde ein Film mit dramatischen Szenen des heroischen Einsatzes der Schutzdrachinnen gezeigt, einschließlich Gesprächen mit geretteten Familien und geschützten Dörfern sowie Verhandlungen fortschrittlicher neuer Friedensvereinbarungen. Letztere wurden auf der ganzen Welt nicht nur für ihre Neuerungen beim Schutz der Menschenrechte und der Menschenwürde gelobt, sondern auch für die Einführung neuer Protokolle, um die Bürgerrechte der jeweiligen Region zu stärken. Wenn die Macht weder länger den Gewalttätigen gehört noch den Reichen oder denen mit guten Beziehungen, sondern dem Volk, eröffnet sich eine andere Art von Zukunft. Ein dauerhafter, globaler Frieden schien nicht nur möglich, sondern gar wahrscheinlich.

Die Menge war gerührt. Mehrere Drachinnen weinten. Dann rief der Komiteevorsitzende die Preisträgerin herein, die durch eine Seitentür eintrat. Sie war eine wunderschöne Drachin. Wenn auch überraschend klein. Pure potenzielle Energie und verdichtete Hitze. Sie pulsierte förmlich vor Aufregung. Sie wurde von einer schmächtigen Frau mit sehr kurzem Haar mit ein paar grauen Strähnen darin begleitet. Sie umarmten einander zärtlich. Die Frau ließ eine Hand auf dem Gesicht der Drachin ruhen und küsste sie auf die Wange. Sie standen ganz nahe am Mikrofon. Die Anwesenden der Preisverleihung hörten, wie die Frau sagte: »Du bist meine Lieblingsschwester. Ich bin so stolz auf dich, mein Schatz.« Und die Drachin antwortete: »Soweit ich weiß, bin ich deine einzige Schwester. Aber danke.«

Die Menge sprang auf und applaudierte, bis ihre Hände rot und wund waren. Make-up verschmierte. Männer mit hartgesottenen Gesichtern weinten. Die Drachin räusperte sich und die Anwesenden setzten sich wieder.

»Ich danke Ihnen, dass Sie alle gekommen sind«, sagte die Drachin. »Ich danke Ihnen, dass Sie an unserem gemeinsamen Engagement für den Frieden teilhaben. Ich möchte Ihnen von unserer Arbeit erzählen und den Menschen, die wir gemeinsam retten können. Doch zuallererst sollte ich mich Ihnen wohl vorstellen. Ganz offiziell, und erstmals öffentlich. Mein Name ist Beatrice. Beatrice Green. Und es freut mich sehr, Sie alle kennenzulernen.«

# 44

Während ich diese Worte schreibe, schwirrt mir ein wenig der Kopf, auch wenn ich vieles davon den Demütigungen des Alters zuschreibe. Meine Gelenke knarzen, mein Rücken ist gebeugt und mein schütter gewordenes Haar ergraut. Ich werde mit jedem Tag leichter, schwächer, zerbrechlicher, mit Haut wie Reispapier, die sich zerknittert um ein gräsernes Gerippe schmiegt. So läuft das nun mal. Ich war einmal Astrophysikerin und vielleicht bin ich das auch noch. Ich habe mathematische Modelle gebaut, um die Zusammensetzung der Sterne besser zu verstehen, und darauf basierend die Entwicklung immer größerer Strukturen vorauszusagen und ein einheitliches Verständnis der Bewegung des Universums anzustreben. Jeden Tag waren Galaxien in meinen Augen. Ich beanspruchte ein Leben, das größer war als ich selbst, ein Dasein in der Welt, das größer war als jenes, das man mir ursprünglich zugesprochen hatte. Ich hielt die Fäden des Universums in meinem Geist und versuchte sie, zusammenzuführen. Ich hätte mich gemeinsam mit meiner ersten kostbaren Liebe drachenwandeln können. Doch ich entschied mich dagegen. Ich wählte stattdessen *diese* Arbeit, *diesen* Weg, *dieses* Leben. Dieses kostbare Leben. Wenn ich doch nur beides hätte wählen können.

Mein Weg führte mich zu Universitäten überall im Land und auf der ganzen Welt. Ich hielt dort Vorträge, präsentierte wissenschaftliche Arbeiten, untersuchte die Galaxien des Universums und beschwor sie, mir ihre absoluten Wahrheiten zu offenbaren, bis ich schließlich dort, wo meine Laufbahn begonnen hatte, an der University of Wisconsin, das Institut für Physik leitete, wo ich bis zu meiner Pensionierung blieb. Camilla, meine wundervolle Frau – eine nicht auf den Mund gefallene und oft profane Keramikkünstlerin aus Rom – beklagte sich bitterlich über das Wetter und bemängelte leidenschaftlich das Essen, liebte es aber, in der Nähe meiner Drachentanten zu leben, die noch immer in demselben Gebäude wohnten und noch immer ihr Geld mit Brotbacken verdienten. Camilla kümmerte sich liebevoll um jede der inzwischen betagten Drachinnen. Sie pflegte das Haus und den Garten, ging einkaufen und kochte eimerweise Essen in riesigen Bottichen (alles Rezepte ihrer Großmutter) und sorgte dafür, dass – von den Tanten und Menschen, die sie pflegten, bis zu den zahlreichen Leuten in der Nachbarschaft und sogar dem Postboten – alle wohlgenährt blieben. Ihre Künstlerhände waren sanft und gütig. Sie streichelte ihnen übers Gesicht, rückte ihre Kissen zurecht und hielt ihre Hand, bis sie für immer von uns gingen. Sie liebten Camilla wie ihre eigene Tochter. Was mich nicht hätte überraschen sollen, doch das tat es. Manchmal verschlägt es mir den Atem, wie herzlich und weitläufig Familie sein kann.

Camilla, *oh Camilla.* Es tut mir weh, ihren Namen zu schreiben. Die Wunde ist noch so frisch. Was kann ich anderes sagen, als dass unser Leben wunderschön war, dass sie wunderschön war? Genau wie ihre Kunst. Sie machte die Welt mehr zu sich selbst und sie hat mich an sie gebunden – meinen Geist an meinen Körper gebunden, mein Herz an ihr Herz gebunden. Ein unlöslicher Knoten. Manchmal habe ich das

Gefühl, dass wir alle von der Liebe und dem unumgänglichen Schmerz, den sie von uns einfordert, hereingelegt werden. Wenn wir die Liebe unseres Lebens finden und uns an diesen liebsten Menschen binden, sind wir oft noch jung und verstehen nicht, dass wir von Natur aus eines Tages sterben müssen. In jeder erfolgreichen Ehe ist einer der Partnermenschen gezwungen, sich der Tatsache zu stellen, einmal sehr alt und sehr allein zu sein. Was ist Trauer, wenn nicht Liebe, die den Gegenstand ihrer Zuneigung verloren hat?

Wenn ich gewusst hätte, wie diese Geschichte ausgehen würde, hätte ich etwas anders gemacht? Hätte ich sie dennoch mit Leib und Seele geliebt? Vor meinem inneren Auge kann ich Camilla vor mir sehen, wie sie mir genau diese Frage stellt.

*Oh, mein Liebling*, spüre ich mein Herz antworten. *Ich würde nicht eine Sekunde ändern.*

Sie verstarb nur einen Monat nach meiner Pensionierung, als wir gerade anfangen wollten, um die Welt zu reisen. Ich kann ihr Gesicht noch immer hin und wieder in den Sternen funkeln sehen. Weshalb ich angefangen habe, draußen in der Hängematte zu schlafen. Beatrice ist außer sich vor Sorge und kümmert sich unermüdlich um mich. Manchmal kommt sie herbeigeflogen, um mich ins Haus zu tragen, und wiegt mich in den Armen, wie ich sie einst in den Armen gewiegt habe und meine Mutter einst uns beide. Wieder einmal verweben sich Vergangenheit und Gegenwart miteinander: Sie biegen und verflechten sich und ziehen sich fest zusammen. Spannung und Reaktion. Faden und Reibung und Zeit. Ein unlösbarer Knoten. Es gab so vieles, was meine Mutter verstand, wenngleich sie so vieles doch auch so missverstand.

Ich habe auf dem Grundstück, auf dem ich meine erste Drachin sah, ein Haus gebaut. Das ursprüngliche Haus gab es schon lange nicht mehr. Genauso wenig wie den Hühnerstall. Beatrice warf mir vor, es sei makaber von mir, so nahe an dem Ort zu leben, wo meine Eltern gemeinsam unglücklich gewesen waren – obwohl es auch dieses Haus längst nicht mehr gab. Ich sagte ihr, dass meine Entscheidung stimmig sei, erklärte allerdings nicht, warum. Ich erzählte ihr nie von der der alten Dame, die sich drachenwandelte – von dem Schrei, dem hektischen Scharren und dem dumpfen Knall. Ich erzählte ihr nie von dem leisen, ehrfürchtigen »*Oh!*«. Ist es seltsam, dass ich das nie getan habe? Vielleicht. Selbst jetzt, da ich die Zusammenhänge kenne und verstehe, bleibt diese Erinnerung scharfkantig, grell, gefährlich. Glassplitter auf den Regalböden meines Geistes. Und doch ist sie mein, diese Erinnerung, und ich schätze und trage sie trotz allem mit mir.

Jetzt bin *ich* die alte Dame mit den Hühnern und dem Garten. Die Leckerbissen und Gespräche und wundervolle Körbe mit Eiern an jedes umherstreifende Kind verteilt, das vorbeischaut und mir ein wenig Gesellschaft leistet. Vielleicht ist das mein Schicksal – das einzig Sinnvolle in einer oft sinnlosen Welt zu sein.

Mein Haus ist jetzt mit Erinnerungen gefüllt – Bruchstücken meines Lebens. Die Knotenmuster meiner Mutter sind in jedem Zimmer zu finden, von den Vorhängen bis zu den Tischläufern. Ich habe sie alle ihren Notizen und Diagrammen folgend geknüpft. Ich habe sogar eine Kopie ihrer Abschlussarbeit im Archiv des Instituts für Mathematik gefunden, eine Abhandlung zum Thema Topologie, die jetzt auf meinem Esstisch liegt. Als meine Stiefmutter starb, erbte ich eine Kiste mit alten Hüten meines Vaters, die nun auf einem Regal unter der Deckenzierleiste aufgereiht sind, jeder davon still und leer und irgendwie kleiner als früher. In jeder Ecke meines Hauses finden sich Camillas Kunstwerke – ihre getöpferten Servierteller, ihre sich wellenden Vasen, ihre liebevoll handgeformten Aktskulpturen. Jedes Werk wurde von der Berührung ihrer Hände geprägt und ist das, was der Erinnerung an ihren Körper am nächsten kommt. Die Wände meines Arbeitszimmers habe ich mit norwegischen Szenen bemalt – Bergen, Blumen und Trollen – als Andenken an die Zeit meiner Jugend, die ich mit Sonja geteilt habe. Ich habe offene Gartenlauben und hohe Schlafplätze für Beatrice und alle anderen Drachinnen gebaut, die vorbeischauen oder einfach einen Moment ihre Flügel ausruhen wollen. Ich bin jeden Tag im Garten zugange, verteile Bücher an wütende Mädchen, um Mrs. Gyzinska zu gedenken, und schreibe ihnen Empfehlungsbriefe, wenn sie sich auf einen Studienplatz bewerben. Und um meiner Tante Tribut zu zollen, habe ich sogar gelernt, Motoren zu reparieren. Der Ruhestand ist schließlich wunderbar und gefüllt mit den vielfältigsten Beschäftigungen. Ich kann es jedem nur wärmstens empfehlen.

An diesem Morgen bin ich in der Hängematte aufgewacht, was bedeutete, dass Beatrice nicht vorbeigekommen ist. Sie ist mal wieder dabei, die Welt zu verändern. Reden zu halten. Dinge zu organisieren. Politikmenschen oder Staatsoberhäupter oder Mitglieder des Klerus einzuschüchtern, um deren Meinung zu ändern und die Erde zu einem besseren Ort zu machen. Meine Cousine Beatrice. Meine Schwester Beatrice. Mein Kind Beatrice. Und heute, vielleicht auch, meine Mutter Beatrice, die sich liebevoll um mich kümmert, während mein Körper versagt. Ich füttere die Hühner und gieße die Bohnen, ich pflücke eine Schale Erdkirschen und suche nach Eiern, dann ruhe ich mich auf der Liege im Garten aus und hebe den Blick.

Am Himmel über mir kreisen Vögel. Auch Drachinnen. Sie sind wunderschön. Es gibt so viel Schönheit auf der Welt.

In der Nähe bellt ein Hund.

Ein Motor brummt.

Ich schließe die Augen und lausche dem Summen der Grillen, die einander von Baum zu Baum zu Baum zurufen.

Die Erinnerung ist schon seltsam. Sie ordnet sich neu und verbindet sich. Sie schafft Zusammenhänge und gibt uns Klarheit, offenbart uns Muster und Abweichungen. Sie findet die Löcher im Universum und näht sie zu, indem sie die Fäden fest zusammenzieht und zu einem unlösbaren Knoten verbindet.

Das habe ich von meiner Mutter gelernt.

Und jetzt bringe ich es euch bei.

# Danksagungen

Die Seite mit Danksagungen ist ihrem Wesen nach unvollständig. Bei jedem Buch gibt es wahrscheinlich Tausende von Menschen, denen wir Schreibende für ihre Hilfe, Güte und Fürsorge bei dessen Entstehung danken sollten, und noch Abertausende mehr, die wir vermutlich vergessen. Dennoch möchte ich sagen, dass ich ohne die Unterstützung meiner Schreibgruppen nicht hätte weitermachen können, weder ohne den Zuspruch der einen – Martha Brockenbrough, Olugbemisola Rhuday-Perkovich, Laurel Snyder, Laura Ruby, Tracey Baptiste, Anne Ursu, Kate Messner und Linda Urban – noch ohne die liebenswürdige und scharfsinnige Kritik der anderen – Lyda Moorehouse, Naomi Kritzer, Theo Lorenz, Adam Stemple und Eleanor Arnason, auch bekannt als die Wyrdsmiths.

Ich muss auch Steven Malk danken, meinem furchtlosen Agenten, der mich mit ganzem Herzen ermutigt hat, dieses offen gesagt verrückte Buch zu schreiben, und zwar, obwohl es deutlich von meinen anderen Werken abweicht und auch weit außerhalb meiner Komfortzone liegt. »Viel Spaß damit«, wünschte er mir, nachdem ich ihm ein paar erste Seiten gezeigt hatte, in denen ein ahnungsloser Ehemann mit Begeisterung verschlungen wird. »Lass deine innere Unruhestifterin raus.«

Also habe ich das getan. Ich möchte auch meiner wundervollen Herausgeberin Lee Boudreax danken, die vom ersten Moment an an diese Geschichte glaubte und deren grenzenlose Begeisterung mir den Mut gab, sie zu dem zu formen, was aus ihr geworden ist.

Ich möchte sowohl dem liebenswürdigen Personal der Central Library in Minneapolis danken als auch dem geradezu unverschämt gründlichen Team der Bibliothek der Minnesota Historical Society. Ich möchte dem Freedom of Information Act danken, der es jeder und jedem erlaubt, selbst einem schreibenden Hippie wie mir, die Transkripte einzusehen, die einem die wahren Schrecken des Ausschusses für unamerikanische Umtriebe des Repräsentantenhauses zu McCarthys Glanzzeit deutlich vor Augen führen, damit wir diese schändliche Geschichte niemals wiederholen werden.

Ein Riesendankeschön gilt auch meiner wundervollen Familie – meinem Mann, meinen Kindern, meinen Geschwistern und Eltern, meinen Cousinen und Cousins und meiner Familie, die ich in der Nachbarschaft und in meinem Freundeskreis gefunden habe –, die es mit einer Person aushalten müssen, die sich oftmals von ihrer eigenen Vorstellung mitreißen lässt und sich von aller Welt betrogen fühlt. Geschichten zu erzählen, erfordert eine dauerhafte und schonungslose Verletzlichkeit und strafende Einfühlsamkeit. Wir fühlen einfach *alles* und es zerreißt uns. Wir könnten dieser Arbeit nicht nachgehen, wenn wir keine Menschen in unserem Leben hätten, die uns unaufhörlich lieben und uns wieder zusammensetzen. Ich schätze mich so glücklich, von solch grenzenloser Liebe umgeben zu sein. Ich stehe zutiefst in der Schuld des Universums, dafür, dass ich so gut umsorgt werde.

Ich sage oft, dass ich meine Bücher gewissermaßen aus Versehen schreibe, und in den meisten Fällen stimmt das auch. Mit diesem Buch ist es nicht anders. Dieses Buch würde es nicht ohne den wunderbaren Herausgeber und Anthologen Jonathan Strahan geben, der mich freundlicherweise bat, ihm für ein neues Buch eine Kurzgeschichte über Drachen zu schreiben. Ich hatte mir eingeredet, dass meine Schriftstellertage bereits hinter mir liegen, stimmte aber dennoch zu, weil Mr. Strahan einfach so verdammt nett ist, und was sollte schon groß passieren, wenn ich noch eine weitere Geschichte schrieb? Und dann hörte ich, wie auch der Rest von Amerika, mit Entsetzen und glühend vor Zorn die tapfere, unerschütterliche Zeugenaussage von Christine Blasey Ford, als sie den Senat anflehte, seine Nominierung des Supreme Court Justice noch einmal zu überdenken und eine andere Wahl zu treffen. Und da entschied ich mich, eine Geschichte über Wut zu schreiben. Und Drachen. Doch vor allem über Wut.

Geschichten sind allerdings seltsam. Wir glauben zu wissen, was sie sein werden, wenn wir anfangen, sie zu schreiben, doch sie haben ihren eigenen Willen. Diesbezüglich ähneln sie sehr unseren Kindern. Ich dachte, ich würde eine Kurzgeschichte schreiben. Doch dem war nicht so. Diese Geschichte ließ mich sehr schnell wissen, dass sie ein Roman sein wollte. Wer war ich schon, dass ich es ihr absprechen könnte? Ich dachte, ich würde eine Geschichte über Wut schreiben. Doch dem war nicht so. Wut spielt in dem Roman sicherlich eine Rolle, doch es geht noch um viel mehr. Im Grunde handelt diese Geschichte von Erinnerungen und Trauma. Sie befasst sich mit dem Schaden, den wir uns selbst und unseren Mitmenschen zufügen, wenn wir uns weigern, über die Vergangenheit zu sprechen. Sie handelt von den Erinnerungen, die wir nicht verstehen, nicht einordnen können, bis wir mehr über die Welt lernen. Ich dachte auch, ich würde über einen Haufen feuerspeiender, mächtiger Frauen schreiben. Und obwohl diese Frauen in der Geschichte sicher vorkommen, geht es darin nicht um sie. Es geht um eine Welt, die durch ein

Trauma auf den Kopf gestellt und durch Scham zum Schweigen gezwungen wird. Und diese Stille wächst, wird toxisch und verseucht alle Bereiche unseres Lebens. Vielleicht kommt euch das bekannt vor – angesichts der Zeit, in der wir leben.

Dieses Buch basiert nicht auf Christine Blasey Ford oder ihrer Zeugenaussage, doch ohne diese Frau würde es nicht existieren – ohne ihren Mut, ihre Ruhe, mit der sie sich an die Fakten gehalten hat, ihre Bereitschaft, einen der schlimmsten Momente ihres Lebens noch einmal zu durchleben, um Amerika zu helfen, sich vor sich selbst zu retten. Ihre Taten blieben erfolglos, aber sie waren trotzdem wichtig. Und vielleicht ist das genug und wir können nur inständig hoffen, dass die nächste Generation es richtig machen wird.